통념과 이론

한국 근대문학의 내면을 찾아서

박 상 준

국학자료원

머리말

새로 연구논문 모음집을 낸다. 주로 2010년 전후로 쓴 것들이고, 작품론이 많다. 물론 작품론만 있는 것은 아니다. 지금까지의 연구들에 매듭을 짓자는 마음에서, 그동안 아껴 두었던 작품론 외의 논문들은 물론이요 연구 성과를 일반인들에게 알리는 글들까지 포함했다.

사정이 이렇다고 해서 서로 관련이 적은 논문들을 되는 대로 모은 것은 아니다. 거의 모든 글들이 그 의의 면에서 동일한 것이라고 할 수 있기 때문이다. 그 대상이 무엇이든, 하나의 작품이나 작가든 문학사나 연구사든, 그에 대한 국문학계의 일반적인 이해가 놓쳐 왔던 것들을 치밀하게 복원하려고 공을 들이며 쓴 것들인 까닭이다. 좀 더 객관적으로 말해 보자면, 이 책의 글들 모두, 학계에 널리 퍼진 통념적인 인식에 휘둘리지 않고 텍스트를 치밀하게 실사함으로써 그 실상을 객관적으로 재구성하려는 의지 혹은 지향에 의해 쓰인 것들이라고 할 수 있다.

지천명의 나이 전후로 논문들을 쓰면서 새삼 깊이 느낀 것은, 국문학계에 널리 퍼진 통념들이 많다는 사실이다. 학계에서 이미 검토를 끝낸 지 오래여서 자명하다고 생각되어 온 주제들에 대한 것뿐만 아니라, 연구자 자신의 문학관이나 이데올로기에 대한 비자각적인 태도에서 유래하는 정교하고도 세련된 오해들 또한 적지 않다. 이러한 통념들에 맞서서 대상의 실제를 복원하고자 하는 의지와 소망을 추동력으로 해서 쓰였다는 데, 이 책에 수록된 논문들의 공통점이 있다. 이 책의 주장이 또 하나의 통념이 되지 않을 수 있도록, 징후적인 독해나 창조적인 독법을 경계하면서 검증 가능한 객관적인 분석을 수행하려고 스스로를 비우며 쓴 결과라는 점도, 쑥스러움을 무릅쓰고 덧붙여 둔다.

저자로서 할 수 있는 말은 물론 여기까지일 것이다. 나의 지향과 의지가 그에 부응하는 성과로 남겨졌는지에 대한 평가는 이 책을 읽어 줄 선후배, 동학 들의 몫인 까닭이다. 그러한 지향 자체, 시도 자체로도 의의를 가지리라는 생각을 못 할 것도 없겠지만, 그러한 기대는 애초부터 없었다. 그럴 시기는 지낸 지 오래라는 생각 위에서, 연구 대상에 대해 고심하고 선행 연구들과 씨름하며 각각의 논문들을 써 왔을 뿐이다.

이상으로, 책의 제목을 '통념과 이론'으로 삼은 이유의 반이 드러난 셈이리라. 나머지 반에 대해서도, 오해를 예방하는 차원에서, 해명 비슷한 이야기를 해 두어야겠다. '이론'이라 했지만 어떤 외부의 이론을 끌어들여 왔다고 생각하면 안 된다. 이 책이 이론과 관련된다면 그것은, 연구 대상의 논리를 성공적으로 드러냈을 때 그 결과가 보이는 이론이 하나요, 앞서 말한 씨름들 속에서 내가 끊임없이 활용했던 기존의 모든 성과들이 간직한 순금 같은 부분들이 다른 하나다. 요약하여, 통념과 싸우며 올바른 이론을 드러내고자 애 쓴 노력의 산물들로 이 작은 책을 꾸렸다고 하겠다.

이 책의 논문들을 쓰는 데 기댄 모든 것들과, 그것을 산출한 모든 분들께 감사의 뜻을 표한다. 극복해야 할 통념이든, 밝혀내야 할 이론의 광맥을 찾는 데 도움이 된 통찰이든, 그 어느 것 하나라도 없었다면 보잘것없으나마 이러한 성과도 없었을 것이다. 바로 이러한 의미에서, 국문학 연구의 장에 참여하고 있는 모든 분들께, 학문의 길을 함께 하는 모든 비어 있는 주체들에게 감사를 드린다. 연세와는 달리 항상 청년의 마음을 펼쳐 보이시는 국학자료원의 정찬용 원장님과 편집을 맡아 준 김진솔 선생님께도 마음속 깊은 곳의 고마움을 전한다.

2015년 초여름 무은재 연구실에서
박상준

차례

2부. 한국 근대소설 연구의 지평

1부.

낯선 낯익음:
한국 근대소설의 실제를 찾아서

1장. 김유정 도시 배경 소설의 비의(秘意)

1. 도시 배경 소설 검토의 의의

김유정의 소설에 대한 연구는 대상 작품의 규모에 비해 꽤 풍성하게 이루어져 왔다.

그의 문학세계란 30여 편의 단편소설과 미완의 장편, 번역소설 및 약간의 수필이 전부라 할 정도로 작은 편이다. 물론 그의 문학 활동이 1933년에 두 편의 소설을 발표한 뒤 1년을 쉬고 1935년부터 본격화되어 1937년 3월 요절할 때까지 채 3년이 안 되는 짧은 기간 동안만 이루어졌음을 고려할 필요가 있지만, 어쨌든 전체적으로 그 수효가 적고 그나마 소설로서 완성된 것은 단편밖에 없다는 점은 엄연한 사실이다.

그럼에도 불구하고 김유정의 소설에 대한 연구들은 상당한 양이 축적되어 왔다. 1960년대까지만 해도 공소한 편이었다가 그 이후 비약적으로 증가하였으며,[1] 내용상의 갈래 또한 다양해지는 양상을 띤다. 전통적인

---

[1] 작가의 요절 직후 20편 내외의 추모 및 회상 글들을 제외하면 식민지시대에 김유정에 대한 작가론이나 작품론 수준의 글이 발표된 경우는 거의 없다. 해방 이후 그에 관한 첫 논문이 발표되는 것이 1955년이며 1950년대에 걸쳐 고작 네 편의 논문이 있을 뿐이다. 1960년대 또한 비슷하여 고작 10여 편의 논문이 나왔을 뿐이다가, 1968년 김유정기념사업회의 『김유정 전집』(현대문학사)이 출간된 이후 사정이 달라지기 시작하였다. 1970년대에 70편 가까운 논문이 나오고, 1980년대와 90년대에

국문학 연구의 분야들 곧 작품론이나 작가론, 소설사론, 비교문학론에 해당하는 연구들이 지속되어 오는 위에 최근에는 문화콘텐츠나 스토리텔링, 문학촌 운영, 문화산업 분야에서의 연구들까지 활발하게 발표되고 있다.

이러한 현상의 바탕에는 김유정 문학의 비의라 할 무언가가 있다고 여겨진다. 「봄·봄」과 「동백꽃」이 문학 교육에 있어서 빠질 수 없는 작품으로 간주되고 현대의 독자들에게도 호소력을 가지는 점[2]과도 관련될, 김유정 문학만의 어떠한 특성, 리얼리즘소설 위주의 엄숙하고도 근엄한 문학사 바깥을 상상할 수 있게 하는 김유정 문학세계 고유의 특징이 존재한다고 추정해 볼 수 있다.

이를 구명해 나아가기 위한 첫걸음으로 이 책에서는 도시를 배경으로 한 김유정의 소설 열 편을 대상으로 소설 텍스트상의 특징을 검토해 본다.

김유정 소설의 특징을 잘 나타내는 작품들로는 농촌을 배경으로 한 소설들이 주로 거론되어 왔다. 한편으로는 「산ㅅ골 나그네」(『제일선』, 1933. 3)와 「소낙비」(『조선일보』, 1935. 2. 1. 29~2. 4), 「만무방」(『조선일보』, 1935. 7. 17~30)처럼 농촌을 배경으로 하여 농민들의 궁핍한 생활의 한 단면을 포착한 작품들을 주목해 왔으며, 다른 한편으로는 「봄·봄」(『조광』, 1935. 12)과 「동백꽃」(『조광』, 1936. 5)과 같이 목가적인 분

각각 90편, 110편에 이르는 논저가 발표되었다. 이광수나 염상섭, 이상 등과 비교할 바는 아니지만 1970년대 이후 연구가 본격화되고 그 양도 확산일로에 있다고 하겠다. 학위논문의 경우, 1960년대의 4편을 포함하여 1970년대까지 20편 정도의 석사학위 논문이 나왔고 1980년대 이후 박사학위 논문이 나오기 시작함과 더불어 많은 수의 석사학위 논문들이 지속적으로 발표되고 있다(전신재, 「김유정 관련 논저 목록」 및 「김유정 관련 학위논문 목록」, 『원본 김유정 전집』 개정증보판, 2012 참조).
2) 이들 작품의 정전화 및 대중화 과정에 대한 폭넓은 정리 및 검토로 김지혜의 「김유정 문학의 교과서 정전화(正典化) 연구: 7차 교육과정과 2007년 교육과정을 중심으로」(현대문학이론학회, 『현대문학이론연구』 51, 2012)를 참조할 수 있다. 문학작품의 위상 설정에 있어서 공교육 제도가 행사하는 막강한 위력과 그것이 사회역사적 상황과 무관한 것이 아니라는 점에서 이러한 부류의 논의들이 충분히 존중될 필요가 있다. 그렇지만 그와 동시에 그러한 평가를 가능케 한 작품의 내재적 특성 또한 중시될 필요가 있음은 물론이다.

위기까지 띠며 농촌민의 순박함을 형상화한 작품을 김유정의 대표작으로 평가해 왔다.3) 이에 더하여, 생계의 방편으로 혹은 노름의 수단으로 아내를 들병이로 내세우거나 매춘을 시키거나 심지어 팔아넘기기까지 하는 양상을 보이는 일군의 작품들이나4) 식민지 조선을 휩쓴 금광 열풍의 한 자락을 포착한 작품들이,5) 취재取材 및 그 형상화 방식상의 특이성에 의해 주목되어 왔다.

이에 비한다면 도시를 배경으로 하는 김유정의 소설들은 상대적으로 연구 동향에서 소외되어 왔다고 할 수 있다. 이러한 상황의 배경에는 몇 가지 이유가 있다. 김유정 문학의 특징으로 농촌의 궁핍상 포착이나 해학미, 아이러니적인 구성법 등이 강조되면서 그러한 요소가 두드러지지 않(는다고 여겨지)는 작품들이 주목받지 못하게 된 연구계의 상황이 그 하나이며, 도시를 배경으로 한 소설들이 주로 소품에 가깝다는 점 또한 하

---

3) 「총각과 맹꽁이」(『신여성』, 1933. 9)나 「산골」(『조선문단』, 1935. 7)도 이 부류에 넣을 수 있다. 앞의 작품에 들병이가 나오며 뒤의 경우는 주인 도련님에게 농락당한 여종이 나온다는 점에서 달리 보고자 할 수도 있겠지만, 두 가지 점에서 이 책은 판단을 달리 한다. 하나는 「봄·봄」이나 「동백꽃」 또한, 예컨대 이효석이나 정비석의 유사한 작품들과는 달리, 사회경제적인 문제를 바탕에 깔고 사실상 종과 다름없는 예비 데릴사위의 지위나 지소관계에 기인하는 역관계를 인물구성상의 특징으로 하고 있다는 점이다. 다른 하나는 「총각과 맹꽁이」의 들병이나 「산골」의 여종의 설정 및 형상화가 농촌 풍속의 한 단면을 재현하는 데 초점이 맞추어져 이루어지고 있다는 사실이다. 이렇게 구도상으로는 사회경제적인 관계가 바탕에 놓여 있지만 작품 형상화의 초점은 풍속적인 데 맞춰져 있다는 점에서, 이들 네 작품은 김유정 소설 특유의 면모를 공유하고 있다. 이와 관련하여, 들병이의 존재를 김유정 스스로가 풍속적으로 해석했다는 점에서 「朝鮮의 집시」(『매일신보』, 1935. 10. 22~29)를 주목해 볼 수 있다.
4) 「솟」(『매일신보』, 1935. 9. 3~14), 「안해」(『사해공론』, 1935. 12), 「가을」(『사해공론』, 1936. 1)이 이에 해당된다. 물론 모티프 차원에서는 「산ㅅ골 나그네」와 「소낙비」도 공통적인 특징을 보이지만, 작품의 전체적인 효과 면에서 볼 때 주안점이 다르다고 할 수 있다.
5) 「金 따는 콩밭」(『개벽』, 1935. 3), 「노다지」(『조선중앙일보』, 1935. 3. 2~9), 「금」(『영화시대』, 1935. 3)의 세 편이 여기 묶인다.

나의 요인이고, 이들 작품을 뭉뚱그려 특징화할 만한 요소가 잘 보이지 않는다는 사실도 빼놓을 수 없는 이유라 하겠다. 요컨대 김유정의 소설세계를 일목요연하게 특징지을 때 도시를 배경으로 한 작품들은 설 자리를 얻지 못해 온 것이다.

이러한 사실은 문제적이다. 김유정의 문학이 보이는 주된 특징이 어떠한 것이라는 판단 자체가 사실상 그의 작품들 전반에 대한 치밀한 검토의 결과로 나오는 것이어야지 그러한 검토를 제한하는 전제일 수는 없는 까닭이다. 무릇 일반화가 제대로 된 경우라면 그 구성요소들 전반에 걸치는 특징을 추상화한 것이어야 마땅하므로, 대상을 특정 기준으로 이분한다 해도 그러한 일반화가 그 중 하나에만 적용될 수는 없게 마련이다. 김유정 문학세계의 일반적 특성을 논하는 것과 소설사 또는 그가 활동했던 당시의 문학계에 비추어 김유정 문학세계 특유의 특성을 논하는 것이 원리상 같을 수는 없지만, 어느 경우든 김유정 문학세계 전반에 걸치는 특성이 추상화된 결과여야 한다는 점에는 이론의 여지가 없다. 이러한 문제의식이 동의를 얻는다면, 김유정 문학세계의 특징을 올바로 재구성하는 시도로서, 그동안 상대적으로 소홀히 다루어졌던 도시 배경 소설들을 검토하는 작업의 의의가 마련된다.

이러한 문제의식에서 여기에서는 다음과 같은 열 편을 검토 대상으로 한다.

「심청」(『중앙』, 1936. 1), 「봄과 따라지」(『신인문학』, 1936. 1), 「두꺼비」(『시와 소설』, 1936. 3), 「夜櫻」(『조광』, 1936. 7), 「옥토끼」(『여성』, 1936. 7), 「情操」(『조광』, 1936. 10), 「슬픈 이야기」(『여성』, 1936. 12), 「따라지」(『조광』, 1937. 2), 「땡볕」(『여성』, 1937. 2), 「연기」(『창공』, 1937. 3)

이상은, 도시를 배경으로 한 작품들 중에서, 콩트인 「봄밤」과 '학생소설' 표제가 붙은 「이런 音樂會」, 미완으로 끝난 「生의 伴侶」 및 김유정의 사후 발표된 「兄」과 「애기」를 제외한 것이다. 작가론의 자리에서는 이러한 작품들 모두 포괄될 수 있지만, 작품론의 경우는 작가에 의해 발표되고 완성된 것만을 대상으로 해야 한다. 작가 스스로 엄격한 의미의 소설이라고 의식하지 않은 것을 두고 소설작품론을 쓸 수는 없는 것이며, 미완의 작품을 작품론의 대상으로 삼는 것 또한 적절하다고 하기 어렵기 때문이다. 미발표작까지 꺼내어 작품론을 쓰는 것은 어떤 의미에서도 작가를 살리거나 온당하게 기리는 일일 수 없는 까닭이기도 하다.[6]

위에 열거한 열 편의 소설들을 검토하는 데 있어 이 책의 초점은 다분히 실증적인 데 두어진다. 소설 텍스트가 보이는 인물 및 서사 구성상의 특징을 세밀하게 분석하고, 그 결과를 해석하여 서술전략[7]을 추론한 뒤, 이상을 바탕으로 주제효과[8]를 정리해 보고자 한다.

---

6) 이러한 점에서 김유정과 동시기에 활동했던 이상에 대한 연구사의 과도한 열기는 타산지석이라 할 만하다. 생전의 발표작들 외에 (진위를 의심할 수도 있는) 노트에 담긴 수고들까지 모두 섞어서 연구 대상으로 삼는 것 자체가 문제적인데, 그렇게 확장된 대상들의 이런 저런 구절들을 가지고 '인용문 뒤섞기 방식'으로 자의적인 논문(?)들을 양산하고 있어 발표작들의 실제까지 가리는 상황에 이르는 문제를 노정하고 있다. 「날개」를 대상으로 하여 이러한 '연구의 과잉' 문제를 지적한 것으로 졸고, 「잃어버린 정체성을 찾아서 —<날개> 연구 (1): '외출—귀가' 패턴 및 부부관계의 변화를 중심으로」, 한국문학연구학회, 『현대문학의 연구』 25, 2005, 1장 참조.
7) 이 책에서 서술전략이라 함은, 작품의 주제효과를 발현하기 위하여 무엇을 어떻게 주목·강조하고 간과·배제하는지를 서술 상황 및 서술 방식, 서술 내용의 측면에서 분석함으로써 추론되는 작품 요소들의 특정한 구성 상태, 달리 말하자면 페터 뷔르거가 말하는 '작품의도(Werk-Intention)'가 구현·관철되는 서사구성 방식을 가리킨다(작품의도에 대해서는, 페터 뷔르거, 최성만 역, 『前衛藝術의 새로운 이해』, 심설당, 1986, 14~5쪽 참조).
8) '주제효과'란 하나의 소설이 발하는바 내용이나 정서 등 전반에 걸치는 작품의 효과들 일체를 가리킨다. 소설을 구조화된 전체로 간주하여, 예컨대 의미 면만을 보더라도 소설이 발하는 것이 하나의 메시지로서의 주제로 단순화될 수는 없다고 본다. 주제효과는, 소설의 내용 및 의미, 정서상의 효과 일체로서 여러 갈래 및 층위에 걸쳐 중층적, 복합적으로 발해지는 것이다('구조' 및 그 '효과'에 대해서는 F. Jameson, *The Political Unconscious -Narrative as a Socially Symbolic Act*, METHUEN, 1981, pp.34~9 참조). 이 개념의 유용성과 관련해서는 이 책 37쪽 각주 8) 참조.

2. 현실적 패배의 심정적 역전: 도시 하층민의 생명력

　도시를 배경으로 한 김유정의 소설들이 보이는 첫째 특징은 작품 내 세계의 공간적 배경은 도시이되 그 특성을 탐구하기 위하여 도시가 배경으로 설정되어 있지는 않다는 점이다. 이를 부정적으로 말하자면 배경으로 설정된 도시의 면모가 피상적이라 할 수도 있겠지만, 사실상 작품의 의도가 도시의 본질을 파악한다거나 그 면모를 재현하는 데 놓여 있는 것이 아니므로, 연구자 나름의 기준을 들이대지 않는다면 굳이 그렇게 규정할 것도 아니다. 따라서 온당하게 말하자면 도시를 배경으로 한 김유정 소설의 경우 작품 내 공간인 도시가 말 그대로 배경으로 물러나 있다고 하겠다.

　「두꺼비」가 청진동을, 「옥토끼」와 「슬픈 이야기」는 신당리를, 「따라지」가 사직골을 배경으로 하고, 그 외의 작품들 또한 종로 거리(「심청」)니, 야시(「봄과 따라지」), 창경원(「夜櫻」), 대학병원 오가는 길(「땡볕」) 등을 배경으로 하여 구체적인 장소를 지칭하고는 있지만, 동네와 거리, 장소의 이름으로 거론되어 있을 뿐이며, 사실상 실질적인 공간 배경은 '거리'나 '집', '방'으로 추상화 · 축소되어 있다.[9] 따라서 이들 동네나 특정 거리가 '바로 그 장소'로서의 고유성을 갖고 있어서 인물들의 언행에 어떠한 규정력을 행사하는 것이 아니며 작품의 효과에 의미 있는 영향을 끼치고 있지도 않다. 종로 거리와 야시, 창경원이 뒤바뀌어도 작품의 효과에는 별다른 영향이 있을 듯싶지 않고, 청진동과 신당리, 사직골이 뒤바뀐다 해도 해당 작품들의 특징이 달라지지는 않는다. 구체적인 장소가 적시되어 있지 않은 「情操」와 「연기」의 경우도 그 배경을 신당리나 사직골 혹은 청진동 어느 곳으로 잡아 둔다고 해서 의미 있는 변화가 생기지는 않는다.

---

9) 「심청」과 「봄과 따라지」, 「땡볕」이 '거리'를 배경으로 한 것이며 창경원을 걷는 「夜櫻」 또한 이 범주에 넣을 수 있다. 「옥토끼」와 「情操」, 「슬픈 이야기」, 「따라지」, 「연기」의 다섯 편은 동네는 나르더라도 '집'이나 '방'을 배경으로 한다는 점에서는 사실상 같은 배경을 취한 것이라고 할 수 있다. 「두꺼비」는 '거리'와 '집' 양쪽에 걸쳐 있는 경우에 해당된다.

이렇게 김유정의 도시 배경 소설들의 경우 작품 내 세계로서의 공간 배경에 특정한 행정구역 이름이 부여되어 있어도 그러한 공간이 '장소의 구체성' 면에서 고유의 힘을 발휘하지는 않는다. 오랜 세월의 힘과 공간의 특징이 어우러져 형성되는 고유의 삶의 양식으로서의 스타일[10]을 갖고 있는 것이 아님은 물론이거니와[11] 어느 인물에게도 그가 처해 있는 공간이 귀속이나 혹은 그 반대로 거부의 대상으로 특별한 의미를 띠고 있는 것이 아니다.[12]

이러한 공간 설정 방식에 대한 평가는 쉽지 않다. 먼저 두 가지 요인을 지적해 둘 수 있다. 하나는 농촌을 배경으로 한 작품들을 쓰다가 1936년 이후 도시를 배경으로 하는 작품들을 창작해 나아가는 와중에 작가가 요

---

10) 이러한 삶의 양식은, 서양의 경우 19세기까지 존재하다가 경쟁 자본주의가 득세하면서 일상성이 지배하게 됨에 따라 저하되고 사라져 갔다(앙리 르페브르, 박정자 역,『현대세계의 일상성』, 세계일보, 1996, 72~5쪽 참조). 1930년대 식민지 조선은 각 지역이나 계층에 고유한 삶의 양식이 아직 존재하는 상황이라 할 수 있다.

11) 근대도시 자체가 이러한 스타일의 부재를 특징으로 한다는 점을 고려해야 마땅하겠지만, 이러한 점을 특기할 수 있는 맥락은 근대도시 고유의 새로운 특성이 주목되고 강조된 경우라는 점 또한 간과할 수 없다. 1930년대 경성이 전통적인 삶의 스타일과 무관한 도시 예컨대 메트로폴리스와는 거리가 멀다는 사실은 박태원의『천변풍경』이 보이는 삶의 양상이 풍속 차원에서의 고유성을 지닌다는 점에 의해서도 확인된다(졸고, 「<천변풍경>의 작품 세계: 객관적 재현과 주관적 변형의 대위법」, 반교어문학회,『반교어문연구』32, 2012 참조). 전통적인 삶의 스타일이 지속되는 지점을 복원하거나 혹은 반대로 그것을 붕괴시키는 파괴적인 면모를 그리든, 형성되어 가는 근대도시에서 새롭게 만들어지는 낯선 삶의 방식으로서의 유행이나 소비문화 등을 주목하든 간에 생활에 영향을 미치는 공간의 규정력을 다룰 때 스타일이 문제되는 것인데, 김유정의 도시 배경 소설들은 배경으로 놓인 도시 공간의 규정력이 애초부터 주목되지 않는 경우에 해당되어, 이러한 맥락에서 논의할 여지가 없는 경우라 하겠다.

12) '신당리'를 예로 들어 본다. 이곳은 조선시대 내내 공동묘지여서 1920년대 초만 해도 날이 저물면 인적이 끊어지는 곳이었다가, 1920년대 후반에 들어 호수(戶數) 2,500에 우거(寓居) 3천여 호, 인구 1만여 명이 사는 '世界的 貧民窟'인 지역인데(양재웅, 「大京城과 新堂里」,『조선일보』, 1929. 8. 4), 김유정의 소설이 신당리의 이러한 특성을 주목하고 있지 않음은 물론이다.

절하여 해당되는 작품의 수효 자체가 많지 않다는 사실이다. 이렇게 작품 수가 적은 것이 불가피하게 초래된 이상, 수가 적다는 사실 자체를 따로 문제시할 수는 없는 만큼, 귀납적 평가 또한 유보되어야 마땅한 것이다. 다른 하나는 단편소설이라는 장르의 특성을 무시해서는 안 된다는 점이다. 수다한 스토리—선[13]들의 집적체로 이루어지는 장편소설의 경우 그러한 스토리—선들이 전개되는 장으로서의 작품의 공간이 그저 배경으로 물러나 있기 어렵고 그만큼 작품 내 세계로 구체화되게 마련인 반면, 이른바 인생의 한 단면을 포착하는 데 요체가 있다고 여겨지는 단편소설의 경우는 스토리—선 자체가 여럿이기 어려운 까닭에 작가가 특별히 의도하지 않는 이상 공간적 배경이 하나의 작품에서 현실성을 띠는 구체적인 세계로 현상되기는 어렵다. 작품 군들을 통해서 작가가 주목하는 구체적인 세계상이 확인되기는 해도, 인물과 사건에 영향력을 행사하는 작품 내 세계가 개별 작품 속에 뚜렷이 설정되는 경우 자체가 드문 것이다. 사정이 이러한 까닭에, 도시를 배경으로 한 불과 열 편의 김유정 소설을 두고서 배경 설정의 양상이나 작품 내 세계의 현실 재현 수준 등을 평가하려는 시도는 원리적으로 무리한 것일 수 있다.[14]

---

13) 스토리—선(storyline)이란 사건들의 결합체인 소연속(micro-sequence)의 결합으로 이루어지는 대연속(macro-sequence) 중에서 '일정한 개인들의 집합'으로 구획되는, 전체 스토리의 하위 단위이다(리몬—케넌, 최상규 역, 『소설의 시학』, 문학과지성사, 1985, 32~3쪽). 이러한 정의에서 보이듯 스토리—선은 서사구성과 인물구성을 분리하여 생각하지 않을 수 있게 함으로써 매우 유용한 소설 텍스트 분석 단위로 기능할 수 있다. 이 책에서는 '같은 사건을 영위하는 인물들의 집합'이라는 것이 항상 명확하지만은 않을 수 있다는 점을 고려하여, 시간과 장소나 사건의 동일성 또한 스토리—선의 정체성을 확보해 주는 요소로 활용한다. 단일 스토리—선으로 보기에 다소 애매한 경우들도 시간과 장소나 사건의 동일성에 기대고 있어서 굳이 복수의 스토리—선으로 볼 필요가 없게 되어 있다면 하나의 스토리—선으로 간주해도 무방하다는 판단에서이다.

14) 이러한 맥락에서, 예컨대 '대도시를 건설한다는 명색으로 웅장한 건축이 날로 늘어가고 객들에게 미관을 주기 위하여 상점들이 서로 별의별짓을 다 하는 반면 낡은 단청집은 수리를 불허하고 양옥으로 고치라는 행태'를 지적하는 「심청」의 한 구절

이상을 전제한 위에서라도 굳이 시론적인 평가를 내려 보자면, 긍·부정 양 측면에서 다음 사항을 지적해 볼 수 있다. 먼저 긍정적으로 보자면, 소소한 지명이나 특정한 장소의 특이성이 문제되지 않는 지평 곧 근대에 들어 뚜렷해진 '공간의 균질화 현상'의 대표적인 예로 도시를 포착하고 그 속의 삶에 주목한 경우라고 할 수 있다. 뒤에서 상세하게 분석하겠지만 김유정의 이 부류 소설들이 보여주는바 '인물의 의도와 달리 전개되는 상황'이란 전근대의 공동체와 비교했을 때 근대도시의 삶이 갖는 공통적인 특성이라고 해도 좋을 것인데, 도시를 배경으로 한 김유정의 소설들이야말로 바로 이러한 상황적 특성을 잘 포착한 사례인 것이다.

물론 부정적인 평가도 가능하다. 작품의 배경이 당대의 정치경제적인 상황과 사실상 무관하고 인물들이 맺는 사회적 관계의 양상 또한 인간관계의 현실적 형식으로서의 계층적·계급적 측면이 개재되어 있지 않다는 점을 지적할 수 있다. 이러한 지적은 작품과 무관한 자리에 놓인 외삽적인 기준을 들이대어 부당하게 결여를 강조하는 것이 아니다. 김유정의 이 부류 소설들 대부분이 도시 하층민을 포착하고 있기 때문이다. 하층민을 등장시키면서도 그들이 하층민으로서 갖게 마련인 사회적 정체성을 도외시함으로써 사실상 왜곡된 상을 제시한 것이라고까지 할 수 있는 것이다.[15)]

을 들어 김유정이 근대화·도시화에 비판적인 인식을 보였다는 식으로 평가하는 방식의 문제를 지적할 수 있다. 작품의 맥락 자체가 그러한 미관을 해치는 거지들을 왜 없애지 않느냐는 주인공의 심정을 말하는 것이어서 도시화 양상 자체에 대한 판단이 모호하게 처리되어 있다는 것을 지적하지 않더라도, 열 편의 작품 중에 유일하게 드러나는 이러한 구절 하나를 근거로 하여 작가의 근대관을 운위할 수는 없는 까닭이다. 사실 이 구절은 박태원의 「소설가 구보 씨의 일일」(『조선중앙일보』, 1934. 8. 1~9. 19)에서도 확인되는 바, 거리의 지저분함에 대한 의식과 동궤의 것일 뿐이다. 부정적 인식의 요소가 없지는 않지만 그 바탕에 깔린 것이 사회경제적인 의미에서의 근대화에 대한 비판적 시선이라 하기에는 근거가 너무 부족하다. 이러한 사정을 무시하고 소설 속의 한두 구절을 가지고 작품의 경향이나 작가의 의식을 평가하자면, 식민지 시대의 소설들 대부분을 항일적 민족주의소설이나 탈식민주의적 작품으로 볼 수도 있고 정반대로 매판적 친일소설로 규정할 수도 있을 것이다.
15) 논의의 균형을 위해서, 농촌을 배경으로 한 소설들의 경우는 어떠한지에 대해 같은

이렇게 양면적인 평가가 가능한 상태로 도시 공간을 배경으로 물려 놓은 상태에서, 김유정의 소설들은 몇몇 개인의 삶의 태도에 주목하고 있다. 먼저 이들 등장인물들의 면면을 살피면서 인물구성 및 서술상의 특징을 정리해 본다.

도시를 배경으로 한 소설들의 인물구성 양상을 보면 주요 등장인물들이 대체로 도시 하층민이라는 사실이 한눈에 드러난다. 룸펜(「심청」)이나 실업자(「夜櫻」, 「옥토끼」, 「슬픈 이야기」), 여공(「옥토끼」, 「따라지」), 버스 걸(「따라지」), 카페 여급(「夜櫻」, 「따라지」), 기생(「두꺼비」), 행랑어

맥락에서 간략히 논급해 둔다.

이 부류의 작품들에는, 농촌사회의 궁핍상과 사회경제적인 관계에 대한 이해가 바탕에 깔려 있다고 할 수 있다. 일확천금을 노리며 금을 캐려고 한다거나 노름에 빠져 지내는 상황을 포착한 경우와 여자가 스스로 혹은 남편이 아내의 몸을 팔아 호구지책을 삼고자 하는 경우들은 물론이요 목가적으로 보이는 「봄 · 봄」이나 「동백꽃」의 경우까지도, 폭력적인 지소관계가 작품 내 세계의 바탕에서 인물들의 행위에 제약을 가하고 있는 것이다.

물론 김유정은 지소관계와 같은 사회경제적 측면, 계급 역학 자체에 주목하지 않는다. 이러한 사회경제적 관계의 폭력성이 인신에 대한 제약이나 계급 갈등으로 나타나지 않는 것이 카프 식 농민소설과의 차이이다. 그러한 경우와는 달리 김유정의 소설들은 전통적이고 통념적인 윤리나 풍속을 더 이상 지킬 수 없는 상태, 정상적인 생활방식을 더는 유지할 수 없는 상태로 빠져 들어간 인물들의 파행적인 모습을 통해서 사회경제 상황의 폭력성을 고발하는 특징을 보인다. 그렇다고 해서 김유정의 농촌 배경 소설에서 보이는 바 비윤리적이거나 비정상적인 행태가, 인물들의 성격이 희한해서 벌어지는 것도 아니고, 인간성의 숨겨진 측면을 파헤치려는 작가의 안목에 의해 새롭게 폭로되는 성격과 같은 것도 아니다.

김유정의 소설들이 서 있는 자리는 그러한 심리학적 철학적 견지가 아니라 카프계 농촌소설들과 마찬가지로 정확히 사회경제적인 문제 상황이다. 이들 작품의 바탕에서 작가는, 인간다운 삶을 허락하지 않는 사회경제적 상황에 의해서 순박하고 무지한 농민들이 내몰리다시피 처하게 된 상황을 문제적으로 보고 있는 것이다. 먹고 살고자 하는 욕망을 무엇보다 위에 놓고 윤리와 풍속의 경계를 넘어서는 이들 순박한 인물들의 바보 같기도 할 정도의 왜곡된 삶의 모습을 통해서 김유정은 그러한 상황적 강제를 환기시킨다. 바로 이렇게 독특한 방식으로 사회적 문제를 뛰어나게 형상화했다는 데서, 농촌을 배경으로 한 김유정 소설의 한 가지 진가를 찾을 수 있다.

멈(「情操」), 거지(「심청」, 「봄과 따라지」) 등이 그들이다. 물론 하층민이 아닌 경우도 없지 않다. 기생에 빠진 학생도 있고(「두꺼비」), 전차 감독이 되어 여학생 장가를 들겠다고 아내를 구박하는 사내도 있으며(「슬픈 이야기」), 순사도 등장하고(「봄과 따라지」, 「따라지」), 아내 외에 학생첩 기생첩까지 둔 상태에서 행랑어멈에게 잘못 손을 댔다가 이백 원 돈을 쓰는 한량도 있는 것이다(「情操」). 그럼에도 불구하고 전체적으로 보면 도시의 하층민이 주요 등장인물로 설정되는 것이 인물구성상의 첫째 특징이라 할 수 있다.

둘째 특징은, 주인공이나 시점화자가 대체로 약자로 설정된다는 사실이다. 사람들에게 업신여김을 당하고 순사의 취체 대상이 되는 '따라지'라든가 실업자로서 주위의 눈치를 보는 등 계층적으로 하층민이어서 고난을 겪는 경우는 존재 자체가 사회적 약자이므로 따로 설명이 필요치 않지만, 이런 경우는 비중이 크지 않다(「봄과 따라지」, 「땡볕」, 「연기」).

주요 등장인물들의 계층이 하층민이라는 첫째 특징과 달리 주인공이 약자로 설정되거나 약자의 시선으로 사건을 서술한다는 이 둘째 특징에 있어 주목할 만한 작품들은, 일반적인 견지에서 보면 사회 계층적으로 약자일 수 없는 인물이 작품에 설정된 인간관계나 사건에 있어서는 약자가 되는 경우들이다. 주인아씨가 자신이 부리는 행랑어멈에게 무시당하는 상황을 설정한 「情操」나, 집주인 마누라가 세입자들에게 농락을 당하는 사태를 그린 「따라지」가 대표적인 예가 된다. 있는 돈 없는 돈 써 가며 기생에게 구애작전을 하지만 사실상 그 오라비에게 농락당하기만 하는 학생을 그린 「두꺼비」도 실제 사회의 계층 관계가 작품 속에서 뒤바뀐 경우의 좋은 예이다.

나머지 작품들의 경우 위와 같이 명료하지는 않아도 주요 인물들의 관계에서 사실상 약자의 지위에 놓이게 되는 인물이 주인공이나 시점화자가 된다는 점에서는 동일한 특징을 보인다. 실직자가 된 남편을 제 자신이 내친 것이기는 해도 그의 귀염을 받고자 하며 다시 합치기를 원하는 「夜櫻」의 카페 여급 정숙 또한 사내와의 관계에서 강자라기보다는 약자라 할 수 있으며, 토끼가 없어진 데 대해서는 숙이를 닦아세우는 듯하지만 그녀의 애정을 갈구하기에 사실상 굽히고 마는 실직 상태의 청년인 「옥토끼」의 주인공도 숙이의 부친을 고려하지 않더라도 인물관계에서 약자에 해당한다. 「슬픈 이야기」의 주인공 또한, 아내를 구타하는 옆방 사내를 불러내어 훈계해 보는 면모를 보이기도 하지만, 그 처남의 항의를 받는 한편 주인노파의 오해가 계속되자 누구도 제 맘을 몰라주는 야속함에 짐을 꾸리게 되므로 결과적으로 서술시점에서는 약자의 자리에 놓여 있다.[16]

지금까지 살펴본 대로, 약자로서의 하층민을 주인공으로 설정하거나, 실제 사회의 계층적 맥락에서는 우위에 있는 인물이 작품 속의 인물관계 및 사건에 있어서는 사실상 패배하거나 열위에 놓이는 경우를 그리거나, 주요 인물들 간의 관계에서 약자의 편에 놓이는 인물을 시점화자로 설정하는 이와 같은 방식이야말로, 도시를 배경으로 한 김유정 소설의 인물구성 방식에 고유하고도 두드러진 특징이라 하겠다.

끝으로 셋째 특징은, 위와 같이 설정되는 주요 인물들이 자신이 처하게 되는 최종 상황에 대해 취하는 태도의 독특한 양상이다. 김유정 소설의 인물들은, 실제로는 자신의 의도가 좌절되었음에도 불구하고 심정적으로 현실의 상황을 뒤집어 해석하며 스스로 위안과 만족을 얻는 모습을 보인다. '현실적 패배의 심정적 역전'이라 할 만한 특징을 보이는 것이다.

「봄과 따라지」를 예로 들어 본다. 이 작품의 주인공은 종로 야시에 나선 어린 깍쟁이로 그가 벌이는 사건의 개요는 다음과 같다. 이 깍쟁이는 적선을 요구하는 자신의 본업에 충실하게 어떤 '양복쟁이'를 조르다 뒤통

---

16) 거지를 불쾌하게 여기는 주인공이 자신의 문제를 해결해 준 과거의 친구인 순사 앞에서 취하는 태도가 모호하게 되어 있는 「심청」만이 인물관계상의 강약에 대해 명확한 판단을 내리기 힘든 경우이다.

수를 얻어맞기는 해도 그가 먹다 버린 사과를 몇 입 먹게 된다. 그 뒤에, '고운 아씨'를 잡아 치맛자락까지 잡고 조르다 집에까지 쫓아가서는 '주인 서방님'한테 주먹질을 당하자 도망을 치며 그를 골려 주다가 잡혀 온몸을 구타당한다. 다시 야시로 나와 한 '신여성'을 붙잡고 막무가내로 조르다가 순사에게 귀를 잡혀 끌려가게 된다. 이상의 이야기를 정리해 보면, 땅에 버려진 사과 세 입을 먹고 담배꽁초 몇 개를 얻은 반면 심하게 매를 맞고 울었으며 급기야 순사에게 끌려가게 되었으므로, 일진이 매우 사나운 운수 나쁜 날이라고 할 수 있다. 그럼에도 불구하고 이 깍쟁이의 심사는 다르다.

> 열아문 칸도 채 못 가서 벽돌담에 가 잔뜩 엎눌렀다. 그리고 허구리 등어리 어깨쭉지 할 것 없이 요모조모 골고루 주먹이 들어온다. 때려라 때려라, 그래도 네가 참아 죽이진 못하겠지. 주먹이 들어올 적마다 서방님의 처신으로 듣기 어려운 욕 한마디씩 해 가며 분통만 폭폭 찔러 논다. 죽여 봐 이 자식아 요런 첼푼이 같으니 네가 애펜쟁이지 애펜쟁이. 울고불고 요란한 소리에 근방에서는 쭉 구경을 나왔다. 입때까지는 서방님은 약이 올라서 죽을똥 살똥 몰랐으나 이제 와서는 결국 저의 체면손상임을 깨다른 모양이다. 등 뒤에서 애펜쟁이 첼푼이, 하는 욕이 빗발치듯 하련만 서방님은 돌아다도 안 보고 똥이 더러워서 피하지 무섭지 않다는 증거로 침 한 번 탁 뱉고는 제집 골목으로 들어간다. 이렇게 되면 맡아 놓고 깍쟁이의 승리다. 그는 담 밑에 쪽으리고 앉아서 울고 있으나 실상은 모욕당했던 깍쟁이의 자존심을 회복시킨 데 큰 우월감을 느낀다.[17]

흠씬 두들겨 맞은 어린 깍쟁이가 자신을 때린 서방님을 욕보였다는 사

---

17) 김유정, 「봄과 따라지」(1936), 전신재 편, 『원본 김유정 전집』 개정증보판, 강, 2012, 188쪽. 이하, 작품 인용은 전집을 취해 표기법은 그대로 하되 띄어쓰기만 현재 규정에 맞추고, 본문 속에 쪽수를 표기한다.
1장뿐 아니라 이 책의 이후 모든 논의에서도, 텍스트를 인용할 때 표기법은 그대로 두고 (의미의 변화가 초래되지 않는 한) 띄어쓰기만 현재의 규정에 맞게 고친다.

실을 내세워 스스로 자신이 승리자이며 자존심을 회복시켰다고 자위하고 있다. 제3자가 볼 때의 평가, 현실적인 판단과는 정반대의 평가를 내리며 스스로를 위안하는 것이다. 이는 작품 말미에서 한 번 더 반복된다.

> 치맛자락을 닁큼 집어다 입에 디려대고는 질경질경 씹는다. 으흐흥 아씨 돈 한 푼. 그제야 독이 바싹 오른 법한 표독스러운 계집의 목소리가 이 자식아 할 때는 왼몸이 다 짜릿하고 좋았으나 난데없는 고라 소리가 벽력같이 들리는 데는 정신이 고만 아찔하다. 뿐만 아니라 그 순간 새삼스리 주림과 아울러 아픔이 눈을 뜬다. 머리를 얻어맞고 아이쿠 하고 몸이 비틀할 제 지깨 같은 손이 들어와 왼편 귓바쿠를 잔뜩 접어 든다. 이왕 이렇게 된 바에야 끌리는 대로 따라만 가면 고만이다. 붐비는 사람 틈으로 검불같이 힘없이 딸려 가며 **그러나 속으로는** 허지만 뭐. (중략) 구두보담 조곰만 뒤졌다는 갈데없이 귀는 떨어질 형편. 구두가 한 발을 내걷는 동안 두 발, 세 발, 잽싸게 옮겨놓으며 통통걸음으로 아니 따라갈 수 없다. 발이 반밖에 안 차는 커다란 운동화를 칠떡칠떡 끌며 얼른 얼른 앞에 나서거라. 재처라 재처라 얼른 재처라. 그러자 문득 기억나는 것이 있으니 그 언제인가 우미관 옆 골목에서 몰래 들창으로 디려다 보던 아슬아슬하고 인상 깊던 그 장면. 위험을 무릅쓰고 악한을 추격하되 텀부린도 잘하고 사람도 잘 집어세고 막 이러는 용감한 그 청년과 이때 청년이 하던 목 잠긴 그 해설. 그리고 땅땅 따아리 땅땅 따아리 떵떵 띠이 하던 멋있는 그 반주 봄바람은 살랑살랑 부러오는 큰 거리 이때 청년이 목숨을 무릅쓰고 구두를 재치는 광경이라 하고 보니 하면 할스록 무척 신이 난다.(190쪽. 굵은 강조는 인용자)

앞의 경우 서술자가 깍쟁이의 심정을 설명한 데 비해 여기서는 깍쟁이 스스로 자신의 심정을 서술하고 있는데, 이러한 까닭에 '현실적 패배의 심정적 역전'의 양상이 보다 잘 확인된다. 몸이 비틀거릴 만큼 순사에게 얻어 맞고 귀를 잡혀 끌려가는 상황이면서도, '속으로는' 자신이 순사의 구두 걸음을 제치는 영화 속 주인공인 양 생각하며 오히려 신에 거워하는 것이다.

이러한 점은 정도의 차이는 있지만 여러 작품들에서 두루 확인된다. 기생 옥화의 오라비에게 철저히 이용당했을 뿐임을 알게 된 뒤에 옥화가 늙게 되면 자신에게 오겠지 하며 길을 나서는 「두꺼비」의 주인공이나, 잃어버린 딸과 해후한 뒤에 자신이 내친 남편과 살 수 있겠지 기대하는 「夜櫻」의 정숙, 숙이가 토끼를 먹게 되었으므로 이제는 확실히 제 아내가 될 것이라 생각하는 「옥토끼」의 주인공, 구직운동을 열심히 하지 않는다는 누이의 질책에 다시 이불을 뒤집어쓰며 꿈속의 연기를 찾고자 하는 「연기」의 주인공 모두, 실제 상황에 반하는 심정적 상태를 갖추는 태도를 보인다.

지금까지 살펴본 대로, 인물관계에 있어서 현실적으로는 패배하지만 심정적으로는 사태를 반대로 해석해서 스스로를 위안하는 이러한 인물을 설정하는 것, 인물의 심리를 이러한 식으로 형상화하는 것이 도시를 배경으로 한 김유정 소설이 보이는 또 한 가지 특징이다. 이는 『아Q정전』의 '아Q'가 보이는 '정신적 승리법'과 같은 것으로서, 『아Q정전』이 성취한 바 근대 전환기 중국 민족의 특성 포착이라는 의의와도 유사한 의의를 김유정 소설 문학에 부여해 줄 만한 근거가 된다. 비참한 상황에 놓여 있되 절망에 빠지지는 않는 하층민의 한 특성, 부정적으로 보자면 현실을 왜곡하는 방식으로 그로부터 도피하는 퇴영적인 삶의 태도이지만, 상황이 매우 열악하다는 점에 주목하여 긍정적으로 보자면 그 자체가 질긴 생명력을 유지하고 발현시키는 생존 방법일 수 있는 하층민의 그러한 태도를 훌륭하게 독보적으로 형상화한 것이 김유정 소설문학의 중요한 의의 한 가지라고 할 수 있는 것이다.

3. 단순한 구성이 발하는 반전의 미학

김유정의 도시 배경 소설들을 형식 면에서 일별할 때 먼저 지적해 둘 특징 한 가지는 서술시 분량이 매우 적은 편이라는 사실이다.

전집을 기준으로 하여 1면이 200자 원고지 4매 정도(4.2매)라 하고 추산해 볼 때, 전집 12면 이내 즉 원고지 50매 이내의 작품이 「심청」, 「봄과 따라지」, 「두꺼비」, 「옥토끼」, 「情操」, 「슬픈 이야기」, 「땡볕」, 「연기」의 8편이나 된다. 분량을 더 적게 해서 전집 8면 이내 곧 원고지 30매 이내에 해당하는 소품만 들어도 「심청」, 「봄과 따라지」, 「옥토끼」, 「땡볕」, 「연기」의 다섯 편이 되어 전체의 50%에 해당된다.

단편소설의 서술시 분량을 원고지 100매 정도로 낮추어 본다고 해도 김유정의 도시 배경 소설들이 대단히 짧은 편에 속한다는 사실이 한눈에 두드러진다. 이러한 점은 농촌을 배경으로 한 김유정의 작품들과 비교해도 특기할 만하다. 이 부류의 소설 중 비교적 짧은 것은 「금」(6.5면)과 「동백꽃」(7.5면) 두 편뿐이다. 그 외 12편은 모두 전집 기준 10면 이상이어서 14편 중 2편인 14.3%만이 짧은 분량인 것이다.

이러한 상황의 원인으로 두 가지를 추론해 볼 수 있다. 하나는 김유정의 도시 체험이 충분치 못하여 서술의 호흡이 짧아졌으리라는 것이고, 다른 하나는 도시 배경 소설들을 쓰는 기간 내내 병중이 깊어져 분량을 갖추고 구성이 탄탄한 작품을 쓰기가 힘들었으리라는 점이다. 전자는 도시의 복잡한 양상을 꿰뚫어 보기에는 작가의 나이나 인생 체험이 부족하다는 일반적인 견지에서 생각해 볼 수 있는 것이다. 후자는 짧은 기간의 적은 작품이나마 김유정의 소설 세계가 보이는 변화 양상에 비추어 확인해 볼 수 있다. 김유정의 소설 세계는 1935년까지는 농촌을 배경으로 한 작품들 위주이고[18] 1936년 이후 서울을 배경으로 하는 작품이 거의 전부가 되는 양상을 띠고 있는데, 그 분기점이라 할 1936년 이후 그의 폐결핵과 치질이 악화되었을 뿐 아니라 정처를 잡지 못하고 이곳저곳을 전전하며

---

18) 그의 등단작인 「산ㅅ골 나그네」(1933. 3)가 11면 분량이고 대표작 중 하나인 「봄·봄」(1935. 12)이 12면의 서술시를 갖고 있으며, 앞서 지적했듯이 이 시기의 소품은 「금」 한 편에 불과하다.

투병하는 상황이 계속되었다. 이렇게 열악한 건강 상태 및 환경에서 소설 창작에 필요한 긴 호흡을 유지하기는 어려웠으리라고 추정하는 것은 자연스럽다. 농촌 배경 소설로서 1936년 이후에 발표된 유일한 작품인 「동백꽃」(1936. 5) 또한 짧은 분량이라는 사실도 이러한 판단을 강화시켜 준다.

이렇게 서술시 분량이 적은 상태에서 서사구성이 복잡해지지 않는 것은 일견 당연한 일인데, 그렇게 단순한 서사구성을 취하면서도 작품의 질과 나름의 특성을 갖추었다는 사실이 서사구성상의 둘째 특징이다. 이는 스토리−선의 양상에서 찾아진다. 도시를 배경으로 한 김유정의 소설들 대부분은, 중심인물이 스토리−선을 구축하는 상대방을 바꾸는 방식으로 스토리−선이 전환되는 양상을 보인다. 중심인물만을 놓고 보면 아주 단순한 단선적 전개 양상을 취하지만 스토리−선의 상대역이 바뀌면서 작품의 효과가 변형되거나 부각되는 단순하지 않은 특징을 띠게 된다.

「심청」의 경우 '나−따라지'의 스토리−선이 '나−순사가 된 친구'의 스토리−선으로 이접적으로 전환되는데, 전자에서는 도시나 따라지에로 향하는 주인공의 울분이 표현되고 후자에서는 순사가 된 옛 동무에 대한 주인공의 미묘한 태도가 그려짐으로써, 작품의 의미 효과가 중층화되고 있다. 「봄과 따라지」는 어린 깍쟁이를 중심인물로 해서 상대역이 여러 차례 바뀌므로 좀 더 많이 분절화된 것이지만 앞서 정리한 대로 단선적이라는 점에서는 근본적으로 동일하며, 주인 서방님과 순사를 상대역으로 하여 '현실적 패배의 심정적 역전'이라는 같은 패턴을 반복하되 그 내용에는 변화를 주어 의미 효과를 풍부하게 하고 있다. 「슬픈 이야기」의 경우 시점화자인 '나'를 한편으로 하고 박 감독과 그 처남, 주인 노파 등과 스토리−선을 맺으며 전환 양상을 보이고, 「땡볕」은 덕순과 아내의 스토리−선이 덕순 부부와 의사−간호사의 스토리−선을 중간에 두고 이어지면서 전환되는 구조를 갖추고 있으며, 「연기」는 주인공 자신의 꿈 서사가 현실에서의 누이와의 스토리−선으로 대체되고 있다. 이렇게 대부분의 작품들이 두어 개의 스토리−선이 전환 관계를 이루며 이어져 있는 단순한 구조를 보이고 있다.

「옥토끼」는 단선적이되 전환 양상도 미미한 경우여서 단순성이 가장 강화된 경우라 할 수 있는데, 앞서 지적했듯이 '심정적 역전'의 양상을 통해 나름의 특성을 보유한다. 「夜櫻」의 경우 경자와 영애의 스토리―선이 정숙의 스토리―선으로 변화되어 앞의 작품들과는 약간 차이를 보이지만 단선적인 스토리―선들의 이접이라는 점에서는 공통성을 갖는다. 이러한 작품들과 질적으로 차이를 보이는 작품은 「정조」와 「따라지」두 편인데 이들은 스토리―선의 구성이 중층화되어 복잡한 양상을 띠고 있다. 요컨대 전체 열 편 중에서 여덟 편의 소설이, 소수 스토리―선들의 단선적인 전환 위에 작품의 효과를 부각시키는 서사구성 방식을 취하고 있다.

　이러한 사실의 연장선상에서 이들 소설이 서사구성 면에서 갖는 셋째 특징을 말해 볼 수 있다. 주인공의 의지나 기대, 예상과 달리 상황이 전개되는 양상이 그것이다. 「심청」과 「봄과 따라지」, 「두꺼비」, 「夜櫻」, 「옥토끼」, 「情操」, 「슬픈 이야기」, 「땡볕」, 「연기」의 아홉 편이 이러하다.

　「두꺼비」의 경우를 보면, 오랜만에 찾아온 '두꺼비'의 방문 요청을 받은 주인공이 그동안 자신이 공을 들인 데 대한 보상을 기대하고 갔다가 '두꺼비'와 채선의 정사 시도 사건을 맞닥뜨리고 자신이 철저히 이용당해 왔다는 것을 절감하게 되고 있다. 「심청」이나 「봄과 따라지」의 사건 전개가 중심인물들이 예상치 못했던 방향으로 이루어지는 것도 명확하다. 「夜櫻」은 황당하다 싶을 만한 우연을 통해 정숙이 전남편과 딸을 만나면서 정숙은 물론 독자도 예상치 못한 상황이 펼쳐지며, 「옥토끼」는 숙이가 앓게 되는 예기치 못한 일로, 「情操」는 애초에 남편 자신도 이해 못 할 기행으로 종국에는 아씨가 예상치 못한 처리로, 「슬픈 이야기」는 주인 노파와 처남의 예상키 어려운 반응으로, 「땡볕」은 덕순 부부의 기대가 어그러지는 것으로, 「연기」는 꿈이 생시로 전환되는 것으로, 서사의 '예상 밖의 전개' 양상이 펼쳐진다.[19]

---

19) 이러한 특징에 더하여 몇몇 작품들에서는 앞 절에서 살핀 바 '현실적 패배의 심정적 역전' 방식을 구사함으로써 의외성을 한층 강화하고 있다. 여기서 생기는 놀라

이러한 특징과 관련하여 한 가지 지적해 둘 것은, '예상 밖의 전개' 양상을 아이러니와 혼동해서는 안 된다는 점이다. 아이러니가 말과 그 의미, 행위와 그 결과, 외관과 실제 사이의 불일치나 부조화를 드러내는 것으로서 부조리와 역설의 요소를 갖고 있음은 주지의 사실이다. 소설의 구성에서 주목되는 아이러니란, 자신의 상황을 제대로 인지하지 못한 상태에서 인지한 경우라면 할 수 없을 행동을 하는 '상황[행동]의 아이러니'이거나, 등장인물이 모르고 있는 것을 작가와 관객·독자가 알고 있음으로써 등장인물이 실제 상황과 맞지 않는 행동을 하거나 앞으로 다가올 운명과 정반대의 것을 기대할 때 그러한 등장인물의 무지와 관객·독자의 인지 사이의 대립에서 발생하는 '극적[비극적] 아이러니' 두 가지임도 널리 알려져 있다.[20] 요컨대 서사에서 아이러니가 구현될 때는 '상황에 대한 등장인물의 무지'가 필수 요소인 것이다. 「동백꽃」이 행동의 아이러니를 『오이디푸스 왕』이 비극적 아이러니를 잘 보여 주는 좋은 예라 하겠다. 이러한 작품들 속의 주인공과 비교해 볼 때 위에 언급한 아홉 편 소설의 주인공 및 중심인물이 상황에 대해 무지한 것은 아니라는 점이 분명해지므로, 이들 작품을 두고 아이러니라 해석하는 것은 적절치 못하다고 하겠다.

넷째로 서술상의 특징도 마지막으로 지적해 둘 필요가 있다. 김유정의 도시 배경 소설들은 개별 인물이나 인물관계의 형상화에 있어서 심리에 초점을 맞추고 있다. 이는 앞서 인물구성을 살피면서 지적했듯이 사회경제적인 의미에서의 역학관계 즉 계급, 계층 관계가 주목되지 않는 현상과 맞물리는 것인데, 그 대신 인물의 심리에 초점을 맞추어 성격을 부각시키고 인물들 간의 관계며 사건을 진행시키는 것이다. 이러한 맥락에서 인물의 심리에 초점을 맞추는 방식은 김유정의 농촌 배경 소설들과도 그 정도 면에서 차이가 나는 특성이라 할 만하다.

움 혹은 참신함이 전문 연구자는 물론이요 일반 대중들에게까지 널리 공유되는 바 김유정 소설 세계의 재미를 이루는 핵심적인 요소라고 할 수 있을 것이다.
20) 한용환, 『소설학 사전』, 문예출판사, 1999, '아이러니' 항목 참조.

원인이 명료하지 않은 자신의 울분과 불평을 남에게 뱉는 심청 사나운 주인공을 내세운 「심청」이나 실업자로서 누이의 잔소리를 들으며 살아가는 주인공의 꿈을 보여 주는 「연기」 등이 심정을 묘사·서술하는 서술시의 비중 또한 크다는 점에서 대표적이다. 경자와 영애의 말씨름을 통해 양인의 심리를 묘파하면서 힘의 우열이 있는 둘의 관계 양상을 잘 드러내는 한편 정숙이 딸을 그리워하고 우연히 조우한 전 남편에 대해 품는 복잡한 심리를 곡진하게 그려낸 「夜櫻」과, 상경한 지 얼마 안 되는 덕순의 다면적인 심정이 잘 형상화된 「땡볕」, 어처구니없는 상황에서 안달을 내는 아씨의 처지와 심정이 눈길을 끄는 「情操」 등은 인물의 심정 묘사가 스토리 자체는 단순한 작품의 의미 효과를 풍성하게 해 주는 기능을 하는 좋은 예들이다. 객관적 사건 위주로 전개되는 「봄과 따라지」나 「두꺼비」, 「옥토끼」, 「슬픈 이야기」의 경우도 작품을 맺는 최종적인 형식은 중심인물의 심정이며 「따라지」의 경우 또한 집주인 마누라의 심정에 포인트를 두고 있어서, 서술의 초점을 인물의 심리에 맞추는 것은 김유정의 도시 배경 소설들 일반의 특징이라 할 수 있다.[21]

지금까지 살펴본 대로 도시를 배경으로 한 김유정의 소설들은, 소수의 스토리—선들을 단선적으로 이어 가는 방식을 기본 구조로 하면서 인물들의 심리에 초점을 맞추고 있다. 스토리—선이 전환되면서 예상 밖의 사건 전개 양상을 띠고 그에 더하여 인물의 심리에서 '현실적 패배의 심정적 역전' 방식을 선보이기도 한다. 대부분의 작품들이 스토리—선들의 단선적인 전환 구성을 통해 독자들의 예상과는 다른 전개를 보이는데다가

---

21) 김유정의 소설 세계 전체 속에서 보자면 다음과 같은 비교가 가능하다. 농촌 배경 소설의 경우 작가가 잘 알고 있는 사상(事象)을 포착하여 상황에 대한 인식을 바탕에 깐 채 주로 전지적 작가 시점에서 사건을 서술하고 있는 반면, 도시를 배경으로 하는 경우 관찰을 하거나 인물의 내면으로 들어가(는 만큼 시야가 좁혀지는 상황에서) 삶의 한 편린을 그리고 있는 것이다. 일부에서는 이 두 부류의 차이를 시점 형식을 기준으로 지적하기도 했지만, 그러한 형식적·기법적인 특징이 아니라 그 결과로서의 형상화의 양상, 형상화되는 대상에서의 차이가 보다 뚜렷하다고 하겠다.

인물의 심리에 초점을 맞추면서 심정적 역전 장치까지 구사함으로써, 짧은 분량 내에서 반전 효과를 증폭시키는 방식을 취하고 있다.[22] 이를 김유정의 도시 배경 소설들이 취하는 서술전략이라 할 것이다.

4. 소결 및 남는 문제

매우 짧은 기간 동안 작품을 썼고 그 수효도 적지만 김유정은 한국 근대문학사에서 자신의 입지를 확실히 하고 있다. 그의 소설들 또한 국문학 연구는 물론이요 문학 교육에 있어서도 고전의 위상을 차지하고 있다. 이러한 결과가 이루어진 데는 국문학 연구사와 사회 상황과의 관계와 같은 외적 요인도 작용했겠지만, 김유정의 소설 세계가 갖고 있는 고유한 특성의 위력이 무시될 수는 없다.

도시를 배경으로 한 김유정 소설 문학 고유의 특징은 주인공의 의지나 기대, 예상과 달리 상황이 전개되면서 생기는 반전의 효과라 하겠다. 인간관계 면에서 약자에 해당하는 인물을 주인공이나 시점화자로 내세우고, 인물의 심리에 초점을 맞추며, 약자인 주인공이 '현실적 패배의 심정적 역전' 태도를 취하는 등의 특징들 모두 반전적인 효과를 증폭시키는 데 기여하고 있다. 문학 텍스트의 특성 면에서 볼 때 이것을 가능케 하는 장치가 소수 스토리—선들의 단선적인 전환 방식의 서사구성이며, 전반적으로 작품의 분량이 적은 것 또한 이러한 특성의 원인이자 동시에 결과라 할 수 있다. 김유정의 소설에서 결여로 읽을 수 있는 배경의 추상화 또한 위의 특징을 가능케 하는 대가에 해당된다.

---

22) 이와 관련하여, 시리즈 3천 만 부 이상을 판매하며 세계적으로 폭넓은 독자층을 확보하고 있는 일본의 대중작가 호시 신이치의 '쇼트 쇼트(short short)' 형식의 초단편 소설들이 그 구성에 있어 즐겨 반전을 꾀하고 있음을 참조할 수 있다(「해결책」 같은 작품이 대표적인 예이다. 호시 신이치, 윤성규 옮김, 『수많은 금기』, 지식여행, 2008 참조). 그의 경우는, 반전이야말로, 분량이 짧은 소설이 의미 면에서 자신의 몫을 확보하는 효과적인 방법임을 알려 주는 좋은 사례라 할 수 있다.

이렇게 작품의 제반 특성들이 총체적으로 작용하여 반전 형식이 주는 즐거움을 낳는 것, 이러한 작품 효과야말로 도시를 배경으로 한 김유정 소설 고유의 미학적 특성이다.[23) 이에 더하여 작품의 주제효과 차원에서도 이들 소설의 의의를 말해 둘 수 있다. 도시 하층민들이 작품의 주요 사건에서 실제적으로는 패배하지만 심정적으로는 자신을 위안하는 양상을 통해 비참한 상황에서도 절망에 빠지지 않는 하층민의 질긴 생명력과 생존 방법을 형상화한 것은, 1930년대 중반 식민지시대를 살아가는 민중의 본성 한 가지를 포착한 것이라는 시대적 의의를 갖는다. 효과적인 구성법에 의한 소설미학적 즐거움과 곤궁한 삶 속의 생명력을 포착한 데서 나오는 소설사적 의의가 어우러진 것, 이러한 복합적인 효과를 짧은 분량의 작품에서 성공적으로 구현한 점이야말로 도시를 배경으로 한 김유정 소설 고유의 특징이라 하겠다.

---

23) 김유정의 소설이 주는 즐거움의 정체를 규명하고자 한 다른 시도로 연남경의 「김유정 소설의 추리 서사적 기법 연구」(김유정학회 편, 『김유정의 귀환』, 소명출판, 2012)가 있다. 「만무방」과 「산골 나그네」, 「가을」의 세 편만을 대상으로 하고 있어서 김유정의 소설 전반 혹은 농촌을 배경으로 한 작품들 전체로 확장할 수 있는지는 더 따져봐야 하겠지만, 일반 독자는 물론이요 전문 연구사들도 공유하고 있는바 김유정의 소설이 재미있다는 인식의 근거를 텍스트 분석을 통해 규명했다는 점에서 의미를 갖는 작업이라 하겠다.

2장.『천변풍경』의 개작에 따른 작품 효과의 변화

1. 연구의 대상과 초점

이 장에서는 박태원의『천변풍경』이 보이는 소설 미학적 특징을 구체적으로 분석하기 위한 기초 작업으로, 두 차례의 연재본과 단행본을 비교 검토한다.

이러한 연구목적의 설정은 일견 새삼스러운 것으로 보일 수도 있다.『천변풍경』이란「소설가 구보 씨의 일일」과 더불어 박태원의 식민지시대 대표작이요, 1930년대 이른바 모더니즘소설계에서 **빼놓을** 수 없는 작품이며, 한국 근대소설사의 주요 작품들 가운데 하나이기 때문이다. 소설사에서 이렇게 확고한 자리를 잡고 있는 작품을 대상으로 하여, 정밀한 텍스트 분석 작업에 집중해야 하는 판본 비교 연구를 수행하려 할 때는, 따라서 약간의 설명이 필요하지 않을 수 없다.『천변풍경』의 연재본과 단행본을 비교 검토하려는 이 책의 문제의식은 다음과 같다.

첫째는 연재본과 단행본의 비교 검토에 기존 연구들이 거의 관심을 기울이지 않은 채 대체로 단행본 및 그것의 현대 출판본만을 대상으로 연구를 수행해 옴으로써 연구 결과의 질이 충분히 만족스럽게 되지는 못했다는 판단이다.『천변풍경』의 개작 과정을 검토한 최근의 한 연구가 지적하듯, 1989년에 나온 깊은샘 출판본이나 2005년의 문학과지성사 출판본은 저본이 명확하지 않거나 적지 않은 오류를 갖고 있는 것이어서[1] 본격적인 학술 논의의 대상으로 적당하다고 보기 어렵다.『천변풍경』의 텍스트 확정 작업이 제대로 이루어지지 않은 것 자체야 늦으나마 앞으로의 과제라 해도 되겠지만, 부적절한 대상을 두고 수행되어 온 근래의 연구들이 이 작품의 문학사적 가치 및 의미를 제대로 따질 수 없게 만든 것은 큰 문제라 하겠다.

둘째는 이 작품에 대한 통념적인 인식이 매우 널리 퍼져 있어서 작품의 실제를 실증적으로 정밀하게 실사하여 이를 교정할 필요성이 커졌는데, 판본 비교야말로 이러한 실증적 분석의 효과를 극대화하는 필수적이고도 유용한 방법일 수 있기 때문이다. 일반적으로 작품에 대한 실증적 분석이 새삼 요청되는 경우는, 작품에 대한 분석이 외삽적인 문학이론이나 연구방법론에 의해 자의적恣意的으로 행해지거나, 문학사 및 작가론 차원의 문제의식이 앞섬으로써 부분적 편의적으로 수행되는 경우가 많을 때이다. 1990년대 이래 양적으로 급격히 팽창된 박태원 소설에 대한 연구들이, 한편으로는 모더니즘에서 리얼리즘으로의 박태원 소설세계의 변화라든가 한국적 모더니즘의 특성 등에 주목하고 다른 한편으로는 식민지시대 경성의 근대화, 도시화가 갖는 정치적 함의나 탈식민주의적 문제의식을 앞세움으로써,『천변풍경』을 집중적으로 다룰 때조차 작품 자체에 대한 실증적이고 구체적인 분석에 근거하는 경우를 찾기 어렵게 되었다. 이러한 상황 속에서『천변풍경』에 대한 몇몇 통념이 무반성적으로 지속되어 텍스트에 대한 실증적 분석을 요청하고 있다.

『천변풍경』 연구들에서 두루 확인되는 통념적 이해의 대표적인 예는 다음과 같다. 서술상의 특징으로 '카메라 아이'를 이용한 객관적 묘사를 지나치게 강조하거나 한두 인물이 초점화자로 설정되어 있다고 단순화하

---

1) 전승주,「「천변풍경」의 개작 과정 연구—판본대조를 중심으로」, 민족문학사연구소,『민족문학사연구』, 2011, 172~3쪽 참조.

는 것, 시간배경 설정상의 특징으로 순환적인 시간 구조를 내세우거나,
공간배경과 관련하여 고현학적인 관찰이나 천변의 식민정치적 함의를 강
조하는 것, 인물구성 및 형상화와 관련하여 부정적인 인물군(에 대한 서
술자의 냉소적 태도)의 문제를 다소간 과장하는 것, (서브)스토리의 구조
를 정치하게 분석하지 않고 스토리 자체가 문제되지 않는다고 단정하는
것 등이 그러하다.

이상과 같은 통념들이 다양하게 변주되면서 『천변풍경』의 실제를 가
리고 있다. 이 책의 검토에서 분명해질 이러한 지적은 텍스트를 꼼꼼히
읽어보는 것만으로도 충분히 제기될 수 있을 만큼 자명한 것이다. 물론
'텍스트에 대한 정독 및 실증적 분석' 자체도 그 적실성을 두고 논란의 여
지가 없을 수는 없는데, 『천변풍경』의 경우처럼 짧은 시간 내에 개작이
이루어진 경우는 실증적 분석의 정확성을 제고하는 것이 상대적으로 용
이해진다. 개작 과정에서 확인되는 변화와 차이가 텍스트들의 실제 특성
을 간취하기 쉽게 해 주기 때문이다.

이상의 문제의식 위에서 이 책이 검토하고자 하는 『천변풍경』의 개작
과정은 다음과 같다.

『천변풍경』은 처음 '中篇小說'을 제호 앞에 단 채 『조광』지에 3회에
걸쳐 14절이 연재된 뒤(1936. 8~10),[2] 1937년 1월부터 9월까지 9회에 걸
쳐 『조광』에 '長篇小說 續川邊風景'으로 나머지 내용 36개 절이 연재됨으
로써 완결되었다.[3] 연재 마지막회의 '作者後記'에서 박태원 스스로 '誤記
와 誤植 以外에도 作者 自身 새로히 加筆하고 싶은 開所가 적지 아니 있'[4]

---

2) 연재 1회에 1~2절, 2회에 3~7절, 3회에 8~14절이 발표되었다. 연재 1회의 분량은
   각각 20쪽으로 동일하다.
3) <속천변풍경>의 연재 또한 각각 20쪽 내외의 분량으로 이루어졌다. 1회 1~2절, 2
   회 3~6절, 3회 7~11절, 4회 12절, 5회 13~19절, 6회 20~21절, 7회 22~26절, 8회
   27~30절, 9회 31~36절로 구성되어 있다.
4) 『조광』 1937. 9, 218쪽.

다 하였는데, 이를 반영한 것이 1938년 박문서관에서 간행된 단행본 『川邊風景』이다.[5]

불과 3년 만에 두 차례의 연재본을 집필하고 그를 수정, 합본하여 단행본을 출간한 것은, 한편으로는 작가 자신 연재본에 만족하지 않았음을 의미하고[6] 다른 한편으로는 이 전체 기간에 걸쳐 『천변풍경』이라는 작품을 완성한 것이라고 볼 수도 있게 한다. 연재본과 단행본의 개작 관계를 어떤 의미에서는 일련의 완성 과정으로 생각할 수도 있다는 것이다. 물론 그렇다고 해서 연재본의 작품으로서의 독립성이 부정될 수는 없을 터인데, 이런 맥락에서도 연재본과 단행본의 비교 검토는 각각의 소설 미학적 특징을 규명하는 데 관건이 된다 하겠다.

『천변풍경』 연재본과 단행본 사이에는, 단순한 오식의 정정에서부터 작품의 주제효과를 바꿀 만한 내용 구성상의 변화에 이르기까지, 다양한 차원에서의 변화가 확인된다. 이러한 변화 양상을 실증적으로 검토하는 일은 전승주에 의해 어느 정도 이루어졌지만 완결된 것은 아니다.[7]

---

5) 여기서는 단행본 초판을 구하지 못해 1941년에 출간된 재판을 사용한다. 이하 본문 속에서 작품을 인용할 때 1936년의 중편 연재본은 (연재 횟수:쪽수)로, 1937년의 장편 연재본은 (속+연재 횟수:쪽수)로, 단행본은 (쪽수)만으로 표기한다. 예를 들어 (2:298), (속3:144), (320) 등과 같이 표기한다. 동일한 내용을 연재본과 단행본에서 함께 지적할 때에는 '/'를 사용하여, (속2:411/130~1)처럼 표기한다.
6) 1차 연재본이 '中篇小說'로 되어 있고 그것의 '作者後記'에 '장편의 일부로 시험'해 본 것이라는 진술(『조광』, 1936. 10, 277쪽)이 있는 점도 이러한 추정에 힘을 실어준다.
7) 전승주는 「천변풍경'의 개작 과정 연구―판본대조를 중심으로」(앞의 글)에서 다섯 가지 측면 곧 (1) 문장부호의 수정, (2) 표현의 변화, (3) 어휘·문장의 생략, (4) 어휘·문장 보충, (5) 내용의 변화에 주목하여 두 판본을 대조하고 있다. (2)는 한자어 사용 여부와 어휘 및 문장 표현으로 다시 나뉘고, (3)과 (4)는 어휘·어구·문장·단락 등으로 세분되어 정리되고 있다. 문면을 보면 논문에 다 적시될 수 없을 만큼 대조작업이 전면적으로 수행되었음을 짐작할 수 있지만, 그러한 변화 양상에 대한 해석은 설득력이 약해 보인다. '생략'은 거의 전적으로 소설미학의 완성도를 높이기 위한 것이고(186쪽) '보충' 또한 대부분 인물이나 상황에 대한 이해도를 높임으로써 작품의 완성도를 높이고자 한 것(188쪽)이라는 지적은, 연재본의 작품성을 아예 무시하는 것으로 보지 않는 한 받아들이기 어렵다. 개작의 특징이 전체적으로 문장부호나 어

그러나 여기에서는 개작 양상의 실증적인 검토에 주안점을 두지 않는다. 개작의 구체적인 양상을 사실 차원에서 모두 정리하는 것은 작품의 원본 확정 과정에서 의미 있는 작업이지만, 그것 자체가 『천변풍경』의 이해를 증진시킬 수 없음은 자명하기 때문이다. 이 책이 주목하는 것은, 개작이 끼치는 작품 효과[8]상의 변화를 파악하여 개작 전후 작품들의 특징 각각을 명확히 하는 일이다.

이를 위해 여기에서는 인물 형상화 및 성격화의 변화, 인물관계 및 스토리의 변화, 절 구성에서 확인되는 서사구성 방식의 변화, 작품 내 세계의 현실성 및 맥락 변화에 초점을 맞추어 연재본과 단행본의 차이를 밝히고자 한다. 이 외에도 시간 및 공간 배경의 처리, 서술 비중의 증감 및 서술의 구체화 여부 등에도 주목한다.

휘 선택 차원에서 '내용보다는 표현의 변화에 집중'하고 있다는 결론(192쪽) 또한 이 책의 분석에 의하면 동의할 수 없다. 더불어, 그가 제시하는 사례들 중의 몇 가지 특히 (5)의 사례들은 실증적인 면에서도 오류가 있어 논의의 적실성을 약화시키고 있다. 요컨대 전승주의 경우는 두 판본이 각각 발하는 작품 효과를 따지기보다는 '개작은 개선'이라는 단선적인 방향을 사실상 전제한 위에서 개작 항목들의 긍정적인 기능, 효과를 추론한 것으로 보인다. 객관적이어야 할 실증 작업을 선험적인 목적의식하에서 수행한 셈이라 하겠다.

전승주 외에 최혜실의 「모더니즘 소설에 나타나는 공간성」(구인환 외, 『한국 현대 장편소설연구』, 삼지원, 1990, 152~6쪽) 등에서 판본에 대해 논한 바 있으나 『천변풍경』 텍스트들의 전면적인 검토에 해당하는 것은 아니다.

8) 이 책에서 사용하는 '작품 효과'라는 개념은 구조주의의 '전체' 관념에 닿아 있는 것이다. 구조주의에서는, 부분 요소들의 속성으로 환원되지 않는 구조화된 전체의 특징을 '효과'라 한다. 이 개념은, 한두 요소의 변화만으로도 전체적인 양상이 달라지는 문학작품을 적절히 이해하는 데 매우 유용하다. 하나의 작품이 발하는 내용형식 차원의 메시지 및 감동 등은 그것을 이루는 개개 요소들의 속성에서 유래하는 것으로 확정할 수 없다. 그보다는, 다른 모든 요소들과의 복합적인 인과관계의 소산으로 보는 것이 설득력을 갖는다. 곧 우리 눈앞에 있는 '바로 이 작품'의 전체적인 양상 자체가 그러한 인식적, 감정적, 심미적 결과를 발하는 것이므로, 문학작품은 구조화된 전체로 위에 언급한 그것의 제반 결과는 작품의 효과로 보는 것이 적절하다 하겠다. '구조주의' 및 '효과' 개념과 관련해서는, F. Jameson, *The Political Unconscious*, 앞의 책, pp.34~9 참조.

2. 긍정적 인물과 서술자의 소망

『천변풍경』의 인물구성상 특징은 다음 여섯 가지로 요약된다. 첫째는 등장인물의 수효가 150여 명에 이를 만큼 매우 많다는 점이다. 둘째는, 이 중에서 8명이 10개 절 이상에 22명이 6개 절 이상에 등장하거나 언급되면서 주요 등장인물로 부각되어 있다는 사실이다.9) 셋째는 이들 주요 등장인물 속에서도 다시 중심 인물군을 추려낼 수 있다는 것이다.10)

표면상의 이상 세 가지 특징 외에 내적 형식 차원에서 다음 둘을 더할 수 있다. 하나는 수많은 인물들이 등장하고 때때로 빈부차이가 드러나기도 하지만11) 이들이 사회경제적 맥락에서의 계급, 계층별로 구획되거나 하지는 않는다는 점이다. 이는 드난살이, 행랑살이를 하는 서민들과 그들의 집주인 사이에서도 마찬가지이다. 서술의 초점이 두 부류 인물들의 생활 각각에 놓여 있지 그들 사이의 관계에 있지는 않은 까닭이다.12) 다른 하나

---

9) 단행본을 기준으로 이를 정리하면 다음과 같다(괄호 안의 숫자는 작품 내 세계에 직접 등장하지 않고 다른 인물이나 서술자에 의해 거론만 되는 경우를 합친 횟수이다). 기미꼬 15(17), 하나꼬 12(15), 재봉 14, 민 주사 12(13), 금순 10(12), 점룡 어머니 11, 점룡 10, 최진국 8(10) / 포목전 주인 9, 한약국 며느리 9, 안성집 7(9), 용돌 7(9), 김 서방 8, 강석주 6(8), 귀돌 어멈 7, 창수 7, 순동 6(7), 만돌 어멈 6(7), 김 첨지 6(7), 칠성 아범 6, 이쁜이 어머니 5(6), 만돌 아범 4(6).
  이상의 정리 내용을 얼핏 보면 전체 50개 절에서 22명의 주요 인물들이 차지하는 비중이 크지 않은 것처럼 보일 수도 있지만 사실은 그렇지 않다. 이들 전체가 50개 절 전편에 걸쳐 고루 등장하고 있으며, 이들 20여 등장인물이 단일한 서브스토리로 구성되는 29개 절의 주동인물 19명과 거의 겹치기도 하기 때문이다.
10) 금순 관련 인물군(+기미꼬, 순동, 용 서방, 시집 식구들, 하숙옥 사내), 하나꼬-기미꼬 인물군(+하나꼬 모친, 금순), 민 주사-안성집 인물군(+학생, 처, 아들, 여학생)이 대표적이다.
11) 창수 부친과 한약국 주인의 대비가 좋은 예가 된다(48, 54). 그러나 이 경우도 창수의 시선을 통해 부친을 부끄러워하는 맥락에서 처리될 뿐 사회적 의미를 띠는 것은 아니다.
12) 이러한 판단의 예외라 할 수 있는 두 부류의 명시적인 대조의 예를 찾자면, 임신 사실을 확인하고 행복해 하는 한약국 며느리가 길에서 만돌 어멈을 만난 뒤 자신의 행복을 더욱 실감하는 것이나(속5:330/289), 작가-서술자가 <英伊의 悲哀>(속33

는, 이러한 상황에서 주요 인물들의 욕망과 그에 따른 행동의 대부분이 남녀관계에 집중되어 있다는 점이다. 이 특징은 인물들의 행동이 가족 범주와 관련되어 진행되는 사실과도 관련되는데 이것이 마지막 특징이다.[13]

『천변풍경』의 인물구성상의 특징에서 이 책이 주목하는 바는 이상의 공통점이 아니라 개작 과정에 따른 변화인데, 이는 크게 네 가지로 정리된다.

첫째는 부차적인 인물들에 대한 구체적 형상화가 증대된다는 점이다. 이는 다시 네 가지 방식으로 수행된다. 등장인물이 추가되기도 하고,[14] 무명의 인물에 이름 및 사회적 지위 등이 부여되기도 하며, 인물들에 대한 설명이 보충되거나 인물의 등장 빈도가 증대되고, 대화나 행동 묘사가 수정됨으로써 리얼리티가 강화되는 방식이 그것이다.

단행본에 와서 새로 등장하는 인물로는 한약국 홍 서방, 예전에 한약국에서 일했던 돌석이, 평화 카페의 메리, 남대문 밖 석유회사 주인과 그 첩 최영옥 등이 있다. 다른 인물들은 작품 내 세계에 직접 등장하지 않고 거론되기만 하는 반면, 홍 서방은 곤경에 빠진 창수에게 활로를 열어주고(52), 메리는 하나꼬 관련 스토리-선의 변화를 자연스럽게 만들어주는 중요한 역할을 수행한다(126~7).

인물들에 새로이 이름 및 지위를 부여하는 경우는 평화 카페의 정경을

절/47절)와 <平和>를 나란히 배치하면서 영이[하나꼬]와 한약국집 며느리의 시집살이를 대조하는 것(개작 과정에서 이쁜이도 추가로 거론된다: 479)을 들 수 있지만, 이 경우 또한 (서로 직접 관련되지조차 않는) 여성들의 삶을 비교하는 것일 뿐이다.

13) 한약국집이나 포목전 식구들은 대체로 가족 범주 내에서 활동하고 있으며, 민 주사나 종로은방 주인, 강석주의 경우 축첩 혹은 오입을 행함으로써 가족 범주와 부정적으로 관계된다(만돌이네와 이쁜이네는 이 둘 모두에 걸쳐 있다). 금순이나 기미꼬, 하나꼬의 경우는 가족 공동체를 지향하는 방식으로 가족 범주에 연관되어 있다.

14) 반대로 등장인물이 없어지는 경우도 있다. 선거 과정에서 민 주사가 공을 들인 '김두호 진찰소'의 김 주부가 그러하다(3:259). 이 경우는 김 주부가 한약국집 주인으로 대체되어, 중심인물군에 힘을 실어주는 개작 방향의 한 가지 사례가 된다.

다룬 절이 대표적인데,15) '오호 뾱스'의 두 사내를 '전기상회 주인'과 '동아
구락부 주인'16)으로, 그들의 '당번 여급'을 '유끼꼬'17)로 명명하고(속
2:408~9/124~5), '육호 테이블'의 '깔끔하게 생긴 젊은이'를 '강 서방'으로,
그 일행 하나를 '기러기 아범'으로 명명하고 있다(속2:411/130~1). 이러한
처리는 천변 사람들의 세태를 보다 구체화하는 효과를 얻는 외에, 강석주
의 경우처럼, 뒤에 전개되는 서브스토리에 개연성을 더해주기도 한다.18)

세 번째 경우는, 한약국집 젊은 내외의 결혼 과정 등에 대한 설명이 추
가되고(1:281/38~9), 2절에서 창수 부친이나 홍 서방, 귀돌 어멈, 미장이
누이, 신전집 아들들과 같은 부차적인 인물들의 소개가 더해진 것 등을
들 수 있다. 그 외, 카페에서 우는 손 주사의 행태에 대한 묘사가 좀 더 풍
부해지고(속4:411~2/133~4), 강 서방 패의 화제에 오른 신정옥의 신상
이 구체적으로 추가되며(속4:410~1/131), 칠성 아범이 돈을 모으고 곗돈
을 탄 이야기(186~7) 및 신 첨지의 성공 사례와 누이의 개가 이야기가 덧
붙여진 것(188~90) 등이 이에 해당된다.

이상 세 가지에 더하여, 개작 과정에서 가장 많이 확인되는 어휘 표현
의 변화19) 중 상당 부분을 차지하는 인물들 간의 대화 수정을 통해, 대화
의 생동감이 증대됨과 더불어 해당 인물들의 리얼리티 또한 강화되는 것
을 지적할 수 있다. 간단한 어휘 표현의 변화를 통해 리얼리티가 강화되
는 경우는 주로 부차적인 인물들에 집중된다. 이는 이러한 대화의 대부분

---

15) 2차 연재본 4절 <情景>과 단행본 13절 <딱한 사람들>이 그것이다.
16) 원래 1차 연재본에는 없던 내용을 2차 연재본에서부터 추가한 것인데, 명칭 부여
  가 잘못되었다. 뒤에서는 '한양구락부'라 하기 때문이다(속7회 22절/단행본 36절
  참조).
17) 이어지는 410쪽의 단발 여급 '유끼꼬'는 단행본에서 '메리'로 바뀐다.
18) 이 절의 말미에서 강 서방을 알아보는 인물이 점룡이가 아니라 용돌이로 바뀌고(속
  2:413/136~7), 카페에서 강 서방이 거론한 신정옥의 신상이 구체적으로 추가된 것
  (131)은 각각, 점룡이가 강 서방을 두들겨 패는 근화식당 사건(속32질/46절)의 개연
  성을 높이고, 강석주의 연애 행각 스토리를 강화하는 효과를 얻는다.
19) 전승주, 「'천변풍경'의 개작 과정 연구」, 앞의 글, 179~80쪽.

이 빨래터나 샘터, 길가의 잡담 형식으로 이루어지며 따라서 그 담당자란 주로 나름의 스토리−선을 갖추지는 못하는 부차적인 인물들이기 때문이라고 이해된다.

둘째로는 **다소 극단적인 인물 성격화의 완화**를 꼽을 수 있다. 안성집, 포목전 주인, 전문학교 학생의 경우 등이 이에 해당된다. 민 주사가 선거에 패한 뒤 몸져눕자 포목전 주인은 유쾌해 하고 안성집은 이를 고소해 했다는 내용(3:275)을 지운 것이나, 관철동 집을 팔고 계동으로 이사 가기를 주장하는 안성집의 속셈 중 집을 자기 명의로 하려는 것 외에 학생과 자유롭게 성관계를 가지고자 함이라는 설정(속7:108)을 아예 삭제한 것, 안성집의 돈으로 다른 여학생과 놀다가 돌아오는 경인선에서 기생과 동행한 민 주사와 맞닥뜨린 전문학교 학생의 속생각을 변경한 것(속5:335~6/302)이 그 구체적인 내용이다. 이러한 개작의 효과는 안성집의 경우에서 잘 확인된다. 연재본의 안성집이 극단적인 만큼 상투적인 악녀에 해당된다면 단행본의 그녀는 생계와 연애, 물욕과 성욕을 고루 채우고자 하는 젊은 첩의 전형에 그칠 뿐이다. 이렇게 극단적인 형상화가 완화되면서 안성집의 리얼리티가 증대된다. 포목전 주인이나 전문학교 학생의 경우 또한 이러한 의미에서의 현실성 증대가 개작의 결과라 하겠다.[20]

개작에 따른 『천변풍경』의 인물구성상의 특징 변화 셋째는 **인물관계의 변화**이다. 이쁜이에 대한 점룡의 태도, 하나꼬와 종로은방 주인의 관계가 이에 해당한다.

이쁜이와 강석주의 결혼이 진행되는 5절 <慶事>를 보면 혼수 이사를

---

20) 여기에, 이발소의 민 주사가 행하는 상념 중 '젊은 계집의 맘을 붙잡으려면 그저 젊구 몸 튼튼한 것밖엔……'(1:276)이라는 구절을 삭제한 것도 포함시킬 수 있다. 이 구절은 민 주사의 면모를 천박하게 만드는 것으로서, 작품 도처에서 확인되는바 그가 어리숙할 정도로 선량하고 착한 인물이라는 서술과도 상충된다. 따라서 이는 극단적인 성격화의 완화이자 인물 형상화에 있어서 상충되는 요소를 제거하는 경우라고도 하겠다.

나르는 사람이 '점룡이, 용돌이 등'(2:293)에서 점룡이가 빠진 '동리의 젊은이 두 명'(67, 73)으로 바뀌고, 점룡이가 이쁜이에게 마음을 두고 있었음이 그 어미의 짐작을 통해 밝혀진다. 이로써, 후에 점룡이가 근화식당에서 우연히 만난 강석주를 두들겨 패고 그 결과 이쁜이가 친정으로 쫓겨오는 사건의 개연성이 강화되는 효과가 생긴다. 이러한 서브스토리의 변화는 불행한 시집살이로 고생한 이쁜이와 장가 밑천이 없어 방황하는 점룡 둘 사이의 희망적인 미래를 추측해 볼 수도 있게 한다는 점에서, 『천변풍경』의 전체적인 주제 효과에 상징적이나마 의미 있는 영향을 미친다.

평화 카페 여급 하나꼬와 종로은방 주인의 관계 변화는 개작에 따른 서브스토리의 변화에서 가장 두드러지는 것이고 그 파급효과 또한 커서 주목을 끈다. 연재본에서는 하나꼬가 부친의 병원 비용을 마련하기 위해 종로은방 주인에게 순결을 허락한 것으로 되어 있는데(3:12, 14절), 단행본에서는 종로은방 주인이 주는 돈 50원을 받았을 뿐 그 이상의 관계는 없는 것으로 되어 있다. 단행본에서 새롭게 설정된 메리가 두 사람의 돈 수수를 목격하면서 그 관계를 의심하지만(127), 종로은방 주인이 금 밀수로 검거된 소식을 듣는 하나꼬의 심정을 설명하는 서술 부분의 개작을 통해 둘 사이에 성적 관계는 없는 것임이 분명해진다(속4:390/277 참조). 이러한 변화는 작품 전체에 걸쳐 하나꼬의 인물 형상화가 보다 긍정적으로 바뀌는 것과 맥락을 같이 하면서, 이후 혹독한 시집살이 속에서 하나꼬가 보이는 바 자신의 선택에 책임을 지고자 하는 인고와 감내의 태도가 좀 더 자연스럽게 다가올 수 있도록 한다.

끝으로 넷째는 **중심 인물군에 속하는 기미꼬, 하나꼬, 금순 등의 인물 형상화가 긍정적으로 변모**한다는 점이다. 앞의 논의에 이어 하나꼬의 경우부터 검토해 본다.

상술한 바 하나꼬와 종로은방 주인의 관계 변화는, 하나꼬에 대한 형상화의 긍정적인 변화와 궤를 같이 한다. 하나꼬의 긍정적인 형상화는, 그

녀에 대한 재봉의 시선이나 서술자의 언급이 변화하는 데서 극명히 확인
되며,[21] 소실 자리에 대한 그녀의 생각이 바뀌고,[22] 종로은방 주인이 검
거되었다는 소식을 들었을 때 하나꼬가 느낀 불편한 심리와 그를 극복하
려는 자기합리화 과정이 삭제됨으로써(속5:18절/32절) 뻔뻔스러운 여급
의 면모가 사라지는 데서 확인된다. 이렇게 보다 순결한 것으로 성품이
미화되는 개작 과정을 통해서, 하나꼬는, 미모를 앞세운 카페의 일개 여
급을 벗어나 가난 때문에 여급 생활을 하지만 행실은 바른 '타락한 세태
속에서도 순결을 지키는 인물'로 크게 변모하고 있다.

기미꼬의 경우도 유사하다. '협기' 있는 행동이 특징적인 기미꼬는, 서
른이 넘은 못생기고 괄괄한 여급에 불과했지만, 개작을 통해, 전체적으로
보아 사려 깊고 관대한 인물로 변모된다. 그녀가 손님을 끄는 이유로 '일
종의 변태적인 매력'(1:260)을 내세웠다가 '소홀히 볼 수 없는 매력'(36)으
로 바꾼 것이나, 하나꼬가 부친의 사고 소식을 듣고 황망해 할 때 공감을
보이는 한편 침착하고도 사려 깊게 사태를 파악하여 하나꼬를 위로하고
안심시키는 긍정적인 면모를 강화한 것,[23] 금순과의 생활을 시작할 무렵

---

21) 연재본에서는 하나꼬가 밤늦게 카페를 나와 밖에서 기다리던 종로은방 주인과 종
로 쪽으로 가버리는 것을 재봉이 보고 언짢아하던 것이(3:274), 단행본으로 오면,
카페 안에 앉아 있는 종로은방 주인을 본 재봉이 그의 속셈을 떠올리고는 "(흥, 암
만 그래두, 하나꼬가 으떤 여자라구? 어림두 없지……)"라 속말을 하는 데 이어서
그 연유로 "얼굴도 곱고, 마음도 곱고, 행실도 곱다고, 이름이 난 하나꼬는, 소년에
게도 인끼가 있"(122)다고 서술자가 밝히고 있다.

22) 연재본의 '남자의 소실이라든 그러한 지위도 싫다 하지 않겠다 생각하여 온 하나꼬
이였고'(속5:331)가 단행본에서는 '남자의 소실이라든 그러한 지위도 싫다 하지 않
겠다고, 그렇게 생각한 일도 있는 하나꼬였고'(293)로 변경되고 있다. 미세한 구절
변화지만 의미의 차이는 크다. 자신의 지위에 대한 하나꼬의 생각이 하층민으로서
의 여급이라는 체념적 사고에 빠져 있는 것은 아님이 분명해지는 까닭이다.

23) 이 과정에서, 웬 전화인지 묻는 말에 대한 "언제나 달음 없는 거츤 목소리로"(3:264)
라는 묘사와 하나꼬가 병원으로 떠난 뒤 "그리고는 손을 들어 보기 좋게 코를 한 번
푼 다음에 다시 아모 일도 없었든 것같이 등을 골으고 있는 나이 먹은 여급"(3:265)
운운을 삭제함으로써 기미꼬의 부정적인 이미지를 없애는 한편, 사고를 당했어도
하나꼬의 부친이 정신이 맑은 만큼 의외로 대단히 다친 것은 아니리라는 추정을 하

금순이 자기처럼 늦잠을 자지는 못하게 하려 했다는 구절(속5:342)을 지우고, 하나꼬 모친의 당부와 달리 최진국에게 하나꼬를 만나볼 수 있겠냐고 말을 건네고 청요릿집을 제시하게 된 이유로 생리 중이어서 사려분별을 잃었다는 설정(속8:330~1)을 삭제한 것 등 모두, 기미꼬를 일개 여급이되 인간적으로 성숙하고 생각이 올바르며 매력 있는 인물로 돋보이게 변화시키고 있다.[24)]

금순은 연재 2차 1절에 처음 등장하지만 형식적인 면에서 볼 때『천변풍경』의 주요 인물에 해당한다.[25)] 기미꼬와 마찬가지로 그녀도 개작 과정을 통해서 부정적인 측면은 삭제되고 긍정적인 측면이 부각되는 식의 서술 비중의 증감을 통해 긍정적인 변화를 입는다. 금순의 경우 특징적인 것은, 그의 행동에는 애초부터 부정적일 것이 별로 없었던지라, 외모 설정상의 변화가 큰 비중을 차지한다는 점이다. 곧 '결코 예쁘다거나 곱다

며 하나꼬를 위로하는 부분(100)을 추가하여 그의 사태 파악 능력을 돋보이게 하고 있다. 또한 기미꼬와 하나꼬 양인의 대화가 보강되면서, 기미꼬가 진심으로 놀라고 걱정하며 관심을 기울이는 면모가 강화되는 것도 간과할 수 없다.

24) 같은 맥락에서, 기미꼬 관련 서술이 삭제된 경우들도 이해할 수 있다. 기미꼬가 금순을 도와주러 찾아가게 된 연유를 이상심리나 호기심의 맥락에서 설명했던 부분(속3:145, 144)과, 하나꼬와 금순 두 사람에게 함께 사는 방안을 제시하면서 기미꼬가 '생활 개선'이니 '아름다운 공동생활', '남자는 금제' 운운하는 대목 및 고아로서 글조차 배울 기회가 없었던 그녀가 그런 문자를 쓸 수 있게 된 연유에 대한 설명(속3:147)을 단행본에서는 삭제하고 있는데, 이는 기미꼬의 성품을 긍정적인 것으로 단일화하는 효과를 보이고 있다.

이에 더하여, 기미꼬가 하나꼬에게 사주는 경대 가격이 25원 50전(속6:144)에서 35원 50전(335)으로 높아진 것도, 그녀의 성품이 긍정적인 것으로 변화되는 개작 방침에 따른 것으로 볼 수 있겠다.

25) 금순은 어린 시절부터 현재에 이르기까지 살아온 내력이 상세히 밝혀지는 유일한 인물이다. 이를 위해 서술시 분량이 평균보다 두 배가 되는 절이 할애되었다. 그녀가 등장하는 절의 수 또한 10회에 이르고, 그녀 및 관련된 인물들(기미꼬, 하나꼬 제외)이 주동인물로 등장하는 단일 절 단위의 스토리-선 또한 6회로 가장 비중이 높다. 이상을 고려하면,『천변풍경』의 인물구성에서 금순의 중요도는 한층 강조될 필요가 있다.

거나 그렇게 말할 수는 없는 용모'의 구체적인 묘사(속1:151)가 삭제되고, '미인은 아니지만, 면추는 한 여자'로서 "별로 끄집어내어서 말할 흠은 없다"(161)고 수정되는 내용이 여러 차례에 걸쳐 반복적으로 제시되고 있다.26) 물론 외모 변화 외에도, 기미꼬가 문자를 쓰며 말한 내용을 금순이 절반도 못 알아들었다는 설정(속3:147)을 없애고, 금순이 손 주사의 후처가 되면 어떨까 하는 기미꼬의 생각에 '그 타고나온 착한 마음'(484)을 추가하는 등의 방식으로, 금순의 인물 형상화도 개작 과정을 통해 긍정적으로 바뀌고 있다.

하나꼬나 기미꼬, 금순의 인물 형상화가 단행본으로 오면서 이렇게 긍정적으로 바뀌는 것은 『천변풍경』의 주제 효과 변화를 고찰하는 데 있어서 중요한 시사점을 제공한다. 연재본의 경우 이들 세 인물이 하층민 여성의 불행과 신산한 삶이 남겨준 인격적 상흔들을 생생하게 보여줌으로써 풍속의 재현에 상당 부분 기여하고 있었다면, 단행본에서 이들은 역경에도 굴하지 않는 괜찮은 성정의 소유자들로서 따뜻한 공동체를 향한 소중한 소망을 펼쳐 보여 주는 역할을 하고 있다. 이러한 변모는 일차적으로, 객관적인 세태 관찰의 수위를 낮추고 서민들의 행복에의 지향에 대해 따뜻한 시선을 보내는 서술자의 태도 변화 곧 관찰자적 묘사보다 의도적인 형상화를 앞세우는 중요한 변화를 확인시켜 주는 것이다. 이들의 긍정적 인물화를 『천변풍경』의 주제 효과와 관련해서 보자면, 연재본이 객관적 시선에 의한 불행한 삶의 폭로에 좀 더 비중을 둔 반면, 단행본의 경우는 그러한 현실 너머를 지향하는 서술자-작가의 소망이 한층 강화된 것이라 하겠다.

---

26) 동일한 내용이 하숙옥 사내의 입장에서도 반복되며(속4:386/268), 그녀를 기생으로 넣으면 어떻겠냐는 김 첨지의 말에 인물이 안 된다고 점룡 어머니가 답하는 부분(속2:416)이 지워지고, 기미꼬가 금순을 데려온 의도가 여급을 만들려는 것은 아님을 서술자가 설명하면서 용모가 안 된다는 이유 때문만은 아니라고 알려주는 구절(속3:144)이 삭제되는 데서도 거듭 확인된다.

3. 서사구성과 현실성의 문제

『천변풍경』의 세계는 청계천 인근, 동서로는 모교에서 수표교 이내, 남북으로는 황금정[을지로]에서 종로 정도에 한정되어 있다.[27] 걸어서 다니는 데 별 불편함이 없을 만큼 좁은 지역으로 설정되어 있는 것이다. 사건의 배경으로 가장 많이 등장하는 곳은 인물들이 사는 집이며, 이발소와 카페를 포함한 상점들, 천변의 길, 빨래터 등이 그 뒤를 잇는다. 시간적으로보면 정이월 무렵에서[28] 다음해 입춘 직전으로 만 1년 정도에 걸쳐 있다. 그 속에서 3월 17일과 사월초파일, 첫여름, 장마, 구월 초순, 10월 첫 공휴일, 단풍철, 망년회 등이 시간의 흐름을 알려주는 지표로 드러나 있다.[29] 이러한 시공간 배경 설정은 개작 과정을 통해서도 대체로 유지된다.

시간배경과 관련된 개작의 양상으로 다섯 가지 변화를 찾을 수 있다. 첫째는 연재본 허두에는 없던 시간 관련 언급이 개작 이후 "정이월에 대독 터진다는 말이 있다"(3)로 등장한 것이고, 둘째는 '속 천변풍경'의 맨 앞에 나와 있던 '거리는 이미 완전히 여름' 운운하는 구절을 삭제한 것이며(속1:146), 선거일자가 '여름 전'에서 '얼마 안 있어'로 다소 모호하게 처리된 것(1:276/29)이 셋째, <딱한 사람들>(속2:4절/13절) 허두의 시간 배

---

27) 좀 더 확장하자면, 북쪽으로 한약국집 며느리의 친정이 있는 사직골과 안성집이 옮아가는 계동, 남쪽으로는 전매국 공장이 있는 의주통[서소문 근방]까지 포괄된다. 그 외, 신전집이 이사간 강화, 안성집의 고향인 안성, 창수의 고향인 가평, 민 주사나 안성집, 전문학교 학생, 한약국집 젊은 내외, 포목전 식구 등이 놀러가는 인천, 오류정, 온양, 원산 등과 순동 부자가 돌아다닌 부산 등도 포함될 수 있지만 스토리와 길항작용을 하는 구체적인 환경으로 기능하는 것은 아니다.

28) 연재본 허두에는 시간을 알리는 언급이 없다. 단행본에서야 '정이월'이 나오는데 이 또한 속담을 끌어온 것이기에 명확한 것은 못 된다.

29) 이상의 지표들과 그 시기에 벌어진 사건들을 고려하면, 장마를 제외한 모든 사건들이 일시적이거나 임의적인 것임을 알 수 있다. 따라서 『천변풍경』이 일 년을 시간배경으로 한다는 점을 들어, 순환론적인 시간의식을 읽어낸다거나, 일상성을 포착했다는 판단의 주요 근거로 삼는 것은 적절치 못해 보인다.

경이 삭제된 것이 넷째 특징이요, 마지막은 용돌이가 권투를 시작한 시기를 구체화한 것이다(속9:217/488).

작품의 허두에 모호하나마 시간배경을 넣은 것은 시간구조를 보다 명확히 한다는 점에서 의미 있는 것이지만, 마지막 항목은 별반 의미를 부여할 것이 못 된다. 중간의 세 가지 변화는 연재가 두 차례 진행된 후에 단행본이 나온『천변풍경』의 특수한 사정과 관련된다. 둘째 항목은 2차 연재본의 첫 절이라 시간배경을 두었다가 단행본에서는 중간 절이 되므로 없앤 것이고, 넷째 <딱한 사람들>의 경우는 작품 속의 위치가 앞으로 당겨졌기에 삭제된 것이라 할 수 있다. 선거일자의 조정은 작품 전체의 시간구조가 바뀌면서 생긴 것인데, 이를 포함하여 이상 지적한 변화의 필요성과 효과에 대해서는, 후술할 절 구성의 변화 부분에서 상론한다.

공간배경과 관련한 개작 과정의 변화는, 12절에서 '동아구락부'를 추가한 것(3:272/119)과, '한양구락부'의 위치를 명기한 '보신각 뒷골목'(속7:94)을 삭제하고 '바루 큰길 건너 화신상회'(속7:98)를 '바로 지척 사이인 화신상회'(363)로 변경한 것이 전부이다.[30] 이러한 변화는 따로 거론할 사항이라 보기 어렵다.

청계천 인근의 일 년여간 사람살이를 50개 절에 걸쳐 그려내고 있는 『천변풍경』의 서사구성상의 가장 큰 변화는 **절 구성의 변화**에서 찾아진다. 두 차례의 연재본이나 단행본 모두 전체 50개 절로 이루어진 점은 같지만, 양자의 절 구성 사이에는 중요한 차이가 존재한다. 이를 정리하면, 연재본의 두 개 절이 단행본에서 하나로 통합된 경우와, 반대로 하나의 절이 분화되는 경우, 그리고 절들의 순시 변경이라는 세 유형으로 나누어 볼 수 있다.[31]

여기서 가장 주목할 점은 **절들의 순서 변경**인데, 그 자체로 서사구성의

---

30) 앞서 밝혔듯이 '동아구락부'와 '한양구락부'는 같은 곳인데, 이렇게 명칭에 혼동이 있고 그 구체적인 위치를 지우고 한 점은 다소 흥미로운 일이다.
31) 이를 간단히 도해하면 다음과 같다.

변화를 나타내는 것이기도 하지만, 이 과정 속에서 시간적 배경이 다르게 처리되기 때문이다.[32]

이러한 변화는, 앞의 도해에 밝혔듯이, 1차 연재본의 13~14절과 2차 연재본의 1~4절 도합 여섯 절이 단행본 13~16절 네 개 절로 개편되는 데서 확인된다. 이 과정은 금순의 내력을 밝히는 절(속1:2절/16절)을 기준으로, 다른 다섯 절들이 위치가 뒤섞이며 세 개 절로 통합되어 앞으로 당겨지는 식으로 이루어진다. 2차 연재본의 4절이 이 부분의 맨 앞으로 옮겨져 단행본 13절을 이룬 뒤, 1차 연재본 13절과 2차 연재본 3절이 합쳐져 단행본 14절이 되고, 1차 연재본 14절과 2차 연재본 1절이 통합되어 단행본 15절이 되는 것이다.

중요한 점은 이 과정에서 계절적 배경이 바뀌고 있다는 사실이다. 연재본에서는 1차 14절에서 '첫여름의 바람'(3:277)이 분 뒤 그에 이어지는 2차 1절에서 곧장 '거리는 완전히 여름'(속1:146)이 된다. 따라서 2차 2~4절을 이루는, 금순의 이야기 및 안성집을 내치고자 하나 실패하는 민 주사의 '여름 대낮의'(속2:406) 이야기, '여름의 카페'(속2:408) 풍경 모두가 12절에서 시작되는 장마 이전의 한여름에 벌어진 것이 되는데,[33] 단행본으로 오면 초여름으로 바뀌는 것이다. 단행본에서는 원래 있던 '여름의 카페' 구절을 지운 채 카페 풍경을 13절로 당겨와 먼저 제시한 뒤, 14절에서 민 주사의 행차가 '첫여름 대낮'(147쪽)에 이루어진 것으로 처리하고 있다. 그리고 1차 연재 14절의 '첫여름의 바람'이니 '얼마 아니 있어 이 천변에 장마가 찾어올테다'라는 구절 부분을 없애고[34] 2차 연재 1절의 '거리

1…	13	14	1	2	3	4	…	8	9	…	12		…	16	17	…36
	✓ 4	+3 ↓	∨		✓	✓		∨			∧			∨		
1…	13	14	15	16			…	20		…	23	24 25 26 27	…	31		…50

32) 이 속에, 두 개 절의 통합 사례 둘도 포함되어 더욱 그러하다.
33) 따라서, 하숙에 든 금순이 한여름임에도 불구하고 들창을 닫아두고 있다는 점(속1:161~2)이 부자연스럽게 보였는데, 단행본에서는 이러한 점이 해소된다.

는 완전히 여름'이라는 구절도 삭제한 뒤 이 두 절을 합쳐 15절을 만듦으로써, 14절 이하 상당 부분이 자연스레 초여름으로 읽히게 변경하고 있다.

이러한 개작은, 『천변풍경』의 전체 서사 중에서 한여름 부분이 너무 길었던 것을 교정한 것이다. 이렇게 작품 전체의 서사구성상 작품 내 세계의 시간을 보다 균형 있게 배분함으로써, 단행본에서는 시간적 선형성이 강화되는 효과가 생겨났다고 할 수 있다.

이상 검토한 '절들의 순서 변경'의 효과에 더하여, 절들의 통합과 분화가 야기하는 작품 효과의 변화에 대해서도 살펴본다.

개작 과정에서 **두 개 절이 하나로 합쳐진 경우**는 모두 넷인데, 이들은 다시 두 유형으로 나뉠 수 있다.

하나는 서로 떨어져 있던 연재 1차 13절[35]과 2차 3절 <虛實>을 단행본 14절 <虛實>로 통합한 것이고, 다른 하나는 연재 2차 16절 <戱畵>와 17절 <一日의 歡樂>을 단행본 31절 <歡樂>으로 묶은 것이다. 이 두 경우는 민 주사와 안성집을 중심으로 학생과 취옥 등이 결부된 스토리─선으로서, 전자는 안성집에 대한 다소 극단적인 성격화 부분을 제거하면서 일련의 사건을 한자리로 모은 것이고, 후자는 4인의 오입 행각을 굳이 둘로 나누지 않고 통합한 것이다. 개작과 무관하게 이들 인물의 작품 내 비중은 그대로 유지되므로, 이들 통합의 효과는 파노라마적인 특성을 다소 약화시키면서 서사구성상의 긴밀성을 제고하는 것으로 정리될 수 있다.

통합의 또 다른 유형은, 연재 1차 마지막 절과 2차 1절 <어느 날 아침>을 단행본 15절 <어느 날 아침>으로 이어 놓은 경우와, 연재 2차의 8절과 9절 <어느 날의 揷話>[36]를 동일 제목의 단행본 20절로 합친 것이

---

34) 시간적 상거가 적지 않은 두 구절을 이렇게 함께 쓰는 것은 객관적으로 볼 때 어색하다. 이는 이 부분이 1차 연재물인 '중편소설 천변풍경'의 종결부로서 소설적 여운을 남기는 효과를 발하도록 쓰여 있다는 점을 고려할 때 해소된다. 따라서, 2차 연재본으로 곧장 이어지는 단행본에서 해당 부분 전체가 삭제된 것은 자연스럽다.
35) 이 절은 14절과 더불어 제목이 없다.
36) 이 두 절은 제목이 같다.

다. 전자는 하나꼬 스토리를 변화시키며 이전 설정을 지우고, '중편소설 천
변풍경'을 여운이 생기게 마무리하던 구절을 없애 두 연재본을 매끄럽게
이은 기능적 통합에 해당하며, 후자는 동일 제목으로 나란히 전개되었던
부분을 묶어 일견 교정 차원에 속하는 것처럼 보이기도 하는 것인데, 두 경
우 모두, 여러 인물들의 이야기를 파노라마식으로 제시하는 효과를 한층
강화하는 효과를 보인다. 이와 더불어 후자는, 몰락한 뒤 마음이 비굴해진
신전집 마누라와 모든 것에 자신이 있어 안하무인격인 포목전 주인을 하나
의 절 안에 배치함으로써 대조 효과를 보다 뚜렷하게 만들고 있다.

　　연재본의 **한 절이 여러 개로 분화되는 경우**는 연재 2차 12절 <霖雨霏
霏>를 단행본 23절 <장마 風景>과 24절 <昌洙의 錦衣還鄕>, 25절
<中山帽>, 26절 <不運한 破落戶>, 27절 <女給 하나꼬>의 다섯 개 절
로 나누어 놓은 것이다. 이 변화는, 다른 경우와 달리 유독 12절만이 그 자
체로 연재 1회 분에 해당했던 처리방식이 서사의 호흡상 다소 이질적이
었던 것을 바로잡은 결과라고 볼 수 있다. 물론 이 변화에 따라 단행본의
작품 효과도 변하기 마련이다. 이와 관련하여, 장마에 거처를 잃게 되는
깍쟁이들과 물에 떠내려오는 물건을 건지려는 풍속, 창수의 귀향, 금순의
소식, 하숙옥 사내의 에피소드, 기미꼬와 하숙옥 사내의 담판 등 하나의
절 안에 함께 담기에는 독립적인 성격이 강했던 스토리—선들이 분리되
면서 각각 부각되고, 그 담당 인물들 특히 창수와 기미꼬의 작품 내 비중
이 높아진 점을 지적할 수 있다.

　　요컨대『천변풍경』의 개작 과정에서 절들의 순서가 바뀌고 몇몇 절들
이 통합되거나 분화되는 변화의 효과는, 시간구조의 보다 균질적인 전개
와 몇몇 등장인물의 비중 증대로 요약될 수 있다. 파노라마적인 서술 방
식과 관련해서는 일정한 규칙을 찾을 수 없기에, 이러한 개작이『천변풍
경』에 어떤 유의미한 변화를 가져왔다고 할 수는 없다.[37]

---

37) 이상의 논의에서 보이듯 연재본과 단행본 사이의 몇몇 차이는 사소한 수정으로 볼
　　수도 있다. 그러나 전체적인 변화가 이 소설의 작품 효과에 의미 있는 차이를 가져

개작 과정을 통한 작품 내 세계의 특징 변화 중 가장 중요한 것은 현실성의 강화이다. 일견 사소하다고 생각될 수 있는 변화들 곧 어떤 행동의 세부사항이나 사건이 벌어진 기간 및 장소, 자잘한 금액 등이 수정된 사례들 중에서 적지 않은 경우가 작품 세계의 현실성, 인물 행위의 사실성을 증대시키고 있다. 22군데에 이르는 이러한 개작 사례를 크게 다섯 유형으로 나누어 정리해 보면 다음과 같다.[38]

(1) 시간, 공간 관련 변화
▶ 만돌 어멈의 상경 시기: 한 달 전 상경, 한약국집에 온 지는 한 이레 못 됨(2:287~8) → 보름 전 상경, 한약국집에 든 지 사흘이 못 됨(59~60) ~ 만돌 어멈이 한약국집 살림에 고생하는 연유 강화
▶ 이발소 주인의 서울 생활 기간: '이 년이 채 못 된'(속3:143) → '삼 년이 되어 오는'(226) ~ 포목전 주인과 자연스레 대화를 나누는 등, 천변에서 이발소의 기틀을 착실히 잡는 데 소요되는 시간 확보
▶ 광교에 서 있는 점룡의 장사 품목 변화: '아ー스꾸리'(속6:146) → '군밤장사'(342) ~ '시월 첫 공휴일'이라는 시기에 부합
▶ 한약국집 영감의 안주 변화: '외소백이'(속6:152) → '마늘장아찌'(352) ~ 시월 첫 공휴일의 일이어서, 수확기가 6,7월인 오이를 마늘로 바꾼 것(오이소박이는 저장음식이 아니라는 점도 고려)
▶ 창수 부자의 상경 코스: '동소문'(2:280) → '청량리'(45) ~ 가평에서 오는데, 양주·포천 방면의 관문인 동소문으로 들어오는 것은 사실성이 약함

(2) 돈 관련 변화
▶ 점룡이네의 방세: '삼 환'(1:274) → '사 환'(24)
▶ 민 주사가 마작으로 잃은 금액: 육칠백 원(2:296) → 사오백 원(79)

온 점이 명확한 이상『천변풍경』판본의 차이는 개작에 해당된다 할 것이다.
38) 2절에서 상술한 바, 대화의 생동감 증대에 따른 해당 인물들의 리얼리티 강화와 극단적인 인물 성격화의 완화에 따른 인물의 리얼리티 증대의 경우들도, 아래의 정리에 더할 수 있다.

▶ 창수의 월급: 3원(속1:148) → 4원(153) ~ 당구장 게임돌이 10원
  월급과 비교
▶ 기미꼬네 셋집: '일본집'(속4:384) → '조그만 집'(263) ~ 기미꼬
  의 경제력에 비추어 현실성 중대
▶ 하숙옥 사내가 금순을 꾀며 말했던 공장의 일급: '일환 칠십 전'
  (속4:390) → '이환 칠십 전'(277) ~ 사내 말의 사기성 강화
▶ 순동 부자가 삼 년 동안 모은 돈과 밀항 비용: "삼 년 동안 품파리에
  알뜰하게도 모아온 금액의 거의 전부인 일금 오십오 환"(속7:104) →
  "(상동) 금액의 거의 전부인 일금 칠십오 원 중에서 오십 원"(378)

(3) 인간관계상의 변화
▶ 이쁜이 혼인날 일을 도와주러 온 인물: 칠성 어멈과 귀돌 어멈
  (2:291) → 칠성 어멈(72). '귀돌 어멈' 대신 이쁜이네가 사는 집의
  '주인마누라'를 대체한 것 ~ 바느질로 생계를 꾸리는 이쁜이 어
  머니가 남의 집에서 드난살이를 하는 여인 둘을 부른다는 것이
  나, 셋집에 경사가 있는데 주인마누라가 모른 척하듯 등장하지
  않는 부자연스러운 설정보다 현실성 중대
▶ 이쁜이 신랑 집의 경제사정: "신부집이나 한가지로 옹색하게 지
  내는 신랑집"(2:292) → "신부집보다는 나아도, 역시 그다지 넉
  넉지는 못한 신랑집"(70) ~ 강석주의 씀씀이가 크다 하더라도,
  전매국 직공이라는 직업을 고려할 때 보다 자연스러움
▶ 하나꼬를 연적의 맥락에서 시기하는 메리를 추가하여, 하나꼬가
  카페를 그만두는 이유를 구체화, 강화(속5:18절/32절)
▶ 이쁜이가 쫓겨 온 뒤 그 모친이 필원이네를 시켜 세간을 찾아오
  는 일정: '사흘 뒤'(속9:216) → '이튿날'(486)

(4) 우연의 제거
▶ 창수의 담배 심부름: '어떻게 「용하게」'(2:284) 가게를 찾음 →
  재봉이가 알려줌(53~4)
▶ 만돌 어멈네가 한약국집에 들어가게 되는 과정: 아이 둘만 데리
  고 정처를 못 구하였으나 뜻밖에 만놀 아범이 올라왔을 때 '마침'

한약국집 행랑이 빔(2:288) → 남편이 없을 때는 들어갈 수 없었던 (자리가 비어 있던) 한약국집에 만돌 아범이 올라온 덕에 들어갈 수 있게 됨(61)
▶ 재봉이가 포목전 주인의 동선이 바뀐 것을 알아차리는 상황: 담배를 사갖고 오다가 포목전 주인을 봄(3:258) → '오늘도 이발소 창 앞에가 앉아' 봄(87) ~ 우발적 조우를 통해서가 아니라 항상적인 관찰을 통해 알아차리게 된 것

(5) 인물 형상화 관련
▶ 전문학교 학생의 외모: '그 얄미웁도록이나 색깔이 흰 게 예뿌장한 학생'(2:298) → '그 운동께나 하는 듯싶어 매우 건장하게 생긴 학생'(83) ~ 학생이 '××전문학교 운동선수'로서 '육체미'가 있다는 설정(속5:333/298)에 어울리게 수정
▶ 명숙이가 심심할 때 보는 잡지들 중 '「유년구락부」'(98) 삭제 ~ 명숙이가 기생을 언니로 둔 16세 소녀라는 사실에 보다 잘 부합
▶ 금순이 반찬 흥정에 익숙해지는 과정: '두어 번 하여 보면'(속5:341) → '며칠 하여 보면'(314)
▶ 기미꼬의 아침식사 묘사: "콩나물국에다 말은 밥을 퍽 퍽 퍼먹었다."(속8:322) → "콩나물국에다 밥을 말아 퍼억 퍽 퍼먹었다."(415) ~ 하나꼬의 모친이 꿈 이야기를 하고 금순이가 장단을 맞추고 하는 동안 기미꼬는 아무 말 없이 밥을 다 먹게 되는 것을 고려하면, 이때 밥을 마는 것이 보다 사실적

위의 사례들은 개별적으로 볼 때는 그다지 큰 의미를 띠는 것으로 보기 어렵지만 이렇게 전체적으로 놓고 보면 작품 내 세계의 현실성을 강화하는 데 기여하고 있음을 알 수 있다. 물론 이때의 '현실성'은 카프 등 좌파문학에서의 개념과는 다른 것이지만,[39] 현실 형상화의 강화라는 좀 더 넓

---

39) 좁은 의미에서의 현실성은 세계를 경제적인 것에 의해 총체화된 것으로 보며, 그에 기반한 좌파문학이 계급간 대립에 형상화의 초점을 둔 것은 주지의 사실이다.

고 유연한 의미로 사용하자면,『천변풍경』의 개작이 가져온 변화를 설명하는 데 적합한 용어가 된다. 요컨대, 스토리의 바탕이 되는 작품 내 세계의 시공간 질서가 좀 더 실제에 부합하게 되고, 그 속에서 살아가는 인물들의 행위에 있어서 인과관계와 경제적 요인의 구속력이 증대된 것은, 근대 자본주의의 삶을 보다 여실하게 드러내는 방향과 맞아떨어지는 것인 까닭이다. 여기에, 상술한 바 빈부차이에 대한 강조까지 더해 보면,『천변풍경』개작의 효과 하나로 현실성의 증대를 꼽는 것이 자연스럽게 된다.

현실성의 강화와 관련하여 '작가의 언어'의 감소 양상을 부연해 둘 수 있다. 개작 과정에서 작가의 언어가 삭제된 경우는 모두 다섯 군데인데, 상황을 요약하거나 인물들의 의견을 정리해 주는 부분(속2:407, 속3:145)을 제외한 세 경우는 작품 내 세계의 실제에 대한 작가-서술자의 주관적인 왜곡을 지양하는 방식으로[40) 작품의 현실성이 유지·강화되도록 기능하고 있다.

4. 사심 없는 관찰과 의도적 묘사

두 차례의 연재본에서 단행본으로 넘어오는『천변풍경』의 개작은 텍스트의 여러 층위에서 매우 많은 변화를 가져왔다. 수많은 어휘 표현의 변화와 주로 쉼표를 첨가하는 등의 문체상의 변화[41) 등은 그 수효를 헤아

---

40) 여성들의 쇼핑 애호 열기에 대한 일종의 장광설(속6:139)과, 생활력이 뛰어난 김 서방의 성품을 거리를 두고 부각시키려는 듯 그가 하지도 않은 몽상을 집어넣은 부분(속6:151), 만돌 어멈과 이쁜이의 불행을 화제로 삼은 여인들의 빨래터 수다에 대한 지나치게 낙관적, 달관적인 서술(3:267)을 삭제하고 있다.

41) 쉼표를 부가하는 문체 변화는 호흡을 길게 하여 함축적 의미를 강화하는 외에 이른바 '장거리 문체'의 의미를 좀 더 명확히 하는 기능을 한다. 의미의 명료화라는 점에서 이러한 변화는, 지시어를 인명으로 바꾸어 언행의 주체를 명기하는 수정(예컨대, 1:260/35, 속7:105/379 등)과 농궤의 것이라 하겠다.
반대로 쉼표를 축소하는 경우는 다음 경우가 예외적이라 할 정도로 드물다 : "아직 남은 더위가, 물론, 만만치 않았다. 허지만, 그래도, 이를테면, 이 장사도 철이 다하

리기 어려울 정도여서, 이러한 점에만 주목한다면, 짧은 시기에 이루어진 개작 과정을 작품의 완성 과정으로 간주하는 것도 가능해진다.

그러나 연재본과 단행본의 차이는 지금껏 살펴왔듯이 이러한 미세한 변화에 그치지 않는다. 인물구성과 서사구성 전체에 걸쳐서 각각의 주제효과에 의미 있는 차이를 가져오는 중요한 변화들을 낳기 때문이다.

개작에 따른 인물구성상의 변화는, (1) 부차적인 인물들에 대한 구체적인 형상화의 증대, (2) 극단적인 인물 성격화의 완화, (3) 몇몇 인물관계의 변화, (4) 기미꼬, 하나꼬, 금순 등 몇몇 중심인물 형상화의 긍정적인 변모로 요약된다. 여기서 핵심은 뒤의 두 가지로, 그 결과 한층 긍정적으로 변화된 이들 중심인물이 보이는 바 '공동체적인 삶에의 지향'이 단행본의 주요 주제효과 중의 하나로 자리 잡게 된다.

『천변풍경』의 개작은 전체적인 서사구성의 차원 및 작품 내 세계의 특징이라는 내용형식 차원에서도 행해진다. 서사구성상의 개작은 몇몇 절들의 통합과 분화 및 순서 변경의 세 유형으로 이루어지는데, 그 결과, 한여름 부분이 너무 길었던 것을 교정함으로써 시간구조의 보다 균질적인 전개가 가능해지고 기미꼬와 창수 등 등장인물의 비중이 증대되는 등의 효과가 더해졌다.

작품 내 세계의 특징 면에서는 현실성의 강화를 주목하지 않을 수 없다. 시공간에 관련된 변화들이나 금전문제 및 인간관계상의 수정사항들, 서사구성상의 우연을 제거하거나 인물 형상화나 대화의 양상을 바꾼 경우들 등을 통해서 단행본 『천변풍경』의 세계는 연재본에 비해 현실성을 한층 강화하고 있다.

였다. 이제 그는 얼마 안 있어, 햇밤이 나오는 길로, 군밤장사를 시작할 예산을 세우지 않으면 안 되는 것이다."(속5:326~7) → "아직 남은 더위가 물론 만만하지 않았다. 허지만 그래도 이를테면, 이 장사도 철이 다하였다. 이제 그는 얼마 안 있어 햇밤이 나오는 길로, 군밤장사를 시작할 예산을 세우지 않으면 안 되는 것이다."(281)

이상의 개작 양상을 종합하여 연재본과 단행본의 차이를 요약하자면 다음과 같다. 연재본의 경우는 다양한 풍속세태 및 빈곤이나 반봉건적 질곡 속에서 신음하는 여인들 등을 재현 맥락에서 형상화함으로써 일상의 객관적 제시에 가까운 반면, 단행본은 세부적인 리얼리티가 중대된 위에서 긍정적인 중심인물들의 행복한 삶에의 바람을 강조함으로써 현실 너머에 대한 지향을 부각시켰다고 할 수 있다. 요컨대 '연재본이 객관적 시선에 의한 불행한 삶의 폭로에 좀 더 비중을 둔 반면, 단행본의 경우는 그러한 현실 너머를 지향하는 작가의 소망이 한층 강화된 것'이라고 두 판본의 차이를 정리할 수 있다. 이러한 차이를 『천변풍경』의 작품 효과 맥락에서 다시 말하자면, 비루한 일상세태의 폭로적 구현에서 그에 대한 근본적인 긍정으로 요약할 수 있다.42)

---

42) 이는 이 작품의 개작이 작품 효과에 있어 의미심장한 변화를 초래했다고 보는 것이나. 『천변풍경』의 작품 효과에 대한 정치한 해석의 문제는 졸고, 「<천변풍경>의 작품 세계 -객관적 재현과 주관적 변형의 대위법」(반교어문학회, 『반교어문연구』 32, 2012)에서 다루었다.

3장. 재현과 전망의 역설 —한설야의 『황혼』 재론

1. 『황혼』론의 문제

이 장의 목적은 한설야의 장편소설 『黃昏』의 소설 갈래적 성격과 소설 사적 위상을 텍스트 분석을 통해 재고하는 데 있다.[1)]

한설야의 첫 장편이자 대표작인 『황혼』은 식민지시대의 대표적인 노동소설로 평가받고 있다.[2)] 소설사의 맥락에서 이러한 자리에 놓이는 한편, 작품 자체에 대한 분석과 평가에 있어서는 부정적인 의견이 지속적으로 제기되어 왔다. 작가의 목적의식, 계급의식이 앞선 상태에서 쓰인 결과로, 사태의 설정이나 인물 형상화에 있어 문제를 보이고[3)] 구성적으로

---

1) 이 책의 검토 대상은 『조선일보』 연재본이다. 『황혼』 연재는 1936년 2월 5일부터 10월 28일에 걸쳐 총 202회로 이루어졌다. 마지막 연재분에서는 206회라 했으나 이는 착오에 의한 것이다.

2) 장성수, 「1930년대 경향소설 연구」, 고려대박사논문, 1989, 133쪽; 김윤식, 「한설야론」, 『한국 현대 현실주의 소설 연구』, 문학과지성사, 1990, 74쪽; 김윤식 · 정호웅, 『한국소설사』, 예하, 1993, 149쪽.

3) 이러한 비판적 평가는 월납북 작가 해금 조치 이후 시작된 1990년 전후의 초창기 연구에서 특히 두드러진다. 이후의 연구에 강한 영향력을 행사한 이 시기의 주요 연구들은, '작가의 관념적 계급 편향'(김철, 「황혼(黃昏)과 여명(黎明)—한설야의 "황혼"에 대하여」, 『황혼』, 풀빛, 1989, 465쪽)이나 '주관 혹은 자의식의 과잉'(서경석, 「생활문학과 신념의 세계」, 김윤식 · 정호웅 편, 『한국문학의 리얼리즘과 모더니즘』, 민음사, 1989, 262~5쪽), '작가의 주관성의 노출'(김윤식, 「한설야론」, 앞의 글, 74

도 실패한 작품이라는 평이 그 요체이다.[4)]

　소설사에서의 위상 설정과 개별 작품 평가에서 괴리를 보이는 이러한 현상이 적절한 것인가 하는 문제의식에서 이 글이 시작된다. 소설작품에 대한 미학적 평가와 소설사적 위상 설정이 괴리를 보이는 것 자체를 문제라고 보지는 않을 수도 있지만,[5)] 『황혼』의 경우는 그렇지 않다. 작품에

쪽), '계급문학적 견해'(조구호, 「한설야의 <황혼> 연구」, 배달말학회, 『배달말』, 1992, 198쪽), '오기와 신념'(강진호, 「1930년대 후반기 한설야 소설과 리얼리즘」, 한국현대소설학회, 『현대소설연구』, 1994, 277쪽) 등이 두드러짐으로써, 당대의 현실을 올바로 반영하는 리얼리즘소설로서의 요건을 제대로 갖추지 못했다고 미학적 결함을 지적해 왔다. 이상 제 논의의 실제에서 금방 확인되는 것으로서, 이러한 비판적 평가의 바탕에는 '인간들이 죽어가야 할 환경에서 인간들을 살리려고 작가가 애 쓴 탓에 문제가 생겼다'는 임화의 판단이 놓여 있다(「作家, 韓雪野論 (下) —「過渡期」에서 「靑春記」까지」, 『동아일보』, 1938. 2. 22~4). 여기에서는 임화의 주장을 면밀히 검토, 비판하는 것으로 이상의 견해들과 거리를 두는 이유를 밝힌다.

4) 임화 식의 판단과 연관되면서도 구별되는 맥락에서 『황혼』의 미학적 결여를 증명(?)하는 또 다른 근거는, 이 작품이 각각 연애와 노동문제에 주목하는 전후반부로 분열되어 있다는 구성적 판단이다. 권영민(「<黃昏>에서 보는 한설야의 작품세계 — 노동문학의 가능성」, 『문학사상』, 1988. 8), 김철(「황혼(黃昏)과 여명(黎明)—한설야의 "황혼"에 대하여」, 앞의 글), 김윤식·정호웅(『한국소설사』, 앞의 책), 이선영(「황혼의 소망과 리얼리즘」, 『리얼리즘을 넘어서 —한국문학 연구의 새 지평』, 민음사, 1995), 서영인(「프로문학의 자기반성과 여성의 타자화」, 민족문학사학회, 『민족문학사연구』, 2011) 등이 이러한 입장을 공유하고 있다. 한 연구자가 『황혼』을 처음 읽을 때 '작품이 전후반으로 나누어져 있다는 느낌'이 든다고 했을 만큼(채호석, 「<黃昏>論」, 민족문학사연구소, 『민족문학사연구』 1, 1991, 233쪽), 이러한 입장이 폭넓게 퍼져 있음을 확인할 수 있다.
　물론 달리 파악한 경우가 없는 것은 아니다. 한점돌은 이 작품을 '세 차원의 의미구조를 갖는 중층구조'로 파악한 바 있으며(「한설야 소설과 프로 리얼리즘 미학」(1989), 『한국현대소설의 형이상학』, 새미, 1997, 221쪽), 조남현의 경우는 '어떤 인물을 프로타고니스트로 보느냐에 따라 여러 가지 소설유형으로' 파악된다면서 작품 구성에 대한 판단을 사실상 유보하기도 했다(『한국 현대문학사상 논구』, 서울대출판부, 1999, 237쪽).

5) 최초의 근대소설, 신경향파의 초기 소설, 카프 농민소설의 맹아적 작품 등과 같은 몇몇 예만 들더라도, 소설적으로든 미학적으로든 의미 있는 경향의 초기 작품들은 그러한 경향을 이끌었다는 사실만으로도 소설사의 한 자리를 차지하게 마련임을 알 수 있다.

대한 평가가 그 실제의 분석에 입각해 있기보다는[6] 소설사적인 위상을 설정해 온 문제의식에 의해 강하게 영향을 받아 왔기 때문이다.

『황혼』에 대한 1990년 전후의 연구들은 대체로, 식민지 시대의 대표적인 노동소설이라는 소설사적인 의의를 사실상 전제한 위에서 노동소설로서의 성취도를 따져보며 문제적인 측면을 지적하는 방식을 취해 왔다. 『황혼』을 노동소설의 대표격으로 소설사에 자리매김하는 구도 아래서, 이른바 '노동소설의 완미한 형태'라는 이상적인 평가 기준을 내세워 『황혼』의 실제를 일종의 미달형으로 폄하하는 악순환적인 논리를 구축해 온 것이다. 이러한 악순환 속에서, 작가의 의도는 따로 말하지 않더라도, 작품의 실제가 구현하는 바로서의 작품의도 자체가 제대로 존중되지 못하게 되었다. 작품의 실상이 논의 구도에 가려져 온 것이다.[7] 이러한 사태는, 한설야야말로 한국근대소설사의 대표적인 이데올로그라는 규정을 기본 전제로 하여 그의 문학을 이해하는 풍토[8] 속에서 제대로 반성되지 않고 지속되어 왔다.

『황혼』에 대한 선행 연구의 주된 줄기가 보이는 인식과 문제를 정리하면 다음과 같다. 『황혼』은 식민지시대의 대표적인 노동소설이되, 구성 면에서 전후반부로 분열되어 있고, 주요 인물의 변화에 필연성이 없는 문제를 보이는데, 이는 1930년대 후반의 정세에 주관적으로 맞서고자 했던 작가의 계급의식이 완고한 데서 연유했다는 것이다. 일견 일목요연해 보이

---

6) 이러한 점은, 『황혼』론들의 동향과 문제를 세밀하게 짚어 보는 자리에서 '작품 자체에 대한 철저한 분석이 없다는 점'을 선행 연구들의 문제로 지적한 채호석에 의해서도 확인된 바 있다(「<黃昏>論」, 앞의 글, 244쪽).

7) 이 책에서 밝히겠지만 『황혼』은 작품의도를 파악할 때 노동소설이 아니라 계급소설에 해당하는 것이기에, 대표적인 노동소설이라는 소설사적인 위상 설정 자체가 문제이고, 그에 따라 수행되는 분석 및 평가가 노동소설로서의 결여를 읽어내는 데 치중하게 된 것이 문제를 증폭시켜 왔다. 이러한 연구 성과가 축적되면서 노동소설이 아닌 소설로 읽는 작업 자체가 원천적으로 차단된 감이 생겨나 악순환적인 상황이 지속되었다고 할 수 있다.

8) 이경재, 「한설야 소설의 서사시학 연구」, 서울대학교박사학위논문, 2008, 1쪽.

지만 이러한 견해는, 앞서 지적했듯이, 소설사적 위상 설정과 작품에 대한 평가의 괴리라는 자체 모순적인 상황을 초래한다는 점에서 문제적이다.

또한, 앞에서 언급했듯이, 이러한 선행 연구들 거의 대부분이『황혼』과 관련된 임화의 소론을 무반성적으로 답습하면서 주요 논거로 삼아 왔다는 사실도 문제이다. 신문 연재 3회 분의 짧막한 글을 통해 한설야론을 쓰며『황혼』을 살짝 언급한 데 불과한 임화의 소론 자체가,『황혼』에 대한 해석 면에서 보자면 대단히 문제적이기 때문이다.

『황혼』에 대한 임화의 견해는 다음에 잘 드러나 있다.

> 雪野가 全州에서 돌아온 以後에 發表된 거의 大部分의 作品이 이러한 特色을 가지고 잇다. 長篇『黃昏』이 雪野의 努力에도 不拘하고 失敗한 原因, 決코 作者가 <u>過渡期인 옛 傳統을 固執</u>햇기 때문도 아니며 더 한 거름 <u>새 世界를 開拓하랴는 努力</u>이 不足한 때문도 아니다.
>
> 雪野는,『黃昏』가운대서 두 가지를 다 成熟시키려고 애썻을 것이다. 그러나 結局은 어느 것에게 充實치 못했고 ㉠<u>아모것도 充分히 나타나지 않엇다.</u> ㉡<u>女主人公『麗順』이가 눈뜨는 過程도 明白히 드러나지 안헛고, 男主人公이 社會人으로 自己를 完成해가는 힘찬 形象도 우리는 이 作品 속에서 發見할 수가 없다.</u>
>
> 단지 이 作品을 살리는 部分은 雪野가 生活을 보는 直觀力이 登場人物들의 周圍를 비칠 때『黃昏』은 비로소 제 아름다운 놀의 光彩를 發할 뿐이다.
>
> 이 直觀力이 찾어낸 산 生活世界가 登場人物들을 죽이지 안코 살려갈 때 우리는 비로소 作品 가운대서 藝術을 느낀다.
>
> 바꾸어 말하면 人間과 環境과의 調和! 그러므로 이 동안의 雪野的 混亂은 人物과 環境과의 離乖에 있다. ㉢<u>人間들이 죽어가야 할 環境 가운데서 雪野는 人間들을 살려갈랴고 애를 쓰는 것이다.</u>[9](밑줄과 기호는 인용자)

---

9) 임화, 「作家, 韓雪野論 (下) －「過渡期」에서 「青春記」까지」, 『동아일보』, 1938. 2. 24.

임화가 『황혼』의 문제로 지적하는 것은 크게 세 가지이다. '과도기적인 옛 전통'도 '새 세계를 개척하려는 노력'도 모두 충분히 나타내지 못했다는 것이 첫째요, 려순의 변모 과정이 명백히 드러나지 않고 남주인공의 발전적인 형상화가 부재한 만큼 인물 형상화에 실패했다는 것이 둘째고, 환경에 어울리지 않게 인물들을 살려내려는 작가의 의도에 따라 인물과 환경의 괴리라는 문제를 낳았다는 것이 셋째이다.

이상 세 가지 지적은 따로 떨어진 것이 아니다. 셋째가 궁극적인 원인이 되어 둘째와 같은 양상을 낳았고, 그럼으로써 첫째와 같은 비판이 가능해지는 까닭이다. 따라서 임화의 소론이 적실성을 갖는지 확인하는 첩경은 려순과 남주인공의 형상화 실패라는 지적을 실증적으로 검토해 보는 것이 된다.[10) 여기에서 임화의 판단이 잘못되었다는 점이 밝혀진다면,

---

10) '인물과 환경의 괴리'를 낳은 원인으로 그가 지적하고 있는바 '환경에 어울리지 않는다'는 상황 판단의 적실성 또한 따져볼 만한 문제인데, 여기서는 다음 두 가지만 짚어 둔다.

첫째는 임화가 이 글을 쓰는 1938년 시점의 현실 파악을 기준으로 1936년에 연재된 『황혼』의 현실 형상화를 문제시했다고 볼 수 있다는 사실이다. 1936년 작 『황혼』이 형상화한 현실이 '삼사년간의 공황' 이후의 2년간이라는 점을 고려하면 작품의 시대적 배경이 1933~4년경이 됨에도 불구하고, 1938년 시점에서나 가질 법한 형세 판단('인간들이 죽어가야 할 환경')을 부당하게 들이대면서 『황혼』의 세계를 한설야의 시대착오적인 계급의식의 산물인 양 비판한 임화야말로 '시대착오적'인 논지를 펼치고 있다고 볼 수 있는 것이다.

둘째는, 그 자체로도 성립하는 앞의 문제제기를 뒷받침하는 것으로서, 1930년대 노동조합운동의 양상을 볼 때 1930년대 중반(1934~6년)은 물론이요 1938년 시점까지 연장해서 보더라도 운동의 열기나 양상이 쇠퇴했다고 볼 수만은 없다는 사실이다. 『사상휘보』 등을 통해 일제가 정리한 수치만 보더라도, 1930년대의 노동쟁의는 연구자들이 흔히 생각해 온 것처럼 1930년대 전반기에 쇠퇴 일로를 걸은 것(이러한 견해의 최근 예로 손유경의 「삐라와 연애편지 ─ 일제하 노동자소설에 나타난 노동조합의 의미」, 한국문학연구학회, 『현대문학의 연구』, 2011, 7쪽을 들 수 있다)이 아니라, 1936년에 이르기까지 계속 고조되어 있었다. 식민지시대의 동맹파업은 1925~9년 사이에 452건으로 1921~4년의 1.5배를 이룬 뒤, 1930~6년간 해마다 160, 201, 152, 176, 199, 170, 138건을 기록하고 있다(김윤환, 『韓國勞動運動史 1 ─ 日帝下 篇』, 청사, 1981, 144, 250쪽 참조). 100건 미만이 되는 1937년 이

첫째 비판의 합리적 핵심이 적어도 『황혼』에는 적합하지 않다고 할 수 있으며[11], 그 자체로 미학적 정당성을 갖지도 않는 '인물과 환경의 괴리를 작품을 평가하는 기준으로 삼는 방식'[12] 또한 『황혼』에 해당하지 않는다고 할 수 있게 된다.

임화가 보인 소론의 문제적인 성격은 여주인공은 '려순'으로 특칭하는 반면 남주인공은 그냥 '남주인공'이라고 모호하게 말해 둔 데서도 그 단초를 찾아볼 수 있다. 『황혼』의 남주인공이 준식이 아니라 경재임은 작품을

후래야 중일전쟁을 벌이면서 일제의 탄압이 한층 강화되어 양적으로 쇠퇴되었다고 할 수는 있어도, 1930년대 전반기 혹은 중기까지는 노동운동이 계속 고조되어 있었던 것이다. 또한 이 시기의 노동운동이 '수적 성장'뿐 아니라 '지역적 분포'에서 새로운 추세를 보였으며 노동자들의 태업과 탈주를 고려하면 1940년 전후야말로 가장 많은 인원이 노동운동에 참여했다고 볼 수 있다는 점이나(김인걸 · 강현욱, 『일제하 조선 노동운동사』, 일송정, 1989, 196~7, 228~40쪽 참조), 노동단체의 수가 1920년 이래 계속 증가하다가 1930년을 고비로 점차 감소하는 대신 "非合法的 左翼 赤色勞動組合運動이 그 主流를 形成하게 되었으며, 一部는 나아가 抗日 武裝鬪爭으로 轉化하였다"는 사실(김윤환 · 김낙중, 『韓國勞動運動史』 중판, 일조각, 1982, 82~4쪽 참조)도 고려해야 한다. 이러한 사실은 좌파문학운동의 입장에서 보자면 양이 아니라 질의 측면에서 노동운동의 발전이라고 간주해야 마땅한 것이므로, 이러한 사실과 거리를 둔 임화의 안목을 문제시하는 대신 『황혼』을 통해서 그러한 현실에 가까운 작품 세계를 재현한 한설야의 의식을 문제시하는 것은, 좌파문학운동의 성과에 대한 평가 면에서든 해당 문인들의 의식에 대한 평가 면에서든 적절한 것이라고 보기 어렵다.

11) 이에 대한 궁극적인 판단은 임화의 소론이 거론하고 있는 한설야의 작품들 모두에 대한 분석 위에서야 가능해지게 될 것이다. 이 책의 논의 목적과는 거리가 있으므로 다른 기회로 미루어 둔다.

12) 위의 인용에 이어지는 논의에서 임화는, 인물과 환경의 모순이 조화될 새로운 맹아가 『청춘기』에서 발견된다면서도 그러한 조화의 요소가 한설야가 사랑했던 인물은 아니라고 문제인 양 지적하고 있는데(임화, 위의 글), 이러한 문제 제기 자체야말로 인물과 환경의 조화 자체가 소설의 성공을 가리키는 지표일 수는 없음을 자인하는 것이다. 『황혼』보다 『청춘기』가 낫다는 임화의 이러한 평가는 사실상 작품을 현실과 관련짓는 문학운동 및 리얼리즘적 견지에서 용납하기 어려운 것인데, 임화 등의 좌파적인 문학관과는 거리를 두고 있는 조남현 또한 "『청춘기』는 『황혼』에 견줄 바가 되지 못한다"며 임화의 판단이 '착각'에 지나지 않는다고 잘라 말한 바 있다(조남현, 『한국 현대문학사상 논구』, 앞의 책, 235쪽).

일별하기만 해도 자명한 것이고 작품 연재 전에 한설야 스스로 밝힌 데서도 명확히 드러나 있음을 고려하면,[13] 남주인공에게서 '사회인으로 자기를 완성해 가는 힘찬 형상'을 발견할 수 없다고 문제인 양 지적하는 임화의 언급은 그가 작품의 실제를 완전히 착각하고 있음을 드러내 주는 것에 다름 아니라고 할 수 있다. 그의 논의가 '착각'에 가깝다는 점은, '황혼'을 두고 '아름다운 놀(의 광채)' 운운하는 것이『황혼』의 제목이 작품 내에서 갖는 상징적인 의미와 완전히 동떨어진 것이라는 사실에서도 확인된다.

요컨대『황혼』에 대한 임화의 견해는, 최대한 긍정적으로 보자면 당대의 문학 상황에 대한 자신의 문제의식과 한설야의 소설세계 일반을 함께 논의하면서『황혼』의 실제와 다소 어긋난 경우라 할 수 있고, 객관적으로 보자면『황혼』에 관한 한 다분히 인상비평적인 언급을 던져 본 것이라 할 만하며, 다소 비판적으로 보자면 작품의 실제에 대한 심각한 왜곡에 기초하여 비평가로서 자신이 당대 문학 상황에 대해 가졌던 구도를 강조해 본 것에 불과하다고 하겠다. 앞에서 지적한바 '인물들이 죽어가야 할 환경'이라는 임화의 파악이 갖는 적실성 문제를 더하지 않더라도, 어느 경우로 보든『황혼』에 대한 임화의 이러한 언급은 부당한 것이다. 이러한 점은『황혼』연재 중에 나온 한효의 논의와 비교해 볼 때 한층 두드러진다.[14]

---

13)「本紙에 빗날 新長篇小說 黃昏－作者의 말」에서 한설야는 "이 소설은 량심 잇는 인테리 청년의 고민을 그린 것이다. 고민을 고민으로만 그리게 되면 그 색채와 의의(意義)가 엷어질까 하야 그것을 가장 선명히 할 어떠한 대조(對照) 아래에 마조 비최어 보려고 한다"라고 명언하고 있다(『조선일보』, 1936. 2. 2)

14)『황혼』에 대한 동시기의 평으로는 연재가 끝나기 전에 나온 백철과 한효의 글들을 수 있다.
백철은「作家 韓雪野에게－評論家로서 作家에게(第六回)」(『신동아』, 1936. 9)에서 한설야가 작가적 재능은 없는 상태에서 계급적 표식을 하나의 혹처럼 기계적으로 가졌을 뿐이라, 카프 시대가 지난 당대에는 무능한 작가에 불과할 뿐이라고 완전히 무시하고 있다. 백철의 이 글은 자신에 대한 설야의 비평에 대한 감정적인 비난에 해당할 뿐 분석이라 할 만한 내용을 갖추지는 않은 것이어서 깊이 상고할 것이 못 된다.
이와는 반대로 한효의 경우는,『황혼』에서 "勞資關係의 巨大한 形象이 그렇게도

3장. 재현과 전망의 역설 －한설야의『황혼』재론 **63**

사정이 이러함에도 불구하고 후대의 연구들 또한 임화의 문제의식의 연장선상에서 이 작품을 논의해 옴으로써, 이 장의 허두에 밝힌바 '소설 사적 위상 설정과 작품에 대한 평가 사이의 괴리'라는 문제가 지속되어 왔다. 구체적으로 보자면, 노동소설이라는 관점을 전제하고 『황혼』에 접근하면서 연애소설적 양상이 짙은 부분을 작품의 전반부로 떼어 그 구성을 이분법적으로 파악한 위에, 후반부의 소설 형상화 공과를 완미한 노동소설을 기준으로 하여 결여를 지적하는 식으로 평가해 온 것이다. 이로써 노동소설로서 의미 있는 것이긴 하지만 작품의 질이 기대에 미치지는 못한다는 식의 이원적 평가가 내려져 왔다.

『황혼』의 실제를 재구함으로써 이러한 문제를 지양하고 『황혼』의 성격과 위상을 새롭게 조명해 보는 것이 이 책의 목적이다. 객관적인 논의를 위하여 여기에서는 가능한 대로 『황혼』에 대한 일체의 선규정을 지우고 소설 텍스트에 대한 실증적인 분석으로 시작하여 작품의 특성을 규명하고자 한다. 먼저 작품의 서사구성을 검토하여 전후반부로의 분절 여부를 판단한 뒤(2절), 주인공의 변화를 초점으로 하여 서술상의 특징에 주목함으로써 작품의 주제효과가 어떻게 구현되는지를 파악하고(3절), 이상에 근거하여 『황혼』의 전체적인 특징과 소설 갈래를 정리하고자 한다(4절).

『황혼』에 대한 소설사적 위상 설정과 소설 미학적인 평가의 괴리라는 문제를 극복하기 위하여, 서사구성과 주제효과 면에 주목하여 작품의도

明敏하게 透徹히 創造"되었다며, 작가가 주요 등장인물들은 물론이요 공장 감독까지 이르는 인물들을 "한 개의 連結된 全體의 속에서 典型性과 形象의 個性과를 結付 昻揚시키기에 苦心"한 작품이라 하고, 인물들 모두가 필연적으로 활동하면서 사건의 전개와 성격의 표상에 긴밀하게 기여하는 상태를 상찬하였다(한효, 「現代 朝鮮作家論 −文壇의 分布와 作品의 傾向」, 『조선문학』 1936. 10, 256쪽). 려순의 변화에 대한 형상화에 통속성이 있다고 결함을 지적하기도 하고, 준식의 성격 묘사가 어떻게 진전될지 궁금해 하면서 "作家의 不屈한 世界觀은 應當 그 最高限의 光彩를 發揮하고야 말 것"이라고 기대를 표명하기도 하지만(257쪽 참조), 전체적으로 볼 때, 『황혼』이 1930년대 중반의 현실을 대상으로 하여 사회주의리얼리즘적인 성취를 이룬 작품이라고 높이 평가한 것이다.

를 분석함으로써 이 작품의 소설 장르적 성격을 규명하고자 하는 것이다. 상기 괴리 상황이 의미하는 바는 『황혼』이 노동소설이기 때문에 중요하다는 것 달리 말하자면 노동소설이라는 소설의 하위 갈래 면에서 의미 있는 작품이라는 것이 되는데, 이러한 갈래 규정이 적실한 것인지를 텍스트 분석을 통해 검증하고자 한다. 노동소설이라는 선규정에 의해 가려진 작품의 실제를 복원함으로써, 『황혼』이 중점적으로 드러내고 있는 바가 무엇이며 그에 근거할 때 이 작품의 하위 갈래는 어떻게 되는지를 밝히고, 『황혼』의 노동소설적 성격 또한 그 실제에 부합되게 작품의 효과 면에서 적절한 위상을 부여할 것이다.

2. 『황혼』 텍스트의 재구성

『황혼』은 전체 31개 절 202회로 이루어져 있다.[15) 이 소설의 절 구성 면에서 특징적인 점은 다음 두 가지이다. 첫째는 절의 분량이 대체로 연재분 5~6회로 이루어져 있지만, 28절 이하의 마지막 4개 절을 포함하여 15절 이후의 총 10개 절이 8회 이상으로 되어 있다는 점이다.[16) 둘째는 대부분의 절들이 스토리─선 단위로 나뉘어 있는 반면, 27절을 제외한 24절 이하의 7개 절이 복수의 스토리─선으로 구성되어 있고 이들 중 4개 절이 8회 이상의 긴 분량으로 이루어져 있다는 점이다.

이러한 사실은, 『황혼』이 작품 전편에 걸쳐 단선적인 스토리─선들을 병렬적으로 이어가다가 말미에서 그러한 스토리─선들이 전개해 온 사건

---

15) 작품을 인용할 경우 1-1, 31-8과 같이 '절─횟수'로 출처를 표시한다. 6절 '새 사장' 과 7절 '그들의 문답'이나 10절 '피서'와 11절 '직장'의 사이 등에서처럼 절의 표기가 잘못된 경우들이 더러 있는데, 이어지는 절의 횟수 번호와 전체적인 내용, 이후의 단행본 체제 등을 고려하여 바로잡았다. 9절 '옮기는 마음'의 경우 '(二)'회가 연속 세 번 나오고 17절 '기로'의 경우 다섯 회째부터 번호가 밀리는데 이와 같이 절내의 횟수가 잘못된 경우들도 모두 바로잡아 표시하였다.

16) 15, 17, 18, 20, 21, 23, 28, 29, 30, 31절이 그러하다.

들을 연결시켜 단일한 절 내에 통합하는 방식으로 작품의 주된 주제효과를 부각시키고 있음을 알려 준다. 몇몇 선행 연구들의 파악과는 달리, 애정 관계와 계급 갈등으로 작품의 전후반부가 이분화된 것이 아니라, (1) 남녀 주인공의 애정 관계와 (2) 공장의 쇄신 운동 및 그에 대한 직공들의 대응 노력, 그리고 (3) 인물의 변화 즉 려순의 각성과 경재의 동요라는 세 가지 사건 축이 작품 전편에 걸쳐 병렬적으로 진행되다가 말미에 이르러 하나의 큰 사건으로 통합되는 양상을 보이는 것이며, 이렇게 통합되는 갈래들의 위계 속에서 『황혼』의 주된 주제효과가 선명해진다는 것이다.

　『황혼』을 이루는 사건들의 구체적인 양상을 살피기 위해 전체 서사구성을 절 단위로 정리해 둔다. 려순과 경재의 관계 변화를 기준으로 크게 네 부분으로 나누고, 8회 이상의 긴 절을 밑줄로 표시했다.

> [A] 1. 가정교사 (5회): 봄. 졸업을 앞둔 려순. 경옥, 경일을 가르치는 가정교사 노릇의 어려움. 경재의 호의. 기순의 부상. / 2. 혼담(婚談) (5회): 김경재와 (안 씨 집안과의 혼인을 권하는) 부친의 대화. 귀국한 지 한 달 된 경재의 심리상태 및 현옥과의 관계 양상. / 3. 그네사람 (6회): 려순, 경재, 현옥의 조우. 준식을 찾아가 돈을 부탁하는 려순. 준식의 면모.
>
> [B] 4. 취직 (5회): 경재의 주선으로 Y방적회사 사장실에 려순이 취직. 려순과 경재, 연애감정을 느끼기 시작. / 5. 예감(豫感) (5회): 앓는 경재를 찾아와 간호하는 현옥이 려순과의 관계를 별 의심 없이 따져 봄. / 6. 새사장 (6회): 공장 혁신에 대한 사장과 주임의 대화. 사장이 려순에게 백화점 상품을 선물. 혁신안, 인사문제 관련 사장과 경재의 대화. / 7. 그들의 문답 (7회): 순진한 려순과 계급의식을 갖춘 준식의 대화. 려순을 통해 회사의 내정을 알려 하며, 기순의 취직 시도에 반대. 경재에 대한 이야기. / 8. 음모 (5회): 안중서가 현옥에게, 경재가 려순과 어울림을 이야기. 안 사상이 려순에게 금강산 위로 출장을 권유. / 9. 옮기는마음 (5회): 려순에게 집안에서의 상황, 안 사장과의 의견 차이, 현

옥과 결혼할 생각이 없음을 밝히는 경재. '하다못해 노동을 해도' 편한 안락을 추구하진 않겠다 함. 서로 끌리는 려순과 경재. / 10. 피서(避暑) (6회): 박형철을 만나 술을 먹고 들어와 술오한이 나는 경재에게 현옥이 려순을 헐뜯음. 피서 간 현옥의 세 차례 편지. / 11. 직장 (5회): 정님을 둘러싼 학수와 주임의 관계. 주임이 학수를 질책할 때 준식이 역성을 들어 줌. 준식을 달리 대하는 학수. / 12. 묘안 (5회): 주임의 아이디어로 하기경품제 실시. 건강검진 시행. 경품제에 매달리지 말라 하는 준식 일행. 준식 등과 동필 사이의 거리. / 13. 부상 (5회): 정님의 배반으로 떡심이 풀린 학수가 부상. 준식, 동필 등의 노력으로 입원 치료. 정님이 급사가 되리라는 소문. / 14. 암투 (5회): 사장실에 들러 려순에게 형철의 이야기를 해 주는 경재. 그의 심리. 현옥이 와서 려순에게 자리를 비켜 달라 함. 려순을 대하는 태도에 대한 현옥과 경재의 다툼. 려순과 저녁 약속을 한 경재가, 드라이브를 하자는 현옥에게 끌려 나감. / 15. 오해 (10회): 사장의 흉계에서 빠져나온 려순. 경재가 찾아와 연유를 물어 마침내 답함. 사직서 제출 방법 논의(1~5). 사장의 궁리. 형철의 취직을 부탁하는 경재. 려순의 사직원에 놀라며 걱정하는 사장이 순용을 보냄. 경재와 대화 후 출근을 결심하는 려순. / 16. 간섭 (6회): 현옥이 경재의 비겁함과 위선을 지적하고 뛰쳐나감. 김재당은 경재를, 안 사장은 려순을 각각 불러 서로 헤어지라고 종용. / 17. 기로(岐路) (10회): 사장의 후안무치에 자신의 비주체성을 자각하는 려순. 경재와의 귀향 혹은 이별, 공장일 등에서 갈피를 못잡고 괴로워함. 이튿날 사표 제출 후, 사랑을 내던지는 대담하고 장엄한 일을 생각해 봄. 김재당이 찾아오자 경재와의 관계 부정. 그가 내어 놓은 돈 봉투를 밖으로 쫓아가 내어 던짐. / 18. 사랑을 넘어서 (9회): 경재에게 자신을 잊어 달라 하는 려순이 자신의 마음이 너무 약함을 깨닫고 각자를 위해 관계를 해소해야겠다 생각. 며칠 후 경재가 주위의 압력에 굴복하려 한다고 훈계, 질책하자 사랑하지 않으므로 이겼다며 돌아가라 함. 종적을 감춘 려순의 편지에, 사랑은 해소해도 만나서 이야기를 했으면 하는 경재가 공상에 빠짐. / 19. 우정 (6회): 퇴원 후 복귀한 학수가 동필과 준식 패 각각의 도움 치하. 동필을 경계하고 가까워질 필요가 있다 하는 준식. 정님을 만난 학수가 마음과 달리 말함. / 20. 부운(浮雲) (8회: 9일): 주임과 만나 억지로 술을 먹고는 겨우 도망쳐 나온 정님이 귀가하여 학수를 맞닥뜨림. 어색으로 지위를 올리지 못할 게 없다는 심사의 정님이 모욕적으로 대하자, 학수가 발길질을 하고 튀어나옴. 준식이 학수에게 아예 발길을 끊으라 함. / 21. 방황(彷徨) (9회): 봉우에게 끌려나오다 현옥을 만나 연극을 보러 가게 된 경재가 우연히 려순을 발견하고 따라가 겨우 대면하나 주소도 못 얻음. 현옥에 끌려 연극을 보되 자기가 현실에서 빚는 연극만 못하다 여김. 려순의 변화 원인을 궁금해 함. 귀가해서도 생각. 려순이나 현옥에 대한 감정이 어떻게든 변할 수 있다는 것과, 자기 자신을 스스로 어찌할 수 없음을 깨닫고 소시민성에 몸서리를 침.

[C] 22. 그 뒤에 오는 것 (5회): 취직 운동을 하는 려순의 태도가 선결 문제라 하는 준식이 공장행 생각이 확실하다면 경재를 이용할 수도 있다 함. '난처한 회전기'에 놓여 확답을 못 하는 려순. / 23. 재회(再會) (8회): 려순의 편지에, 태도를 정하지 못해 답신도 못한 채 찾아온 경재. 준식과 3자 회동. 결심이 확고하지 못한 까닭에 이론을 늘어놓으며 공장 취직을 부탁하는 려순. 그녀의 변화와 결심에 놀라는 한편 자신의 우유부단함을 부끄럽게 생각하며 동의하는 경재. / 24. 교섭 (5회): 양력 세밑. 경재의 편지를 받은 려순이 사장을 찾아감. 사무실을 권하는 사장에게, 준식과 형철의 의견을 좇아, 공장을 원한다 하는 려순. 공장행을 창피하게 생각하지 않게 된 려순이 자꾸 사장을 찾아가 부탁. 공장에 심복을 심어 두자는 주임의 제안에, 사장이 려순을 활용하고 후일 제 욕심을 채울 생각을 하여, 려순을 불러 승낙 의사.

[D] 25. 새출발 (5회): 2월 중순. 공장생활 달포를 지낸 려순이 일을 익힘. 감독, 주임 등의 선처. '건강진단' 게시. 건강진단에 대한 직공들의 대화, 우려. 동필을 주의하자는 길림. / 26. 군상(群像) (5회): 건강진단을 받는 려순. 이틀간의 진단 일 오후 휴업 시간

을 이용하여, 건강진단 '그 뒤에 오는 것'에 대한 이야기 자리를 조직하는 준식 일행. 변소에 쓰인 것을 지우게 하는 주임. / 27. 전경(前景) (5회): 주임과 담당이 공장을 휩쓸며 '쪽지'를 압수, 수색. 분이와 복술이 주임에게 불려가 분이가 닦달 당함. 감독의 기찰. / 28. 대책 (10회): 종이[유인물] 관련 보도를 보고 분노를 느낀 사장이 주임과 담당을 불러 질책(1~2). 동필과 려순을 활용한 동정 파악 방법 논의(3~4). 주임이 동필을 만나 회유(5~6). 사장이 려순을 불러 이야기하는 것을 복수심과 시기심에 싸인 정님이 엿듣고 복수 충동에 허덕임(7~9). 사장이 '사장직계' 직공들을 만들라 하자, 려순이 직공들은 동료를 믿는다며 거부(10). / 29. 교차선(交叉線) (9회): 사장실에 들어서며 려순을 만나 놀라는 경재. 무위의 생활에 스스로 변하여 '줏대 없는 관대함'을 갖게 된 경재(1)가 려순과 평범한 인사만을 나누게 되자 가냘픈 괴로움을 느끼며, 공장에 들어가 사람이 변한 듯해지는 것을 아니꼽게 불쾌하게 생각(2). 직공들에게 건강진단과 새로운 기계 등에 대해 이야기하는 준식 패거리(3~4). 준식이 봉구에게, 동필을 감시하라 함(5). 려순이 공장에 들어서서 복술과 분이, 준식에게 사장의 이야기를 전함(6~7). 봉구와 동필의 대립, 대화(8~9). / 30. 그전후 (9회): 정님이 복술을 찾아와 직공들의 건강 상태를 적은 서류 뭉치를 꺼냄(1~3). 동필이 찾아와 준식 있는 곳을 알려 달라며 복술과 논란 끝에 나감(4~6). 복술이 준식에게 정님의 이야기와 서류를 전하고 동필이 만나고자 함을 알림(7). 준식이 동필을 만나 그를 끌어들임(8~9). / 31. 대조(對照) (8회): 노동자들의 9가지 요구사항이 적힌 '글빨'을 두고 분노하는 사장. 요구사항들에 대한 중역들의 논의. 자기 회사라는 소유의식하에 이야기를 중단시키는 사장. 경재가 찾아오자 좌중을 물림(1~4). 경재의 대화에서 자신의 생각을 역설하는 사장(5~6). 려순, 준식, 형철 등이 들어오는 것을 보는 경재가 앞이 무너지는 듯 눈이 캄캄해지며 '황혼에 선 자기 자신'을 똑똑히 발견함(7). 옆방의 이야기에 귀를 기울이며 정신을 수습하지 못해 하다가 회사를 나오는 경재의 앞이 더 한층 컴컴해짐(8).

『황혼』의 전체 서사는 위와 같이 크게 네 지절로 나누어 볼 수 있다. 1~3절 16회로 이루어진 [A]에서는 주요 인물들이 등장하고 그들 간의 관계가 설정된다. 4~21절 117회에 이르는 [B]는 려순과 경재의 연애관계가 형성, 전개되고 파국을 맞이하는 부분인데, 이와 병행하여, 한편으로는 공장 혁신이 준비되고 그 전 단계 조치들이 시행됨에 따라 그에 대한 직공들의 대응 과정도 이루어지는 모습이 보이고, 다른 한편으로는 려순에 대한 안 사장의 흑심이 강화되며 겁탈 시도 사건이 벌어지기도 한다. 이에 더하여 직공들 사이의 관계 변화 등도 제시된다. 22~24절 18회 분량의 [C]는 노동자로의 존재 전환 의식이 확고해진 려순의 면모와 취직 결정을 보인다. 25~31절 51회로 이루어진 [D]는 회사 측의 공장 혁신 운동과 그에 대한 직공들의 저항을 줄기로 하며, 려순의 변모된 모습을 보여주는 한편 경재의 미래 전망 상실을 강조하고 있다.

전체 서사에 대한 이상의 개괄을 통해 먼저 확인되는 것은 『황혼』이 전후반부로 양분되었다는 판단은 작품의 실제에 비추어 볼 때 설득력이 없다는 사실이다. 연애소설적 면모와 노동소설적 면모가 서술시상으로 반씩을 차지하는 것이 아님은 물론이요, 플롯상으로도 전체 스토리가 전후반부로 나뉘는 것이 아니기 때문이다.

그러한 오해와 관련해서 소설 텍스트 분석상 특징적인 것은 [D]가 앞부분과 달리 개별 스토리—선들이 응집력 있게 하나로 뭉쳐 전개되는 양상을 띤다는 점뿐인데, 그렇다고 [A]~[C]를 묶고 전체의 1/4 정도인 [D]를 따로 떼어 두 부분으로 나누어 볼 수도 없다. [D]의 내용이 노동쟁의를 중심으로 하되 그것만으로 이루어진 것은 아니라는 사실과, [D]의 말미(이자 작품의 종결부)가 경재를 초점화자로 하고 실질적으로는 그의 의식을 겨냥하고 있다는 점, 노사의 대립이 명확해지는 마지막 31절 이전의 양상은 [B]부분에 나온 관련 스토리—선들의 연장이라는 점17) 등이 그 근거이다.

---

17) 물론 이 부분([B])의 주요 서사는 려순과 경재의 연애 관계 및 양인의 의식 변화이다.

이러한 점을, 『황혼』의 주요 스토리-선들을 통해 좀 더 구체적으로 확인해 본다.

먼저 검토할 것은 려순과 경재의 연애 서사이다. 이 스토리-선은 4~18절에 걸쳐 시작부터 파국까지의 전개 양상을 보여 줌으로써 그 비중이 대단히 크다. 이 자체로도 작품 전체 서술시의 반 정도를 차지하는 것이지만 여기서 그치는 것도 아니다. 경재가 우연히 다시 만난 려순을 생각하며 둘의 미래를 열어두고 있는 것이나(21절), 려순이 공장 취직을 위해 경재에게 부탁할 때까지도 경재가 자신의 태도를 확정하지 못하고 있다는 점(23절)을 생각하면, 둘의 관계가 실질적으로 끝나는 것은 직공이 된 려순의 태도가 변한 것을 보고 경재가 '아니꼽게 불쾌하게' 생각하게 되는 데(29절) 와서라고 할 수 있다. 요컨대 려순과 경재의 연애 서사는 넓게 볼 때 4절에서 29절에 걸쳐 드러남으로써 『황혼』의 전반부에 한정된 것이 아니라 작품 전편에 해당하는 것으로서, 어떤 의미에서도 『황혼』의 부분 스토리로 축소될 수 없는 것이라 하겠다.

려순과 경재의 연애 서사가 작품의 부분 요소가 아니라 그 자체로 『황혼』의 전체적인 효과 구현에 있어 중심적인 요인이라는 점은, 소설적 형상화 측면에서도 확인된다. 무엇보다도 두 사람의 연애 관계가 형성되고 발전하는 양상이 자연스러우며 그것이 보이는 온갖 굴곡들이 현실성을 띠도록 설정되었다는 점을 들 수 있다. 양인의 연애 심리에 대한 묘사가 곡진하고, 경재를 대하는 려순의 행동 변화의 형상화가 자연스러우며, 둘의 연애에 대한 혼사장애 류의 방해로서 한편으로는 현옥의 언행이 다른 한편으로는 김재당과 안중서의 결연 의식과 려순, 경재에 대한 이별 종용이 사실적으로 설정되고 그에 맞게 그려진 점 또한 특기할 만하다.[18] 거

---

18) 안중서와 김재당의 친분과 역사, 결연을 향한 의식과 정황, 경재를 려순과 떼어놓고 현옥과 결혼시키려는 준비 과정 및 노력 등에 대한 『황혼』의 설정 및 형상화가 어느 수준의 것인가는 비슷한 상황을 다루는 다른 작품과 비교해 볼 때 뚜렷해진다. 예컨대 강경애의 『인간문제』를 보면, 옥점과 신철을 결혼시키고자 하는 덕호

의 작품 전체에 걸쳐서 이러한 점이 설득력 있게 형상화됨으로써『황혼』의 연애소설적인 면모는 부정할 수 없는 위상을 지니게 된다. 이들의 연애가 각각의 변화와 맞물려 있는 것임은 자명한데, 려순과 경재의 변화 과정 또한 작품 전체에 걸쳐 있다는 사실(이에 대해서는 다음 절에서 상론한다) 역시 이러한 위상을 강화해 준다.

다음으로 공장 합리화를 둘러싼 노사 양 계급의 상황 및 대치의 스토리를 살펴볼 수 있다. 하나의 스토리-선으로 묶이지 않는 이 갈래 또한 작품 전반에 걸쳐 있지 후반부 혹은 [D]에 한정된 것이 아니다. 중요 사안만 추려서 간략히 정리해 보더라도 사정이 명확해진다.

> 안 사장 취임-공장 혁신 추구(6절): 새 기계 도입, 인원 정리, 불경기에 맞선 혁신, 투자 증대, 정신 통일-능률 증진 및 풍기 숙청 방안, 하기경품제(12절)-학수의 사고 처리(13절)-학수, 정님, 동필의 동태(19~20절)-새 공장 준공, 려순의 공장행(24절)-건강진단 실시, 노동자들의 저항 시작: 낙서 및 쪽지 사건(25~7절)-직공 감시체계 구축 시도(28절)-준식 패의 활동(29절)-건강진단 관련 서류, 정임 절취(전날: 30절)-준식 그룹 세 규합, 동필 합류(30절)-아홉 가지 요구 사항 유인물 사건, 노사 면담(31절)

이상 살펴본 대로『황혼』의 전체 서사를 전후반부로 나누어 살피는 방식은 전혀 적절치 못하며, 려순과 경재의 연애 서사는 물론이요 양인의 의식 변화, 공장 합리화를 둘러싼 노사의 대립이라는 주요 서사 갈래들 모두가 작품 전편에 걸쳐 전개되고 있음을 알 수 있다.

와 신철 부친의 경우 둘의 관계나, 상대에 대한 의식, 혼사 문제에 대한 태도 등에 있어서 그 어느 것도 현실적인 맥락을 확보하지 못한 채 뜬금없고 우연스럽게 그려진 채로 성급하게 전개될 뿐이다(강경애, 임헌영·오현주 엮음, 『인간문제』(1934), 열사람, 1988, 60~67절). 이러한 비교만으로도, 려순과 경재의 연애 서사가 현실성을 획득하고 있으며『황혼』내에서의 비중이 크다는 점이 확실해진다.

3. 인물과 환경에 대한『황혼』의 시선

『황혼』이 발하는 주제효과들의 양상을 살펴 위계를 정하고 그에 따라 소설의 갈래적 성격을 확정하는 데 있어서는 서술의 문제가 주의를 요한다. 앞의 서사구성에서 밝힌 스토리-선들이 보이는 사건 자체가 아니라 그에 대한 서술의 초점 설정 및 서술자의 태도가 작품의 효과를 규정하는 데 중요한 역할을 하고 있는 까닭이다.

먼저,『황혼』전편에 걸쳐 전개되는 연애 서사의 당사자인 려순과 경재의 경우를 두고 서술상의 특징을 살펴본다. 허두에 밝힌 임화의 규정을 염두에 두고 이들의 변모 양상에 중점을 두어 점검한다.

려순과 경재의 연애 서사는, 좁게는 4절에서 18절, 넓게는 4절에서 29절에 걸쳐 전개된다고 하였다. 이는 작품 내 세계에서 실질적으로 전개되는 사건 차원에서는 18절에 이르러 둘의 관계가 파탄을 맞이하지만, 인물들의 의식 차원에 주목하여 보자면 29절에까지 와서야 비로소 일말의 가능성도 없는 상태로 관계가 청산됨을 의미한다. 려순과 경재의 연애 서사를 의식의 차원에서도 고려해야 하는 이유는, 연애 스토리에 대한 형상화 자체가 구체적인 연애 행각이 아니라 그 과정에서 인물들이 보이는 심리와 의식에 초점이 맞춰져 있는 까닭이다. 이상을, 려순과 경재 각각의 스토리-선을 정리하면서 인물의 내·외적인 변화 양상을 정리, 검토하는 방식으로 살펴본다.

려순의 스토리-선은 그녀의 존재 전이 과정을 오롯이 보여 준다. 김재당 집의 가정교사로 있다가 졸업 후 경재의 주선으로 Y방적회사에 취직하면서 경재와 연애를 하게 되고, 안 사장의 겁탈 시도로 사직한 뒤 주변의 방해와 내면의 고민 끝에 끝내 경재와 갈라서게 되며, 준식과 형철 등의 조언하에 노동자가 되어 준식 그룹의 일원으로 쟁의에 참가하는, 일견 변화무쌍한 행적을 밟는 것이다. 이와 같이 사무원이었다가 공장 직공이

되는 려순의 변화를 두고 임화는 각성 과정이 명확하지 않다 하고 몇몇 선행 연구들에서는 '시대착오적인 발상'에 따른 안이한 처리라고 폄하한 바 있는데, 실제로 그러한지 점검해 볼 필요가 있다.

여기서 먼저 주목할 것은 려순의 변화가 어떠한 성질의 것인지를 분명히 하는 일이다. 사무원이었다가 공장 직공이 되는 존재 전이는 계급·계층상의 변화, 외적인 변화인데, 이것에 주목하여 그 현실성을 점검하는 것만으로는 충분치 않은 까닭이다. 무릇 인물의 변화란 내면의 상태, 의식의 변화로 마무리되는 것이므로, 존재의 전이 전후의 의식 상태를 점검할 필요가 생긴다.

이 면에서 특기할 점은 려순이 원래부터 당찬 면모를 보이는 여성이라는 사실이다. 부모의 유산을 차지한 오촌에 맞서 밥을 굶어가며 고집을 피워 공부를 놓지 않았다는 사실(1-5)에서부터 그녀가 유약한 인물이 아님이 확인된다. 자신이 가르치는 경일과 경옥에 대해서는 악감정을 갖고 있으며(1-2, 4), 경재와의 연애 관계가 수립되면서부터는 현옥에 대해서 연적戀敵으로서의 태도를 보이고(14-5), 안 사장과 김재당의 태도에 극도의 불쾌감을 느낄 때는 인사도 없이 방을 나오는 당당한 면모를 보이기도 하며(16-6), 자신을 찾아와 경재와 헤어지라며 김재낭이 돈 봉투를 놓고 갈 때는 쫓아나가 그의 앞에 돈을 내던지기까지 한다(17-10). 준식을 만나서 그의 거룩함을 느끼며 스스로를 경계하는 데서도 확인되듯이(7-3, 5), 려순은 애초부터 자신이 원하는 바를 표현하고 행동으로 옮기는 주체적인 면모를 지니고 있다. 경재와의 연애에 있어서도 이러한 면이 잘 드러난다. 그의 주선으로 취직이 되고 여러 호의를 받으면서 '커다란 정'을 느끼되 그가 결국 현옥에게 가리라고 현실적으로 예감하는 것이나(4-5), 연애관계가 진전되면서는 기로에 서 있는 경재 '스스로 자신에게 오기를' 기다리는 성숙한 면모를 보이는 것(9-5) 등이 좋은 예가 된다.

이러한 려순의 변화가 시작되는 깃은 티인의 침해에 대한 대웅을 통해서이다. 추행 시도에 대해 사과한 후 안 사장이 보이는 자별한 태도에서 '음독한 흥산'을 눈치 채고 무서움을 느끼기도 하는 상태에서(16-1) 그가 자신에게 훈계를 하기까지 하자, 자신의 길을 주체적으로 헤어나오지 못했음을 자각하고 자신과 경재가 너무도 약한 사람임을 직시하게 된다 (17-1). 이러한 상황을 모면하는 방법으로 자연스럽게 귀향을 떠올리면서 그녀의 생각이 복잡해진다. 경재와의 동행 여부, 그를 곤궁에 넣는 것은 아닌가 하는 우려, 주위의 반대에 대한 반발심과 동시에 연애를 끝내고 새 삶을 사는 가능성 등에 대한 생각이 뒤섞이는 것이다(17-2~6). 이러한 상태에서 불가피하게 사표를 제출한 뒤, 무슨 일을 못하랴 하며 경재에게 도 의뢰하지 않겠다 하는 끝에 문득 '사랑을 스스로 내어던지는 대담하고 장엄한 인간의 일면'을 생각도 해 보게 된다(17-7). 이로써 존재 전이에 스스로 의미를 부여하는 과정이 시작되는데, 이는 연애를 해소하고자 하는 괴로움 속에서 '대담하고 장엄한 인간 되기', '강한 인간 되기'를 바라는 다양한 생각과 언행으로 18절(1-9) 전체를 통해 핍진하게 묘사되고 있다.

자신의 마음이 너무 약하다는 것을 깨닫고 새사람으로서의 출발 의지를 경재에게 편지로 알리게까지 되는 려순의 의식의 변화는, 자신의 여성성과 경재와의 연애에 대한 타인들의 위협에 의해 필연적으로 촉발되고 불가피하게 모색된 것이라는 점에서 자연스러운 것이며, 그럼에도 불구하고 여전히 남아 있는 미련과 괴로움 및 그에 따른 약한 모습이 작위적으로 부정되지 않고 여실하게 묘파된다는 점에서(18-2~3, 18-7, 21-6) 현실성 또한 잘 갖추고 있다.

공장 노동자가 되는 려순의 존재 전이는 바로 이러한 바탕 위에서, 심적 변화의 연장선상에서 이루어진다. 공장들을 알아보던 중(22-2~3) 태도를 명확히 하는 것이 우선이라는 준식의 충고와 권고에 따라(22-4~5) 끝내 경재의 도움을 청하게 되고(23절) 사무원으로 다니던 Y방적회사에 직공으로 취업하고자 사장을 계속 찾아가게까지 되는 것인데(24절), 이러한 과정에는 귀향이 의미 없는 상황과, 준식이나 형철 등의 본보기 역할 및 조언이 조건이자 배경으로 한편에 놓여 있고(24-4), 경재에 대한 미련은 물론이요(21-6) 취업을 알아보는 와중에도 '여공이 돼?' 하는 '서굽흔 생각'이 있어 스스로 '가장 난처한 회전기'에 처해 있다는 자각이 다른 한편에 존재함으로써(22-5), 려순의 직공 취업 운동은 어떤 의미에서도 작가에 의해 작위적으로 설정되었다고 일의적으로 폄하될 만한 것이 아니다. 경재에게 공장행을 부탁하는 려순의 말을 두고 이론을 길게 마련하여 말하는 것 자체가 확고한 결심이 서지 못한 까닭임을 서술자가 적시하는 것이(23-7) 작위성을 거론하기 어렵게 하는 한 가지 요소이며, 자기가 구하는 직업을 창피하게 생각하지 않게 되어 사장을 자꾸 찾아가 부탁하게 되었다는 것이나(24-5), 공장 취업 달포 후 '공장에서 설을 지냈다는 생각이 때 따라 야릇하게 서굽흔 가운데 서러워지는 심정'의 묘사(25-1), '사장 직계'를 만들라는 회유를 거부한 뒤(28-10) 유혹을 이긴 듯한 쾌감을 느끼고, 사무실과 같은 좋은 자리에 대한 미련과 허영이 없지 않지만 자신의 현 생활을 의의 있게 생각하려는 신념이 더욱 잡혀서 '현재 처지를 불만스럽다 여기고 창피하게 생각하던 마음'이 어느 정도 없어지게 되는 과정(29-6) 또한 직공이 된 이후 심리의 복잡성을 보여줌으로써 이러한 전이 과정의 자연스러움을 증대시키고 있다.

요컨대 임화 등의 비판과는 달리 『황혼』에서 보이는 려순의 존재 전이는 상당한 설득력을 갖고 16절에서 29절까지 근 100회에 걸치는 서술시를 통해 형상화되어 있다. 임화가 『황혼』에서 찾아볼 수 없다고 했던바 '사회인으로 자기를 완성해 가는 힘찬 형상'이 (그의 바람처럼 '남주인공'에게서는 아니지만) 려순의 존재 전이를 통해 충실히 묘파되고 있는 것이다.[19]

---

19) 려순의 변모는 이기영의 『고향』이 보이는 갑숙의 존재 전이와 비교될 때 그 형상화의 공과가 좀 더 명확해진다. 마름의 딸인 갑숙이 공장노동자 옥희로 전환되는 과정 또한 긴 서술시에 걸쳐서 묘사되며, 가출할 수밖에 없는 정황과 제사공장에의 취직을 알아보게 되는 과정이 대체적으로 자연스럽고도 현실적으로 설정되어 있

경재의 경우 또한 그 변모 양상이 『황혼』 전편에 걸쳐 점진적으로 뚜렷해진다. 그의 경우는 제3자가 볼 경우 달라진 것이 없다 할 수 있을 정도로 그 변화가 내적인 것이지만, 오히려 그런 만큼 그 심도와 진정성은 려순의 존재 전이에 못지않을 정도로 크다. 더욱이 그러한 변화가 려순과 대비되고 작품의 제목과도 상징적인 관계를 맺고 있어서 『황혼』의 전체 주제효과에서 차지하는 비중은 오히려 더 크다고도 할 수 있다.

변화가 내면적인 것인 만큼 경재의 스토리-선에는 큰 굴곡이 없다. 귀국한 지 한 달쯤 된 상태에서 독서와 려순에 대한 권학으로 시간을 보내다, 려순에게 끌려 현옥과 삼각관계에 놓이지만 자신의 태도를 명확히 하지 못한 채, 결국 주위의 반대와 려순의 결별 선언에 의해 무위의 상태에 빠지게 된 상태에서 자신의 소시민성을 자각하지만, 끝내는 타기만만한 생활 속에서 '줏대 없는 관대함'에 빠져들어갔다가, 노사대립 상황을 목도하고 절망하고 있다.

그는 외부에서 그에게 주어진 역할 중 어느 하나도 의지적으로 선택하지도 거부하지도 않은 채 시종일관 비슷한 양상의 생활을 한다. 작품 전편에 산재된 안 사장과의 대화에서 온건한 입장을 견지하지만 말을 할 뿐 자기 생각을 주장, 관철시키려는 의지는 없으며, 려순과 형철을 취직시켜 주고 봉우와 술을 마시고 하지만 어떠한 목적이나 지향, 의지에 따른 것은 아니다. 취직과 결혼 문제로 부친과 거리를 두지만 각을 세워 어떠한 행동으로 나아가지도 않는다. 심지어 애정 관계에서조차 어떠한 의미 있

기는 하다. 그러나, 갑숙의 변모에 대한 형상화는 리얼리즘의 차원에서 볼 때 두 가지 점에서 려순의 경우에 미치지 못한다. 그녀가 가출할 수밖에 없는 정황이라는 것이 기본적으로 경호와 관계하여 순결을 잃은 상태에서 허명의식과 완고함 등이 뒤섞인 부친에게 그것을 용납 받을 수 없다는 사적인 사정, 환경으로 이루어졌다는 점이 하나이고, 존재 전이 후의 그녀가 부친을 적대시하는 등 극단적인 변모를 보여 현실성이 취약해진다는 점이 다른 하나이다. 이 두 측면에 비할 때, 앞서 지적한 바 려순이 보이는 (존재 전이의) 현실적, 필연적이고도 (전이 후 심리의) 복합적인 면모는 그녀의 존재 전이에 대한 형상화가 꽤 성공적인 것임을 알려 준다.

는 진전을 이룰 행동을 하지 않음으로써, 자기 태도의 모호함으로 삼각관계가 지속되는 상황이 벌어지게 방치하고 있다. 정이 떨어진 현옥에게 제 입장을 명확히 밝히지 않고, 려순에게는 우위에 있는 척할 뿐이지 실질적으로 어떠한 지표도 꿈도 공유하지 못하는 것이다. 이러한 관념적 지식인, 무위의 쁘띠부르주아의 내면이 서서히 그러나 확실히 붕괴되는 것, 이것의 경재의 변화이다.

이상 정리한 대로『황혼』은 김경재를 통해서, 사상적으로는 자신이 옳다고 믿는 유물론에 어느 정도 닿아 있지만 실제의 삶은 부르주아적인 데 머물러서, 정신적으로는 고상하고 올바른 삶을 지향해도 아무런 실천도 하지 않는/못하는 관념적이고 우유부단한 청년 쁘띠부르주아를 제시하고 있다. 이를 두고 1930년대 중반 한국 지식인 사회에서의 하나의 전형을 제시한 것이라고 할 만하다.

물론 그렇다고 해서 이러한 작업이 목적의식적으로 생경하게 수행된 것은 아님을 강조해 둘 필요가 있겠다. 작품 전편에 걸친 치밀한 묘사 외에, 자기 풍자적이고 극적 아이러니라 할 만한 장면을 그리거나(18-6, 21-2), 자신의 문제를 관념회할 뿐인 무기력한 태도를 석실하게 포착하는(21-4, 8) 등 소설 미학적으로 빼어난 기법을 활용하여 내면의 변화 양상을 효과적으로 형상화한 까닭이다. 여기에 더하여 경재의 의식이 타락하는 과정에 대한 냉철한 비판과 거리두기가 유지됨으로써, 경재라는 인물은 한국 소설사가 낳은 주요 인물형의 하나로 올라서게 된다.[20] 임화가 말했던 바를 다소 비틀어 달리 말하자면, '인물이 죽어가야 할 환경 속에서 죽어가는 것'을 빼어난 작가적 역량으로 성공적으로 형상화한 경우라 할 것이다.

이상 길게 살펴본 대로, 려순과 경재의 변모 과정에 대한『황혼』의 서

---

20) 바로 이러한 점을 근거로 이 책은 '경재가 설야 자신의 비극적 형상을 가탁한 상징'이라는 식의 기존 해석과 판단을 달리한다.

술은 다음 네 가지를 특징으로 갖는다. 첫째는 작품 전편에 이르는 긴 서술시를 할애하여 점진적으로 형상화함으로써 이 자체가『황혼』의 주된 서사줄기를 이루고 있다는 점이다. 둘째는 그 방식에 있어서 '변화의 조건과 외부 요인'을 현실성 있게 설정하고 '인물 내면의 심리 변화 양상'을 치밀하게 묘파함으로써 리얼리티를 한껏 고양시키고 있다는 점이다. 셋째는 이러한 변모가 두 사람의 연애 서사 위에서 이루어짐으로써 말 그대로 서사의 중심 줄기를 이루고 있으며 그런 만큼 변화의 의미 또한 한층 강화된다는 사실이다. 끝으로 넷째는 두 사람의 변화가 대비됨으로써 각각의 변화가 갖는 의미는 물론이요 작품의 주제효과 또한 뚜렷이 강조하는 효과를 보인다는 점이다. 자신의 삶을 주체적으로 영위하지 못하는 소시민적 지식인 경재와 노동자로의 존재 전이를 통해 주체적인 삶을 영위해 나아가는 려순이 대비됨으로써, (그러한 설정의 바탕에 깔려 있다고도 할) '노동자 계급의 편에 서지 않는 한 정치적으로 역사적으로 입지를 가질 수 없다'는 인식이『황혼』의 주제효과로 뚜렷이 부각된다. 이렇게 려순과 경재 두 주인공의 변화에 대한 형상화는『황혼』의 전체적인 주제효과의 구현에 있어 가장 강력한 요소가 된다.

려순과 경재 각각의 변화 및 그들의 연애에 대한 서술을 통해 확인되듯이『황혼』이 보이는 서술자의 태도는 대체적으로 객관적인 거리를 유지하면서 대상을 형상화하는 것이라고 할 수 있다. 작품에 등장하는 대부분의 인물들에 대한 형상화에서도 이러한 점이 관철되는데, 의미 있는 중요한 예외가 바로 사장 안중서이며, 사태로 보자면 공장 혁신 문제이다. 객관적 거리가 더러 무화되는 이러한 경우의 바탕에는 작가 의식 차원의 세계관, 역사관이 작용하고 있다. 카프 소설을 비롯한 식민지 시대 대부분의 좌파문학과 마찬가지로『황혼』또한 가지고 있는바 부르주아 계급과 자본주의 경제 체제에 대한 사적유물론의 인식과 계급투쟁적인 해석이 그것이다.

사적유물론에 따른 역사 인식이 가장 극명하게 드러나는 것은 물론, 경재가 어두워 가는 황혼에 선 자기 자신을 똑똑히 발견하고(31-7) 정신을 수습하지 못하는 상태로 앞이 컴컴해졌다고 느끼는 작품의 마지막 장면(31-8)이라 할 수 있다.[21] 스스로 몰락하는 계급에 속해 있다고 느끼는 경재를 통해서 노동계급이 승리할 미래에 대한 작가의식상의 낙관을 표현하고 있는 것이다.

이와는 약간 달리 안 사장에 대한 형상화는 계급투쟁적인 인식 위에서 행해진다고 할 만하다. 려순까지를 포함하여 대부분의 인물들을 거리를 두고 냉정하게 형상화하는 것과는 달리 안중서에 대해서만큼은 부정적인 해석과 설명을 삼가지 않고 있는 까닭이다.

전무후무한 불경기(2-2)에 인플레가 심화되며(12-2), 국제적으로는 블록 경제가 형성되고 국내적으로는 통제경제가 고창되는 상황(31-5)에 대응하기 위하여, 새 기계를 들여놓고 인력도 감축하며 정신 통일을 통해 분위기를 일신하려는 '혁신 방법'을 모색하는(6-1~3) 안 사장의 모습은, 오늘날 횡행하는 신자유주의 경제 시스템을 준거로 삼지 않더라도 비판 일색으로 볼 만한 것은 아니라 할 만하다. 자본주의 기업경영의 맥락에서는 자연스럽고 일반적인 것으로 볼 수도 있는 까닭이다.

그렇지만 『황혼』은 다양한 방법을 활용하여 안 사장을 부정적으로 형상화하고 있다. 첫째는 공장주임이나 간부들, 경재에게 행하는 그의 의견이 '상공시찰단'에 끼었을 때 주워들은 말에 불과하다는 점을 서술자가 나서서 지적하고(6-2~3) 회사 특유의 정신을 갖추자는 말에 대해서는 자신에 대한 '절대의 심복과 무조건적인 예종'을 요구하는 것이라고 해석해 주며(6-3), 국내외 경제상황에 대한 인식은 '이따금 얻어듣는 똑똑치 않은

---

21) 경재에게 이러한 인식은 노동쟁의를 목도하면서 돌발적으로 생긴 것이 아니다. 그 자신 사적유물론을 습득한 적이 있고(21-2) 의기 높던 과거를 가지고 있기에(14-3) 항상적으로 의식하고 있는 것이다(10-3).

지식'에 불과한 것이라고(31-7) 지적하는 등 작가—서술자의 노골적인 개입을 통해 안중서를 폄하하는 것이다. 둘째는 그가 '여자를 좋아하는 타고난 버릇'을 갖고 있다 규정하고(6-4), 정님을 취한 뒤 버리고 려순을 탐하려고 온갖 시도를 하는 설정을 통해서, 안중서를 도덕적, 윤리적으로 문제가 있는 인물로 제시하는 것이다. 이렇게 『황혼』은 안중서의 지적, 윤리적 문제를 부각시킴으로써 그의 경제적 판단과 행위까지 깎아내리는 방법을 취하고 있다.22)

안 사장에 대한 이러한 폄하적 형상화는 준식이 '완결된 인물'로 제시되는 것과 대조되어 한층 부각된다. 준식의 경우 고학과 출학黜學의 이력이 언급될 뿐(3-1), 그가 여러 경로로 회사의 방침을 탐지하고(7-6, 29-7) 직공들을 조직하여 회사에 맞서는 데 있어 보이는 지도자적인 면모(25-5, 26-2~5, 29-3~4, 29-9, 30-4~7 등)를 어떻게 획득했는지는 알 수 없게 되어 있다. 『황혼』의 준식은, 흡사 『파란노트』에서 형상화된 레닌처럼,23) 다소간 신비주의적으로 그려져 있다고 할 만하다. 그에 대해서는 서술자가 어떠한 평가도 하지 않는 사실 또한 이러한 특성을 강화해 준다.

부정 일변도로 그려지는 안중서나 긍정 일변도로 형상화되는 준식의 존재는 『황혼』의 리얼리즘적인 성취를 평가하는 데 있어 복합적인 작용을 한다. 비록 전제되다시피 한 측면이 있지만 공장 혁신 방안에 대한 비판적 판단을 명확히 하는 것과 더불어서 자본주의의 계급관계에 대한 투철한 인식이 마련되어 있다는 점을 알려 준다는 점에서는 좌파 리얼리즘 소설로서의 성격과 위상을 강화해 주는 것이라고 할 수 있다.24) 반면, 려

---

22) 이러한 양상은 예컨대 이기영의 『고향』이 전체적으로 볼 때 마름 안승학을 살아 있는 인물로 생생히 그려내고 있는 점에 비해 볼 때 아쉽다고 하지 않을 수 없다.

23) 엠마뉴일 까자케비치, 문선유 옮김, 『파란노트』, 일빛, 1991.

24) 려순과 경재에 대한 심도 있는 형상화, 구체적으로는, 노동을 부끄러워하는 려순의 마음과 진로 고민이나 경재의 갈등과 줏대 없음, 좌절에 대한 구체적이고 리얼한 묘사와 현옥이나 기타 직공들의 행태에 대한 생생한 묘사, 그리고 노동쟁의가 준비되는 과정과 그 양상에 대한 세밀한 묘사 등이 『황혼』의 사회주의리얼리즘 소설로

순과 경재의 심리 및 의식 상태에 대한 설명, 해설에서 확인되는 냉정한 분석을 가능케 하는 거리감이 이들의 경우에는 부재하다는 점만큼은 리얼리즘 미학 일반에 비추어 미흡한 요소라 하지 않을 수 없다. 이러한 사정은 작품 내 세계의 실제 사건에 대한 서술자의 논평에 있어서 호오와 피아의 구별이 전제되어 있음을 명확히 보여 주는 것인데, 한설야가 이념 중심의 소설 세계를 고수한다 할 때 그 구체적인 판단 근거는 바로 이러한 서술자의 태도에서 찾아진다 하겠다.25)

지금까지 검토한 대로, 『황혼』에 있어 서술의 초점은 사실보다는 의식에, 현상보다는 해석에 맞춰지는 특징을 보인다. 작품의 가장 대표적인 스토리-선인 려순과 경재의 연애 서사에 있어서도 연애의 행적이 아니라 양인의 심리와 의식 특히 그 변화 양상에 초점을 맞추고 있으며, 안 사장이 보이는 공장 혁신 움직임에 있어서도 조치들 자체보다는 그 의미에 대한 해석에 방점이 찍혀 있다. 서술 대상인 인물에 따라 서술자의 태도를 볼 때, 주인공인 려순과 경재는 물론이요 대부분의 인물에 대해 거리를 유지한 채 호오를 드러내지 않는 반면, 인물구성상 양 극단에 놓인 안 사장과 순식에 대해서는 명확하게 상반된 면모를 보이고 있다. 한편 서술 대상을 사태로 두고 보자면, 사측의 공장 혁신 운동에 대해 서술자-작가가 부정적인 판단을 미리 잡아두고 있음이 확인된다. 안 사장에 대한 형상화와 더불어 공장 혁신 운동에 대한 서술자의 비판적인 해설의 바탕에 한설야의 사적유물론과 계급투쟁의 세계관이 깔려 있는 까닭이다.

서의 면모를 강화해 주고 있음을 함께 생각할 필요가 있다(사상적 깊이와 개성·생생함을 공히 강조하는 사회주의리얼리즘에 대해서는, 누시노브, 「세계관과 창작방법에 대한 문제의 검토」, 루나찰스끼 외, 김휴 엮음, 『사회주의리얼리즘』, 일월서각, 1987 참조. 특히 76~8쪽).
25) 따라서 한설야에 대한 작가론이나 『황혼』을 포함한 설아의 소설 세계 일반의 특성을 검토할 경우, 이러한 작가-서술자 태도의 지속 여부 및 변화 양상에 대한 파악 위에서 이념 중심적인 성격의 일반화 가능성을 따져야 할 것이다.

4. 재현과 전망의 역설: 『황혼』 다시 찾기

『황혼』의 서사구성 양상에 대한 분석과 작품의 주제효과를 이루는 주요 인물 및 상황 들에 대한 서술 초점 설정상의 특징에 대한 지금까지의 검토를 정리하여 이 소설의 특성을 규정해 볼 수도 있지만, 논의의 생산성을 위해서는 텍스트 바깥을 넘나드는 사항에 대해서도 언급해 둘 필요가 있다. 『황혼』의 소설 갈래를 연애소설로 보든 노동소설로 보든 그것이 좌파 리얼리즘소설에 해당함은 자명한 것인데, 그러한 좌파 리얼리즘소설 일반에 대해 자연스럽게 기대되는 바와는 다른 면모를 이 작품이 보이는 까닭이다. 재현과 전망에 있어서의 역설적인 양상이 그것이다.

『황혼』에서 발견되는바 재현의 역설이라 할 만한 특성은 두 가지로 확인된다. 첫째는, 종내 노동쟁의로 대립하게 되는 자본가 그룹과 노동자 그룹의 재현에 있어서, (비록 지적, 윤리적으로 폄하되고는 있지만) 안 사장 등의 형상화가 사실성을 띠고 있는 반면 직공들을 조직하고 쟁의를 일으키는 준식 그룹의 경우는 다소 비의적이라 할 만큼 사실적 형상화의 조명을 받지 않고 있다는 점이다.[26] 둘째로 작품 전체를 보자면, 복수의 스토리-선을 구사하는 절들이 말미에 응집된 데서도 확인되듯이 서사의 주요 갈래들이 노동쟁의가 전개되는 작품 끝부분에 와서 하나로 합쳐짐에도 불구하고, 안 사장이 아니라 김경재가, 준식이 아니라 려순이 주목되고 그나마도 행적보다는 의식이 전체 서사에 있어서 재현의 주요 대상이 되고 있다는 점이다. 요약하여 쁘띠부르주아 계급의 충실한 재현과 프롤레타리아 계급의 제한적 재현이라는 특징적인 양상이 『황혼』의 특징한 가지를 마련해 준다.[27]

---

26) 이러한 점을 두고 조남현은 안 사장이나 경재, 여순 등을 그릴 때는 내면세계를 파헤치는 반면 노동자들의 모습을 그릴 때는 외면묘사로 흐르는 경향이 있다고 지적한다(『한국 현대문학사상 논구』, 앞의 책, 241~2쪽).

27) 이러한 특성의 외적 요인으로는 물론 검열 문제를 들지 않을 수 없지만, 검열 상황

이보다 좀 더 문제적인 것은 전망(perspective)의 역설이다. 이기영의 『고향』이나 황석영의 「객지」와 비교해 볼 때 금방 확인되는 것처럼, 『황혼』은 프롤레타리아 계급의 전망을 제시하는 방식이 아니라 실질적으로는 상층 부르주아 계급이되 의식적으로는 쁘띠부르주아 혹은 중간계급이라 할 경재의 암울한 미래 전망을 제시하는 길을 취하고 있다. "노동자의 삶을 통해서라기보다는, 한 지식인의 몰락을 통하여 노동자적 세계관의 승리의 과정을 그려내는 방식으로 이루어져 있다"[28]라고 요약할 만한 이러한 방식은, 일견, 미래 전망이 암울한 몰락 계급에 초점을 맞추어 간접적으로 프롤레타리아 계급의 전망을 제시한 것으로 정리해 버릴 수도 있지만,[29] 사태가 그렇게 단순하지만은 않다. 작품 내 세계 차원에서 볼 때 사장이나 중역들의 태도 및 의식이 변할 리 없고 준식이 이끄는 노동자들의 쟁의가 성공할 가능성도 적다는 점이 명확하다는 사실을 고려해야 하기 때문이다. 따라서 경재의 심리적 암울함, 그의 절망으로 작품을 맺는 것은 방향이 반대인 전망 제시의 형식이라기보다는, 쁘띠부르주아 계급의 몰락을 그리는 것으로 노동계급의 전망 제시를 대체하는 것일 수도 있다.[30]

으로 논의를 종결지어 버리는 것이 소설미학적 탐구를 제한하는 것이기도 하다는 점을 염두에 두면, 좀 더 정치한 추후 논의가 요청된다 하겠다. 현재로서는 이러한 특징의 바탕에 '공장 합리화 부분의 리얼리티와 그에 대한 작가—서술자의 해석이 보이는 이념성'을 가능케 하는 '소설적 판단'이 깔려 있다고 추정할 수 있을 뿐이다.

28) 김재영, 「한설야 문학과 함흥」, 문학과사상연구회 편, 『한설야 문학의 재인식』, 소명출판, 2000, 157쪽.

29) 이러한 해석 또한 검열과 같은 외적 요소의 작품 내 영향력을 강하게(?) 의식하는 태도의 소산이라 할 수 있다.

30) 려순의 존재 전이에 의해 노동자 계급의 긍정적 미래가 형상화되고 준식의 설정으로 선진 노동자 계급의 이상화가 제시된 측면이 역연하다 해도, 이의 지적만으로 이 문제가 해소되는 것은 아니다. 려순이 차지해 온 비중을 고려한다면 예컨대 준식 그룹의 일원으로 노동쟁의에 나서게까지 되는 려순의 계급의식의 발전상이 나름의 비중을 갖고 그려지지 않은 만큼 이러한 '대체'는 부정할 수 없는 것이 된다. 물론 이러한 상황 자체는 『황혼』의 작품의도가 어디에 놓여 있는가를 판별하게 하는 것일 뿐이지만, 카프 계열 작가로서 발전된 노동소설을 꿈꾸는 입장에서는 한설야 스스로도 아쉬워했던 점이라 할 수 있다. 이러한 아쉬움이 드러난 글이 그의

이상과 같은 두 가지 역설적인 특성을 포함하여 앞 절들에서의 분석과 검토를 종합하면『황혼』을 노동소설로 규정하는 것은 다소 안이하고 성급한 판단으로 보인다. 노동소설의 범주를 넓게 잡자면 그러지 못할 것도 없지만, 서사구성이나 서술시 배분 면에서든 서술상의 초점 설정 면에서든 노동자계급이나 노동쟁의가 전면화된 것이 아니라는 사실을 도외시할 수는 없다. 물론 그렇다고『황혼』이 연애소설이라 할 수도 없다. 려순과 경재의 연애 서사를 두고 통속적이라 보는 견해와는 입장을 달리 하지만, 연애 자체가 아니라 그 과정에서 보이는 주인공들의 의식 변화에 주목하고 있으며 그 서사적 결과로 려순의 존재 전이가 이루어진다는 점을 염두에 두면, 연애소설 규정은 요령부득의 것이기 때문이다.

따라서 소설사적 위상 설정과 소설 미학적 평가의 괴리를 해결하기 위해 군이 요청되는바 소설의 하위 갈래 규정을 행하자면『황혼』의 실제에 부합되게 구획을 해야 한다. 이렇게 볼 때, 부르주아와 프롤레타리아, 중간계급을 제시하고 려순과 경재의 계급 전이를 집요하게 형상화함으로써 노동자 계급의 편에 서야만 하는 역사적 당위를 중심 주제효과로 드러내고 있다는 점을 살려,『황혼』을 '계급소설' 정도로 명명하거나 혹은 '계급 문학에 속하는 소설'로 규정하는 것이 바람직하다 하겠다.[31]『황혼』의 이러한 면모는, 계급문학에 대한 한설야 자신의 이해에도 부합하는 것이어서[32] 텍스트에 대한 귀납적, 실증적 검토에 입각한 객관적 연구의 장에서 볼 때 별반 어색한 것이 아니라 할 수 있다.

「感覺과 思想의 統一 -典型的 環境과 典型的 性格」(『조선일보』, 1938. 3. 8)이다.
31) '계급소설'이라는 명칭의 문제에 대해서는, 조남현,『한국 현대소설 유형론 연구』, 집문당, 1999, 118~9쪽 참조.
32) 한설야는 「階級文學에 關하여」(『동아일보』, 1926. 10. 25)에서 다음과 같이 주장한 바 있다: "階級文學으로의 프로藝術은 모름직이 쓰르 生活의 溫情的과 欺瞞的 搾取의 事實을 摘發하는 同時에 프로 自體의 苦痛과 生活과 그 勢力과 進展을 가장 敏感하게 啓示하지 안으면 안 될 것이다. 卽 社會의 不合理와 暗黑面을 如實히 再現하야 新社會 構成의 眞理의 밋혜 消滅케 하지 안으면 안 될 것이다."

4장. 소망으로서의 소설 쓰기 −오상원의 「황선지대」

1. 소설이 어울리지 않는 시대의 소설

1950년대 한국 전후소설에 대한 논의는 학적 균형감을 갖추는 데 큰 어려움을 지닌다. 이 어려움은 두 가지 사실에서 기인한다.

하나는 이들 소설에 한국 전후소설이라는 정체성을 부여해 주는 전쟁이 한국 현대사에서 단 한 차례만 벌어졌다는 간단하면서도 엄정한 사실이다. 베트남전쟁에도 우리가 관여한 바 있고 그에 관한 소설이 없지 않지만 이 땅에서 벌어진 현대적 전쟁은 6 · 25사변이라 일컬어졌던 한국전쟁이 유일한 것이고, 그에 따라, 현실에 대한 한 가지 기록에 해당된다 할 수 있는 소설의 경우 전쟁과 관련된 것으로서 한국 현대소설사에 남을 것은 1950년대 전후소설 외에 달리 생각하기 어렵다. 요컨대 한국전쟁에 따른 전후소설은 한국 현대소설사에서 비교 대상을 갖지 않는 단독자요, 특수자에 해당된다고 할 수 있다. 이렇게, 검토와 평가에 있어서 비교할 대상이 없다는 사실이 1950년대 전후소설을 학적으로 논하는 일을 어렵게 만든다.

이러한 필연적인 어려움 탓에 적지 않은 선행 연구들이 명시적이든 아니든 연구자 자신의 소설관을 전제로 하게 된 것이 한국 전후소설 연구가 객관성을 갖추기 어렵게 되는 둘째 근거가 된다. 연구자 개개인이 소설이란 으레 이러저러한 것이라고 생각할 수 있어도 그의 소설관이 편협한 것이기 쉽다는 점은 물론이다. 소설이란, 장르적 규정성을 말할 여지가 전혀 없다고 할 수 있을 만큼 다양한 면모를 보이는 대표적인 예술작품인 까닭이다. 따라서 연구자들이 저마다의 소설관을 분석틀로 삼아 역사상 유례가 없는 이들 작품들을 검토하는 데 문제가 생기리라는 것은 불을 보듯 자명하다.[1]

여기에 한 가지를 덧보태야 한다. 결과로서의 작품이 어떠한 양상을 보이든 간에, 이 시기의 소설가들 자신이 특정한 문학적 지향을 뚜렷이 드러내고 있다는 사실이다. 따라서 실존주의나 행동주의로 요약되는 1950년대 신세대 작가들의 문학적 자의식을 의식하면서 개별 작품에서 그의 증거에 해당되는 요소를 보게 되었을 때, 이에 휩쓸리지 않고 텍스트 분석을 실증적으로 전면적으로 수행해 나아가기는 쉽지 않다. 작품의 실제적인 양상보다 더 매력적인 해석의 틀과 내용이 미리 주어져 있는데 누가 이러한 사태에 효과적으로 그리고 보다 중요하게는 끈기 있게 지속적으로 저항할 수 있을 것인가.

이 모든 어려움이 오상원의 소설세계를 연구 대상으로 놓을 때 한층 뚜렷해진다. 전후 실존주의소설의 대표적인 작가로서 행동주의적인 문학관을 표명한 바 있고 전쟁소설을 최초로 선보인 경우가 오상원인데, 바로 이러한 사실이 그의 소설세계에 대한 연구의 지침인 양 작용하여 그 성과들을 학적 범주의 경계 주위에 산포시켜 왔다. 작가의 의도나 지향에 비추어 작품을 해석함으로써 그 실제를 객관적으로 엄밀히 파악하는 데 문제를 보이기도 한 것이다. 그의 데뷔작이자 대표작인 「유예」나 동인문학

---

1) 물론 이 두 가지는 사실 같은 뿌리를 갖고 있는 것이다. 대상의 비교불가능성 혹은 유일무이성이 그 자체로 문제가 되는 것이 아니라, 그 대상을 대하는 태도가 그러한 특성을 제대로 존중하지 못하고 이를 재단하는 식으로 자신을 앞세울 때 문제가 벌어지기 때문이다.

상 수상작인 「모반」 및 이들과 유사한 계열[2]의 작품들은 이러한 문제가 덜하지만, 그의 왕성한 창작활동기를 마감하는 작품으로서 이전 작품들을 이루는 요소들이 종합되었다고 파악되는 「황선지대」의 경우는 그렇지 않다. 사실상 여러 요소들이 결합되어 있기 때문에 이들 중 어느 하나를 전면화하여 강조하는 경우 작품의 실제와는 거리가 먼 논의가 되기 십상인 까닭이다.

「황선지대」를 포함하여 오상원의 소설세계를 검토하는 자리에서 먼저 확인해 둘 것은 두 가지이다. 하나는 작가 및 사회 상황의 특수성이다. 한국의 전후문학이란 단순히 한국전쟁 이후의 문학이 아니다. 1950년대란, 36년간의 식민지배가 종식된 지 얼마 안 되는 시기이며, 38 남북에 각기 상이한 정체의 독립 정부가 수립되었지만 정체의 안정성이 요원하고 나라 만들기의 지향이 여전히 강한 시기이다. 이 시기에 새롭게 등장한 문학작품은 이러한 시대적 성격에 짙게 침윤되어 있다. 우리의 주의를 요하는 다른 한 가지는 작가 측면의 특징이다. 오상원은 1930년생으로 16세에 해방을 맞이하기까지 한글을 써 보지 못했다. 그의 소설세계를 이해하는 데 있어 그의 의도에 휘둘려서도 안 되지만 20대 전반기의 청년작가인 그의 문학수업이 어떠한 상태와 수준에 있었는지를 고려하지 않는 것 또한 용납될 수 없다. 따라서, 그 자신의 고백에서 우리가 우선적으로 눈여겨봐야 할 것은 정치의식이 미약했다는 것이 아니라 우리글이 서툴렀다는 점이어야 한다.[3] 이러한 점을 의식한다면 그의 미숙한 문체를 두고 앙드레 말로적인 것이라고 평가하는 해프닝은 생길 수 없다.[4]

---

2) 조남현에 따를 때 오상원의 소설들은 '전쟁소설', '전후소설', '정치소설 혹은 이념소설'의 세 계열로 나뉠 수 있다(「오상원의 소설세계」, 『한국현대소설의 해부』, 문예출판사, 1993). 이러한 분류는 한국적 의미 규정이나 범주의 획정이 곤란한 실존주의소설 등의 경우보다 훨씬 안정적인 것이어서 유용하다.
3) 오상원, 「나의 文學修業」, 『현대문학』 1956. 5, 37쪽.
4) 오상원 소설 한두 편을 직접 해외문학에 연결 짓는 이러한 방식보다는, 전후소설들에서 특징적으로 확인되는 '오상원 식 문체'를 지적하고 그 특징을 구명하는 것이 의

이상 두 가지 특수성이 의미하는 바는, 오상원의 소설세계란, 소설의 질료인 언어구사에 서툰 청년작가가, 해방과 군정, 한국전쟁이라는 초유의 사건들로 인해 현실에 대한 서사적 인식이 지난한 시대에 처하여, 개개 소설의 형성 과정 내내 분투하면서 써낸 결과라는 사실이다. 달리 말하자면, 소설이 어울리지 않는 시대에 소설쓰기에 서툴 수밖에 없는 작가가 힘써 산출한 것이 오상원의 소설이라 할 수 있다.5) 따라서 그 특이성은 다른 무엇으로 해석되기 전에 이 두 가지 측면에서 먼저 이해될 필요가 있다. '비둘기의 나는 법'을 따로 정해 두고 현실의 비둘기에게 잘못 날고 있다고 말하지 않으려면, 시대적 작가적 특수성을 충분히 고려해야 하는 것이다. 물론 이는 소설 쓰기 양상에 대한 모든 해석 및 평가의 자세가 항상 갖춰야 할 바이지만, 1950년대 한국 전후소설을 검토할 때는 특히 유념할 필요가 있다. 이러한 열린 자세를 견지하지 않을 때, 오상원의 「황선지대」를 전후 사회상에 대한 사실주의적 형상화의 맥락에서 평가하려 하고 그 공과를 각각 (작품의 실제와 무관하게) 과장하여 논리화하는 우를 범하거나, '황선지대'라는 작품의 배경을 상징적으로 해석하여 작품 전체와 유기적으로 관련짓지 못하는 잘못을 범하기 십상이다.

미 있는 작업이라 할 수 있다. 이 맥락에서 '오상원 식 문체'에 대해 '설화체 탈피'라는 긍정적, 적극적인 해석을 소설사의 견지에서 내린 경우로, 우한용을 들 수 있다(『한국 현대소설 구조 연구』, 삼지원, 1990; 정희모, 「오상원 소설의 '새로움'과 <황선지대>」, 상허학회, 『상허학보』 12, 2004, 437쪽에서 재인용).

5) 이런 점에서 오상원이 원래 희곡을 쓰다가 소설로 전향하게 된 동기를 밝히는 데 있어서, 연출가와 배우를 매개로 하지 않고 직접 독자와 부딪칠 수 있는 점을 꼽고 있는 사실을 주목할 수 있다(「나의 文學修業」, 앞의 글, 39쪽; 「나의 집필 여담」, 『신문화』, 1958. 9, 68쪽). 여기서 강조되어야 할 점은, 희곡이나 극에 비해 소설 장르가 가질 수 있는 현실 인식의 깊이 확보 및 현실 형상화의 폭 증대 등과 같은 재현 차원에서의 장점을 그가 전혀 의식하지 않고 있다는 사실이다.

2. '황선지대'의 세계

몇몇 선행 연구들이 상징적인 독해로 빠져든 것은 「황선지대」 자체가 그러한 요소를 갖추고 있기 때문인데, 작품의 허두가 대표적이다. 제1화 여덟 절과 제2화 아홉 절 총 17개 절로 이루어진 이 소설은 1화가 시작되기 전에 짤막한 일곱 문단을 할애하여 '황선지대'를 설명하고 있다. '큰길'을 경계로 하여 질서정연한 도시와 구분되어 있는 '황선지대'는 "전쟁과 함께 미군 주둔지 변두리에 더덕더덕 서식된 특수지대"[6]로서 1950년대 중반 이후 번성하기 시작한 기지촌에 해당된다. 이 '특수지대'를 두고 작가는 '곰팽이'를 끌어와 비유적으로 설명한다. 이곳이 '미국 군인이 먹다 버린 한 조각의 치즈, 빵 껍질' 등에도 '시궁창 속 같은 습기'와 함께 무섭게 번창하는 곰팽이와 같다 하고, 그 속성을 다음과 같이 기술한다.

> 또 그들은 햇볕을 싫어한다. 그들은 태어나는 순간부터 그늘진 어둠을 즐겨 사랑한다. 그들은 더럽고 추한 곳일수록 삶의 의욕을 느낀다. 그들에게 그것이 부끄러울 것도 죄 될 것도 없다. 아니 그들은 구태여 그러한 것을 묻지 않는 것이 습성화되어 있다. 그들에게 허용된 것이 곧 그것뿐이기 때문이다(310쪽).[7]

이러한 진술은 대단히 의도적인 것이다. 처음 세 문장의 내용은 작품에서 실제로 보이는 인물들의 면면과도 일치하지 않을 만큼 과장된 것이고 단선적이다. 이는 위의 인용에 이어 "큰 길 건너 저 쪽에는 그 거리의 구조처럼 질서정연한 도시가 누워 있다. 그곳에는 누구나가 불러 험찮은 이

---

6) 오상원, 「黃線地帶」, 『사상계』, 1960. 4, 310쪽. 이하 인용은, 본문에 괄호를 열어 쪽수만 표시한다.
7) '그들'이 가리키는 바를 따로 드러내지는 않았지만 이 인용이 말하는 '그들'은 '특수지대'에서 사는 사람들을 가리켜서, 곰팽이로 비유되었던 '특수지대'와 구별된다. 기지촌은 곰팽이처럼 '번창'해도 그 속의 사람들이 번창하는 것은 아닌 사정에 닿아 있다.

름들이 있다"(310쪽)로 시작하고 저 도시와 이곳이 '같은 운명'에 놓여 있지만 "결코 일치할 수 없는 체온과 생리를 갖고 있다. 저 질서정연한 도시로부터 완전히 배반당한 이 특수지대―"(311쪽)로 맺어 공간의 이분법적 대비를 강조하는 것과 연관된다.

왜 이러한 과장과 단순화가 이루어졌는가를 묻는 일은 나름의 가치를 지니겠지만 실상 별 의미를 지니지는 않는다. 30대 나이에 막 들어선 작가의 현실인식이 피상적이라는 점, 좀 더 넓게 보자면, 철이 들 무렵까지 식민지치하에서 살다 유례없는 사회역사적 격변기에 휩쓸린 상황 탓에 현실에 대한 인식이 이 정도를 벗어나기 어려웠으리라는 점을 확인시켜주는 구절일 뿐이다. 이러한 사정을 염두에 두면, 이 구절을 두고 단선적ㆍ과장적인 인식 태도를 문제시하는 대신, 이러한 인식 내용이 사실인 양 전제하고 그에 비추어 작품 전체를 상징적으로 독해하는 일이 얼마나 부적절한 것인지가 확연해진다.

「황선지대」가 보여주는 작품 내 세계의 실상은 작품 허두의 규정과 사뭇 다르다. 작가―서술자의 작의 혹은 의도가 힘을 발휘하는 경우 예컨대 '빠「부랙, 캣트(검은 고양이)」'의 정경 묘사에서는 취객의 희언과 싸움, 여자에 대한 희롱 등을 강조하여 '더럽고 추한 의욕'이 사실인 양 제시하고 있지만, 작가―서술자가 마음대로 왜곡할 수만은 없는 주요 등장인물들의 행위 양태에는 나름의 삶의 질서와 논리가 있고 '다른 삶에 대한 기대'가 강력하게 자리 잡고 있어서, 허두에 밝힌 그러한 속성으로 '황선지대'를 일의적으로 규정할 수는 없게 된다. '황선지대'와 대비되는 '큰길 건너'가 '질서정연한 도시'로 그려지지 않고 있음도 확인해 둘 필요가 있다. '두더지'를 별명으로 갖는 청년 고병삼의 '주간신문'사 경험이나 정윤의 정치운동 경험이 말해주듯 '큰길 건너' 또한(?) 질서와는 거리가 먼 혼돈 상태에 있을 뿐이다.

이러한 사실은 「황선지대」가 소설로서 담게 된 반영ㆍ재현의 양상이 허두에서 드러나는 작가의 의도에 종속되지는 않음을 알려 준다. 무릇 소설이란 작품 내 세계를 구성하는 데 있어서 작품 바깥의 현실로부터 완전히 독립할 수는 없는 까닭이다. '리얼리즘의 승리'를 보이는 경우와 달리 반영·재현의 미학과 의식적으로 거리를 두는 경우에서조차 이러한 사정은 달라지지 않는다. 요컨대 이러한 사실을 염두에 두고, 허두의 상징적이며 이분법적인 단정에 휘둘리지 않으며 작품을 분석할 필요가 있다.

「황선지대」의 작품 내 세계는 매우 좁혀져 있다. 정윤의 집[바라크]과 정윤 일당이 파 들어가는 굴이 주요 배경이고 여기 더하여 영미의 집과 술집 등이, 서술시점의 사건이 전개되는 주요 공간에 해당된다. 이 지역의 생활 양상에 지배적인 영향력을 행사함에 틀림없는 미군부대와 관련해서는 그 맥락에서의 인물도 사건도 마련되지 않으며, 이곳의 사람들이 상호 어떠한 관계를 맺으며 생활을 영위하는지, 그리고 철조망 바깥의 도시나 미군부대와 어떠한 사회적 관계를 맺고 있는지 또한 전혀 설정되어 있지 않다. 미군부대의 창고를 털고자 하는 정윤 일당의 행위 외에는 '황선지대'의 삶의 세계의 양태를 짐작하게 해 주는 사건이 설정되지 않는 것이다.[8]

이러한 사실은 「황선지대」가 실제로 보여주고 있는 현실이 '황선지대' 자체의 실상과도 거리가 있음을 의미한다.[9] 좀 더 엄밀히 말하자면 작품 자체가 자신이 배경으로 삼는 현실에 대해 어떠한 재현 의지도 갖고 있지

---

8) 정윤에 대한 마담의 은근한 유혹(332~3쪽)이나 외부 침입자에 대한 '짜리'의 응징(348~9쪽)과 같은 사건이 '황선지대'의 삶의 한 양상을 보여주는 것이라고 보고자 할 수도 있겠지만, 다음 두 가지 이유로 이런 식의 독법은 바람직하지 않다고 할 수 있다. 하나는 이들 사건 자체가 주요 스토리—선과의 연계가 없는 삽화에 불과하다는 점이고, 그 양상을 볼 때 이들 삽화적 사건이 딱히 '황선지대'에서만 일어날 법한 것은 아니라는 점이 다른 하나다.

9) 기지촌으로서의 '황선지대'의 삶의 세계가 어떻게 돌아가고 있는지에 대해서는 이 작품에 비해 단편인 「亂影」(『현대문학』, 1956. 3)이나 「報酬」(『사상계』, 1959. 5)가 더 잘 보여주고 있다. 이러한 사실은 「황선지대」의 작품의도가 기지촌의 삶을 사실적으로 형상화하는 데 있지 않음을 의미한다.

않다고 할 수 있다. 일주일에 걸치는 시간 내내 날씨는 대체로 비가 내리고 있으며 그렇지 않은 경우라도 '음울한 구름이 울적하도록 무거울 뿐'(349쪽)이라는 설정 또한 이러한 특성에 부합한다.

물론 「황선지대」가 1950년대 전후 현실을 외면하고 있는 것은 아니다. '한탕주의'라고 적절히 지적된 바 있는 중심인물들의 행태 자체가 당대 현실의 특성에 닿아 있는 것임은 물론이요, 정윤과 영미의 과거 소련 군정 하에서의 인연 및 행적이나, 월남 이후 정윤이 벌인 정치 행동, 제대 이후 고병삼이 겪은 사회 경험 등은 모두 해방에서 전후에 이르는 사회의 제 양상을 작품화한 것이다. 이 책의 주장은, 그럼에도 불구하고, 현실의 제 상에 대한 이러한 작품화가 반영·재현의 방식으로 이루어지지는 않는다는 것이다.

3. 「황선지대」와 소망의 문제

'황선지대'라는 상황에 대한 반영·재현과 거리를 둔 상태에서 「황선지대」가 취하는 전략은 '표현'이며, 표현의 대상에 있어 이 작품이 공을 들이는 것은 상황 자체가 아니라 그곳을 벗어나고자 하는 주요 인물들의 소망이다. 수효 자체가 많지 않은 선행 연구들의 대체적인 주장을 염두에 둘 때 이 점은 십분 강조할 만하다.

이 소설의 주안점이 '황선지대'에서 나락에 빠진 삶을 살고 있는 인물들이 그곳을 벗어나고자 하는 소망의 표현에 놓여 있다는 사실은, 중심 스토리-선에서부터 확인된다. 정윤과 '곰새끼', '두더지'가 미군부대 내 창고를 털고자 한 패를 이루게 된 뒤, 정윤의 바라크에서부터 굴을 파고 들어가 마침내 창고로 들어가게 되는 것이 주된 스토리-선이라고 할 수 있다. 제2화의 거의 모든 서사가 이 스토리-선에 관련되어 있음은 물론이요 제1화 또한 이들 패거리의 면면과 일을 벌이기까지의 결성 과정에 상당한 비중을 두고 있다. 정윤과 영미, 철이 남매의 관계를 보여주는 4~6절과 정윤과 영미의 과거 인연을 제시하는 7절을 제외한 나머지 부분이 이에 해당된다. 4~7절 또한 창고 털기에 임하는 정윤의 태도 변화의 근거로 기능하기도 한다는 점을 고려하면 「황선지대」의 중심 스토리—선이 이들 3인의 창고 털이 사건임은 췌언의 여지가 없다.

여기서 중요한 점은 이들이 벌이고자 하는 절도 행위에 부여되는 의미이다.

이 계획을 세워 다른 두 명을 끌어들인 정윤은 애초에 어떠한 별다른 기대도 갖고 있지 않다. '황선지대'에서 평소에 하던 대로 남들보다 큰 건을 만들었을 뿐인 셈이기 때문이다. 그의 계획을 처음 접한 '곰새끼'와 청년 또한 대동소이하다. '곰새끼'는 계획의 실현 가능성을 의심하여 꺼림칙해 하고 청년은 계획이 대담함에 호기심을 보였을 뿐이다.

그런데 모든 것을 끝장내야겠다고 입버릇처럼 말하던 '곰새끼'가 계획의 구체성과 정확성에 대한 설명을 듣고는 태도를 바꾼다. '황선지대'에서의 생활을 접고 어디론가 떠나서 '순한 계집'을 얻어 다른 욕심 없이 살겠다는 생각을 꺼내는 것이다. 그의 이러한 생각은 금방 확고해져서 작품 말미까지 그의 행위를 이끄는 강력한 추동력이 된다.[10] 청년의 경우는 어떠한가. '곰새끼'의 주선으로 가게 된 매음굴에서 뛰어나와 정윤에게 건네는 다음 말에서 사정이 드러난다.

> 나도 인제 뭔가 자신이 생겼어. 처음 내가 창고를 치는 데 동의했던 건 하나의 호기심에서였어. 아까 술집에서 말인데, 곰새끼가 말이지. 한미천 해 가지고 어느 조용한 시굴에라도 가서 순한 계집을 하나 얻어가지고 살겠다는 말을 들었을 땐 난 뒤통수를 한 대 얻어맞은 것만

---

10) 제1화의 8절에서 처음 드러나는 이러한 '곰새끼'의 꿈은 제2화에서 미래에 대한 기대·소망이 되어 1절과 3절, 5절, 8절 등 그가 등장하는 거의 모든 절에서 계속 반복적으로 표출된다.

같았어. 곰새끼는 이번 일에 대하여 자기 자신에 어떤 기대와 의미를 걸고 나섰던 거야. 아무리 얌생이라곤 할지라도 말이지. 나도 뭔가 그런 것을 나에게 걸고 싶었었거던. 그러나 인제는 됐어. 이번 일이 끝나기만 하면 나는 그 소녀와 이곳을 뜰테야. 닷새면 일은 끝나겠지. 그렇지? 지금은 어떡할 수가 없어. 닷새 동안 만은 벼라별 잡놈한테 소녀는 모욕을 당하고 상처를 입어야 할 거야. 그러나 닷새만 참아 줘. 닷새 후면 돈 아니라 황금 덩어릴 가져 온대도 네 몸에 손 하나 까닥 못하게 할테니. 우리는 뜨는 거야. 나는 그녀의 첫 번째 남자였거던. 나는 내가 처음으로 그녀의 마음에 던져 주었던 모욕을 씻어 주겠어. 아마 우리는 행복할 거야. 이것마저 네가 너절한 감상이라고 욕지거려도 좋아(344~5쪽).

소녀에 대한 자신의 생각을 '곧 시들어버릴 감상'으로 치부해 버린 정윤에 대한 청년의 이 대답은 「황선지대」의 주요 특성 세 가지를 말해 준다.

첫째는 지금의 논의 맥락에서 주목되는바 청년 또한 '곰새끼'처럼 창고털이 일에 의미를 부여하게 된다는 사실이다. 둘째는 위의 인용 자체에서도 확인되듯이 그의 이러한 행위가 사실적이지 않다는 점이다. 정윤에게 하는 말인데 중간 부분의 청자는 소녀로 되어 있는 화행론적 상황부터 실제적이지 않으며, 돈을 주고 단 한 번 몸을 섞은 소녀 창녀에게 이렇듯 의미를 부여하는 것 자체가 '황선지대'에로까지 전락해 들어온 인물에 어울리지 않는다는 점이 이러한 판단의 근거가 된다.[11] 끝으로 셋째는 이러한 부자연스러움을 개의치 않고 청년이 자신의 행위에 이렇게 의미를 부여하도록 설정되었다는 사실 자체가 작가-서술자의 의도를 보여 준다는 점이다. 이후 '곰새끼' 못지않게 청년 또한 자신의 스토리-선에서 소녀와의 생활에 대한 기대를 끊임없이 되뇌는 데서, 이러한 의도가 확인된다.

「황선지대」의 주요 등장인물들이 '작가-서술자의 의도에 따라' 현재

---

11) 이러한 특징은 청년과 처지가 크게 다르지 않은 소설 속의 인물 예컨대 황석영의 「객지」에서 영팔이 보이는 행태와 비교할 때 한층 뚜렷해진다.

의 상태를 벗어난 행복한 삶에 대한 기대를 갖게 된다는 점은 주인공 정윤의 경우에서 확증된다. 청년의 위의 말에서도 드러나듯 정윤은 이번 일에 대해서 어떤 특별한 의미를 부여하지 않고 있다. 작업을 시작한 직후 영미를 찾아가서는 "이곳을 떠나시는 것이⋯⋯"(352쪽)라 한 번 더 운을 떼고 자신은 며칠 후 떠날 것이라 말해 줄 때만 해도 자신의 삶에 대한 그의 태도에는 변화가 없다. 자신이 맡아서 '짜리'의 일을 해결하겠다 하고 영미의 부탁대로 철이를 맡겠다 하지만 이 모든 것은 영미 남매를 위한 것이지 자기 자신과는 별 관계가 없는 일일 뿐이다.[12] 이러한 그가 '황선지대'를 벗어나는 일에 어린이다운 기대를 품고 있는 철이로 인해서 변화를 맞게 된다.

> 소년의 마음속 깊이 품고 있는 기대가 정윤에게는 이미 과거에 수없이 되풀이되었고 그때마다 그것은 실망과 저주와 분노 속에 한낱 물거품처럼 사라지곤 하였던 것이었다. 그러나 그러하였던 과거의 자세를 지금 눈앞에 대할 때 그것은 참으로 뼈저린 것이었다. 그것은 변함없는 하나의 인간의 자세임에는 틀림이 없었다. 그 자세만은 어쩔 수 없는 강한 의미를 이 땅 위에 뿌리박고 있는 것이었다.
> 정윤은 자기의 뼈저린 기억과 더부러 소년을 통하여 뼈저린 하나의 의미를 지금 찾은 것이었다. 그의 마음은 형용할 수 없는 서글픔과 더부러 솟구치는 벅찬 물결에 휩싸 있었다(356쪽).

---

12) 비록 영미와는 십여 년 전에 함께 학생운동을 한 처지이지만 지금은 둘 다 '사회의 구석지에서 구석지로 흘러 다니던 끝에 막바지에 이르러 모든 자기를 송두리째 내어버리고'(330쪽), '이미 다되어 버릴 때로 되어 버린 그 속에 놓여 있었던 것'(331쪽)이어서 '짜리'의 의심과 달리 서로 간에 어떠한 특별한 의미도 부여하지 않고 있으며, '황선지대'에서의 정윤의 삶의 행태가 돈을 벌게 되면 여자를 들였다가 여자가 따분함을 하소연하면 있는 돈을 모두 주어 보내는 '묘한 버릇'(336쪽)을 보이는 것이었음을 고려하면, 영미의 존재 자체가 정윤의 삶에 어떠한 변화를 가져올 만큼의 의미를 지니는 것은 아님을 알 수 있다.

정윤의 이러한 상태 변화가 실제적인지의 문제를 청년의 경우와 같은 방식으로 따져보는 데 시간을 쓸 필요는 없어 보인다. 영미와의 관계에서 조차 아무런 의미를 부여하지 않는 인물이 13세 소년의 바람을 가슴에 담아 가슴 벅차 한다는 것은 현실의 맥락에서 아무런 설득력도 갖기 어려운 까닭이다. 요컨대 정윤의 경우야말로, 굴을 파는 중심인물 3인이 '황선지대'를 떠나 새로운 삶을 꿈꾸게 되는 것이 작가―서술자에 의해 의도적으로 설정된 것이라는 사실을 한층 명확하게 해 주는 것이다.13)

이렇게, 허두에서 밝힌바 '황선지대'에 대한 상징적 규정이나 작품 내 세계가 보이는 현실의 파블라 차원의 맥락, 등장인물 각각에게 부여된 이력과 그들이 보이는 현재의 행적 등과 자연스럽게 이어지지 않음에도 불구하고 그들 모두에게 '자신에 대한 기대와 의미'를 부여하는 것은, 바로 이러한 '기대와 의미'야말로 「황선지대」가 그리고 작가 오상원이 표현하고자 하는 핵심 사항임을 말해 준다.14)

---

13) 소년이 보이는 심리의 특징이 정윤의 태도를 바꿀 만하게 되어 있다고 볼 수도 없다. 사실 13세 소년 철이의 심리와 생각은 어떤 때는 그 나이에 어울리지 않게 유치한 반면 어떤 때는 그 나이에 생각할 수 있으리라 여겨지지 않을 만큼 깊이를 갖추는 등 상호 맥락이 닿지 않는 채로 기술되어, 철이라는 인물 자체가 어느 정도는 서술자―작가의 편의에 의해 만들어진 메가폰적 인물에 해당된다고 할 수 있다. 일반적으로 보아 소년이란 삶의 공간에 뿌리를 박은 성인이 아니므로 서술자―작가의 의도를 구현시키기에 유리한 면이 있다. 물론 정반대로 아직 어리기 때문에 생각의 한계가 뚜렷한 것도 사실인데, 「황선지대」는 전자를 취하고 후자는 어느 정도 무시하는 방식으로 철이에게 메가폰적 인물의 기능을 부여하고 있는 것이다.
「황선지대」의 이러한 면모는 등장인물의 언어와 작가의 언어가 수시로 섞이는 양상에서도 확인된다. 학식과 사회의식이 있는 정윤을 제외한 인물들이 걸핏하면 지식인 작가의 말을 하고 있음은 자연스럽지 않다.
14) '황선지대'를 벗어나고자 하는 중심인물들의 소망과 거리를 보이는 인물이 영미인데 그렇다고 해서 그녀가 '황선지대'를 긍정적인 것으로 간주하고 있다는 식으로 해석하는 것은 적절치 못하다. 정윤의 권유에 대한 그녀의 대답 즉 "이곳을 떠나서는 살 수 없을 것만 같아요. 괴로워도 이곳에는 뭔가 믿어지는 데가 있어요"(327쪽)라는 진술은 작품 내 세계의 상황상 사양의 말로 보아야 한다. 그녀의 말을 문면 그대로 받아들여서 '뭔가 믿어지는 데'를 강조할 수는 없는 것이, '짜리'에게 폭행을

4. 「황선지대」의 자리

오상원이 작품 내 세계의 현실성을 무시하면서까지 정윤 일당으로 하여금 의미를 갖게 한 계획이 무엇이며 그 귀결은 어떠한지를 확인해 두는 일은, 그러한 의미 부여의 의미를 최종적으로 확정하는 데 있어 빠질 수 없다.

작품에 명확히 드러난 대로 그들이 계획하고 실행에 옮기는 일은 미군 부대의 창고를 통째로 터는 절도 행위이다. 그런데 「황선지대」에서는 누구도 이러한 행위의 범법적인 성격을 의식하지 않는다. 나락에까지 떨어져 '황선지대'로 밀려온 인물들이 그러한 것은 작품 내 세계에서 이해되는 것이지만, 서술자-작가 또한 그러한 것은 문제적이다. 굴을 파 들어가는 이들에 대한 묘사는 더욱 문제적이다.

> 곰새끼는 삽을 휘두를 때마다 가쁜 숨결과 함께 입속에서 중얼거렸다. 그럴 때마다 곰새끼의 눈앞에는 그 어느 조용한 시골마을이, 순한 그 어느 시굴 계집의 모습이 떠올랐다. (중략) 청년은 죽을힘을 다하여 구멍을 파 들어갔다. 흡사 일선 지대에서 적의 고지를 향히여 포복을 감행해 드러가고 있는 것만 같은 환각에 자주 사로잡혔다. 전신에서는 구슬과 같은 땀이 철철 흘러내리고 있었다. 그는 전선에서 물러난 이후 지금것 이처럼 전신이 경련을 일으키도록 벅찬 순간을 가져 보기는 처음이었다. (중략) 청년의 눈앞에는 양철 집웅 창고가, 그 뒤에 창백한 모습을 하고 자기를 뚫어지게 처다보며 기다리고 섰는 소녀의 모습이 보이는 것만 같았다. (중략) 소년의 꿈이 깨어지지 않았으면, 그는 소년의 꿈을 이루워 주고만 싶었다. (중략) 그때 소년의 가슴속엔

당하는 그녀의 상황 자체가 그러한 해석을 용납하지 않음은 물론이요, 떠나겠다는 정윤에게 제 동생인 칠이를 부탁하고 있는 점과, 권유의 말을 한 뒤 나서는 정윤을 보며 눈물을 흘리는 사실이 증명해 주듯 '황선지대'의 삶이 좋아서 떠나지 않겠다고 하는 것이라기보다는 새로운 삶에 대한 의욕을 상실한 까닭에 주저앉아 있는 것일 뿐이기 때문이다.

비가 나리고 있었던 것이다. 그러나 앞으로 다시는 비가 나리지 않아야지. (중략) '어른하고 저렇게 길을 한 번 걸어 봤으면 싶었어요.' 이렇게 말하던 소년. 그러나 그렇게 될 날도 머지는 않을 것이다. 누나뿐만 아니라 여럿이, 네가 만족할 만큼 여럿이서 걷게도 될 것이다. 그때는 비가 나리던 네 (가)슴 속에 호수처럼 맑게 개인 하늘이 눈부신 햇살과 함께 가득 넘칠 것이다. 정윤은 지금 깊이 잠들었을 소년의 꿈길에나마 이러한 자기의 생각이 찾아들어 주었으면 싶었다(366~7쪽).

이 장면은 시적이다. 그 자체만 보면「황선지대」전체를 통틀어 가장 아름다운 장면이라고도 할 수 있다. 인생의 막장에 처해 절도 행위를 수행하는 인물들을 이렇게 지나치게 아름답게 그린 것은, 일을 계기로 그들 각자가 취한바 '자신의 삶에 기대와 의미를 거는 것'에 작가 오상원 자신이 대단한 의미를 부여하고 있음을 알려 준다. 이 맥락의 정점은, 굴 파기 막바지에 등장한 바위 때문에 '곰새끼'와 청년이 물러났을 때 정윤이 홀로 바위를 깨는 장면에서 찾아진다.

정윤은 혼자 바위를 깨내었다. 그는 한 망치, 한 망치 전 힘을 기울려 끈기 있게 계속하였다. 그의 눈앞에는 소년의 모습이 자주 떠올랐다. 소년을 통하여 얻은 하나의 자세(姿勢), 일의 승패는 문제가 아니었다. 확실히 그는 한 망치, 한 망치 휘두르는 속에서 자기의 자세를 찾어 들어가고 있었다. 기대는 늘 배반을 당하기 마련이다. 문제는 자세에 있었다. 기대는 늘 배반을 당하기 마련이었다. 문제는 자세에 있었다. 기대에 크게 자기를 거는 것보다는 우선 자기의 자세를 갖는 것이 중요하였다(368쪽).

진리를 깨치는 수도사의 이미지에 가까운 이러한 형상화는, 삶의 의미를 찾기 어려운 상황에 빠져 있는 인물들에게 의미를 부여하는 것이 작가에게 얼마나 중차대한지를 웅변적으로 알려 준다. 정윤 등의 일 자체가 범죄행위라는 점이 「황선지대」의 기술방식에서 문제로 드러나지 않는 점15) 또한 이러한 사정을 강화한다. 범죄행위를 미화하면서까지 오상원은 '자신의 삶에 기대와 의미를 거는 것'을 등장인물들에게 구현하고 있는 것이다.

물론 「황선지대」는 여기서 끝나지 않는다. 공교롭게도 그들이 부대 상황을 파악할 수 없게 된 상황에서, 창고 바닥이 뚫리기 직전에 물자의 대대적인 이동이 이루어진 까닭이다.

이렇게 정윤 일당의 창고 털이는 우연에 의해 실패로 끝나게 된다. 이러한 설정은, 바로 위의 인용문에서 드러난 정윤의 마음가짐 즉 기대는 늘 배반을 당하기 마련이므로 일의 승패는 문제가 아니고 자세가 중요하다는 의식을 서사구성 차원에서도 확인시켜 주는 것이다. 일견 생각하면 현실 세계의 위력이 발휘된 것처럼 보일 수도 있지만,16) 그 위력을 무시하는 작가—서술자에 의해 이들에게 의미가 부여되고 그 의미를 좇는 행위가 한껏 미화되었으며 종내는 엄숙하게 그려지기까지 하는 사실을 고려하여 전체적으로 따져보면 그렇게 볼 수 없다. 이러한 결말 처리가 정윤의 의식 변화에 부합한다는 점을 간과하지 않는다면, 이 또한, '황선지대'에 처한 인물들에게 지신의 삶에 기대와 의미를 걸게 하는 작가—서술자의 의도를 구현하는 것이라고 보아야 할 것이다.17)

여기까지 와서 보면 「황선지대」가 오상원의 소설세계에서 차지하는

---

15) 작품에 재현하는 내용과 그것을 표현하는 형식 사이의 이러한 부정합적인(?) 관계를 보인다는 점에서, 「황선지대」는 할리우드 영화로 유명한 마리오 푸조의 『대부』와 동일한 유형에 속한다.

16) 몇몇 선행 연구들의 경우, 이러한 결말 처리가 이 소설이 현실성을 마냥 무시하는 것은 아님을 보여주면서 작가의 비관적인 현실 인식을 증명해 준다고 해석한 바 있다. 그러나 소설 서사의 현실성 면에서 생각하더라도, 현재의 종결이 우연에 의한 것이라는 점에서 오히려 반대로 해석하는 것이 좀 더 설득력을 갖게 된다.

17) 작품의 결구에서 "어디까지나 묵묵히 어둠을 뚫어지게 지켜보고 섰을 뿐이었다"(370쪽)로 그려지는 정윤의 전체적인 면모는, 앙드레 말로의 『정복자』가 보이는 '삶이란 아무 가치가 없지만 삶만큼 가치 있는 것은 아무것도 없다'는 인식을 오상원이 「황선지대」를 통해서 구현해 낸 결과·성과라고 할 수 있다.

위상이 조금은 뚜렷해진다. 그가 수행한 왕성한 창작 활동의 종합적 귀결이 아니라, 그의 출세작이자 대표작인 「유예」나 「모반」 등과 같은 계열에서 인간 삶의 의미를 표현한 또 하나의 역작인 것이다. 이러한 점이 선행 연구들에서 포착되지 않은 까닭 또한 어느 정도는 암시해 두었다. '황선지대'라 해도 어쨌든 현실의 일부분이어서 구체적인 삶의 양상이 문제되는 반면 작가—서술자는 자신의 의도를 드러내기 위하여 현실상의 왜곡까지도 불사하는 까닭에, 반영·재현의 맥락으로 일단 작품을 해석하기 시작한 경우, 대부분의 논자들이 이러한 실상을 간과하고 결론적으로 부적절한 평가를 피할 수 없었던 것이라 하겠다. 이러한 연구사의 동향까지 고려하면, 소설미학적인 측면에서도 「황선지대」의 의의 중 하나를 찾을 수 있게 된다. 반영·재현이 아니라 소망의 표현으로도 의미 있는 소설적 성과가 가능하다는 사실을 웅변하면서, 현재의 기준으로 보면 그리 특별할 것도 없는, 열린 소설관을 일찍이 요청한 작품 중의 하나가 바로 「황선지대」라는 점이 그것이다.

5장. 『북간도』에 나타난 역사와 이념의 변증법

1. 연구사 검토 및 논의의 초점

『북간도』는 남석 안수길의 대표작이다. 간도를 작품 내 세계로 삼은 본격적인 장편소설이라는 문학사적인 의의와, 근대전환기에서 식민시대에 이르는 고난의 시대를 배경으로 민족정신을 고취했다는 정신사적인 가치 등으로 해서, 비단 안수길 소설문학의 핵심에 그치지 않고 한국 근대문학의 중요한 성과 중 하나로 자리 잡고 있다.

잘 알려진 대로 『북간도』는 1959년 4월에 제1부, 1960년 4월에 제2부, 1963년 1월에 제3부가 『사상계』에 발표된 후, 1967년 제4, 5부가 합쳐져 단행본으로 출간되었다. 9년에 걸친 집필 기간도 그러하지만, 작가의 만주 체험 문학을 결산하고 후대의 소설들로 나아가는 의미를 지닌다는 점에서도 주목할 만한 작품이다.[1]

『북간도』 연구에 있어서 초점은 다음 두 가지로 보인다.

첫째는 『북간도』의 서사 분석상의 문제이다. 전체 5부 24장으로 되어 있는 방대한 분량의 이 소설을 두고 크게 세 가지가 문제되고 있다. 하나는 가족사소설적 구도 파악과 관련된 것으로서 『북간도』가 이한복에서

---

[1] 안수길, 『명아주 한 포기』, 문예창작사, 1977, 239쪽; 김윤식, 『안수길 연구』, 정음사, 1986, 161, 224쪽 등 참조.

이정수까지 이르는 4대에 걸친 이야기인가 여부의 문제이다.[2] 다른 하나는 작품의 주제효과와도 관련된 것으로서 인물구성에 있어 이한복, 최칠성, 장치덕의 세 가문이 줄기를 이루며 '어떻게 살 것인가'의 문제에 나름의 답을 제시하는 삼각 대비 구도인가 여부의 문제이다.[3] 끝으로 구성상의 성패 문제도 보탤 수 있다. 연재로 발표된 1~3부와 나중에 함께 묶인 4~5부가 여러 면에서 상호 분리되는 성격을 띠었는가의 문제이다.[4]

둘째는 작품의 주제효과 및 문학사적 가치를 둘러싼 문제이다. 『북간도』의 출간 즈음에는 민족문학의 주요한 성과라는 긍정 일변도의 평가가 지배적이었으나[5] 본격적인 연구가 수행되면서 미학적 결함 등이 지적되

2) 많은 선행연구들이 별다른 분석 없이 '가족사소설' 등의 표현을 사용하고 있다. 그러나 이는 인물들의 계보를 따질 때만 의미 있는 지적일 뿐, 작품의 실제 스토리를 보면 그렇지 않음이 쉽게 확인된다. 이러한 사정을 한기형은 2, 3세대가 배제되었음을 지적하고 그 이유를 작품의 주제 및 시대상황과 작가의 정서 등을 통해 규명하며 밝힌 바 있다(「역사의 소설화와 리얼리즘 ―안수길 장편소설 <북간도> 분석」, 조건상 편, 『한국전후문학연구』, 성균관대출판부, 1993, 132~3쪽).

3) 김윤식의 경우 이한복이 대표하는 '환상의 사상', 최칠성과 최삼봉이 대표하는 '땅의 사상', 장치덕과 장현도의 '장사의 사상', 이정수가 대표하는 '독립전쟁의 사상'으로 작품의 지향을 설명한 바 있다(앞의 책, 222~4쪽 참조). 이후 민현기는 이한복 가문의 저항주의, 최칠성 가문의 기회주의, 장치덕 가문의 현실주의, 박만호 가문의 반민족주의의 넷으로 대립관계를 파악하였고(「민족적 저항과 수난의 재현―안수길의 <북간도>론」, 한국어문학회, 『어문학』 56, 1995. 2, 270~1쪽), 조정래는 민족주의적 · 이상주의적 태도와 반동적, 중간적 태도의 셋으로 대립관계를 파악한 위에서 3~4대에 가서는 대립이 약화되었다고 적절히 지적한 바 있다(「장편소설 <북간도>의 서술 특성 연구」, 배달말학회, 『배달말』 40, 2007, 179~82쪽).

4) 김윤식의 논의(앞의 책, 175~7, 201~2쪽 등 참조) 이후 민현기(앞의 글, 271쪽), 한수영(「만주의 문학사적 표상과 안수길의 <북간도>에 나타난 '이산(離散)'의 문제」, 상허학회, 『상허학보』 11, 2003. 8, 125쪽), 김종욱(「역사의 망각과 민족의 상상―안수길의 <북간도> 연구」, 국제어문학회, 『국제어문』 30, 2004. 4, 280~2쪽) 등에서 이렇게 『북간도』의 구성을 양분된 것으로 보고 있다. 이선미(「<만주체험>과 <민족서사>의 상관성 연구―안수길의 『북간도』를 중심으로」, 상허학회, 『상허학보』 15, 2005)의 경우는 이런 논의를 계승하되 1부를 따로 떼어 세 부분이 '서로 다른 서사원리 속에서 전개'된다고 파악한다(369~79쪽 참조).

5) 제1부가 발표된 다음 호인 『사상계』 1959년 5월호에 실린 곽종원, 선우휘, 최일수,

어 왔다.6)『북간도』에 대한 균형 잡힌 평가의 첫 단계는 안수길 소설세계의 친일문학적 성격을 지적하고 그 관련 속에서 작품의 의미를 검토하는 것이었다.7) 현재에까지 이어지는 다음 단계는 작가의 만주 체험이 갖는 의미를 보다 섬세하게 파헤치려는 경향이다.『북간도』의 주제효과를 한편으로는 만주국의 성격에 비추어 다른 한편으로는 195,60년대의 시대적 특징과 관련지어 복합적·중층적인 것으로 파악함으로써 단선적인 해석을 경계하는 것이 근래 연구의 특징이라 할 수 있다.8)

『북간도』를 집필할 무렵 작가가 피할 수 없었던 의식의 분열상 곧 생존적 친일(혹은 친만주국)의 기억과 (195, 60년대 민족주의에 근거한) 민족주의적 이념이 갈등하는 의식세계나, 만주국의 조선인이 갖는 미묘한 위상에 대한 최근 연구의 징후적 독법은 기존 연구의 결락 부분을 메우고 연구의 시야를 심층화했다는 점에서 매우 중요한 성과에 해당한다. 그러나 이런 독법들은 대체로, 방법론적인 문제의식이 앞선 상태에서 작품을 새롭게 읽고자 하는 방식으로 구사된다는 혐의로부터 자유롭지 못한 문제를 보인다. 텍스트에 대한 실증적인 분석에 근거하기보다 상기 징후적 독법이 문제 틀로 전제된 위에서 그에 맞춰 작품을 분석해 나아가는 경향이 적지 않은 것이다. 그 결과로 드러나는 추정적인 성격이 이들 논의의 섬세함과 이론적 참신함의 빛을 바래게 하는 상태이다.

백철의 글이 대표적인 예이다.

6) 김우창,「민족주체성의 의미 -안수길 작 <북간도>」(『궁핍한 시대의 시인 -현대문학과 사회에 관한 에세이』, 민음사, 1977)가 비판적인 논의의 효시라 할 수 있다. 이 글은 「안수길 저 <북간도> -사대에 걸친 주체성 쟁취의 증언」(『신동아』, 1968. 3)에 이어져 있다.

7) 김윤식의『안수길 연구』(1986)가 대표적인 예이다. 이는, 안수길의 만주시대 작품에서 친일적 요소를 읽고『북간도』가 구성상 두 부분으로 분열되었으며 이상주의적인 작가 의도에 침윤되어 있음을 세세하게 적시한 본격적인 연구 성과로서 이후의 연구에 커다란 영향을 끼쳤다.

8) 앞서 언급한 한기형, 한수영, 김종욱, 이선미 등의 연구가 이런 특징을 보이는 대표적인 예에 해당한다.

이러한 문제의식에서 이 책은『북간도』의 서사구성의 실제를 실증적으로 검토하는 데 일차적인 목표를 둔다.『북간도』를 구성하는 다양한 스토리-선에 대한 세밀한 검토와 주제효과를 위해 구사된 특징적인 서사전략을 규명함으로써, 상술한 바 서사분석상의 문제에 해당하는 연구사적인 쟁점에 대해서 나름의 해답을 제시하고자 한다. 이 위에서『북간도』의 소설미학적 성패를 온당하게 정리하는 것이 이 연구의 목표이다.

2.『북간도』의 서사 구조: 선명한 이분법

『북간도』는 전체 5부 24장 181절로 이루어져 있다.[9] 단행본 기준으로 718쪽에 해당하는 상당한 분량의 장편소설이다. 1부에서 4부까지 각부는 130~150쪽에 해당하여 대체로 비슷한 분량으로 이루어져 있으나 마지막 5부는 171쪽에 이르러 가장 분량이 많다.

『북간도』에 등장하는 인물은 작품 내 세계에서 언행을 보이는 경우만 따져도 90명을 상회하고 작가-서술자에 의해 지칭되는 인물들(대체로 실존인물)을 더하면 110명에 육박한다. 분량이 많은 장편소설이라 해도 이러한 인물 수는 대단히 큰 것이다.

분량이 다대하고 인물 또한 큰 규모지만,『북간도』의 서사가 복잡한 구조를 취하고 있는 것은 아니다. 이 소설의 서사는 이창윤, 이정수 부자의 스토리-선을 근간으로 하여 그들 주변 사람들의 스토리-선을 포함하는 방식으로 구성되어 있다. 서사구성상 의미 있는 부차적인 스토리-선을 이루는 인물은 이창덕과 주인태, 최삼봉 등이다. 여기에 비봉촌을 개척하는 이한복의 스토리-선을 덧붙일 수 있다.

이러한 파악은『북간도』를 두고 이한복에서 이장손, 이창윤, 이정수로

---

9) 이 책에서는 1967년 삼중당에서 출판된 것을 전재한『북간도』(동아출판사, 1995)를 대상으로 한다.

이어지는 이씨 4대에 걸친 가족사적인 소설이라고 파악하거나 이 소설의 구조가 민족주의적인 이한복 가문과 친외세적인 최칠성 가문, 현실주의적·기회주의적인 장치덕 가문의 세 가닥으로 이루어졌다고 분석하는 선행연구들의 주장과 거리를 두는 것이다. 이 장에서는『북간도』의 서사구성에 대한 기존 평가의 두 축에 해당하는 이러한 주장들에 동의할 수 없는 이유를 제시하면서 이 소설의 스토리 구조 및 대립구조를 밝혀 본다.

1)『북간도』의 스토리 구조

『북간도』를 두고 이씨 집안의 4대에 걸친 이야기라고 할 수 있는가를 먼저 살펴본다. 이씨 4대가 등장하여 작품 내 세계에서 활동하는 것은 맞다. 그러나 1대 이한복의 서사는 사실 1부 1장 <사잇섬 농사>에 그쳐 있다. 2장 <감자의 사연>에서 그는 이미 운신이 자유롭지 못한 영감으로 설정되며, 중간 부분에 잠시 등장하여 손자 창윤의 머리를 깎다가 운명하는 것으로 그려질 뿐이다. 따라서 총 24장으로 이루어진 작품 전체의 맥락에서 볼 때, 이한복은『북간도』이주의 계기를 마련하고 정착 초기 상황을 알려 주는 기능을 수행하는 등장인물이라 할 수 있다.

물론 이한복이 단순히 기능적인 인물에 그치지는 않는다. 젊은 시절의 이창윤이 보이는 민족주의적인 지향에 있어 역할모델로 설정되어 있기 때문이다. 하지만 이 점 또한 다음 세 가지를 염두에 두고 냉정히 판단할 필요가 있다. 첫째는 이한복의 역할모델 기능은, 역할모델 일반이 그럴 수밖에 없듯이 기본적으로, 그를 기리는 이창윤의 서사에 종속되어 있다는 사실이다. 둘째는 이한복 영감의 역할모델적인 기능이 이창윤의 주관적인 왜곡이나 작가-서술자에 의한 과도한 의미 부여에 기초하고 있다는 점이다. 끝으로 셋째는 이한복이 잠시 등장하는 1부 2장 <감자의 사연>이 보이는 서사의 주된 줄기가 사실상 이창윤의 스토리라는 사실이다.

<감자의 사연>의 서사 비중을 보든 이 장을『북간도』의 전체 서사에

비추어 보든, 여기서 의미 있는 사건은 창윤의 스토리이다. 동복산네 감자 서리를 주동하던 창윤이 중국인들에게 잡혀 청복에 변발한 상태가 된 것이 비봉촌에 거주하는 양 민족 사이의 갈등을 심화시키고 이한복의 죽음을 초래한다. 『북간도』의 전체 서사구성을 고려할 때 이 스토리에서는, 이한복 세대가 끝난 점보다 그의 죽음에 따라 흑복변발黑服辮髮 문제가 재론되어 최삼봉이 친중 세력이 되는 계기가 마련된 것이 더 중요한데, 이모두가 이창윤의 스토리에 의한 것임을 명확히 할 필요가 있다. 이후의 서사에서 비봉촌의 세력가가 되어 행패를 부리는 최삼봉에 맞서는 인물이 (이장손이 아니라) 이창윤이라는 점을 이에 보태면, 1부 2장 <감자의 사연>에서부터 이창윤이 주인공이라 해도 무방하게 된다.

　1부 3장 <성난 불꽃>에서부터 『북간도』의 서사가 이창윤 1인을 실질적인 주인공으로 하여 전개됨은 명약관화한 사실이다. 친중 세력이 된 최삼봉과 노덕심에 대해 비판적 의식을 갖고 있는데다 특히 노덕심과는 결혼 문제로 개인적인 반감까지 갖게 된 창윤이 동복산의 송덕비에 불을 지르고 비봉촌을 떠나는 것이 3장의 핵심 사건이자 실질적인 내용 전부에 해당한다. 4장 <앞으로 갓!>은 무대를 용정으로 옮겨 사포대원이 된 창윤을 조명하고 그가 귀향하여 비봉촌에도 사포대를 조직하는 내용을 담고 있다. 4부에서 이정수의 활약상이 전개되기 전까지, 2부 이하의 전체 서사가 이창윤의 행적을 중심으로 전개되는 점 또한 작품 표면에서부터 쉽게 확인된다. 이러한 점은 이창윤과 엇비슷한 세대로서 그와의 교류를 통해 작품 속에서 활약하는 장현도, 최동규, 정세룡, 정수돌, 임군삼, 진식, 종한, 주인태, 박만호 등이 이정수가 등장하기 이전 서사의 주요 담당자라는 점에서도 근거를 얻는다.

　이상을 통해서, 『북간도』의 서사 전체를 두고 볼 때 이한복의 스토리가 가족사소설 체계상의 한 세대를 담당할 수 있는 것이 못 됨을 알 수 있다.[10]

10) 이와 관련해서, 염상섭의 『삼대』가 가족사소설에 해당하는지를 둘러싼 논의들을

이씨 집안 2대에 해당하는 이장손의 경우는 더욱 말할 여지가 없다. 이장손은 1870년에서 1900년까지를 시대 배경으로 하는 1부에서 유년에서 장년기에 이르는 자신의 세대를 산 인물이지만, 어느 경우에서도 주동적인 역할을 하지는 않는다. 유년기의 그가 일으킨 '감자-제기 사건'은 북방 6진 주민들의 궁핍상을 환기시키고 이한복의 줏대를 부각시키며 후에 벌어지는 이창윤의 감자 서리 사건에 상징적인 의미를 부여하는 기능적인 모티프에 불과하다. 장년이 된 이장손이 송덕비 건립과 관련해서 보이는 행위도 정세룡과 이창윤에 비할 때 주동적이라 할 수 없다. 그는 이창윤이 저지른 송덕비 방화 사건으로 잡혀갔다가 나온 뒤 병을 얻어 죽는 것으로 설정되는데, 이 과정은 정세룡이 창윤에게 전하는 말 등으로 간접화되어 기술될 뿐이다. 요컨대 이장손의 경우는 어떠한 의미에서도 하나의 세대를 대변하는 것이라 할 수 없다.

물론 『북간도』가 세대 계승의 면모를 띠지 않는 것은 아니다. 이창윤-이정수 2대가 서사의 중심에 확고히 자리 잡고 있기 때문이다. 이정수는 3부에서 처음 등장한다. 3부 1장 <우리도 값이 오른 셈>에서 비각 살인 사건과 관계되어 창윤이 살인범으로 몰리게 되는 역할을 한다. 물론 3부 내내 정수는 어린애여서 정세룡의 아들 수돌과 싸우거나(2장), 창윤이 이주한 대교동에서 소학교를 다니는 총명한 아이일 뿐이다(3장). 이러한 이정수가 『북간도』 전체의 중심 서사에 올라서는 것은 4부에 들어서이다.

참조해 볼 필요가 있다. 조씨 세 세대가 종적인 축을 형성하는 『삼대』의 경우, 작품 내 세계에서 서사의 중반까지 막대한 영향력을 행사하는 조 의관의 경우나 부정적 인물로 설정된 2대 조상훈의 경우 그 내력이 분명치 않고 횡적 인간관계도 충분히 밝혀지지 않아서, 『삼대』를 가족사소설로 볼 수 없다는 판단의 근거로 지적된 바 있다(유종호, 「한국 리얼리즘의 한계」, 『동시대의 시와 진실』, 민음사, 1982, 205쪽). 이에 견주어 볼 때, 서술 비중의 측면에서든 작품 내 영향력 측면에서든 『북간도』의 이한복이 『삼대』의 조 의관에 비해 상대적으로 미미한 수준에 있음은 따로 말할 것도 없다는 점에서, 『북간도』를 4세대에 걸친 가족사소설로 보는 것은 설득력을 갖추기 어렵다고 하겠다.

4부 2장 <걸음을 멈추고>에서 주인태를 만나 영국덕이의 중학교에 입학하게 되는 무렵부터 민족주의적인 태도를 보이며, 3장 <두 장례>에서는 주인태를 도와 독립선언서를 등사하고 만세운동에 참여한다. 4장 <산과 땅 속으로>에서는 국제 정세에 대한 날카로운 인식을 선보이기도 한다. 4부에 걸쳐 이정수는 의식과 행동 양 측면에서 민족주의 독립운동 세력의 새 세대로서 부상하는 것이다.

170쪽을 상회하여 분량상 전체의 1/4에 육박하는 5부에 이르면 이정수의 스토리가 거의 그대로 『북간도』의 중심 서사에 해당된다. 이는 형식과 내용 양 측면에서 좀 더 설명을 요한다.

5부 전체 8장 중에서 서사 진행상 이정수가 주도적인 역할을 담당하는 부분은 1장과 5~8장 100쪽 내외이다. 거칠게 말하자면 서술 비중상 5부의 60% 남짓을 차지하고 2~4장에서는 의미 있는 역할을 하지 못한다고 할 수 있다. 그러나 5부 3장은 청산리 전투와 샛노루바우 이중 학살 사건을 세세히 다루어 『북간도』의 주요 스토리와는 사실상 거리를 갖는 외삽적인 성격이 강하다는 점을 염두에 둘 필요가 있다.[11] 2장과 4장 또한, 만주 독립군을 소탕하고자 출병의 구실을 만드는 일본의 계략과, 중일 양국 세력하에서 자치를 시도하는 간도 조선인들의 상황을 각각 제시하는 것이어서, 『북간도』를 일관하는 중심서사에 배경을 마련해 주는 부분이라고 보는 것이 적절하다.

이러한 상황에서 이정수는 홍범도 부대의 일원으로 봉오동전투에 참가하고(1장), 독립군 해산 뒤 중국 소학교 교사로 지내다가 고향에 들러 마침내 자수하고(5장), 5년 뒤 석방되어 학교 교사로 근무하며 임영애와 결혼, 독립군 세력과 공산당 세력을 만나 자신을 반성하게 되며(6장), 중

---

11) 이창덕과 임영애가 이 두 가지 역사적 사건에 관련되고는 있지만, 이들이 어떤 의미에서도 주동적이지 않다는 점에서, 5부 3장이 갖는 스토리 구성 차원의 외삽적 성격은 약화되지 않는다.

국과 일본의 압박 속에서 호일학교의 독립 교육을 지키려 하다 학교를 방화로 잃은 뒤(7장), 만주국 치하에서 일본 패전 후를 준비하다 청림교 사건으로 구속되어 감옥에서 해방을 맞이한다(8장). 이렇게 1920년에서 1945년에 걸치는 식민지시대 거의 전부가 이정수의 행적을 따라 작품 속에 들어오고 있다.

이창윤의 경우와 마찬가지로, 이정수가 등장하는 4부 이하에서도 『북간도』의 전체적인 서사는 이정수의 스토리−선 및 그와 관계되어 있는 인물들의 스토리−선으로 짜여 있다고 할 수 있다. 독립운동세력인 주인태나 박문호, 윤준희와 그 동지들, 양상철, 청림 등과 독립군으로 등장하는 김경문, 홍범도, 김좌진 등, 공산주의세력인 짐돌, 중국세력인 맹부덕, 왕 선생 등, 일본세력인 박만호나 박치백, 스에마쓰, 현시달, 이기형 등과 평범한 인물인 장만석, 임영애, 이경천 등이 모두 이정수와의 관련 속에서 자신의 스토리−선을 갖추고 있다.

이상에서 보듯 『북간도』의 서사는, 이창윤과 이정수 2대의 행적을 주요 스토리−선으로 설정한 위에 그들과 관련된 인물들의 스토리−선들이 결부된 구조로 파악할 수 있다. 이창윤의 조부 이한복과 부친 이장손은 1부에서 이미 운명한다. 실상 1부부터 이창윤의 서사라 할 수 있는 것이다. 4부에 이르면 이창윤 또한 쇠약해져서 주요 사건으로부터 멀어지고, 그 자리를 이정수가 차지하여 5부 끝까지 서사를 끌고 나아간다. 요컨대 『북간도』의 스토리 구조는 '이한복−이장손−이창윤−이정수'로 이어지는 이씨 집안 4세대에 걸친 가족사소설적인 이야기가 아니라, 이창윤과 이정수 2인의 스토리−선을 주축으로 이루어져 있다고 할 수 있다.[12)]

---

12) 이창윤과 이정수가 세대 계승의 면모를 띠기는 하지만 이정수의 경우 가족과의 관련이 매우 약화된 채 자신의 스토리를 영위하는 까닭에, 이들 사이에서도 가족사소설적인 의미는 강하지 않다. 이 씨 집안의 사람들 중 『북간도』의 서사에서 나름대로 비중 있는 위상을 차지하고 그에 걸맞은 역할을 하는 또 하나의 인물은 이창덕인데, 그는 정수의 삼촌 곧 창윤의 아우인데다가 가족과의 유대 또한 약한 인물이

2) 『북간도』의 대립 구조

『북간도』의 서사구성상의 특징을 살피는 데 있어서 관건이 되는 또 하나의 문제는, 이 소설이 이한복과 장치덕, 최칠성 세 가문의 계보를 통해서 이른바 민족주의 세력과 현실주의 · 기회주의 세력, 친외세 반민족적 세력의 셋을 대비하는가 여부이다. 이는 한갓 형식 분석에 그치지 않고 『북간도』의 주제효과를 가늠하는 데까지 걸쳐 있어, 내용형식 차원에서 이 소설의 특징을 밝히는 문제에 해당된다.

『북간도』의 내용형식이 드러내는 주된 특징이 이한복, 최칠성, 장치덕 세 가문의 정립상으로 말해질 수 있는가, 그리고 더 나아가서 이들 세 가문이 식민지 시기에 우리 민족이 취했던 삶의 방식을 전형적으로 드러내주는 것인가, 이 두 질문에 답하는 것이 본 절의 과제다. 결론을 당겨 말하자면 답은 부정적이다.

앞서 살펴본 대로 일단 이씨 일가의 경우 같은 비중은 아니더라도 네 세내가 등장하여 활동하고 있으며, 기본적으로 민족주의적 반외세적인 가치관을 견지한다고 볼 수 있다. 이러한 점은 1대인 이한복에게서부터 확인된다. '사잇섬 농사'로 월강죄를 범해 사또의 문초를 받는 자리에서 그는 자신의 조부에게 들은 백두산정계비의 비문 내용에 의지해 강 건너 또한 우리 땅이라고 항변하는 인물이다. 비봉촌에 자리를 잡은 뒤에는 중국 측의 흑복변발 요구에 맞서 우리 전래의 풍습을 고집하는 강단 있는 민족주의자의 면모를 보인다. 비봉촌에 훈장을 모셔와 서당을 연 것 또한 그의 의지에 따른 것이다. 이한복의 이러한 면모는 이창윤과 이창덕 형제 및 이정수에게로 전해져 민족주의적인 성향의 집안이라는 특징을 갖추게 한다.

이창윤은 비봉촌의 중국인 농장주 동복산의 송덕비에 불을 지르고 용

어서 세대 차원에서 따로 말할 여지가 없다. 이씨 가문 외에 장씨나 최씨 가문의 세대별 활약상을 보아도 『북간도』를 가족사소설로 볼 여지는 매우 적다. 이에 대해서는 다음 절 말미의 정리 참조.

정으로 도망간 뒤, 무력 양성을 목표로 조직된 사포대에 들고, 다시 비봉촌으로 와서는 스스로 사포대를 조직하는 인물이다. 이후 비봉촌에서의 그의 삶은, 중국 세력의 일원이 되어 동족을 돌보지 않는 최삼봉이나 노덕심에 맞서 최동규나 임군삼, 진식, 종한 등과 어울려 민족 주체적인 태도를 견지하는 것이다. 조 선생과 황 선생 등 민족주의적인 인물을 비봉촌의 선생으로 끌어들이고자 노력하고, '노랑수건 김 서방' 사건에 주민들을 이끌어 집단적으로 맞서는 것이 대표적인 예이다. 대교동으로 옮아간 뒤에는 아내 쌍가매의 건으로 일본 경찰에 제 주장을 굽히지 않아 불령선인으로 주목을 받고, 박성회와 주인태를 도와 민족의식 교육의 장을 일구는 데 조력하며 농감 박만호와 대립한다. 아우 창덕의 사업 방식이나 아들 정수의 교육 문제 등에 있어서 일본의 식민정책을 의식하고 경계하는 면모를 보이기도 한다. 일제를 피해 훈춘으로 이사한 후에는 한때 독립군 군자금 모집에도 관여한다. 이상에서 확인되듯 이창윤은, 직접 독립군이 되거나 조직화된 단체에 들어 활동하지는 않는 일반인이고 따라서 어떠한 실질적 효과를 끌어내지는 못하지만, 건강을 잃어 무력해지기 전까지 시종일관 민족주의적인 행보를 견지하는 인물이다.

앞 절에서 밝혔듯이 이정수의 경우는 성인이 된 후 시종일관 독립운동에 투신하는 것으로 그려진다. 주인태의 감화를 통해 민족주의적인 의식을 깨쳐 비밀 운동에 뛰어든 이후 홍범도 휘하의 독립군으로 나아가는 과정은 민족해방운동 노선의 한 정점에 해당한다. 독립군이 해산된 이후 상해로 넘어가려다 귀향해 자수하게 되고 5년간의 옥살이를 한 직후의 모습을 보면 지향이 다소 꺾인 것처럼도 보이지만, 실제로 그가 살아가는 방식은 민족주의자의 삶에서 벗어나지 않고 있다. 여러 학교를 거치면서 은밀히 배일 교육에 손을 대고 있으며, 일제 말기에 이르러서는 양상철, 정림과 어울려 독립운동 세력을 모으다 다시 피검되는 것이다.

이한복과 이창윤, 이정수에게서 보이는 민족주의적인 면모는 이창윤의 아우 이창덕에게서도 극명하게 드러난다. 그다지 설득력이 없는 설정을 통해서지만, 그는 항일독립군이 되어 무장투쟁에 나서고 끝내 청산리 전투에서 전사하고 만다. 행동으로 나아간 바는 없으나 2대인 이장손 또한 중국세력과 거리를 두고 있는 점을 이에 더하면, 4대에 걸친 이씨 집안 남자 5인의 행적은 민족주의 독립운동 세력의 전형적인 모습에 해당한다고 할 수 있다.

그러나 장치덕이나 최칠성 가문의 경우는 사정이 크게 다르다.

장치덕은 뒷방예의 오빠로서 이한복의 처남이다. 2대는 장두남이고, 장현도가 3대, 장만석이 4대에 해당한다. 이한복보다 먼저 강을 건너가 월산촌을 개척한 장치덕은 사실 이한복과 그리 다를 바가 없는 인물이다. 입적귀화와 흑복변발을 강요하는 중국 관헌에 맞서 장치덕이 사람들의 머리를 빡빡 깎게 한 까닭이다. 이한복처럼 상투와 댕기를 지키게 한 것은 아니라 해도 삭발 또한 저항의 방식임은 부정할 수 없다. 작가-서술자의 언어가 양인의 차이를 강조하고는 있지만, 작품 내 세계의 현실성을 기준으로 볼 때 이한복에 비해 장치덕이 현실추수적인 인물이라고 단정할 수는 없다.[13]

장 씨 가문의 2, 4대인 장두남과 장만석은 자신의 스토리를 갖지 않는 인물이어서 따로 논할 바가 없는데, 바로 이 이유만으로도, 장 씨 집안을 이한복과 그 후손에 맞서는 것으로 읽어서는 곤란하다고 할 수 있다. 장

---

13) 우리 풍습을 견지하는 이한복의 태도를 장치덕과 대비되게 설명하면서 작가-서술자는 "'민족의 얼'이 용서하지 않았다"고 하고 양 민족의 대립상을 두고 "주먹으로 삿대질하는 흰 옷과 검정 옷! 상투와 머리채로 맞서는 두 민족! 국권과 국권과의 대결"(67쪽) 운운하여 그 의미를 한껏 강조하고 있는데, 사실 이는 작품의 스토리 차원을 벗어난 외삽적인 판단에 가깝다. 작품 내 세계의 현실성을 기준으로 보자면, 장치덕의 행위를 타협적이라 보는 것보다 이한복의 태도가 지나칠 정도로 이상적이고 관념적이라 보는 것이 더 타당한 국면이다. 이런 맥락에서 이 책은 장치덕의 행위를 두고 '민족의 가치보다는 개인의 이익을 우선시하는 태도'라 하고 '현실의 갈등으로부터 도피하는 꼴'이라 한 조정래의 견해(앞의 글, 183쪽) 등에 동의하지 않는다.

치덕이 이한복과 그리 떨어져 있는 인물이 아니라는 점을 이에 보태면 더욱 그러하다.

장 씨 집안에서 의미 있는 인물은 3대에 해당하는 장현도이다. 상점의 점원으로 뼈가 굵은 그는 끝내 '용정 상계의 뚜렷한 유지'로 올라선다. 최창락 사망 사건으로 촉발된 자치운동에 앞장서기도 하나, 일본 정부의 방침을 듣고는 '그저 장사에나 열중'해야겠다고 생각하는 데서 보이듯 '온건한 사람으로 일본측의 신임을 받는' 인물이다. 중앙학교 학부형 회장을 지냈고 조선인 상무회 부회장이며 공산당을 욕하는 부재지주이기도 한 장현도는 어떤 인물인가.

극단적인 민족주의적 입장에서 보자면 친일파라고도 할 수 있겠지만, 후대인의 이점을 반성적으로 고려한 위에서 보면, 일단 현실적인 생활인의 범주에 넣는 것이 온당할 것이다. 장현도는 곡물상 점원으로 일하던 중 창윤과 더불어 사포대에 들었던 경력이 있다. 이후 잡화상점을 차려 상업을 시작하며 삼십대에 들어서 해란상점을 운영할 무렵에는 '좀 더 현실적'이 된다. 이즈음 그의 사상 혹은 처세방식은 다음에서 잘 드러난다.

> 난들 좋아서 일본법으 따르자구 하겠능가? 국권이 절반 이상이나 일본에 넘어가구 있는 이 마당에서 말이네. 그러나 그래두 숨으 쉴 수 있는 데가 여기네. 일본 아아들이 영사관이라구 해서 저어 나라 깃발으 높이 달구 있지마는 그기 무슨 상관이 있능가? 가아들이 우리르 보호해 준다문, 그러라구 해두잔 말이네. 그거르 되비(도리어) 이용해 보자능 길세.(308쪽)

여기서 확인되듯이 장현도는 국권 상실보다 숨을 쉬며 살아갈 수 있는 상황을 더욱 소중하게 생각한다. 추상적인 민족이 아니라 구체적인 생활을 중시하는 일상적인 감각의 인물인 것이다. 일본 영사관의 일장기가 아무 상관이 없다 하는 데서 짐작되듯 일본의 조선인 보호 정책을 도리어 이용해 보자는 말이 공허한 빈말에 가까움은 분명하지만, 1900년대 말기의 시점에서 국권 또한 그만큼 추상적인 개념임을 염두에 두면 이를 탓할 것은 못 된다. 사실상 빈말이라도 그러한 인식을 하고 있다는 점 또한 주목할 만한데, 바로 이러한 점에서 예컨대 최삼봉이나 박만호 등과 구별되는 까닭이다.

최칠성 가문은 어떠한가. 결론을 당겨 말하자면, 이 경우는 1대부터 3대까지가 각기 자신의 삶을 사는 모습을 보이고 있어 단일한 삶의 방식으로 규정할 수 없다 하겠다.

최칠성의 경우 이름이 처음 등장할 때부터 서술자에 의해 부정적인 인물로 규정되지만 실상 그가 보이는 행동은 일상인의 감각을 넘는 것이 아니다. 그가 보인 의미 있는 행위는 두 장면에 그친다. 첫째는 중국 관청의 흑복변발 입적 명령에 대해 "우리 정부가 뒷받침을 해주지 못하고 있는 이 마당"(86쪽)에 현실적으로 저항이 불가하다는 입장을 피력하여 이한복과 맞선 것이다. 둘째는 이한복의 사망 후 흑복변발 문제가 재론되었을 때 집조를 받을 조선인 대표로 자기 아들 최삼봉을 지명한 일이다. 후자에 대해서 서술자−작가가 최칠성 노인의 속내에 대한 사람들의 온갖 추측을 직접 제시하고 장내가 '이상한 분위기'에 휩싸였다고 지적하여 청자의 반응을 특정 방향으로 유도하지만, 실상 작품 내 세계에서 보자면 그의 행동은 모두 일상적인 생활 감각을 벗어난 것이 아니다.[14] 친외세 등으로 규정할 만한 여지가 희박하다 하겠다.

---

14) 작가−서술자의 의도와 작품 내 세계의 현실 감각의 상위는, 최칠성의 결정에 대해 훈장 영감이 "여러분이 대표 되기를 꺼려하므로 최 영감이 아들을 지명했다는 것, 비봉촌을 위해선 아들 하나의 창피쯤 아무것도 아니라는 걸 몸소 보여주었다는 걸" 점잖게 말한 사실과, 그를 두고서 서술자가 "훈장 영감은 이한복 영감과 친한 사이였다"라고 밝힌 뒤, "최칠성 영감을 칭찬하는 듯 비꼬는 듯" 그렇게 말했다고 기술하는 데서 극명하게 드러난다(92쪽). 뒤에 논하겠지만 이러한 사례는 서술자−작가의 언어와 스토리의 상위를 드러내 주는 것으로서 『북간도』의 특징적인 서사전략의 주요 결과에 해당한다.

그러나 2대인 최삼봉의 경우는 확연히 다르다. 조선인 대표로 뽑힌 직후엔 사람들을 위해 일하지만, '얼되놈'이 아니라 '퉁스'[通事: 역관의 존칭]라 불리고 정부로부터도 모든 일을 의논 받는 위치에 오르게 된 후에는 '자신의 이익을 위해 청국의 이익을 꾀하는' 매판적, 반민족적 행태를 자행하게 된다(101~2쪽).15) 후에 향장의 지위에 오른 뒤까지 최삼봉의 이런 태도에는 별다른 변화가 없지만, 러시아의 세력이 미쳐 동복산도 떠난 무렵 비봉촌에 사포대를 조직하려는 논의 마당에 조선옷을 입고 참례하려 하던 데에서도 확인되듯(141~3쪽), 그의 친청 행위는 이념에 의한 것이라기보다 생존을 위해 권력에 빌붙는 기회주의적인 것이라 할 수 있다. 최칠성이 상황에 순응적인 소극적인 면모를 보였다면, 최삼봉은 적극적으로 자신의 안녕을 도모했다는 점에서 차이를 보인다.

　　최칠성과 최삼봉 부자의 차이는 일견 의미 없는 것처럼 여겨질 수도 있지만 3대인 최동규까지 이어 놓고 보면 그렇지 않다. '노랑수건 김 서방 사건'에서 보이듯 최동규는 제 부친과는 다른 길을 간다(264쪽 이하). 이

---

15) 최삼봉의 반민족적 친청 행위가 작품 내 세계에서 움직일 수 없는 사실이긴 하지만, 그에 대한 서술자–작가의 규정이 외삽석이며 리얼리티의 구현을 통한 역사의 재구성보다는 이데올로기적인 판단을 앞세운 역사의 재생산에 가까운 행태를 보이고 있음 또한 명확히 구별되어 의식될 필요가 있다. 최삼봉과 노덕심이 지나가는 것을 보고 놀리는 정세룡과 이창윤의 우스워하는 심정의 이유를 세 가지로 설명하는 부분이 특히 그러하다(102쪽 참조). 이들이 최와 노를 '우습게 보는 것'은 세 단계로 중층화되어 있다. 첫째는 최삼봉과 노 서방의 행태를 우스워하는 농민들 일반의 반응이고, 둘째는 그럼에도 불구하고 대놓고 미워하지는 못하는 농민들에 대한 정세룡과 창윤의 반응이다. 셋째는 호주인이 되고자 하는 사람들의 행태와 동복산의 양아들이 된 윤 서방의 행태에 대한 이 둘의 반응이다. 여기서 주목할 점은, 농민들의 반응은 단선적인 것이 아니며 이러한 복합성이야말로 현실의 정확한 반영에 해당한다는 사실이다. 그런데 이럴 수밖에 없음을 구체화하는 대신 서술자–작가는 정세룡과 창윤의 단선적인 시선을 통해 현실의 구체성을 휘발시키고 있다. 이러한 단순화는 이들의 시선에 깔린 민족주의 이데올로기에 따른 것인데, 이들의 (창윤이 외삼촌인 정세룡을 좇아 행동한다는 점을 주목하고 정세룡의 이력이 밝혀진 바 없음을 고려하면) 이러한 행동의 핵심이 되는 민족주의적 시선이란 작가에 의해 외삽적으로 부과된 것이라 하지 않을 수 없다.

창윤과 절친한 친구가 되어 비봉촌에서 매사에 행동을 같이 하는 것이다. 후에 와룡동으로 옮겨가 평범한 조선인의 삶에 만족해 하고 제 부친의 행적을 안타까워하는 점 또한 주목할 필요가 있다.

이렇게 최칠성과 최삼봉을 부정적으로 몰아가는 서술자−작가의 규정에 매이지 않고 작품 내 세계의 맥락에서 이들의 언행을 살피면, 굳이 최동규까지 생각하지 않아도 최 씨 가문의 사람들을 한 가지 맥락으로 규정, 분류할 수 없음이 명확해진다. 요컨대 최 씨 일가를 두고 '땅의 사상'이니 '반동적' 혹은 '기회주의' 등의 규정으로 정체성을 규정할 수는 없는 것이다.

지금까지의 논의를 정리하면 다음과 같다. 첫째는 『북간도』의 주요 스토리−선들을 담당하는 이씨 일가 4대 5인이 민족주의 독립운동 세력으로 설정되었다는 사실이다. 둘째는 전체적으로 볼 때 『북간도』를 네 세대에 걸친 가족사소설이라고 볼 수 없다는 것이고, 셋째는 세 가문을 통해 삶의 지향성이 대비적으로 제시됐다고도 볼 수 없다는 사실이다.16)

뒤의 두 가지에 대해서는 정리된 설명이 필요하다. 『북간도』를 가족사소설로 볼 수 없는 근거는 다음 둘로 요약된다. 하나는 세 가문을 놓고 볼 때 1세대와 3세대만 각기 비슷한 비중으로 등장한 셈이고, 2세대에서는 최삼봉만이 살아 움직이는 인물에 해당하며, 4세대에 와서는 이정수만이 홀로 활동한다는 점이다.17) 다른 하나는 이들 가문 밖의 주요 인물들의 존재를 들 수 있다. 이창윤의 주변에는 동규 외에도 임군삼, 진식, 종한, 쩡낭쇠 아버지 등이 함께하고, 창윤의 아우인 이창덕이나 이들과 비슷한 연배

16) 『북간도』의 1~3부와 4~5부가 구성상 분리되었다고 볼 수 있는가 여부에 대해서는 다음 장에서 논의한다.

17) 이를 정리하면 다음과 같다. [ ]는 서사적 비중이 약해져 가는 경우를, ( )는 원래부터 서사적 비중이 미미한 경우를 가리킨다. [이한복] − (이장손) − 이창윤·이창덕 − 이정수 / [최칠성] − 최삼봉 − 최동규 − (최순남) / (장치덕) − (장두남) − 장현도 − (장만석).

로 추정되는 주인태, 그리고 2세대에 해당하는 정세룡 또한 자신들의 스토리-선을 뚜렷이 갖고 있다. 4세대의 경우 이정수와 더불어 임군삼의 딸인 임영애가 살아 움직이는 점도 여기에 보탤 수 있다. 앞의 근거에 의해 가족'사'의 측면이 뒤의 근거에 의해 '가족'사의 측면이 약화되는 것이다.

다음으로 상기 세 가문이 삶의 지향성을 대변한다고 볼 수 없는 근거 또한 다음 두 가지로 요약된다. 이씨 집안을 제외하고는 가문의 정체성이 세대를 통해 유지된다고 보기 어렵고 세 가문의 각 세대가 작품 내 세계에서 차지하는 비중이 상이하다는 점이 첫째 근거이며, 위에 든 다양한 인물들 외에 청국 관헌 등 부정적인 중국 세력과 일본의 식민 지배 세력, 친청 및 친일 성향의 인물들이 한 무더기로 따로 존재하는 것이 둘째 근거이다. 이들에 최삼봉을 더하면 그대로 조선 민족의 생존과 생활을 위협하는 반민족적 세력으로 단일화할 수 있게 된다.

사정이 이러하기 때문에, 『북간도』의 인물들이 보이는 지향성은 이창윤, 이정수 및 이들과 뜻을 같이 하는 민족주의 독립운동 세력과, 외세 및 최삼봉이나 장현도를 포함하여 외세에 부합하는 반민족적인 세력 양자의 대립구도를 보인다고 하는 것이 온당하다. 앞의 분석을 통해서, 이러한 이분법적 대립이 이 씨 일가가 관련되는 독립운동 세력의 스토리를 통해 서사 전반에 관철되고 있음을 알 수 있다. 작가-서술자의 언어가 이분법적 대립 관계를 한층 부각시키고는 있지만, 작가의식에 따른 이러한 외삽적인 강조가 없다 해도, 작품 내 세계의 사건과 그를 담당하는 인물구성 자체가 이분법적으로 이루어진 것이다.

내용형식 차원에서 『북간도』가 보이는 대립적 구도는 세 가문 사이에 있지 않다. 이 소설의 구도는 민족주의적인 독립운동 세력과 외세 및 그에 영합하는 세력으로 이원화되어 있다.[18] 독립군 세력과 친중, 친일 및

---

18) 김우창의 경우 『북간도』에 그려진 '외국 세력의 강압에 대하여 조선인이 보이는 두 가지 반응 양식'으로 저항과 적응을 든 뒤 양자의 적절성이 "作者가 어느 쪽에

일본 세력 양자의 선명한 대립 구도가 이 소설의 서사를 추동하는 기본 갈등인 것이다.19)

3.『북간도』의 서사전략: '에피소드 + 사회역사적 설명' 패턴

작품의 인물구도를 민족주의적인 독립운동 세력과 그 타자로 설정하는『북간도』의 이분법적 구성 방식은, 이 소설의 특징적인 서사전략과 결합하여 작품의 주제효과를 한층 강화한다. 이 소설의 첫 부분이 보이는 서사전략상의 특징을 먼저 지적하며 논의를 전개한다.

제1부 1장 <사잇섬 농사>의 첫 장면은 남편 때문에 밤을 지새운 뒷방

동정적인지는 분명하지만─적어도 소설의 구체에 있어서는 분명한 판단이 내려지지 않는다"(앞의 글, 197쪽)라고 지적한 바 있다. 그가 말하는 '소설의 구체'란 작품 내 세계의 차원 그리고 거기서 벌어지는 스토리의 충위라고 할 수 있는데, 여기서는 이를 실증적ㆍ미시적으로 검토하여 실제의 대립 구도가 민족주의적인 조선인과 외세 및 그 추종 세력임을 밝힌 것이다.

19) 작품의 의미를 '풍성하게' 읽고자 하는 연구자들의 욕망에 비춰보면 이와 같은 이원적 대립구도의 주장은 탐탁지 않게 느껴질 수도 있다. 그러나 연구자가 보고 싶은 것을 읽어내는 것이 아니라 작품이 말하는 바를 우선적으로 읽어주는 것이 작품론의 정도이며 징후적 독해나 창조적 독법 등은 그 다음 단계의 작업이어야 한다는 판단에서, 이 책은 일단『북간도』의 실증적ㆍ미시적 읽기에 중점을 두고 있다.『북간도』가 보이는 삶의 지향성을 서너 가지로 꼽는 선행 연구들의 판단의 바탕에는, 이 책이 주장하는 이분법적 대립의 근저에 깔린 갈등을 주목하지 않거나 그 중요성을 인정하지 않는 태도가 놓여 있다. 이런 맥락에서『북간도』의 갈등에 대해 부정적인 판단을 내린 효시격인 김우창의 견해를 검토해 본다. 김우창은 '갈등의 둔화'를 이 소설의 한계로 지적한 바 있다(앞의 글, 204~5쪽). 그러나 이는『북간도』가 다루는 현실의 리얼리즘적ㆍ역사소설적 형상화가 인물의 수동성을 강제하는 맥락을 경시하고 "적극적인 인물은 소설이나 극에 있어서 갈등을 첨예화하는 필수적인 전략이며, 갈등을 통해서만 우리는 주어진 상황의 이해에 달할 수 있다"(205쪽)와 같은 단선적인 이론을 앞세운 채 내려진, 공허한 비판이자 사실상 바람에 그치는 것이라 할 수 있다. 논리의 부정합성을 낳으며 김우창 스스로도 옳게 분석했듯이『북간도』의 스토리는 '적응의 불가함'을 알리는 것이고 이 위에서 주체성의 강조가 테마가 된 것이다(201~2쪽). 바로 이러한 특성과 더불어 이 책이 밝힌 인물구성을 주목하면『북간도』의 대립구도가 이원적이라는 점이 명확해진다.

예와 시어머니가 근심하는 모습을 보여준다. 개 짖는 소리를 반복적으로 제시하며 고부의 대화를 전달하는 데 치중한 이 장면이 1절이다. 다음 2절에서는 도농盜農인 '사잇골 농사'에 매달리게 된 사람들의 가난한 처지와 그럴 수밖에 없게 된 연유를 조청朝淸 양국의 역사를 밝히며 설명한 뒤, 3절에 이르러 시대적 배경을 밝히고 세상의 이목이 척양에 집중되어 있으나 월강 죄가 완화되지 않은 상태임을 알려주고는, 두만강을 건너간 이한복은 돌아오지 않고 개가 몹시 짖어 대어 고부가 함께 불안에 떨밖에 없는 일이라고 1절의 장면을 설명해 준다.

이상 세 절의 서술이 1절과 2~3절의 두 부분으로 나뉨은 자명하다. 1절은 뒷방예와 시어머니가 이한복을 두고 근심하며 나누는 대화 위주로 되어 있다. 30년래의 흉년이 2년 내리 계속되고 있으며, 두 여인이 영양실조에 걸려 있고 시어머니는 오랜 해소 병을 앓고 있음을 알려주는 서술자의 해설을 포함하지만, 1절은 기본적으로 동틀 무렵 근심에 빠져 있는 고부의 대화를 하나의 장면으로 형상화하고 있다. 하나의 에피소드를 보여주기(showing) 형식으로 제시하고 있는 것이다. 이어지는 2~3절은 어떠한가. 두민강 강안에 있는 이 고장 땅의 황폐함을 알려주는 데서 시작하여 '사잇섬 농사'가 무엇이며 대안인 청국 땅이 왜 기름진지를 역사를 거슬러 설명한 뒤(2절), 시대배경이 대원군의 쇄국정책이 극에 달하던 때임을 지적하고 양이洋夷를 물리친 역사적 사건들을 제시한 위에서, 월강 죄를 무릅쓰고 '금단의 강물, 죽음의 흐름'(20쪽)을 넘어간 사람이 돌아올 무렵에 개만 짖어대 두 여인이 불안에 떨게 된 것임을 밝히고 있다. 1절의 상황을 설명하기 위해 한편으로는 조청 양국의 오랜 역사를 다른 한편으로는 쇄국정책기의 가까운 역사를 이야기(telling)해 주고 있는 것이다.

『북간도』의 서사전략을 살피는 데 있어서 1부 1장의 1~3절에서 확인되는 이와 같은 특이한 서술 방식을 자세히 설명한 것은, 이 소설 도처에서 '보여주기 + 이야기하기'로 구성되는 방식이 두루 확인되는 까닭이다. 복수의 절에서 이런 방식이 구사된 사례를 몇 가지 제시하면 다음과 같다.

▶ 1부 4장 1~2절: [1절] 용드레촌[용정] 사포대원(私砲隊員)의 제식훈련 장면(119~21쪽). + [2절] 무술정변, 의화단, 북경 함락 등을 겪은 중국 정세와 러시아의 만주 지배 상황 속에서 간도관리사로 파견된 이범윤이 청국 관헌을 구축할 요량으로 사포대를 조직하고 서울 군영의 퇴역장교를 데려와 훈련시키며 국가정책으로 이민 사업을 대대적으로 경륜할 요량임을 설명(123~5쪽).

▶ 2부 1장 1~4절: [1절] 1905년 추석. 소갈비 한 대를 갖고 쫓고 쫓기는 개들 장면. [2절] 제사 뒤 술자리 중노인들의 대화(이상, 150~4쪽). + [3절] 청일전쟁 이후 노일전쟁(1904)에 이르는 정세를 설명하여 '개싸움'이 이의 상징임을 알려줌. 포츠머스 노일 강화조약으로 만주 및 조선에서의 일본의 패권이 인정되었으며, [4절] 한일의정서(2. 23), 제1차 한일협약(8. 22)으로 일본의 지배욕을 본 이범윤이 '배일친로' 정책을 역설하여 각지 사포대가 움직이기 시작한 상황임을 설명(154~9쪽).

▶ 3부 3장 6~9절: [6절] 용정 화재 사건 이후 떠돌다 창윤을 찾아온 창덕이 [7절] 천보산에서 사업을 하겠다며 간도구제회 돈을 끌어 쓸 수 있도록 논문서를 빌려 달라 함(377~87쪽). + [8절] 천보산 광산의 일중 협력 상황 및 [9절] 일본의 정치적 야심에 따라 조산정웅의 중재로 원세개, 단기서, 정광제의 중국과 일본 삼정재벌 영목상점이 합자하여 천보산 광산을 확대하게 된 역사적 정황을 설명(387~94쪽).

▶ 4부 1장 3~5절: [3절] 용정 장날, 쌍가매가 전족을 한 중국 여인의 발을 밟게 되어 서로 다툰 것이 양국 남자들까지 합세하여 커다란 패싸움으로 비화(412~8쪽). + [4절] '21개 조약'에 대한 중국 민중의 비난을 원세개가 배일(排日)로 돌린 뒤 손문의 제3혁명으로 원세개가 실각한 시대상황 설명. [5절] 용정의 지정학적 위치와 조선인이 중국인의 5배나 되는 상황 요인으로 중국, 조선 양 국민의 감정이 날로 악화된 상황을 들어 앞의 에피소드의 배경을 설명(418~25쪽).

▶ 5부 3장 10~12절: [10절] 일본군에 의한 샛노루바우 예배당 몰살 사건(630~2쪽). + [11절] 이틀 후 일본군이 다시 와서 선교

사의 조사에 응하지 말라 함. 선교사들의 해외 보도 사례에 대한 서술자의 설명 후, [12절] 시체를 파서 소각했음을 형상화하고 '샛노루바우 이중 학살사건'이라 소개(632~8쪽).

이상에서 확인되듯이 하나의 에피소드를 보여주기 형식으로 제시한 뒤에 그러한 사건의 배경이 되는 사회역사적인 상황을 설명하는 방식은 『북간도』 전편에 걸쳐서 두루 사용되고 있다.[20] 따라서 이러한 서술방식을 『북간도』 고유의 서사전략이라 할 수 있다. 요컨대 '에피소드 제시 + 사회역사적 설명'이라는 패턴으로 『북간도』의 주요 서사전략이 요약된다. 이 책에서 밝힌 12가지 사례 중 장의 첫머리 즉 1절부터 적용된 경우가 7회로 반을 넘는다는 점 또한 특징적이다. 하나의 장을 개별적인 에피소드로 시작한 뒤에 그 배경을 설명하면서 역사를 끌어넣는 방식이 즐겨 구사되고 있는 것이다.

복수의 절에 걸쳐 구사되는 이러한 서사전략은 약간 변형되어 세부적인 국면에서도 두루 쓰인다. '에피소드 제시 + 사회역사적 설명'의 '소규모 패턴'이라 할 수 있는데, 몇 가지 예를 들면 다음과 같다.

▶ 사포대 결성이 도적과 관련된 것이 아니냐는 취조를 받는 창윤 (208~9쪽). + 일본 동경에서 중국혁명동맹회가 조직되고 신해혁명을 5, 6년 앞둔 시점, 의화단 패잔자들이 마적으로 화하고 있는 상황에서 사포대가 이들이나 혹여 혁명세력과 연결되어 있는지를 확인코자 연길청에서 체포, 심문에 나선 것이라 서술자가 설명(209~10쪽).

▶ 대교동을 떠나려는 창윤이 용정에 들러 현도와 대화하는 중에 만석이 들어와서 일본인 학교에 다니는 것을 정수가 놀렸다며 투덜댐(452쪽). + 용정에 조선 사람이 세운 학교가 많은 사정과

20) 앞서 제시한 부분 이외에도 다음에서 동일한 서사전략이 확인된다: 4부 4장 1~2절, 4부 5장 3~5절, 5부 5장 1~2절, 5부 6장 1~2절, 5부 7장 1~2절, 5부 7장 3~4절.

그에 대항해 일본이 일본식 교육을 실시하기 위해 학교를 만들었으나 거기 보내는 사람이 거의 없는 사정에 대한 서술자의 설명(452~3쪽).

▶ 캐나다 선교부가 자리 잡은 동산 치외법권 지역 지하에서 주인태가 이정수, 박문호를 데리고 기미독립선언서 등사 작업 (484~5쪽). + 연변교민회가 이동휘의 지시에 따라 1914년 국민회로 명칭을 바꿔 연길 중국 거리에 본부를 두고 각처의 지부 및 경성의 연락원을 배치한 상태에서 경성 연락책임자 강봉우가 독립선언서를 전해준 사실과, 제1차 세계대전 종전 후의 체코슬로바키아, 아일랜드, 폴란드 등의 독립 상황, 고종의 승하에 따른 정세의 추이 등을 서술자가 설명한 위에서, 1919년 3월 13일 정오, 용정의 개방지 밖 중국 관청 관할 지역에서 독립선언을 하기로 하고 주인태가 개회통지서 및 태극기 등의 제작 임무를 맡은 것 설명(486~7쪽).[21]

이상과 같이 『북간도』는 여러 절에 걸쳐 구성되든 서사의 미세한 부분에서 수행되든 에피소드를 먼저 제시한 뒤에 그에 대한 사회역사적 상황을 설명하는 방식을 두루 구사하고 있다.[22] '에피소드 제시 + 사회역사

---

[21] 이 외에도 장강호의 마적이 혼춘을 습격한 사건 묘사와 그 내막의 설명 부분(585~9쪽), 용정 기관고 전소 등의 사건 제시와 특무기관장 가와카미의 자작극이라는 설명 부분(706~10쪽) 등을 들 수 있다.

[22] '에피소드 제시 + 사회역사적 상황의 설명' 패턴과 유사한 경우도 여럿 찾을 수 있다. '에피소드 제시 + 서술자의 설명' 유형인데, 그 효과는 다양하다. 복동예를 노덕심이 노름빚으로 넘겼으리라는 소문을 소개하면서, 전족 풍습과 더불어 '대륙적인 봉건의식'을 비판하고 여인들의 생각을 논평하는 부분(182~3쪽)은 서술자-작가의 교설적인 태도가 드러난 경우이며, 최삼봉이 향장이 된 이후 청조 양국 농민이 서로 처지가 같다며 충돌 없이 지내는 상황을 제시한 후 이등박문의 통감 정치 하에서 민중 봉기, 의병운동이 일어나고 이준의 분사(憤死) 사건이 벌어진 상황을 설명하는 부분(243~5쪽)은 간도와 내지의 상황을 대비적으로 제시한 경우에 속한다. 용정 조선은행 15만 원 사건의 묘사(535~8쪽) 후에 윤준희 일파가 거사를 결정해 가는 과정을 설명하는 부분(538~42쪽)은, 사회역사적인 상황의 설명은 아니나 동일 패턴을 사용하여 흥미를 높인 사례라 할 수 있다. 한편 다른 지역과 달리 끌려간 주민이 석방되지 않아 불안해하는 와룡동 사람들을 제시한 후 윤준희 등이

적 설명'의 패턴이 『북간도』의 핵심적인 서사전략이라는 판단은 위와 같은 실증적 분석에 근거를 둔다. 『북간도』가 보이는 이와 같은 특징을 선행연구들은 제대로 주목하지 않았다.[23] 작품이 1~3부와 4~5부로 나뉜다는 연구사적 판단이 앞서서 작품 전편을 꿰뚫는 이상의 방식을 포착할 수 없었던 듯싶다.

이 맥락에서 『북간도』의 구성이 크게 둘로 나뉜다고 할 만큼 실패한 것인가의 문제를 짚어 본다. 결론적으로 이 책은 판단을 달리한다. 『북간도』가 구성상의 문제를 보인다면 그것은 스토리와 서술자-작가 언어의 부분적인 괴리에 있을 뿐이지[24] 작품 전체가 전후 두 부분으로 분열되었다고 볼 수 있어서는 아니기 때문이다.

『북간도』의 분열론을 받아들이기 어려운 이유는 크게 두 가지이다. 첫째는 지금까지 분석한 『북간도』 고유의 서사전략이 작품 전편에 걸쳐서 골고루 구사된다는 사실이다. '에피소드 제시 + 사회역사적 설명'이라는 서술방식들이 작품의 전반부나 후반부에 집중되지 않고 두루 사용되고 있음은 앞의 분석을 통해 입증되었다. 단일한 서사전략이 소설 전체에 걸쳐 일관되게 관철되고 있는 상대에서, 작품이 전후 두 부분으로 나뉜다고 할 수는 없다.

둘째는 구성상의 분열론이 내세우는 핵심적인 근거인 일상성 문제 또한 같은 맥락에서 해소된다는 점이다. 『북간도』가 1~3부와 4~5부로 나뉜다고 주장한 선행 연구들은, 앞부분에서는 삶의 디테일에 대한 리얼한

해삼위에서 체포된 뒤 일행 중 와룡동과 관련 있는 자가 있어 그리 되었음을 밝히는 부분(556~8쪽)은 사건에 대한 단순한 설명의 경우라 할 수 있다. 이러한 유사 패턴들까지 고려하면, '에피소드 제시 + 설명'이라는 서술방식이야말로 『북간도』 전편에 걸친 지배적인 서사전략임이 명확해진다.

23) 작품이 분열되었다는 판단 위에서이긴 하지만 1~3부에 걸쳐 이러한 특징을 간취한 경우로 김우창을 들 수 있다. 그는 "중요한 갈등을 극화해야 할 경우이면 으레껏 자자분한 상징의 소도구가 사용되게 마련"이라며 동일한 상황을 부정적으로 지적한 바 있다(앞의 글, 203~4쪽).

24) 이에 대해서는 뒤에서 논한다.

묘사 등을 통해 일상성이 확인되는 반면 뒷부분에서는 그렇지 않다고 하여 일상성 여부를 분열론의 근거로 든 바 있다.

　이러한 견해는 세 가지 측면에서 비판될 수 있다. '에피소드 제시 + 사회역사적 설명'의 서술이 작품 전체에 걸쳐 구사되고 있음은 이미 밝혔는데, 여기서 지칭하는 에피소드들이 대체로 일상의 차원에 해당하는 것이므로 1~3부에는 일상성이 담긴 반면 4~5부는 그렇지 않다고 볼 수 없다. 다음으로, 1~3부의 주요인물인 이창윤부터가 정착민이 못 된다는 사실을 들 수 있다. 용정에서 돌아와 비봉촌에 사포대를 결성하면서 땅을 지키겠다는 결심을 하지만 사실 그는 땅에 매인 사람이 아니다. 그러한 결심 이전은 물론이고 그 이후에도 이창윤은 정착민이라기보다 유목민의 성격을 짙게 띤다.[25] 따라서 그를 중심으로 벌어지는 사건이, 4~5부에서 보이는 바 이정수를 중심으로 벌어지는 사건에 비해서 일상성에 보다 가까이 있다고 볼 여지는 별로 없다. 끝으로, 『북간도』 전편에 걸쳐서 제시되는 사건들 중 사실 어느 것도 '일상 차원에서 되풀이되는 것'[routine]이라고 보기 어렵다는 점을 지적할 수 있다. 『북간도』의 인물들이 겪는 문제는 시종일관 거대한 국가권력 차원에서 유래한다. 그 주체가 청나라이든 중국 또는 일본이든 혹은 그에 맞서는 조선세력이든 이 사실은 변하지 않는다.

---

25) 이 부분에 대해서는 작품 내 세계의 사건 곧 스토리와 서술자－작가의 설명에 상위가 있다. 앞부분에서는 비각 뒤 살인사건 이후 사람들이 들썩여 동규만이 자리를 지키는 상황이 되었다며 이창윤의 대교동 이주를 합리화하지만(366~9쪽), 실상은 황 선생만 비봉촌을 뜨고 동규뿐 아니라 군삼이와 진식이도 남아 있는 상태에서 창윤이가 먼저 비봉촌을 떠난 것이다(627쪽). 요컨대 '뜻 맞는 친구들'이 떠나버려 쓸쓸해진 상태에서 이주한 것이 아니라 자기가 먼저 뜬 것이다. 조부의 뜻을 이어받아 농사꾼으로서 비봉촌을 지키며 당당하게 살겠다는 이전의 결심(149~50쪽)에 비추어 보면 설득력이 약한 설정으로도 보이지만, 그러한 '태도'나 '결심' 자체가 서술자－작가의 언어에 의해 부각된 것임을 생각할 필요가 있다. 서술자－작가의 주장에 현혹되지 않은 상태에서, 대교동에서 훈춘으로 그리고 용정으로 옮겨 가는 이창윤의 실제 행위와 나이 마흔이 되도록 정주하지 못하면 어떡하냐는 장현도의 지적(451쪽)을 함께 고려하면, 이창윤이야말로 정착민이 아니라 유목민에 가까운 사람임을 알 수 있다.

이상과 같은 이유로, 『북간도』를 구성상 분열된 작품이라 보는 것은 적절치 않음을 알 수 있다.26) 『북간도』를 구성상으로 안정된 작품으로 보게 되면, 예컨대 '전반부에서는 <어떻게 사느냐>라는 의미 · 본질과 일상적 삶이 균형을 이룬 반면 후반부에서는 독립투쟁이라는 의미만이 이데아 속으로 고양되었다'27)는 식으로 작품의 주제효과를 부적절하게 나누어 파악하는 것도 지양할 수 있다. 이 소설의 경직된 민족주의 이데올로기는 작품 전편에 걸쳐 확인되는데, 이러한 요소가 작품의 질에 어떻게 관련되는가는 다음 절의 논의에 포함된다.

4. 형식과 역사의 변증법

'에피소드 제시 + 사회역사적 설명'의 패턴을 다양하게 구사하는 『북간도』의 서사전략은, 제시되는 개별적인 장면이 한갓 에피소드라 해도 좋을 만큼 작고 소소한 반면 그것을 해명하기 위해 끌어들여지는 사회적 역사적 설명의 범주는 매우 크다는 특징을 보인다. 설명 대상과 설명 논리의 시공간적 외연이 큰 차이를 보이는 것이다. 먼저 이러한 서사전략의 의의를 밝힌 뒤, 이에 따른 미학적 효과를 긍 · 부정 양면으로 살펴본다.

'에피소드 제시 + 사회역사적 설명'이라는 서사전략의 의의는 작품의 주제효과 및 서술자―작가의 계기를 포괄하는 총론적인 면에서 찾아진다.

이러한 측면에서 볼 때 『북간도』의 상기 서사전략은, 작품의 장르형식과 그에 어울리지 않는 과도한 역사의식의 괴리를 변증법적으로 지양했다는 의의를 지닌다.

---

26) 『북간도』가 전후반부로 분열되지 않았음을 논의하는 방식은 분열론을 비판하는 것으로 충분하다. 장편소설이 다양한 담론이 갈등하는 복합적인 전체라 해도 그것이 하나의 작품인 이상 구성상으로 분열되지 않았다고 보는 것이 자연스럽다. 따라서 분열되지 않았음을 따로 증명할 필요가 있는 것은 아니며, 분열론의 근거를 비판하는 것만으로도 논의의 정합성이 유지된다.

27) 김윤식, 『안수길 연구』, 앞의 책, 175~7쪽 참조.

『북간도』의 과도한 역사의식은 다음 네 가지로 말해볼 수 있다. 첫째는 이한복에서 이정수에 이르는 이씨 가문 사람들에게 민족사적인 의미를 부여한 사실이고, 둘째는 앞서 살폈듯이 인물구도가 이원화된 것이며, 셋째는 시공간적으로 광대한 스케일의 역사를 끌어안았다는 사실이다. 끝으로 넷째는 그러한 역사를 민족 주체성의 입장에서 민족주의 독립운동사로 일관되게 해석해 내고자 했다는 점이다. 셋째와 넷째가 상기 변증적 관계에서 중요한 것인데, 먼저 첫째에 대해 간략히 설명해 둔다.

　이 소설의 서술자는 이씨 집안사람들의 민족주의적 자세를 형상화하는 데 있어서 선조와의 유대를 특히 강조하고 있다. 농사를 버리고 글을 배웠으나 시대적, 사회적 한계로 뜻을 펴지 못했던 조부에 대한 이한복의 자부심에 가까운 의식을 내세운다거나, 이장손과 이창윤 모두에게 감자와 관계된 사건을 설정하고 그러한 에피소드에 민족적 상황의 의미를 부여하는 것,[28] 이한복과 이장손의 죽음에 민족사적인 의미를 관련짓고 이창윤이 죄의식을 갖게 설정한 점, 이창윤에게서 조부 이한복이 '유랑의 이주민'이 되지 않기 위해 취해야 할 주체적인 삶의 도정을 제시하는 사표로 부각된다는 점[29] 등이 대표적인 예이다. 이들은 서술자－작가의 과

---

28) 일찍이 김우창은 '감자밭 사건'이 "당시의 역사적인 현실에 대표적인 사건이 될 수 없다"는 점을 들어 '순전한 조작'에 해당한다 하고 이러한 방식을 '사이비 상징주의 수법'이라 규정한 바 있다(앞의 글, 203쪽). 이른바 리얼리즘미학의 전형성에 미달하는 사례라고 비판한 것인데, 국부적으로 볼 때 옳은 지적이라 하겠다.

29) 창윤이 자신의 방화 행위를 반성하며 조부를 떠올리는 장면이 이에 해당한다 (125~6쪽). 여기서 문제적인 것은, 창윤이 자신의 반항 행위를 개인적이었다고 반성하게 하는 대조적인 방식이 조부의 행적을 통해서 도출될 수는 없음에도 불구하고, 이창윤이 그렇게 생각하도록 형상화되었다는 점이다. 요컨대 이창윤에게 있어 이한복이 민족주의적인 삶의 역할모델로서 그 의미가 과장되었다고 할 수 있다. 이런 식의 과도한 의미 부여는 이장손에게도 적용된다. 최삼봉이 송덕비 건을 제안할 때 장손이 보인 신중한 대처가 창윤의 회상과 심정 속에서는 '단호한 거절'로 변형되어 아내에게 자랑하고 싶은 행위로 비화되고 있다(172쪽). 이 모두는 역사의식이 과도한 서술자－작가의 외삽적 개입에 의한 것이라 할 수 있다.

도한 역사의식이 이들에게 외삽적으로 들씌워져 있음을 증명한다. 이창덕의 스토리도 예외가 아니다.30)

　이러한 특징은『북간도』의 역사가 민족주의 독립운동사로 구축되는 사정에 곧장 이어진다. 이창윤과 이정수를 핵으로 한 이씨 집안사람들이 이 소설의 주스토리-선을 담당하며 이분법적으로 나뉜 적대세력에 맞섬으로써, 작품에 언급된 모든 역사적 사건과 상황은 민족주의 독립운동사의 견지에서 해석되지 않을 수 없는 까닭이다.

　『북간도』에 고유한 서사전략이 갖는 의의를 잘 드러내주는 '역사의식의 과도함'은 작품 내 세계의 설정 상태에서 확인된다[상기 셋째 항목].『북간도』의 작품 내 세계는 어떠한 면모를 띠고 있는가. 통시적으로 이 소설은 1870년에서 1945년까지를 배경으로 하고 있다. 이 시기는 근대전환기와 식민지시대 전 시기를 아우르는 한국 근현대사 초창기에 해당한다. 시간적 배경이 길 뿐 아니라 다루는 사건 또한 광범위하다. 110명에 육박하는 인물의 등장과 사회역사적 설명 내용에서 확연히 드러나듯,『북간도』는 간도에로의 이주사와 그곳에서의 항일 독립운동사를 주축으로 하여 동북아시아의 중요 정세를 모두 끌어안고 있다. 이렇게『북간도』는 근대 초기 75년에 이르는 격동의 시대에 만주 지역에서 일어난 국제적 사건을 바탕으로 북방에서 벌어진 민족주의 독립운동사의 줄기를 잡아나가고 있다.

───────────────

30) 이창덕은 객기와 방랑벽이 없지 않은 혈기 방장한 청년에 불과했으며, 남의 밑에서 일하기 싫다는 단순한 이유를 앞세워 일본의 간도구제회 돈을 끌어서라도 사업을 벌이고자 하는 다소 맹목적인 지향도 보이고, 일인 냐오산의 간계로 천보산 광산이 마적의 습격을 받아 가게 물건을 모두 **빼앗겼을** 때는 어떻게든 사업을 재개할 생각만 하며 가족을 버리고 홀로 돌아다니던 인물이다. 민족주의적인 의식도 가장으로서의 책임의식도 다소 부족했던 것이다. 그런데 이런 이창덕이 우연히 중광단 사람을 사귀어 독립군에 투신하고 끝내는 청산리전투에서 장렬하게 전사하는 것으로 그려지고 있다. 현실성이 떨어지는 이와 같은 처리야말로, 작가 스스로가 이씨 가문 사람들을 민족주의적인 독립운동 세력으로 그리려 한 소치라고 하지 않을 수 없다.

독립운동사를 이렇게 다루는 것이 과도한 역사의식의 증거라 함은, 장편소설이라는『북간도』의 장르형식에 비해 이러한 내용 및 주제의식이 상대적으로 크기 때문이다. 시공간적이든 내용적이든 이러한 규모의 서사화가 자연스럽게 이루어지기 위해서는 대하소설이 요구된다고 할 수 있다. 그러나『북간도』는 710여 쪽에 이르긴 하되 여전히 장편소설에 그치고 있다. 요컨대 대하소설에 걸맞은 작품 내 세계와 주제를 장편소설의 형식에 끌어넣은 것이『북간도』인 것이다. 대하소설이 아닌 장편이라는 형식 속에 그에 어울리기 어려운 크고 복잡한 역사적 스토리를 안착시킨 것인데, 이를 가능케 한 것이 바로 '에피소드 제시 + 사회역사적 설명'을 핵으로 하는 서사전략이다.

　'에피소드 제시 + 사회역사적 설명'을 핵으로 하는 서사전략의 의의는, 민족사를 구현하려는 작가의 과도한 역사적 욕망 위에 구축된 대하소설적 내용과 장편소설이라는 형식 사이의 거리, 형식과 역사의 이러한 틈을 효과적으로 메웠다는 데서 찾을 수 있다. 달리 말하자면 형식과 내용의 변증법을 보여주는 주요한 사례의 하나로『북간도』가 존재할 수 있게 했다는 점이야말로 상기 서사전략의 의의에 해당된다고 하겠다.

　『북간도』고유의 서사전략이 갖는 미학적 효과는 앞서 밝힌 의의에 이어지는 것이다. 과도한 역사의식을 효과적으로 하나의 장편소설에 담을 수 있었던 바 형식과 역사의 변증법적 지양 자체가 소설미학적 효과에 해당한다. 풀어 말하자면, '에피소드 제시 + 사회역사적 설명' 패턴이 대하소설에 걸맞은 서사 형식을 효과적으로 대체한 점이야말로『북간도』의 서사전략이 갖는 미학적 효과의 첫째 항목에 해당된다고 하겠다.

　대하소설을 요구하는 내용에 적합한 일반적인 서사 형식은 선이 굵고 호흡이 긴 중심서사를 갖추거나 본격적인 가족사소설로 나아가는 것이라 할 수 있다.『북간도』의 현재 모습이 이와 다름은 분명하다.『북간도』의 인물들은 스스로 역사적 존재가 되어 사건과 행동 상념 대화 등을 통해 자기 시대의 사회역사적 성격을 폭넓게 긴 호흡으로 체현하지 않는다. 이들은 대체로 소소한 에피소드의 주체로서 기능하여, 작가-서술자의 사회역사적 설명이 펼쳐지는 데 필요한 공간으로 이동하거나 그러한 설명의 계기가 되는 사건에 가담할 뿐이다. 이러한 양상은 리얼리즘미학의 전형적 인물 혹은 중간자로는 감당할 수 없을 만큼 복잡다단한 사건들을 두루 망라하는 『북간도』에서 필연적인 것이라고 할 수 있다.

요컨대, 사회역사적인 의미가 자연스럽게 구현되는 중심서사를 갖추지 않고 상대적으로 소소한 에피소드들로 작품을 구성하면서도, 장편소설이라는 장르 형식 내에서 주제효과는 시대적 배경에 걸맞은 무게를 갖출 수 있게 한 것이야말로 『북간도』 고유의 서사전략이 갖는 으뜸가는 미학적 효과이다.

『북간도』의 서사전략이 갖는 또 다른 미학적 효과는, 이러한 서사전략이 의미론적 긴장을 효과적으로 구현한다는 점이다. 의미론적 긴장 효과는, 여러 절에 걸쳐서 '에피소드 제시 + 사회역사적 설명' 패턴이 수행되는 경우에 특히 두드러지게 드러난다. 의미상의 완결성을 갖는 각 절들의 연쇄 위에서 이러한 패턴이 구사됨으로써, 에피소드 절에서 설명 절로 넘어갈 때 의미론적 긴장이 발생한다. 연속적인 자기 스토리를 갖고 있는 인물의 개별적·구체적인 사건이 에피소드로 제시된 후에, 일반적이고 거시적인 사회역사적 상황에 대한 역사적·원리적인 해설이 절을 바꾸어 등장할 때, 독서 과정이 단절됨은 필지의 사실이다. 이러한 절의 전환에서 독자는 왜 별안간 역사서류의 기술이 등장하는지 의아해 하지 않을 수 없게 된다. 인물이 영위하는 스토리-선의 중단과 서술자-작가의 해설이 그 순간 부정합적으로 맞물리면서 의미론적인 긴장이 발생되는 것이다. 이 긴장이 해소되는 것은 대체로 설명 절의 끝부분에서 에피소드 절의 스토리가 다시 환기될 때이다.

이러한 방식은 'ʊ' 기호처럼 도해하여 설명할 수 있다. 위의 직선 부분이 등장인물의 스토리—선이고 아래의 원 부분이 서술자의 설명에 해당한다. 직선의 스토리—선보다 곡선 부분이 더 긴 것처럼, 에피소드 제시보다는 그 사회역사적 배경의 설명이 서술시를 더 차지하고 있다. 중요한 것은 직선이 곡선으로 변화하고 다시 곡선이 직선이 되는 변화 부분에서 서사적 긴장이 발생한다는 것이다. 사회역사적 설명 부분은 흡사 별개의 스토리인 것처럼 보이기도 하여, 왜 별안간 스토리가 바뀌는지, 새로운 스토리는 앞의 것과 어떻게 연결되는지에 대한 궁금증을 유발한다. 이러한 궁금증은 곡선에 해당하는 설명 부분이 직선과 다시 만난 뒤에야 비로소 해소된다. 따라서 '에피소드 제시 + 사회역사적 설명'의 패턴은 대체로 서사적 긴장을 두 차례 포함한다고 할 수 있다.

끝으로 에피소드 제시 부분을 보여주기[showing] 위주로 구성한 데서 얻어지는 미학적 효과도 지적해 둘 수 있다. '에피소드 제시 + 사회역사적 설명'이 여러 유형으로 변주되며 빈번히 구사되는 까닭에, 『북간도』 전편에 걸쳐서, 극적 제시에 따른 인상의 강렬함이라는 보여주기 기법의 일반적인 효과가 두드러진다. 이러한 효과가 일반적인 경우에서보다 『북간도』에서 두드러지게 된 데는 다음의 세 가지 특성이 기능하고 있다. 당연한 사실이지만 극적 효과를 발하는 에피소드가 빈번하다는 사실이 첫째에 해당한다. 다음으로는, 그러한 에피소드가 서술자—작가의 설명과 교차됨으로써 대비적으로 더욱 두드러지게 된다는 점을 들 수 있다. 인물의 심리에 대한 묘사나 인물들의 내적 관계에 대한 분석이 매우 희박한 상태인지라, 에피소드의 서사가 사건시와 서술시가 거의 일치할 만큼 신속히 전개됨으로써 극적 효과를 강화하게 된다는 점을 끝으로 덧붙일 수 있다.

지금까지 『북간도』 고유의 서사전략이 갖는 의의와 긍정적인 미학적 효과를 살펴보았다. 끝으로 그러한 서사전략에 따른 부정적인 결과를 지적해 두고자 한다. 앞의 작품 분석에서도 몇 차례 지적했듯이 『북간도』의 도처에서 보이는 바 스토리와 서술자—작가 언어의 괴리 사태가 그것이다. 이는 앞서 지적한 '역사의식의 과도함'이 낳은 부정적인 결과에 해당된다.

『북간도』에서 보이는 스토리와 서술자-작가 언어의 괴리 양상은 두 가지 경우에서 확인된다. 하나는 3장에서 예시한 이러한 다양한 패턴의 서사 전략 사례들이 빚는 의미론적 긴장이다. 이러한 긴장이야말로 작품 내 세계에서 벌어지는 사건의 층위 곧 스토리와, 그 배경을 설명하기 위해 에둘러 개진되는 역사적 거대담론, 이 양자의 소설 언어상의 상위에서 비롯되는 것이다. 등장인물의 언어와 서술자-작가의 언어에서 확인되는 이질성이 바로 스토리와 서술자-작가 언어의 첫 번째 괴리 양상에 해당된다.

다른 하나는 상기 이질적인 언어들이 담지하는 의미상의 괴리로서, 2부 1장 1~4절이나 4부 1장 3~5절과 5장 3~5절, 5부 3장 10~12절과 7장 3~4절 등에서 확인되는 양상이다. 이들 부분에서 등장인물들은 자신이 겪는 사건의 사회역사적인 원인이나 의미에 대해 무지하다. 이러한 상태에서 인물들이 알 수 없는 해설이 작가-서술자에 의해 가해지고 있다. 요컨대 역사적 상황에 대한 작가-서술자의 교과서적인 해설이 맞지 않는 옷처럼 등장인물들에게 들씌워진 셈이다. 이는 작품 내 세계에서 벌어지는 스토리와는 차원이 다른 작가-서술자의 해설이 외삽적으로 가해진 결과라 할 수 있다.

이상의 사례들은 이미 지적된 것이므로 여기서는 작품 내 세계의 현실성과 거리가 있는 의미 규정이 내려지는 경우를 들어 본다. 3부 1장 9절에서 보이는 '조선인 죄수 탈주 사건'에 대한 인물의 반응을 서술하는 장면이 이에 해당된다. 여기서 서술자는, 현도와 달리 창윤이 이 사태를 재미있다고만 보고 싶어 하지 않은 것이 당연한 것인 양 말해두고 당시의 정세에 대한 설명을 근거로 제시한다. 그러나 이는 이치상 맞지 않는다.

작품이 배경으로 하고 있는 당시의 정세가 어찌 돌아가고 있는 것은 현도는 물론이거니와 창윤 또한 알 수 있는 것이 아니다. 그러므로 작가-서술자만 알고 있는 역사적 상황을 내세워놓고 창윤의 반응이 그에 비춰 그럴 수밖에 없다고 할 수는 없다. 작품 내 세계의 입장 곧 스토리 차원에서 볼 때, 현도가 재미있어 하는 것이 용정의 상황에 대한 일상인의 시선에 의한 것이고 바로 그런 만큼 현실성을 떤다 하면, 창윤 또한 그런 맥락에서 반응하는 것이 자연스럽다고 할 수 있다. 비봉촌에서 청인들과 청국 정부에 의해 핍박을 받은 대표적인 인물이 창윤이라는 점, 조부의 혈통을 받아 그가 민족의식에 눈을 뜬 편이라는 점, 마을의 논의에서도 일본에 기대 보려는 분위기가 없지 않았다는 점 등을 고려하여 보더라도, 창윤의 복잡한 심사가 드러나야 할 자리이지 작가가 역사적 정세를 교설적으로 설명할 만한 자리는 아니라고 하겠다. 창윤이 예컨대 지식인이어서 작가―서술자의 대변인처럼 기능할 수 있는 것은 아님을 고려하면, 요컨대 이러한 전개는 스토리와 해설의 괴리, 작품 내 세계의 서사와 작가―서술자의 역사 인식의 괴리를 보여주는 사례에 해당될 뿐이라고 하겠다.[31]

그러나 이러한 양상을 근거로 하여『북간도』에 그려진 인물들의 행위가 역사적 사건의 전형이 되지는 못한다고 비판적으로 규정하는 것은 생산적이지 못하다. '에피소드 제시 + 사회역사적 설명'을 구사하는 서사전략의 긍정적인 의의와 효과를 무시할 수 없기 때문이다. 물론 스토리와 해설의 괴리가 이 소설의 미학적 결함에 해당하는 것 또한 부정될 수는 없다. 이러한 결함이야말로, 작품 내 세계로 체화되지 못한 (작품 외적인) 민족주의 이데올로기가 강하게 선재한다는 사실을 알려주는 작가 측

---

31) 이와 비슷한 사례로, 2부 4장 7절에서 보이는 '원한의 통감부' 부분을 들 수 있다. '노랑 수건 김 서방'의 사망 사건을 해결하기 위해 주민 대표가 구성되었다가 아무런 소득도 얻지 못하게 된 사태의 귀결 시점이 일본 통감부 파출소가 철수하는 것과 맞물리게 된 사실을 기술하는 부분이다. 이 부분에서 서술자는 '원한의 통감부 파출소'가 물러갔지만 조선인이 '유랑의 이주민'이 되었다는 점에서 오히려 더 큰 원한의 씨를 심어 놓았다고 해설한다. 그러나 스토리에 주목해서 볼 경우, 비봉촌 주민들의 입장에서 통감부가 '원한의 통감부'일 리는 없음이 확인된다. 이런 경우, 작품 내 세계의 논리와 실제 역사에 대한 작가―서술자의 해석 사이에 상위가 있다고 할 수 있다.

면의 형성 계기이며, 소설의 육체를 풍성하게 하는 심리묘사 등을 약화시켜『북간도』의 서사를 앙상하게 만든 원인이고, 이 소설의 민족주의적인 주제의식을 생경하게 만든 원인이자 결과에 해당하기 때문이다.

5. 결론 및 남는 문제

『북간도』의 서사 구조와 서사전략에 대한 실증적·미시적 분석을 통하여 이 책은, 가족사소설이라는 규정과 작중 세 가문이 식민지시대의 삶의 양상을 대변한다는 해석, 작품이 앞뒤 두 부분으로 나뉘어 있다는 판단 등, 이 소설에 대한 기존 연구들의 통념 몇 가지를 교정하였다. 이 소설은 민족주의 세력과 외세 및 그 추종 세력이라는 이원적인 대립 구도 위에서 민족주의적인 역사 해석을 앞세운 경우에 해당된다.

또한 이 책에서는 '에피소드 제시 + 사회역사적 설명'의 패턴을 다양하게 구사하는 서사전략으로 해서『북간도』가, 과도한 역사의식에 의해 끌어들여진 대하소설적인 내용과 장편소설 형식의 괴리를 효과적으로 지양하고 있음을 보였다. 이러한 서사전략이, 대하소설에 걸맞은 서사 형식의 대체, 의미론적 긴장의 효과적인 구현, 극적 제시에 따른 인상의 강렬함 등과 같은 긍정적인 미학적 효과와 더불어, 스토리와 서술자-작가 언어의 괴리라는 부정적인 결과를 낳는다는 사실도 한 가지 결론이다.

『북간도』는 스케일이 큰 역사 서사를 하나의 장편소설에 큰 무리 없이 안착시켰다는 점에서 역사와 형식의 변증법의 한 가지 주요 사례에 해당된다. 이 바탕에 작가의 민족주의적인 역사 인식이 자리하여 부정적인 미학적 결과 또한 없지 않지만, 후자를 근거로 작가의 역사의식을 부정적으로 규정하고 작품의 소설미학적 성취까지 부정하는 것은 생산적인 논법이 되지 못해 보인다. 그보다는 195,60년대의 시대상황과 작가의 다소 단선적인 민족주의 이념에도 불구하고, 상기 서사전략에 의해 구현된 스토리 차원의 리얼리티와『북간도』라는 작품의 완성 자체에 의미를 둘 필요가 있다. 작가의식상의 문제가 작품의 구성을 깰 만큼 크게 작용한 것은 아니기 때문이다. 이에 더하여, 1930년대 리얼리즘소설의 전통이 복원되는 것이 1970년대 들어서임을 고려하면『북간도』의 소설사적인 의의가 새삼 주목될 필요가 있다.

작가와 작품의 역사 인식에 대한 섬세하고 정치한 논의 또한,『북간도』에 대한 실증적 · 미시적 분석의 결과에 의해 교정되면서 균형을 잡아갈 필요가 있다. 이는 추후 과제에 해당된다.

6장. 과학기술 – 공간 변화의 문학적 인식 양상

1. 연구의 목적과 방법

이 장에서는 한국 근대문학 형성기의 소설작품들을 통해서, 당대에 새롭게 창출되고 있던 근대적인 공간이 사람들에게 어떻게 인식되었는지를 문학적 형상화 양상을 통해 검토하고자 한다. 여기서 포착하고자 하는 것은 두 가지이다. 하나는 소설의 형상화 결과를 토대로 새롭게 형성된 근대적 공간의 양상과 특징을 개괄하는 것이고, 그러한 공간 및 그에 대한 사람들의 반응을 당대의 문학이 어떻게 인식했는지 그 특징을 검토하는 것이 다른 하나다.

형성기 한국 근대소설이 보이는 근대적 공간에 대한 형상화 양상은 아직까지 국문학 연구의 본격적인 대상으로 설정되지 못해 왔다. 이전의 연구에서 공간의 문제는 소설의 주요 요소 중 하나인 작품의 배경을 고찰하는 방식으로 검토되거나 작가가 활동하고 작품이 산출된 지역으로서 고려되었을 뿐이다. 작품론·작가론의 한 가지 구성요소로서 다루어졌던 것이다.[1] 한편 새롭게 창출된 근대적 공간의 양상 및 특성과 그에 대한 사

---

1) 김태준 편,『문학지리 – 한국인의 심상공간』상·중·하(논형, 2005)가 이 방면의 대표적인 성과라 할 수 있다. 강진호의『한국문학의 현상을 찾아서 – 문학사에 우뚝 선 거목의 발자취』(문학사상사, 2002)나 민족문학사연구소 편,『춘향이 살던 집에서, 구보 씨 걷던 길까지 – 한국문학 산책』(창비, 2005), 김재관·장두식의『문학 속

람들의 반응을 본격적인 검토 대상으로 설정한 성과가 근래에 왕성하게 이루어지기도 했으나, 이들은 제도론적 연구, 문화론적 연구의 맥락에서 개별적으로 진행되고 그 성과의 주요 갈래가 대중을 상대로 하는 것이기도 해서 본격적인 문학 연구라고 하기는 어렵다[2] 요컨대, 일군의 국문학자들이 이러한 연구에서 선도적인 역할을 담당했으나, 그러한 성과를 문학 연구에 보다 밀접하게 연관 짓는 데까지는 이르지 못했다고 할 만하다.[3] 이러한 의미에서, 근대적인 공간의 창출이 갖는 사회문화적 의미에 대한 문학적 반응을 폭넓게 검토하는 일은 아직 본격적으로 시도되지 않았다고 할 수 있다. 본 연구의 필요성이 여기에서 찾아진다.

제도예술 상태를 벗어난 근대문학의 특징이 한편으로는 인간과 사회에 대한 진지한 탐구로 다른 한편으로는 미적 자율성의 내재적인 추구로 특징지어진다 할 때,[4] 근대의 인간과 사회에 대한 이해에 있어서 공간의 문제는 간과될 수 없다. 특히 과학기술의 발전이 눈부실 만큼 가속화되고 그 산물이 우리의 삶의 총체뿐 아니라 개인의 사생활에까지 깊숙이 침투하고 있는 상황을 생각하면, 과학기술의 발전에 따라 새롭게 창출되고 변화된 공간의 양상과 특징, 그 인문적 의미를 조명하는 일은 한국 근대문학 연구의 폭을 넓히고 깊이를 심화시키는 데 있어서도 긴요한 일이라 하겠다.

과학의 발전이 인류의 생활환경을 급격히 변화시키고 있음은 주지의

의 서울』(생각의나무, 2007) 등도 이에 속한다.

2) 김진송의『현대성의 형성─서울에 딴스홀을 허하라』(현실문화연구, 1999), 신명직의 『모던 �**이, 경성을 거닐다』(현실문화연구, 2003), 김인호의『백화점의 문화사』(살림, 2006), 김명환 · 김중식의『서울의 밤 문화』(생각의나무, 2006) 등을 참조할 수 있다.

3) 본 연구의 결과에 가장 근접한 경우로 모더니즘문학 연구에서의 공간 파악을 들 수 있는데, 이 경우는 모더니즘문학의 도시문학적 특성을 검토하는 방식으로 이루어진 것이지 근대도시의 형성과 발전이 당대인들의 삶에 끼친 영향에 대한 문학적 반응 일반을 검토하는 것은 아니라고 할 수 있다. 서준섭의『한국 모더니즘 문학 연구』 (일지사, 1988)가 이 방면의 초기 성과에 해당된다.

4) 이와 관련해서는 루카치, 반성완 역,『소설의 이론』(심설당, 1985) 등의 루카치 문학론과 페터 뷔르거, 최성만 역,『전위예술의 새로운 이해』(심설당, 1986) 등 참조.

사실이다. 주거 및 냉난방 기술의 발전이 인간의 생활공간을 거의 전 지구로 확장한 한편, 자연과학 및 공학의 발전을 바탕으로 한 운송 기술 및 의사소통 기술의 발달은 정반대로 그토록 넓어진 생활공간을 지구촌으로 축소시켜 놓았다. 각종 발전發電 기술과 그것을 이용한 조명 기술이 생활시간을 확장했음도 따로 말할 필요가 없다. 생활공간의 확장 위에서 물리적인 접촉면만이 커진 것이 아니라, 커뮤니케이션 기술 및 미디어의 발전으로 해서 인간 간의 소통 방식 자체가 본질적으로 변화했다. 미디어의 발전으로 해서, 인구의 다수인 대중이 전체 사회에 통합되고 사회의 중심부에 밀착된 대중사회가 가능해졌으며,5) 이러한 특징은 신문과 라디오, 텔레비전을 거쳐 인터넷 미디어가 등장한 오늘날 한층 강화되었다.

과학의 발전과 그것을 응용한 기술의 발달이 미치는 영향은, 이상과 같은 생활환경의 변화에 그치지 않는다. 생활환경의 변화를 매개로 해서 과학과 기술의 발달은 인간관, 세계관에서도 중요한 변화를 초래하며, 궁극적으로는 인간 자체를 변화시킨다. 대도시의 소비생활에 익숙한 인터넷 시대의 네티즌은 마차를 타고 사교모임을 드나들던 전시대의 신사나 귀부인과 같은 종류의 인간이라고 할 수 없다.6) 인간과 세계를 바라보는 방식과 내용 자체가 판이하게 다르기 때문인데, 이러한 차이의 바탕에는 과학기술의 발달에 따른 공간의 변화가 자리 잡고 있다. 이 변화의 핵심은 질적 차이를 갖지 않는 균등한 시간과 표준화된 공간의 등장인데, 이러한 사실이야말로 현대사회의 제반 양상과 현대인의 삶의 본질을 궁극적으로 조건 짓는 요인이다.7)

---

5) 에드워드 쉴즈, 「대중사회와 대중문화」, 노먼 제이콥스 편, 강현두 역, 『대중시대의 문화와 예술』, 홍성사, 1980, 42쪽.
6) 이러한 인간성의 변화를 상징적으로 잘 보여주는 작품으로 밀란 쿤데라의 『느림』을 들 수 있다. 여기서 서술자는 자동차 경적을 울려대며 길을 재촉하는 현대 젊은이들의 조급함을 마차를 타고 연애 심리를 키워가는 앞 시대 귀족의 유유자적함과 대비하여 운송수단의 차이와 애정을 나누는 양상의 차이를 관련짓고 있다.
7) 앤서니 기든스, 이윤희 · 이현희 역, 『포스트모더니티』, 민영사, 1991, 31~35쪽과 이진경, 『근대적 시 · 공간의 탄생』, 푸른숲, 1997 참조.

사정이 이러하기 때문에, 과학기술의 발전에 따른 새로운 공간의 창출 즉 생활환경의 변화가 갖는 의미를 심도 있게 살펴볼 필요가 있다.[8]

이러한 의미를 한국 근대소설을 대상으로 하여 살펴보는 것이 현재의 과제이다. 이를 위하여, 먼저 문학작품에 형상화된 새로운 공간과 그에 대한 등장인물이나 서술자·작가의 반응 양상을 확인한 뒤, 그러한 환경 변화의 의미와 그것을 낳은 과학기술의 발달에 대한 인식 및 가치평가상의 특징을 규명하고자 한다. 과학기술의 발전에 따라 새롭게 창출된 공간이 낳은 인간관, 세계관 및 삶의 패턴상의 변화에 주목하고자 하는 것이다. 특히 과학의 발전에 따른 공간의 변화에 대한 인문적 가치판단의 변화 및 분기 양상 즉 긍정적·낙관적인 예찬·환영 및 부정적·비관적인 비판의식의 중층적인 전개 과정을 살피고 그 의미를 드러내는 데 초점을 맞추고자 한다. 이렇게 한국 근대소설을 시금석으로 하여 과학기술의 발전에 따른 새로운 공간 창출의 양상 및 그 의미를 탐구하는 것이, 이 연구의 주된 연구방법에 해당한다.

이러한 양상과 의미를 적절히 파악하기 위해서는 역사적인 고찰이 필요하다. 선험적인 평가 기준을 내세우지 않는 한, 새롭게 창출된 공간의 특징과 의미는 통시적인 변화과정에서 명확히 확인되기 때문이다. 이에 본 연구는 한국 근현대 소설사의 주요 작품들을 통해서, 과학기술의 발전에 따라 새롭게 창출된 공간들이 사람들에게 어떻게 받아들여지고 일상생활에 어떠한 변화를 낳았는지를 확인하는 방식을 취한다. 문학작품에서 확인되는 새로운 공간 인식의 고고학적 탐구라 할 이와 같은 문학사적인 접근이 연구방법상의 두 번째 특징이라 할 수 있다.

이를 위해서 이 책에서는, 적은 수효나마 이와 관련된 기존의 연구들을

---

8) 이러한 연구의 궁극적인 의의는, 현재 우리가 처한 환경의 인간적·인문학적 의미를 가늠하고, 이를 바탕으로 하여, 과학기술의 발전을 적절히 관리할 인간적 규준을 마련하는 데서 찾을 수 있다.

발판으로 삼는다. 농촌이나 도시, 외국, 가정 등을 주요 배경으로 하거나 여행, 유학, 귀국, 이주 등을 주요 모티프로 하는 작품들에 대한 연구 성과들을, 공간에 대한 인식 양상이나 공간 변화의 의미를 파악하는 맥락에서 참조할 예정이다.[9] 과학과 문학이 직접 결부된 경우는 매우 드물어서 과학이나 과학자를 작품의 대상 혹은 모티프로 설정한 작품부터가 별로 없는 형편이므로,[10] 과학기술 자체는 새로운 공간 형성의 주요 요인 측면에서 고려할 생각이다.

또한 연구 방법론 측면에서는, 공간에 대한 파악에 있어서는 근대적 시공간의 탄생에 대한 앤서니 기든스 등의 논의를 바탕으로 하고[11] 구체적으로는 게오르그 짐멜의 공간 이론과 도시문화론에 기대고자 한다. 짐멜의 공간 이론은 개인의 자유와 집단구조 간의 관계에 대한 변증법적인 접근방식을 보이며, 공간적 특성과 사회조직의 관계를 정식화해 놓은 선구적인 지위를 갖는다. 그에 따르면 인간의 사회적 상호작용은 다음과 같은 공간의 특성에 의해 영향을 받는다. 곧 공간의 배타성, 공간의 분할, 공간의 고정화(Fixierung), 근접성, 공간적 이동에 의해 사회 상황과 삶의 양태에 중요한 변화가 생기는 것이다. 본 연구에 있어서 특히 중요한 것은 현대성이 집약적으로 나타나는 대도시 공간의 특성에 대한 짐멜의 파악이다. 그에 따르면 대도시는, 계량화의 확산을 특징으로 하는 화폐경제와

9) 이러한 맥락에서 주목해 볼 연구로는 다음을 꼽을 수 있다. 이은숙, 「문학작품 속에서의 도시 경관」, 『사회과학연구』 5, 1993, 1~27쪽; 서영인, 「일제말기 만주담론과 만주기행」, 한민족문화학회, 『한민족문화연구』 23, 2007, 209~238쪽; 조남현, 「한국현대작가들의 '도시' 인식 방법」, 한국현대소설학회, 『현대소설연구』 35, 2007, 7~25쪽; 태해숙 외, 『한국의 식민지 근대와 여성 공간』, 여이연, 2004. 이 외에도 1920년대의 농촌소설 및 리얼리즘소설과 1930년대의 도시소설[모더니즘소설]에 대한 수많은 연구 성과들을 이 책의 문제의식으로 변용하여 참조할 수 있다.
10) 이러한 사정을 잘 알려주는 연구 성과로 한국현대문학회의 2005년 하계 학술발표회 <한국현대문학과 과학>(포항공과대학교, 2005. 8. 18~9) 소재의 발표문들을 참고할 수 있다.
11) 앤서니 기든스, 앞의 책.

문화적 특징들을 공유하며 세계주의의 본거지로 기능한다. 이러한 대도시는 그곳에 사는 사람들에게, 사물의 차이에 대한 마비 증세를 낳는 심리적 과부담을 줌과 동시에 개인의 자율성에 대한 가능성을 높이는 양가적인 영향을 미친다.[12]

게오르그 짐멜이 분석하는 대도시라는 새로운 공간의 기능은, 모더니즘문학이 집중적으로 형상화한 현대사회 속 개인의 삶의 양상과 본질적으로 통한다. 모더니즘은 무엇보다도 도시의 문학이며 생산활동보다는 소비활동에 착목하여 도시 속의 분열된 개인을 대상으로 하기 때문이다. 따라서 모더니즘을 중심으로 한 현대문학의 공간 형상화 양상은, 전원과 농촌이라는 재래의 공간과 달리 과학기술 발달의 최종적인 집약체로 등장한 대도시 공간의 특성과 의미를 파악하는 데 더없이 좋은 텍스트가 된다. 대도시라는 새로운 공간과 모더니즘 및 모더니티의 관련 양상에 대해서는 19세기 이후의 파리에 대한 발터 벤야민의 일련의 연구들도 주요한 참조점을 제공한다.[13]

본 연구의 주요 내용은 크게 다음 세 가지이다. 첫째는 과학기술의 발전에 따라 새롭게 창출된 현대적 공간의 양상과 의미를 밝히는 것이다. 이는 다시 현실의 공간과 상상의 공간으로 나누어 살필 수 있다(2절). 둘째로 철도, 도로 등 공간망의 형성과 각종 통신수단 등 미디어 기술의 발전에 의해 새롭게 구성되는 공간 상황과 그에 대한 인식의 변화에 대해서 검토하고자 한다(3절). 이상의 연구 내용을 바탕으로 하여, 새로운 공간에 대한 복합적인 인식 속에서 비판적인 인식이 드러나는 양상에 주목하여

---

12) 서우석, 「게오르그 짐멜의 공간이론과 도시문화론」, 국토연구원 편, 『현대 공간이론의 사상가들』, 한울, 2005 참조.
13) Walter Benjamin, trans. by Harry Zohn, *Charles Baulelaire: A Lyric Poet in the Era of High Capitalism*, Verso, 1983; 발터 벤야민, 김영옥 · 윤미애 · 최성만 역, 『일방통행로 / 사유 이미지』, 길, 2007; 수잔 벅 모스, 김정아 역, 『발터 벤야민과 아케이드 프로젝트』, 문학동네, 2004 등 참조.

과학의 발전에 따른 공간의 변화에 대한 문학인들의 가치판단의 변화 양상을 살피고, 이를 과학과 인문정신의 관계 차원에서 조명하여 그 의의를 구명하는 것이 셋째이다(4절).

2. 새로운 공간의 창출과 문학적 반영

근대를 전후한 과학기술의 발전은 수많은 새로운 공간을 창출하였다. 근대도시와 그것을 이루는 도시형 건물들 자체가 대표적인 예이며, 공장과 밀집가옥들로 구성된 산업생산 공간, 백화점 · 카페 · 다방 · 양식당 등과 같은 소비 및 향락 공간, 공원과 극장 · 음악당 등의 문화 공간 등 모두가 근대과학의 산물이다. 온천이나 명승지 같은 자연이나 문화유산 등의 휴양지화 또한 근대과학의 영향하에서 이루어졌다.

이러한 새로운 공간의 창출 양상은 한국 근대문학 작품들에서 폭넓게 확인된다. 지방 출신의 도시 상경 모티프는 한국 근대문학 100년간 부단히 지속되는 것이며, 산업현장의 양상은 192, 30년대 리얼리즘소설에서부터, 도시의 소비 향락 공간은 1930년대 이래의 모더니즘문학에서 작품의 배경으로 즐겨 그려져 왔다. 문화 공간이나 휴양지 등 또한 한국 근대문학에 흔히 등장하는 것으로서 공간의 변화를 통시적으로 살피는 데 주요 대상이 된다.

한국 근대소설을 대상으로 하여 새로운 공간의 창출이 작품에 반영되는 양상을 검토할 때 주목할 점은, 그러한 공간이 인물과의 관계 속에서 행하는 기능이다. 달리 말하자면 단순한 소재나 개별적인 모티프 차원에서가 아니라 서사전개상의 기능 맥락에서 이들 공간의 등장 양상을 검토할 필요가 있다는 것이다. 이러할 때 공간에 대한 당대의 인식 양상을 살피고 그 의미를 파악하는 것 또한 가능해지게 된다.

한국 근대문학에서 확인되는 공간의 기능은 크게 두 가지로 요약해 볼 수 있다. 첫째는 인물의 욕망이나 의지와의 관계이다. 이 맥락에서 공간은 인물들이 뜻을 펴는 발판으로 기능하거나 혹은 정반대로 극복해야 할 억압 상황으로 등장한다. 둘째는 인물의 의도적인 공간 이동 행위와 관련된 양상 곧 공간 이동의 목적에 따른 기능이다. 도시로의 상경, 유학생의 출국과 귀국, 농촌으로부터의 탈향과 귀농 혹은 계몽을 위한 농촌 진입, 휴양 및 요양을 위한 이동 등이 이 맥락에서 주목된다.[14] 첫째 경우에서 공간의 의미를, 둘째 경우에서 세부 공간들에 대한 인식의 차이를 읽어냄으로써, 한국 근대소설이 보이는 공간 인식의 실제 양상을 정리해 볼 수 있다.

이 절에서는 인물의 욕망이나 의지와의 관계 속에서 새로운 공간이 갖는 기능을, 새롭게 창출된 공간의 문학적 반영 양상을 통해 검토한다. 먼저 환경으로서의 공간을 주거 공간과 공적 공간으로 나누어 살펴본다.

근대적 주거 공간의 등장은 일찍이 1910년대 소설에서부터 확인된다. 1917년에 발표된 이광수의 『무정』[15]에 등장하는 김 장로의 집은 십여 간 줄행랑을 갖춘 전통적인 구조이지만 중문 안 대청에는 유리문을 달고 교의와 테이블을 갖추었으며(42~3쪽), 양식으로 꾸민 서재와 서양식 침상이 있어(471~2쪽), 전통과 신문물이 섞인 반양식의 면모를 갖추고 있다. 이러한 반양식 가옥의 형성에는 '셔양이 우리보다 우승홈'에 대한 자각 위에서 불가불 그것을 따라야 한다는 생각이 자리 잡고 있다(474쪽). 이를 통해서, 근대식 공간이 선망과 지향의 대상으로 인식되고 있음을 확인할 수 있다.

근대도시의 새로운 긍정적 면모를 잘 보여주는 것은 공적 공간에서이다. 이미륵의 『압록강은 흐른다』(1946)에는 시골에서 자란 주인공이 처음 대하는 기차역과 근대식 학교 건물의 웅장함을 보고 경탄하는 장면이

---

14) 이에 대해서는 다음 절에서 상론한다.
15) 이광수, 김철 교주 『바로잡은 <무정>』, 문학동네, 2003. 이 장에서 문학작품을 거론할 때는, 본문에 괄호를 열어 처음 발표된 연도를 기입하고, 구체적인 장면을 인용할 경우에는 현재 구해 보기 쉬운 판본을 사용한다.

나온다. 이들 건물은 너무나도 크고 웅장하며 수많은 유리창을 달고 있어서 외형만으로도 놀라움을 자아내는 것이다. 새로운 근대식 건물의 위용을 단편적으로 작품 속에 반영한 경우는 신소설 이래로 폭넓게 확인된다. 이러한 사실이 단순한 배경 묘사에 그치지 않고 나름대로 주목된 결과라는 점은, 현대적인 풍경과 대비되어 그렇지 못한 풍경이 부정적으로 그려질 때 뚜렷해진다. 박태원의 「소설가 구보 씨의 일일」(1938)에는 서울 시내를 소요하는 구보가 태평동 거리에 대해 보이는 반감이 잘 드러나 있다: "그러한 것은 어떻든, 보잘것없는, 아니, 그 살풍경하고 또 어수선한 태평동 거리는 구보의 마음을 어둡게 한다. 그는 저, 불결한 고물상들을 어떻게 이 거리에서 쫓아 낼 것인가를 생각하며, 문득, 반자의 무늬가 눈에 시끄럽다고, 양지洋紙로 반자를 발라 버렸던 서해도 역시 신경쇠약이었음에 틀림없었다고, 이름 모를 웃음을 입가에 띠어 보았다."[16] 구보가 보이는 이러한 인식은, 새로운 건물에 대한 문학적 주목이 긍정적인 가치 판단에 입각한 것임을 명확히 해 준다.

새로운 주거 공간 및 도시환경이 긍정적으로만 인식된 것은 아니다. 도시 하층민을 그리는 작품들의 경우 그들이 속한 공간 상황 특히 근대도시의 부정적인 양상을 여실하게 그려내고 있다. 이상의 「날개(1936)에 나오는 33번지의 벌집 같은 밀집 주거 공간은 도시 하층민들의 생태를 확연히 보여주는 대표적인 예이다.[17] 사생활이 거의 보장되지 않는 하층민들의 밀집 거주 공간은 1920년대 중기 신경향파소설에서부터 1980년대 리얼리즘소설들에 이르기까지 지속적으로 문학작품에 반영되고 있다.[18] 이

---

16) 박태원, 『소설가 구보 씨의 일일』, 깊은샘, 1989, 44쪽.
17) 19세기 서유럽에서의 이러한 밀집 주거 공간의 등장과 개선책 및 그에 따른 계급 간 알력 등에 대해서는 이진경, 『근대적 주거 공간의 탄생』, 그린비, 2000, 359~67쪽 참조.
18) 예컨대 한설야의 『황혼』(1936)에는 신문지 몇 겹으로 칸을 막은 노동자들의 방이 제시되기도 한다(풀빛, 1989, 81쪽).

들 작품에서 서술자나 등장인물이 공간 상황에 대해 특별한 주의를 보이지는 않고 있지만, 이광수 등의 경우와 달리 부정적인 공간을 작품의 주요 배경으로 설정한 사실만큼은 문학사 및 정신사의 층위에서 의미 있는 일이라 할 수 있다.

다음으로, 과학기술의 발전에 힘입어 새롭게 출현한 근대적 공간의 둘째 양상으로 경제활동의 공간을 검토한다. 근대사회가 자본주의사회인 만큼, 생산과 소비의 공간에 대한 문학적 인식은 근대사회 일반의 본질적 특성 곧 근대성에 대한 당대인들의 의식을 가늠해 볼 수 있는 주요 자료가 된다.

한국 근대소설에 있어 경제적 생산 공간은 농촌과 도시 둘로 양분된다. 식민지시대 한국이 전 국민의 80% 정도가 농민인 농촌사회인 까닭에 전통적으로 농촌은 근대소설의 주요 부대로 등장해 왔다. 농촌이라는 공간이 작품에 등장하는 방식은 크게 보아 세 가지로 정리된다.

하나는 농촌소설에서 새로운 과학 지식에 의해 청산되어야 할 전근대적인 유산이 남아 있는 부정적인 봉건적 공간으로 그려지는 것이다. 이광수의 『흙』(1933)이나 심훈의 『상록수』(1936), 이무영의 「제1과 제1장」(1939) 등 계몽주의소설들이 대표적인 예가 된다. 이들 소설에서 농촌은 농민에 대한 시혜자로서의 계몽주의자들이 근대적 공간으로 개량하고자 하는 대상이 된다.

다른 하나는 농촌의 궁핍상을 폭로하거나 지소갈등을 통해 농민의 계급의식을 고취시키는 농민소설에서, 경제활동과 계급투쟁의 장으로 등장하는 경우이다. 신경향파의 대표작가인 최서해의 몇몇 작품들이나 카프의 수많은 농민소설들이 대표적인 예이다. 이들 작품은, 고통스러운 노동에도 불구하고 고율의 소작료 때문에 생계를 꾸리기조차 어려운 식민지 반봉건근대화의 문제 상황을 고발하면서 자본의 대리인으로 기능하는 (부재)지주에 대한 계급적 적대감을 표현함으로써, 자본에 의해 침식되는 공간으로 농촌사회를 다루고 있다.

끝으로 셋째는 이효석이나 김유정의 일부 소설로 대표되는 전원소설에서 드러나는 바, 인간의 본원적 생명력이 근거하고 있는 근대화 이전의 공간으로 제시되는 경우이다. 이를 두고 자연으로서의 농촌이라 할 수 있을 터인데, 이는 새롭게 펼쳐지는 근대적 공간에 대한 대타인식으로서 의미를 갖는다고 하겠다.

생산 공간으로서의 공장에 대한 형상화는 식민지시대 문학의 경우 흔한 것이 아니어서 카프를 위시한 리얼리즘문학에서 일부 등장한다. 해방 이후의 경우도 한동안 외면되어 1970년대 이후 황석영[19]과 조세희[20]를 거쳐 1980년대 노동소설에 이르러서야 본격적으로 형상화된다. 새롭게 창출되는 근대적 생산 공간에 대한 인식을 살펴볼 수 있는 식민지시대의 경우를 보면 이기영과 한설야, 송영, 강경애 등 카프 작가의 작품이 눈에 들어온다. 예컨대 이기영의 『고향』(1934)에서는 제사공장의 작업장 모습과 '방 한 간씩에 툇마루 반 간씩을 줄행랑처럼' 붙여놓고 출입문 하나에 손바닥만 한 마당이 높은 담 아래 놓인 공장의 기숙사가 노동의 피로와 더불어 묘사되고 있다.[21] 강경애의 『인간문제』(1934)에서는 대규모의 근대적 방적 공장이 본격적으로 형상화되면서 그 속에 갇혀서 일하는 노동자들의 일상이 철저히 관리되는 상황을 확연히 보여 준다.[22] 이들 작품이 당대의 현실을 계급투쟁적 관점에서 해석하는 비판적 시선을 견지하고 있음을 고려하더라도, 근대적 생산 공간으로서의 공장이 갖는 비인간적

19) 근대적 의미의 공장을 배경으로 한 것은 아니지만 근대적인 노무관계를 적실하게 파헤친 「객지」(1971)와 일용직 노동자의 생리를 엿볼 수 있는 「삼포 가는 길」(1973)을 이 맥락에서 고려할 수 있다.
20) 후에 『난장이가 쏘아올린 작은 공』(1978)으로 묶이는 '난장이 연작'(1975~8년)은 대규모 공단의 공장을 배경으로 하여 노동현장의 문제를 모더니즘 기법으로 탁월하게 묘파한 성과이다. 1970년대 경제적인 상류층과 중산층, 하층의 삶이 그들의 생활공간에 입각하여 그려진다는 점에서도 주목할 만한 작품이다.
21) 이기영, 『고향』, 풀빛, 1989, 382~5쪽 참조.
22) 강경애, 『인간문제』, 열사람, 1988, 206~212쪽 참조.

인 측면을 객관적으로 반영하고 있는 사실만큼은 간과될 수 없다.

경제활동의 다른 한 축인 소비의 공간 또한 근대성을 유감없이 보여주는 것으로서 모더니즘문학을 중심으로 폭넓게 형상화되고 있다. 박태원의「소설가 구보 씨의 일일」에는 형성기 자본주의의 최첨단 소비 공간인 백화점과 다방, 카페가 차례로 등장한다. 도시를 배회하며 피로에 지친 주인공이 마땅히 들어가 쉬어야 하는 곳이 다방인 데서 보이듯, 이 소설에서 도시의 소비 공간은 위안과 휴식의 장소로 묘사된다. 이상의「날개」에서 경성역 대합실의 티룸이 주인공의 소외 심리와 부합하는 것처럼 근대의 소비 공간이 다소 부정적으로 그려지는 경우도 없지 않지만, 대부분의 경우 이러한 공간은 선망과 위안, 만족의 공간으로 받아들여진다. 이외에 근대인의 본격적인 휴식 공간으로 애용된 온천이나 해수욕장 등도 살펴볼 수 있다. 온양온천이나 동래온천 등은 소설의 주인공들이 일상을 떠나 요양하는 장소이자 근대적 연애를 가능케 하는 새로운 공간으로 각광받고 있다. 해수욕장 또한 연애의 공간으로서 기능한다.[23]

현실에 새롭게 등장한 공간의 객관적인 반영 못지않게 문학작품을 통해 확인할 수 있는 것은 그러한 공간들에 대한 사람들의 인식 및 반응이다. 사실 과학기술의 발전에 의해 창출된 공간은 그 자체로서보다 문화적인 맥락에서 바라볼 때 중요한 의미를 갖는다. 작품에서 확인되는 상상의 공간이 중요해지는 것은 이러한 맥락에서이다.

문학작품에서 확인되는 상상의 공간은 다시 둘로 나눠 살필 수 있다. 공간 상상력의 변화에 의해서 현재의 이곳과는 다른 곳, 보다 발전된 곳으로 상상되는 새로운 이상적인 공간이 그 하나이다. 도시화 산업화가 서구화를 모델로 했듯이, 모든 도시는 이상적 도시를 상상하며 자신을 형성해 왔다. 이 과정의 추동력이 과학기술임은 명약관화하다. 과학기술은 상상의 공간을 현실화하는 기능을 해 왔다. 한국의 근현대문학을 보면 이렇

23) 박태원,「옆집 색씨」,『신가정』, 1933. 2.

게 상상의 공간으로서의 근대 도시가 지속적으로 확인된다. 동경이나 상해, 하얼빈, 유럽이나 미국의 도시 등이 그것인데,[24) 이러한 새로운 도시는 실제 도시이면서 동시에 사람들이 가고 싶고 그에 맞게 살고 싶어 하는 상상의 공간이기도 했다.

이러한 상상공간은 광협에 있어서 리얼리티와 반비례하는 양상을 보인다. 신소설이나 1930년대 말기의 국제적인 공간 상상력이 미국이나 유럽, 일본, 중국, 만주 등을 포괄하는 것이었음에 반해, 192,30년대 리얼리즘 및 모더니즘의 경우 서울 중심의 국내 거점 도시나 고작해야 일본 및 중국 동북지역 등으로 확장될 뿐이어서 사실상 국내 도시적 공간 설정 양상을 띠는 것이다.

상상의 공간의 또 다른 유형은, 근대도시 내부의 상상적 공간이다. 백화점의 옥상정원이나 공원, 문화 공간 등이 대표적인데, 이들은 일상적인 삶 바깥을 상상하게 해 주는 공간으로 기능한다.[25) 이들 공간에서 사람들은 자신의 현실적 상황을 잊은 채 시뮬라크르[26)로서 주어진 '일상의 바깥'을 상상하게 된다.[27) 이러한 공간들은 일상 현실 너머의 지평 속에 사람들을 위치지음으로써 계급이나 계층과 같은 사회적 자아의 정체성을 무화시키고 소비자 혹은 향유자로서 그들을 동질화한다. 재래의 일상성을 넘은 새로운 일상으로 등장하는 이러한 공간은 과학기술의 발전에 따

---

24) 신소설의 여러 작품에서 전 세계를 아우르는 공간 상상력을 확인할 수 있다. 이상이나 박태원 등 모더니스트들에게 있어서 일본 특히 동경은 흔히 경성과 비교되면서 지향해야 할 이상적인 공간으로 배치된다. 이효석에게 있어서 하얼빈 등 근대도시는 일상성을 떠난 새로운 공간으로 그려진다.

25) 1930년대 최대 베스트셀러였던 김말봉의 『찔레꽃』(1937)에 나오는 백화점 장면은 쇼핑센터와 고급식당, 옥상정원을 두루 갖추고 있어서 소비의 주체인 '경애'의 기분전환에 안성맞춤으로 기능한다(청화, 1983, 39~46쪽).

26) 장 보드리야르가 강조하듯이 시뮬라크르란 파생실제(hyper-reality)를 생산하는 대상이 없는 재현으로서 실제에 선행하는 것, 실제를 만들어내는 것이다(하태환 역, 『시뮬라시옹』, 민음사, 2001, 9~18쪽 참조).

27) 박태원의 「소설가 구보 씨의 일일」에서 구보가 경성의 거리와 다방, 카페 등을 옮겨 다니며 보이는 숱한 상념들이 좋은 예가 된다.

른 생산력의 증대에 의해 새롭게 등장한 것으로서, 넓은 의미에서는 소비 향락 공간도 이에 해당된다. 이들 공간이 가능케 한 '일상화된 비일상 상태'는, 현대 과학문화가 행하는 기본적인 기능의 효과로서, 현대인의 삶의 양태의 주요 특징이 된다.

3. 공간망 및 미디어의 발달에 따른 공간 인식의 변화 양상

새롭게 창출된 공간의 의미 및 기능을 한국 근대문학작품을 통해 검토해볼 때 초점을 맞추어야 할 또 한 가지는 공간들의 연쇄이다. 공간이 의미를 갖는 것은 고립된 하나의 공간으로서보다 공간들의 연쇄 속에서이다. 한편으로는 철도와 도로 등을 통해 물리적인 방식으로, 다른 한편으로는 편지나 전보, 전화, 인터넷 등을 통해 기능적인 방식으로 세상의 공간들은 서로 다양하게 연결되어 있다. 과학의 발전에 근거한 운송 및 통신 기술의 발달에 의해 현대의 공간이 중층적으로 조직화되는 것이다.

공간들의 물리적 연쇄는 특정한 목적을 가지고 공간 이동을 행하는 인물의 목적에 긴밀히 관련되어 있다. 따라서 이러한 연쇄의 의미는 두 가지 측면에서 찾아진다. 하나는 도시로의 상경, 유학생의 출국과 귀국, 농촌으로부터의 탈향과 귀농 혹은 계몽을 위한 농촌 진입, 휴양 및 요양을 위한 이동 등 목적의 상이함에 따른 의미의 변주이고, 다른 하나는 물리적 연쇄를 가능케 하는 운송 수단의 종류에 따른 의미의 양상이다.

물리적 공간의 연쇄를 낳는 운송 기술의 결정체들은 근현대문학이 일찍부터 주목한 과학의 산물이다. 한국 근대문학 초창기의 신소설에서부터 철도와 기차는 각별한 주목을 받아 왔다. 경이로운 근대과학의 산물인 기차에 대해 찬탄을 금하지 못하는 경우가 일반적이지만, 이 새로운 박래품이 전통적인 심성에 가한 충격을 보여주는 사례도 있어 주의를 끈다.[28] 이후

---

28) 이미륵의 『압록강은 흐른다』(1946)를 보면, 기차가 도착하고 떠나는 상황이 너무 소란하고 불안스러워 타지 못하는 주인공 소년의 모습이 나온다(범우사, 1989, 112쪽).

식민지 시기에는 기차에 더하여, 근대 도시를 달리는 자동차가 등장하고, 일본과 우리를 잇는 관부연락선 등이 의미 있게 그려진 바 있다.29) 과학기술 발달의 총아인 이들에 의한 공간적 거리감의 변화나 시공간 세계의 단축이 주는 경이감 및 그에 따른 사회경제적 삶의 변화가 주목된 것이다.

철도와 기차의 경우 일찍이 최남선의 「경부철도가」(1908)에서부터 그 속도와 편의 및 그것이 가져온 극적인 변화에 대한 경이가 확인된다. 기차는 내외국민과 남녀노소를 함께 태우고 움직이는 '조그마한 딴 세상'이며 천리 길을 하루에 주파하여 전국을 동일 생활권으로 묶어낸 과학기술의 총아로 인식된다. 다른 한편 최남선은 철도가 멈추어 서는 주요 도시의 면모가 일본식으로 급변해 가는 것을 보고 개탄하고 있는데,30) 이는 철도의 개설이 일본 제국의 식민정책에 의한 것임을 제대로 파악한 결과라 하겠다.31)

공간을 이동하는 인물의 의도와 목적에 따른 공간 연쇄의 문학적 형상화는 과학기술의 확산과 근대화에 따른 공간의 재배치가 갖는 복합적인 의미를 검토할 수 있는 주요한 사례에 해당된다.

이 맥락에서 먼저 살펴볼 공간 이동은 경제적인 요인에 의한 것이다. 살기 힘든 농촌을 떠나 도회나 새로운 지역으로 몰려가는 사람들의 이야

---

29) 염상섭의 『만세전』(1924)에서 관부연락선은 식민국의 주민 이식의 수단이자 동시에 식민지 착취의 한 통로이며, 서민들 세계의 축도로서 그려져 있다. 내지와 조선이라는 두 개의 공간을 잇는 운송수단에 그치지 않고 식민지 수탈이 펼쳐지는 정치경제적인 통로로 포착된 것이다.

30) 이러한 점은 염상섭의 『만세전』에서도 보인다. 주인공의 시선과 상념을 통해서 일본화된 부산 거리 및 김천의 도시화가 사회경제적 의미와 더불어 제시되고 있다.

31) 식민지 조선의 철도는 '침투적이며 통합적인 효과'를 낳고 '산업의 영속성'과 '제국의 통일성'을 상징한다. 구체적으로 철도는 농촌의 고립을 해체하여 사회적 혁명을 초래하며 철도가 깔린 지역을 세계경제의 일부로 통합하는 효과를 낳는다(브루스 커밍스, 김자동 역, 『한국전쟁의 기원』, 일월서각, 1986, 43쪽). 대전이나 나진의 경우에서처럼, 철도는 작은 마을을 도시로 생성시키는 실질적인 주역이기도 하다(같은 책, 45~6쪽).

기는 1920년대 중기의 자연주의소설에서부터 1970년대에 이르기까지 흔히 볼 수 있는 서사 유형이다. 192,30년대 유이민 소설의 경우 궁핍한 농촌을 떠나 노동의 장이 있는 도회지나 간도, 만주 등 새로운 삶의 터전을 향해 가는 탈향을 그리는데,32) 이 과정에서 식민지 근대화에 따른 공간의 (재)배치가 갖는 경제적, 정치적 함의가 드러나게 된다.33) 한편 1970년대의 이농소설들은 저임금저곡가 정책을 수반한 산업화에 따른 것으로서, 농촌 공동체의 붕괴와 도시의 확대 및 빈민층의 형성, 산업 지역의 발전과 노동자의 등장, 새로운 소비향락산업 및 그 종사자의 탄생 등 근대화의 명암 양 측면을 그리고 있다.34) 이를 통해 현대적 공간의 재배치가 갖는 사회적 · 인간적 함의를 엿볼 수 있다.

인물의 유학에 따른 탈향과 귀향 모티프를 가진 근대소설 또한 흔히 볼 수 있는 유형으로서, 고향과 유학 목적지의 공간 관계가 문화 · 정치적인 위계로 해석된다.35) 공간의 문화적 배치는 계몽소설의 경우에서도 확인되는 것으로 공간에 대한 근대의 문화정치적 기획을 살필 수 있는 유효한 통로가 된다. 휴양이나 요양을 위한 공간 이동 또한 현실의 문화 지리와 인물들의 심상 지리를 드러내는 것으로서 근대화에 따른 공간 변화의 한 가지 의미 있는 양상으로 파악된다.

---

32) 이러한 탈향 모티프는 이념상 좌파에 해당하는 최서해의 「탈출기」(1925), 「향수」(1925), 「해돋이」(1926) 등에서뿐만 아니라, 우파 민족주의문학에 속하는 나도향의 「지형근」(1926)이나 현진건의 「고향」(1926) 등에서도 두루 확인된다.

33) 신경향파소설의 대표작가인 최서해의 작품들이 특히 그러하다. 여기에서는 경제적 어려움과 더불어 식민지배의 부자유가 탈향의 계기로 작용한다. 공간의 재배치에 따른 농촌의 공업화가 농민을 노동자로 변모케 하는 양상을 그린 한설야의 「과도기」(1929) 또한 같은 맥락에서 주목할 만하다. 1970년대 도시 재개발에 따른 철거민의 문제는 윤흥길의 연작장편 『아홉 켤레의 구두로 남은 사내』(1977)에 잘 그려진 바 있다.

34) 대표적인 예로 황석영의 「삼포 가는 길」(1973)이나 「객지」(1974), 조선작의 『영자의 전성시대』(1973) 등을 들 수 있다.

35) 미국유학을 처음 선보인 이인직의 『혈의 누』(1906)에서부터 이러한 점이 확인된다. 유학지는 우리가 배워야 할 문명의 산실로서 모범적 · 이상적인 공간으로 설정된다.

이상 외에, 과학기술의 발전에 의해 기능적으로 연결되는 공간 상황 또한 주목할 만하다. 신문이나 전화, 인터넷 등과 같이 멀리 떨어져 있거나 특정 공간의 연장으로 직접 이어져 있지 않은 공간들을 이곳의 일상으로 끌어들이는 미디어 기술의 발달은 일상생활의 방식을 변화시키면서[36] 궁극적으로는 인간의 공간 인식 방식 자체에 중요한 변화를 가져 왔다.[37] 이러한 변화 또한 과학기술의 발전에 의해 새로운 공간, 상상의 공간이 창출되는 한 가지 양상에 해당된다. 현대문학의 주요 변화 양상은 이러한 측면을 형상화하면서 이루어진다. 현대문학이 그리는 정보화 시대, 소비문화 시대, 시뮬라크르 시대, 인터넷 시대의 새로운 면모는 그 근본에 있어서 미디어 기술의 발달에 따른 공간 지각 방식의 변화를 반영하는 것이다.

편지나 전보를 통한 공간의 연계 양상은 한국 근대문학의 한 가지 전통으로 자리 매겨질 만큼 널리 형상화되어 왔다. 그만큼 실제 현실에서도 이러한 통신수단이 널리 사용되었던 것인데,[38] 이는 소통에 있어서의 공

---

36) 부부관계를 통해 이러한 점을 다소 희극적으로 잘 드러낸 경우로 염상섭의 「전화」(1925)를 들 수 있다.

37) 미디어의 의미와 기능 및 새로운 미디어의 출현이 끼치는 영향에 대해서는 일찍이 마샬 맥루한이 주목할 만한 견해를 내놓은 바 있다. 그에 따를 때 미디어는 '우리 자신의 확장'으로서 "인간의 상호 관계와 행동의 척도 및 형태를 만들어내고 제어하는 것"으로 정의된다. 따라서 새로운 미디어의 출현은 기존의 것에 자신을 덧보태는 데 그치지 않게 된다. 그 존재 자체가 인간관계의 방법, 인간이 세계를 이해하고 반응하며 행동하는 데 변화를 낳는 까닭이다. 예컨대 전기(電氣) 미디어의 출현은 선형(線形)의 연속을 마감하고 상관적 배열을 등장시키면서 현대사회의 특징을 이루었다고 한다(마샬 맥루한, 박정규 역, 『미디어의 이해』, 커뮤니케이션북스, 1997). 새로운 미디어 기술이 새로운 지각 모형을 낳고 개인 및 사회적 삶이 거기에 적응해 가면서 혁명적인 변화가 일어난다는 이러한 생각은 그의 기념비적인 저작 『구텐베르크 은하계』(임상원 역, 커뮤니케이션북스, 2001)에서 다각도로 조명되고 있다.

38) 천정환의 「한국 근대 소설 독자와 소설 수용 양상에 대한 연구」(서울대박사논문, 2002, 79쪽)에 따르면, 1935년의 경우 총 6억 2천만 통의 편지가 사용되어 연간 한 사람당 30여 통, 국민의 15~20%에 해당하는 식자층의 경우 250~300통을 이용했다고 한다.

간의 균질화가 근대 초기부터 이루어졌으며 당대인들의 의식에 있어서도 지리적 격절감이 상당히 완화되었음을 알려 준다.

4. 공간의 변화에 대한 문학적 인식의 변화 양상과 의미

과학기술의 발전에 따라 새롭게 창출된 공간에 대한 문학의 반응은 단일하지 않으며 한 방향으로 변화하는 것도 아니다. 그것은 긍정과 부정, 선망과 비판 등 다양한 시선을 끌어안은 중층적인 복합체이다. 한편으로는 철도와 도로 및 기차와 자동차 등에 의해 이루어진 근대적 공간망과 그에 따라 형성된 새로운 공간인 근대도시 및 그 안의 소비 공간 등에 대한 선망이 있고, 다른 한편으로는 새로운 공간 상황이 가져온 부정적인 측면에 대한 비판적·폭로적인 부정 의식이 있다.

이 모두가 중층적으로 지속되는 것이지만, 근대적 공간 등의 부정성에 대한 인식이 드러나는 시점과 계기를 명확히 하여 과학기술의 발전에 따른 공간 창출의 메커니즘에 대한 문학적·인문학적인 반성의 의미와 의의를 구명할 필요가 있다. 간단히 달리 표현하자면, 새로운 공간의 창출과 그에 대한 반응의 양상을 사회경제적 근대성과 미적 근대성의 분화라는 거시적인 과정 속에서 일목요연하게 분석할 필요가 있는 것이다.

현재까지의 검토에 의할 때 우리는, 새롭게 창출된 실제 공간 자체에 대한 경탄이나 선망은 그 역사적 의미에도 불구하고 문학작품에 충분히 반영되지 않았음을 알 수 있다. 공간 자체가 주요하게 형상화되는 것은 공간의 부정성이 삶의 문제와 긴밀히 관련되면서부터라고 할 수 있는 까닭이다. 한국 근현대소설에서 볼 수 있는 공간 형상화의 뚜렷한 첫째 흐름이, 근대적 경제관계가 관철되는 생산 현장으로서 농촌의 궁핍상을 주목하고 농민의 유이민화에 따른 공간 이동을 소설의 주요 모티프로 활용하는 양상을 보였다는 소설사적인 사실이 그 근거이다.

이러한 현상의 배면에는 근대적 공간의 창출을 낳은 근대화가 식민지 시대를 통해 이루어지기 시작한 우리 역사의 특수성이 자리 잡고 있을 터이다. 이로부터, 식민지 근대화라는 우리 현실의 특수성을 고려하여 공간 인식의 정치학적인 분석을 끌어안을 필요가 제기된다. 과학기술에 따른 발전의 양상을 파악하는 한편 배면에서 작동하는 정치권력 및 계급 간 갈등의 논리를 간과하지 않아야 하는 것이다.[39] 물론 이에 덧붙여서, 근대문학 특히 근대소설이란 대체로 근대사회의 문제를 비판적으로 조명하는 데서 본연의 기능을 해 왔음도 고려할 필요가 있다.

물론 작품의 내용 면에 있어서 새로운 공간(상황)에 대한 긍정적인 인식이 없는 것은 아니다. 근대문학 초창기부터 이러한 측면이 확인되는데, 여기서 주의할 점은, 이들의 경우 실제 공간이기보다는 사실상 상상의 공간으로 작품화된다는 사실이다. 신소설들이 보여주는 세계적인 공간 설정이 대표적인 예이다.

요컨대, 과학기술의 발달에 따른 새로운 공간의 창출에 대해서 우리 문학은, 그 실제 양상의 반영에 있어서는 부정적·비판적인 인식을 바탕에 깐 반면, 근대문학 초창기부터 확인되는 긍정적인 형상화는 대체로 심상지리 차원에서의 이상적인 공간으로 이루어져 왔다고 하겠나. 이러한 사실은, 이상적인 공간상 또한 새로운 공간의 부정성을 부정성으로 볼 수 있게 하는 요소로 기능했다고 추측할 수 있게 한다.

---

39) 식민지근대화에 대한 이해가 우리 역사의 특수성에 한정되는 것만은 아니다. 한 연구에 따를 때, 20세기 유럽의 도시계획은 이중적인 발생론적 근거를 갖고 있다고 파악된다. 근대 도시계획은 19세기 이래의 도시들이 갖고 있는 병리적인 문제 등을 해결하고 새로운 질서를 부여해야 할 시대적 과제에서 촉발되었으나, 전 세계에 식민지를 개척한 제국주의의 역사와 긴밀히 관련되어 발전했다. 근대 도시계획이란 '식민지' 도시계획과 맞물려 발전한 것이어서 "과학의 문제이자 동시에 권력의 문제이고, 기법의 산물이자 동시에 정치의 산물"이며 "특정한 역사적 조건 속에서, 특정한 사회적 권력관계의 복잡하고 불투명한 동역학을 거쳐 형성되는 도시공간의 성치적 변용과정의 산물"이다(김백영, 「1920년대 '대경성 계획'을 둘러싼 식민 권력의 균열과 갈등」, 공제욱·정근식 편, 『식민지의 일상 -지배와 균열』, 문화과학사, 2006, 260~2쪽 참조).

한편 공간들의 연쇄를 가능케 하는 운송 및 통신 기술의 발달상에 대해서나 이들에 의해 형성된 공간망에 대한 인식은 약간 다른 면모를 보인다. 기차나 자동차 등은, 한편으로는 그 자체로 경이의 대상이 되고 다른 한편으로는 가치판단의 경계를 넘어 인물들의 행위 폭을 넓히는 단순한 수단으로 의식되고 있을 뿐이다. 식민지 시대 운송수단이 갖는 정치경제적인 의미가 포착되는 경우가 대단히 미미한 반면, 소비와 향락, 유흥 등의 수단으로 작품에 들어오는 경우가 대부분인 것이다. 이러한 점은 편지나 전보 등 통신 수단의 경우도 마찬가지이다.

따라서 과학기술의 발달에 의해 새롭게 창출된 공간이 갖는 인문적 의미를 한국 근현대문학을 통해 살피고자 할 때 우선적으로 주목해야 할 사항은, 작품 내 세계 일반 차원에서 복합적인 공간 상황이 어떻게 그려지고 있는가 하는 점이라 할 수 있다. 운송 및 통신 수단 등이 어떻게 작품 속에 그려지는가가 아니라, 총체적인 작품 세계가 삶의 환경으로서 어떠한 의미를 갖는 것으로 설정되었는가에 더 주목해야 하는 것이다.

이러한 견지에 서면, 1920년대 중반 경부터 근대사회의 공간 상황에 대한 부정적인 인식이 문학작품에 드러나기 시작하여 한국 근현대문학의 역사 내내 대세를 이루어왔음을 확인하게 된다. 경제적인 안정을 저해하는 생산 공간에 대한 숱한 문학적 보고뿐 아니라, 소비 공간을 형상화한 작품들 대부분 또한 그러한 공간에서 소비의 주체로 등장하는 인물들의 황폐한 내면을 그리는 데 초점을 맞추고 있는 까닭이다.

물론 사태가 단순하지는 않다. 이러한 큰 흐름과 더불어서, 지금 이곳의 현실과는 다른 이상적인 공간에 대한 선망 또한 부단히 확인되는 까닭이다. 이러한 선망이 공간 변화에 대한 비판적 인식을 가능케 하는 준거로만 기능하는 것은 아니므로, 보다 폭넓은 작품들을 대상으로 하여 지금까지의 파악을 정치하게 다듬는 것이 향후의 과제라 하겠다. 이와 더불어서, 이러한 공간 형상화 방식상의 특징이 무엇으로부터 유래했는가를 발생론적으로 구명하는 것 또한 차후의 과제이다.

보론 1. 최서해 문학의 시대적 의의

1. 최서해의 시대성

서해 최학송은 1920년대 후반기 소설계를 대표하는 전형적인 작가이다. 서해가 이 시기의 대표적인 작가라는 점은 먼저, 그가 염상섭이나 김동인, 최독견 등과 더불어 이 시기에 가장 많은 수의 작품을 발표했다는 데서 알 수 있다. 그는 1924년에서 1932년에 이르는 불과 8년여의 짧은 기간 동안 장편소설 한 편과 60여 편의 단편소설을 발표하였다. 한편 그의 소설들이 1920년대 문학계의 여러 동향을 충실히 드러내고 있는 까닭에 서해는 단순히 다작 작가에 그치지 않고 당대의 전형적인 작가 반열에 올라선다.

이상을 작품세계로 돌려 말하면 다음과 같다. 서해가 작가로서 활동한 1920년대란 한국 근대소설이 형성되어 가는 시기에 해당되는데, 그의 소설은 이 시기에 등장한 여러 작품 갈래들 곧 낭만주의, 자연주의, 사실주의 등을 거의 망라하는 다양한 면모를 보인다. 이와 동시에 「탈출기」, 「기아와 살육」, 「홍염」 등 문학사의 한 자리를 차지하는 그의 대표작들은 1920년대 중반에 등장한 신경향파문학의 주요 갈래에 해당된다. 이렇게 작품세계의 폭이 당대 문학계를 반영하고 주요 작품들이 문학운동의 핵심에 닿아 있음으로써, 서해의 소설은 1920년대 문학 지형의 시금석에 해당되는 의의를 갖는다.

서해의 소설이 이와 같은 위상을 지니게 된 데에는 그의 이력이 한몫을 한다.

최서해는 1901년 1월 함경북도 성진에서 태어났다. 집안이 가난하여 어려서 한학을 하고 소학교만 마쳤을 뿐, 동시대의 다른 작가들처럼 유학을 통해 신학문을 배우지는 못했다. 문학 수업도 스스로 잡지를 탐독한 데 그쳐 있다. 그러나 최서해는 젊은 시절에 간도를 유랑하여 하층민의 삶을 체득함으로써, 간도와 만주 지방을 작품에 끌어들이고 현실적인 체험의 폭과 깊이를 갖출 수 있게 되었다. 이후 이광수와 김동환, 방인근 등의 주선으로 서울에서 본격적인 문학 수업을 하고 조선문단사에 입사하여 문단 활동을 시작하였다. 1920년대 후반기에 서해는『조선문단』등을 통해 여러 작품을 발표하고 한때 카프에도 관여하는 등 매우 활발한 활동을 보인다. 1926년에 첫 창작집『혈흔』을 발간했으며, 1930년 9월부터 이듬해 8월까지 장편소설『호외시대』를『매일신보』에 연재한 후, 1931년에 두 번째 창작집『홍염』을 간행하였다. 이렇게 문단에서 자신의 입지를 강화하던 최서해는 위병이 악화된 상태에서 1932년 7월 '위문협착증'으로 사망하였다.

서해의 이력에서 중요한 점은 그가 경제적으로 어려운 삶을 살았으며 간도 유랑을 통해 새로운 현실을 작품에 끌어넣을 수 있었다는 사실이다. 중인계층의 지식인 출신 작가들이 주류를 이루던 문단에서, 간도지방 하층민들의 삶을 사실적으로 묘파한 그의 소설들은 한국 근대소설의 지평을 넓히고 현실에 대한 사실적인 이해를 깊게 했다는 의의를 갖는다. 이러한 까닭에 최서해의 소설들은, 한국 근대소설의 형성 및 발전과정을 이해하는 자리에서 반드시 검토해야 할 중요한 봉우리에 해당된다.

2. 서해 소설세계의 다양성

최서해의 소설세계에 대한 일반적인 이해는 그의 작품세계를 단순화하는 문제를 보여 왔다. 카프를 거점으로 하여 1920~30년대를 풍미한 좌파문학운동의 초기 단계인 신경향파문학의 주요 작가라는 문학사적 위상에 주목한 나머지, 그의 소설을 사실상 신경향파소설로 축소하고 최서해하면 신경향파소설가인 양 단순화해 온 감이 없지 않다.

그러나 서해는 다양한 유형의 소설들을 두루 쓴 작가이다. 그의 문학적 시선은 신경향파나 좌파문학에 국한되지 않는다. 이러한 점은 서해의 문단 활동에서도 확인되지만 무엇보다도 그의 소설들 전체를 일별해 보기만 해도 분명해진다. 1920년대 소설 문학의 제 양상에 걸맞은 포괄적인 작품 경향들을 선보인 까닭이다. 이러한 점은 두 권의 창작집에서도 잘 드러난다.

모두 열 편의 소설을 담은 『혈흔』의 경우, 신경향파소설은 「탈출기」와 「기아와 살육」, 「박돌의 죽음」으로 고작 세 편에 불과하다. 그 외에 「십삼 원」, 「향수」 등 부르주아 자연주의 계열의 작품 세 편과, 낭만적 정조가 강한 「보석반지」, 「고국」의 두 편에, 이야기[설화] 수준에 그친 「매월」과 「미치광이」 두 편을 실음으로써, 제 경향의 소설들을 골고루 싣고 있음이 확인된다. 『홍염』 또한 사정이 다르지 않다. 신경향파소설의 한 정점에 해당하는 서해의 대표작 「홍염」과 더불어서, 아기장수 설화에 관한 대화를 통해서 상서롭지 못한 세상을 걱정하는 촌로들을 자연스럽게 묘사한 「저류」, 지식인의 자의식을 자연주의적으로 묘파한 「갈등」의 세 편을 담음으로써 한 가지 경향으로 규정되는 것을 피하고 있다.

이렇게 최서해는 신경향파소설 외에도 다양한 갈래의 소설들을 써 왔으며, 소설집을 꾸리는 데 있어서도 그러한 경향들이 잘 드러나게 노력해 왔다. 카프 가입 문제에 대해서 그가 다소 유보적인 태도를 취했던 사실 또한 이와 관련된다고 하겠다. 요컨대 서해는 자신의 영역을 신경향파에 한정하지 않고자 했던 것이다. 한편 그의 소설들이 보이는 다양성은 한국 근대소설의 형성과정을 수놓은 제반 경향들을 두루 아우르는 것이어서 우리의 주목을 요한다. 앞서 서해가 1920년대의 대표적·전형적인 작가 라 한 것은 이러한 까닭이다.

3. 전후기 소설의 차이점과 공통점

최서해 소설세계의 다양성은 시간적으로도 확인된다. 서해가 작품활 동을 한 기간은 1924년에서 1932년까지 불과 8년에 해당할 뿐이지만, 이 속에서도 우리는 시기적인 변화를 읽어 볼 수 있다.

서해 소설세계의 통시적인 변화는 신경향파에서 부르주아 자연주의로 의 전환이라고 요약할 수 있다. 작품의 특성 면에서 보면 '관념적인 작품 세계의 순치'로 변화의 양상이 잡힌다. 「토혈」(1924)에서 「홍염」(1927) 까지가 전기 소설, 「낙백불우」(1927)부터 『호외시대』(1930~31)까지가 후기 소설에 해당된다.

전후기 소설을 이렇게 나눌 때, 전기 소설은 신경향파소설을 중심으로 한 일련의 소설이라 할 수 있다. 다양한 갈래가 있지만 전기 소설의 핵심 은 물론 신경향파소설이다. 경제적 궁핍과 사회적 차별 속에서 불행을 겪 는 주인공이 극단적인 상황에 처하게 되면서 살인이나 방화 등 개인적 폭 력 차원에서 항의를 제출하는 것이 서해 신경향파소설의 특징을 이룬다.

후기 소설로 오면, 사회적인 갈등을 그리는 대신에 궁핍한 생활 속에서 겪는 심리를 치밀하게 묘사하는 것으로 작품의 경향이 바뀐다. 지식인의 자기반성이나 경제적인 문제의 괴로움과 암담함뿐만 아니라, 인물들 간 의 아기자기한 심리 변주 등에 이르기까지 다양한 심리를 형상화하는 것 이 특징이다. 하층민의 삶을 다룰 경우에도 그들의 궁핍한 삶을 전언(傳言

의 형식 등으로 간접화하는 변화를 보인다. 이들 작품은 소설의 밀도가 높아지는 양상을 보인다. 인물들 사이에서의 심정적 갈등이 형상화되면 구체적인 사건의 전개가 느려져 소설의 뼈대라 할 플롯보다 각종 묘사, 해설, 편집자적 논평 등 소설의 육체가 강화되기 마련이다. 또한 한 개인의 내면에서 갈등이 그려질 경우 별다른 사건 없이도 소설적 긴장이 마련된다. 이런 의미에서 전후기의 변화는 서해의 작가적 역량이 발전했음을 알려 주는 것이라 할 수 있다.

전후기 소설의 차이점을 간략히 항목화하면 다음과 같다. 첫째는 하층민보다는 중산층 혹은 지식인이 등장하는 등 인물 설정이 변화한 것이다. 둘째는 작품 세계의 면모가 사실상 협소해진 것인데, 사회의 계급 상황이 넓은 의미의 가족 범주로 대체되고 있다. 셋째는 소설미학적 측면에서의 발전으로서, 환상 장면이 축소·배제되는 반면 심리묘사 등 각종 기법이 다양한 방식으로 빈번하게 행해짐을 확인할 수 있다.

물론 차이점 못지않게 공통점도 두드러진다. 가난으로 요약되는 경제적인 문제에 대한 지속적인 관심을 첫째로 꼽을 수 있다. 후기 소설에서도 생활 및 생존의 문제가 외면되지 않는 것이다. 또 다른 공통 특징은 '가족' 범주가 즐겨 사용된다는 사실이다. 이에는 부연설명이 필요하다.

서해가 가족 범주에 근거를 둔 작품 세계를 즐겨 구사한다는 점은 전기 신경향파소설에서부터 확연하다. 신경향파소설에서는 선량하고 소박한 하층민들과 그들을 무시하는 유산자로 인물이 이원화되어 있다. 가난과 질병으로 고통 받는 가족을 위해 애쓰지만 문제를 해결할 수 없는 상황 속에서, 주인공이 가족애에 근거하여 유산자에 대한 증오를 폭발시키는 것이 서해 신경향파소설의 기본구도라고 할 수 있다. 이렇게 가족 관계에 뿌리박은 주인공을 설정하고 유산 계급을 위악적으로 단순화함으로써 극단적인 계급 간 대립 구도를 마련하는 것이 서해 신경향파소설의 특징이다. 가족 범주에 초점을 둔다는 점에서는 가족의 해체를 즐겨 그리는 「기아」나 「폭군」, 「향수」 등 부르주아 자연주의 계열의 작품도 동일하다. 가족 범주를 중심으로 작품 세계를 꾸리는 이러한 특징은 작가의 시야가 사회 전반에 걸치지 못하고, 가족이라는 작은 범주에서 사회 현실의 문제를 읽어내고자 한 결과라 하겠는데, 이러한 점은 장편소설인 『호외시대』에서도 마찬가지이다.

4. 「탈출기」, 「홍염」의 경우

최서해의 소설세계에 대한 이상의 설명을 압축하는 방안으로 서해 신경향파소설의 대표작에 해당하는 「탈출기」와 「홍염」에 대해 간단히 살펴보며 글을 맺고자 한다.

「탈출기」는 극도로 궁핍한 상황을 벗어나고자 몸부림치다 실패한 후에 그러한 삶이 '제도의 희생자'에 불과한 것임을 깨닫고 출가한 주인공이, 가족을 생각하라는 친구에게 보내는 답신 형식으로 된 액자소설이다. 주인공 가족의 이야기를 담은 내화內話 부분은 와병 상황, 귤껍질 사건, 두부 장사, 나무 도둑질 등의 에피소드를 통해 간도 하층민의 고통을 자연주의적으로 생생하게 묘사하고 있다. 그러한 상황에서 사회제도의 모순을 자각하게 된 주인공이 '생의 충동이며 확충'을 위해 출가하여 '××단'에 가입하고 민중을 위해 일신을 바치고자 '벼랑 끝보다 더 험한 선'에 서게 되었다 하여, 사회의 부조리에 항거하는 신경향파소설의 면모를 갖추었다.

「홍염」은 빚 때문에 딸을 중국인 인가에게 빼앗긴 뒤 그 일로 병이 든 아내까지 잃게 된 문 서방이 인가의 집에 불을 놓고 그를 죽인 뒤 딸을 빼내는 이야기를 보이고 있다. 신경향파의 대표작답게 스토리 자체는 다소 극단적이다. 그러나 「홍염」은, 상황과 거리를 둔 서술자가 달리소의 겨울 날씨와 문 서방이나 인가의 집 모양과 분위기 및 사람들에 대해 냉정하고도 차분하게 묘사함으로써 사실성을 고양시키는 한편, 문 서방의 변화를 설득력 있게 그리고, 그의 행동이 갖는 상징적인 의미를 자연스럽게 제시하여 문학적으로도 성공하였다. 앞에서 「홍염」 이후로 서해 소설의 면모가 변화한다고 했거니와, 후기 소설의 미학적 특징을 이 소설 또한 충분히 구현하고 있다 할 것이다.

이상 간략히 살펴본 대로 「탈출기」와 「홍염」은, 서해 전기 소설 및 한국 신경향파문학의 대표작이면서, 경제적 문제에 대한 관심과 가족 범주에 근거를 두는 구성 방식, 심리묘사의 핍진성 등에서 알 수 있듯, 서해 소설 일반에서 확인되는 특징 또한 두루 갖춘 작품이라 하겠다. 이렇게 서해 소설세계의 공통점을 염두에 두고 각각의 소설들을 읽을 때, 이들 작품의 참모습과 최서해의 문학사적인 위상과 의의가 보다 뚜렷해질 것이다.

보론 2. 거시적 안목과 미시적 시선의 파노라마 – 염상섭의 『삼대』

1. 『삼대』의 문학사적 의의

횡보 염상섭의 이름을 아는 사람이라면 으레 『삼대』도 안다. 아니 설령 작가 이름은 모르더라도 『삼대』에 대해서는 들어봤을 수 있다. 고등학교 교과서에 작품의 초반부가 실려 있을 만큼 소설 『삼대』는 우리 시대의 고전에 해당하기 때문이다.

『삼대』는 1931년 1월 1일부터 9월 17일까지 『조선일보』에 연재된 작품으로, 해방된 지 3년 만인 1948년에 을유문화사에서 단행본으로 출간되었다. 식민지시대 내내 단행본의 출간을 위해 작가가 노력하였지만 일제 총독부로부터 거부당한 사실로부터 이 작품의 의의를 짐작해 볼 수 있다.

『삼대』의 의의는 세 가지로 말해 볼 수 있다.

첫째는 염상섭의 소설세계에서 갖는 위치이다. 1897년생인 횡보 염상섭은 서울 중산층 출신으로 1921년 중편 「표본실의 청개구리」를 『개벽』지에 발표하면서 작품 활동을 시작하였다. 이후 『만세전』(1924), 「남충서」(1927), 『사랑과 죄』(1927~8) 등의 문제작을 거쳐 『삼대』(1931)에 이르는 중요한 문학사적 성취를 이룬다. 이후로도 『무화과』(1931~2)와

『모란꽃 필 때』(1934),『불연속선』(1936),『효풍』(1948),『취우』(1952~3) 등 한국 근대소설사에 남는 중요한 작품들을 1963년 타계할 때까지 지속적으로 발표해 왔다. 40여 년에 걸쳐 200편에 육박하는 놀라운 작품세계를 펼쳐 보인 것인데,『삼대』는 이러한 작품들 중에서 가장 높은 봉우리에 해당하는 소설이다.

『삼대』가 갖는 둘째 의의는 한국 근대소설사에서 이 작품이 차지하는 위상으로 말해 볼 수 있다. 이제 100년을 넘기는 한국 근대소설사가 안정적인 틀을 갖추기 시작한 것은 1930년대라고 할 수 있다. 새로운 문학을 도입하고 그것으로써 전대의 문학을 부정하는 근대문학 초창기의 급박한 양상이 정리되고 리얼리즘과 모더니즘, 대중문학이 안정적으로 자리를 잡는 정립상을 이룬 것이 바로 1930년대 문단이다. 한국 근대문학의 완미한 형성에 해당하는 이 시기를 상징하는 작품들이 이기영의『고향』과 홍명희의『임꺽정』, 이상의「날개」등인데,『삼대』또한 리얼리즘소설의 한 가지 전형으로서 이에 합류하고 있는 것이다.

『삼대』가 리얼리즘소설의 대표작으로서 갖는 특징이 셋째 의의를 이룬다. 뒤에서 구체적으로 살피겠지만,『삼대』는 1920년내 후반의 한국사회에 대한 전면적이고 심층적인 문학적 보고로서 가장 빼어난 작품에 해당한다. 염상섭은 일상의 세밀한 사항을 챙기는 미시적인 관찰력과 거시적인 역사적 안목 양자를 겸비하여 당대 사회의 세태와 본질을 공히 그려 보이고 있다. 이러한 성과는 작가의 이력과도 관련된다. 1920년『동아일보』가 창간될 때 정치부 기자로 언론계에 뛰어들어『조선일보』학예부장,『만선일보』주필을 역임하는 등 신문과 잡지, 출판계에서 사회를 조망하고 분석하는 안목을 기름과 동시에 지속적으로 소설을 써 왔기에 가능했던 성과라고 하겠다.

이상의 세 가지 의의만 떠올려도,『삼대』가 염상섭의 대표작이자 동시에 한국 근대소설의 가장 중요한 작품들 가운데 하나라는 점이 선명해진다. 이제 그 구체적인 양상을 서사구성과 인물구성, 장르적 특성 등으로 나누어 살펴보기로 한다.

2. 『삼대』의 복합적인 면모와 구성의 완결성

『삼대』가 보이는 두드러지는 특징은 다양한 인물이 등장하여 여러 가지 사건이 전개되는 대단히 긴 분량의 소설이되 작품 속의 시간은 상대적으로 매우 짧다는 데 있다. 짧은 시간 동안 맺히고 풀리는 방식으로 여러 사건들이 펼쳐지는 것이다. 이렇다고 해서 『삼대』가 읽기 곤란할 만큼 복잡다단하지는 않다. 사정은 반대인데, 지향성이 상이한 인물들의 서사가 돈 문제를 중심으로 결합됨으로써 긴박한 구성 양상을 보이고 있기 때문이다.

전체 36개 절로 이루어져 있는 『삼대』의 줄거리를 따라가면서 서사구성상의 특징을 정리해 보면 다음과 같다.[1]

1절 <두 친구>로부터 7절 <추억>까지는 주요 인물들이 등장하고 그들 간의 관계가 확인되는 부분이다. 1절에서는 조덕기와 김병화의 성격과 관계가, 한편으로는 그들의 언행을 통해 다른 한편으로는 바커스 주부의 시선을 통해 잘 드러나 있다. 2절 <홍경애>는 독자의 흥미를 끄는 서두의 역할을 충실히 한다. 덕기의 시선으로 홍경애의 변모 양상을 기술하고 홍경애의 말과 심정으로 덕기나 상훈과의 관계를 제시함으로써 이들의 운명에 대한 궁금증을 키워놓는 것이다. 3절 <이튿날>에서는 조씨 집안사람들의 면면이 드러나고 그들 간의 긴장 관계가 확인되며, 4절 <하숙집>과 5절 <너만 괴로우냐>에서는 병화가 하숙하고 있는 필순

---

1) 수많은 『삼대』의 판본들 중에서 신문 연재본을 저본으로 한 것은, 1995년 동아출판사 본과 2004년 문학과지성사 본, 그리고 본인이 책임편집을 맡은 글누림출판사의 2008년 본의 세 종류다. 아쉽게도 이들 모두 각각 2회씩 연재된 26절 <새출발>과 27절 <상점>을 하나의 절로 처리하여 전체 35개 절로 잘못 구성하고 있다(졸고, 『형성기 한국 근대소설 텍스트의 시학』, 소명출판, 2015, 176쪽 참조).

집안의 형편과 그 가족이 소개되는 한편, 부친과 의절하고 사회주의자가 된 병화의 내력과 덕기와 병화의 관계가 제시된다. 6절 <새 누이동생>에서는 홍경애 모녀와 홍경애의 딸, 덕기의 만남을 통해 조상훈과 홍경애의 관계 및 현재 상황이 알려진다. 7절 <추억>에서는 젊은 시절 조상훈의 행적과 홍경애 집안의 내력 등을 밝히는 한편 조상훈과 홍경애가 불행한 관계를 맺게 되는 양상을 세밀하게 제시하고 있다.

이상에서 보듯 처음 여섯 절은 『삼대』의 주요 등장인물들을 차례로 제시하는 역할을 하고 있다. 이와 더불어서 작품의 배경도 밝혀진다. '조 씨의 집—바커스—필순네 집—홍경애 집' 각각으로 공간이 이동하여 사건의 주요 무대를 알려주는 것이다.

8절 <제1충돌>부터 10절 <제3충돌>은 조씨 집안의 갈등 관계를 세 측면에서 보여주고 있다. 제삿날 벌어지는 '제1충돌'은 대동보소 이후의 중종 산소 논란을 통해, 조 의관이나 조창훈 등 반봉건적인 의식을 가진 인물들과 그에 맞서는 조상훈의 대립을 보여준다. 제사를 지낸 다음날 조 의관이 낙상하는 일로부터 촉발되는 '제2충돌'은 조 의관의 후실 첩인 수원집과 그보다 나이가 많은 며느리인 덕기 모친의 대립 관계를 제시하고 있으며, 그 다음날 벌어지는 '제3충돌'은 새로운 세대인 조덕기와 그 부친 조상훈의 갈등을 보여준다. 단 3일 동안 벌어지는 이러한 세 차례의 충돌은 처세를 달리하는 세대 간의 갈등이자 동시에 돈을 둘러싼 제 세력의 대립으로서, 『삼대』가 보여주는 사건 전개의 두 가지 축을 나타내는 것이다(다른 한 가지는 좌파 이데올로기상의 문제이다).

이후 11절부터 20절까지는 인물들의 관계가 좀 더 발전되면서 본격적인 사건을 예비하는 단계에 해당된다.

11절 <재회>부터 13절 <새 번민>을 통해서는 조상훈과 홍경애, 김병화의 삼각관계가 형성된다. 병화를 따라 상훈이 바커스에 들른 이후 벌어지는 3인의 소동과 교번소에까지 끌려가는 봉욕 및 그 이후 전개되는 상훈과 경애의 신경전을 통해서, 이들 세 인물의 성격 및 이중적인 생활을 하는 조상훈의 타락한 행태와 더불어『삼대』의 애정소설적인 면모가 잘 드러난다. 14절 <순진? 야심?>에서는 덕기와 병화의 편지를 통해서 필순에 대한 양인의 생각이 제시되는 한편, 필순 부친의 내력을 포함하여 그 가족의 상황이 드러나고 있으며, 15절 <외투>에서는 병화가 경애와 상훈의 관계를 명확히 알게 된다.

16절 <밀담>에 이르면 경애의 중개로 병화와 피혁이 만나게 되어,『삼대』의 중심 주제 중 하나를 이루는 사회주의 운동이 단초를 보이기 시작한다. 17절 <편지>는 병화에게 보낸 덕기의 편지를 필순이 보는 방식으로, 병화의 다소 편협한 주의주의적인 태도에 대한 덕기의 비판을 제시하고, 필순을 공부시키고자 하는 넉기의 의도와 그에 대한 필순의 생각을 보여준다. 이 절은, 사회주의 운동에 대한 조덕기 및 작가의 태도와 더불어 일본에 가 있는 조덕기가 내면적으로 좀 더 성숙해진 사실을 알려준다는 점에서 중요하다.『삼대』의 초반에 보이는 조덕기의 학생다운 미숙한 면모와 후반에서 확인되는 바 조 씨 집안의 기둥으로서 보이는 깐깐하고 줏대 있는 행동 사이의 변화에 개연성을 더해주는 것이다.

18절 <바깥애>로부터 20절 <가는 이>까지에서는, 한편으로는 매당과 김의경이 등장하고 수원집이나 최 참봉 등이 매당과 한패라는 점이 밝혀지며, 다른 한편으로는 미래를 잃고 몰락하는 상층 계급의 사람들과 원삼이와 같은 하층민이 대조되고 있다. 전자는 조씨 집안의 재산을 둘러싼 갈등의 기반이 좀 더 확대되는 것이며, 후자는 피혁의 본명이 확인되는 사실을 포괄하여 사회주의 운동의 지향을 선명히 드러낸 경우에 해당한다.

『삼대』가 담고 있는 사회주의 운동과 관련된 내용은 그다지 강조되지 않은 편인데, 해방 후에 나온 개작 단행본과도 달라서, 1931년의 연재본은 이 부분을 강조하지 않으면 작품을 제대로 읽은 것이 못 된다고 할 수 있을 만큼 사회주의자들의 언행이 중요한 비중을 차지하고 있다. 이런 내용이 연애소설적인 서사나 돈을 둘러싼 갈등과 긴밀히 연관되어 있는 것 또한 특징적이다. 위에 이어지는 21절 <활동>이 대표적인 예에 해당된 다. 피혁을 피신시키고 2,000원을 숨기는 비밀 운동과 더불어서 병화와 경애의 애욕이 증대되는 것을 섬세하게 포착하는 것이다. 병화가 필순에 게 모스크바 유학을 권한 뒤 덕기의 제안을 알려주고, 덕기에게 부치는 답신을 통해서 덕기가 아니라 자신이 시대의 동화자라고 주장하는 22절 <답장> 또한 『삼대』의 사회주의적인 내용 요소를 잘 드러내준다.

23절 <전보>에서 25절 <입원>은 조 의관의 사망을 전후하여 벌어 지는 이 집안의 암투를 집약적으로 보여준다. 조 의관의 명에도 불구하고 덕기에게 전보를 치지 않은 조창훈 일파의 행동은 돈에 대한 그들의 집착 을 짐작하게 한다. 조부에게서 금고 열쇠를 받은 덕기가 직접 전보 사건 을 확인하고 창훈을 경계하는 점이나 죽기 직전 유서를 작성하여 덕기를 중심으로 재산을 분배해 놓는 조 의관의 일처리 내용 등은, 가문의 재산 을 지키려는 중상층 부르주아의 면모를 잘 보여준다. 이 연장선상에서, 비소 중독이라는 조 의관의 사인을 둘러싼 해부 사단은 재산을 둘러싼 부 르주아 십안 내의 다툼이 얼마나 치열하고 비인간적인 것인지를 압축적 으로 제시하고 있다.

26절 <새 출발>로부터 29절 <취조>까지는 사회주의자들의 이야기 가 중심을 차지한다. 반찬가게 산해진을 차려 자신을 위장하고 생활에 열 심인 것처럼 보이는 병화의 모습이 제시된 뒤, 병화와 필순 부친, 경애가 장훈이 패에게 봉욕을 당하는 사건과 그 내막이 밝혀지고, 사건 관련자들 의 취조와 필순 부친의 입원 관련한 덕기의 활약과 그에 대한 필순의 태 도 변주가 제시된다. 사회주의 운동의 내밀한 면모와 산해진이 갖는 상징 적인 의미가 형상화되는 한편, 덕기와 필순의 내면의 관계가 무르익기 시 작하는 부분이다.

다음 절들은 산해진 사람들과 대조되는 인물들의 티락상을 보여주는 기능을 한다. 30절 <부모>는 경애 모친이 세속적으로 변화된 모습을 그리는 한편, 조상훈이 김의경을 들이자 덕기 모친이 큰집으로 이사하는 사건을 제시하고, 31절 <고식>은 덕기가 몸져눕자 필순이 두 차례 병문안을 오는 과정을 통해서, 필순의 처녀다운 공상과 병화와의 결혼을 거론하는 덕기의 제안에 대한 그녀의 반응을 섬세하게 묘파하는 한편 필순과 덕기를 욕하는 모친과 그에 맞장구치는 덕기 아내를 보이고 있다. 32절 <소문>에서는, 의사에게 돈을 주었다는 소문을 병화가 전하면서 절정이 예고되는 한편, 병화에게 필순과의 결혼 말을 꺼내는 덕기가 스스로의 위선을 자각한다.

33절 이하는 복잡다단하게 전개되어 온 사건들이 한꺼번에 응축되어 터지고 해결되는 과정에 해당한다. 33절 <용의자의 떼>에서는 조 의관의 비소 중독 사망 사건과 산해진의 김병화―홍경애 문제로 덕기 등 관련자 전원이 경찰에 소환된다. 덕기가 취조 받는 와중에 조상훈이 가짜 형사를 데리고 와서 금고를 열고 문서류를 빼내 가는 사건이 34절 <젊은이 망령>에서 그려진다. 35절 <피 묻은 입술>은 잡혀와 조사를 받던 장훈이의 자결 사건을 간명하게 다루고 있다. 사회주의자의 꿋꿋한 최후를 장렬하게 그린 것이어서 사회주의에 대한 『삼대』의 태도를 재고해 볼 여지를 강화하는 부분이다. 여기에서 피혁의 존재와 피스톨, 폭발탄 등이 경찰에 포착되었음이 확인된다. 작품을 끝맺는 36절 <석방>은 김의경과 돌아다니다 잡혀온 조상훈이 덕기 앞에서 심문을 받는 과정을 매우 상세하게 그리고 있다. 순사부장이 상훈을 훈계하듯 비판하는 내용을 통해 부정적인 인물의 부정성이 도드라지고 있다. 덕기가 병으로 석방되고 필순의 부친이 사망한다. 부친 및 서조모 사건은 검사국으로 이관되리라 추정되는 반면, 김병화 사건은 지연될 것으로 예측되며 작품이 종결된다.

이상의 정리를 통해 세 가지 사실이 확인된다. 첫째는 앞에서 말했듯이 『삼대』가 방대한 분량에 비추어 대단히 압축적으로 구성되어 있다는 점이다. 적지 않은 인물을 등장시켜 복잡다단한 사건을 펼쳐내면서도 이 소설이 구성상의 완결을 이룰 수 있었던 것은 다음 세 가지에 의한다. ① 공간적 배경을 서울로 한정한 점. 이 점은 중요하다. 조덕기가 일본에 가 있는 동안 사실상 그는 부재하게 될 만큼, 서울 그것도 걸어서 왕래할 수 있을 만큼 가까운 거리에 사건의 주요 무대들이 자리 잡고 있음으로써 인물들이 담당하는 사건들이 보다 자연스럽게 얽히게 되었다. ② 시간적 배경이 짧은 점. 첫 장면에서 조 의관의 사망까지는 여러 날이 걸리지 않으며 전체 인물이 줄줄이 잡혀 취조를 받는 것 또한 장례 이후 한 달 정도밖에 지나지 않아서다. 초하루를 보내 해가 바뀌긴 해도 겨울 한철의 두어 달 사이에 모든 사건이 전개되는 것이다. ③ 앞서 지적했듯이 서울을 중심으로 짧은 기간에 모든 사건이 벌어지기 위해서는 이들 사건이 모이는 구심점이 있어야 하는데, 『삼대』에서 그것은 '돈' 문제로 설정되어 있다. 『삼대』에서 사건을 추동하는 돈은 두 종류이다. 하나는 피혁이 병화에게 맡긴 운동자금으로서 병화와 경애의 서사, 산해진 서사, 장훈이 일파의 등장 등이 이에 집중되어 있다. 다른 하나는 조 의관이 남긴 유산으로 조씨 집안의 모든 사람과 최 참봉, 매당집 등이 관여되는 사건들이 이를 둘러싸고 벌어진다. 이렇게 두 종류의 돈이 복잡다단한 사건을 일으키고 있지만, 사법 당국의 입장에서 보면 동일한 돈으로 간주되어 모든 인물과 더불어 사건들 또한 단일한 초점으로 응축되는 것이다.

복잡다단한 사건이 돈 문제를 중심으로 결합되어 자연스럽게 해소되는 이와 같은 구성적 완결성은 당대 일류의 소설가로 꼽히는 염상섭의 작가적 역량을 증명하는 것이다.

서사 정리를 통해 확인되는 둘째 사실은 『삼대』가 보이는 사건의 중층적인 성격이다. 조씨 집안의 재산 관련 사단과 김병화 등의 사회주의자 사건이 두 가지 주요 사건인 점은 분명하지만, 이 소설은 그 외에도 홍경애-김병화-조상훈의 삼각관계와 조덕기-필순의 연애 사건을 비중 있게 다루고 있다. 여기에 더하여 조상훈과 홍경애의 과거 연애와, 조상훈과 김의경의 관계 등까지 고려하면『삼대』의 연애소설적인 면모를 강조하지 않을 수 없다. 여러 유형의 연애가 대비됨으로써 문제적인 양상에 대한 비판의 효과를 증폭시킨 점도 덧붙여 둔다.

끝으로 사회주의 운동에 대한 긍정적인 시선을 강조할 필요가 있다. 이 점에 대해서는 일부 연구자들을 제외하고는 대체로 그다지 주목하지 않거나 의미를 부여하지 않는 경향을 보여 왔다. 그러나 김병화나 피혁, 장훈이 등과 같은 주의자의 형상화가 전체적으로 보아 긍정적으로 되어 있다는 사실을 외면해서는 안 된다. 당대의 계급 상황이나 미래 전망 면에서 김병화는 사회주의자로서 자신의 신념을 명확하게 제시하고 있으며, 경찰서에서 자결하는 장훈이의 면모는 군더더기 없이 장렬하게 형상화되어 있다. 여기에 더하여, 덕기가 하숙에 두고 나온 책들 중에 마르크스와 레닌에 관한 저서가 유난히 많아 금천 형사로부터 동정자(Sympathizer)로 규정되는 점 등에서 명확히 확인되듯이, 조덕기의 변화도 비슷한 방향으로 설정되어 있는 점이 강조되어야 한다. 이는 작가의 세계관에 구애받지 않고 당대의 현실을 적확하게 포착한 결과로서 '리얼리즘의 승리'에 해당하는 성과라 할 것이다.

3. 현실을 드러내는 다섯 가지 양상

앞에서 우리는『삼대』를 한국 리얼리즘소설의 중요 대표작으로 꼽고, 한국사회에 대한 전면적이고 심층적인 문학적 보고라고 언급하였다. 인물구성상의 특징을 중심으로 하여 그 구체적인 내용을 풀어보는 것이 이 자리의 몫이다. 리얼리즘소설로서『삼대』가 보이는 시대성 · 사회성은 다섯 가지 측면에서 지적할 수 있다.

『삼대』에서 확인할 수 있는 사회 반영적인 특징 중 첫 번째는 세대 간의 차이이다. 『삼대』는 제목에서부터 확인되듯이 조부손 세 세대가 있는 조씨 집안의 인물들을 수직 축으로 이야기가 구성된다. 구한말 세대인 조의관과, 개화파 세대라 할 조상훈, 당대의 신세대에 속하는 조덕기가 그들이다. 각 세대의 삶의 역정이 비례적으로 그려지지는 않은 까닭에 가문 소설과는 구별되지만, 이들 세 사람은 1920년대 말의 식민지 조선 사회를 압축적으로 보여주는 기능을 하고 있다.

조 의관은 살림 규모가 짜인 사람이지만 평생에 세 가지 오입을 했으니, 하나는 을사조약 무렵 2만 냥으로 벼슬을 산 것이고, 둘은 아들을 바라고 수원집을 들인 것이며, xx씨의 족보에 덤붙이가 되고자 대동보소를 꾸리고 20만 냥 4,000원을 낭비한 것이 셋째이다. 이런 조 의관이 산소 치레 건으로 조씨 문중 사람들과 줄다리기를 하던 중에 병석에 눕게 된다. 내일을 기약할 수 없게 된 조 의관에게 가장 중요한 것은 금고와 사당을 지키는 열쇠를 후손에게 넘겨주는 것이다. 봉건시대의 가부장적인 가문 의식에 깊이 빠져 있는 까닭이다. 따라서 그는 기독교를 믿는다 하고 황음에 빠져 있는 아들 조상훈을 건너 뛰어 손자인 조덕기에게 재산을 넘겨주게 된다.

가운데 세대인 조상훈은 『삼대』에서 가장 생생하게 그려진 인물이라 할 수 있다. 그는 '가장 불안정한 번민기에 있는' 세대에 속한 '어지중간에 선 사람'이다. 이러한 점은 그의 성격 변화에서 잘 드러난다. 젊은 시절 교계의 유망한 선지자였던 조상훈은 제 세대와 신세대에 대한 이해를 갖추었으나 '위선적 이중생활이나 이중성격'에 빠져있는 상태이며, 부친 조 의관의 사망 이후에는 '신앙과 빵을 걷어치운 상태'에서 갖은 타락상을 다 보이다 급기야 가짜 형사를 대동하고 재산을 노리게까지 되는 파렴치한 인물로 변모한다. 이는 한 개인의 타락이면서 동시에 이른바 개화 세대의 역사적 역할이 실패했다는 작가의 판단을 대변하는 것이기도 하다.

끝 세대인 조덕기는 23세의 청년으로서 『삼대』를 기준으로 보면 미래

세대에 해당한다. 도덕적으로 타락한 부친이나 역사의 흐름을 거스르려는 조부에 대해서 비판과 더불어 이해의 눈길을 보냄으로써 이전 세대의 삶을 역사적으로 정리하고 있다. 조덕기의 면모는 비정형적이며 복합적이다. 이는 두 가지 측면에서 확인된다. 사태를 단순화하지 않고 명암의 두 측면을 세심히 갈라서 바라보는 성품이 첫째 요인인데, 이는 자기 세대의 정체성과 시대적 사명을 찾아가는 부르주아 청년 계층의 반영이라 할 수 있다. 둘째는 사회주의자인 친구 김병화와의 교류와 미래의 주역에 해당될 필순에 대한 태도에서 드러난다. 한편으로는 김병화를 후원하는 동정자의 면모를 띠고 있지만 다른 한편으로는 그와 사상적·이념적으로 긴장 관계를 유지함으로써 자신의 정체성을 찾고자 한다. 필순과의 관계에서도 그녀에 대한 후원 의지와 더불어 자신의 위선에 대한 경계를 동시에 보임으로써 아직 정형화되지 않은 세대의 면모를 보인다. 이러한 점은, 재산을 물려받은 뒤 부잣집 주인으로서 깐깐한 태도를 갖추는 한편 단순한 금고지기로 남지는 않으려 하는 지향에서도 확인된다.

이렇게 『삼대』는 조 의관의 죽음과 죄인이 되는 조상훈의 타락한 삶의 말로, 조덕기의 가업 계승을 통해, 1930년대로 진입하는 근대사를 정리하는 한편 앞으로 나아가야 할 미래를 모색하고 있다. 이러한 세대 파악은 조씨 세 사람에 한정되지 않는다. 조 의관을 옹위하고 있는 조창훈과 최참봉 패거리나, 조상훈 주변을 채우는 매당집 패거리, 조덕기와 관계되는 병화 등으로 해서 동시대의 중층적인 역사성을 두텁게 보여주고 있는 것이다. 한편으로는 덕기 모친을 옛 세대로 덕기 처나 홍경애를 당대 세대로, 필순이나 김의경 등을 미래세대로 하여 여성의 측면에서 사태를 조망할 수도 있다.

『삼대』가 보이는 시대성·사회성 파악의 둘째 측면은 사회 경제적으로 다양한 계층을 아우르고 있는 점에서 찾아진다. 중상층 부르주아라 할 수 있는 조씨 삼대가 한편에 있고 김병화, 필순 가족, 원삼이 내외 및 병문

친구들로 대표되는 하층민들이 다른 한편에 맞세워져 있으며 그 가운데에 매당집 패거리나 김의경 집안, 홍경애 등이 포진함으로써 당대의 제계층이 두루 포착되어 있다. 여기에 더하여 권력 집단인 고등계 형사들과 최상류층인 의사 등까지 더하면『삼대』야말로 당대의 사회계층을 두루 꿰고 있는 작품임이 분명해진다.

사회 경제적인 계층이 사회 상태를 알려주는 종적인 단면이라면, 이념적 지향성은 횡적 단면에 해당되는데, 이 점에서도『삼대』는 포괄적인 면모를 보인다. 이데올로기상의 좌우를 두루 아우르고 있는 것이다. 급진적 · 진보적인 세력으로는 김병화와 필순 부친, 피혁, 장훈이, 경애의 부친이 등장하고, 수구적 보수 세력으로 조 의관과 조창훈 등이 그 맞은편에 자리하며, 이들의 중간에 조덕기와 홍경애, 필순이 존재한다. 인물들을 이렇게 배치함으로써『삼대』는 당대의 이념적 지형도를 파노라마식으로 폭넓게 보여주고 있다.

한편으로『삼대』는 당대 사회의 윤리적인 스펙트럼도 형상화하고 있다. 조상훈과 매당집, 수원집, 김의경, 최 참봉, 조창훈 등이 부정적인 인물군이라면, 조덕기와 김병화, 피혁, 장훈이, 필순 등이 긍정적 인물로 그에 대치하고 있으며, 이들 중간에 홍경애 모녀, 원삼이 내외 등이 자리하고 있는 것이다.

이상의 네 가지 특징은『삼대』의 리얼리즘적인 현실 형상화의 성과를 인물구성을 중심으로 살펴본 것이다. 등장인물들이 세대, 계층, 이념, 윤리적인 차이를 두루 아우르는 다양한 층위에서 교직됨으로써 당대 사회의 제 양상을 포괄적으로 드러내주고 있음을 확인해 보았다.

『삼대』의 시대성 · 사회성 측면은 이 소설에 드러나는 다양한 공간들을 통해서도 잘 드러난다. 식민 지배세력을 나타내는 권력 공간으로 경찰서, 교번소가 한쪽에 있고, 부유층의 공간으로 조씨 집안이 그 옆에 놓이며, 당시의 세태를 드러내는 유흥 · 향락 공간으로 매당집이나, 요릿집,

청목당, 바커스 등이 등장한다. 이와 더불어 필순이네의 서민 집안과 원삼이네 및 병문의 하층민 공간이 자리하고, 미래의 대안 공간으로 김병화가 차린 반찬가게 산해진이 등장한다.

『삼대』는 한 인물이 이질적인 공간에 들어갈 때마다 세밀하고도 현실적인 배경 묘사를 제시함으로써, 각각의 공간이 갖는 사회적인 의미를 함축적으로 드러내는 방식으로 당대 사회의 면모를 폭넓게 드러낸다. 『삼대』의 공간이 보여주는 시대성·사회성은 보다 집약적으로 나타나기도 한다. 조 의관의 죽음을 앞두고 돈을 둘러싼 암투가 벌어지는 조씨 집안의 음산한 공기와, 따로 주인이 없는 운영 방식이나 김병화의 말을 통해서 드러나는 바 산해진의 공동체적이고 미래의 해방구적인 분위기의 대조가 그것이다.

4. 『삼대』의 재미

『삼대』가 갖는 문학적 의의는 앞서 지적한 리얼리즘적인 사회 반영의 측면에서만 찾을 수 있는 것이 아니다. 식민지 시대를 대표하는 뛰어난 소설로서 『삼대』는 읽는 재미도 풍성하게 갖추고 있다.

이 면에서 첫손에 꼽을 것은, 한국소설사 전체에 걸쳐 가장 뛰어난 경우로 지적되는 인물의 심리묘사이다. 다양한 사건들을 긴박하게 전개시키고 하나의 초점으로 응축시키는 구성력이 빼어난 것도 사실이지만 『삼대』의 소설적 밀도를 높여주는 궁극적인 요소는 인물들의 심리에 대한 섬세하고도 치밀한 묘사 태도이다. 『삼대』가 보이는 인물 심리묘사의 기본 방식은 두 가지이다. 하나는 주요 등장인물들의 자의식과 심리 상태를 날카롭게 해부하는 것이며, 다른 하나는 상호관계에 있는 인물들이 끊임없이 상대를 의식하게 설정하는 것이다.

이 위에서 어느 일방의 시선에 갇히지 않고서, 인물들의 미묘한 심리전을 이중삼중으로 치밀하게 묘사하는 것이『삼대』의 주요 특징에 해당한다. 그 결과『삼대』의 인물들은 누구 하나 단선적이지 않다. 정도의 차이는 있어도 이들은 모두 섬세하거나 노회하고, 배려심이 많거나 의심투성이며, 의뭉스럽거나 표리부동한 면모를 띤다는 점에서 공통된다. 이 소설의 심리묘사는 사건의 전개에 있어서도 큰 역할을 한다. 심리묘사는 조씨 집안사람들 간의 시기와 견제 등을 풍성하게 형상화해주며, 병화와 경애 등의 행적 및 애정 관계의 변화 양상을 구체화하고, 주의자들의 동태를 적절하게 암시하는 외에 향후 벌어질 사건을 알려주는 복선의 구사에도 기여하고 있다.

빈번하고도 중층적인 심리묘사가 만연체 문장을 낳고 조금 지루한 느낌을 줄 수도 있지만, 일단『삼대』의 문법에 익숙해지고 심리묘사의 위와 같은 기능 및 효과를 맛보기 시작하면 바로 이러한 심리묘사 때문에『삼대』를 읽는 일이 대단히 즐거워지게 된다. 인물의 내면을 들여다보는 것만큼 흥미로운 일도 없는 까닭이다.

『삼대』가 보이는 묘사 방식의 특장을 지적하는 자리에서는 인물의 심리묘사 외에 객관 현실의 제 측면에 대한 묘사도 빼놓을 수 없다. 이 소설에서 공간적 배경이 바뀔 때 두드러지는 특징은, 새로운 장소에 대한 작가의 시선이 객관적이고도 날카롭다는 데 있다. 빈부의 공간이나 유흥 장소 등을 아울러 묘사하는 폭넓은 시야 속에서『삼대』는 리얼리즘과 모더니즘의 요소를 망라하는 시선을 구사하고 있다. 일상성의 감각과 이념적 · 도덕적 지향성을 겸비하여 공간의 현실적인 본질과 더불어 문화적 · 현상적인 특성을 함께 포착하고 있는 것이다.

『삼대』가 보이는 언어 구사의 풍성함도 빼놓을 수 없다. 평양의 부잣집 자제인 김동인이 서울 중인 출신 작가 염상섭의 재능으로 부러워했던 것이 바로 표준어의 정확한 구사를 위시한 풍부한 언어 사용 능력이었음은 잘 알려져 있다.『삼대』에서도 이러한 면모가 유감없이 발휘되어 있다. 무엇보다도 각계각층의 인물들이 그에 걸맞은 문체를 사용하여 리얼리티를 증대시키는 점과, 관용적인 표현을 적재적소에 배치하여 의미의 명확성과 깊이를 갖춘 사실을 지적할 수 있다.

　신문연재소설로서『삼대』는 대중 독자가 읽기에 좋은 요소들 또한 적절히 갖추고 있다. 연재 단위로 서사를 분절하거나 하는 식으로 대중의 기호를 좇지는 않고 있지만, 앞서 지적한 바 주요 인물들 간의 관계에서 보이는 연애소설적인 요소로 독자의 호기심을 증대시키는 것은 분명한 사실이다. 이 외에도 병화와 피혁, 장훈이 등 사회주의자의 서사가 탐정소설적인 흥미 요소를 갖추고 있는 점도 이 맥락에서 특기할 만하다. 이러한 측면은 이들의 비밀운동에 국한되지 않고 좀 더 폭넓게 확인된다. 예컨대 새로운 인물이 등장하거나 새로운 배경이 제시되거나, 인물들 간의 관계가 베일을 벗는다거나 하는 데 있어서 정체를 서서히 밝혀 주는 기법을 주로 쓰는 점도 이와 관련하여 지적할 수 있다.『삼대』가 지니고 있는 흥미 요소와 관련해서 끝으로 명확히 해 둘 점은, 연애소설이나 탐정소설 등 장르소설적인 요소를 보이긴 하되, 이것이『삼대』의 주제의식이나 작품의 질을 떨어뜨리는 부정적인 기능을 하지는 않는다는 점이다. 전체 서사와 밀접히 관련되어 그 기능이 한정되어 있기 때문이다.

5.『삼대』의 주제효과와 현재적 의의

　『삼대』의 성과와 특징에 대한 이상의 논의를 통해 우리는 다음 세 가지 사항을 확인하였다.『삼대』야말로 1920년대 후반의 식민지 현실에 대한 종합적 지형도에 해당하며, 당대 현실을 치열하게 탐구하는 작가정신이 낳은 한국 리얼리즘소설의 중요한 성과 중 하나이고, 문학사에 남는 정전正典이면서도 장르소설적인 요소를 두루 갖춘 종합적인 면모를 성공적으로 보여준다고 하였다.

이러한 세 가지 특징은 그대로 『삼대』의 주제효과에 해당되기도 한다. 현실의 전면적 형상화와 이념 및 경제를 중심으로 한 사회문제에 대한 규명, 사랑과 욕망의 다양한 양상을 구현한 것 모두가 이 소설이 우리에게 주는 메시지인 까닭이다. 장편소설이 우리에게 펼쳐 보이는 의미망이란 대부분의 경우 매우 복합적인 것이기 때문에, 한 가지 메시지를 환기시키는 '주제'보다는 다양한 의미 효과를 가리키는 '주제효과'라는 개념이 더욱 적절한 법인데, 『삼대』야말로 주제효과 면에서 타의 추종을 불허할 만큼 풍부한 면모를 보이는 소설이라 할 수 있다.

　위의 세 가지에 더하여, 오늘의 시점에서 『삼대』를 읽는 우리들에게 각별한 의미를 가지는 두 가지 주제효과를 정리하는 것으로 이 글을 맺고자 한다.

　첫째는 『삼대』에서 보이는 '돈'의 의미이다. 『삼대』에서의 돈은 서사 구성의 완결에 있어 중요한 역할을 하는 외에, 내용면에서 사람들의 탐욕의 대상으로 기능하고 있다. 조 의관을 둘러싼 인물들은 모두 그의 재산을 바라고 서성대며, 그의 사후 그 재산을 조금이라도 더 챙기기 위해 동분서주한다. 이러한 설정은 우리 시대까지 포함하는 근대사회의 사람살이가 돈을 목적으로 하게 마련이라는 작가 염상섭의 판단에 의한 것이다.

　염상섭이 파악한 바, 근대사회를 사는 사람들의 목적은 거의 맹목적으로 돈을 획득하고자 하는 데 놓여 있다고 하겠다. 김의경이 보여 주듯이 돈을 추구하는 데는 사회적 지위나 체면이 아무런 의미도 갖지 못하며, 매당과 수원집 일당이나 조상훈이 보여 주듯이 돈을 얻기 위해서는 아무 거리낄 것도 있을 수 없다. 돈은 홍경애의 모친의 경우에서 보이듯 사람의 인성을 파괴하기도 하며, 더 나아가 사회주의자 조직 내에서도 돈을 우려내기 위한 작태를 보이게까지 한다. 이렇게 돈을 추구하는 사람들의 욕망을 적나라하게 드러내고 그 부정적인 결과를 폭로하는 것이 『삼대』의 한 가지 중요 주제라 하겠다.

『삼대』가 보여 주는 다른 한 가지 주제는, 암울한 현실 속에서 어떻게 살아나가야 할 것인가 하는 문제의 조명이다. 작품 전체에 걸쳐서 이 문제와 씨름하는 인물이 바로 조덕기이다.『삼대』에 드러난 조덕기의 고민은 우리와 무관한 것이 아니다. 한 개인이 자신의 인생을 개척해 나아가는 데 있어서 어떤 주어진 틀에 의지하지 않고 주체적으로 새로운 길을 뚫고자 하는 것은 근대인의 숙명에 해당하는 것이어서, 21세기를 사는 우리에게도 여전히 현재적인 문제이기 때문이다. 이러한 주제효과 면에서 보자면『삼대』의 의의는 아직도 현재진행형이라고 할 수 있다.

조덕기를 연재본『삼대』의 주인공으로 볼 경우 삶의 방식에 대한 그의 고민이라는 주제효과는 절대 빼놓을 수 없는 항목이 된다. 부유한 집안의 상속자로서 동정자의 삶을 살면서 제 주관을 살리고자 하는 그의 노력은, 시대를 뛰어넘어 모든 사람의 인생행로에 귀감이 되는 것이라 할 수 있다. 단순한 금고지기로 생을 마감하지는 않고자 하는 조덕기의 이상은, 한편으로는 동정자로서 병화를 거드는 행위로 다른 한편으로는 불우한 환경 속에 있는 필순을 돕고자 하는 것으로 표현된다. 전자는 사법 당국의 취조로 귀결되는 데서 보이듯 시대적인 한계에 막바로 닿아 있는 것이며, 후자는 홍경애를 망쳐 놓은 아버지 상훈의 경우를 떠올리지 않을 수 없는 데서 알 수 있듯 실상 매우 미묘한 경우에 해당된다. 이러한 미묘함이 보편적인 의미망 속에 놓이는 까닭에, 조덕기의 고민은 오늘을 사는 우리에게도 깊은 울림을 주게 된다.

필순을 돕고자 하는 조덕기의 행위가 갖는 보편적인 성격은, 그러한 시도가 맞닥뜨리게 되는 문제 상황에서 확인된다. 이러한 상황의 본질이란 바로 '순수한 이상을 세속적인 욕망으로부터 지켜내는 일'의 어려움에 놓여 있다. 이상과 욕망이 별개의 것으로 분리될 수 있는 것은 아니지만 이상이 욕망에 짓밟히는 경우에 진정한 진보가 불가능함은 부정할 수 없는 사실이다. 따라서 필순을 돕고자 하는 덕기의 지향과 그에 따르는 자기 검열은, 이상을 발현시키는 진정한 진보의 도정을 모색하는 보편적인 문제라는 점에서, 21세기를 사는 우리에게도 현재적인 의미를 갖는다. 지금 이 자리에서 『삼대』를 읽어볼 이유와 가치는, 바로 이러한 점에서 찾아진다.

보론 3. 이상 소설의 자의식

1. 이상과 김해경 그리고 '부부관계 연작'

이상 김해경의 문학세계에 진입하는 일은 어렵다. 여러 장애가 있기 때문이다. 본격적인 장애로 들어가기 전에 문지방처럼 걸리는 첫째 관문이 있다. '김해경의 문학'이 아니라 '이상 문학'이라는 자동화된 인식이 그것. 한국 근현대 문인 치고 호나 필명이 없는 경우가 없고 그것이 본명보다 더 자주 쓰이는 경우도 적지 않지만, 김해경의 경우처럼 이상이라는 필명이 본명을 가리다시피 한 경우는 없는 듯하다.

여기에는 여러 사정이 있다. 김해경 스스로 자신의 작품 속에 '이상'이라는 필명을 적극적으로 구사한 점이 근본원인이 될 것이다. 이와 더불어서 후대의 연구자들에 의해 세워진 '이상 문학이라는 성채'를 꼽을 수 있다. 1950년대에 이어령과 임종국에 의해 만들어진 이후 수많은 비평가와 연구자들에 의해 공고해진 이 성채가 실제 작가 김해경을 가리고 있는 것이다. 이 둘은 긴밀히 관련되어 있어서 '이상(김해경)의 문학이란 바로 그 자신의 삶'이라는 인식을 널리 퍼뜨리기에 이르렀다. 이러한 인식 속에서 장르의 경계가 의미를 갖기 어려운 것은 당연지사, 이상 문학 전반을 대상으로 한 최근의 여러 논의들이 보이는 난해함의 주요한 이유를 여기서 찾을 수 있다.

요컨대 김해경이 아니라 이상이 앞에 나섬으로써 김해경의 문학세계를 이해하는 일이 어려워진 것인데, 이러한 사정을 밀도 있게 풀어낸 것이 바로, 우리 시대의 빼어난 소설가 중 하나인 김연수가 쓴 『꾿빠이, 이상』(2001)이다. 이상 김해경의 문학과 그에 대한 담론들 중에서 일반인이 접근하기에 별 어려움이 없는 유일한 경우가 바로 이 소설이지 싶다.

이야기가 시작된 김에, 김해경의 문학에 대한 감상을 어렵게 만드는 장애에 대해 조금 더 부연해 두자. 종류도 성격도 각기 다르지만, 이들 장애는 간단히 둘로 나누어 볼 수 있다. 앞에서와 마찬가지로, 하나는 작가 스스로가 만들어 둔 것이고 다른 하나는 후대의 연구자, 비평가 들이 구축한 것이다. 따라서 작품 자체도 이해(감상이 아니다!)하기 곤란한데, 그에 대한 해설이나 연구 또한 난해하기 이를 데 없는 형편이 되었다. 독자의 입장에서 보자면, 이상 김해경의 작품들을 맞대면하는 어려움을 덜려고 비평 등에 의지하려다 완전히 의욕을 잃게 되고 마는 셈이다.

시의 경우를 보자면 전자가 주요 요인이고 후자는 그에 따라 다소 불가피하게 초래된 셈이라 할 수 있다. 「오감도」나 「삼차각설계도」, 「건축무한육면각체」 연작시들은 의미의 모호성은 당연한 일이라는 듯, 심상이나 정조조차 흐릿하거나 거의 없다시피 하다. 따라서 이를 해석하려는 시도는 막막한 만큼의 자유를 누리게 되었다. 비평과 연구의 경계를 말하는 것이 헛될 만큼 자유로운 해석의 구름이 짙게 형성된 것이다. 결과, 이상의 시 세계는 더욱 알 수 없는 것이 된다.

그러나 소설의 경우는 상황이 다르다. 물론 여기서도 연구자나 평자 들의 자유로운 해석의 경향은 짙지만, 그걸 걷어낼 여지가 상대적으로 강하기 때문이다. 김해경의 소설을 쉽고도 올바로 이해하기 위해 우리가 기댈 수 있는 것은 무엇인가? 답은 간단하고 길은 명확하다. 바로 소설 장르의 기본 특징에 주목하는 것이다. 무릇 소설이라는 장르는 '작품 내 세계'와 사건·갈등, 인물을 요구하게 마련이나. 이상의 소설 또한 예외가 아니어서 이러한 기본적인 장르 문법을 실증적으로 검토하는 것만으로도 그의 소설을 충분히 감상·이해할 수 있다. 물론 소설에서도 이상 특유의 실험 정신이 드러나 있기는 하지만, 예컨대 누보로망에 해당될 만큼 그러하지는 않다. 아마도 소설을 대하면서는 김해경이 시에서만큼 실험정신을 펼치지 못했거나, 누보로망에 해당하는 것이 그 시대 그가 참조할 수 있는 곳에 없었기 때문일 것이다.

이 글에서는 바로 이렇게 '김해경의 소설'을 하나의 분석 대상으로 놓고 소설 장르의 기본적인 특징에 주목하여 작품을 꼼꼼히 읽고자 한다. 특히 서사구성과 인물구성상의 특징을 실증적으로 살피고 그로부터 작품의 주제효과를 추론하고자 한다. 논의를 간명히 하기 위하여 대상 또한 제한한다. 김해경의 소설 중에서 '부부관계'를 집약적으로 드러내는 두 편의 소설 곧 「지주회시」와 「날개」를 다룬다. 이 두 편은 모두 1936년에 발표되었는데 남자 주인공이 아내에게 기생하게 되고 끝내 부부관계가 파탄 나 좌절하게 되는 연속적 스토리를 보여 줌으로써 '부부관계 연작'이라 할 만하다. 또한 이 두 편은 김해경의 단편소설들 중에서 비교적 뚜렷한 스토리-선을 가졌다는 공통점도 보인다. 소설 장르의 기본적인 특징에 어느 정도 충실한 작품들인 것이다.

2. 세상에 대한 자괴감과 남편으로서의 정체성 상실

『중앙』지 1936년 6월호에 발표된 「지주회시」는 몇 가지 점에서 낯설게 다가온다.

제일 먼저 눈이 가는 제목부터가 잘 쓰이지 않는 한자를 이용해서 독자를 당황케 한다. 거미를 뜻하는 '지주䵷蠅'는 말할 것도 없고 '돼지를 만나다'라는 '회시會豕' 또한 자연스럽지 않다. 이 어려운 한자를 풀어 제목의 뜻을 말하자면 '거미가 돼지를 만나다'가 될 터이다. 이러한 제목 구성은 상징적 해석의 유혹을 강하게 불러일으킨다. 소설을 상징적으로 읽는 것은 일반적으로 바람직하지 않지만, 이런 경우는 작품 속에서 '거미'와 '돼지'에 해당되는 인물을 찾게 마련이다. 결과는 '거미-돼지'의 구도가 선명하게 드러나는 것이어서, 이상의 소설은 이해하기 어렵다는 통념을 깨 준다.

「지주회시」의 또 다른 낯선 점은, 의도적으로 띄어쓰기를 무시하는 데서 온다. 이러한 표기법은, 문학의 질료인 언어의 구사방식에 있어서 일상적인 용법과 차이를 보이는 것이어서, 러시아형식주의자들이 문학의 특징이라 규정했던 '낯설게 하기'에 해당된다. 기호로서의 언어의 일반적인 기능은 자신을 숨기고 의미를 드러내는 것인데, 이 경우에는 낯선 사용법으로 인해 언어 기호 자체가 부각되고 있다. 물론 중요한 것은 그 효과이다. 띄어쓰기 규정을 무시하는 표기법은, 독자가 일단 작품을 읽기로 한 이상 평소 이상의 집중력을 요하게 된다. 요컨대 독자가 텍스트에 보다 밀착되게 하는 효과가 생기는 것이다. 이러한 효과는, 인물들의 대화가 따로 표시되지 않고 서술자의 말과 섞여 있으며, 서술시점 또한 자유자재로 변하는 사실에 의해 한층 강화된다.

이렇게 「지주회시」에서 김해경은 낯설고 상징적인 제목을 달고 띄어쓰기를 무시하며 서술 면에서 몇 가지의 형식적인 특성을 가미함으로써, 독자들의 주의를 한층 끌어올리려 하고 있다. 이를 통해서 제시하는 주제 효과를, 작품을 따라가며 밝혀 본다.

「지주회시」는 번호를 붙인 두 부분으로 단순하게 이루어졌으며, 공간 배경은 지금의 서울인 경성, 시간적 배경은 크리스마스와 그 다음날의 이틀이다(물론 회상 부분을 넣으면 사정이 달라진다). 등장인물도 단출하다. '그'와 아내가 한편에 있고 '그'의 친구로서 지금은 A 취인점에서 일하는 '오', A 취인점의 전무, 아내가 일하는 'R 까페'의 주인, 다른 까페의 여급으로 '오'와 사귀는 마유미 등이 손으로 꼽을 만한 전부이다. '그'와 아내, '그'와 '오'와의 관계는 회상으로 처리되고 이틀간의 일이 서사의 중심을 이룬다. 뒤에서 보겠지만 이 사건 또한 단순하다. 이러한 상태에서, 작품의 주제효과는 소설 앞뒤의 상당 부분을 차지하고 작품 도처에서 제기되는 '그'의 상념에 크게 좌우된다.

1절은 '그'의 현재 상태와 '그'와 아내, '그'와 '오'의 관계를 밝혀준다. 주인공 '그'는 '귤 궤짝만 한 방안'에서 한없이 게으르게 시간을 보낼 뿐이다. 그는 아내를 거미라고 생각하고, 아내는 잠만 자는 그를 희한하다고 여긴다. 영락없이 비정상적인 부부 사이이다. 이는, 아내가 가출한 적이 있으며 그는 아내가 언제든 다시 집을 나갈 것이라고 생각한다는 사실을 통해 한층 강화된다.

크리스마스인데도 날이 따뜻하니 수염 좀 깎으라는 아내의 말에 면도를 하고 외출한 주인공은 거리의 모든 것에서 답답증을 느낀다. 그런 그가 찾아간 곳은 '오'가 일하는 A 취인점. 거기서 그는 아내가 일하는 R 카페의 주인을 우연히 만나 혼자 인사를 건넸다가 모욕을 느끼고, 그에게 돈을 얻어 쓴 일을 기억해 낸다. 그에 이어 자신의 '칙칙한 근성'을 의식하고, '아내를 빨아먹는 거미'라는 자의식에 사로잡혀 아내와의 부부관계를 생각한다.

이들의 부부관계는 어떠한가. 아내는 결혼 1년 반 만에 가출했다가 돌아와서는 그를 먹여 살리겠다며 카페 여급으로 일하며, 카페로 마중 나오지 않는 남편을 책망하기도 한다. 이들 둘이 만나 부부가 된 사연은 밝혀지지 않는데, 그는 아내가 언제든 떠날 수 있다 생각하고 때로는 떠나기를 바라기도 한다. 그러면서 그는 자기 부부가 서로를 빨아먹는 거미라 생각한다. 자신은 경제적으로 아내에게 기생하고 있으며 아내는 건강이 나쁜 자신을 열렬한 정사로 소진시키기 때문이다. 두 가지를 강조해 둘 필요가 있다. 이들 부부의 관계가 다소 비정상적이라는 것이 하나고, 남편인 그가 피해의식에 가까운 자괴감을 느낀다는 점이 다른 하나다.

R 카페 주인이 나간 뒤 '오'와 그는 찻집으로 자리를 옮긴다. '오'의 이야

기를 듣는 그의 생각을 통해 둘의 관계가 밝혀지고 그의 심정이 보다 명확해진다. 오랜 친구였던 둘은 지난봄에 한 달을 함께 지냈는데 '오'는 부친의 파산 때문에 그는 건강 문제 때문에 화가의 길을 포기한 시점으로, '오'는 직장생활에 열심히 매달리는 반면 그는 '인생에 대한 끝없는 주저'만 가득한 상태였다. 그가 집에 돌아왔을 때 아내는 가출한 상태였고 그는 '영구히 인생을 망설거리기 위하여' 문학에 발을 내디뎠다. 여름이 끝날 무렵 돌아온 아내가 R 카페에 나가며 돈 100원을 받아오자, 100원을 가져오면 석 달 만에 다섯 배로 불려주겠다 했던 '오'의 말을 떠올리고 그에게 맡겼다가 떼어먹혔다. 그랬던 '오'가 지금 번지르르한 옷차림을 하고 '저속한 큰소리'를 내뱉는 것을 보며 그는 '오'나 자신이 왜 이렇게 되었나 돈을 원망하기도 하고, 무위의 생활 속에서 잠만 자는 자신을 돌아보며 '오'를 부러워하기도 한다.

이상에서 주인공과 관련하여 세 가지가 확인된다. 한때 화가 지망생이었으나 건강 탓에 포기했으며 이후 문학의 길에 들어섰다는 것. 현재의 무위의 생활과는 달리 그에게 생활력에 대한 선망이 내밀하게 자리 잡고 있다는 점. 이는 아내의 돈 100원을 가지고 '오'를 통해 투자를 시도했으며, 그 약속이 어그러지자 서운해 하는 데서 잘 확인된다. 끝으로 셋째는 이러한 이력의 결과로, 한편으로는 세상의 영달에 대한 거부감이 다른 한편으로는 자신 속으로 움츠리는 자괴감이 서로 맞물린 심리상태를 갖게 되었다는 점이다. 2절의 중심사건에서 보이는 그의 행동은 이러한 심리를 명확히 한 위에서야 제대로 이해된다.

2절의 첫 장면은 밤에 '오'와 함께 그가 어느 카페에서 술을 먹는 것이다. 이 부분에서는 주변의 언행과 그의 생각이 병치되어 나타난다. 먼저 그는 화장으로 똑같아 보이는 여급들을 보고 아내와 자신을 돌아보는데, 이를 통해 그가 세상에 부끄러움을 느끼고 있으며 남편으로서의 자괴감을 갖고 있음이 확인된다. 이후 '오'가 자신의 동거녀인 마유미를 두고 '여급을 이용하여 경제적 배수진을 치는 처세'를 자랑하자, 그는 '오'의 힘이나 의지 같은 '그런 강력한 것'을 선망하는 한편, 아내를 포함하여 '자신의 의지가 작용하지 않는 온갖 것'으로부터 벗어나고자 염원한다. 이번에는 마유미가 상황을 반대로 해석하여 자신이 '오'를 끄나풀로 두고 산다는 이야기를 하자, 그는 아내의 돈벌이를 생각하고 '오'와 마유미라는 '너무나 튼튼한 쌍 거미'와 대비되는 자기 부부를 떠올리며 자신의 존재가 너무 우스꽝스럽다고 스스로를 비웃는다.

　새벽 두 시에 아내를 생각하며 귀가하나 아내가 없자 R 카페로 찾아가서는, 아내가 손님에게 발로 채여 층계에서 굴렀고 그 일로 경찰서에 있다는 이야기를 듣는다. 아내와 가해자 양인의 심리를 추론하다 자신이 아내 편을 들지 못하고 있음을 생각하고 아파한다. 고소하라는 종업원들의 말을 듣고 경찰서 숙직실로 가니 '오'와 카페 주인, 가해자인 A 취인점 전무 그리고 아내가 있다. 그는 술이 올라 전무에게 헛말을 건네고, 고소하겠느냐는 경부보의 말에도 명확한 대답을 못 한 채 자기비하의 상태에서 눈물을 보이고 만다. 그런 그에게 '오'와 카페 사장이 화해를 종용하자, '오'에게 돈 때문에 서운했던 것을 비치면서, 자신은 참견하기 싫으니 마음대로 하라며 아내를 데리고 귀가해버린다. 앓는 아내 옆에서 코까지 골며 잤고 오전에 경찰서로 불려간 아내가 아주 가버리기를 바라기조차 하며 게으름을 피우는데, 오후 두 시에 아내가 '오'가 주더라며 20원을 갖고 돌아온다. 그는 20원의 출처를 생각하고, 아내는 공돈이 생겼으니 일 안 나가겠다며 제 옷과 그의 구두를 사겠다 한다. 졸려 하며 R 회관의 망년회와 자신의 상태를 생각하던 그는, 혼곤히 잠이 든 아내를 두고 20원을 들고 집을 나선다. 돈이 생사람을 잡는 세상에서 자신을 거미라 여기며, 마유미를 찾아가 술을 먹을 생각을 한다.

　이 장면은 「지주회시」의 주요 서사에 해당된다. 1, 2절의 첫 구절이 모두 '그날 밤에 아내가 층계에서 굴러떨어졌다'로 되어 서술의 초점이 맞춰진 상태에서, 아내가 다친 이 사건에 대한 주인공의 반응에 해당되는 까닭이다.

여기서 두드러지는 것은 당연히 그가 남편으로서의 역할을 하지 못하는 사실이다. 그 이유는 무엇일까. 순차적으로 보자면 네 사람의 조합이 주는 낯섦이 맨 앞에 오고, 가해자와 안면이 있다는 점과 술기운이 거기에 이어진다. 그러나 가장 중요한 것은, '당신들 눈에 내가 구더기만큼이나 보이겠소? 이 사람을 어떻게 하였으면 좋을까는 (중략) 그래 내가 하라는 대로 하겠다는 말이오?'에서 확인되는 자괴감이다.

이와 관련하여 먼저 확인해둘 것은 주인공의 자괴감이 '당신들'을 상대로 한 것이라는 점인데, 그렇다면 이들에 대한 그의 이러한 자괴감의 정체는 무엇인가. 카페 주인이나 A 취인점 전무 모두 주인공과 아내의 관계를 알고 있다는 점을 놓칠 수 없다. 네 사람의 조합이 그의 얼을 빼놓고 술기운을 돋우는 숨은 이유도 바로 이것인데, 경부보의 질문을 빌리자면 주인공이 아내에게 대해 '정당한 남편'이 못 된다는 점 즉 아내에게 기생하는 거미에 불과한 존재임을 그들이 알고 있기에 그의 자괴감이 촉발되고 강화되는 것이다.

따라서 주인공의 자괴감은 바로 남편으로서의 정체성을 갖출 수 없다는 사실에 바탕을 두는 것이라 할 수 있다. 이렇게 보면 20원을 들고 마유미를 찾아가는 행위의 의미도 분명해진다. 현진건의 「운수좋은 날」의 주인공이 친구에게 헛돈을 쓰며 돈에 대한 포한을 풀고자 하듯, 이는 아내에 대해 남편으로서의 지위를 유지하지 못하는 자기 처지의 비극성을 한층 강화하는 미성숙한 태도라 할 수 있다. 이러한 미성숙 상태가, 나쁜 건강으로 인해 자신의 소망인 화가의 길을 포기하고 세상으로부터 자신을 숨겨버린 채 무위의 생활을 보내는 무기력증과 서로 상승작용을 하고 있음은 물론이다.

이렇게 「지주회시」는 세상에 나아가지 못한 자의 무기력, 무능이 남편으로서의 정체성을 확보하지 못하는 자괴감과 맞물려 있는 상황을 보여준다. 작은 방에 스스로 유폐된 채 '거미'처럼 아내의 피를 빨고 또 스스로도 빨리면서 '돼지'처럼 생명력이 왕성한 사람들에 대한 선망과 자괴감, 패배를 느끼는 존재의 정체성 상실 상태를 그리고 있는 것이다.

3. 잃어버린 정체성의 추구와 좌절

「날개」는 『조광』지 1936년 9월호에 발표되어 김해경의 이름을 문단 안팎에 확실히 해 준 소설이다. 또한 지금까지도 그가 문학사에 굳건히 자신의 자리를 잡을 수 있게 해 준 대표작에 해당된다.

그러나 「날개」는 널리 알려진 바와는 달리 작품 자체에 대한 세밀한 검토를 요한다. 작품의 참모습이 적지 아니 왜곡되어 있는 까닭이다. 이 소설에 대한 가장 큰 오해는, 주인공이 좁고 어두운 방에서 밝고 긍정적인 세계로 나아가게 된다고, 공간적인 대비 속에서 작품의 구조와 주제를 파악하는 것이다. 하지만 작품을 꼼꼼히 살피는 것만으로도 이러한 생각이 잘못임이 분명해진다. 작품의 말미에서 주인공은 현란한 도시의 대로 한복판에서 갈 곳을 잃고 있기 때문이다. 결론을 당겨 말하자면 「날개」의 스토리는, 아내에 대해 남편이자 남성으로서 자신의 정체성을 수립하고자 하나 결국은 실패하고 마는 이야기이다. 「지주회시」의 반복이자 연장이라 할 만하다.

「날개」에 대해서는 너무도 많은 해석들이 존재하여 그것을 정리하는 것만으로도 책 한 권이 모자랄 지경이다. 이 소설을 읽고 감상하는 데 도움을 얻고자 하는 독자들로서는 난감한 일이다. 아니, 상황은 더욱 나쁘다. 이러한 해석들의 적지 않은 부분이, 일반인들이 「날개」를 접하고 감상하는 데 오히려 부정적으로 기능하기 때문이다.

「날개」에 대한 접근을 어렵게 하고 오해를 조장하기도 하는 장애는 크게 다섯 가지로 정리할 수 있다. 첫째는 「날개」를 익히 안다는 생각에 연구자들이 작품의 실제를 꼼꼼히 검토하지 않음으로써, 몇몇 중요한 오독이 끊임없이 재생산되어 왔다는 점이다. 작품 끝 부분에서 주인공이 백화점 옥상에서 나와 길을 걷다가 멈춰 서서는 다시 한 번 날아 보자 하고 외쳐 보려 했던 것을, 백화점 옥상 위에서 실제로 외친 것인 양 오해하는 것이 대표적인 예이다. 이 외에도 「날개」가 모더니즘소설이라는 선규정과, 작품 자체를 대상으로 하지 않고 시나 수필 등과 이 소설의 구절구절을 관련지어 해석하는 경향, 주인공과 아내의 관계나 방의 구조 등을 따로 떼어내어 상징적·정신분석학적으로 과도하게 해석하는 방식, 발표 당시 작가의 말처럼 처리된 작품 앞의 아포리즘 부분까지 소설 본문으로 해석하고 그렇게 보이도록 출판해 온 관행 등이 「날개」의 참모습을 보기 어렵게 하는 장애물에 해당된다.

이러한 장애물들에 의해 왜곡된 '이상의 「날개」'는 '김해경의 「날개」'와 무관하다고 할 수 있다. 1936년에 발표된 「날개」는, 그 앞에 놓인 「지주회시」와 더불어서, 삶의 의욕을 상실한 상태에서 남편이자 남성으로서의 정체성을 획득하지 못하는 인물의 이야기를 보여주고 있다. 이를 두고 작가 김해경의 자전적인 요소가 짙은 작품으로 보든 식민지시대 사람들의 상황을 함축하는 것으로 해석하든 간에, 「날개」가 보여주는 스토리는 그러한 것이다.

「날개」의 서사는 주인공이 행하는 다섯 차례의 외출 및 네 차례의 귀가를 거멀못으로 이루어져 있다. 이 과정을 통해 주인공의 변화, 그의 지향과 좌절이 확인된다. 먼저 스토리를 간략히 정리해 본다.

> 장지로 위아래를 나눈 방의 윗방에서 '나'는 '이불 속 사색'에 빠져 있다가 아내가 없을 때면 아내 방으로 가서 그녀의 체취를 떠올리며 논다. 아내는 화장을 하고 밤낮으로 외출하거나 방으로 내객을 들여 돈을 번다. 아내에게 왜 돈이 많은지 아내가 제게 왜 돈을 주는지 등을

생각하던 '나'는 돈을 주는 쾌감을 느끼고자 오랜만에 **외출**한다. 내객이 와 있을 때 귀가했다가 아내의 노기 어린 눈초리를 보게 된 '나'는 후회와 사죄를 전하러 아내 방으로 가서는 돈을 쥐어주고 자게 된다. 이 경험에서 쾌감을 느낀 '나'는 다음날 **또 외출**했다가 귀가해서는 다시 아내에게 돈을 건네고 아내 방에서 잔다. 다음날 돈이 없어 울기까지 하니 아내가 돈을 주며 더 늦게 귀가하라 한다. **세 번째 외출**에서 비를 맞게 된 '나'는 내객이 없으려니 하고 귀가했다가 ⓐ'보면 아내가 좀 덜 좋아할' 장면을 보고 자기 방에서 오한에 의식을 잃는다. 여러 날을 앓은 후 다시 외출하고 싶어 하지만, 아내가 만류하며 약을 주기에, 한 달이나 그렇게 잠에 빠져 지낸다. 모처럼 아내 방에서 놀며 '몸이 배배 꼬일 것 같은 아내의 체취'에 아내의 이름을 속으로 불러보기까지 하다가, 최면약 아달린 갑을 보고는 아내가 자신을 재우기 위해 한 달이나 최면약을 먹였다고 판단하고, 아내의 처사가 심하다는 생각에 **집을 나서서** 산으로 올라간다. 생각을 정리해 보려다 귀찮아져서 아달린을 먹고 일주야를 잤다가는 자신이 오해한 것이라 생각하고 부리나케 귀가한다. 말없이 방문을 열다가 '내 눈으로는 절대로 보아서 안 될 것'을 보고, 뛰쳐나온 아내에게 봉욕을 당한다. 남자에게 다소곳이 안겨 들어간 아내가 방안에서 발악하는 소리를 듣고 아내에 대한 미운 마음이 생기자 **줄달음질을 쳐서 나온다**. 거리를 쏘다니다 미쓰꼬시 옥상에 이르러 생애를 회고해 보지만 자신의 존재를 인식하기도 어렵다. 거리로 나서서 걷다가 아내에게 돌아갈까도 생각해 보나 답이 없다. 마침 정오 사이렌이 울리자, '한 번만 더 날아보자꾸나' 외쳐 보고 싶어 한다.

위의 정리를 통해 '나'와 아내의 관계, '나'의 지향 및 그 결과가 확인된다. 「지주회시」에서처럼 「날개」에서도 남자 주인공은 아내에게 기생하는 삶을 살고 있다. '희망과 야심이 말소'되어 있는 무위의 상태에 있는 까닭이다. 물론 차이도 있다. '외출-귀가-아내에게 돈을 쥐어주고 함께 자기'라는 방식을 통해 주인공이 변화를 꾀하는 것이다. 이러한 변화의 시도 및 그 좌절을 그리는 것이 「지주회시」의 후속작으로서 「날개」가 행한 몫이라 할 수 있다.

주인공이 보이는 변화는 '외출—귀가'의 반복 패턴 속에서 확인된다. 첫 번째 외출의 목적은 원래, 내객이 아내에게 그리고 아내가 자신에게 돈을 건네는 이유를 알고자 하는 것이었다. 그렇지만 귀가하여 아내에게 돈을 쥐어주고 자는 쾌감을 느끼게 된 후로는 외출의 목적이 달라진다. 아내 방에서 자는 쾌락을 느끼는 것 자체가 목적이 되는 것이다. 이 목적을 달성하기 위해 '외출—귀가—아내에게 돈을 쥐어주고 함께 자기'라는 의식적인 절차가 갖추어진다.

이는 형식상 아내를 돈으로 사는 것이며, 따라서 남성으로서 여성을 남편으로서 아내를 소유하고자 하는 심리의 발현에 해당된다. 주인공의 이런 행위의 궁극적인 목적은, 아내와의 성합을 통해 자신의 정체성을 회복하려는 것이다. 사회적으로 자신을 실현하기 어려운 상황에 처하게 될 때 개인은 성공적인 성생활과 그에 근거한 가정생활을 통해 자신의 정체성을 회복하고자 한다는 심리학자들의 말을 이 맥락에서 참조할 만하다. 따라서 상황이 반대로 흘러갈 때 '나'는 현실을 애써 외면하려고 한다. 자신의 소망 달성을 저해하는 상황을 없었던 듯이 하려는 것이다. 아내의 부정행위를 처음 보았을 때 자기 입장이 아니라 아내 입장에서 상황을 해석하는 것이나(㉠ 부분), 아달린 사건을 오해라고 돌려 생각하는 등이 그 예이다. 그러나 이러한 노력은, 그나마 유지되던 부부관계의 끈을 완전히 무시하고 아내가 주인공에게 행악을 함으로써 수포로 돌아간다.

동일한 사건을 부부관계 측면에서도 확인할 수 있다. 본래 주인공과 아내는 그가 아내의 행실을 모르는 듯이 지낼 수 있도록 서로 일정한 수준을 넘지 않으며 관계를 유지해 왔다. 아내는 내객과 있을 때 말소리를 죽이지 않아도 될 말만을 했고, 그래도 주인공이 우울한 기색을 보이면 찾아와 달래 주었으며, 그는 이러한 상황을 즐거워했던 것이다. 그가 아내라는 꽃에 기생하는 삶을 거북살스러워 했음도 분명하다. 요컨대 미약하고 위태롭지만 의식과 행동 양 면에서 서로가 부부관계의 끈을 유지했던 것이다.

그러나 이들의 관계는 주인공이 외출을 시도한 이후 뒤틀어진다. 그가 자신의 정체성을 회복·강화하고자 시도하는 반면, 아내는 내객 맞이를 본격화하기 시작한 까닭이다. 아내의 내객 맞이가 본격화된 데 대하여 두 가지를 말해 볼 수 있다. 첫째는 목적 혹은 이유인데, 「지주회시」의 경우로 미루어보든 사회현실의 맥락에 비추어보든, 돈을 벌기 위해서라고 추측하는 것이 자연스럽다. 둘째로 그 방식을 보자면, 손님을 불러들이는 자신의 일이 남편이 없는 빈 방에서 더 잘 이루어지는 까닭에, 아내로서는 남편의 외출을 종용하게 되었고 그것이 여의치 않게 되자 아달린을 먹여 재우게 되었다고 하겠다. 이 와중에 아내의 심경에 변화가 생겨 부부관계 자체를 달리 생각하게 되었음을 짐작할 수 있다.

결국 주인공은 자기 눈으로 절대로 봐서는 안 될 것을 보게 되고, 그 순간 아내는 그동안 유지했던 아내로서의 위치를 버리고 태도를 완전히 바꾸어 행패를 부림으로써 부부관계를 청산하겠다는 의지를 명확히 드러낸다. 아내로서 해서는 안 될 부정을 남편에게 들킨 셈이 되자 아내의 자리, 아내의 역할 자체를 버리는 셈이다. 사태가 이렇게까지 진전되자 그는 일단 자리를 피하고 보지만, 결국 부부관계가 완전히 깨졌다는 것을 인정하지 않을 수 없게 된다. 미스꼬시 옥상 위에서의 일이다.

옥상 위에서 주인공은, 몽롱하지만 차분한 생각을 통해, 부부관계의 파탄이 자신의 소망의 문제에 닿아 있음을 느낀다. 그의 의식은 길을 걸으면서 한층 더 진전된다. 부부관계의 파탄과 더불어서, 남편으로서의 정체성을 수립함으로써 자신을 추스르고자 했던 시도 또한 좌절되었다는 사실, 따라서 자신에게는 갈 곳이 없어졌다는 점을 통렬하게 깨닫는 것이다. 경성 한복판에서 갈 곳을 몰라 하며, 지금은 사라진 날개가 돋아나 다시 한 번 날아 보았으면 하고 외쳐 보고 싶어 하는 마음이야말로, 이러한 주인공의 좌절을 극명하게 표현해 준다.

주인공의 좌절에는 눈물겨운 면이 있다. 미스꼬시 옥상에 주저앉아서 살아온 스물여섯 해를 회고해 보고 자신의 인생에 무슨 욕심이 있는가 자문해 보지만 답은 얻을 수 없고 '자신의 존재를 인식하기도 어려운' 상태만 확인한다. 여기서 '인생의 욕심' 곧 입신양명이나 이상 실현의 문제가 '자신의 존재 인식' 문제 즉 자신의 정체성을 탐색하는 일로 축소되어 있음을 알 수 있다. 주인공의 상태가 얼마나 위축되어 있는지가 확연하다. 미스꼬시 옥상에서 길로 나선 이후는 더욱 끔찍하다. 아직도 미련이 없지 않아 '아달린을 먹였을 리 있을까?', '사실과 오해를 안은 채 살면 되지 않을까?'와 같은 질문을 뇌어 보지만 아내에게로 돌아가야 할지는 알 수 없다. 그런 다음 나온 두 질문은 다음과 같다: "가야하나? 그럼 어디로 가나?" 이 두 질문 사이에 부정적인 답변 즉 아내에게 갈 수는 없다는 판단이 놓여 있음은 물론이다. 그리고 끝의 질문을 통해, 아내에게 돌아갈 수 없는 이상 어디로도 갈 곳이 없는 주인공의 상태가 확인되는 것이다. 정체성 회복의 기회도 당장 머물 곳도 없어진 이 막막함이, 정오의 사이렌 소리로 환기되는 도시의 현란한 풍경과 대비되어 한껏 고조된다. 이러한 대비는 불현듯 일깨워지는 '오늘은 없는 인공의 날개'에 대한 소망에 의해 더욱 고조된다. 입 밖으로 내뱉지도 못하는 이러한 소망이 삶의 패배자, 의욕 상실자인 주인공의 현재 상황을 극적으로 강조해줌은 물론이다.

이상 살펴본 대로 「날개」의 내용은 주인공 '나'의 남성이자 남편으로서의 성적인 정체성 찾기의 실패담이라 할 수 있다. 「지주회시」의 상황이 더욱 악화된 끝에 결국 파경을 맞이하는 단계의 이야기인 것이다.

4. '부부관계 연작', 자전적 글쓰기의 의미

「지주회시」와「날개」는 '부부관계 연작'이라 해도 좋을 만큼 내용적으로 이어진다. '돼지'들에 의해 소외되어 '귤 궤짝만 한 방'으로 내몰린 채 서로를 파먹는 거미처럼 살아가는 부부관계 속에서 남편으로서의 그리고 사회적 존재로서의 정체성이 위태로워진 주인공의 행적이「지주회시」에서 제시된 뒤에, 활동성을 잃고 거의 유아기적인 수준으로까지 퇴행한 남자가 부부관계의 회복을 통해 자신의 정체성을 획득하려다 실패하는 이야기가「날개」에서 그려지는 것이다. 사회로부터 유리되어 아내에게 기생하고 끝내는 아내로부터도 버림받아 거리 한복판에서 깊은 좌절 상태에 처하게 되는 주인공의 불행한 전말이 이 두 편의 소설을 통해 확인된다.

이 맥락에서 한 가지 덧붙여 두자. 소설의 양상이 조금 달라 여기서는 언급하지 않았지만, 부부관계를 기본 골격으로 하고 있다는 점에서만 보자면 이 두 소설 뒤에 발표된「봉별기」(『여성』, 1936. 12) 또한 동일한 범주에서 생각할 수 있다.「봉별기」의 경우는 제목이 의미하는 대로 주인공 '나'가 스물세 살에 '금홍'을 만나 함께 살다 헤어지게 되는 과정 전체를 기록하고 있다. 우리의 논의와 관련해서「봉별기」에 대해 세 가지를 지적해 둘 필요가 있다.

첫째는「봉별기」가 소설과 수필의 경계에 놓여 있는 자전적인 기록이라는 사실이다. 주인공을 '이상'으로 명기한 점은 차치하고라도, 그가 아직 기를 펴지 못한 청춘의 나이에 폐병을 앓게 되었다는 설정에서부터, '금홍'과의 만남과 이별, 재회의 과정이나 이상 스스로 동경으로 떠나겠다고 주위에 알리고 다녔던 일 등 전기적 사실에 부합하는 내용을 그대로 제시하고, 화가 구본웅 등 작가 주변의 인물을 끌어들인 점 등에서, 김해경의 이력이 글에 그대로 묻어나 있는 까닭이다. 둘째는 이러한「봉별기」의 내용 중 일부가「지주회시」와 직접 이어지고 있다는 점이다. 아내가 가출을 했다가 돌아온다는 설정이 그것이다. 이 사건이 작가 김해경 개인사의 직접적인 반영이라는 점을 염두에 두면「지주회시」또한 어느 정도는 자전적인 소설임을 알 수 있다. 끝으로 셋째는 위와 같은 공통점과는 달리 「봉별기」에는 작가의 자의식이 강하게 드러나서 작가-서술자-주인공이 아내인 '금홍'을 굽어보는 듯한 방식으로 서술되고 있다는 사실이다. 작가와 겹쳐지는 주인공이 '금홍'과 거리를 두고 우월한 위치에서 판단을 내리는 것으로서, 이 점 「지주회시」나 「날개」와는 사뭇 다르다.

「봉별기」와의 공통점과 차이점은 「지주회시」와 「날개」 연작의 의미를 이해하는 데 큰 도움이 된다. 공통점은 분명하다. 세 작품 모두 부부관계를 인물구성의 기본 틀로 하고 있으며, 몇몇 에피소드상의 일치에서 알 수 있듯 작가 김해경의 자전적인 측면이 반영되었다는 사실이 그것이다.

「지주회시」와 「날개」의 특징을 뚜렷이 하는 데는 차이에 주목할 필요가 있다. 차이점으로 무엇보다 먼저 꼽을 것은, 이 두 소설에서는 서술상의 거리가 좀처럼 확인되지 않는다는 사실이다. 「지주회시」에서 작가-서술자는 주인공의 시선과 의식 안에 갇혀 있다. 서술자가 주인공에 동조적인 것만은 아니지만 '그'가 보고 생각하는 대로만 서술이 진행될 뿐이어서, 주인공의 의식을 넘어서는 인식은 작품에 들어오지 못하는 것이다. 이러한 점은 「날개」에서도 마찬가지이다. 「날개」의 경우 일인칭시점을 구사하였으니 그렇게 되는 게 당연하다고 생각하면 오해다. 아내에 대한 기술이 주인공의 시선에 한정되어 있는 것은 물론이지만, 이에 더해서, 서술자-주인공이 자신의 심리를 다룰 때에도 반성적·시간적 거리를 확보하지는 않은 채 의식의 흐름 기법이나 자동기술처럼 즉자적으로만 기술할 뿐이기 때문이다. 요컨대 두 소설 모두 서술되는 내용에 대한 서술자의 거리두기 및 반성적 인식이 부재하는 특징을 보인다. 타인에 대한 서술자-주인공의 해석이 거의 없다는 점 또한 동일한 사정에서 유래한다.

「봉별기」와의 비교에서 확인되는 또 다른 차이점은, 기형적인 부부관계를 바라보는 서술자의 의식이 판이하다는 사실이다. 「지주회시」와 「날개」에서는 아내에게 기생하는 남편의 삶이 무성적으로 인식되는 반면, 「봉별기」에서는 사정이 다르다. 「봉별기」의 서술자—주인공은 생계를 아내에게 의존하는 것을 부정적으로 의식하지 않음은 물론이요, 부부 관계의 윤리에 대한 의식에 있어서도 '금홍'보다 훨씬 급진적이다. 정조의식 자체를 관념적 굴레라고 인식하여 '금홍'의 처지를 오히려 안타까워하기까지 하는 것이다. 이렇게 「봉별기」가 상식과 윤리를 무시하는 것과는 달리, 「지주회시」와 「날개」는 일반적인 부부관계의 정상성을 인정하는 차이를 보인다.

사정이 이러한 까닭에 이 두 소설에서는, 일반적인 남성, 남편의 정체성이 상실된 주인공의 상태를 문제적으로 그리게 된다. 「지주회시」의 경우, 세상의 잣대에 대해 복합적인 태도를 취하기는 하지만, 타인에 대한 선망이나 자신에 대한 반성 혹은 실의 등을 통해서 주인공이 세상의 논리를 강하게 의식하고 있음을 보여준다. 주인공의 상태에 대한 문제의식이 심리를 통해 명확히 드러나는 것이다. 「날개」에서는 주인공의 '외출—귀가' 행위의 양상 및 의미가 변화하는 것을 통해 동일한 문제의식이 소설 전편에 걸쳐 구조화되고 있다. 이렇게 「지주회시」와 「날개」는 주인공의 심리와 행위를 통해 정체성 상실의 인간을 직접적으로 인상 깊게 제시하고 있다.

「지주회시」와 「날개」 연작에 대한 지금까지의 논의를 크게 셋으로 정리해 보자. 첫째는 자전적인 요소가 짙다는 사실. 둘째는 자기 자신만을 향하는 서술자—주인공의 시선 속에서 서술이 전개되어, 타인과 사회에 대한 해석이나 비판이 부재하며 주인공 자신에 대한 기술에 있어서도 반성적인 거리가 확보되지는 않고 있다는 것. 끝으로 셋째는, 아내에게 기생하는 자신의 삶을 부정적으로 바라보는 사회 일반의 윤리를 바탕으로 하여, 그런 상황에서 방황하거나 좌절하는 내용을 직접적으로 제시하였다는 점이었다.

이를 요약하여 '자전적인 요소'와 '작가—서술자의 해석 없이 사건을 제시하는 직접성'의 두 가지로 「지주회시」와 「날개」의 특징을 잡아낼 수 있다. 여기서 핵심은 자전적인 요소이다. '사건 제시의 직접성'으로 요약되는 작품의 특성 또한 자전적인 글쓰기의 결과라 할 수 있기 때문이다. 두 가지 근거를 들 수 있다. 직접적으로 제시되는 사건의 핵심이 김해경의 불행한 연애라는 자전적인 사건에 닿아 있다는 사실이 하나이고, 남성 및 남편으로서의 정체성을 상실한 주인공의 퇴행적인 내면이 의식의 흐름이나 자동기술법적인 서술 방식을 통해 날것 그대로 제시되었다는 점이 다른 하나다. 「봉별기」에서 보이는 다소 위악적인 의식이 아니라, 건강 악화와 실연의 충격에 빠져 무기력한 모습을 보였던 김해경 자신의 무의식 자체가 서술적 거리에 의해 위장되지 않고 그대로 소설화되었다는 점에서 「지주회시」와 「날개」의 자전적 성격이 한층 강화되는 것이다. 김해경의 문학적 자의식에 해당되는 '이상'이 이 두 소설에 등장하지 않는 연유 또한 여기에서 찾을 수 있다.

이러한 의미에서 「지주회시」와 「날개」는 자전적 글쓰기이자 자기 폭로적 글쓰기에 해당된다. 건강을 잃고 사랑과 결혼에서 실패했으며 새롭게 뛰어든 문단에서도 아직 자기 자리를 잡지 못한 27세의 청년 김해경이 자전적 요소 자체를 전면적으로 극화한 것이 '부부관계 연작'인 것이다. 의미를 조금 넓히자면 '부부관계 연작'이란 20대 청년의 불안한 자의식, 정제되지 못한 삶의 감각을 작품화한 것이라 하겠다. 한편으로 보면 이는 자신의 삶 자신이 그리는 삶에 대해 반성적인 인식을 갖추지 못한 상태에서 즉 인생을 원숙한 경지에서 보지 못하는 상태에서 소설을 써 낸 것이라 할 수도 있겠지만, 다른 한편에서 보자면, 이러한 글쓰기야말로 자신의 삶을 극화하는 한 가지 방식이요 삶 자체가 문학이 되는 주요 양상이라는 의미를 갖는다. 김해경이 후자의 방향으로 나아갔음은 물론이다.

보론 4. 예수에 대한 다시-새로 쓰기의 의미
─김동리 기독교소설 새로 읽기

1. 김동리 기독교소설의 긴장 관계

기독교를 다룬 문학작품 중에서 김동리의 소설들은 예수와 그 가족을 즐겨 그렸다는 특징을 보인다. 기독교라는 종교가 우리의 삶에서 갖는 의미 등을 천착하는 대신 경전에 나타난 신성가족의 행적 자체를 작품화하는 이러한 방식은, 대단히 위험하면서도 문제적이다. 자칫하면 독신瀆神에 빠질 수 있는 반면, 신성 자체를 궁구하는 정공법에 해당하기 때문이다.

기독교를 다룬 김동리의 소설들은 모두 다섯 편이다. 「무녀도」(『중앙』, 1936. 5), 「마리아의 회태」(『청춘』 별책, 1955. 2; 『문학사상』, 2001. 3), 『사반의 십자가』(『현대문학』, 1955. 11~1957. 4), 「목공 요셉」(『사상계』, 1957. 7)과 「부활─예수 되살아나심에 대한 아리마대 요셉의 수기」(『사상계』, 1962. 11. 이하 「부활」)가 그것이다. 여기서는 뒤의 네 작품을 대상으로 하여, 예수의 부활과 구원에 대한 김동리의 해석 및 형상화 방식을 살피고자 한다.

이 중에서 예수를 직접 등장시키는 『사반의 십자가』와 「목공 요셉」, 「부활」 등이 보이는 특징은 다음 두 가지로 정리할 수 있다. 첫째는, 예수의 형상화에 있어서 신성을 전제하고 있다는 점이다. 예수를 그릴 때 김동리는 인물의 내면 묘사나 그에 대한 편집자적인 논평에까지 좀처럼 나아가지 않는다. 거리를 두고 예수의 언행을 그리는 것이 대부분이다. 두 번째 특징은, 그럼에도 불구하고, 부활이라는 문제에 대해서만큼은 작가 자신의 인간적, 현실적인 견해에 집착한다는 점이다. 성경에 있고 기독교인들이 믿는 바와는 달리, 죽었다가 살아난 예수가 그 육신 그대로 하늘로 올라갔을 리는 없다는 생각을 동리는 떨치지 않는다.

원리상 서로 상반되는 이 두 가지는 이들 작품, 특히 『사반의 십자가』의 문학적 성취를 가늠하는 데 있어서 매우 중요하다.

2. 예수의 신성에 대한 다시/새로 쓰기

예수를 형상화하되 그의 내면에까지 나아가지 않는 방식으로 신성을 전제하는 점은 「목공 요셉」에서 잘 확인된다. 요셉과 예수의 갈등을 그리는 이 작품을 살피기 전에, 요셉의 면모와 예수의 신성에 대한 김동리의 파악 방식을 가늠할 수 있는 단초로 「마리아의 회태」를 먼저 언급하고 넘어가자.

「마리아의 회태」는 동정녀 마리아가 성령으로 예수를 회태했다는 성경의 사실을 바탕으로 하여, 마리아의 성모다움과, 예수가 자신의 아들이 아니라는 사실을 고민하는 요셉의 문제를 다룬 소설이다. 여기서 김동리는, 마리아의 태도와 그녀의 약혼자 요셉의 심리에 주목하고 있다.

딸을 걱정하는 어미 안나에게 마리아는 "저의 몸에 주님의 뜻이 이루어진 것뿐"이라는 말 외엔 구구한 설명을 하지 않는다. 늙은 나이에 아이를 밴 큰이모 엘리사벳을 찾아가 성령을 확인해 보기는 하지만, 그녀에게 성령에 대한 의심은 전혀 없다. 이 와중에 속이 타는 것은 요셉뿐이다. 잘 알아들을 수 없는 마리아의 말에 충격을 받고 사흘을 누워 있다 일어난 요셉은, 나사렛의 모든 남자들에 대해 은밀히 조사해보기까지 하나 소득을 얻지 못한다. 결국 마리아의 행적을 좇아 예루살렘의 엘리사벳을 찾아가고 거기서 "네 안해 마리아 데려 오기를 두려워 말라. 그녀의 잉태함이 성신으로 된 것이니 아들을 낳거든 이름을 예수라 하라"라는 하늘의 소리를 듣는다. 이에 나사렛으로 돌아오지만 요셉이 평안을 얻은 것은 아니다. 그의 목은 훨씬 더 여위어 있는 것이다.

이 소설에서 주목할 점은 요셉이 신성가족의 경계 밖에 놓여 있다는 것, 그가 마리아처럼 몸과 마음 전체로 성령을 받아들이지는 못한다는 점이다. 요컨대 요셉은 인간적인 맥락에서 사태에 반응하는 것이다. 요셉의 이러한 면모는 「목공 요셉」에도 이어진다.

「목공 요셉」은 성전에서 학자들과 율법을 논하던 예수 이야기를 끌어와 쓴 작품이다. 소설은 요셉의 시점을 중심으로 전개된다. 요셉은 가슴앓이를 겪고 있다. 자기를 찾느라 고생한 부모에게 성전에 가 있던 열두 살 예수가 "왜 그렇게 찾으셨어요? 내가 아버지 집에 있을 줄을 몰랐습니까?" 하고 던진 말에, '쇠망치로 머리를 얻어맞는 것같이 정신이 횡했던' 이래 생긴 병이다. 「마리아의 회태」에서와 마찬가지로, 예수가 자기 아닌 누군가를 두고 '아버지'라 말하는 것을 이해할 수 없는 요셉이다. 그는 여전히 인간적인 입장에 서 있다.

이 소설의 어린 예수는 요셉의 입장에서 볼 때 속을 썩이는 인물이다. 여덟 식솔을 거느린 병약한 아비가 집안일에 신경 쓰라고 말을 해도 그에 따르지 않고 '아버지' 하나님의 뜻대로만 행동할 뿐인 자식이다. 문짝 짜는 일의 시한에 쫓기는 아비의 부탁이자 명령을 어기고 "저는 아버지께서 시키는 대로 떠나가야겠습니다"라며 집을 나서다 요셉에게 뺨을 맞기까지 하지만, 예수의 태도는 요지부동, 결국 요셉은 병이 심해져 죽고 만다.

「목공 요셉」에서 주목되는 점은, 작품 내 세계의 현실적인 맥락을 중시하되 예수의 내면을 드러내지는 않고 있다는 사실이다. 요셉이나 마리아의 경우와는 달리, 예수를 대상으로 해서는 심리묘사도 없고 그의 행동에 대한 내적인 설명도 전혀 없다. 예수는 하나님의 아들로서 미래의 메시아가 되기 위해 자신이 해야 하는 바를 행할 뿐인 것으로 그려진다. 요셉의 인간적인 고민과 예수의 초연함 사이의 이러한 거리는, 일차적으로는 예수의 면모에 대해 서술자−작가가 내면 형상화에로까지 나아가지 않는 거리 두기에 의한 것이고, 궁극적으로는 작가가 '인간의 이해를 벗어난 신성'을 그대로 인정한 데 말미암는 것이다. 이러한 사실과 더불어, 그럼에도 불구하고 이 소설이 요셉의 시점을 취하고 있다는 점을 특기할 만하다.

요컨대 「목공 요셉」은 예수와 하나님의 이야기를 그들의 신성 바깥에 머물 수밖에 없는 인간의 입장에서 '다시/새로' 쓰고 있다 하겠다. 이 점에서는 「마리아의 회태」도 마찬가지이다. 예수의 신성을 건드리지 않는다는 점에서는 다시 쓰기이지만 요셉의 시점을 통해서 그렇게 한다는 점에서는 새로 쓰기에 해당한다. 이러한 다시/새로 쓰기가 신성을 부정하거나 훼손하지는 않지만, 인간의 입장을 내세운 것만으로도 그에 어느 정도 충격을 주는 것은 분명한 사실이다.

'다시/새로 쓰기'를 통해 이러한 충격이 명확히 드러나는 것은 『사반의 십자가』에서이다.

3. 『사반의 십자가』의 주제효과와 예수의 신성 다시 쓰기

『사반의 십자가』에서도 예수는 거리를 두고 그려진다. 작품 말미에 이르기 전까지 예수는, 혈맹단 단원인 유다와 도마 등이 제자로 들어가 그의 동향을 소개하는 방식으로 작품에 그려진다. 이러한 사실은 두 가지를 의미한다.

첫째는, 사정이 이러한 만큼 이 작품에서 예수가 차지하는 비중이 적다는 점이다. 『사반의 십자가』는 제목 그대로 사반의 이야기이지, 예수와 사반의 이야기라고는 할 수 없다. 기본적으로 이 작품은 사반 등의 서사에 토대를 두고 있는데, 이는 서사 구조에 명확히 나타나 있다. 사반이 막달라 마리아를 만나게 되고 두 사람의 운명이 밝혀지는 동안, 그가 하닷단사 및 실바아와 맺는 인연이나, 마리아와 실바아의 관계, 실바아 구출작전, 로마군과 혈맹단의 교전 등등이 이들 인물들에 의하여 세밀하게 전개된다. 나바티야의 아굴라가 벌이는 행적이 여기에 가미되고 이와 유사한 서술 비중으로 예수의 행적이 더해질 뿐인데, 이 또한 앞서 말했듯이 관찰자에 의해 거리를 두고 묘사되는 것이 주조이다. 따라서 작품을 전체로 볼 때, 예수의 서사는 말 그대로 덧붙여진 형국이라 할 것이다.

둘째는, 관찰자적 시점에 의해 거리를 두고 그려지면서, 여호와의 아들로서 예수가 갖는 신성이 훼손당하지 않는다는 점이다. 대체적으로 보아 서술의 범위가 그의 내면을 침범하지 못하는 까닭에 그의 신성은 인간적인 것에 의해 상처받지 않게 된다. 예수의 그리스도로서의 면모는 사반과의 대화 장면에서도 잘 드러난다. 둘의 만남에서 확인되는 것은 기독교의 구원을 설유하는 예수와 그 가르침을 이해하지 못하는 속인의 괴리이며, 그 과정에서 예수의 신성 곧 그의 그리스도로서의 면모가 부각되는 것이다.

이 점에 대해서는 예수의 구원관을 포함하는 부연설명이 필요하다. 『사반의 십자가』가 보여주는 구원관은, 기독교 교리에 충실하다는 사실과, 구원에 대한 예수의 이해가 변화를 보인 것으로 설정된다는 점, 두 가지를 특징으로 한다. 교리의 충실성은 일견 별것 아닌 것 같지만 식민지 시대에 나온 김동인의 「명문」(1925) 등 기독교 관련 소설이나, '쿠아란타리아 서'라는 액자를 통해 지적 딜레탕티즘을 가림과 동시에 키우는 이문열의 『사람의 아들』(1979) 등과 비교할 때 주목되는 사실이다. 이 소설 자체로 볼 때 흥미로운 것은 예수의 구원관이 겪는 변화이다. 젊은 시절의 예수는 보통 사람들과 마찬가지로, 유대 민족을 애급에서 구해낸 모세처럼 로마 치하의 민족을 해방시키는 메시아로서 자기의 소명을 의식한 것으로 되어 있다. 그러던 것이 '천국이 가까웠다' 외치는 세례 요한을 통해 하나님의 말씀을 듣고 천상의 구원을 깨닫게 된다. 요컨대 구원에 대한 올바른 이해 과정을 겪은 것이다.

사정이 이러하기에 예수는, 지상의 구원을 바라는 사반 등의 기원을 그리스도로서 안타까워한다. 예수와 사반의 만남은, 예수의 신성과 천상의 구원을 제시함과 동시에 참된 구원을 이해하지 못하는 속인의 어리석음과 그에 대한 예수의 질책과 쓸쓸함 등을 잘 드러낸다.

예수와 사반의 만남, 구원을 두고 벌이는 그들의 대화에서 먼저 주목할 점은 각자가 보이는 태도이다. 예수는 그리스도의 면모를 보이며 시종여일하게 천상의 구원을 말하고 있으며, 그런 예수에 대해 사반 등이 비판하거나 부정하지 않고 그를 메시아라 믿는 상태에서 질문할 뿐이다. 사정이 이러한 까닭에, 이들의 대화를 토론이나 논쟁이라고 보기는 곤란하다. 구원에 관해서 정리하자면, 예수가 기독교의 구원을 말할 때 그것을 알아듣지 못하는 사반 등이 유대 민족을 현실적으로 구해달라고 요청할 뿐이지, 예수의 구원관에 맞서는 지상의 구원론을 주장하는 것은 아니다. 따라서 이 작품의 주제를 두 가지 구원관의 대립 식으로 파악하는 것은 적절치 못하다.

첫 번째 만남의 대화는 "예수는 시종일관 의연한 태도로 사반의 질문을 뒤집어만 놓았다"고 서술자가 정리할 만큼 가볍게 끝난다. 그 과정에서 사반이 '황홀한 환상'을 느낄 만큼 예수의 신성이 빛을 발하고 있다. 이 점은, 이 만남 이후 도마와 유다가 예수에게 강렬히 끌리고 사반이 혈맹단 차원에서 좀 더 적극적으로 접촉할 필요를 제시하는 데서도 확인된다. 두 번째 만남은 어떠한가. 여기서 사반은 로마의 지배로부터 이스라엘을 독립시켜 달라 하고 끝내는 로마군에 포위된 혈맹단 부하들을 구해달라고 강하게 요청하지만, 예수는 천상의 구원을 설유하고 이를 이해하지 못하는 사반을 꾸짖을 뿐이다. 하늘의 복음을 듣지 못하는 것이야말로 이미

죽은 것이라며 사반을 질책하는 예수에게서 우리는, 성전의 상인을 쫓아내는 그리스도의 면모를 볼 수 있다.

이러한 장면에서 의미의 긴장을 낳는 간극을 말하자면, 천상의 구원과 지상의 구원 사이의 대립이 아니라, 기독교의 참된 구원을 설유하는 예수의 신성과 그 가르침을 이해하지 못하는 속인의 어리석음과 고통을 들어야할 것이다. 이렇게 보면, 예수와 기독교가 제시하는 천상의 구원이 사람들이 받아들이기에 얼마나 어려운 것인가를, 즉 기독교적 구원에 대한 이해의 어려움을 보여주는 것이 이 소설의 주제효과들 중의 하나라 할 것이다.

이상은 『사반의 십자가』가 예수를 '다시 쓰는' 양상에 해당한다. 이 소설이 보이는 '새로 쓰기'의 방식과 그에 따른 충격은, 예수의 죽음과 부활을 다루는 장면에서 확인된다.

4. 예수의 부활에 대한 새로 쓰기와 『사반의 십자가』의 위상

김동리 식의 새로 쓰기의 핵심에 해당하는, 예수의 죽음과 부활을 다루는 장면은 여타 부분에 비해 볼 때 대단히 이질적이며 『사반의 십자가』의 위상과 관련하여 문제적이다.

이 장면의 이질성은 두 가지로 확인된다. 첫째는 십자가에 달린 예수가 육신을 가진 인간의 면모를 짙게 띠는 것으로 형상화된다는 점이다. 이는, 거리를 둔 묘사와 곡진한 설명을 통해 예수의 신성을 훼손하지 않았던 이 소설의 앞부분 전체에 비할 때 매우 낯선 것이다. 두 번째 이질성은 첫 번째 이질성의 이유를 밝히는 것이기도 한데, 부활 장면에서 작가가 직접 등장하여 예수의 신성과 관련된 자신의 생각을 피력한다는 사실이다. 문면상으로는 구분되지 않을 만큼 자연스럽게 이어져 있지만, 작가의 노골적인 등장을 확인하는 것은 어렵지 않다. 해당 부분을 옮겨 보자.

이것을 본 여자들이 일면 놀라며 일면 신기하게 생각하여 곧 가서 예수의 제자들에게 알리자 요한과 베드로가 먼저 뛰어 나와 보니 과연 그녀들의 말과 같았다. 베드로는 무덤 속에까지 들어가 보았지만 역시 시체는 없고, 시체를 쌌던 <세마포가 놓였고, 또 머리를 쌌던 수건은 세마포와 함께 놓이지 않고 딴 곳에 개켜져 있더라>는 것이다. 아무리 찾아도 그의 시체는 간 곳이 없었다. 그러고 보면 그것은 그가 평소에 예언한 바와 같이 부활을 했기 때문인지도 몰랐다.

이것을 처음 그렇게 믿기 시작한 것은 앞에 나온 세 사람의 여자와 베드로와 요한들이다. 그들뿐 아니라 다른 사람들도 믿을 만한 일이다. 그는 사실상 오늘에도 살아있지 않은가.

그러나 아무리 그의 부활을 믿는 사람일지라도 그 무덤에서 돌을 밀치고 나간 예수의 육신이 그대로 하늘나라로 올라간 것이라고 생각한다면 그것은 너무나 완고한 시(詩)다.[1]

인용문 첫 문장은 작품 내 세계의 맥락에 그대로 이어진다. 그러다가 요한복음 20장 6~7절을 옮긴 < > 부분의 서술부가 '-는 것이다'로 되면서 작가가 등장하여, 자신의 추론과 주장을 마음껏 펼치고 있다. 시체가 없어졌다는 사실을 확인하며 성경의 사실을 끌어온 뒤에, 그 시체 곧 육신이 그대로 하늘로 올라갔을 수는 없다는 인간적·현실적인 추성을 제시하는 것이다.

예수에 대한 『사반의 십자가』의 새로 쓰기는 이렇게 충격적이다. 이 충격의 강도는 적지 않은데, 이러한 추정을 확고한 인식으로 발전시켜서 「부활」을 쓰는 데까지 나아가기 때문이다. 잠시 이 소설을 검토하고 넘어가자.

「부활」은 빌라도에게 청하여 예수의 시체를 수습한 아리마대의 요셉을 서술자로 하여 『사반의 십자가』 이후를 그리고 있다. 골고다에서 죽은 예수가 다시 살아나지만 그것이 부활로 그려지지는 않는다. 서술자인 요셉부터가 "형틀(십자가)에 달려서 죽었던 사람이 나중(틀에서 내리어진

---

1) 김동리,『사반의 십자가』,『신한국문학전집』26, 어문각, 1982, 384~5쪽.

뒤) 되살아났다는 이야기는 나도 얼마든지 알고 있는 것이다"라 생각하는 까닭이다. 결국 이 소설에서 예수는 부활한 것이 아니라 일종의 가사 혹은 임사 상태에 있었다가 소생한 것으로 처리된다. '유다에게 일이 있다'며 예수가 사라지는 장면까지 더하면, 김동리의 여타 소설들에서처럼 다소 신비적인 측면은 있지만, 기독교의 신성을 찾기는 어려워진다. 요컨대「부활」은 부활이 갖는 기독교적인 의미를 완전히 무시하여 예수의 부활에서 신성을 지우는 작품이다.

『사반의 십자가』와「부활」이 보인 예수에 대한 새로 쓰기의 충격은, 예수의 부활에 대한 기독교의 해석과 의미 부여를 고려할 때 명확해진다. 김동리의 해석은 "예수께서 저희를 데리고 베다니 앞까지 나가사 손을 들어 저희에게 축복하시더니 축복하실 때에 저희를 떠나(하늘로 올리우)시니[… While he was blessing them, he left them and was taken up into heaven]"라는 누가복음 24장 50~1절과, 이 장면을 보다 구체적으로 기술한 사도행전 1장 9~11절의 내용을 정면으로 부정하는 것이다. 성경학자들에 의할 때, 예수의 부활과 승천은 육신의 그것이며,[2] 예수의 부활은 "모든 인간 존재의 부활에 대한 희망일 수 있으며 보편적 부활의 선취로 이해될 수 있"는 것으로서, '인간의 불의를 이기는 하느님의 개선凱旋'을 보여주는 사건이다. 따라서 예수의 신성을 전면적으로 승인하지 않는 한 곧 기독교도가 되지 않는 한 받아들일 수 없는 사건이라고 할 수 있다.[3]

이 점을 고려할 때『사반의 십자가』말미에 뚜렷이 새겨진 작가의 말은, 김동리가 기독교를 이해하기는 하되 진정으로 믿지는 못하고/않고 있음을 의미하는 것이라고 할 수 있다. 문학의 영역으로 돌아와 온당히 말하자면, 기독교의 구원관을 포함하여 유대 민족의 이야기를 소설화하기

---

2) 크레이그 키너, 정옥배 외 역,『성경 배경 주석–신약』, 한국기독학생회출판부, 1998, 298쪽.
3) 최혜영,「그리스도교 관점에서 본 인간과 세계의 완성」, 종교문화연구회 편,『구원이란 무엇인가』, 도서출판 창, 1993, 435~6쪽 참조.

는 하되, 기독교를 선교하는 포교 활동과는 명확히 거리를 두고자 했던 것이라고 말할 수 있겠다.

작가의 언어가 생경하게 드러나는 이러한 새로 쓰기 방식은, 『사반의 십자가』의 위상을 규정하는 데 매우 중요한 요소가 된다. 이 방식의 효과는 긍·부정 두 가지이다. 소설 미학의 차원에서 볼 때 부정성이 두드러진다. 예수에 대한 거리 두기 서술 방식을 깨뜨려 예수라는 등장인물의 신성한 형상화에 흠을 입히고, 더 나아가서는 서술방식의 통일성과 더불어 작품의 통일성까지 손상된 것이다. 그럼에도 불구하고 긍정적인 측면이 더 크다 할 수 있다. 위에 밝혔듯이 인간적·현실적인 추론을 포기하지 않음으로써 선교문학의 자리를 벗어나 문학예술의 보편적인 지위를 잃지 않게 되었기 때문이다.

여기까지 와서 보면, 예수를 그리는 김동리의 기독교소설이 부활과 구원을 해석하는 방식은 실로 미묘하다고 할 수 있다. 예수의 신성과 기독교적 구원의 참된 의미에 대해서는 인정하되, 이러한 인정의 관건이 되는 부활에 대해서는 의심의 끈을 놓지 않기 때문이다. 이를 두고 다시 쓰기와 새로 쓰기의 경계적 글쓰기라 할 수 있겠다.

2부.
한국 근대소설 연구의 지평

7장. 한국 근대소설 장르 형성과정 논의의 제 문제

1. 장르론적 연구의 필요성과 방법

이 장의 목적은 한국 근대소설 장르의 형성과정 연구를 좀 더 풍요롭게 하는 데 필요한 문제의식과 논점을 점검하고 포괄적인 연구 방법론을 모색하는 데 있다.

기존의 관련 연구들에는 다소 아쉬운 면이 없지 않다. 근대소설 장르의 형성과정에 영향을 미치는 제반 요소들을 두루 고찰하는 대신 그 중 한두 요소에만 집중하는 경향을 보이는 까닭이다. 크게 보아 기존 연구의 경향은 다음 둘로 정리될 수 있다. 하나는 서구 소설론, 장르론을 끌어온 뒤 그에 준하여 논의를 구사하는 것이고, 다른 하나는 작가들의 소설관을 검토하여 장르 인식을 정리하는 방식으로 장르 형성사를 해석하는 경향이다. 이러한 두 경향이 중점적으로 파헤친 사항이 한국 근대소설 장르 형성사의 연구에서 빠질 수 없는 주요 범주인 것은 분명하지만, 이들 각각이 다음과 같은 문제를 안고 있는 것 또한 부정하기 어렵다. 전자의 경우 서구 장르론을 완성형인 양 끌어와 준거로 삼는 까닭에, 한국 근대소설사의 전개 양상이 그대로 한국 근대소설 장르의 형성과정이기도 하다는 통시적 역동성에 대한 주의가 부족한 편이다. 소설 장르에 대한 문인들의 인식을 대상으로 하는 후자의 경우는, 작가들의 장르 의식과 작품의 실제 사이에서 확인되는 낙차를 간과함으로써 소설사의 실제에 부응하는 데 있어 취약한 결함을 낳았다.

이상의 문제를 지양하면서 한국 근대소설 장르의 형성과정을 검토하기 위해서는 연구대상의 주요 범주들을 명확히 하고 이들을 아우르는 포괄적인 연구 방법론을 모색할 필요가 있다. 이 책에서는 1920년대를 중심으로 그 전후를 아우르는 방식으로 연구 대상을 시기적으로 확정하고, 장르 형성과정의 특징을 구명하기 위해 다음의 네 가지 곧 작품들의 특성과 문인들의 장르 의식, 독자들의 문학 수용 관습, 소설의 매체 및 환경을 주요 분석 범주로 설정하고자 한다.

한국 근대소설 장르의 형성과정을 살피는 데 있어서 1920년대가 주요 대상이 되는 소이는 다음과 같다. 한국 근대소설의 기원을 어느 작품으로 잡든 혹은 그 시기를 어느 연대로 설정하든 1900~1910년대의 신소설이나 이광수 등의 소설이 초창기를 장식하고 있음은 재론의 여지가 없다. 또한 『삼대』나 『고향』, 『태평천하』, 「날개」, 『천변풍경』, 『찔레꽃』 등 한국소설사상의 주요 작품이 등장한 1930년대야말로 근대소설 장르가 완성된 시기라는 점에 대해서도 이론의 여지가 있기 어렵다. 요컨대 한국 근대소설 장르란 1910년대에서 1930년대 사이에 형성되었다고 할 수 있는 것이다. 따라서 한국 근대소설 장르의 형성과정은 이 두 시기를 잇는 1920년대를 통해서야 제대로 파악될 수 있다고 볼 수 있다. 1920년대 소설의 전개과정을 근대소설이라는 장르의 완성을 향해 나아가는 과정으로 재해석할 필요가 여기에 있다.[1]

이러한 판단은 1920년대 소설사를 일별할 때 내적인 설득력을 얻는다.

---

[1] 사실 이러한 필요성은 장르론의 입장에서 볼 때 당연한 것이기도 하다. 1920년대 소설에서 뚜렷이 확인되는 '장르 순위의 변화'란 장르의 변화를 낳는 한 요소로서, 그것의 기술이 그대로 문학사에 해당되는 까닭이다(김준오, 『한국 현대 장르 비평론』, 문학과지성사, 1990, 91쪽 참조). 1920년대 소설사가 장르의 교섭 양상을 다양하게 보여준다는 사실 또한 장르론적 접근의 필요성과 유효성을 확인시켜 준다.

널리 알려진 대로 1920년대 소설사는, '제신祭神들의 투쟁'이라 해도 좋을 만큼 다양한 소설 경향이 계기적으로 등장하여 서로 각축을 벌이며 전개되었다. 이러한 현상은 보편적이면서도 그에 그치지 않는 특징을 지닌다. 문학 일반의 특징이 부단히 새롭고자 하는 데 있다는 점이나 서구 근대소설사 또한 끝없이 '반소설'이고자 했던 도정의 기록이라는 점2)에 비추어 보면 유별날 것 없는 보편적인 특성으로 간주할 수도 있다. 그러나 1920년대 한국 근대소설이 보인 잦은 변화 및 갈등은, 짧은 시간 내에 압축적으로 '진정한 소설'을 찾아 나선 결과였으며 매번 새로 등장한 것이 이전의 것을 전체적으로 부정·배제하고자 했다는 데서 근대소설 장르의 형성과정에 있는 개별 소설사만이 가질 수 있는 특징을 보인다.3)

다양한 소설(관)이 부침하고 갈등한 이러한 양상에 대해서 여러 가지 방면의 연구가 진행되었지만, (작가의 의식보다는) 작품의 특성에 주목하면서 한국 근대소설 장르의 형성과정이라는 맥락에서 이를 검토한 경우는 드물다. 한편, 사적인 맥락에 주목하여 근대소설의 형성과정을 밝히는 이런 연구들의 경우 대체로 문예사조사적인 연구방법을 구사함으로써 근대소설 장르의 형성과정을 밝히는 데는 미흡하게 되었다. 주지하듯이 사조사적인 연구는 유파별 동일성에 주목하게 됨으로써 개별 작품의 특성을 논하기 어렵고, 동일 사조로 묶이는 작가들의 작품 세계를 변별적으로 설명하는 데 취약하다. 요컨대 작품들의 문학적 특징을 고려하며 근대소설 장르의 형성과정을 일목요연하게 구체적으로 설명하는 데는 미치지 못했던 것이다.

따라서 1920년대 소설사를 대상으로 한국 근대소설 장르의 형성과정을 설득력 있게 구명하기 위해서는, 장르 형성과정의 연구 방법론에 대해 먼저 고민할 필요가 있다.4)

---

2) 아롱 키베디 바르가, 김정린 역, 「반소설로서의 소설」, 김현 편, 『쟝르의 이론』, 문학과지성사, 1987, 170쪽 참조.

3) 졸고, 『한국 근대문학의 형성과 신경향파』, 소명출판, 2000, 164~201쪽 참조.

4) 장르 관련 연구의 한계를 지적하고 새로운 돌파구를 마련하려는 최근의 논의들은

일반적으로 장르 연구는 크게 두 가지 경향으로 구분된다. '규범적 학설－기술적 학설'[5] 혹은 '선험적 장르 이론－경험적 장르 이론'의 대비가 그것이다. 규범적·선험적 장르 이론은 다시 둘로 나뉠 수 있는데, 비역사적인 기본형을 제시하는 형식주의나 신비평, 프라이 등의 견해가 하나이고, 헤겔에서 루카치, 지라르 등으로 이어지는 역사철학적 논의가 다른 하나이다. 장르 설정의 원리를 선험적인 것으로 보든 장르 체계를 역사적 결과로 간주하든 간에, 이러한 이론들을 끌어 와 한국문학에 적용하는 논의의 경우 대체로, 근대소설이라는 장르를 이미 완성된 것으로 전제하고 조망하는 특징을 보인다. 그 결과로, 사실상 서구문학의 장르론을 그대로 가져와 한국문학의 분석 및 판단의 기준으로 삼는 재단적·외삽적인 논의가 되기 십상이다. 서구 근대소설의 형성과정을 통해 수립된 장르 체계를 고정시키고 그에 맞추어 한국 근대소설 장르의 문제를 사고함으로써, 형성기 한국 근대소설사의 역동적 특수성을 실상 그대로 파악하지 못하는 문제가 발생하는 것이다. 근대화를 서구화와 동일시하는 것과 동일한 오류에 빠져 있는 이러한 방식의 연구가 한국 근대소설 장르의 형성과정을 새구하는 데 있어 근본적인 한계를 갖게 됨은 물론이다.[6]

장르 일반론을 지향하는 경향을 보인다. 한국문학을 세계문학의 보편적인 논의 차원으로 열어가기 위해서는 개별 장르사를 넘어 장르 일반론으로 나아가야 하지만 아직까지 의미 있는 성과가 없다는 지적으로 남송우의 「N. 프라이 장르론이 한국문학 장르론에 미친 영향－김준오를 중심으로」(한국문학회, 『한국문학논총』 42집, 2006, 282쪽)를 참조할 수 있다. 한국문학 연구와는 거리가 있지만 장르 일반을 대상으로 하여 장르의 변동성에 주목할 것을 강조하면서 전반적인 이론적, 방법론적 연구의 필요성을 제기하는 경우로 박승현·이윤진의 「장르의 속성에 대한 고찰」(한국지역언론학연합회, 『언론과학연구』 제7권 1호, 2007)이 있다. 이들의 지적이 갖는 유의미성을 생산적으로 살리기 위해서는, 보편화를 가능케 할 전단계 작업으로서, 역동적인 변화를 보인 한국 소설사의 특성에 주목할 수 있도록 개별 장르 연구 방법론을 쇄신하는 것이 필요하다.

5) 김윤식, 「한국문학사와 장르의 문제－장르에 대한 몇 가지 가설」, 국어국문학회, 『국어국문학』 61, 1973, 158~9쪽 참조.
6) 몇몇 서구 이론을 정리하거나 그를 준거로 하여 한국 근대소설의 장르를 논하는 경

따라서 한국 근대소설의 형성기를 대상으로 장르론적인 연구를 수행할 때에는, 작품의 실제에 준하여 구체적이고도 역동적인 형성과정을 살필 수 있는 기술적·경험적인 접근이 요청된다. 이러한 문제의식에서 이 책은 장르를 규정하는 다음 네 가지 요소에 주목하고자 한다. 첫째는 근대소설의 자율적·내재적인 특성(의 형성)이고 둘째는 작가들의 장르 의식, 셋째는 독자들의 문학 수용 관습, 넷째는 소설의 매체 및 환경이다. 장르 형성과정을 구명하는 분석 틀이라 할 이상 네 요소에 대해 조금 부연해 둔다.

한국 근대소설 장르의 형성과정을 살피는 일은, 소설이 여타 요소들을 자유자재로 습용하되 자신의 특성을 안정적으로 유지할 수 있을 만큼 장르적 규정성을 갖추어 가는 양상, 달리 말하자면 소설 서사가 다른 텍스트들과 접촉하고 분리되면서 자신의 정체를 찾아가는 양상을 밝히는 것이다. 따라서 가장 기본적인 검토 대상은 당연히도 서사 텍스트로서의 소설 자체가 된다.

그러나 이렇게 논의의 폭을 좁히면 여러 문제가 발생할 수 있다. 근대소설을 일 요소로 포함하는 소설 일반의 층위에서 보자면 습용 여부를 말하기 어려울 만큼 소설 장르의 폭이 크고 넓다는 점이 논의의 구체성, 실효성을 난망하게 만들 것이고, 이를 피하기 위한 방편으로 논의의 중점을 소설의 근대성에 맞추게 되면 대체로 우리 소설 바깥에서 근대성의 내포를 끌어오게 되어 그에 따라 논의 자체가 재단적·외삽적이 되기 십상이다. 이러한 위험은 원천적으로 피하기 어려운 것이므로 텍스트의 경계에 갇히지 않고 논의의 대상을 넓혀야 한다. 우리 소설의 역사적 전개과정에서 일정 시기에 이르러 근대소설 장르가 형성되었다는 관점을 견지하고 그에 이르는 과정에서 영향을 미친 제반 요소들을 두루 검토해야 하는 것

우들은 논의의 생산성에서 취약한 면모를 보인다. 김환희의 「문제제기적 장르 소설 ― 서양장편소설이론과 한국소설론의 비교」(한국비평이론학회, 『비평과 이론』 3집, 1998)나 문홍술의 「장르 발생론적 관점에서 본 소설의 미학적 의의」(서울대학교인문과학연구소, 『인문논총』 16집, 2007) 등을 들 수 있다.

이다. 역사적 시선으로 형성 요인들을 주목하지 않는다면 이는 곧 '근대소설'의 정체성을 전제하는 것일 뿐이기 때문이다.[7] 따라서 한국 근대소설 장르의 형성과정을 논하는 자리에서는 소설 자체뿐 아니라 이 형성과정에 영향을 주는 제반 요소들도 검토 대상에 포함시켜야 한다.

소설 텍스트 자체의 관성이 장르로 확립되기 전까지는 텍스트의 양상이 텍스트 바깥의 요소들에 의해 크게 영향을 받게 마련이다. 그런 영향 인자 중 중요한 세 가지가 바로 재래로부터 이어지는 '독자들의 문학 수용 관습'과 작품이 발표되는 '매체 및 환경의 영향'이고, 이 둘과 길항관계에 놓이는 '작가들의 새로운 장르 의식'이다. 이 세 항의 관계 속에서 소설 텍스트의 관성이 형성되고 끝내는 자립화됨으로써 근대소설의 장르가 형성된다고 할 수 있다. 따라서 한국 근대소설 장르의 형성과정을 살피는 일은 이 세 항의 상호작용을 살피면서 근대소설의 자율성이 어떻게 구축되어 가는지를 정리하는 작업이 되어야 한다.

이하의 논의는 다음과 같이 진행된다. 먼저 2절에서는 새롭게 등장한 장르 의식과 작품 실제 사이의 거리에 초점을 맞추어 앞서 말한 바 세 항 사이의 길항관계를 살핀다. 의식과 작품 사이에서 확인되는 거리의 결과가 근대소설사에서 어떻게 드러나는지를 확인하는 것이 다음 3절의 과제이다. 한국 근대소설사가 보이는 다양한 모습과 역동적인 전개 양상을 '장르적 동요 현상'이라는 맥락에서 점검해 본다. 전래의 문학 수용 관습과 충돌하는 새로운 장르 의식의 등장, 소설 매체 및 환경의 영향 등과 관련하여 장르적 동요 양상을 개관해 본 2, 3절의 논의는, 계기적인 면도 있지만 그보다는 동일 과정의 다른 측면에 중점을 둔 것이다. 끝으로 4절에서는 이상의 과정을 거쳐 한국 근대소설 장르가 안정성을 확보하게 되었다 할 때, 그러한 안정화의 양상과 동인, 장르 안정화를 이끈 추동력 등을 확인하기 위해 추후 검토해야 할 사항들을 정리해 본다.

---

7) 근대소설의 정체성이란 것이 선험적으로 설정되든, 사회역사적 근대성으로부터 발생론적으로 추론되든, 서구나 일본에서 빌려온 것으로 여겨지든 사정은 마찬가지이다.

2. 장르 의식과 작품 실제 사이의 거리

근대의 기획 일반이 갖는 기본적인 특징이 새로움의 추구에 있음은 널리 알려진 사실이다. 인류사 최초의 보편인이라는 자부심을 갖고 등장한 부르주아계급은 과거가 아니라 미래에로 정향되어 있었고, 그들에게 있어 '근대(Modern times)'란 '새로운 시대(Neue Zeit)'였다. 새로움에 대한 추구는 근대소설 장르의 형성에 있어서도 마찬가지여서, 근대에 걸맞은 새로운 서사로 소설이 꼽힐 때 기존의 서사에 대해 소설이 갖는 패러디적인 요소가 중요하게 고려되고[8] 소설이 끊임없이 발전하는 것으로 여겨지는 것도[9] 이 때문이다. 한국 근대소설의 형성사를 밝히는 자리에서 기존의 연구들이 신소설의 새로움을 지적하며 논의를 전개한 것도[10] 동일한 맥락에서 이해될 수 있다.

그러나 근대소설 장르의 특징을 밝히는 데 있어서 새로움을 지적하는 것만으로는 충분치 못하다. 새로운 면모와 더불어 재래의 면모를 부정적인 것으로 언급해 두는 것 또한 마찬가지이다. 이러한 태도는 작품의 경계 내에 갇힌 것이어서 장르의 발전 및 형성과정을 구명하는 데는 한계를 지니게 마련이다. 따라서 새로움이 새로움일 수 있게 만드는 주변상황과

---

8) 아롱 키베디 바르가는 『골의 아마디스』와 『돈키호테』를 예로 들어 근대 초기에는 기사도소설과 이것의 패러디적인 작품이 평화롭게 공존했음에도 많은 논자들이 『골의 아마디스』를 무시했다고 지적하는데(앞의 글, 166~7쪽 참조), 이러한 '무시'야말로 근대소설의 패러디적인 본질을 지적하는 올바른 관점의 소산이라 할 수 있다.

9) 소설 전통과의 단절로 간주되는 누보로망의 주창자인 로브그리예가 세간의 오해에 대항하여 역설한 것도, 근대소설이라는 장르는 항구적으로 발전하는 것이며 바로 이런 점에서 자신들 또한 발자크, 플로베르 등의 후계자라는 점이었다(김치수 역, 『누보로망을 위하여』, 문학과지성사, 1981, 92~3쪽 참조).

10) 전광용의 『신소설 연구』(새문사, 1986)에서부터 이러한 특징은 하나의 전통이 되어 왔다. 임화의 일련의 신문학사 연구 또한 사정이 다르지 않다.

같은 요인들을 함께 고려하여야 한다. 근대소설이 놓여 있던 매체 환경이나 독자들의 문학 수용 관습 등이 그러한 주요 요인인데, 이를 검토하고 이와 근대소설 양자 사이의 관계까지 고려할 때에야 새로움의 진정한 성격이나 역사적 전개에 있어서 그러한 새로움이 갖는 의미 등을 확인할 수 있게 된다.

초창기 근대소설 장르는 작가들의 장르 의식과 '매체 및 독자의 문학 수용 관습'이라는 문학 환경 양자 사이의 자장 속에서 형성되었다. 양자의 길항관계 속에서 근대소설이라는 새로운 장르가 현실화된 것이다. 기성의 매체나 독자는 재래의 문학 수용 관습에 젖어 있는 상태에서 1930년대에 이르기까지 전근대적인 작품을 계속 산출하고 수용하였다.[11] 이러한 상황 속에서 새로운 소설가들이 기존 작품들과 차원을 달리하는 이상적인 작품을 꿈꾸며 자신의 기획을 현실화하기 위해 분투하였다. 이 과정이 순탄치 않음은 물론이다. 작가들의 지향성이 추동력이 되지만 그들의 작품이 문학 환경을 떠나 존재할 수는 없는 것이기에, 새롭게 산출되는 근대소설 작품들은 작가들의 장르 의식이나 문학 환경 양자 모두와 긴밀한 관계를 맺으면서도 어느 하나에 완전히 종속되지는 않는 복합적인 면모, 동요 양상을 띠게 된다.

근대소설의 형성과정을 장르 관점에서 파악할 때는 장르 의식과 문학 환경의 두 층위를 염두에 두고 작품의 동요 양상에 주목할 수 있어야 한다. 이를 간과하게 되면 근대문학 초기 작가들의 소설관을 정리하는 식으로 근대소설 장르 형성사를 기술하게 되어, 실질적으로는 장르 관념사 혹은 장르 인식사로 장르(형성)사를 대체하는 우를 범할 수도 있다. 이러한 위험을 경계하는 뜻으로 강조하여 말하자면, 근대소설이라는 장르는 문

---

11) 구활자본 고소설은 1930년대에 이르기까지 지속적으로 출간되어 양적인 면에서 보자면 지배적인 문학 산물이었다. 천정환, 「한국 근대 소설 독자와 소설 수용 양상에 대한 연구」, 서울대박사논문, 2002, 24~41쪽 참조.

인들의 관념과 실제 작품들이라는 두 층위에서 따로 존재한다고도 하겠다.[12] 요컨대 작가들의 장르 의식과 작품 실제 사이에는 간과할 수 없는 거리가 존재하는 것이다.[13]

문인들의 장르 의식과 작품 환경 사이의 긴장관계는, 전대소설[고소설]과 근대소설의 과도기로 일컬어지는 애국계몽기 서사문학에서부터 확인된다.

잘 알려진 대로 애국계몽기 서사문학의 담당 계층은 전통에 뿌리를 두되 신문물에 개방적이었던 개신유학자들과 신흥 지식인에 해당하는 신소설 작가로 크게 대별된다. 이 두 계층의 문학관이 상이한 것도 잘 알려져 있는데, 그 차이만큼이나 이들 각각과 그들이 산출한 산물 사이에도 거리가 있다. 애국계몽기 문인들의 문학관과 작품의 실제 사이에 간과할 수 없는 상위가 있는 것이다.

장지연, 박은식, 신채호 등의 개신유학자들은 소설이 끼치는 긍부정적인 효과를 간파하여, 전대소설의 폐해를 일소하는 한편 소설의 감화력을 긍정적으로 보아 국민 교화의 수단으로 소설을 활용하고자 하였다.[14] 이

---

12) 소설 유형론을 다루는 자리에서지만 조남현의 경우도, 비평사에서 확인되는 소설 유형론과 소설사에서 간취되는 소설 유형론 사이의 거리를 지적하고 있다(『한국 현대소설 유형론 연구』, 집문당, 1999, 24쪽). 소설사라는 대상과 그에 대한 메타적 인식 사이의 차이라는 점에서는 동일한 사정을 지적한 셈이다.

13) 이러한 거리에 주목해야 하는 이유가 장르 형성사의 실제를 제대로 파악하기 위한 데 그치지는 않는다. 문인들의 장르 의식과 작품 실제 사이의 거리는 의식의 현실성을 실제에 비춰 검증할 수 있게 함으로써, 새로운 장르 의식의 동향 즉 지향성이나 외부와의 영향관계, 평론계의 향방 등을 구체적으로 확정할 수 있게 해 주는 효과적인 연구 테마로도 주목할 만하다. 또한 이는 한편으로는 장르 의식의 실체와 밀도, 다른 한편으로는 기존 작품계의 영향력을 적절히 가늠할 수 있게 해 주며, 소설 장르 내에서의 사조의 변화를 좀 더 거시적인 안목에서 일목요연하게 파악할 수 있게도 해 준다. 근대소설 장르 형성과정의 연구 방법론에 초점을 맞추는 이 책에서는, 장르 의식과 작품 실제 사이의 거리를 거칠게나마 확인해 둠으로써 후속 연구에 의해 이러한 거리의 의미가 천착될 수 있는 계기를 제공하는 데 그친다.

14) 박은식의 『서사건국지』(대한매일신보사, 1907) '서(序)'나 신채호의 「근금 국문소설 저자의 주의」(『대한매일신보』, 1908. 7. 8) 등이 대표적인 예가 된다.

른바 '국문소설 개혁론'을 내세워 전대소설을 비판하고 시대의 소명에 맞는 바람직한 소설상을 제시한 것이다.[15] 그러나 주지하다시피 그들이 출간한 작품들은 거개가 한자 위주로 표기되어 있어서 그들이 의식한 '필부필부'가 이해하기에는 곤란한 것이 사실이다. 신채호의 경우를 예외로 하면, 애국계몽 의도가 강하게 담긴 역사·전기물들의 경우 대체로 단순한 국한문병용을 넘어 한주국종체 국한문혼용을 구사함으로써 의도와 실제 사이의 거리가 한층 두드러져 있다.

국민의 계몽을 위하여 역사·전기물을 쓰되 국민들이 읽기 어려운 표기법을 사용한 것은, 작가의 의도와 작품의 실제 사이의 거리를 보여 준다. 이러한 차이의 의미를 새삼 따져볼 필요가 있다. 이에 대해 그들의 국문전용론이 한갓 이상론에 그쳤다고 할 수도 있고,[16] 표기법에 따라 대상 독자가 달리 설정되었다고 볼 수도 있다.[17] 각각 의미 있는 정리이다. 특히 아세아문화사에서 출간된 『歷史·傳記小說' 전집』(1979)을 살필 때 순국문으로 씌어진 역사·전기물이 『라란부인전』, 『愛國婦人傳』과 『텬로력뎡』, 『짜뷔일트젼』에 불과한 점을 보면,[18] 대상 독자나 작품의 성격이 표기법과 밀접한 관련을 갖는다는 점은 분명하다.[19] 그러나 이러한 해석이 독서대중의 확장이라는 면에서까지 적실한 것은 못 된다. 여성 독자를 주요 대상으로 삼은 경우나 포교를 염두에 둔 저작이 순국문으로 쓰여

---

15) 이에 대한 상세한 논의로 권영민, 『한국 민족문학론 연구』, 민음사, 1988, 1부 참조.
16) 권영민, 앞의 책, 50쪽.
17) 김영민, 『한국 근대소설의 형성과정』, 소명출판, 2005, 42~3쪽 참조.
18) 이 전집에는 순국문으로 쓰여진 『冒險小說 十五小豪傑 십오소호걸』도 실려 있으나 이것은 역사·전기물로 보기 어렵다.
19) 『월남망국사』의 경우가 이러한 사정을 명확히 보여 준다. 현채 역의 『越南亡國史』 (1907. 5 재판)가 한주국종체 국한문혼용으로 쓰여지고 그 서(序)에서 독자를 '유지 제군자(有志諸君子)'로 설정함에 비해, 주시경 번역의 『월남망국ᄉ』(박문서관, 1907. 11 초판) '서'는 '무식하고 어리석은 백성'을 대상으로 하여 남녀노소 귀천을 막론하고 모든 국민이 특히 '한문 을 모르는 이들'도 읽고 경계하라고 순국문으로 번역하였음을 명기하고 있다.

진 사실이 뚜렷한 증거가 된다. 이들 작품이 여성 독자들을 고려하고 있지만 남성 및 식자층 독자를 배제한 것일 수 없음을 염두에 두면, 국민 교화 의지가 자연스럽게 포괄해야 할 독자층 확대 노력이 표기법상에서 외면되었음은 분명하다. 이러한 외면이야말로 이들 문인들의 문학관과 작품 실제 사이의 괴리를 나타내는 것에 다름 아니라 하겠다.

신소설의 경우에서도 유사한 거리를 확인할 수 있다. 개화 계몽 의지를 드러내는 한편 사실성을 강조하고 흥미성까지 의식함으로써 근대적 소설관의 단초를 잘 드러내는 것으로 널리 검토된 바 있는 이해조의 『화의 혈』말미 진술을 본다.

> 소셜이라 ᄒᆞᆫ는 것은 믜양 ⊙ 빙공착영(憑空捉影)으로 인정에 맛도록 편즙ᄒᆞ야 풍쇽을 교정ᄒᆞ고 샤회를 경셩ᄒᆞ는 것이 뎨일 목뎍인 즁 ⓛ 그와 방불ᄒᆞᆫ 사ᄅᆞᆷ과 방불ᄒᆞᆫ 사실이 잇고 보면 익독ᄒᆞ시는 렬위 부인 신ᄉᆞ의 진진ᄒᆞᆫ 즈미가 일층 더 싱길 것이오 ⓒ 그 사ᄅᆞᆷ이 희기ᄒᆞ고 그 ᄉᆞ실을 경계ᄒᆞ는 됴ᄒᆞᆫ 영향도 업지 안이ᄒᆞᆯ지라[20]

이 글에서 근대문학의 허구성에 대한 인식 등을 주목한 선행연구들과는 달리, 여기에서는 위의 인용에서 발견할 수 있는 분열상에 초점을 맞춘다. 위에서 개화 계몽의 의지를 드러내는 '풍속 교정', '사회 경성'이 어떻게 사유되는지를 주목하고자 하는 것이다.

⊙ 이하에서는 그러한 교정과 경성이 '제일 목적'이라 하여 강조하고 '허구적인 구성'을 수행 방법으로 내세웠지만, ⓛ 이후에는 '방불한 사람과 사실'이 재미를 산출한다 하고, 그 결과로 ⓒ 이하에서 보이듯이 그렇게 재미있게 읽은 사람이 스스로 경계하는 '좋은 영향'이 생길 수도 있다

---

20) 이해조의 『화의 혈』 본문 말미에 이어진 후기이다(오거서창, 1912, 100쪽. ⊙ 등은 인용자). 잘 알려진 대로 이 책의 '서언'에서는 이해조가 자신의 소설들이 사실을 적확히 그려 진진한 재미와 신기함을 얻어 왔음을 밝히고 있다.

는 듯이 말하고 있다. 이는 사실상 앞에서는 교정·경성 효과를 강조하고 뒤에서는 재미를 내세움으로써 상위되는 논지를 펴는 것이다. 관점을 달리해서, '방불한 사람과 사실'의 제시를 '편즙'의 구체적인 방식이라고 이해하려 하면 '제일 목적'에 해당하는 것이 앞뒤에서 다른 위상을 차지하고 있음이 보다 명확해진다.

요컨대 이해조는 표면상으로는 개화 계몽 의지를 드러내되 실상은 재미를 주는 데까지만 확신을 갖고 회개와 경계의 효과는 기대사항으로 놓고 있을 뿐이다. 이러한 의식의 분열은, 신소설 작가들의 개화계몽 의지나 신소설 표면에서 확인되는 개화사상이라는 한 편과 신소설이 그 구성이나 전반적인 내용에서 보이는 통속적인 재미 사이의 거리에 상응하는 것이라 할 수 있다.

작은 구절을 갖고 지나치게 해석했다는 비판이 있을지 모르겠지만, 신소설에 대해서 작가의 개화 계몽적인 의식을 강조하는 통념적인 판단이 어느 정도 적실한 근거를 갖고 있는지를 돌이켜보게 하는 의의만큼은 받아들여지리라 생각된다.

이렇게 작가의식 차원에서도 교훈성과 오락성이 조화를 이루지 못하고 병존하는 점은, 신소설 작가나 연구자들의 통념과 딜리 신소설이 소설 내적인 특성에 있어서 전대소설의 연장에 해당한다는 사실21)에 의해 한층 더 강화된다. 실상 신소설은 독자들의 흥미를 제고하기 위하여 우연을 구사하는 점에서는 전대소설의 연장에 그치지 않고 한층 더 의식적이고 강화된 면모를 보여주기도 한다.22) 요컨대 신소설은 개화 계몽을 내세우고 사실성을 강조하는 작가의식 곧 '근대적인 소설관'과, 일대기적인 구성이나 우연·과장을 통한 흥미 제고의 양상 등 '전대소설 특성의 연장 및 강화에 해당하는 작품의 특성', 양자 사이의 괴리를 보이고 있는 것이다.

---

21) 조동일, 『신소설의 문학사적 성격』, 서울대출판부, 1973 참조.
22) 졸고, 「신소설과 우연의 문제-우연의 분석 방법 구축 및 영웅소설과의 대비를 중심으로」, 한국문학연구학회, 『현대문학의 연구』 33, 2007 참조.

지금까지 이러한 특성들은 신소설 작가의 근대문학 의식이나 신소설 작품의 통속성으로 각각 일면적으로만 해석되어 왔다. 근래 들어서야 이러한 양상을, 신소설이 신문이라는 새로운 매체 환경에 적응하면서 한편으로는 식민지시대 신문의 상업성에 부응하고[23] 다른 한편으로는 독자들의 전통적인 문학 수용 관습과 타협한 결과로 보기 시작했다.

　이 책의 맥락에서는 이보다 조금 더 나아가, 신소설의 이러한 면모가 근대소설 장르의 형성과정에서 어떠한 의미를 지니는지 한 가지만 추론하고자 한다. 식자층을 대상으로 내용 형식 양 측면에서 일관되게 정론성을 견지한 정치소설과는 달리 신소설은 기존의 것[서사구성의 측면]과 새로운 것[개화 계몽의 모티프]을 병용함으로써 이념으로부터의 자율화라는 측면에서 근대소설에로의 변화를 시작한 것이라 볼 수 있다. 비록 내용이 새롭고 형식이 낡은 것이라 해도, 근대소설 장르의 형성과정에서 볼 때 이러한 균열 자체는 의미 있는 것이다.

　이상 살펴본 대로 역사 · 전기물과 신소설로 대표되는 애국계몽기 서사문학의 경우 작가의식과 작품의 실제 사이에 차이를 보인다. 따라서 작가들의 새로운 소설관이 의미 있는 것임에도 불구하고, 그를 통해 작품의 특성을 규정하거나 그로부터 한걸음 더 나아가 근대소설 장르의 형성과정에서 이 시기 서사문학이 차지하는 위상을 확정하거나 해서는 안 된다. 이들의 작품은, 상업성을 고려하지 않을 수 없는 새로운 매체 환경 및 요지부동이라 할 만큼 막강한 독자들의 전통적인 문학 수용 관습의 힘에 맞닥뜨려 그에 적응하는 방식으로 변형된 것이기 때문이다.[24]

---

23) 근대 초기 서사문학의 전개 · 발전에 있어 신문이라는 매체가 갖는 의미와 영향력에 대해서는 김영민, 『한국 근대소설의 형성과정』(앞의 책)이 핍진하게 밝혀 둔 바 있다.
24) 이러한 사태의 궁극적인 원인 혹은 조건변인으로 제국주의의 압박과 식민지로의 전락이라는 역사적인 상황이 있음은 물론이지만, 이 층위로부터 곧바로 발생론적인 논의를 꾸리는 것은 식민지시대 근대소설사의 굴곡을 설명할 수 없는 문제에 봉착하게 된다는 점에서 적절한 방식이 아니다.

춘원 이광수 이후 1920년대 소설의 전개과정도 작가들의 장르 의식과 작품 실제 사이의 괴리를 통해 새롭게 조명해볼 수 있다.

이광수의 경우 그의 문학관·소설관과 작품이 조화를 이룬 듯이 생각하는 경향이 널리 퍼져있다. 춘원이 계몽주의자이고 그의 작품 또한 계몽주의문학의 대표격이라는 결론적인 정리가 이를 말해준다. 그러나 서양의 문학(literature)을 끌어들이고 '정육情育'을 주창하는 그의 소설관25)이 작품에 그대로 반영되었다고는 할 수 없다. 작품의 주요 주제효과 면에서는 그렇다고 할 수 있어도, 소설의 미적 특성 일반을 두고 보면 상위되는 바가 적지 않은 까닭이다. 1910~20년대 춘원의 문학은 계몽주의적인 요소와 통속적 측면이 뒤섞여 있는데, 사실 이 모두는 전대의 문학 상황에 이어져 있는 것이다. 계몽주의적인 요소가 애국계몽기 서사문학의 지향성에 닿아 있음은 물론이고 구성 면에서 확인되는 대중적 측면 또한 이전 소설들이 독자층 및 그들의 문학 수용 관습과 맺고 있던 관계의 연장선상에 있는 것이라 할 수 있다.26)

역사·전기물이나 신소설, 춘원 소설이 독자들의 문학 수용 관습 및 매체 환경에 조응하는 면모를 보였다면, 1920년대 초기에 등장한 동인지 소설의 경우는 이를 거스르려 했다는 점에서 주목할 만하다. 기존의 문학 일체를 부정하고 주어진 매체도 거부한 채 '참 인생을 탐구하는 새로운

---

25) 대표적인 예로 「문학이란 何오」(『매일신보』, 1916. 11. 10~23)를 들 수 있다.
26) 일례로 『무정』에서 확인되는 우연의 문제를 보면, 춘원이 전대소설에서 신소설로 이어지는 우연 구사의 의식화, 강화 경향의 연장선상에 있음이 잘 확인된다. 이에 대해서는 졸고, 「한국 근대소설의 형성 및 분화와 우연의 구사 양상 시론」(한국현대문학회, 『현대문학연구』 25, 2008) 참조. 박영채 서사가 갖는 대중적 친화성도 이 맥락에서 이해할 수 있다. 한편 독자의 성격과 관련하여 김영민은 춘원 소설이 야말로 일반대중과 식자층을 모두 문학의 독자로 아우르는 최초의 사례라 지적하며 이것이 '새로운 체재의 지속을 위한 새로운 이데올로기를 심고자 한'『매일신보』및 일제의 익도에 부합되는 것이라 했는데(『한국 근대소설의 형성과정』, 앞의 책, 163쪽 참조), 이 역시 독자의 문학 수용 관습과 매체 환경의 영향력을 입증해 줌과 동시에 춘원 문학 또한 이 면에서 이전 소설과 동궤에 있음을 알려주는 것이다.

문학'을 주창한 것인데, 이의 바탕에는 대정 데모크라시의 풍토에서 문학을 배우고 돌아온 문학청년이었던 동인지 문인들이 식민지의 엄혹한 현실에 처한 위기 상황이 놓여 있다.[27] 이 자리에서 이들이 취한 방향은 자신들만의 매체를 통해 자신들만의 문학을 수행하면서 독자들의 문학 수용 관습에 충격을 가하는 것이었다.[28] 따라서 동인지의 발행은 기존의 문학관을 거부하고 새로운 문학을 세우려는 의도의 실천적인 결과라 할 수 있다. 요컨대 1920년대 초기의 동인지란, 당시의 매체 환경이나 문학관을 거부한 상황에서, 자신들의 새로운 문학관, 장르 의식에 맞는 작품을 발표할 수 있는 새로운 매체를 스스로 창출해낸 사례에 해당한다. 이 점은 이후의 동인지 등과는 유를 달리하는 것이어서 한껏 강조해도 좋은 사실이다.[29]

---

27) 졸고, 「1920년대 초기 소설 연구」, 서울대석사논문, 1993, 9~20쪽(『한국 근대문학의 형성과 신경향파』, 앞의 책, 26~43쪽) 참조.

28) 『창조』 창간호 '남은 말'에서 이러한 태도가 잘 확인된다. 첫 단에서 재래의 문학을 비판한 뒤, 나머지 두 단을 통해서는 독자의 관심과 주의를 끌고 자신들의 작품을 알리는 데 주력하고 있는데, 이는 자신들의 문학을 알림으로써 독자들의 문학 수용 관습을 변화시키려는 의도의 소산이다. 이러한 문학 교육의 실천적 결과가 김동인의 소설론을 위시한 동인지 작가들의 각종 수상, 상화 등이다.

29) 1920년대 초기의 동인지가 갖는 이러한 성격은 역사적인 것이다. 이때의 역사성은 1920년대라서가 아니라 그 시기가 서구라는 외부로부터의 충격을 맞이하면서 전개되는 동양에서의 근대문학 형성과정의 초기라는 데서 드러난다. 일찍부터 서양과 접촉한 일본이나 인도를 약간의 예외로 하면, 대부분의 동양 제국(諸國)이 보이는 근대문학의 형성과정은 문학의 교술적 기능에 주목하는 경향으로 시작하면서 계몽주의적인 양상을 보이다가, 일정 시점이 경과한 후에, 문학의 자율성에 주목하여 소수의 문인 그룹들이 저마다의 문학형을 추구하는 움직임을 보이는데 이때 이들이 취한 매체가 바로 동인지였다. 이러한 일반적인 양상이 의미하는 것은, 동양에서 확인되는 근대문학 형성기의 최초의 동인지란 (이후의 동인지들과는 달리) 문학의 서구적·근대적인 형식을 취하는 데 그치지 않고 교술적인 기능까지도 문제시하면서 문학예술의 자율성을 추구하기 '시작'할 때의 매체라는 특성을 갖는다고 할 수 있다(동양 제국(諸國)의 근대문학 형성과정에 대해서는 다음을 참조할 수 있다: 김학주, 『중국문학사』, 신아사, 2011; 한국외대 외국문학연구소 기획, 『세계의 소설가』, 한국외대출판부, 2001; 김영애 외, 『아시아 아프리카 문학』, 한국외대

물론 의도와 결과가 일치하는 것만은 아니어서 이들의 경우 또한 자신들의 문학관을 작품을 통해 입증하지는 못했다. 김동인이나 전영택, 염상섭, 나도향 등의 작품은 구성 면에서 적지 않은 결함을 지니고 있으며 현진건 또한 작품 세계를 가족 혹은 친족으로 축소하는 대가를 치르고서야 구성의 완미함을 구할 수 있었을 뿐이다.30) 이들의 경우에서 보이는 장르 의식과 작품 실제 사이의 이러한 거리는, 기존의 문학적 환경을 거부하면서 이들이 사실상 현실 자체까지도 거부한 데 따른 것으로서 한국 근대소설 형성기의 한 가지 주요 특징에 해당된다.

1920년대 중기 이후 신경향파에서 카프로 이어지는 좌파문학의 경우에서도 작가들의 의식과 문학 환경 사이의 거리가 잘 확인된다. 이들이 기존의 문학 일체를 부르주아적인 것이라 규정하고 거부하면서 문학운동을 시작한 것은 주지의 사실이다. 의식의 면에서 완전히 새로운 문학을 포지한 것이다. 그러나 신경향파소설이 넓은 의미에서 자연주의 소설계에 귀속된다는 점을 고려하면,31) 이들의 경우 또한 장르 의식과 작품 실제 사이의 괴리를 지우지 못했다고 하겠다. 매체 면에서 보자면, 사실 이러한 괴리가 있었기에, 식민지 현실을 형상화하기 시작했던 자연주의 계열 소설들과 더불어서 신경향파소설들 또한 당대의 신문, 잡지를 통해 발표될 수 있기도 했다.32) 신경향파소설 내부적으로는 이른바 '박영희적 경향─최서해적 경향'이라는 가상의 이분법이나 내용 · 형식 논쟁 등이 보

출판부, 2003; Louis Renou, 이은구 역,『인도문학사』, 세창미디어, 2004; 가메이 히데오, 김춘미 옮김,『메이지 문학사』, 고려대출판부, 2006; 가토 슈이치, 김태준 · 노영희 역,『日本文學史序說』, 시사일본어사, 1995; 이일숙 · 임태균,『포인트 일본문학사』, 제이앤씨, 2009; 이난아,『터키 문학의 이해』, 월인, 2006).

30) 졸고,「1920년대 초기 소설 연구」, 앞의 글, 3장 참조.
31) 졸저,『한국 근대소설의 형성과 신경향파』, 앞의 책, 2부 3장 참조.
32) 신경향파문학의 경우 아직 일반 독자를 의식하지는 못했음도 부기해 둔다. 그들에게 있어서 문학 수용 관습의 변화 · 타파 대상은 동시대의 비좌파 문인이었고 그나마도 사실 자신들의 새로운 문학관을 견고히 하는 의식화 작업에 의해 뒤로 밀려나 있었다고 하겠다.

여주듯이 장르의 요동 현상이 뚜렷이 확인된다. 이 모두는 '신경향'이라는 그들의 이상과 작품의 실제 사이의 거리에 의한 것이다.

이러한 점은 방향전환론, 목적의식기를 거치며 진용을 정비하는 카프 경향소설의 경우 동일한 패턴으로 한층 강화되어 확인된다. 카프 문인들의 문학관 및 지향을 잘 드러내는 유물변증법적인 비평과, 그러한 비평이 주장하는 바가 구현되기 어려운 식민지 현실을 작품 내 세계로 삼으면서 계급투쟁을 형상화하기 위해 분투했던 실제 작품들 사이의 괴리가 확인되는 것이다. 다른 각도에서 보자면 카프 진영의 문학에 대한 논의가 지도비평, 입법비평의 성격을 강화하게 되는 것은 이러한 괴리의 결과라고도 할 수 있다.[33]

지금까지 작가들의 장르 의식과 그들의 창작물 사이의 괴리를, 매체 및 독자의 문학 수용 관습이라는 문학 환경을 고려하여 개관해 보았다. 작가들의 장르 의식이라고 했지만 이 책의 논의는 사조나 유파, 그룹 별 문학관을 간단히 제시하는 선에서 그치고 말았다. 월평, 시평, 총평 등 다양한 형식으로 당시에 발표된 실제 비평들에서 드러나는 장르 의식을 논의 대상인 작품과의 비교 속에서 세밀하게 검토함으로써 근대소설 형성기의 장르 의식을 좀 더 정교히 하는 것이 추후의 과제이다. 1920년대 중반에 진행된 '조선문단합평회'의 논의 양상을 이 맥락에서 검토하는 것도 필요한 일이라 판단된다.

3. 형성기 근대소설의 장르적 동요 양상

앞 절에서 우리는 애국계몽기로부터 1920년대에 이르기까지 소설에 대한 작가의 장르 의식과 작품의 실제 사이에 거리가 있으며 이는 매체의

---

33) 1938년의 임화가 '과거의 경향문학론의 결정적 약점'으로 시인하는 것 역시 '문예비평 내지 평론과 작품과의 분리'였다(「비평의 고도」, 『문학의 논리』, 서음사판, 1989, 413쪽).

특성이나 독자들의 문학 수용 관습 등 문학 환경의 영향과 밀접히 관련된 것임을 확인하였다. 여기서는 이러한 거리의 결과를 근대소설사의 통시적인 구도에서 확인하고자 한다. 한국 근대소설사가 보이는 다양한 모습과 역동적인 전개 양상을 '장르적 동요 현상'이라는 맥락에서 점검해 보려는 것이다. 문학사의 견지에서 볼 때 한국 근대소설의 형성과정에서 확인되는 대표적인 장르적 동요 현상은 '소설 분량 면에서의 불안정성'과 '다양한 장르 교섭 양상'이다.

한국 근대소설 형성과정에서 보이는 분량상의 불안정성 문제를 먼저 검토해 본다.[34] 그 전체적인 양상을 개괄하면 다음과 같다.

1900년대 애국계몽기에는 서사의 분량 면에서 장편과 중편, 단편이 두루 섞여 있고 분량이 매우 적은 단형 서사물들[35]도 많다. 역사 · 전기물과 신소설의 대부분이 장편 분량이라 할 수 있는데, 이들 중 일부는 사실 중편 분량에 해당하기도 한다. 최초의 신소설이라 일컬어지는 이인직의 『혈의 누』만 해도 분량으로 보든 서사구성으로 보든 장편소설이라 하기 어렵다. 이 외에도 애국계몽기에는 단편 분량의 풍자 우화류들도 있고 그 외에 무수히 많은 '논설적 서사' 등이 발표되었다. 요컨대 이 시기는 소설의 분량 면에서 어떠한 특징도 잡기 어려울 정도로 무규범적인 특징을 보인다.

1910년대로 넘어오면 사정이 조금 단순해진다. 일본의 식민지배가 시

---

34) 기존의 여러 논의에서 한국 근대소설 형성기의 주요 특징으로 단편소설의 우세를 거론해 왔지만, 근대소설 장르의 형성이라는 맥락에서 냉정히 살피면 이는 재고의 여지가 크다. 양적으로 단편소설이 우세종인 것은 분명하지만, 이 사실이 단편소설 장르가 이 시기에 완성형에 이르렀다는 판단으로 곧장 이어지는 것은 아니기 때문이다. 단편소설의 주도적 성격을 들고 이를 한국 소설사의 특수성으로 강조한 경우로 이재선, 『한국 단편소설 연구』(일조각, 1997, iii쪽)를 들 수 있다.

35) 김영민 교수는 이를 '단형 서사문학'으로 칭하고 자료 전집을 펴내어(김영민 · 구장률 · 이유미, 『근대계몽기 단형 서사문학 자료 전집』상 · 하, 소명출판, 2003), 1897년부터 1910년에 이르기까지 11종의 신문에 발표된 292편의 서사물을 제시하고 있다. 이들 중에는 초단편이라 말하기도 곤란한 단 한 문단 분량의 것들도 있어서, 이러한 서사물 전체를 '서사문학' 범주에 넣어도 되는 것인지 논의할 필요가 있다.

작되면서 1900년대의 제반 유형 중 역사·전기물이 절멸되다시피 하고 '논설적 서사'가 축소된 것이 직접적인 원인이 되어 장·단편으로 간소화되는 양상을 보인다. 춘원 이광수가 다소간 근대소설의 장르적 특성을 갖춘 장편소설과 단편소설을 발표하는 한편 현상윤, 백대진의 단편소설이 이에 더해진다.

1910년대 소설이 장·단편 분량의 작품으로 이원화되었다고 했지만 근대소설의 장르적 안정성을 확보한 것은 아니다. 이른바 동인지문학으로 시작되는 1920년대 전기 소설계를 보면 사정이 명확해진다. 장편 분량의 작품은 극소한 가운데 대부분의 작품들이 단편 분량으로 발표되었지만, 중편 분량의 작품들도 자기 몫을 뚜렷이 가지고 소품이라 할 만한 초단편들도 지속적으로 산출되고 있는 것이다. 이는 1900년대가 보여 주었던 분량 면에서의 동요 현상이 재연된 셈이라 하겠다.

소설 분량 면에서의 장르적 동요 현상이 진정되기 시작하는 것은 1920년대 후기에 들어서이다. 염상섭 등의 장편소설이 안정된 구성을 취하며 지속되는 한편, 중편 분량의 작품들이 일부 지속되고 단편소설이 다수를 차지하는 형국이 전개되어, 현상적으로 보아 1930년대 소설계와 별반 차이가 없게 되는 것이다.[36]

이상의 개관에서 확인되는 것은 1920년대에 이르는 한국 근대소설 형성기에 있어서 우리 소설들이 안정성을 갖추지 못한 채 다양한 형태를 띠어 왔다는 점이다. 다양한 분량의 소설들이 혼재했다는 사실을 통해 다음 두 가지가 확인된다. 첫째는 한국 근대소설 장르의 형성과정을 정리할 때 어떤 방식으로든 하위장르들의 차원에서 선형적인 발전상을 그릴 수는 없다는 점이다. 분량 면에서 본 소설의 하위 장르가 통시적으로 유의미한

---

36) 물론 이는 서사의 분량 면에서의 동요 현상이 어느 정도 진정된다는 한정된 의미에서의 지적일 뿐이어서, 장르적 안정성 판단에서는 추가 논의가 요청된다. 덧붙여 1930년대 중반에는 중편소설이 현저히 대두된다는 판단도 있다. 엄밀한 실사가 필요한 사안이다.

변화를 보이는 것은 아니기 때문이다. 둘째는 분량상의 불안정성은 장르적 정체성의 부재를 알려주는 주요 지표에 해당된다는 점에서, 1920년대 전반기까지 소품과 단편, 중편 및 장편 각각의 정체성이 제대로 확립되지 않았다는 사실이다. 후자와 관련해서 두 가지 보충 설명이 필요하다.

일견 생각하면, 단편소설 형식의 한 가지 완성형이라 상찬되기도 한 김동인의 「배따라기」(1921)나 「감자」(1925)가 있고 현진건의 빼어난 작품들도 존재하므로 단편소설 장르는 1920년대 중반에 이미 완성되었다고 볼 수도 있다. 그러나 근대소설 장르의 형성사를 사고하는 자리에서는 수작 한두 편의 존재가 의미를 가지기는 어렵다. 단편소설 장르의 확립을 말할 수 있으려면 단편소설 일반의 수준이 나름대로 보편적인 안정성을 취하고 있어야 하고, 분량 면에 한정해서 말한다면, 다양한 분량의 소설들이 각각 전반적으로 안정성을 취하고 있어야 단편 분량의 소설이 단편소설로서의 안정성을 확보할 수 있는 것이기 때문이다.

한편 소설의 분량이 소설장르의 규정에 있어서 어느 정도의 의미를 지니는지도 따져볼 필요가 있다. 분량이 소설장르의 하위 규정에서 결정적인 항목이라 하기는 어려울 수 있지만, 그 의미가 적지 않은 것도 엄연한 사실이다. 하나의 구조를 지향하는 대부분의 소설들에 있어서 분량은 작품의 구조화 방식과 긴밀한 관련을 맺게 마련이다. 어느 정도의 분량이 마련되느냐에 따라서 인물과 사건, 배경 각각의 설정과 이들 상호간의 관계 설정 곧 서사의 구조와 추동력이 근본적으로 제한을 받게 된다. 다른 측면에서 보자면 서사의 인과성의 종류와 그것이 요구되는 정도 또한 분량에 의해 궁극적으로 조건 지어지게 된다. 이런 점에서 볼 때 형성기 한국 근대소설사에서 확인되는 분량 면에서의 불안정성이란, 단순히 서술 시간을 기준으로 하여 소설의 유형이 정돈되지 않았음을 의미하는 것이 아니다. 이는 장편이나 단편 및 중편이 각기 장르적 규정성을 가지고 구조적으로 유형화되지 못한 채 혼동 상태를 보이고 있음을 의미한다. 장편이라면 장편소설대로 단편이라면 또 단편소설대로 장르적 정체성이 자각되어야 하는데 그렇지 못한 채로[37] 분류가 애매할 정도의 혼류 상태를 보여 왔음을 알려주는 것이다. 염상섭의 『만세전』(1924)처럼 소설사적으로 중요한 자리를 차지함에도 불구하고 중편인지 장편인지조차 분류하기 곤란한 작품이 등장하는 것이, 분량 면에서의 불안정성의 단적인 예가 된다. 또한 이 문제는, 구성의 긴밀성 정도를 위시하여 소설작품의 제반 특징이 전반적으로 갖춰져 있지는 못함을 의미한다.

『만세전』을 언급하기도 했지만, 소설 분량 면에서의 불안정성과 관련하여 중편소설의 문제는 따로 주목할 만하다. 염상섭의 「표본실의 청개구리」가 중편소설의 등장을 알리는 대표적인 작품으로 거론되기도 했지만,[38] 사실 중편소설의 미학이 아직까지도 정립되지 못한 점을 고려하면[39] 특정한 의미 부여를 유보한 채 이 범주에 들어갈 작품들을 실사하는 것이 우선되어야 한다.

분량을 따졌을 때 중편에 해당하는 작품들은, 작가나 시기 면에서 제한되어 있다고 보기 어려울 정도로 두루 확인된다. 그 기원은 이인직의 『혈의 누』로까지 올라갈 수 있으며, 단편소설 작가의 대명사로 여겨진 김동인의 다수 작품들 또한 이에 해당된다. 처녀작 「약한 자의 슬픔」(1919)에

---

37) 장편소설, 중편소설, 단편소설에 대한 '변별적' 자각이 이루어지기 시작하는 것은 임화, 김남천, 최재서 등의 소설론 모색이 행해지는 1930년대 후반에 이르러서이다. 그럼에도 불구하고 중편소설론의 경우는 아직까지도 제대로 정립되지 못한 상태이다.

38) 김윤식, 「중편소설의 문제성—역사철학적 물음과 관련하여」, 『한국현대소설비판』, 일지사, 1981, 266쪽.

39) 김윤식의 앞의 글은 루카치의 솔제니친론을 전거로 하여 전체성과 개인, 인류와 개인의 관계에 있어 중편소설이 장편소설과 단편소설의 중간형이라고 하였다(265쪽). 그러나 이러한 규정은 너무도 포괄적인 역사철학적 논의여서 한국 근대소설 장르의 형성 및 안정화를 미시적으로 따지는 자리에서는 사실 별반 도움이 못 된다. 한국문학 연구에 있어서 중편소설론의 취약함은 김승민의 「1970년대 중편소설의 서사 구성원리에 대한 연구」(서울대석사논문, 2002)의 연구사 검토에서도 극명히 확인된다.

서부터 「마음이 옅은 자여」(1920), 「눈을 겨우 뜰 때」(1923), 「유서」(1924) 등이 모두 이에 포함되는 것이다. 염상섭의 경우도 처녀작 「표본실의 청개구리」(1921)에서부터 「제야」(1922), 「묘지」(1922), 「E선생」(1922), 「해바라기」(1923), 「남충서」(1927) 등 작가활동 초기의 많은 작품들이 이 범주에 포괄된다. 1920년대 주요 작가의 경우만 추가해도 현진건의 「타락자」(1922), 「지새는 안개」(1923), 「해 뜨는 지평선」(1927), 나도향의 「정 의사의 고백」(1925), 「지형근」(1926), 최서해의 「해돋이」(1926) 등을 들 수 있다. 이러한 사정은 1930년대에도 달라지지 않는다.[40] 여기서 중요한 것은, 위에 간략히 언급된 목록만 보더라도 이 시기의 중편 분량의 소설들이 중편소설 장르라고 단일하게 범주화될 수 있을 만큼 내용형식 면에서든 작품의 지향성이나 주제효과, 작가 및 작품의 세계관 등에서 어떤 유사성을 보인다고 볼 수는 없다는 사실이다.

이 책의 입장에서 볼 때 이들 소설 목록이 알려주는 명확한 사실은 다음 한 가지이다. 중편 분량의 소설들이 지속적으로 적지 아니 쓰이기는 했지만 중편소설 장르가 안정적으로 형성된 것은 아니라는 점이다. 이는 중편의 문제에 그치지 않는다. 중편 분량의 특성이 의식되지 못한 것은 자연스럽게 그 경계에 있는 단편이나 장편 또한 세대로 의식되지 못했음을 의미하기 때문이다.[41] 요컨대 소설의 분량에 따라 요청되는 구성 요건이나 구

---

40) 박태원의 경우만 봐도 대표작 「소설가 구보 씨의 일일」(1934)은 물론이요 「천변풍경」(『조광』 1936. 8~10) 등 적지 않은 작품이 중편 분량을 취하고 있다. 박태원의 1930년대 중편소설들은 작가 개인의 미학적 선택이라 할 수도 있지만 이들이 1920년대의 중편 분량의 소설들과 어떠한 장르적 친연성을 갖고 있다고 보기는 어렵다는 점에서, 중편소설의 정체성은 1930년대에도 여전히 모호한 상태라고 말해 두는 것이 필요하다.

41) 최재서가 고백했듯이 중편소설 장르는 성립 여부부터가 불분명한 상태였고, 그 자신도 '작가가 중편을 택하는 동기'를 밝혔을 뿐 '내용 규정'은 하지 못하고 만다(「중편소설에 대하야—그 양과 질적 개념에 관한 시고」, 『조선일보』). 이 자리에서 중요한 것은 분량 기준 면에서 볼 때, 단편이나 장편도 제대로 가늠이 서 있지 않았다는 사실이다. 최재서는 서양과 일본의 경우를 참조하고 한국의 실상을 고려하면서

성방법에 대해 작가들의 의식이 미흡했고, 중단편 및 장편에 요구되는 구성력을 갖추지는 못했다고 할 수 있다.[42] 소설사적인 맥락에서 말하자면, 신소설이 계승했던 전대소설의 영웅의 일생 구성방식을 떠났을 때 요청되는 새로운 구성 방식이 1920년대까지 부단히 모색되고 있었다 하겠다.

한국 근대소설의 형성과정에서 확인되는 장르적 동요 현상의 둘째 경우로 '다양한 장르 교섭 양상'을 두 종류로 나누어 간단히 살펴본다.

첫째 근대소설 형성기의 작품들은 여타의 문학 장르를 즐겨 사용하는 모습을 보인다. 이인직의 『은세계』(1908)는 여러 가지 민요를 직접 끌어들여서 작품의 주제효과를 한껏 강조하는 경우이고, 김동인의 「배따라기」(1921)나 조명희의 「낙동강」(1927) 등은 노랫말 자체를 길게 제시하지는 않아도 주제효과의 구현에 있어서 노래를 효과적으로 활용한 대표적인 사례에 해당된다. 시가를 끌어들이는 이외에 서간이나 우화(fable), 수필 등을 취하거나 아예 그 형식을 차용하는 경우들도 장르 간 교섭의 주요한 사례가 된다. 염상섭의 「제야」(1922)나 최서해의 「탈출기」(1925), 이기영의 「쥐 이야기」(1926) 등이 이 시기 소설을 일별할 때 누구나 떠올릴 수 있는 예가 된다.

소설 장르의 분량을 정리하는데, 200자 원고지로 환산할 때 단편소설의 분량이 36매에서 108매에 걸치며 대체로 60매 내외가 적당하다 하고 장편소설은 최소 720매가 기준이 되며, 중편소설은 360~480매 정도가 적당하다고 보았다(1937. 1. 29~30일 분). 그러나 이 또한 명확하지 않은 것이 같은 자리에서 그 스스로 단편소설의 분량으로 '60매 전후가 제일 적당'하다고도 하고 그 배인 '120매 전후가 단편의 본격'이라고도 하며, 중편소설에 대해서도 앞서와 달리 '300매 이상의 중간적 체제'라 하기도 하는 까닭이다(1. 30일 분). 요컨대 중편소설을 본격적으로 문제시하고자 했던 최재서조차도 1937년 시점에서 소설 장르의 분량에 대해 적지 아니 혼란스러워 했다고 할 수 있다. 각각의 내용 규정이 미흡함은 물론이다(이 책의 정리는, 최재서가 1,200자 분량의 '二段組一頁'을 기준으로 논한 것을 200자 원고지 분량으로 환산한 것이다).

42) 이렇게 중편소설의 문제가 그에 그치지 않고 단편소설과 장편소설 모두에 관계된다는 점에서, 한국 근대소설의 형성과정에서 중편소설의 존재는 심도 있는 논의를 요한다.

둘째로 꿈이나 환상, 추상적인 상념 등 다양한 서사 요소를 적극적으로 활용함으로써 소설 장르의 경계를 유동적으로 만들며 확장시키는 경향을 지적할 수 있다. 신경향파소설이 환상을 계기로 종말을 이끌어낸 방식은 물론이요, 이 시기 소설의 상당수가 꿈 등을 주요 모티프로 하여 서사를 구성해 왔음을 확인할 수 있다. 『무정』과『만세전』이래로 주인공의 상념 형식으로 끌어들여진 작가의 추상적 사변이 작품의 주제 구현은 물론이고 서사구성에 있어서도 주요한 역할을 하게 된 것 역시 특기할 만하다.

이러한 장르 교섭의 양상을 유형별로 가르고 그 각각의 계열을 정리한 뒤, 근대소설의 형성과정에서 장르 교섭의 어떠한 양상이 주도적으로 작용했는지를 계기적으로 파악하는 일이 차후의 과제이다. 한국 근대소설의 형성과정이, 새롭게 등장하는 소설이 이전의 소설들을 부정하면서 자신의 정체성을 세우고자 노력해온 시도의 연속임을 생각하면, 이 과정에서 장르 교섭이 행한 역할을 살펴보는 작업은 큰 의미를 가지리라 여겨진다.43) 이에 더하여, 늘어진 구성에 개의치 않고 정조를 구현하는 데 주력하고 있는 나도향의『환희』(1923)처럼 서정소설이라 할 만한 면모를 보이는 작품들도 없지 않았고, 대중소설이 새롭게 등장하였으며, 릴레이소설, 라디오소설, 영화소설 등 다양한 실험이 행해졌다는 점에서 하위 장르의 분화 양상 또한 심도 있는 추후 논의가 필요하다.

4. 한국 근대소설의 장르 형성의 지표

지금까지의 논의를 통해서 작가들의 장르 의식과 작품의 실제 사이에 거리가 있음을 확인하고 그 결과로 드러난 소설장르의 동요 양상을 분량 면에서의 불안정성과 다양한 장르 교섭 양상으로 나누어 검토하였다. 짧

---

43) 김준오에 따르면, 전통에 적대적인 시기에 '장르 혼합'이 우리 문학의 변화를 가져오는 가장 중요한 요인으로 작용했음을 알 수 있다(『한국 현대 장르 비평론』, 앞의 책, 218쪽).

은 분량의 글에서 다루는지라 공소한 개관에 그쳤지만, 추후 연구가 필요한 사항을 짚는 일 자체도 근대소설의 형성과정을 장르론 차원에서 구명하는 데 적으나마 기여하는 것이라 할 수 있을 듯하다. 끝으로 이 절에서는 한국 근대소설 장르의 형성과정이 완수되었다 할 때 그러한 판단을 구체화하고 한국 근대소설 장르의 특성을 파악하기 위해 점검해야 할 사항들을 짚어 본다.

앞서 지적했듯이 세부적인 후속 연구들이 필요한 상황이라 한국 근대소설 장르의 형성과정이 어떻게 완결되는지를 이 자리에서 논증할 수는 없지만, 한국 근대소설의 장르적 안정성이 확보되는 시기로 1930년대를 드는 것은 별 문제가 없어 보인다. 리얼리즘소설과 모더니즘소설, 통속소설·대중소설의 유형적 갈래가 이 시기에 확인되는 까닭이다. 문학작품들은 끊임없이 새로운 특성을 지향하는 한편 시대적·유형적 공통성 또한 구비하게 마련인데, 유형적 공통성이 뚜렷하게 되는 상태를 장르의 안정화 시기라 할 때 한국 근대소설의 경우 1930년대가 이에 해당된다.[44]

한국 근대소설 장르가 유형적 공통성을 보이며 안정성을 확보하게 되는 과정을 검토하고 확정하는 데서 주목할 사항은 다음과 같다.

첫째는 분량 면에서의 근대소설 장르 규범의 구축 양상이다. 1930년대 소설에 이르면 초단편이 사실상 퇴장하고 단편소설과 중편소설, 장편소설의 삼원화 양상이 확인된다. 앞에서도 지적했듯이 분량이나 속성 면에서 이들의 특성과 경계가 충분히 구체화되지는 못했어도 이전 시대에 보이던 혼류 양상이 십분 가신 것만큼은 분명하다.

둘째는 구성 면에서의 규범화 양상이다. 근대소설 장르가 그 형성 단계에서 서사구성상의 인과성, 필연성을 중시하는 것은 일반화된 사실이다.

---

44) 1930년대 이전까지는 한글 맞춤법통일안이 보증하는 언어 규범조차 마련되지 않은 상태에서, '새로운 문학', '진정한 문학'을 향한 제신(諸神)들의 투쟁이 전개되는 형국이었다. 따라서 시대적 공통성은 있었을지라도 유형적 공통성까지 낳는 데는 미치지 못했다고 할 수 있다.

그런데, 근대소설의 형성과정을 확인할 때는 이러한 규범의 형성 여부를 적절히 판단하는 방식을 마련하는 일이 문제된다. 작품들을 귀납적으로 실사하는 방식이 적절치 않음은 분명하다. 대상을 전체로 하는 것은 불가능에 가까운데 그렇다고 검토의 범위를 의미 있게 한정하는 것 자체가 어렵기 때문이고, 문학예술이기에 특정 시대의 일반적 수준과는 동떨어지게 거의 언제나 몇몇 빼어난 작품들이 있을 수 있다는 점이 명확하기 때문이다. 이러한 사정을 고려할 때, 다음과 같은 우회적인 방식이 효과적이리라 판단한다. 대중문학의 타자화 현상을 확인하는 것, 다른 측면에서 말하자면, 정전 구성의 욕망이 현실화되는 양상을 검토하는 것이다. 요컨대 대중문학의 타자화 현상이 일반적으로 확인된다면, 대중문학을 대중문학으로 갈라내는 기준 곧 정전 구성 원리의 핵심을 이루는 이상적인 문학관의 존재를 (그것이 무엇이든 간에) 확증할 수 있으며 그로써 근대소설 장르의 안정화를 언명할 수 있으리라는 것이다.

1930년대는, 대중소설이 분명히 의식되면서도 문단의 문학담론에서는 배제되는 상황을 보인다고 할 수 있다. 실험정신이 없는 상태에서의 구성상의 결함[인과성 부재]을 보이고, 현실성을 띠지 않으며, 우연 및 과장의 남용 현상을 보이는 등이, 박계주나 김말봉 등의 대중소설이 타자화되고 김동인의 사담史談류가 문단으로부터 거리를 띄운 발표의 장에서야 소통되는 현상의 이유로 기능했다고 추론할 수 있다. 이러한 가설의 구체적인 검증 또한 추후의 과제가 된다.

셋째는 발표 매체 등 문학 환경의 변화 양상이다. 근래에 이루어진 제도론·문화론적 연구가 이 면에서 큰 도움이 될 듯한데, 그런 연구결과를 장르 형성과정에 영향을 미치는 매체 환경의 맥락에서 재조명할 필요가 있다. 최재서의 경우 중편소설 부상의 이유를 지적하면서, 지면이 허락되지 않아 '장편소설의 경개나 비망록'에 해당하는 것이 무리하게 단편으로 발표되고 하던 상황이 1930년대 중반 이후 발표기관이 다소 정비되는 등

외부적 장해가 제거되면서 해소되고 그에 따라 한국 상황에 알맞은 중편소설이 현저하게 대두되었다고 주장한 바 있는데,[45] 이와 같이 매체를 포함한 제반 환경이 문학 환경으로서 소설계에 끼친 영향관계를 주목하면서 근대소설 형성기를 살필 때 근대소설 장르 형성사에서도 의미 있는 성과가 기대된다.

넷째로 소설작품의 언어 분석 또한 유의미한 결과를 기대할 수 있는 탐구 영역이 된다. 이 책에서는 '작가의 언어'[작가 차원의 주장]의 증감 양상을 살피는 것도 꽤 유효하리라 판단된다. 애국계몽기의 '논설적 서사'나 신소설 및 이광수 소설에서 뚜렷이 확인되는 계몽의 언어가 작가의 언어가 직접적으로 드러나는 대표적인 경우이고, 동인지 소설의 상념, 독백 등이 수필 등과의 교섭을 통해 작가의 언어가 직간접적으로 드러나는 경우이며, 신경향파소설 및 카프의 경향소설에서 보이는 이념의 직접적인 표출이 집단 주체로서의 작가의 언어가 표현된 경우라고 하면, 1930년대 소설의 주요 특징 하나로 '작가의 언어'의 후퇴를 들 수 있을 듯하다. 이를 달리 표현하면 논설, 수필, 비평 등과 친연성을 갖는 작가의 언어가 작품의 서사 요소들과 물리적 혼합 상태에 있다가 화학적 합성 상태로 변화하고 종국에는 사라지는 추세라 할 수 있는데, 이러한 개관이 객관적으로 확인된다면, 이는 소설의 자율화를 입증하는 방식으로 근대소설 장르의 형성과정이 완수되었음을 알려줄 수 있게 될 것이다.

---

45) 최재서, 「중편소설에 대하야 ―그 양과 질적 개념에 관한 시고」, 앞의 글, 1937. 1. 31일 분.

8장. 프로문학 연구의 새로운 방향과 의의

1. 프로문학 연구 문제의 소재

한국 근대문학에 대한 학적 연구의 역사가 이제 80년 정도 되었지만, 아직도 해결해야 할 문제가 적지 않다. 이 중 외적 상황과 관련하여 두드러지는 문제는 정치사회적인 요인에 의해 한국문학 연구의 지형이 크게 영향을 받아왔다는 사실이다. 냉전체제에 속박되어 과거 문학의 전체상을 균형 있게 바라볼 수 없었던 것이 대표적이다. 달리 말하자면, 문학의 연구란 이론 활동의 일환으로서 이데올로기와 구별되는 자기 고유의 층위를 갖는 것인데, 정치사회적 환경이 근원적인 강제와 한계를 부여함으로써 국문학 연구의 이론적 성격이 심히 약화된 것이 문제라고 할 수 있다.[1]

이러한 사정이 두드러지게 드러나는 영역이 바로 문학 연구의 최종 형식이라 할 문학사의 기술이며, 이때 단적인 요소가 바로 카프로 대표되는 좌파문학운동의 처리 문제이다. 잘 알려져 있듯이 좌파문학운동은 식민지시대 문학 활동의 주요 흐름이었지만, 해방 이후 1980년대 후반에 이르

---

[1] 한국문학 연구의 이론적 성격을 약화시키는 구체적인 주요 원인으로는 첫째 작품이든 작가든 연구대상을 전체적으로 고려하지 않고, 둘째 선행 연구 성과들이나 여타 연구자들과의 비판, 토론 등 이론적인 긴장 관계를 맺는 데 소홀한 연구 풍토를 들 수 있다. 이에 대한 상세한 논의로 졸고, 「<만세전> 연구를 통해 본, 한국 근대문학 연구의 문제와 과제」, 한국문학연구학회, 『현대문학의 연구』 28, 2006, 218~20쪽 및 졸저, 『형성기 한국 근대소설 텍스트의 시학』, 소명출판, 2015, 1장 참조.

기까지 문학 연구의 최종 결산인 문학사 기술에서 실질적으로 배제되는 불운을 겪었다. 1988년 월납북 작가의 해금 조치와 더불어 많은 연구 성과가 출간되었지만, 40여 년 간의 공백을 메우려는 열기로 인해 학적, 이론적 엄밀성을 적절히 견지하지 못하게 된 것 또한 또 다른 불행이라 할 수 있다. 1980~90년대의 좌파문학 연구는 민주화 운동의 열풍 속에서 학술운동의 성격을 짙게 띠며 수행되었던 것인데, 바로 그러한 이유 때문에 이론의 자리를 제대로 잡지 못했던 것이다. 2000년대 들어서 확인되는 좌파문학운동에 대한 연구의 소강상태는 일정 부분 학술운동의 쇠퇴에 따른 것으로서, 불운과 불행의 그림자가 여전히 짙음을 말해주고 있다.

정치권력의 오랜 억압과 짧게 불타오른 대항 권력의 지지 속에서 심하게 요동친 식민지시대 좌파문학운동에 대한 연구의 위와 같은 추이는, 한국문학의 연구가 문학연구 외적인 요소에 의해 얼마나 심하게 영향을 받아왔는지를 잘 보여주는 사례이다. 이 영향이 문제적인 것은 그것이 외적인 데 그치지 않고 연구자들에게까지 내면화되어 버렸다는 데 있다. 외적인 억압이 사라진 시점에서도 (오히려 어쩌면 바로 그렇기 때문에) 연구의 이론적·학적 안정성이 갖추어질 수 없게 된 것은, 학적 자율성의 침해가 한국문학 연구 내외적으로 가해졌던 까닭이다. 허두에서 말한 대로 문학사의 기술이 학적 자율성을 갖추지 못했다는 것은 이러한 상황을 두루 지칭하는 것이다.[2]

상황을 구체적으로 밝히기 위해 근래에 발표된 논문의 한 구절을 예로 들어 본다.

---

[2] 좌파문학운동을 대표적인 예로 들었고 여기에서 주로 다룰 대상도 이것이지만, 한국 근대문학 연구의 자율성이 외적 조건에 의해 침해되는 경우는 이에 그치지 않는다. 순수참여 논쟁이나 민족(주의)문학 논의, 리얼리즘 문학의 이해 등 또한 자율적이지 못한 양태로 전개되어 온 주요 사례이다. 사례의 과다보다 더 중요한 것은, 이러한 사례들에서 확인되는 바 '한국문학 연구의 자율성 상실' 사태이다. 정치사회적 억압을 한 가지 효과로 발하는 숱한 이데올로기들로부터 우리의 문학 연구가 자기 고유의 이론적 지평을 마련해내지 못한 것이 문제의 본질이다.

프로문학 연구는 프로문학이 연구자에게 '현재성'을 요구하기 때문에 더욱 어렵다. 프로문학은 문학이면서 또한 '운동'이었다. 어쩌면 프로문학은 '문학'이기 때문이 아니라 '운동'이었기 때문에 의미가 있었을 수도 있다. 그러므로 그 '운동'을 평가하려 할 때, 연구자들은 자신의 입지를 돌아보지 않을 수 없다. 그러나 지금 어느 누구에게 '현재성'을 요구할 수 있을 것인가? '현재성'은 당위일 수는 있지만, '실천'되고 있지는 않다. 요구되지만 실천되지 않는 '현재성' 때문에 프로문학에 대한 연구는 불안정하다.[3]

이 글의 필자는 프로문학에 대한 연구가 공소해진 2000년대에 프로문학을 연구하는 일이 어려워졌음을 밝히고, 그 이유 중의 하나로 프로문학이 갖는 운동으로서의 성격이 연구자에게 현재의 실천을 요구하는 사정을 지적하고 있다. 이에 앞서 필자는 '새로운 것'을 말하거나 '다른 차원에서' 말해야 하는 어려움을 들었는데, 이상 세 가지 모두 연구자의 진정이 배어 있는 것이어서 세심히 살펴볼 필요가 있다. 연구자의 주관적인 진정성에 현혹되지 않고 그러한 자세의 함의를 심층적으로 간파해야 하는 것이다.

프로문학이 문학이면서 운동이었음은 자명한 사실이지만, 그러한 프로문학운동에 대한 연구 또한 운동이어야 한다는 것은 전혀 자명할 수 없다는 점을 위 연구자는 잊고 있다. 혁명에 대한 연구가 혁명 행위가 아님은 따로 설명할 필요가 없다. 따라서 여기서 중요한 것은 위 연구자가 보이는 생각의 원인이 무엇인지를 확인해 두는 일이다.

두 가지를 우리는 알고 있다. 1990년대 프로문학 연구가 학술운동 차원에서 이데올로기적 실천의 성격을 짙게 띠고 수행되었다는 사실이 첫째며, 그러한 연구의 관행과 기억이 현재의 변화된 상황에서 연구 수행을 어렵게 한다는 점이 둘째다. 이러한 사정은 너무도 강력하다. 오늘의 연

---

3) 채호석, 「탈-식민과 (포스트-)카프문학」, 민족문학사학회, 『민족문학사연구』 23, 2003, 38쪽.

구자가 '새로운 것'과 '다른 차원'을 모색하려 해도, 대상 설정의 새로움이나 방법론의 변화 또한 프로문학의 운동성에 강박된 위에서 고려되고 있기에 연구의 불안정성이 걷히지 않을 만큼, 그것은 강력하다.

운동에 대한 연구이므로 이 또한 운동(적)이어야 한다는 연구자의 강박은 '이데올로기의 제한 전략'[4]의 좋은 예로서, 좌파문학운동에 대한 2000년대 연구의 앞길을 가로막는 핵심 요소에 해당된다. 이러한 사실이 바로 학적 연구의 자율성이 확보되지 못했음을 입증한다는 점에 대해서는 따로 설명하지 않아도 향후 논의가 밝혀줄 것이다.

2. 프로문학 연구의 동향과 성과

프로문학에 대한 연구의 동향은 뚜렷한 궤적을 보였다. 1988년 월납북문인 해금 조치와 더불어 1990년대 중반까지 활발히 진행되다가, 동구권의 몰락과 포스트모더니즘의 득세, 새로운 세기의 시작 등과 맞물려 현재는 사실상 연구 관심사로부터 멀어진 상태이다. 통시적으로 볼 때 짧은 기간 동안 한때의 유행처럼 선이 굵게 진행되다가 스러진 것이다.

그렇지만 그 내용 면에서 보면 적지 않은 성과를 말할 수 있다. 염군사, 파스큘라, 카프의 결성 및 해산에 이르기까지 조직운동사 측면에서는 거의 모든 것이 밝혀져 있고, 카프비평에 대해서는 심도 있는 연구가 상당히 축적되어 있으며, 작품에 대한 연구 또한 이기영이나 한설야, 김남천, 임화, 박영희, 최서해 등의 주요 작가를 대상으로 풍성하게 이루어졌다. 연극 및 미술 등 문학 외 분과에 대한 연구는 애초부터 상대적으로 미미한 상태였으나 명맥이 아주 끊어지지는 않았다.

---

4) 이데올로기가 행하는 제한 전략(strategies of containment)이란, 무언가를 보게 하지만 그 대가로 다른 무언가는 보지 못하게 하는 이데올로기의 기능을 말한다. F. Jameson, *The Political Unconscious*, METHUEN, 1981, pp.52~3.

2.1. 1980~90년대 프로문학 연구의 성과 및 특징

프로문학에 대한 연구는 1930년대부터 있어 왔다. 카프 해산(1935) 이후 임화가 전개한 신문학사 연구가 효시에 해당된다. 식민지시대 후기에 이루어진 그의 신문학사론[5]은 자체가 프로문학운동의 일환이기도 하지만 이후의 연구에 지대한 영향을 미쳤다는 점에서 주목할 만하다. 임화의 영향은 크게 두 가지로 말해질 수 있다. 첫째는 프로문학 연구가 본격화된 초기 입론의 상당 부분이 임화의 논의를 표본으로 삼을 만큼 한국 좌파문학을 바라보는 기본관점을 그가 제시했다는 점이다.[6] 둘째는 '근대문학사는 이식문학사'라는 주장을 내세움으로써 극복과제를 제공하는 방식으로 이후의 연구를 추동시킨 사실이다.

프로문학에 대한 학술적 연구의 시초는 김윤식의 『한국 근대 문예비평사 연구』(한얼문고, 1973)이다. 당시로서는 놀라울 만큼 방대한 자료를 검토하여 정리한 실증적인 연구로서, 비평사이되 문단 조직 차원의 문학운동 측면까지 두루 포괄하고 있다. 이 저작이 갖는 가장 중요한 의의는 좌파문학의 활동을 중심선으로 하여 완미한 장르사를 써냈다는 사실 자체에 있다. 영향 또한 나대한데, 이후의 연구들이 이 저서의 체세를 준용해 온 데서 영향력의 정도를 가늠할 수 있다. 다른 한편으로, 카프비평 연구에 그치지 않고 비평사를 바라보는 방식과 안목 자체에 큰 영향을 끼친 점 또한 간과할 수 없다. 물론 아쉬움이 없지는 않다. 비평과 카프 조직 활동의 연계에 주목한 만큼 그와 반비례로 비평과 작품의 관계에 대해서는 사실상 소홀히 한 까닭이다. 이 경향이 이후의 연구들에서도 지속된다는 점에서 이는 문제적이라 하겠다.

---

5) 임화의 「朝鮮新文學史論序說 －李人稙으로부터 崔曙海까지」(『조선중앙일보』, 1935. 10. 9~11. 13)로부터 「小說文學의 二十年」(『동아일보』, 1940. 4. 12~20)에 이르는 일련의 글들을 '신문학사론'으로 통칭한다.
6) 이리한 사실은 예컨대 백철의 『新文學思潮史』(현대편)가 다루어지는 방식을 떠올리면 명확해진다. 대부분의 경우에서 백철의 저서가 일차적으로 극복·비판의 대상이 되는 정도를 생각하면 임화의 영향력이 얼마나 큰지가 실감으로 다가온다.

1980~90년대의 프로문학 연구는 이러한 바탕 위에서 진행되었다.[7] 새롭게 허용된 연구 환경에서 몇몇 중견학자가 앞을 서고 대학원 과정에 있는 수많은 젊은 연구자들이 매달리는 형식으로 연구가 활성화되었다. 대학원생인 연구자들에게 있어서 프로문학의 연구는 연구이자 동시에 실천적인 학술활동으로서 1980년대 학생운동의 연장에 해당되었다. 1980~90년대 프로문학 연구의 양태를 사실 차원에서 이렇게 지적하는 이유는, 이러한 사정과 맞물려 생긴 연구상의 장애가 여전히 작동하고 있기 때문이다. 여기서는 먼저 이들에 의한 연구 성과를 지적해 둔다.

이 시기 프로문학 연구의 성과는 크게 다섯 가지로 요약할 수 있다.

첫째는 카프를 중심으로 한 좌파문학의 실제적인 양상을 폭넓게 복원했다는 점이다. 조직론, 운동론 및 각종 비평·논쟁 등을 중심으로 작가론, 작품론까지 포괄함으로써 프로문학의 전모를 정리한 것이 가장 큰 성과이다.[8]

그 결과로서 기존의 비평사, 소설사, 문학사가 보였던 결락 부분을 채우며 총체적인 문학상황을 재구할 수 있게 된 것이 둘째 성과라고 할 수 있다. 카프가 존속했던 1920년대 중반 이후 10여 년간이 한국 근대문학

---

7) 이 시기 연구의 주요 성과들로 다음을 들 수 있다. 권영민, 『한국 민족문학론 연구』, 민음사, 1988; 역사문제연구소 문학사연구모임 지음, 『카프 문학운동 연구』, 역사비평사, 1989; 임헌영·김철 외, 『변혁주체와 한국문학』, 역사비평사, 1990; 한국문학연구회 편, 『1930년대 문학 연구』, 평민사, 1993; 김외곤, 『한국 근대 리얼리즘 문학 비판』, 태학사, 1995; 서경석, 『한국 근대 리얼리즘 문학사 연구』, 태학사, 1998. 이 외에 임규찬, 김재용, 한기형 등이 이 시기에 펴낸 관련 논의들과, 여러 대학에서 활발하게 산출된 상당한 양의 학위논문들을 보탤 수 있다.
8) 조직론, 비평론으로는 김윤식의 『한국 근대 문예비평사 연구』외에, 김영민의 『한국문학비평논쟁사』(한길사, 1992), 권영민의 『한국 계급문학 운동사』(문예출판사, 1998) 등을 들 수 있다. 작가·작품론으로는 김윤식·정호웅이 펴낸 『한국 리얼리즘소설 연구』(문학과비평사, 1987)와 『한국 근대 리얼리즘 작가 연구』(문학과지성사, 1988), 김윤식의 『임화 연구』(문학사상사, 1989)와 『박영희 연구』(열음사, 1989), 『한국 현대 현실주의 소설 연구』(문학과지성사, 1990) 등을 선구적인 주요 성과로 꼽을 수 있다.

이 분화 · 발전하면서 자리를 잡아가는 시기였다는 점을 고려할 때, 총체적인 문학 상황의 재구가 갖는 의의는 매우 큰 것이다.9)

이 시기 프로문학 연구가 낳은 셋째 성과는 사상사적인 층위까지 한국문학 연구의 수준을 향상시켰다는 데 있다. 카프의 좌파문학이 복원되면서 여타 문학이 갖는 우파 민족주의적인 성격 또한 고려된 점도 중요하지만, 한국문학 연구가 신비평의 한계를 완전히 돌파하고 순수−참여와 같은 소모적인 이분법을 지양하면서 다양한 이데올로기 지형을 검토할 수 있게 된 점이 무엇보다 중요하다.10)

넷째 성과는, 리얼리즘 · 현실주의론의 발전에 크게 기여했다는 사실이다. 카프에 대한 연구는 루카치를 중심으로 하는 리얼리즘론으로 시작하여 서유럽의 프랑크푸르트학파 및 바흐찐, 까간 등으로 대표되는 동구의 문예이론 등을 한국문학 연구에 끌어들였다.11) 좌파문학에 관련된 세

---

9) 이 시기 좌파문학 연구가 갖는 이러한 측면은 그 전후의 문학사를 대비할 때 쉽게 확인된다. 예컨대 조연현의 『한국 현대문학사(제1부)』(현대문학사, 1956)나 이재선의 『한국 현대소설사』(홍성사, 1979), 김우종의 『한국 현대소설사』(성문각, 1982) 등에서는 좌파문학에 대한 언급이 매우 소략하게 나오는 반면, 이선영 외, 『한국 근대문학 비평사 연구』(세계, 1989)나 김윤식 · 정호웅의 『한국소설사』(예하, 1993), 권영민의 『한국 현대문학사 1』(민음사, 2002) 등에서는 식민지시기 문학의 절반 이상이 좌파문학에 할애되어 있음을 알 수 있다. 김윤식 · 김현의 『한국문학사』(민음사, 1973)를 예외로 하면 문학사 기술상의 이러한 대조는 움직일 수 없는 사실이다.
10) 이 방면의 대표적인 성과는 김윤식의 일련의 연구들이라 할 수 있다. 『한국 근대문학사상 비판』(일지사, 1978)으로부터 『한국 근대 문학사상 연구』 1~2(일지사/아세아문화사, 1984), 『한국 근대 문학사상사』(한길사, 1984), 『한국 현대문학 사상사론』(일지사, 1992) 등을 꼽을 수 있다.
11) 루카치의 경우 『소설의 이론』(반성완 역, 심설당, 1985) 이후 『역사와 계급의식』(박정호 · 조만영 역, 거름, 1986), 『리얼리즘 미학의 기초 이론』(이춘길 편역, 한길사, 1986), 『변혁기 러시아의 리얼리즘 문학』(조정환 역, 동녘, 1986), 『역사소설론』(이영욱 역, 거름, 1987), 『독일문학사』(반성완 · 임홍배 역, 심설당, 1987), 『미와 변증법』(여균동 역, 이론과실천, 1987), 『리얼리즘 문학의 실제 비평』(반성완 외 역, 까치, 1988) 등이 집중적으로 소개되어 좌파문학 연구의 르네상스를 여는 데 큰 역할을 수행했다. 비슷한 시기에 아도르노, 벤야민, 브레히트, 마르쿠제 등의 논저

게 일류급의 다양한 이론들이 도입되어 한국문학 연구 방법론의 자장을 한껏 확장하고 그 이론적 수준을 향상시킨 것이다.

끝으로 다섯째 성과는, 소설 연구의 경우 작가와 작품의 실증적 검토 차원을 넘어서, '성격론'을 핵심으로 하는 내용형식 · 내적형식 차원으로까지 논의를 심화시켰다는 사실이다. 이러한 논의들은 작품의 대립 구도나 주제의식, 작가의 계급적 세계관 등에 주목하여 위계적인 평가를 수행했던 논의방식을 지양한 것으로서, 카프문학운동 연구의 문예학적 성격을 강화하고 보다 넓은 대상에 두루 적용할 수 있는 방법론을 마련했다는 의의를 지닌다.[12]

1980~90년대 프로문학 연구의 의의는 크게 두 가지로 말해질 수 있다. 첫째는 월남북 작가 · 작품의 연구를 통해 온전한 문학사를 복원할 수 있게 되었다는 점이다. 이른바 통일시대의 문학사에 비해서는 부족한 점이 있겠으나 과거 문학의 실제를 적어도 사실 차원에서나마 온전히 다룰 수 있게 되었다는 점은 중요한 의의에 해당된다. 둘째는 연구 및 교육의 대상에 좌파문학까지 포괄하게 됨으로써 문협정통파 중심의 '순수문학'의 이데올로기를 자연스럽게 노정하여 연구자 및 교육자의 안목을 넓힐 수 있었다는 점이다.

가 소개되어 리얼리즘-모더니즘 논의의 수준을 향상시키는 데 기여하였고, 바흐찐의 『장편소설과 민중 언어』(전승희 외 역, 창작과비평사, 1988)나 까간의 『미학 이론』(진중권 역, 벼리, 1989) 등을 포함하여 소련 및 동구의 미학 이론들 또한 이 시기에 집중적으로 소개되었다. 좌파 문예학 혹은 리얼리즘 논의의 소개 맥락에서는 스테판 코올의 『리얼리즘의 역사와 이론』(여균동 편역, 한밭, 1984)과 마르크스 · 엥겔스의 『마르크스 엥겔스의 문학예술론』(김영기 역, 논장, 1989) 또한 빼놓을 수 없다.
12) 김윤식 · 정호웅 편, 『한국 리얼리즘 소설 연구』(문학과비평사, 1987)에 수록된 김윤식, 정호웅, 서경석, 차원현의 논문이 대표적인 예로서 '문제적 인물', '매개적 인물', '완결된 인물', '전형적 인물' 등의 범주를 구사하여 논의를 정교화한 바 있다.

2.2. 2000년대 프로문학 연구의 동향

1990년대 들어 벌어진 소련 및 동구권 현실사회주의의 몰락은 한국문학 연구 동향에 커다란 변화를 몰고 왔다. 프로문학 연구의 열기가 급격히 쇠퇴한 것이 가장 큰 특징이다. 현실사회주의의 몰락과 좌파문학운동 연구의 쇠퇴가 맞물려 있음은 사실 차원에서 엄연한 것인데, 이러한 연관관계에는 두 가지 설명이 가능하다.

첫째는 카프를 중심으로 한 좌파문학운동에 대한 연구가 학술운동적인 성격을 띠고 있었던 점이다. 동구권의 몰락과 한국사회 민주화의 진전, 근대성론 및 포스트주의로 뭉뚱그려볼 수 있는 다양한 학문적 담론의 유입 등에 의해 진보적인 학술운동이 정체성을 잃고 다양하게 분산되면서 그 세력이 약화되었다. 이러한 판단의 직접적인 증거는 20세기 말엽과 달리 석·박사 학위논문에서 프로문학에 대한 성과를 찾아보기가 어려워진 사실에서 찾아진다.

둘째는 10년여에 걸친 연구이긴 하지만 프로문학에 대한 연구가 일종의 유행처럼 번져서 상당수의 연구자가 이에 총력을 기울인 결과, 실증적인 수준에서는 연구가 어느 정도 일단락되었다(고 생각되게 되었다)는 점을 들 수 있다. 따라서, 기존의 연구 방식 면에서 보자면, 연구를 한 단계 진전시킬 수 있는 새로운 좌파 문예학의 이입이나 연구 방법론의 개발이 지체되면서 연구 성과가 공소해질 수밖에 없었다고 하겠다.

2000년대 들어 연구자들이 직면한 이러한 상황을 압축적으로 보여주는 경우로 다음을 들어 볼 수 있다.

> 카프 비평은 1980년대와 1990년대 초까지 활발하게 연구되다가 최근에는 그다지 주목을 받지 못하고 있다. 카프는 지금으로서는 연구자들의 관심 밖으로 밀려난 것으로 보인다. 한국문학 연구사들의 학문적 관심이 최근에는 더욱 깊어지고 넓어져서 연구는 전문화되고 다

양해졌다. 게다가 카프가 왕성하게 연구되던 1980년대 말, 1990년대 초의 문제의식 역시 퇴색되어 버렸다. 또한 카프 연구를 총괄 결산하는 연구 성과가 나와 있는 상태이기도 하다.

　　따라서 이제 카프 연구를 다시 시작하려면 과거의 연구 성과나 문제의식과는 다른 각도의 접근이 필요할 때이다.13)

2006년 시점에 나온 이러한 문제의식은 사실 다소 치밀하지 못한 면이 없지 않지만, 1980~90년대와 이질적인 조건에서 프로문학을 연구하고자 하는 상황의 의미를 잘 지적해준 것만은 사실이다.

위의 인용이 치밀하지 못한 것이라 함은 2000년대 들어서도 주목할 만한 의미 있는 성과가 다양한 방면에서 명맥을 이어왔기 때문이다. 이에 대해서는 한 연구자가 요령 있게 정리한 바 있다. 그에 따를 때 2000년대 프로문학 연구의 경향은 다음 네 가지로 정리된다. 첫째는 연구대상의 위상을 새롭게 하여 외연을 넓힌 경우이고, 둘째는 이분법적인 문학사적 도식을 비판하면서 기왕의 연구 대상 및 연구 방법론을 재조명하는 경우이다. 전향문학이나 북한문학사 등에 대한 연구가 셋째로 기타 개별 작가론이 넷째로 거론되는데,14) 앞의 두 가지가 최근 연구의 새로운 면모를 보이는 경우임은 물론이다.15)

이 책이 보기에 2000년대의 프로문학 및 카프 연구가 보인 주요 특징은 다음 다섯 가지로 정리된다.

---

13) 이현식, 「카프(KAPF) 비평 재론―카프의 비평사적 위치」, 한국문학연구학회, 『현대문학의 연구』 30, 2006, 464쪽.

14) 손유경, 「최근 프로문학 연구의 전개 양상과 그 전망」, 상허학회, 『상허학보』 19, 2007 참조.

15) 박상준, 『한국 근대문학의 형성과 신경향파』, 소명출판, 2000; 문학과사상연구회, 『한설야 문학의 재인식』, 소명출판, 2000; 특집 <프로문학의 재조명>, 민족문학사학회, 『민족문학사연구』 21, 2002; 문학사와비평학회, 『최서해 문학의 재조명』, 국학자료원, 2002; 문학과사상연구회, 『임화 문학의 재인식』, 소명출판, 2004 등과 이기인, 박근예, 차원현, 김명인, 이상갑, 조정환 등의 소론이 손유경이 검토하고 있는 주요 사례이다.

첫째는 연구 대상의 설정에 있어서 기존 연구의 방식을 문제시하는 움직임이 일어나기 시작했다는 점이다.[16]

둘째는 프로문학-민족주의문학, 리얼리즘-모더니즘 등의 소모적인 이분법을 대체하는 문제 틀로 재부상한 근대(성)론 속에서 프로문학의 문학사적인 위상과 특징 및 한계를 지적하는 면모를 보였다는 점이다. 이는 급변하는 이론적 구도 속에서 그에 휩쓸리든 아니든 프로문학을 재조명한 경우들로서, 평가 측면에서 프로문학에 대해 다소 맹목적이었던 과거의 경향을 반성 · 지양한 사례로 주목할 만하다.[17]

셋째는 이전 시기의 문제의식을 계승하면서 방법론적인 고민을 부가한 경우이다. 좌파적인 담론이론이나 포스트콜로니얼리즘 등 새로운 연구 방법론을 전유하여 연구 영역을 개척한 연구들이 이에 해당된다.

넷째는 친일 협력의 문제로 조명되는 천황제 파시즘하의 지식인의 전향 문제 논의 속에서 프로 문인들에 대한 연구가 연장된 경우이다. 연구의 대상과 방법이 누적적으로 발전된 사례라고 할 수 있다.[18]

---

16) 손유경의 표현을 빌리자면 '문학운동, 비평, 작품 등의 제 요소가 맺고 있는 역동적 관계'의 조명(앞의 글, 287쪽)이나 '개별 작품의 위상을 비평에 종속된 상태에서 해방시키는 대신 제3의 지평에서 새롭게 의미화'(289쪽)하는 방식이 새롭게 모색되었는데, 이러한 움직임의 대표적인 초기 사례로 바로 졸저, 『한국 근대문학의 형성과 신경향파』가 논의되고 있다. 손유경의 논의 방식이 적절하다고 보는 입장에서, 이 책은 이 문제를 기존 연구의 한계를 정리하고 대안을 제시하는 3~4절에서 상론한다.

17) 대표적인 예가 최원식의 「프로문학과 프로문학 이후」(민족문학사학회, 『민족문학사연구』 21, 2002)이다. 20세기 세계사의 전개를 조명하는 폭넓은 시각 위에서 이 글은 조선의 프로문학운동이 세계사적 동시성을 보인 '사회주의 현대화 프로젝트'이며 크게 보아 "민족문학 또는 국민문학 건설의 한 전환적 국면, 즉 민중성을 획득하려는 열망의 예각적 표출"이었다고 파악한다(20~5쪽 참조). 같은 학술지에 실린 신두원의 「계급문학, 민족문학, 세계문학」 또한 임화 비평을 분석하면서 그의 모색이 계급문학으로부터 민족문학으로 나아가는 과정이었다고 해석한 바 있다. 이들의 글을 통해 프로문학 대 민족주의문학이라는 이분법이 실질적으로 해체되었다.

18) '전향론'은 좌파문학 연구 초기부터 주요한 연구 대상이었는데 이른바 '카프 해소-비해소파' 논쟁을 불러일으킨 김재용 이후로 보다 예각적으로 확산된 바 있다. 김재용의 「카프 해소 · 비해소파의 대립과 해방 후의 문학활동」(『민족문학운동의 역

끝으로 연극, 미술 방면의 카프 운동에 대한 연구들이 명맥을 잇고 지속된 점도 특기해 둘 만하다.[19]

셋째 항목과 관련하여 대표적인 연구 사례를 잠시 검토해 둔다. 2000년대 내내 탈식민의 문제 틀을 개발하고 적용해 온 하정일의 경우가 그것이다.[20] 하정일은 서구를 기준으로 한 근대성론에 대항하여 '복수의 근대'를 주장하는 한편 프로문학 연구를 쇠퇴하게 한 사상적 요인 중 하나인 포스트주의들 속에서 포스트콜로니얼리즘을 유물론적으로 전유하는 방식으로, 한국 근대문학의 계보를 새로 파악하고 저항 주체를 모색하는 연구를 수행해 오고 있다. '유물론적 후기식민론'이라 요약할 수 있는 그의 연구는 좌파적 문학연구의 전통을 계승 발전시키고자 하는 지속적인 고투의 성과로서 소중하다. 무엇보다도 이전 시기 프로문학 연구의 (불연속적이되) 지속적인 발전 가능성을 직접 실현해 왔다는 점에서 주목할 만한 성과라 할 수 있다.

그러나 작품론 및 소설사의 구도 파악에 있어서 미흡하거나 동의하기 어려운 점이 발견된다. 탈식민론의 구도가 앞서 있는 나머지 세부 논의에서 작품의 실제를 무시하는 경우가 있는 것이다. 작품의 경계 자체를 부르주아적인 것으로 규정하(여 무시하)고 논의를 구성하는 경향이 있는데, 이러한 구도는 형식 면에 주목해서 볼 때 이전 시기 프로문학이 보였던 문제와 동일한 것이다. 이는 비단 하정일에게만 걸리는 것이 아니어서 다음 절의 논의에 포함시켜 강조해 둘 필요가 있다. 작품의 분석 및 평가와 관련된 하정일의 논의에 대해서는 보다 심도 있는 상호검증이 요구된다.

사와 이론』, 한길사, 1990), 「중일 전쟁과 카프 해소 · 비해소파」(한국문학연구학회, 『현대문학의 연구』 3, 1991) 등을 참조할 수 있다. 2000년대에 나온 폭넓은 시각의 전향 관련 연구로는 정찬영, 「카프 해산과 전향 논리의 의미」(현대문학이론학회, 『현대문학이론연구』 13, 2000)를 들 수 있다.

19) 기혜경의 「1920년대의 미술과 문학의 교류 연구—카프 형성과정을 중심으로」(한국근현대미술사학회, 『한국근현대미술사학』, 2000), 양승국의 『한국현대희곡론』(연극과인간, 2001), 정호순의 『한국 희곡과 연극운동』(연극과인간, 2003) 등 참조.

20) 하정일, 『탈식민의 미학』, 소명출판, 2008.

3. 프로문학 연구의 한계와 문제

지금까지 살펴보았듯이 지난 20년간의 프로문학 연구는, 연구 성과의 양적인 면에서는 크게 감소하였음에도 불구하고, 의미 있는 지속과 발전의 면모를 보여 왔다고 할 수 있다. 1990년대 후기 이래 세기 전환기에 연구자들이 보인 위축감에도 불구하고 연구의 계선이 끊어진 것은 없다고 할 만한 까닭이다. 따라서 연구 열기의 쇠퇴와 양적 감소를 동구권의 몰락이라는 세계사적인 사건과 곧바로 연결 짓는 것은 어쩌면 성급한 일일 수 있다. 그러한 발상 또한 속류 결정론으로부터 자유로운 것은 아니기 때문이다.

프로문학 연구의 중요 갈래의 지속 및 발전을 염두에 두면, 2000년대 연구 성과가 보이는 공소함은 질적 제고를 위한 숨고르기라고 보는 것이 적절할 터이다. 학위논문들에서 프로문학이 연구대상으로 설정되는 경우가 급격히 줄긴 했지만, 중요한 것은 신진 연구자들이 보이는 열기보다 중진 연구자들의 고투인 까닭이다. 유행처럼 번졌다가 스러지는 숱한 논문들을 제외하고 보면 1980년대에서 2000년대로 오면서 프로문학의 연구가 다른 분야에 비해서 특별히 위축되었다고 볼 것만도 아니다. 따라서 사정은 변한 것이 없다.[21]

이렇게 사정이 변한 바가 없기 때문에 몇몇 문제는 지난 20년간 제대로 의식되지도 않은 채 계속되었다는 것, 여기에 이 글의 의의가 있다. 21세기로 넘어오면서 프로문학의 연구에 질적인 변화가 생기고 의미 있는 진

---

21) 이러한 인식은 프로문학 혹은 프로문학 연구에 대한 연구자의 기호나 이데올로기에 관계된 것이 아니다. 이 맥락에서 연구자의 실천적 계기 등을 떠올리는 것은 부적절한 일이다. 연구의 실천성이 의미가 있는 것은 연구 성과의 수준 차원에서일 뿐이지 연구 논리 밖에서 내세우는 선언에서가 아니기 때문이다. 프로문학 연구의 경과에 대한 이 책의 파악은, 한국 근대문학의 연구란 언제나 근대문학 일반을 오롯이 연구 대상으로 설정할 수 있어야 한다는 기본적인 당위에 근거한 것일 뿐이다.

전이 이루어졌지만, 그럼에도 불구하고 고질적으로 안고 있는 문제 또한 없지 않은 것이다. 평가에 있어서의 비판적 거리의 결여와 연구 대상 설정의 협소함이 그것이다.

3.1. 비판적 거리의 결여

지난 20년간의 프로문학 연구를 전체적으로 볼 때 가장 두드러지는 특징은 비평 중심주의라고 할 수 있다. 신경향파에서 카프에 이르는 좌파문학의 운동을 추동한 것이 비평이며 이들의 특징을 집약적으로 표현한 것도 비평이므로, 프로문학 연구의 주류가 비평을 대상으로 한 것은 분명 적절성과 의의를 갖는 것임에 틀림없다.

그러나 그와 동시에 평론과 작품의 분리가 '과거의 경향문학론의 결정적 약점'임도 엄연한 사실이고,[22] 프로문학의 연구가 프로 비평가들의 의도를 확인하는 데 그쳐서는 안 됨 또한 명확하다. 카프 비평에 주목하는 것 자체가 문제될 이치는 없지만 프로문학 연구에 있어 '비평 중심주의'가 사실상 '비평 추수주의'로 떨어지는 경우가 적지 않았던 것은 문제라고 하겠다. 달리 말하자면, 프로문학 비평에 대한 이론적, 비판적 거리를 결여한 채 프로문학 비평의 논의를 좇아 프로문학 일반의 연구를 수행하는 경우가 적지 않았던 것이다. 이러한 문제가 현저하게 드러나는 대표적인 예가 경향소설 및 임화의 신문학사론에 대한 연구이다.[23]

---

22) 임화, 「批評의 高度」, 『文學의 論理』(1940), 서음사, 1989, 413쪽. 물론 임화의 이 글은 이러한 '결정적 약점'을 인정함에도 불구하고 '사회적, 정치적 내지는 사상적 고도의 상실'에 따라 비평이 '단순한 해석'으로 전락한 것을 비판하며 '비평의 고도'를 회복할 것을 주장하고 있다. 임화의 지향은 소중한 것이고 현재적 의미도 지니는 것이지만, 이러한 지향이 '의도'를 벗어나 실제로 '구현'되었는가는 엄연히 별개의 문제이다. 비평과 작품 양자 사이의 일반적인 괴리를 감안한다 해도, 비평의 의도가 의도에 그쳐 작품 현실로부터 유리되는 경우에서조차 이러한 구별에 주의하지 않고 이를 확인해 보는 데 다소 부주의했던 것이, 지난 20년간 프로문학 연구가 보여 온 중요한 문제라 할 수 있다.
23) 임화의 신문학사가 보이는 작품 실제와의 낙차 및 이를 보지 못한 후대 연구의 문

경향소설 연구의 대부분은, 카프 비평과 소설의 실제 사이의 낙차를 주목하지 않음으로써 비평의 논리로 작품 논의의 구도를 마련하는 패턴을 반복해 왔다. 그 결과, 카프 조직운동사의 결절점을 이루는 여러 논쟁의 구도와 지향성이 카프 소설 연구의 대상 설정과 평가 방법론 구사 패턴을 사실상 결정하는 양상이 벌어지게 되었다. 예를 들어 내용·형식 논쟁이나 방향전환론이라는 비평사적 테마에 대한 연구의 자장 속에서 그에 관련된 작품들이 검토되면서, 비평의 동향이 작품 평가의 기준처럼 작용하는 경우가 일반적이었다. 이러한 문제는 보다 미시적이고 미학적인 데서도 확인된다. 카프 비평이 전개됨에 따라 의식되고 주창된 전형성, 전망, 문제적 인물 등의 분석 범주가 숱한 작품론에서 사실상 작품을 외삽적으로 재단하는 데 편의적으로 구사된 혐의가 없지 않았던 것이다.

요컨대 작품의 실제를 구체적으로 검토하여 그 특징을 추론하는 실증적, 귀납적인 방향이 아니라, 카프 비평의 성취와 흐름을 긍정하고 준용하는 연구 방법론이 앞선 상태에서 선험적으로 작품론들이 수행되어 온 경향이 짙음을 부정할 수 없다. 이러한 사태의 근저에는, 카프 비평의 주도성을 프로문학 연구자들 또한 무반성적으로 습용하여, 비평 논의를 준거로 삼아 작품을 재단하는 비평 추수주의가 깔려 있다고 하겠다.[24]

제에 대해서는 이 책의 9장 '임화의 문학사 구성에 나타난 이론 구성과 실제 기술의 변증법' 및 졸고, 「임화 신문학사론의 문학사 연구 방법론적 특징」, 외국문학연구소, 『외국문학연구』 28, 2007 참조.

24) 카프 비평에 대한 비판적 거리 두기가 제대로 지켜지지 못한 데에는 사회상황의 요인이 작용하였다. 결론을 당겨 말하자면, 1980년대에 프로문학에 대한 본격적인 연구를 가능케 한 외적 요인이 연구의 내부에까지 영향을 미쳤다고 할 수 있다. 금제가 풀린 상황에서 접하게 된 카프 비평이 좌파 문예학에로 이르는 통로 역할까지 담당하면서 마르크스·엥겔스 및 NAPF나 RAPP, 코민테른 등의 이론과 더불어 카프 비평의 논의가 연구 방법론의 모태로 설정되는 상황이 초래되었던 것이다. 이렇게 카프 비평이 새로운 문학을 새롭게 볼 수 있는 문제 틀로 기능하면서 그에 대한 비판적 거리 두기가 지난해졌음은 물론이다. 연구 주체들의 상황도 여기에 덧붙일 수 있다. 프로문학 연구를 학술운동으로 간주한 1980~90년대 신진 연구자들의 실천적 의지가, 비평의 고도를 전위운동의 전위성으로 받아들이게 하여 비평과 작품 및 현실과의 괴리에 맹목이게 만들었다고 할 만하다.

3.2. 대상 설정의 협소함

프로문학에 대한 20년간의 연구가 보이는 또 하나의 지속적인 문제는, 그 성과가 문학계 일반을 포괄하는 학적 보편성을 충분히 확보하지는 못해 왔다는 점이다. 이는 대상과 연구 방법론 두 가지 맥락에서 확인된다.

대상 설정 면에서 볼 때 프로문학의 연구는 프로문학만을 연구 대상 전체로 놓고 그 중에서 특정한 장르나 영역을 검토해 온 경향을 보인다. 이는 다시 둘로 나눠 볼 수 있다. 한편으로 그간의 연구는 조직운동이나 비평 및 논쟁, 작가와 작품 등 프로문학의 어느 한 영역에 집중하는 면모를 보여 왔으며, 다른 한편으로는 프로문학 바깥의 비좌파문학을 고려에 넣지 않은 채 오로지 프로문학만을 대상으로 하는 연구대상 설정의 틀을 견지해 왔다. 요컨대, 한편으로는 비평 위주의 연구 경향에 한정되지 않고 비평과 작품 조직운동 전체를 구조적으로 아우르는 포괄적인 연구가 시도되지 못했고,[25] 다른 한편으로는 반·비좌파문학의 성과들과 나란히 놓고 프로문학을 검토하는 방식을 사실상 용인하지 않았던 것이다.[26]

이러한 문제는 연구 방법론의 배타성과 긴밀히 맞물려 있다. 거의 대부분의 프로문학 연구는 프로문학의 가치를 평가하는 데 '고유한' 연구 방법론과 철학 곧 좌파 문예학과 유물사관을 바탕으로 해서 수행되어 왔다.[27]

---

25) 졸고, 「한국 신경향파 문학의 특성 연구」(서울대박사논문, 2000: 졸저, 『한국 근대 문학의 형성과 신경향파』에 수록)에서 신경향파문학을 대상으로 조직운동, 비평, 작품 3자의 구조적 관계를 중층적으로 파악해 각각의 특징을 재조명해 본 바 있다.
26) 김윤식의 『한국 근대 문예비평사 연구』에서 1920년대 국민문학론이나 해외문학파 등이 좌파문학 중심의 일면적 시각에서 다루어졌던 이래로, 동일한 경향이 상당 기간 지속되었다.
27) 이러한 의미에서 연구 방법론 혹은 연구의 시각을 달리한, 차원현의 「문학과 이데올로기, 주체 그리고 윤리학 ― 프로문학과 모더니즘의 상관성을 중심으로」(민족문학사학회, 『민족문학사연구』 21, 2002)나 김민정의 「'식민지 근대'의 문학사적 수용과 1930년대 문학의 재인식 ― '카프', '구인회', '단층' 간의 상관성을 중심으로」(한국문학언어학회, 『어문론총』 47, 2007) 등이 주목받을 만하다. 같은 맥락에서, '김남천=카프=리얼리즘'이라는 도식을 문제시하고 작품 세계의 다양성에 주목하

그 결과로, 근대성론의 부상 속에서 프로문학 연구가 다소 혼미한 상태에 들어서기 전까지, 카프의 문학을 비카프의 그것과 나란히 놓고 검토할 수 있는 이론적 토대는 거의 고려되지조차 않았다고 할 수 있다.[28]

이렇게, 기존에 연구되던 반·비좌파문학의 성과들까지 염두에 두는 포괄적인 안목으로 연구가 수행되지 못함으로써 평가의 적절성 면에서 문제를 낳아 왔다. 프로문학에 대한 가치평가의 과도함이 그것인데, 외적인 상황의 변화와 더불어 프로문학의 연구 열기가 급격히 식게 된 데는, 이러한 요인 또한 한 가지 주요 원인으로 작용했다고 할 수 있다.

4. 향후 연구의 방향 모색

프로문학에 대한 향후 연구가 나아가야 할 방향은 앞서 제시한 문제들을 극복하고 근대문학 일반의 연구 속에서 프로문학 전체를 대상으로 삼는 것이다. 이러한 방향성을 견지하면서 구체적인 작품론, 작가론, 비평론, 조직운동론 등이 수행될 때 이전 시기 연구가 보였던 한계를 돌파하고 그때의 성과를 생산적으로 전유하며 발전시키는 것 또한 가능해질 것이다.

고자 한 장성규의 「카프 해소 직후 김남천의 문학적 모색」(민족문학사학회, 『민족문학사연구』 31, 2006) 등도 주목할 만하다.

28) 이러한 현상이 프로문학 연구에서만 확인되는 것은 아니다. 모더니즘문학에 대한 연구나 대중문학에 대한 연구 들 또한 나름의 방법론을 구사함으로써 다른 갈래의 문학에 대한 설명력을 갖추지는 못해 왔기 때문이다. 요컨대 한국 근대문학의 제 갈래에 대한 세부적인 연구들 일반이 각자의 대상에 특유한 연구 방법론을 심화시키는 데 주력함으로써, 다른 갈래들과의 객관적·합리적인 비교를 가능케 하고 근대문학 일반의 해명에로 나아갈 수 있는 유연성을 스스로 줄여 왔다고 하겠다. 전체적인 견지에서 보자면, 한국 근대문학의 하위 갈래들에 대한 연구 줄기들이 상호 소통할 수 있는 공분모가 부재하다고 할 만큼 심각하게 약화되어 온 것이다. '국문학 연구의 통약불가능성(incommensurability) 상태'라 할 이 문제에 대한 상세한 논의로, 졸저, 『형성기 한국 근대문학 텍스트의 시학』(소명출판, 2015) 1장 참조.

프로문학의 연구를 근대문학 일반의 연구 속에 정초해야 한다는 요구
는, 프로문학의 연구가 문학계 일반을 포괄하는 학적 보편성을 획득할 수
있어야 함을 의미한다. 프로문학 연구에만 특화된 배타적인 연구 방법론
을 구사하면서, 프로문학을 중심 혹은 정점으로 하여 당대 문학 활동을
구성하는 방식은 보편적인 설득력을 갖추기 어렵다. 비좌파문학을 평가
절하하면서 프로문학을 고평하는 논의의 구도가 반복되거나 문학의 실제
를 왜곡하면서 자신의 논의 지평 속에서 하나의 완미한 구도를 그려내는
데로 귀착될 뿐이라면,29) 문학사의 실제에 비추어 설득력을 가지지 못하
기 십상인 까닭이다.30)

---

29) 좌파문학을 중심으로 문학사를 재구성하면서 실제를 왜곡하는 경우의 초기 형태
는 임화에게서 찾을 수 있다.「朝鮮新文學史論序說」(『조선중앙일보』, 1935. 10.
7~11. 13)에서 그는 춘원의 이상주의에서 낭만주의에 이르는 문학사 전체의 전면
적 종합적 계승자로 신경향파를 내세우기 위하여, 장르들 간의 차이 및 개별 장르
의 전개 과정을 왜곡하면서 통시적으로 완미한 가상의 계열체를 제시한 바 있다.
이에 대한 상세한 논의는 졸고,「조선자연주의 소설 시론」(『한국학보』 74, 일지사,
1994), 71, 75쪽 및 이 책의 9장 참조. 이 문제는 근대문학사에 대한 임화의 일련의
저술들이 보이는 문학사 재구성상의 왜곡 문제의 일부일 뿐이다. 이에 대한 전면적
인 검토는 졸고,「임화 신문학사론의 문학사 연구 방법론적 성격에 대한 연구」(한
국외대 외국문학연구소,『외국문학연구』 28, 2007) 참조.
유사한 문제를 보이는 최근의 경우로는 탈식민론으로 근대문학사를 좌파적으로
재구성하는 일련 작업 속에서 염상섭의『만세전』을 논하는 하정일의 논의를 들 수
있다.「후기 자본주의와 근대소설의 운명」(『20세기 한국문학과 근대성의 변증법』,
소명출판, 2000, 124쪽)이나「보편주의의 극복과 '복수'의 근대」(문학과사상연구
회,『염상섭 문학의 재인식』, 깊은샘, 1998, 3~4절 참조),「'개인'의 이데올로기를
넘어서」(『탈식민의 미학』, 앞의 책, 145~6, 191~2쪽 등 참조) 등에서 그는 주객
변증법이나 '내면'과 '사회'의 소통이라는 맥락에서 염상섭의『만세전』을 소설사
의 전개과정 및 상황에 비추어 전체적으로 평가하지 않은 채 지나치게 고평하는
방식으로 전유하는 문제를 보인다. 염상섭의『만세전』에 대한 이 책의 입장은 식
민지 현실에 대한 부르주아 개인의 정관적인 인식을 통해 '식민지적 비참성'을 드
러냄으로써 이상과 현실의 괴리를 특징으로 하는 1920년대 초기 소설을 지양한 분
열된 작품이라는 것이다(졸고,「지속과 변화의 변증법 -<만세전> 연구」, 서울대
국문과,『관악어문연구』 22, 1997 및 졸저,『한국 근대문학의 형성과 신경향파』,
앞의 책, 187~9쪽 참조).
30) 벤야민이 역사철학테제 1에서 지적했듯이(이태동 역,「역사철학테제」,『문예비평

요컨대 프로문학과 동시대의 다양한 문학 갈래들을 함께 검토하여 공시적인 다층성을 확보하면서 그것의 통시적인 변모 양상을 조망할 수 있게 해 줄 방법론의 유연화 내지는 갱신이 필요하다. 여기서 두 가지를 강조할 필요가 있다. 하나는 '방법론의 유연화'가 기존 방법론을 좀 더 나이브하게 여러 대상에 적용하는 방식일 수는 없다는 것이고, 다른 하나는 '방법론의 갱신'이 무언가 새로운 방법론이 한국 근대문학 바깥에서 주어지는 식으로 이루어지리라고 기대하는 것은 바람직하지 않다는 사실이다.

'방법론의 유연화'는 기존의 방법론이 성취해 낸 의미 있는 성과는 살리되 부정적인 요소는 지양할 수 있는 방식으로 논의 방식을 정교화하는 것으로, 2000년대 연구들에서 보인 이분법적 사고의 지양 노력이 한 가지 주요한 예가 된다. 이 노력은, 시대의 변화에 영향을 받지 않고 연구를 지속시킬 수 있는 방법론적 반성의 결과로서 주목할 만하다. 프로문학의 연구를 생산적으로 지속·발전시키기 위해서는, 프로문학−민족주의문학, 리얼리즘−모더니즘, 카프 해소파−비해소파, 친일−저항 등 2000년대 연구들이 넘어서고자 했던 이분법들을 계속 경계해야 한다. 더 나아가서는 서구중심적 근대성론−탈근대성론이나 포스트주의의 자장 안에서 행해지는 유물론−비·반유물론의 구도 또한 반성적으로 성찰할 필요가 있다.

여기서 반성의 기준은 바로 연구 대상이 되는 문학 현실 자체여야 한다. 작품과 비평, 조직운동 등이 틈새를 보이면서 서로 연관되는 실제 양상을 실증적으로 규명함으로써, 중심을 갖지 않는 구조화된 전체 혹은 리좀적인 양상을 파악하고 그 관계 속에 있음으로써 각 분야가 갖게 되는

과 이론』, 문예출판사, 1987, 293쪽) 유물론의 기본적인 특성 중 하나가 모든 문제에 답을 내려 준다는 데 있음은 주지의 사실이다. 또한 바로 이러한 이유 때문에 부단한 탐구 대신 자신을 고정시키고 답을 안출해 주는 속류유물론이야말로 학문이 아니라 종교에 가까운 것이라고 비판되는 것도 널리 알려져 있다(포퍼, 이한구 옮김, 『열린사회와 그 적들』, 민음사, 1982). 이 두 가지 문제들 넘어설 때 프로문학에 대한 연구의 재활성화가 가능해질 것이다.

특징을 명확히 하는 것이 중요하다. 연구 대상 현실을 총체적 · 구조적으로 재구성하려는 이러한 반성의 방식이, 앞서 말한 '방법론의 갱신'으로 이어진다.

방법론의 갱신에 있어서는 무엇보다도 먼저 한정된 방법론에 매이거나 특정 종류의 방법론을 편애하는 나쁜 의미에서의 방법론주의에서 탈피하는 것이 전제되어야 한다. 그 기원에 있어서나 실제 적용 방식에 있어서나 이론으로서의 연구 방법론은 연구 대상에 후행하는 것이기 때문이다. 이러한 점은 문학 연구 방법론이라는 이론의 생산 과정을 되짚어볼 때 자연스럽게 도출될 수 있다. 좌파 문예학이든 무엇이든 우리가 외부로부터 수입한 이론들의 생산 과정을 보면, 그것들이 특정 지역 문학사의 실제로부터 추상화된 것임을 어렵지 않게 알 수 있다.

따라서 한국 근대문학이라는 실제를 검토하면서 그것의 논리를 추상화하는 방식으로 적절한 방법론을 구축하는 것이야말로 방법론 갱신의 올바른 학적 방식일 것이다. 적절한 연구 방법론이란 원리상 연구 결과의 집적에서 추상화되는 것이지 연구 이전에 제시되는 것일 수 없다. 문학사에 내재해 있는 원리의 결정화로서 이론이 구성되는 까닭이다. 보다 일반적으로는 이론에 대한 실제 대상의 우위로 요약할 수 있는 이러한 사정[31]을 투철하게 자각하지 못할 때 문학 연구가 외래 이론 수입의 천박한 경연장으로 전락할 위험이 상존한다.[32] 연구대상이 프로문학이든 아니든

---

31) 알튀세르, 김동수 역,『아미엥에서의 주장』, 솔, 1991, 160~1쪽 참조.

32) 이러한 위험의 극복이 얼마나 어려운 것인지는, 수입 이론으로 부적절한 연구를 감행하는 데 대해 기본적으로 비판적 입장을 취하되, 이론의 현실적인 생산 과정을 주목하지 못하여 사실상 '우리 문학의 이론'의 가능성에 소극적 부정의 태도를 취하는 권성우의 논의에서 잘 확인된다(「현대소설 연구와 자생적 이론의 가능성 – 외국문학이론 도입 문제를 중심으로」,『횡단과 경계』, 소명출판, 2008). 그는 '맹목적 보편주의'의 위험을 적절히 경계하되, '자생적인 문학 이론 고안'의 지난함을 강조하면서 사실상 이론의 보편성에 기대어 자생적인 이론을 뒤로 밀어놓고 있다. 이러한 회귀를 방지하면서 '맹목적 보편주의'를 경계하기 위해서는 (자생적인 이론이 아니라) 연구 대상이 되는 현실의 추상화라는 의미에서의 '현실적인' 이론을 구성

사정이 달라지지는 않는다. 문학사라는 실제에 부합하는 문학 이론의 수립이라는 이상적 명제를 달성하는 데 있어서도 연구 대상으로서의 문학사적 실제를 지향하는 자세가 요청된다.[33]

프로문학 연구의 방향을 고찰하는 자리에서 그러한 갱신 결과를 당장 제시할 수는 없지만, 프로문학 연구 방법론의 갱신을 가능케 할 방향만큼은 보일 수 있으리라 믿는다. 프로문학 전체의 대상화가 그것이다.

프로문학을 이루는 제반 활동들 곧 작품과 비평, 조직운동 등의 실제 특징을 보다 정교하게 규명하기 위해서는, 연구대상 설정의 원리와 방향에 있어서 구조화된 전체로서의 카프 문학 활동을 문제시하고, 각각의 활동이 그 속에 있으면서 상호간에 영향을 주고받은 결과로 갖게 되는 특성을 검토해야 한다. 카프의 조직운동과 비평, 작품 활동 세 가지가 구조화된 상태를 파악하여 그 속에서 전체 및 각각의 특징을 새롭게 구명해야하는 것이다. 이렇게 구조화된 전체의 중층결정 상태에 의해 발생하는 효과를 검출하는 논의 지평을 마련할 때, 프로문학운동의 각 활동이 당대에 발했던 효과 및 의의를 제대로 파악할 수 있을 것이다.

예를 들어, 프로문학 전체를 대상으로 한 위에서 작품들의 실제와 비평의 관계를 검토할 때 식민지 현실에 대한 문학적 반응이자 실천으로서 카프 작품과 비평이 갖는 특징도 보다 균형 잡힌 상태에서 연구될 수 있을 것이다. 임화가 '비평의 고도'로 지적한바 비평과 작품의 낙차가 갖는 의

해내려고 해야 한다.

요컨대 적절한 연구 방법론의 구성에 있어 중요한 것은 '자생성' 여부가 아니라 '현실성' 여부이다. '우리 문학의 이론'이란 '우리 문학의 현실을 읽어낸 결과로서 그 유효성이 확보된 이론' 일체이다. 실상 우리 문학의 이론을 구성하는 요소의 출처 혹은 국적은 아무런 의미를 지니지 않는다. 새로운 이론을 생산하는 데 소용되는 이론들이란 이론 생산에 있어서 원료 혹은 도구로서 일반성을 획득한 것이기 때문이다(Althusser, trans. B. Brewster, *For Marx*, NLB, 1977, pp.183~7). 이론은 국경을 모른다. 구체적·실제적인 적용 과정에서의 현실성 여부가 있을 뿐이다.

33) 졸고, 「한국 문학 연구의 상호 소통을 위하여」, 비평이론학회, 『비평』 3, 2000, 1장 참조.

미와 그것이 각각에 끼치는 영향의 해석 또한 프로문학이라는 전체를 바탕으로 놓을 때 정합성을 띠게 될 것이다. 작품과 비평이라는 개별자들 사이에서 작동하는 영향관계의 양상과 의미는, 그 양자가 프로문학이라는 보편과의 관련 속에 놓일 때 비로소, 보편과 개별의 변증법에 의해 창출되는 특수성 차원에서 명확히 규명될 수 있을 것이다. 이상의 논의가 추정적임은 분명하나, 카프 시기 프로문학의 전단계인 신경향파문학에 있어서 이와 같은 연구 방법론의 유연화 및 갱신이 갖는 타당성을 생각하면 추정적 성격이 한층 줄어들 것이다.

신경향파문학에 대해서는, 현실을 제대로 보지 못한 채 생경한 이념이 앞서 살인 방화 등 극단적인 종말로 시종한 보잘것없는 작품 면모를 보였다는 일반적인 인식이나, 이전 시기 신문학의 전면적 종합적 계승자로서의 문학사적 의의를 지니며 최서해적 경향과 박영희적 경향으로 양분되었다 하는 임화 이래의 평가 등이 통념화되어 있었다. 그러나 전자는 현재의 기준으로 신경향파소설을 재단한 혐의가 짙고 후자는 카프 수장인 임화의 이론적 실천의 결과로서 이데올로기적으로 주장된 것일 뿐이다. 한국 근대문학사를 배경으로 하여 신경향파문학의 실제를 소설과 문학론, 조직운동론 셋의 중층결정 관계에서 실증적으로 검토하여 보면, 위의 주장들이 '통념'에 불과할 뿐임이 확인된다.

신경향파비평은 좌파문학이론을 채 소화하지 못한 미숙한 표현이 아니라 새로운 문학의 출현을 위해 아직 존재하지 않는 '신경향파문학'을 호명하는 방식을 적극적으로 구사한 실천적 담론의 성격을 짙게 띠며, 신경향파소설은 당대 자연주의 소설계의 정점으로서 현실을 새롭게 발견해낸 문학사적 의의를 갖는다. 이 양자의 간극을 중층결정 관계로 묶어놓은 것이 신경향파문학의 조직이며 그 구성원들의 이데올로기이다. 이렇게 3자의 관계를 고려하여 신경향파를 조명하면, 상기 통념과는 다른 신경향파문학의 실상을 구성할 수 있게 된다.[34]

34) 이상은 졸고, 「한국 신경향파 문학의 특성 연구」(서울대박사학위논문, 2000)의 주

'비평의 고도'가 알려주듯 비평과 작품의 간극을 여전히 보였던 카프문학의 특성 또한 동일한 방식으로 조명해 볼 필요가 있다. 진정한 리얼리즘을 현실에 구현하려는 카프비평의 선도성과 그와의 거리를 가지며 현실을 형상화하는 카프 소설의 진면목 및 이 둘을 묶어 주는 카프조직의 기능은, 이들을 각각 살피거나 하나를 중심으로 하여 정리할 때가 아니라, 이 세 가지를 구조화된 전체로 보고 그들 사이의 중층적인 영향관계를 분석하여 그 속에서 각각이 갖게 되는 효과를 포착할 때, 그 특징이 제대로 포착될 수 있을 것이다. 이러한 의미에서 프로문학 전체를 연구 대상으로 삼는 이러한 방식이야말로 연구 방법론의 유연화 및 갱신의 주요 사례에 해당된다고 하겠다.

프로문학 연구의 대상을 전체로 설정할 때 기대할 수 있는 효과는 이외에도 더 있다. 한편으로는 여전히 보편 이론 혹은 그것에 의해 담보되는 대의에 매달리고 다른 한편으로는 '조선적 특수성'에 집중하여 보편성을 철지난 거대담론으로 몰아가는 두 가지 편향을 지양하는 일 또한 구조화된 전체로 프로문학운동 일체를 검토하는 자리에서만 가능해질 것이다. 보편과 개별의 관계가 현실과 문학 활동으로 구체화되기 때문이다. 이러한 기대효과의 궁극적인 결과는, 이론적 보편성과 현실적 특수성의 형식주의적인 이분법을 정당한 의미에서 지양하는 일이라 할 수 있다.

장을 거칠게 요약한 것이다. 보다 포괄적인 논의 구도를 졸저, 『한국 근대문학의 형성과 신경향파』(소명출판, 2000)에서 볼 수 있다.

9장. 임화 신문학사론의 문학사 연구 방법론적 성격

1. 임화 신문학사론을 이해하는 문제

이 장의 목적은, 임화의 신문학사론[1]에서 표명되고 문학사 기술의 원리로 기능하는 신문학사 연구방법론을 분석 대상인 근대문학사의 실제에 비추어 조명함으로써, 신문학사론의 특징을 밝히고 그 의의 및 한계를 규명하는 데 있다. 달리 말하자면, 다루는 대상과의 비교를 통해 임화 신문학사론의 문학사 연구 방법론적 성격을 검토하고자 한다.

무엇보다 먼저 신문학사론의 이론 구성이 갖는 특징과 「朝鮮文學 硏究의 一課題」(『동아일보』, 1940. 1. 13~20)에서 제시된 연구 방법론의 특징을 정리한다. 그 뒤에 신문학사론이 신소설을 다루는 방식의 검토를 통해 실제 논의를 이끌어가는 임화의 방법론적 구도를 파악하고, 이러한 구도와 연구방법론의 비교를 포함하여, 임화의 신문학사론이 갖는 특징과 의의 및 한계를 조명하고자 한다. 첫째와 관련하여 임화의 신문학사 논의가 보이는 특징을 좌파 문학사를 구축하려는 시도와 실증 정신의 길항관계로 파악한 선행 논문의 내용을 간략히 요약한 위에서,[2] 여기에서는 후자에 집중하고자 한다.

---

1) 임화가 남긴 문학사 기술 곧 「朝鮮新文學史論序說—李人稙으로부터 崔曙海까지」(『조선중앙일보』, 1935. 10~11)로부터 「小說文學의 二十年」(『동아일보』, 1940. 5)에 이르는 일련의 글들을 '신문학사론'으로 통칭한다.

2) 졸고, 「임화의 문학사 연구에 나타난 이론 구성과 실제 기술의 변증법」, 『한국근대

이러한 목표 설정은 임화의 신문학사론에 대한 기존 연구사의 결락 지점을 메우고자 하는 것이다. 기존의 연구들은 대체로, 문학사 연구 방법론을 명확히 내세우는 한편 연구 대상인 근대문학 초기의 작품들을 매우 상세히 검토하고 있는 신문학사론의 기본적인 특징을 충분히 고려하지 않은 한계를 보인다. 문학사에 대한 메타적인 논의이자 동시에 근대문학의 실제에 대한 역사적인 해석이라는 두 측면을 '동시에' 고려하지 못한 것이다. 곧 신문학사론의 문학사 연구 방법론적인 성격을 규명할 때에는 방법론적인 언설이 표면화된 텍스트를 주목하고,3) 근대문학사에 대한 임화의 기술을 대할 때는 신문학사론의 방법론은 상대적으로 소홀히 한 채 문학사적 판단의 적실성에 초점을 맞추어 왔다.4) 대부분의 연구는 여전

문학연구』9(2004. 4); 이 책의 보론 5 참조. 임화의 신문학사론을 신문학사의 실제에 비추어 파악하는 이 장은, 임화의 논의를 그 자체로 검토한 위 논문의 주제를 보강하는 후속 연구이다. 임화의 신문학사론에 관한 두 편의 논문을 통해 일단락된 연구 성과를 일목요연하게 드러내는 방식으로 현재처럼 구성하였다.

3) 「이식문학론 비판」(『한국문학의 근대성과 이데올로기 비판』, 서울대출판부, 1987)이나 「신문학사론 비판」(『한국 현대문학사론』, 한샘, 1988), 『林和硏究』(문학사상사, 1989) 등 김윤식의 일련의 연구들과 전승주의 「林和의 新文學史 方法論에 관한 硏究」(서울대석사논문, 1988) 등 초기의 성과들과, 김윤식의 입론을 보충하거나 넘어서고자 노력한 오현주의 「임화의 문학사 서술에 대한 고찰」(한국인문사회과학회, 『현상과 인식』, 1991 봄·여름)이나 신두원의 「이식과 창조의 변증법」(『창작과 비평』 1991 가을), 임규찬의 「임화 '신문학사'에 대한 연구 (1)」(『문학과 논리』 1991. 10), 성진희의 「임화의 신문학사론 연구」(서울대석사논문, 1992) 등은 대체로, 이론적 구도를 해명하는 맥락에서 임화의 신문학사 논의 자체만을 대상으로 하는 특징을 보인다. 김윤식이 비판적 평가를 시도한 반면 대부분의 논자들은 긍정적인 입장에서 임화의 재발견에 경주한 것이 특징이다. 이들 논의 자체의 일정한 의의와 상호간의 유의미한 차이는 무시될 수 없지만, 임화의 논의를 실제 대상인 신문학사 곧 근대문학사와 비교하는 논의의 지평에서 교정되지 않는 한, 큰 의의를 갖기는 어렵다고 하겠다. 이런 점에서는 근자에 출간된 『임화문학의 재인식』(소명출판, 2004) 소재 김영민, 하정일, 김재용, 박진영의 논의들 또한 예외가 아니다(이들 논의의 연구사적 위상에 대해서는 이훈이 비판적인 입장에서 적절하게 논평한 바 있다. 「'재인식'의 의미를 되새기며」, 민족문학사학회, 『민족문학사연구』 26, 2004).

4) 한기형의 「林和의 문학사 서술에 대한 관점의 몇 가지 문제」(김학성·최원식 외, 『한국 근대문학사의 쟁점』, 창작과비평사, 1990), 이상경의 「임화의 소설사론에 대

히 전자에 해당하고 후자에 해당하는 새로운 성과는 없는 편이다. 이러한 방식은, 문학사 기술의 성격을 분석하기 위해서 필수적인 작업 곧 '기술 대상에 대한 검토와 평가에 근거하여 문학사 기술의 실제로부터 추론되는 문학사 연구 방법론상의 특성과 문제를 규명하는' 작업을 누락해 왔다는 점에서 문제적이다.

따라서 임화의 신문학사론이 그 대상인 형성기 근대문학사를 다루는 '방식'을 고려하여 임화의 신문학사론 및 신문학사 연구방법론의 성격과 위상을 재조명할 필요가 있다. 이러한 문제의식에서 이 책은 신소설에 대한 임화의 논의를 중점적으로 검토하여 그가 구사하는 실질적인 방법론을 추론하고, 이를 중심으로 하여 신문학사론의 특성을 규명하고자 한다.

여기에서 신문학사론이라 칭하는 바 한국 근대문학사에 대한 임화의 식민지 시기 연구 성과는 다음과 같다. 이 책에서는 신문학사론을 크게 네 부분으로 나누어 살피는데, 주요 논의 대상과 약어를 병기하면 다음과 같다.

1) 「朝鮮新文學史論序說－李人稙으로부터 崔曙海까지」(『조선중앙일보』, 1935. 10. 9~11. 13, 이하 「서설」): 춘원~신경향파
2) <신문학사>
   「槪說新文學史」(『조선일보』, 1939. 9. 2~11. 25): 서론, 신문학의 태반(토대의 연구)

한 비판적 검토」(『창작과 비평』 1990 가을), 양문규의 「임화의 한국 근대소설 인식과 문제점」(문학과사상연구회, 『임화문학의 재인식』, 소명출판, 2004) 등이 이에 속한다. 임화를 긍정적으로 읽고자 하는 연구의도를 부정하기 어려운 앞서의 경우들과 달리, 이들 논의는 임화 신문학사론의 평가에 있어서 그 대상인 근대문학사의 실제를 끌어와 논의의 균형을 갖추었다는 점에서 큰 의의를 가진다. 그러나 이러한 비교를 행하는 범위와 치밀성 면에서는 임화의 논의를 전체적으로 문제시하지 못하고 있으며, 임화의 잘못된 파악을 지적할 뿐 그러한 오류가 왜 생겨났는지를 신문학사론 전체의 맥락에서 구명하지는 못한 아쉬움을 남기고 있다. 이러한 문제를 지양하고 다른 한편으로는 임화의 문학사 연구방법론에 대한 치밀한 분석을 계속 견지한다는 점에 이 연구의 연구사적인 의의가 있을 것이다.

「新文學史」(『조선일보』, 1939. 12. 5~27): 신문학의 태생(정치소설, 번역 · 번안문학, 창가)

「新小說의 擡頭 −續新文學史」(『조선일보』, 1940. 2. 2~5. 10, 이하 「속신문학사」): 신소설의 출현과 유행(이인직, 이해조)

「槪說朝鮮新文學史」(『인문평론』, 1940. 11~1941. 4): (속) 이해조와 그의 작품

3) 「朝鮮文學 研究의 一課題」(『동아일보』, 1940. 1. 13~20, 이하 「과제」): 연구방법론

4) 「小說文學의 二十年」(『동아일보』, 1940. 4. 12~20, 이하 「20년」): 1920년대 소설

2. 이론 구성과 실제 기술의 변증법

임화의 신문학사론을 독립된 연구 대상으로 놓고 볼 때 다음 네 가지 사실이 두드러진다. 첫째는 약 5년에 걸친 시기 동안 유의미한 변화 양상을 보인다는 점이고, 둘째는 그러한 변화의 내적 요인으로서 '문학사적 사실의 기술'과 그에 대한 '이론적 해명' 사이의 낙차를 확인할 수 있다는 것이다. 셋째는 임화가 「과제」를 통해서 신문학사의 연구방법론을 두드러지게 내세웠다는 점이며, 끝으로 넷째는 시기상으로 연속되게 쓰였지만 「과제」와 기타 신문학사론 사이에는 괴리가 있어 보인다는 사실이다.

1935년에서 1940년에 걸치는 임화의 신문학사론은 적지 않은 변화의 양상을 보인다. 이는 「서설」과 「20년」을 함께 검토할 때 두드러진다. 「서설」은 대상에 대한 실증적인 분석을 과감하게 사상한 채 '토대−상부구조론'을 직접 구사하여, 결과적으로는 문학사의 실제를 자의적으로 재구성하고 있다. 반면 「20년」은 '토대−상부구조론'적인 방법론이 표면에서 사라진 채 작품의 동향에서 확인되는 변화에 주목하는 면모를 보인다. 전자가 춘원 이래의 문학 경향 전체의 전면적 종합적 계승자로서 신경향파가 성립되었다고 문학사의 구도를 무리하게 짜는 데 반해, 후자에서는 신경

향파 내의 두 조류에 대한 해명을 미뤄두고 있을 만큼 문학사의 구도 설정에 있어 조심스러운 태도를 보이는 점 또한 의미 있는 차이이다.[5]

「서설」이 보이던 좌파문학운동의 실천적인 성격이 약화된 것이라 할 이러한 변화를 두고 외적 상황의 탓으로만 돌리는 것은 충분하지 않다. 천황제 파시즘의 강화가 궁극적인 조건이기는 하되 신문학사론 자체의 균열 또한 문제적인 요인이라 할 수 있기 때문이다. 「서설」에서 「20년」에 이르는 변화를 낳은 신문학사론의 내적인 원인이라 할 이러한 요인은, '이론 구성의 욕망과 실증 정신의 길항관계'로 <신문학사>의 도처에서 확인된다. 대표적인 예로, 갑오개혁의 의의와 그 이후의 역사적 전개 과정에 대한 설명, 창가의 형성 과정을 설명하면서 가창 여부를 개입시키는 논의 방식, 이인직의 신소설을 직선적인 발전으로 해석하는 점 등을 들 수 있다. 이러한 사례들은 문학사의 실제와 거리를 띄우면서까지 보편성 차원의 이론을 구성하려는 의도가 관철되고 있음을 보여 준다.[6]

주지하다시피 임화는 1939년 9월에서 1941년 4월에 걸쳐 <신문학사>를 이루는 네 편의 글을 쓰는데, 그 중간에 신문학사 연구방법론을 밝힌 「과제」를 발표한다. 따라서 시기와 순서상으로 볼 때, 「과제」는 「槪說新文學史」와 「新文學史」의 문학사 기술을 바탕으로 추상화된 것이자,

---

5) 좀 더 상세한 논의는, 졸고, 「임화의 문학사 연구에 나타난 이론 구성과 실제 기술의 변증법」, 앞의 글, 95~9쪽 참조.
「20년」의 위상과 성취에 대해서는 상반된 평가들이 존재한다. 양문규의 경우는 이식의 관점이 우세해지고 변증법적 관점이 사라지면서 소설사를 형식주의적으로 이해할 공산이 커졌다 하여 비판적 견해를 표명하고 있다(「임화의 한국 근대소설의 인식과 문제점」, 『임화문학의 재인식』, 소명출판, 2004, 50~2쪽). 반면 임규찬은 「서설」의 문제가 「20년」에 와서 어느 정도 극복되었다고 보면서 「20년」의 이러한 성취와 한계를 각각 '양식'의 적용 및 '문학적 방법'의 미비로 설명한 바 있다(「임화 문학사를 바라보는 최근의 관점과 비판」, 『문학사와 비평적 쟁점』, 태학사, 2001, 102~4쪽 참조). 「20년」에 대해 여기에서는, <신문학사>가 보이는 한계 및 문제가 완화되었다는 점에서 긍정적으로 본다(5절 참조).
6) 이상과 관련해서는 졸고, 앞의 글, 100~5쪽 참조.

「속신문학사」와「槪說朝鮮新文學史」로 구체화되는 방법론이라 추정해 볼 수 있다. 이러한 관계를 살펴 임화의 신문학사론 일반의 특성을 검토하기 위해, 여기서는「과제」의 특성을 간략히 정리해 둔다.

「과제」의 내용은 신문학사의 <대상>으로 시작해서 <토대>, <환경>, <전통>, <양식>을 거쳐 <정신>으로 마무리되어 있는데, 연구방법론의 내용 구성 측면에서 보자면 다시 세 부분으로 나뉜다. <대상>과 <토대>는 신문학사 연구의 대상이며, <환경>과 <전통>이 구체적인 연구방법론이고 <양식>과 <정신>은 연구의 목표에 해당된다. 항목들 사이의 내용 연관에 있어서 상호 충돌하는 부분이나 설명이 미진한 점이 없지 않지만, <환경>과 <전통>의 교섭 양상을 살피는 방식으로 신문학사라는 <대상>과 <토대>를 연구하여 신문학사의 <양식>과 <정신>을 구명하고자 하는 것이다. 따라서 궁극적인 목적은 정신사로서의 근대문학사를 구성하는 것이며, 그 핵심은 <환경>과 <전통> 항목이다.

「과제」를 이해하는 데 있어서 관건은 <환경>과 <전통>의 요소 곧 이입되는 외래문화와 전통적인 문화유산의 교섭에 대한 임화의 생각을 명확히 하는 것이다. 여기서 먼저 확인해 둘 점은, 이러한 '교섭'이 막바로 '이식'과 등치되지는 않는다는 사실이다. 임화의 논의에서 '교섭'은 '이식'의 한 단계로 고려되고 있다.「과제」는 '이식'의 과정을 사실로서의 '이입'과 그 이후의 '교섭(혹은 지양)' 과정으로 미세하나마 두 단계로 나누고 있다. 후자의 과정에서 환경·여건의 하나였던 기존의 문화유산이 외래문화에 대하여 '주관적으로 향하여' 교섭의 한 축이 되며, 이러한 교섭 과정 속에서 행위자인 인간을 매개체로 하여 '제3의 자'가 산출된다고 한다. 이 과정에서 행위자인 문화 담당자의 물질적 의욕을 조건 짓는 요인으로 사회경제적 풍토 곧 토대도 영향력을 행사하게 된다. 이로써 <전통> 항목의 문화유산과 <환경> 항목의 외래문화, <토대> 항목의 사회경제적 풍토 3자가 행위자인 문화 담당자를 매개로 하여 연관되는 문학사 연구방법론이 마련된

다. 이를 두고 '행위자 중심의 토대-상부구조론'이라 할 수 있다.[7]

다소 간명하게 정리했지만, 사실 「과제」의 논의는 계속 점검해야 할 만큼 이론의 여지를 갖고 있다. 달리 말하자면 논의의 착종이나 모순이 없지 않고 전체적으로 대단히 난해하게 되어 있는 까닭에, 이상의 정리 또한 반증가능성 앞에 속수무책으로 열려 있는 것이다.

이러한 난해함을 낳은 요인과 난해한 대로 이 방법론이 갖는 의의를 지적해 둔다. 「과제」의 난해함은 임화의 생각이 미숙해서라기보다 그의 문제의식이 현실성을 잃지 않았기 때문으로 보인다. 요컨대 임화는, 추상적인 연구방법론을 구상하는 대신 근대문학 초창기 30여 년간의 문학사의 전개와 그에 대한 자기 세대의 실감을 끊임없이 의식한 것으로 보인다. '이식'이라는 임화 및 그의 세대에게는 엄연한 사실을 전제하면서 과학적·유물론적인 문학사 연구방법론을 구축하고자 하느라, 토대의 결정력(을 구현해야 한다는 이론 구성의 욕망)과 이식(이라는 사실을 인정해야 한다는 실증 정신) 사이에서 고민할 수밖에 없었고, 결국 토대를 결정 요인이 아니라 연구의 대상으로 설정하고 토대의 '결정력'은 행위자의 매개 기능을 통해 행사되게 설정한 것이라 하겠다. 그 결과가 바로 '행위자 중심의 토대-상부구조론'이니, 이러한 방법론은 그 자체로 식민지근대화를 피할 수 없었던 우리 현실의 특수성에 걸맞은 것이라 할 수 있다.

「과제」의 의미를 보다 정확히 파악하고 신문학사론의 특성을 구명하기 위해서는 양자를 관련지어 살펴볼 필요가 있다. 신문학사론의 처음에 해당하는 「서설」이 신남철 등의 논의를 신이원론으로 비판하며 출발하는 데서 확인되듯이, 임화는 좌파문학운동의 일환으로 과학적인 문학사를 구축하려는 뜻을 분명히 드러내고 있다. 동일한 맥락에서 신문학사론 전체는 30여 년에 걸친 조선의 근대문학사를 신경향파를 정점으로 구성하려는 시도로서 실천적인 문학사 기술의 대표적인 예가 된다. 「과제」는

---

7) 이에 대한 상세한 논의는, 졸고, 앞의 글, 114~23쪽 참조.

그러한 의도의 핵심으로서 과학적인 문학사를 가능케 하는 방법론의 집약이라 할 수 있다. 이런 면에서 과학적 문학사의 실천 원리와 결과로서, 「과제」와 신문학사론 전체가 연관되어 있는 것이다.

의도와 효과 면에서의 관련성과는 달리 「과제」와 신문학사론은 상호 긴장과 괴리를 보인다는 점에서 주목할 만하다. 신문학사론 일반이 보이는 '문학사적 사실의 실증 부분과 이론적 해명 사이의 낙차'가, 여타 신문학사의 구체적인 각론과 「과제」의 추상적 입론 사이에서도 두루 확인되는 것이다.[8] 「과제」와 신문학사론 상호 간의 이와 같은 괴리는 「과제」에서 제시된 연구방법론의 과학성과 여타 신문학사론 논의의 사실성을 검토하는 데 관건이 되는 것이어서 상세히 논증할 필요가 있다. 이것이 이 책의 이후 과제이다. 구체적으로 말하자면, <환경>과 <전통> 항목의 관계 즉 행위자의 매개에 의한 단계적인 상호 교섭 원리가 실제 문학사 기술에서 관철되고 있는지를 집중적으로 조명하고자 한다. 이 작업은 작품의 실제와 임화 논의 사이의 거리를 면밀히 조사할 때 생산적인 성과를 낳을 수 있게 된다. 따라서 이하에서는 이인직, 이해조의 신소설에 대한 임화의 논의를 상세히 따라가면서 이러한 논의의 바탕에 깔린 방법론적 구도가 「과제」의 방법론과 어떠한 관계를 맺는지 살피고자 한다.

---

8) 이러한 낙차 및 괴리와 관련하여 「과제」의 개제 과정의 의미를 생각해 볼 수도 있다. 널리 알려진 대로 「과제」는 '朝鮮文學 硏究의 一課題'를 표제로 하여 6회 연재되었는데, 3회부터 '新文學史의 方法論'이라는 부제를 달았고, 후에 '新文學史의 方法'으로 개제되었다. 지금의 맥락에서 보면 이러한 개제 과정이야말로 낙차 및 괴리에 대한 임화의 자각을 반영한 것이 아닌가 싶다. 애초에는 신문학사를 기술하는 데 있어 밝혀야 할 문제들 곧 '과제'를 정리해 보는 데 초점을 맞추었다가, 한걸음 나아가서 신문학사 기술의 연구방법론을 구체화해 보자는 의도를 앞세워 부제를 달았고, 유감스럽게도 결과가 썩 만족스럽지는 않아서 '방법론'을 '방법'으로 고쳤다고 볼 여지가 적지 않은 것이다.

3. 신소설 일반론의 특징과 문제

임화 신문학사론 중 신소설을 논의하는 부분은 「속신문학사」와 「槪說 朝鮮新文學史」이다. 이들은 「과제」에서 표명된 신문학사 연구 방법론이 실제의 문학사 기술에서 어떻게 관철되고 있는지를 확인해 볼 수 있는 중요한 텍스트이다. 이하에서는 「과제」를 염두에 두고 「속신문학사」에서 보이는 신소설 일반론 특히 신소설의 형성과정과 관련한 논의를 검토함으로써, 「과제」에서 제시된 방법론의 논리성과 「과제」와 신문학사론의 이론적 관계를 명확히 하고자 한다. 달리 말하자면 「과제」의 실천으로서 「속신문학사」와 「槪說朝鮮新文學史」를 읽을 수 있는지, 그리고 양자가 문학사의 실제에 비추어 타당한지를 확인하려는 것이다.

「속신문학사」의 앞부분은 '1. 신소설의 의의와 가치'로서 크게 세 가지를 내용으로 한다. ① 신소설의 세 가지 특징에 대한 규정과 ② 신소설의 구소설적 구조 및 가정소설적 면모의 필연성과 의미, ③ 신소설의 형성 계기에 대한 구명이 그것이다.

3.1. 신소설의 세 가지 특징 규정 문제

임화는 신소설 일반의 특징을 세 가지로 정리한다. 김태준의 소론과 이해조의 『화의 혈』 서문 및 발문을 검토한 뒤에 임화는 "첫째 문장의 **언문일치**, 둘째 소재와 제재의 **현대성**(혹은 신시대성), 셋째 인물과 사건의 실재성(혹은 **사실성**) 등이 먼저 눈에 뜨이는 특징이다"(강조는 인용자)라고 명언한다. 현대소설과 비교하면 '겨우 발아하기 시작한 데 불과'하지만 구소설 형식의 잔재에 비해 이러한 '새로운 형식적 제 특징이 압도적으로 우세'하여 '신소설은 새로운 시대의 소설양식이 된 것'(160쪽[9] 참조)이라

---

9) <신문학사>로 묶이는 네 글의 인용은 모두 『임화 신문학사』(임규찬 · 한진일 편, 한길사, 1993)에 의거하여 본문 속에 괄호를 넣어 표시한다.

고 부기한다. 이 부분의 논의는 '소재와 제재의 현대성'으로부터 '인물과 사건의 실재성' 및 '사실성[리얼리즘]'을 일목요연하게 이끌어 내는 탁월한 면모를 보인다.

그러나 이러한 세 가지 규정이나 그것들을 연관 짓는 세련된 논의를 신소설의 실제에 비추어 검토하면 사정이 달라진다.

첫째 신소설의 '언문일치'의 예로 임화가 든 것이 사실 생동감 있는 묘사로서의 '살아 있는 문체'의 예에 불과할 뿐이라는 사실을 지적할 수 있다.[10] 김동인이 의식했던 언문일치는 아닌 것이다. 물론 임화 또한 신소설이 '4 · 4조의 운문'이나 '한문직역체의 서술 문체'로부터 해방되었을 뿐 여전히 '이러라' '하더라' '하였도다' 식의 어미를 습용하고 있음을 밝히고 있다(161쪽). 따라서 문제는 사실상 '산 문체'의 예를 찾을 수 있는 정도의 사실을 두고서 신소설의 특징으로 '언문일치'를 명기한 데 있다. 실제와 엄밀히 부합하지 않는 규정을 선명하게 내세운 것이 잘못인 셈이다.[11] 이러한 경우는 일견 지적 엄밀성 면에서 다소 미흡한 사례로 보아 넘길 수도 있지만 임화의 경우는 그에 그치지 않는다. 신문학사론 일반에서 보이는 이론 구성과 실증 정신의 괴리 현상에 이 또한 닿아 있기 때문이다.

임화가 신소설의 특징으로 꼽은 '소재와 제재의 현대성(신시대성)'과

---

10) 해당 논의에서『빈상설』의 일절을 소개한(160~1쪽) 외에『혈의 누』와『모란병』의 모두를 인용하고 있는데(236~7, 294~5쪽), 이들 모두 언문일치의 사례가 아니라 생동감 있는 문체의 예에 해당한다.

11) 임화 이전에 김태준도 '어문일치'를 언급하였으나, 후대의 연구자들은 보다 엄정한 면모를 보인다. 전광용의 경우, 임화가 든 예시를 포함하여 신소설의 문체상의 특징을 살피는 자리에서 '다양한 표현방법'과 '時文體로 된 구어체 문장', '자유로운 산문체', '사실적인 묘사' 등을 지적할 뿐 이를 '언문일치'로 잘못 일반화하지는 않는다(「新小說의 特徵」,『新小說研究』, 새문사, 1986, 16~9쪽 참조). 신소설의 세계를 '일상의 현실 공간'으로 보면서 인물의 주체화와 근대적 질서의 구현을 다소 과도하게 읽어내는 권영민 또한 "언문일치의 이상에 접근한 산문 문체의 근대성을 실현하기 시작한다"는 조심스러운 태도를 잃지 않고 있다(「근대소설의 기원과 담론의 근대성」,『서사양식과 담론의 근대성』, 서울대출판부, 1999, 215~6쪽 참조).

'인물과 사건의 실재성(혹은 사실성)' 또한 유사한 문제를 보인다. '인물과 사건의 실재성(혹은 사실성)'의 구체적인 내용으로 임화는 ⓐ "신소설은 분명히 취급되는 배경이나 인물이나 사건이 모두 개화 이후 그때로 치면 현대의 배경 가운데서 현대인이 현대의 있을 수 있고 또한 흔히 있는 사건을 일으켜 가는 이야기책이다"라 한 뒤 ⓑ "무대와 인물과 사건이 당대의 것이게 되면 허구虛構할 한계가 고대소설에 비하여 자연히 좁아지게 됨은 사실이다"(161쪽)라고 덧붙이는 논법을 통해 '소재와 제재의 현대성'과 '인물과 사건의 실재성(혹은 사실성)'을 세련되게 연결시킨다. 이러한 논의는 그 자체로 적절해 보이지만 다음과 같은 후속 논의를 맞세워 보면 사정이 달라진다.

⊙ 신소설은 대범히 말하여 갑오 이후 광무·융회 년간 과도기 조선의 토대에서 생성한 문학이요, 불충분하게나마 그것을 반영한 유치한 거울이었다고 말할 수가 있다.

⊙ 그러나 신소설이란 거울 가운데는 새로이 발아하고 성장하고 있던 개화의 조선, 청년의 조선의 자태보다는 더 많이 낡은 조선, 노쇠한 조선의 면모가 크고 똑똑하게 표현되었다. 전혀 와해 과정 가운데 있는 봉건조선의 도회(圖繪)를 그린 것이 신소설의 주요한 목적이었다고 말해도 과언이 아닐지도 모른다. 그만치 신소설의 전편이 모두 배경도 양반의 세계요, 인물도 낡은 인물이 주요, 사건도 낡은 배경과 낡은 인물 가운데서 일어났다.

ⓒ 이것은 아마 그때 아직 개화조선에 비하여 봉건조선의 실재력의 강대한 반영이기도 할 것이며, 타방 개화조선의 당면목표가 새로운 것의 건설에 있는 것보다 낡은 것의 파괴에 있었기 때문이기도 하다.(163쪽)

인용문의 ⓛ은 신소설 일반이 보이는 '인물과 사건의 실재성(혹은 사실성)'[ⓑ]의 구체적인 내용에 해당되며, 작품들을 일별해 보기만 해도 확인되는 객관적인 사실이라 할 수 있다. 여기서 문제는 실증에 근거한 이러한 파악[ⓛ]과, 동일한 사태를 일반론의 맥락에서 규정하는 ⓐ가 배치된다는 데 있다. 이 문제는, 한낱 세부적인 착오에 그치지 않고 신소설의 리얼리즘적인 성취와 아이디얼리즘적인 한계를 공히 지적하는 이후의 논의 전체를 올바로 평가하는 데 관건이 된다는 점에서 명확히 해 둘 필요가 있다.

ⓐ와 ⓛ 모두 사실의 기술이므로 둘 중 하나는 사실 기술상 잘못된 것일 수밖에 없다. ⓛ의 내용은 현전하는 신소설 작품들을 일별하기만 해도 쉽게 확인된다. 엄연한 사실인 까닭이다. 따라서 보다 일반적인 맥락에서 진술된 ⓐ가 과장된 것이라고 하겠다. 요컨대 ⓛ이 가리키는 실제를 두고 ⓐ처럼 말할 수는 없다는 것이 문제의 핵심이다. ⓐ는 사실을 기술하는 형식을 취하되 실제 내용은 그렇지 않은 경우에 해당한다. 이 진술이 담고 있는 '현대의 배경'이나 '현대인' 운운에서의 '현대'란 엄밀한 의미에서 ⓑ에서 쓰인 '당대'(contemporary)에 불과하다. 이렇게 읽지 않고 '현대[modern times]'의 의미로 읽는 한 ⓛ과의 자가당착 관계를 피할 수 없게 된다.[12]

따라서 '현대'로 읽을 수 없는 '(소재와 제재의) 현대성'을 '인물과 사건의 실재성(혹은 사실성)'과 이은 뒤 '리얼리즘[사실성]'과 등치하는 이 부분의 전체적인 논법 또한 적절치 않다고 하겠다. '인물과 사건의 실재성(혹은 사실성)'은 사실 기술로서 인정되지만, 그렇게 묘사된 실재는 임화도 밝혔듯이 분명히 '낡은 조선, 노쇠한 조선의 면모'요 '봉건 조선의 圖繪'

---

12) 동일한 문제가 ㉠과 ⓛ 사이에서도 확인되는데, 여기서는 접속어 '그러나'를 씀으로써 문제를 가리고 있다. 이러한 '가림'이 없다 해도 ⓐ와 ⓛ의 경우가 상치됨을 발견하기는 쉽지 않다. 따라서 임화의 소론을 요약 소개하는 경우가 되면 비판적 접근의 여지는 사실상 차단된다. 이러한 경우로 "작가들의 외면적 주장 때문이 아니라 <신소설>이 보여주는 리얼한 현실 묘사로 인해 <신소설>이 곧 개화 계몽의 효과를 거두게 될 것이라고 주장한 대목은 매우 흥미롭다"라 맺는 김영민의 경우를 들 수 있다(『한국근대소설사』, 솔, 1997, 141~4쪽). 임화가 말하는 바 '<신소설>이 보여주는 리얼한 현실 묘사' 운운의 적실성은 신소설의 실제를 기준으로 하여 판단하지 않는 한 그의 입론을 긍정하지 않을 도리가 없다고 하겠다.

일 뿐이지 리얼리즘 문예학에서 말하는 당대 사회의 리얼리티, 현대성 (modernity)의 핵심을 반영한 것은 아니기 때문이다.[13] 임화가 말하는 '인물과 사건의 실재성(혹은 사실성)'이 사회주의리얼리즘의 논의 지평을 염두에 둔 리얼리티와는 거리가 멀다는 이러한 판단은, 위의 논의에 이어서 임화가 신소설의 아이디얼리즘적인 성격과 그 한계를 지적하는 데서도 타당성을 얻는다.

㉠에서 보이는바 신소설이 당대 사회의 '유치한 거울'이라는 해석은 당대 사회(의 역관계)에 대한 '사실적인' 기록물로서의 신소설의 성과를 지칭하는 것으로 보는 것이 자연스럽지만, 임화의 해석은 다른 방향을 취한다. 유치하나마 리얼리즘적인 성취를 말할 법한 자리에서 신소설의 아이디얼리즘적인 한계를 지적하는 데로 나아가는 것이다. 이러한 방향 설정이야말로 신소설의 특징으로 내세워진 '소재와 제재의 현대성'(ⓐ)이 실은 '봉건 조선의 圖繪'(ⓒ)에 불과하며 따라서 '사실성'[리얼리즘](ⓑ)으로 이어질 수 없는 것임을 증명해 주는 것이다.

---

13) 임화 논법의 이러한 부적절성은 개별 작품 해석상의 왜곡과 뿌리를 같이 한다. 『구마검』을 논하면서 임화는, 이 소설이 구래의 가정소설 형식을 차용하되 당시의 세상을 반영·표현함으로써 가정의 와해에서 구사회의 붕괴를 볼 수 있게 되어, 권선징악(勸善懲惡)을 권신징구(勸新懲舊)로 선승악패(善勝惡敗)를 신승망구(新勝亡舊)로 변화시킨 '이해조 소설의 정점'에 해당한다고 고평하고 있다. 옛 양식에 기반을 두되 '현대성'과 '실재성(사실성)'에 의해 소설적 진보를 구현했다는 것이다(280~3쪽 참조).
그러나 『구마검』의 경우 와해의 길로 치닫는 가정의 위기를 그린 것은 맞지만 미신에 빠져 일어나는 일인 점을 생각하면 '구사회의 붕괴' 운운은 매우 과장된 것이고, 문제의 해결 과정이 가문을 중시하는 함일청과 함씨 종중에 의해 이루어지는 점을 생각하면 '가정의 와해' 자체도 적실한 규정이라 하기 어렵다. 진해의 양자로 들어간 일청의 아들 종표가 (새 시대에 걸맞은) 판사가 되어 '사후적으로' 악인을 징치하는 과정에서 새로움의 여지가 있을 뿐이어서, 당시 세상의 반영이 '현대성'과 '실재성'의 본뜻에 해당되어 새로움으로 해석될 여지는 매우 약하다. 이러한 경우는 요컨대 신소설 일반론의 구도가 전제되어 개별 작품의 실제를 무시·왜곡한 것이라 하겠다.

신소설의 아이디얼리즘 관련 논의는 그 자체로도 문제를 안고 있다. '과도기 조선의 토대'에 대한 신소설의 현실 반영 능력['거울' 기능]을 강조하는 대신 미흡한 성취 결과['유치한' 측면]에 주목하는 데 그치지 않고 임화는 이 양상에 보편적인 의미를 부여한다. 새로운 세계를 보이는 대신 '개화세계의 수난 역사로서 모든 신소설이 쓰인' 사정을 독일이나 러시아, 일본의 계몽시대에도 공통으로 볼 수 있는 사실이라 한 뒤에, "그러므로 모든 나라의 계몽문학에 있는 것과 마찬가지로 현재는 구세력이 강하여 수난을 당하지만 그 수난과 고생 끝에는 신세력의 승리와 행복이 오고, 반드시 그렇게 약속하는 '아이디얼리즘'이 신소설의 기본 색조가 되고 구조 원리가 된다"(163쪽)라고 주장하는 것이다.

여기서 생기는 또 하나의 문제는 신소설의 내용 구도를 '신세력의 고난과 승리'로 요약할 수 있나 하는 것이다. 답은 부정적이다. 신소설의 주인공들이 겪는 고난이 그들이 새롭기 때문이라고는 할 수 없기 때문이다. 새롭기 때문에 고난을 받음에도 불구하고 끝내 새로운 것에 대한 지향을 포기하거나 그것의 가치를 훼손하지 않을 때만 이상주의적일 수 있을 것이다. 그러나 신소설이 이 경우에 해당하지 않음은 분명하다. 사실 신소설은 '새로운 것'에 대한 이해와 지향의 '추상성'을 보이는 데 불과하다. 신소설의 이러한 객관적인 면모에 비춰보면, 이를 두고 아이디얼리즘이라 명명하는 방식 자체가, 추상 차원에서 논의를 변증법적으로 꾸미려는 경향의 증거라고 해도 무방할 듯하다. 이러한 경향은 지금까지 밝혔듯 신소설 일반의 특징으로 '소재와 제재의 현대성'이나 '인물과 사건의 실재성[사실성]'을 내세우는 것이나, 실증을 가린 채로 이 둘을 교묘하게 관련지어 일반화하는 논법 등에서부터 확인되는 것이다.14)

---

14) 임화 이후의 연구자들의 경우 동일한 텍스트를 근거로 논의를 구성하되 임화처럼 이렇게 일목요연하게 정리하지는 않는다. 신소설의 특징을 일목요연하게 일반화하는 것은 임화 이전에도 찾아볼 수 없다. 김태준의 경우를 보면 이해조와 김교제의 작품들이 고대소설과 거리가 멀지 않음을 명기하는 한편, 이인직의 소설은 '당

3.2. 구소설적 구조와 가정소설적 면모의 해석 문제

신소설의 세 가지 특징에 대한 규정에 이어서 임화는 신소설의 구소설적 구조와 가정소설적인 면모를 제시한다. "여기에서 신소설은 새로운 배경과 새로운 인물군을 가졌음에 불구하고 천편일률로 선인·악인의 유형을 대치하는 구소설의 구조를 거의 그대로 습답襲踏하고 권선징악이란 구소설의 운용법을 별로 개조하지 않고 사용한 것이다"(164)라 규정하는 것이다. 이에 덧붙여 그는 '개화 소년에 유리한 인간이면 다 선인 유형, 상하귀천을 불문하고 봉건묵수의 인간은 모두 악인 편'이며, '선인은 끝내 영달하며, 악인은 죽거나 전비前非를 후회하고 선인이 됨'이 '모든 신소설의 공통점'이라고 단정한다(164쪽). 이러한 현상에 대해서는, 신소설 작가들이 몰락하고 있는 구세계와 구세대를 역사적으로 바라보지 못한 까닭에 곧 그것들과 거리를 두지 못한 까닭에, 구세계의 논리가 구현되고 있는 권선징악의 구조를 습용하게 되었다고 해석한다.[15]

이는 일견 세련된 변증법적 논의로 보이지만, 이 또한 지나친 일반화에 해당한다. 예컨대『치악산』의 홍 참의는 봉건묵수의 인간임에 틀림없지만 악인이라 하기 곤란하다. 주인공 이 씨 부인의 행적과 관련해서만 봐도 그의 행위가 갖는 의미가 복합적이기 때문이다. 마찬가지로『은세계』

시의 조선 사회를 여실히 보여 주는 것'이며 '뜨거운 열정과 엄숙한 비판'을 갖춘 '사실적'인 필치를 구사하여 '조선 소설의 시조'에 해당한다고 고평하고 있다. 무리하게 일반화하는 대신 개별 작가들의 특성을 존중하는 것이다(『조선소설사』 (1932), 예문, 1989, 192~7쪽 참조).

15) 이러한 분석을 예컨대 조동일의 연구와 견주어 보면, 임화의 의도가 어디에 있는지가 확연히 드러난다. 조동일의 경우 '삽화와 유형, 인간형'의 일치를 통해서 신소설이 전대소설의 긍정적 계승에 해당함을 밝히는 데 집중하고(『新小說의 文學史的 性格』, 서울대출판부, 1973, 46~77쪽 참조), 신소설이 보이는 친외세적인 성격을 규명할 때에도 인물과 사건의 특성에 근거하여 추론하듯(94~9쪽 참조) 분석의 지평을 작품에 맞추고 있다. 이에 비할 때 임화의 논의는 신소설(작가)의 **역사의식의 미비 혹은 현실주의적 태도의 불철저함**을 겨냥하고 있는 특징을 보인다.

에서 최병도의 유산을 날림으로써 옥련, 옥남 남매가 자살을 시도하게 하는 궁극 원인을 제공하는 자인 김정수의 아들도 악인일 수는 없다. 그 또한 봉건 유제의 희생자일 뿐이기 때문이다.

이러한 반대 사례들은 꼽기 시작하면 적지 않은데 이보다 본질적인 점은, 신소설들에서 찾아볼 수 있는 인물의 '선ー악' 관계가 사건 전개의 추동력은 못 된다는 사실이다. 고소설 특히 영웅소설의 경우 선한 주인공들이 세상을 어지럽히는 악에 맞서 선의 구현을 목적으로 하는 것이 분명하므로, '선ー악'의 대립이 작품의 구성 원리이자 서사 전개의 추동력에 해당한다고 할 수 있다. 그러나 신소설의 경우는 그렇지 않다. 선함과 새로움[신]에 대한 주인공의 지향이 있고 그것이 억압되면서 서사가 추동된다고 보기 어려운 것이다.

많은 경우 신소설에서의 서사는 봉건적 인습에 사로잡힌 인물의 미움이나 그것을 이용하는 악인의 세속적인 욕망에 의해 추동될 뿐이어서 긍정적인 주인공은 실상 그에 휘둘릴 뿐인 양상을 보인다. 상당수의 경우에서는 중심인물의 지향이 우연에 의해 결정되는 양상을 보이기도 한다. 요컨대 신문명을 향한 열의에 차 있는 주인공의 지향이 세계의 반봉건성 및 악과 부딪침으로써 갈등관계에 놓이게 되는 경우는 거의 없다.

사정이 이러하기에 신소설의 인물 구성이 내용상 신구를 핵심으로 하는 선악의 이분법 양상을 띤다 하고 이를 구소설적 구조로 말하는 것은 작품의 실제와는 무관한 추상 차원의 가상에 불과하다. 반대 사례들에서 알 수 있듯이 신구의 이분법으로 인물구성을 살피는 것조차도 지나친 일반화에 해당한다고 하겠다.

실증과는 거리가 먼 이러한 추상화·일반화의 경향은, 신소설의 가정소설적인 면모를 지적하고 그 필연성과 의미를 밝히는 후속 논의에서도 확인된다. 임화는 다음처럼 쓰고 있다.

대부분의 비참사는 **개화 소년의 실성(失成)**에서 원인한다. 그러나 그 비참사라는 것은 결코 개화 소년이 당하는 감난(堪難)이 아니다. 그러한 인물이 생겨남으로써 간접적으로 구세계에 던져지는 파문 그것은 곧 구세계 가운데 복재(伏在)해 있던 모순의 격발이다.

　　따라서 그 파문이 사실상으로 전파되고 모순이 격발되는 장소는 필연적으로 가정이요 가족이다.

　　가정과 가족이야말로 구세계의 유일한 사회요, 그 기점이기 때문이다. 여기에 신소설의 대부분이 부자·처첩·적서·고부 등의 봉건적 제 갈등을 근간으로 하고 있는 원인이 있으며, 낡은 『장화홍련전』 등과 같은 낡은 가정소설의 면모를 정(呈)하고 있는 원인도 있다. 사실 대부분의 신소설은 그 구조와 생기(生起)하고 발전하고 전개하고 단원(團圓)되는 사건에 있어 구가정소설의 역(域)을 얼마 넘지 못하고 있다.

　　이 점은 인물의 선인 악인 식 유형화와 권선징악과 아울러 **신소설 가운데 남은 가장 큰 구소설의 유제**다.(164~5쪽. 강조는 인용자)

　　여기서 우리는 신소설의 비극[비참사] 대부분이 '개화 소년의 실성[미성숙]'에 원인을 두고 있다는 판단을 실증적으로 검토할 필요가 있다. 이인직의 경우 『귀의 성』은 '개화 소년' 운운과 사실상 무관하고 『은세계』 또한 사정이 동일하다. '개화 소년'도 없을뿐더러 최병도나 김정수의 경우 '실성' 상태도 아니다. 오히려 후반부에서 옥순, 옥남의 개화 소년이 등장하는데 이 경우는 이들의 비참사가 주 스토리이지 다른 어떤 구세계의 모순이 펼쳐지는 것이 아니다. 『혈의 누』의 경우도 유사하여, 이 소설의 비참사는 '개화 소년'인 옥련의 그것이지 그에 의해 격발된 구세계의 모순의 전개는 아니다. 이인직의 경우에서 보면 오직 『치악산』만이 위의 진술에 해당된다. 남편 백돌의 유학이 작은 계기가 되어 이 씨 부인의 수난이 본격적으로 펼쳐지는 까닭이다.

　　요컨대, 임화의 이 논의 또한 신소설의 실제에 비추어 볼 때 부적절한 일반화에 해당된다. 비판적 평가를 다소 강조하여 표현하자면, 대부분의 신소설들은 가정 내 갈등을 중심으로 하는 구소설적인 갈등 구조를 답습한 것일 뿐이지, 그러한 점을 드러내기 위하여 '개화 소년'을 필요로 하는 것은 아니다. 달리 말하자면 임화 이래 흔히 운위되는 바와는 달리 구소설의 선악의 이분법을 신소설이 신구의 이분법으로 대체했다고 일반화할 수는 없다. 신소설의 갈등이 펼쳐지는 공간이 가정과 가족인 소이가 '개화 소년'의 존재 때문이라는 임화의 위 주장은, 선악이 신구로 대체되었다는 이러한 부적절한 일반화와 맥을 같이하는 것인데, 둘 모두 실제에 비추어 받아들이기 어렵다. 사정이 이러함에도 불구하고 임화가 '개화 소년'을 언급하는 것은, 가정의 영역에 머물면서 봉건적 질곡을 문제시하는 신소설의 일반적인 양상을, 그가 총론적으로 규정한 바 과도기소설로서 신소설이 갖는 새로움과 긴밀히 관련짓고자 하는 이론 구성의 욕망 때문이라 할 것이다. 변증법적인 논의 구도를 유지하려 한 임화가 '형식은 구소설적이되 내용에 있어서 새로운 요소를 띠었다'라는 식의 사실에 부합하는 절충 논리를 용납할 수 없었으리라 예상해 볼 수 있다.

3.3. 신소설의 형성 계기 논의를 통해 본 「과제」와 <신문학사>의 관련성

「속신문학사」에서 임화가 선보인 신소설 일반론의 핵심이자 쟁점은 신소설의 형성 계기를 밝히는 다음 부분이다.

> 그러면 통틀어 이러한 신소설은 어떻게 생겼는가 하면 ㉠ **어떤 의미에서는 재래의 여항소설을 개조한 것이나** ㉡ **결정적으론 외국문학의 수입과 모방의 산물**이다. 더욱이 초기 메이지 문학의 영향이 강했으리라는 것은 ㉢ **중요한 신소설 작자들이 모두 일본 유학생이나 그렇지 않으면 일본문학의 애독자였다는 사실**을 보아 알 수 있다. 『추월색』의 작자 최찬식의 술회를 들어도 문상, 기타를 진부 일본문학에서 배우고 모방했다 하니 그 전의 작가들은 더욱 말할 나위도 없을 것이다.

이렇게 명치 때 수입되어 일본화된 서구문예(신파조 소설 등)의 영향을 받아 그들은 반구반신(半舊半新)의 소위 신소설이란 것을 만들었다.(165~6쪽. 강조는 인용자)

이 진술은 신소설이 어떻게 만들어졌는가 하는 문제에 대해 외국문학의 수입 및 모방 측면과 더불어 재래의 여항소설까지 거론하고 있다. 따라서 신문학사 연구방법론으로 <환경>과 <전통>을 논한 「과제」의 구도가 실제 문학사 기술에서 어떻게 관철되는지를 살펴볼 수 있는 중요한 구절에 해당한다.

그러나 연구방법론과 실제 문학사 기술 사이의 유의미한 관련을 찾고자 하는 입장에서 볼 때 결론은 부정적이다. <전통>에 해당하는 ㉠과 <환경>에 해당하는 ㉡을 함께 언급하되, 임화는 이 둘을 선택지인 양 다룰 뿐이다. ㉠은 '어떤 의미에서'만 인정될 뿐 사실상 배제되고 ㉡ 곧 <환경>의 영향을 '결정적'인 것으로 규정하고 있는 것이다. 요컨대 여기서는 ㉠과 ㉡의 교호작용이 전혀 고려되고 있지 않다. 「과제」에서 미묘하고 섬세한 논의를 통해 양자의 관계를 변증법적으로 개진해 놓은 임화의 실제 문학사 기술이라고 보기 어려울 정도로, 「속신문학사」에서는 <전통>과 <환경>을 '관련지어서' 논의할 생각조차 보이지 않는다. 이어지는 ㉢ 또한 ㉡이 결정적인 요인인 근거로만 제시될 뿐, '이식 후의 교섭 과정'을 담당하는 행위 주체와는 별 관련이 없다. 따라서 신소설의 형성 계기를 논하며 재래의 소설과 수입·모방된 외국문학을 언급하나 둘을 관련짓지 않는 이 구절은 사실상 「과제」의 논의와 비교할 여지조차 없다고 하겠다.

이러한 점은 신소설의 발전과 붕괴 과정을 설명하는 데서도 확인된다. 앞부분에서 임화는 신소설 '특유의 발전 형식'을 해명하면서 "역사상의 한 우연 즉 천재의 출현으로 돌릴 수도 있으나, 다른 한편으로는 신소설이 출현하기 전에 이미 수입된 정치소설과 번역문학이 신소설 출현의 토대를 닦았기 때문이라고 생각할 수도 있다"(157~8쪽)라 하고 있다. 이러한 진술 자체만 보면 문제적이라 판단할 여지가 없는 것 같지만, <전통>과 <환경>의 교섭 과정을 밝히는 「과제」의 논의 구도를 굳이 참조하지 않더라도 신소설의 구소설적인 면모를 내내 지적하고 있는 「속신문학사」의 실제 논의 내용에 비춰보면 적절치 못한 것임이 금방 드러난다. '수입된 정치소설과 번역문학'을 토대로 하여 반봉건적인 가정을 배경으로 하는 신소설이 출현하고 발전했다는 것은 형식논리상으로도 정당한 추론이라 할 수 없다.

신소설의 전개 과정을 기술하는 데 있어서 <전통>의 측면을 고려하지 않는 것이 문제가 되는 이유는 신소설을 둘러싼 문학 활동의 실제에 대한 자신의 분석과도 상충되기 때문이다. 예컨대 임화는 신소설의 유행을 설명하면서, 출현하자마자 널리 보급되고 여전히 인기를 끄는 요인으로 독자들의 의식이 딱 신소설의 수준만큼 '구소설의 내용보다는 새로워졌으나 현대소설의 내용만치는 일반적으로 새로워지지 못한' 상태에 있기 때문이라 해석하고 있다(166쪽). 요컨대 민중 의식의 반봉건성이 신소설 유행의 원인이며, 이렇게 독자들과 부합되는 것이 '신소설의 중요한 성격'이라 지적한 것이다(167쪽). 신소설의 독자가 구소설의 독자임은 불문가지의 사실이고 따라서 독자층의 연속 또한 엄연한 사실이므로, 신소설의 유행 원인을 이렇게 독자층의 상태에서 규명한 것은 신소설이 널리 읽히는 데 있어서 전통의 영향을 지적하는 것에 다름 아니라 할 수 있다. 사정이 이러한데도 불구하고, <전통>과 <환경>을 함께 언급하는 이 부분의 논의에서조차 <전통> 항목에 대해 의식하지 않고 있음은, 「과제」의 방법론적 구상이 말 그대로 구상에 그쳐 있을 뿐이었다고 추론하게 한다.

이러한 판단은 신소설의 문학사적인 몰락·붕괴에 대한 논의에서도 힘을 얻는다. 「槪說朝鮮新文學史」에서 임화는 '통속화'를 중점에 두고 '현대 신소설'이 구소설의 아류로 전락하는 신소설의 붕괴 양상을 두 가지로 설명하고 있다. 시대정신이 상실되면서 구소설로의 복귀가 이루어졌다고 보면서 그 과정에서 신파극이나 내지 통속물, 탐정소설 등의 영향을 지적하는 것이다.16) 이는 문학사적 결론에 해당하는 일반적 · 추상적인 설명과 <환경>의 영향을 구체적으로 지적하는 실증적인 해명 두 가지를 절충한 것이라 할 수 있다. 여기서 중요한 점은, 이러한 논리 구성에서 <환경>과 교섭하는 요소인 <전통>이나 '당대의 현실' 등은 전혀 고려되지 않는다는 사실이다.

신소설의 발전과 붕괴 과정을 설명하는 데 있어서 <전통> 요소를 아예 언급하지 않고,17) 형성 계기를 논하는 자리에서는 <환경>과 <전통>을 관련지을 생각조차 하지 않는 이러한 태도는, 「속신문학사」와 「槪說朝鮮新文學史」를 쓰는 임화에게는, 「과제」에서 궁구한 바 <전통>과 <환경>의 교섭 과정에 대한 변증법적인 의식이 사라지고, <전통>의 역할을 부정적인 것으로 단정 짓는 경직된 외래문화 지향적 태도만이 남아 있었음을 알 수 있게 한다.18) 이러한 자리에서 현실주의자로서는 생각할 수도 없는 다음과 같은 진술이 가능해졌던 것이다.

    이러한 일방적인 신문화의 이식과 모방에서도 고유문화는 전통이

---

16) 임화, 「槪說朝鮮新文學史」 4회, 『인문평론』, 1941. 4 참조.
17) 신소설 작품들에 대한 개별 논의 중 신소설의 통속화 · 붕괴와 관련하여 '전통'을 언급하는 경우는 『춘외춘』 논의에서 유일하게 한 번 나온다. 전통이 건설적인 계승이 아니라 '파괴적인 회고'의 대상이 되면서 '신소설의 퇴화로서의 구소설 양식에로의 복귀'가 이루어졌다는 것이다(305쪽). 물론 여기서도 주목해야 할 것은 <전통>의 '교섭' 기능이 의식되지 않고 있다는 사실이다.
18) 이러한 파악에 비추어 보면, 임화가 "이식문학론의 관점에 서기 시작하면서 오히려 전통의 문제에 대해서 눈을 뜨기 시작하였던 것"(94쪽)이라 파악하는 김재용의 견해나 「임화의 이식문학론과 조선적 특수성 인식의 명암」, 『임화문학의 재인식』, 앞의 책), 「과제」의 <전통>과 <환경>이 사적유물론에 입각하여 잘 입론화되었으며 그럼으로써 양식사로서의 문학사가 쓰여질 수 있었다는 박진영의 주장(「임화의 문학사론과 신문학사 서술」, 앞의 책, 118~21쪽 참조)이 갖는 위험성이 잘 드러난다. 근대문학의 실제에 비추어 가며 임화의 구도와 논의 방식을 검토하지 않는 한, 이들이 보이는 것과 같은 '정교한 오해'는 계속 재생산될 것이다.

되어 새 문화 형성에 무형으로 작용함은 사실인데, 우리에 있어 전통은 새 문화의 순수한 수입과 건설을 저해하였으면 할지언정 그것을 배양하고 그것이 창조될 토양이 되지는 못했다는 점이다.(56쪽)

4. 신소설 세부 논의의 특징과 한계

주지하다시피 임화의 <신문학사>는 신소설 단계에서 그것도 이해조의 작품을 다 분석하지 못한 채 중단되었다.[19] 「20년」을 통해서 현대문학 시기까지 언급하고는 있으나, 작품 분석의 밀도 면에서 볼 때 「속신문학사」와 「槪說朝鮮新文學史」의 신소설 검토와 「20년」의 경우는 다른 유형에 속한다.

임화가 구사하는 신소설 작품들에 대한 세부 논의는, 모든 작품에 대해서 경개[story]를 밝히고, 새로운 요소와 재래의 면모를 상세히 짚어 나가면서 작품의 갈래와 의의를 확정하며, 출판 사항과 작가의 행적 등에 대한 언급까지 포함하는 형식으로 되어 있다. 일반적인 문학사 기술과는 달리 개별 작품의 논의가 매우 상세한 것이 임화 신문학사론의 현상적인 특징이라 하겠다.[20]

이인직과 이해조의 신소설을 세밀하게 검토하고 있는 「속신문학사」와 「槪說朝鮮新文學史」의 검토를 통해서 임화의 신문학사론이 갖는 특징을 구명하는 것이 본 절의 목적이다. 임화가 온전히 다루고 있는 이인직의 경우를 <신문학사>가 보이는 이인직 신소설의 전체적인 체계 분석과 (4-1) 『치악산』론으로 나누어 살핀 뒤(4-2), 국초의 나머지 작품과 이해조의 신소설에 대한 논의에서 확인되는 주요 특징들을 두 항으로 나누어 검

---

19) 이해조의 경우는 『자유종』으로 시작하여 『구마검』, 『빈상설』, 『모란병』, 『구의산』, 『춘외춘』, 『봉선화』까지 모두 일곱 편을 다루고 있다.

20) 전체적으로 상세한 한편 중요 작품에 대해서는 지면을 의식하지 않고 양적 비중을 무척 높게 잡는 것 또한 특징적이다. 『은세계』와 『자유종』에 내한 논의기 이에 해당된다.

토한다(4-3~4). 이 논의의 초점은 두 가지이다. 앞서와 마찬가지로, 「과제」에서 제시한 문학사 연구 방법론의 관철 여부를 검토하고, 이를 포함하여 개별 작품 논의의 양상이 신문학사론 일반이 보이는 '이론 구성과 실제 기술의 괴리' 현상을 보이는지를 확인하고자 한다.

4.1. 이인직 신소설의 계보 파악이 갖는 문제

임화는 신문학사론의 4절 '신소설의 출현과 유행'의 2항 '작가와 작품의 연구'에서 신소설의 작가명 표기 상황을 지적하고 이를 독자층의 특성으로 추론한 뒤, 1목 '이인직과 그의 작품'에서 이인직의 신소설을 논하고 있다. 개별 작품의 분석에 들어가기 전의 논의에서 주목할 점은 두 가지이다.

첫째는 이인직 신소설의 발표 순서에 대한 파악 문제이다. 임화는 이인직의 신소설이『치악산』,『은세계』,『혈의누』,『귀의성』및『백로주강상촌』의 순서로 발표되었다고 보면서 이들을 검토하고 있다. 전광용의 연구 이후 임화의 파악이 잘못된 것임은 널리 알려졌지만[21] 이러한 실증적인 오류의 의미가 따로 주목되지는 못했다.

이인직의 생애와 작품의 발표 연대에 대한 진술이 다른 부분들과는 달리 추정의 형식을 띠고 있기는 하지만, 실증적인 오류를 범한 것이 분명한 만큼 이는 신문학사론의 한계에 해당한다. 그런데 이러한 사실 자체보다 더 문제적인 것은, 잘못 파악한 계보에 '일관적 발전'이라는 의의를 부여하고 있는 점이다.

> 그러므로 현대소설의 건설자인 이광수가 계보적으로 연결되는 사람은 후대의 이해조도 아니요, 최찬식도 아니요, 이인직이다.

---

21) 상기 작품들의 정확한 연보는 다음과 같다.『혈의 누(상편)』(『만세보』, 1906. 7. 22~10. 10),『귀의 성』(『만세보』, 1906. 10. 10~07. 5. 31),『혈의 누(하편)』(『제국신문』, 1907. 5. 17~6. 1),『치악산』(유일서관, 1908. 9. 20),『은세계(상편)』(동문사, 1908. 11. 20).

그러나 이인직 개인의 문학적 발전의 경로로 보면『치악산』으로부
터『귀의 성』『혈의 누』『백로주강상촌』 등에 이르러 일관하여 발전
의 선으로 걸었다.(157쪽)

이렇게 임화는, 신소설 최대의 작가로 이인직을 꼽고 그 뒤를 이광수가
잇는다는 계보 설정 속에서 국초의 신소설이 '일관되게 발전'하였다고 규
정한다. 자료의 수집·정리 체계가 갖춰지지 못한 시대적인 한계 등을 고
려하면 연대기적인 오류 자체야 크게 문제될 것은 없다고 할 수도 있다.
그러나 이렇게 잘못 파악된 연보에다가 중차대한 문학적 의의를 부여하
고 강조하는 것은 엄연한 잘못이다. 이러한 오류는, 그 자체로도 문제지
만, 바로 뒤에 이어지는 이인직 소설의 계보 설정과 논리적으로 모순되며
미완의『백로주강상촌』에 대한 자신의 평가(247쪽) 등 세부 논의와도 상
충된다는 점에서 신문학사론의 한계에 해당하는 것이다.

둘째로 이인직의 신소설을 두 가지 부류로 선명히 나누는 점에 주목할
필요가 있다. 그는『치악산』이 가정소설 형에 속한다 하고『귀의 성』과
『백로주강상촌』을 같은 유형에 묶는다. 임화에 의할 때 이들은 새로운 정
신을 낡은 양식에 담은 것으로서 구소설에 닿아 있고 '현대 신소설'로 이
어지는 계보이다. 이들과 다른 편에 임화는『은세계』와『혈의 누』를 배
치하고 그 의의를 한껏 높여 준다.『은세계』에 대한 그의 평가는 다음처
럼 다대하여, '걸작'의 지위를 부여하는 정도에 이른다.

일본의 신소설이나 서구의 장편소설처럼 인생을 객관적 태도에서
보려 했고 모티브나 구조에 있어서도 전혀 구소설의 면영을 찾아보기
어려웠다.『은세계』는 분명히 구소설의 유형을 파괴한 작품이요, 권
선징악의 낡은 소설의 방법에서 해방된 작품이다. 이것은 곧 소설사
에 있어 낡은 전통으로부터의 완전한 분리이며 새로운 기원의 건립이
다.(171~2쪽).

    이렇게 임화는『치악산』유형과『은세계』유형을 구별한다. <환경>
맥락의 연계를 보면 전자는 구소설에 후자는 일본의 신소설이나 사회소
설에 닿아 있다 하고, 내용 및 주제상으로 보면 전자가 권선징악의 설화
를 답습하는 데 반해 후자는 객관적인 인생 파악을 보였다고 평가한다.
    이러한 계보 설정은 두 가지 문제를 갖는다. 하나는, 앞서 지적했듯이,
그의 입론을 그대로 따를 때 이렇게 문학사적 가치가 상이한 두 계보가 전
체적으로 '일관된 발전'상을 보일 수는 없다는 점이다. 작품의 질적 차이에
의거한 계보의 설정 자체가 앞서 검토한 바 이인직 소설 전체의 발전적 계
보와 병립될 수 없음은 당연하다. 이는「속신문학사」내의 자가당착에 해
당하는 문제이다.[22] 다른 하나는 계보 설정 자체에 동의하기 어렵다는 점
이다. 임화는 한편으로는 이인직의 행적을 '사상적으로 개화주의자였고
정치적으로는 친일당'으로 요약하고 다른 한편으로는『은세계』나『혈의
누』의 사회사상 및 정치 이상을 고평한 뒤, 이것과 작가의 행적 사이에 '적
지 않은 거리'가 있다는 문제를 제기한 바 있다. 발자크의 경우를 연상시키
는 문제를 던져놓은 것인데, 사실 그의 분류와 달리『혈의 누』는 친일적인
내용을 갖고 있으며『은세계』또한 봉건성 비판의 맥락에서 맹목적인 개
화로 연결될 소지가 있는 것을 생각하면, 이는 가상의 문제에 불과하다.
    이렇게 작품의 발표 연대를 잘못 파악한 위에서 이인직의 신소설이 정
확히 그러한 순서로 구소설로부터 멀어지면서 근대문학적인 면모를 수립
해 나갔다는 구도를 설정하거나, 실제에 비추어 동의하기 어려운 계보를
설정하고 그 위에서 해결되지 않는 문제를 던져두는 임화의 태도는, 신문
학사론 도처에서 확인되었던바 실증을 무시하면서까지라도 논의를 일목
요연하게 꾸리고자 하는 '이론 구성의 욕망'을 드러내는 것이라 하겠다.[23]

---

22) 현재 우리가 파악하고 있는 발표 순서에 비춰 봐도, 이러한 질적 계보화는 국초 신
    소설 전체의 일관된 발전으로 해석될 수 없다.
23) 이러한 태도는 학적 엄밀성에 크게 구애받지 않는다는 의미에서 비평적인 태도라
    고 할 수 있는데, 사실 임화 스스로도 신문학사론을 비평의 연장으로 간주한 바 있

4.2. 『치악산』 논의를 통해 본 작품 분석상의 특징

본 항에서는 이인직의 『치악산』에 대한 임화 논의의 양상과 문제를 상세히 점검한다. 여타 신소설에 대한 임화 논의에 대해서는 그 특징을 정리하여 다음 항에서 검토한다.[24]

임화의 『치악산』 논의에서 주목되는 사항은 크게 세 가지이다. 첫째는 <토대>와 관련해서 파악되는 신문학사 기술 방법상의 특징이고, 둘째는 신소설 『치악산』의 면모를 밝히는 논의의 특징, 셋째는 당시 사회상의 반영 측면에 대한 파악이다.

먼저 임화는 『치악산』이 '계모소설에다 토대를 두고 가정소설의 기축을 빌어다가' 구성된 점을 들어 구소설과의 양식적 연속성을 지적한다. 여기서 주목할 점은 이러한 양식적 연속성으로부터 토대의 연속성을 추론한다는 점이다. 이는 "이러한 토태 위에 신소설이 구조되어 잇는 그전

___

다. 『빈상설』과 『자유종』, 『구마검』을 순서대로 논하지 않고 『자유종』부터 논의한 이유를 설명하면서 "간행의 차례가 저작의 순서를 따랐다고 하더라도 한 사람의 작가의 작품 가운데서 임의의 경향을 발견하여 계열을 나눌 때 이러한 디테일이 무시된다는 것은 비평에만 아니라 그것의 한 연장이라고 볼 역사에서도 당연히 보류되어야 할 권리에 속해야 할 것이다"(270~1쪽)라 명언한 것이다. 이는, 문학사 연구 및 연구방법론의 맥락에서 임화 신문학사론의 의의와 한계를 논할 때 주목하지 않을 수 없는 요소에 해당한다.
24) 『치악산』 한 편을 집중적으로 살피고 나머지를 개괄하는 논의 방식을 취한 이유는 다음과 같다. 첫째는 신문학사론의 특징을 섬세하게 살피기 위해서는 전반적인 개괄에 그치지 않고, 논의 지면의 한계 내에서나마 임화의 개별 작품 분석을 가능한 대로 상세히 검토해 볼 필요가 있다는 점이다. 둘째로, 이 위에서 『치악산』 논의를 택한 것은 처음 나오는 작품론을 검토하는 것이 객관적인 논의 방식이 된다는 점을 들 수 있다. 셋째 이유는 이해조의 경우 『자유종』을 제외하면 전 작품이 『치악산』의 한계를 넘지 못하였다고 임화 스스로 밝힌 대로, 임화 논의에 있어 『치악산』론이 일종의 시금석 역할을 한다는 데 있다. 끝으로 넷째는 『은세계』나 『혈의 누』, 『자유종』 등이 정론성 및 계몽성이 두드러진 작품으로 파악되고 그 맥락 위주로 분석되는 데 비해 『치악산』론은 그러한 측면과 더불어 양식적인 측면도 충분히 논의되는 까닭에, 임화의 신소설 분석의 면모를 파악하기에 (『구마검』과 더불어) 가장 적절하다는 점이다.

계모소설과 가정소설이 발생한 사회적 토양과 비슷한 토양 위에 발생한 문학이라는 것을 이야기하는 사실이기도 하다"(176쪽)라 한 것에서 확인된다. 요컨대 토대에 대한 인식을 바탕으로 하여 상부구조에 해당하는 문학양식의 특징을 읽는 것이 아니라 정반대로 양식으로부터 토대 상황을 추론하고 있는 것이다.

이러한 점은 임화가 지향한 과학적·유물론적 문학사로서는 미흡한 점에 해당하며 신문학의 토대에 대한 분석을 앞에 깔아둔 신문학사론의 체재와도 거리가 있지만, 실상 이는 <토대>를 연구 대상으로 설정한 「과제」의 구도와는 맞아떨어지는 것이다. 『은세계』를 『춘향전』과 비교하면서 작품으로부터 양 시대의 차이를 읽어내는 논의나(192~3쪽 참조), 『자유종』의 논의 중 '정부실 문제'[적서차별 문제]의 해결책으로 이해되는 '단합론'에서 '개인과 국가의 연립 시대'를 읽어내는 방식(256~8쪽 참조) 등에서도 동일한 양상이 확인된다. 이러한 상황은, 토대 분석을 앞세운 신문학사론의 전체적인 체재를 한편으로 하고, 양식으로부터 토대를 추론하는 부분 논의들이나 그 방법론적인 지침이라 할 「과제」의 구도 설정을 다른 한편으로 볼 때, 두 국면에서 토대의 위상이 달리 설정되어 있다고 정리할 수 있다. 이 맥락에서 보면, 토대를 다루는 논의의 혼선은 임화의 신문학사 연구방법론 및 그 기술이 안정성을 갖추지 못하고 있음을 알 수 있게 하는 요소에 해당한다고 하겠다.

『치악산』의 면모에 대한 임화의 논의는 다소 복잡하게 꼬여 있다. 구소설과의 양식적 연속성을 전제한 위에서, 한편으로는 구소설과의 차이를 밝혀 신소설로서의 새로운 면모를 강조하고 다른 한편으로는 현대소설과의 차이를 주목하여 다시 구소설적 양식을 지적하는 까닭이다. 『치악산』의 특징을 밝히는 데 있어서 구소설과 현대소설 양자와의 비교를 행하고 있는 것인데, 어느 편과 비교하는가에 따라 평가 내역이 다소 흔들리는 면모를 보인다.

『치악산』이 구소설이 아닌 이유 즉 신소설로서의 새로운 면모는, 신식 인물의 설정과 그에 따른 작품의 변화 양상에서 찾아진다. "홍 참의의 사돈 이 판서가 개화파요, 그 아들 홍철식이 개화되어 가는 청년의 형상으로 등장하는 때문"(176쪽)에 이 소설이 신소설의 출발점이 될 수 있었다고 임화는 쓴다. 이른바 '개화 소년'이 등장하였다는 것인데, 앞서 살핀 신소설 일반론에서와 마찬가지로 그는, 이 사실이 인물 설정의 새로움에 그치지 않고 작품 내 제 대립의 성질을 일변시킨다고 본다.

　　　후실 김 씨와 전처소생 홍철식의 대립이 순 계모소설적 갈등에서 신구세대의 대립으로 변화되며 시모 김 씨와 며느리와의 대립도 가정소설적 갈등으로부터 신구세대의 대립의 여파로 개조된다. 이 사실은 새로운 사상이 어떻게 구소설 양식을 개조하였는가의 역사적 표본이며, 또한 새로운 정신이 낡은 양식 가운데 담아지는 전형적 사례의 하나이다.
　　　그러므로 홍 참의의 후실 김 씨가 며느리 이 부인을 학대하는 것도 본래로는 계모소설에 원인한 가정소설적인 갈등임에 불구하고 이 소설에서는 개화되는 새 세대의 일원이 당하는 수난의 성질을 정(呈)하게 된다.(176쪽)

　이러한 논의는 일목요연한 인상을 주지만 여기서도 문제는 작품의 실제에 비추어 적실한가 여부이다. 임화의 논지는 홍철식이나 '이 부인'이 말 그대로 신세대일 경우에나 가능한 것인데 실상은 그렇지 않다.
　'계모와의 관계에 있어서' 홍철식은 신세대로서의 지향을 전혀 보여주지 않으며, 그 처 또한 마찬가지이다. 며느리에 대한 김 씨 부인의 행악을 개화에 대한 반발로 볼 여지 또한 거의 없다. 그녀가 내세우는 것은 자신이 후실이라 존중받지 못한다는 것이고, 개화 며느리 운운은 그 맥락에서의 트집 잡기 이상으로 보이지 않는다. 김 씨가 반대해야 할 개화의 측면이 고부관계뿐 아니라 홍 씨 집안 자체에 존재하지 않는 까닭이다. 따라서 홍철식이 개화사상을 키우고자 집을 떠난 이후로 펼쳐지는 김 씨 부인의 며느리 박해는 구소설의 연장일 뿐, 신세대가 신세대여서 구세대로부터 받는 수난일 수 없다. 이 씨 부인 자신이 신세대가 아닌 까닭이다. 이와 관련하여 임화는 "불행의 원인은 물론 계모관계나 고부관계에 토대를 둔 것이나 직접으로는 홍철식이 그의 악부岳父 이 판서의 권유와 원조로 개화세계의 역군이 되기 위하여 수학을 떠나는 데서 원인한다"(177쪽)고 부연 설명을 덧붙이지만, 바로 이렇게 그나마 신문명에 관심을 갖고 있던 홍철식이 떠나고 없는 상황에서 펼쳐지는 까닭에, 계모의 핍박과 며느리의 고행의 서사는 원리상 구소설과 차이를 갖지 않는다. 갈등의 양상에서 '신세대'의 요소 자체가 없는 까닭이다.

이러한 작품의 실제와 달리 『치악산』에서 신구세대의 '대립'을 읽어 구소설과의 차이를 밝히는 한편, 임화는 그러한 '대립'이 '갈등'으로까지 발전하지는 못한 점에서 현대소설과도 다르다고 한다. '대립'과 '갈등'을 명확하게 갈라놓는 건강부회적인[sophisticated] 논의를 구사하지만, '대립'과 '갈등'이 분리불가능하다는 점이나, 『치악산』의 경우 시모의 억압에 따른 고난이 있을 뿐 대립은 찾을 수조차 없다는 사실이 무시되고 있는 점이 문제이다.

사태를 온당하게 정리하자면 다음과 같다. 인물 구성에 있어서 이 판서와 홍철식 및 그 아내를 '새로운 문물을 배울 필요를 느낀 인물'로 설정한 점이 구소설과 달리 『치악산』이 보이는 새로운 요소이다. 그러나 그렇다고 해서 이들이 바로 그 새로움 때문에 여타 인물과 대립각을 세우고 갈등 관계로 나아가는 것은 아니다. 작품의 주서사를 이루는 주인공의 수난은 순전히 구소설적인 패악에 따를 뿐이기 때문이다. 요컨대 인물구성상 새로운 점은 있지만 그 때문에 갈등 관계를 포함하여 작품의 제 양상이 바뀐 것은 아니다.

따라서 임화의 위의 주장은 작품을 미시적으로 검토하면서도 그에 걸맞은 정확성을 갖추지는 못한 추상 차원의 일반론에 가깝다고 하겠다. 『치악산』의 새로운 면모에 대한 이와 같은 진술은 과장된 것인데, 이러한 과장의 원인이 신소설의 새로움을 강조하려는 욕망에 의한 것임은 물론이다. 곧 앞서 검토한 바 신소설 일반론의 추상 차원의 정리를 이 소설에도 적용하느라 논리전개상의 문제가 생겨난 것이라 하겠다.

이러한 당착은 『치악산』의 '트리비얼 리얼리티' 측면 곧 당시 사회상의 반영 관련 논의에서도 확인된다.

> 우리의 특별한 주목을 끄는 점은 이 소설이 당시의 사회상을 상당히 반영하고 있는 점이다. **모든 신소설이 새로운 시대를 사실적으로 반영하는 것으로서 구소설과 구별되는 것이요, 새 현실을 반영하는 것으로서 새로운 사상의 표현과 부합한 것이니,** 이인직의 이 소설에서도 그때 사회상을 우리는 상당한 정도로 볼 수 있다.(179쪽, 강조는 인용자)

이 구절의 문제는, 귀납추론에 의거했을 결론으로서의 일반론(강조 부분)을 전제인 양 사용하여 『치악산』이 새로운 사회상을 반영한 것인 양 말하고 있지만 사정은 그렇지 않다는 데 있다. 요컨대 『치악산』의 '사회상'이 '새 현실'이라고 임화는 주장하지만 그의 후속 논의만 봐도 이에 동의하기 어려운 것이 사실이다.

> 홍 참의와 이 판서 두 양반의 가정, 불합리한 주종의 관계, 구가족 제하에서의 부인의 참담한 지위, 그리고 무엇보다 이 소설에서 우리의 눈에 뜨이는 것은 홍 참의의 가정에서 볼 수 있는 이조말 양반가정의 실로 음랭, 암흑한 양상이다.(179~80쪽)

임화 스스로가 요약한 바 『치악산』의 이러한 면모가 '당시의 사회상'을 말하는 것일 수는 있어도 '그때 사회의 새로운 시대성'일 수는 없다는 점은 명약관화하다. 사실 확인 차원에서 옳은 임화의 이 진술은『치악산』에 반영된 사회상이 새로운 시대의 면모가 아니라 구시대라는 점을 확인해 주는 것으로서, 이 소설의 트리비얼 리얼리티를 말하는 앞의 진술이 부적절한 것임을 말해 준다.

이상에서 살펴보았듯이 이인직의『치악산』에 대한 임화의 논의는 앞장에서 밝힌 바 신소설의 특징에 대한 추상 차원의 일반론을 개별 작품에 다소 무리하게 적용시킨 사례라 할 수 있다.『치악산』등에 대한 구체적인 검토의 결과로 위와 같은 일반적인 결론을 이끌어낸 것이라기보다는 정반대 상황의 혐의가 짙다는 것이다.

4.3. 정론성 · 계몽성 분석의 의의와 한계

이인직 및 이해조의 신소설들에 대한 임화의 논의 전반이 보이는 가장 두드러진 특징은 논의의 주목점이 정론성 · 계몽성으로 명확하게 한정되어 있다는 점이다. 이러한 특징 규정은 단순히 논의의 집중도나 비중 설정의 양적 측면을 가리키는 것이 아니다. 정론성 · 계몽성의 중시는 신소설 일반과 이를 포함하는 신문학 전체를 바라보는 임화의 근본적인 생각을 반영하며, 신문학사론이 작품을 검토하는 핵심적인 방법론에 해당하는 질적 지위를 갖는다.

임화는 '개화 계몽의 정신' 곧 정론성 · 계몽성을 '신소설의 근원'이라 규정한다(271, 279쪽). 이 위에서 임화는, 한편으로는 신소설 시기 이전에 정치소설, 계몽적인 번역문학 등이 있었음을 지적하면서 "정론성이나 계몽성이란 신소설 자체의 발전이라기보다 신소설의 형태를 빌은 정치소설, 혹은 계몽문학이라고 할 수 있"(284쪽)을 정도라고 하며, 다른 한편으로는 신소설이 새로운 사상과 낡은 형식을 결합한 절충적인 단계를 넘어 현대소설로 발전하는 데 있어서 정론성 · 계몽성 등 '주제의 명백성을 통하여' 정신의 성숙과 그에 따른 낡은 양식의 탈각을 거친다고 파악한다(284쪽).

위의 주장은, 신소설을 그 전후의 소설과 연결 짓는 주요 고리로 정론성·계몽성을 사고하는 것이다. 요컨대 임화에게 있어서 신소설의 정론성·계몽성이란 신소설이 그 전후의 정치소설 및 현대소설과 맺는 역사적 연속성의 본질에 속하는 것이다. 따라서 신소설의 근원이 정론성·계몽성이라는 규정은 신소설의 본성을 가리키는 한편 신문학사의 중심 줄기가 정론성에 있음을 뜻하는 것이기도 하다.

신문학사론에 있어서 정론성·계몽성의 의미는 좀 더 구체적인 데서도 찾아진다. 임화는 '정론성 혹은 정론성에까지 고조된 새로운 시대의 요구'가 "신소설이란 것을 생성케 한 근원인 동시에 작가 개인에게 있어서는 창작의 정신적 동기가 되는 것"이라 하여, 작품을 논함에 있어서 작가의 노선에 주목해야 한다고 주장한다(271쪽). 이는 작품의 분석 지평을 작품의 경계 내에 가두지 않고 작가의 정치적 의식에까지 넓히는 것으로서, 실제 분석에 있어서 정론성·계몽성에 초점을 맞추는 것으로 드러난다. 이런 의미에서 정론성·계몽성의 중시는 신문학 연구방법론의 핵심이라고 할 수 있다.

임화 신문학사론에서 정론성·계몽성이 갖는 이러한 다대한 의미는 실제 작품 분석에서 두 가지로 구현된다.

첫째는, 정론성·계몽성을 강조하는 논의 맥락에 한정되다시피 집중되어 작품의 인용이 이루어지는 현상이다. 『귀의 성』이나 『은세계』, 『혈의 누』, 『자유종』, 『구마검』 논의 부분의 인용문들은 모두 양반 지배계층에 대한 비판적 의식과 신분·계급간의 갈등·대립을 강조하거나 새로운 세대의 새로운 지향을 드러내는 논의 맥락에 위치해 있다.

몇 가지 경우를 예로 들어 본다. 『귀의 성』 부분의 인용 문단은 하나인데 강동지가 보이는 양반에 대한 의식을 비판적인 것으로 해석하는 수단으로 활용되고 있다(183~4쪽). 인용 문단이 가장 많은 『은세계』의 경우는 민요民擾 묘사의 의의를 한껏 강조하면서 네 차례 인용 문단을 구사하고(192~8쪽 참조), 민중 수탈의 경로 및 기구를 밝히는 논의의 자료로 세 차례 인용 문단을 사용한 뒤(198~9쪽), '이앙가'(200~11쪽)와 '초동의 노래'(211~3쪽), '상여가'(213~5쪽), '매장가'(215~7쪽)를 차례로 인용하여 학정에 시달리는 민중의 애환을 제시하고 있다. 최병도의 내력을 설명하는 인용 문단은(217쪽) 이 소설을 갑신개화당의 비극과 관련짓는 다대한 의의 부여의 맥락에서 활용되고 있으며, 김정수의 아들이 패가하게 된 원인의 설명에 해당하는 인용 문단은(221~2쪽) '갑오경장이 조선의 정치와 민중생활 위에 파급한 영향'을 설명하는 자료로 구사된다. 이후 옥순, 옥남 남매 부분의 다섯 차례 인용 문단은 대체로 계몽성을 강조하는 논의 맥락을 보강하는 기능을 하고 있다. 『자유종』의 경우는 작품을 따라가며 18개의 인용 문단을 구사하고 있는데, 이 소설의 특성 그대로, 이들 대부분은 개화사상을 강조하는 논의의 자료로 기능하고 있다.

신소설 논의 부분의 인용 문단 중 정론성·계몽성의 강조와 거리가 있는 경우는 『혈의 누』 부분의 인용문들 셋과 『구마검』의 귀신 놀음(274~5쪽) 부분이 전부이다.[25] 한편, 인용 문단이 없는 경우는 『치악산』과 『빈상설』, 『백로주강상촌』, 『구의 산』, 『춘외춘』, 『봉선화』 논의 부분인데, 뒤의 세 작품은 정론성·계몽성을 논할 여지가 없는 통속화된 신소설이고 『백로주강상촌』은 미완이라 작품 자체에 대해서는 짧게 언급하고 넘어갔을 뿐임을 생각하면, 작품의 인용 자체가 계몽성·정론성을 강조하는 데 맞춰져 있다고 할 수 있다.

이러한 상황은 신소설 작품론의 전체적인 기조가 정론성·계몽성을 지적·강조하는 데 있음을 알려 준다. 『은세계』와 『자유종』 논의의 경우

---

25) 『모란병』 허두의 뛰어난 묘사 부분(294~5쪽)의 경우 '산문문장의 軌範의 하나로 뺄 만한 글'이라는 점을 지적하여 문체의 생생함에 초점을 둠으로써 『혈의 누』 첫 부분의 인용과 기능상 동일한 듯하지만, 그러한 판단의 근거로 "상부구조의 붕괴에 따라 급격히 시정 가운데 내던져진 寄生階級의 자태에 대한 명확한 관찰"(295쪽)과 '풍자와 야유를 섞은 솜씨'를 드는 데서 알 수 있듯, 이 경우 또한 정론성의 강조에 해당한다.

는 이러한 측면이 더욱 두드러진다 할 수 있다. 여기에 더하여, 신소설 작품 논의 전체 중 이 두 소설에 대한 논의가 분량 면에서 반 이상을 차지한다는 점까지 고려하면,[26] 신소설 작품에 대한 논의 맥락의 대부분이 정론성·계몽성을 강조하는 방식으로 설정되었다고 할 수 있다.

　정론성·계몽성의 강조가 인용 문단의 설정 및 기능에서만 확인되는 것은 물론 아니다. 『은세계』를 '凡百의 신소설 중 최고봉'으로 꼽는 논의에서 사회 현실의 반영과 역사 표현에 근거를 두고(188~9쪽) '한말의 문란된 사회질서의 실상을 반영'하였다 하여 '불후의 가치'를 지녔다고 하거나(236쪽), 옥순과 대비되는 옥남의 성격화를 두고 메가폰적인 기능을 지적하는 대신 정반대로 청년층의 반영으로 고평하면서 "시대의 사상이라고 전개하는 관념을 산 인간의 육체 가운데서 살리려는 예"(230쪽)라고 억견을 펼치는 등은 그의 평가 방식이 정론성에 맞춰져 있음을 극명하게 보여 준다. 『혈의 누』 논의의 경우, 옥련 가족이 우연히 헤어지게 되는 부분을 자연스럽다고 해석하며 '구성의 기술'을 상찬할 때 그 근거로 청일전쟁 파악의 역사적인 안목을 고평하면서 '시대적 혹은 현실적인 배경의 확고한 설정과 그 영향의 정확한 도입'을 드는 것이나(239~40쪽), 이노우에 군의軍醫 부인의 재혼 문제와 관련하여 펼쳐지는 옥련의 고난 과정이 '문학적 진실성, 사상적 진보성'에 의해 구소설적인 진부성을 떨치게 되었다고 평가하는(241~3쪽 참조) 등에서도 동일한 방식이 확인된다. 이러한 점은 이해조의 신소설을 논의하는 데 있어서 정론성 및 '새로운 시대의 요구'에의 부응 정도를 중시하여 발표 순서와 달리 『자유종』을 먼저 논의하는 것이나(270~1쪽 참조), 『빈상설』론에서 돌이의 변신이 시대상의 반영인 점을 길게 논의하는(292쪽) 등에서도 확인된다.

---

26) 임규찬·한진일 편, 『임화 신문학사』(한길사, 1993)를 기준으로 할 때, 이인직의 신소설을 논하는 전체 76쪽 분량 중 『은세계』 논의는 49쪽에 해당하며(64%), 이해조 신소설 논의에서 『자유종』이 차지하는 비중은 38%에 달한다. 두 작품의 논의 비중은 신소설 작품론 전체의 53%에 해당한다.

정론성 · 계몽성을 중시하는 신소설 작품론 부분의 의미는, 이러한 특징을 임화 신문학사론의 전체적인 구성과 관련지어 볼 때 잘 드러난다. 신문학사론의 전체 체재는 신문학의 사회적 · 정신적 조건을 상세히 궁구한 위에 작품론으로 나아가는 데서 보이듯 토대-상부구조론을 구현하는 방식으로 이루어져 있다. 이러한 체재 구성의 진보적 성격을 고려하면, 작품 평가의 궁극적인 기준을 정론성 · 계몽성이라는 주제 측면에 두는 방식 또한 동일한 의미를 갖는다고 할 수 있다. 요컨대 양자는 모두 임화의 신문학사론이 과학적 · 유물론적 문학사를 지향하는 주요 방법에 해당하는 의의를 갖는다고 하겠다.[27]

이러한 의의와는 달리 정론성 · 계몽성에 초점을 두는 방식이 갖는 한계 또한 지적할 필요가 있다. 이러한 초점화로 인해 신문학사론이 문학사론으로서 갖춰야 마땅하되 간과하게 된 요소들이 있는 까닭이다. 소설의 질료인 언어를 다루는 방식의 통시적 · 공시적 변화나 발전상에 대한 실제적인 고찰이 취약한 점이나, 신소설이 보이는 서사구성 및 인물구성상의 특징,[28] 친외세적 서양 인식 등에 대한 논의가 매우 취약해진 것을 들 수 있다. 정론성에 집중함으로써 신문학사론의 경우 '문학'보다는 '역사' 쪽에 강조점을 둔 까닭이라 하겠다.

이 지적은 지적 자체가 현상적으로 의미하는 결여 외에, 문학사론의 소재 · 범주 차원에서 기계적인 분리 상태에 빠지게 된 보다 중요한 한계도 가리킨다. 비단 좌파 문예학의 입장에 한정하지 않더라도, 문학사 기술의 자료에 해당될 '작품에서 확인되는 내용의 편린'으로 정론성을 한정함으

---

27) 이러한 '의의'는 앞서 언급한 '체재 구성의 진보적 성격'과 더불어 일정한 한계를 동반하는 것이다. 이러한 한계에 대해서는 결론에서 상술한다.

28) 전자로는 독립적인 에피소드의 활용과 빈번한 서사 요약 방식, 서사의 분할 현상, 우연의 적극적 활용 등의 특징을 들 수 있고, 후자로는 신구의 대립이나 인물군의 가정 · 친족 범주 내 구성이라는 판명한 특성 외에, 외래 원조자의 빈번한 등장과 같은 구성상의 특징을 꼽을 수 있다. 인물의 형상화 · 성격화 방식상의 특성 등에 대해서도 주목할 여지가 있는데, 신문학사론은 이러한 특성을 거의 고려하지 않고 있다.

로써 문학화된 역사 인식을 작가나 작품 계열체 차원에서 읽어낼 수 없게 된 것이 가장 큰 문제이다. 그 결과 국문학사 연구의 발전 방향이 일반사에 매이지 않는 <'문학의' 역사>를 지향해 오는 과정에서[29] 임화의 신문학사론은 지양이 아니라 배제 · 비판 · 극복의 대상으로 손쉽게 설정되는 운명을 안게 되었다.

동일한 맥락에서 초점을 구체화하여 정론성 중시 경향에 대해 보다 직접적으로 의문을 제기할 수도 있다. 신소설 논의 부분에서 확인되는 정론성의 지위가 신문학사론 전체에 걸쳐서도 유지되는가가 그것이다. 지금까지 살폈듯이 신소설의 분석에 있어서 정론성 · 계몽성을 한껏 강조한 데 비해 정작 한말의 정치소설을 논하는 자리에서는 "소박하고 노골적인 정치적 목적으로 추구하여 문학이라고 하기엔 주저"(136쪽)된다면서 당시의 문학관을 알려주는 것으로 『서사건국지』의 서문과 목차를 인용 · 소개한 뒤(137~42쪽) 작품들의 목록을 제시하는 수준에 그쳐 있는 까닭이다(143쪽). 임화의 이러한 태도는, 이 시기의 문학을 개괄하면서 "當時 文學은 다 時代潮流에 化하야 政治 及 民族 思想에 集中"되었다 한 뒤 "그 時代的 趨向 外에 立하야 新文學의 門을 開한 者는 李人稙 菊初의 著한 小說"이라 하여 신소설의 정치적 성격이 미약한 것임을 분명히 하는 안자산의 경우[30]와 확연히 다른 것이다. 따라서 그가 주목하는 정론성이 사실상 반외세 자주화와는 분리된 채 반봉건 근대화만을 겨냥한 불충분한 것이라고 추론할 여지가 적지 않다.[31] 신소설 작품론의 정론성이 계몽성과 짝을 이루어 등장하는 것 또한 이러한 추론을 강화해 준다.[32]

---

29) 졸고, 「문예학과 역사학의 만남-문학사 기술의 문제를 중심으로」, 역사문제연구소, 『역사문제연구』 9, 2002, 222~6쪽 참조.

30) 안자산, 『朝鮮文學史』, 한일서점, 1922, 125쪽.

31) 동일한 맥락에서 양문규는 임화의 이인직 논의에서 '막연한 시민문학론에의 경사'를 짚어 낸 뒤 임화가 "민족사적 과제에 대응한 근대문학의 실상을 파악하는 데 약점을 드러낼 수도 있다"(47쪽)라고 비판한 바 있다(「임화의 한국 근대소설의 인식과 문제점」, 앞의 글, 45~7쪽 참조).

32) 이러한 추론에 대해서 일제말기의 엄혹한 상황에 대한 고려가 필요하다는 지적이

4.4. 과도한 일반화와 보편성에의 열망

신문학사론의 작품 분석이 보이는 기타 특징은 크게 셋으로 요약할 수 있다. 첫째는 신소설 일반론(3-2)이나 『치악산』 논의(4-2)와 마찬가지로 추상 차원의 일반론을 앞세워 과도하게 단정하는 경향이 두루 확인된다는 사실이다. 둘째는 텍스트 영향 관계 측면에서 <환경> 요소를 지적하는 것이고, 이와 유사한 맥락에서 보편사적인 해석 욕망을 드러낸다는 점이 셋째 특징이다.

개별 작품에 대한 구체적·개별적인 논의를 구사하되 추상 차원의 일반론을 앞세우는 '과도한 단정·일반화'라 할 특징은, 작품 분석상 일관된 기준의 부재와 논의의 착종이라는 문제들과 관련된다.

충분히 제기될 수 있으나, 정론성을 논하는 신문학사론 전체의 방식이 균형을 잃고 있음은 학적 연구가 밝혀야 할 기본 사항에 속하는 것이다. 이런 지적이 괜한 트집이 아님을 좀 더 부연하는 방편으로 신문학사론이 보이는 친일적인 의식을 지적할 수도 있다.

『혈의 누』의 청일전쟁 취급 방식을 고평하면서 "해협을 건너와 흉폭한 청군을 몰아내는 **신선한 黑衣의 군대 가운데서 개화정신의 유량한 행진곡을 들었을 것**은 사실이다"(238쪽. 강조는 인용자) 운운하는 것이 명시적인 예에 해당한다. 실제 작품을 보면 '탐관의 학정이 심하고 국민들은 자기 보신의 욕심만 낼 뿐 타인과 국가를 생각지 않는 까닭에 나라가 강하지 못하게 되어, 외국 군대의 병란을 치르고 수많은 사람들이 참혹한 일을 당하게 된 현실'을 통탄하는 김관일의 생각(『혈의 누』, 광학서포, 1907, 11~3쪽 참조)이 전쟁에 대한 주된 언급임에도 불구하고, 이런 시각을 무시한 채 청일전쟁에 긍정 일변도의 정치적, 역사적인 의미를 부여하면서 위와 같이 진술하는 것이다. 김관일의 생각에 자민족 비하의 요소가 있고 청군과 일본군을 대조하는 작가의 시선에 친일적인 성격이 짙으며, 임화가 이 글을 쓰는 1940년대 상황을 염두에 두더라도, 이 같은 긍정 일색의 해석은 문제적이라고 하지 않을 수 없다.

물론 임화가 청일전쟁을 개화의 기회로 보았으리라고 달리 보아, 친일적인 것이 아니라 친개화적인 시선으로 해석할 수도 있는데(이러한 해석은 권영민에게서도 보인다. 「신소설과 조선보호론의 담론적 실체」, 『서사양식과 담론의 근대성』, 앞의 책, 158~9쪽 참조), 이렇게 긍정적으로 보는 경우의 최대치가 바로 신문학사론의 정론성이 사실상 계몽성과 떨어지기 어려운 소극적인 것일 수 있다는 추론이라 하겠다.

설명이 취약하거나 아예 없는 과도한 단정의 경우로는 예컨대『귀의 성』의 김 승지를 양반의 전형으로 규정하는 것(184, 188쪽)을 들 수 있다. 『치악산』의 홍 참의나『은세계』의 부패한 관리들이 아니라 왜 김 승지가 전형적인 양반에 해당하는지를 임화는 밝히지 않고 있다. 점순의 행위를 해석하면서 '가내노예제가 폐지되고 있던 시대'의 반영이나 '천민들의 자본 축적'을 운위하는 것이나(186쪽),『은세계』의 '농민규'의 의의를 강조하는 해석(194~8쪽 참조) 또한 과도한 일반화로 예거할 수 있다.

과도한 단정이라는 문제는 단정의 결과로 제시되는 일반론과 상충되는 개별 요소가 존재함을 의미하기 마련이어서 논의의 착종이라는 문제로 자연스럽게 이어지며, 따라서 그러한 착종을 방지할 작품 분석 및 검토의 일관된 기준이 부재함을 증명하는 것이기도 하다. 신문학사론의 작품 분석이 일관된 기준에 따라 수행된 것은 아니라는 사실은, 신소설의 형식상의 구소설적 측면과 내용상의 새로운 면모를 지적하는 이원적 구도 자체에서 유래하는 것이다. 새로운 내용에 의해 구래의 형식이 변화를 입게 되었다는 식으로 변증법적인 논의를 구사하기는 하지만, 앞서 검토한 대로 그러한 경우들 대부분은 실증 차원에서 동의할 수 없는 것이다. 따라서 신소설을 과도기적인 것으로 규정하는 결론을 낳는 이원적 구도에 의해, 개별 작품 논의의 경우 사실상 기계적으로 나뉜 내용과 형식이라는 두 가지 기준에 의해 수행되었다고 하겠다. 예를 들어『귀의 성』관련 논의를 보면, 계급 갈등 요소나 현실 반영의 성과, 일본 문학의 영향, 인물형의 뛰어난 창조 등을 새로운 면모로서 세세히 강조하는 반면 구소설적인 요소는 간략히 지적하는 데 그칠 뿐이어서, 왜 이 소설이『치악산』유형인지 알기 어렵게 되어 있다. 요컨대 '낡은 형식에 새로운 사상'이라는 일반론이 방법론상으로 일관되게 구현되지 못했다고 하겠다. 개별 논의의 폭이라는 점으로 돌려 말하자면, 각각의 작품들에 대한 논의가 작품의 전체적인 특성에 대한 해명이라는 일관성을 갖지 않고 신소설 일반론에서 제시한 논의 구도에 맞는 부분만 그때그때 강조하는 방식으로 행해졌다고 할 수 있다.

사정이 이러하기에 논의의 착종 또한 불가피하게 된다. 앞서 지적한 바 이인직 소설의 일관된 발전이라는 파악과 계보 설정이 상충되는 점 외에, 『자유종』을 분석할 때는 정론성에 주목하여 그 의의를 내내 높이 평가하다가 『구마검』론에 이르러서는 『자유종』의 소설적 한계를 거론하며 '문학적 방황'으로 규정하는 것이나(271~86쪽의 해당 부분들), 『치악산』론에서는 백돌의 서사가 갖는 부분적인 성격을 전혀 문제시하지 않고 작품의 의의를 강조하다가 『빈상설』론에 와서는 화류계 면모의 현실감 있는 형상화(289쪽)나 승학, 옥희 결연의 시대적 의미(290~1쪽), 돌이가 차인에서 노동자로 변신하는 설정의 시대성 반영(292쪽) 등을 언급하되 이들이 부분적으로 삽입되어 있을 뿐이어서 작품 전체의 가치와는 별개의 것이라 하는 것 등이 좋은 예가 된다. 이러한 사례는 논의의 착종이 분석 및 평가 기준의 비일관성과 분리될 수 없는 것임을 잘 보여주는데, 한 작품에 대한 논의 속에서도 예를 찾아볼 수 있다. 『은세계』론의 경우 허두에서는 작품의 초점이 '구사회의 폭로', '구사회에 대한 증오'에 있다고 신소설 일반론의 연장에서 강조하다가(189쪽) 작품 후반부에서 보이는 옥남 남매의 유학을 두고는 정치에서 실력 함양으로 바뀐 새로운 시대정신을 잘 드러낸 것이라고 역설하고 있다(223~6쪽). 이는 『은세계』의 전후반부를 별개의 작품으로 보지 않는 한 있을 수 없는 자가당착이라 할 만하다.

신소설 작품론 부분이 보이는 다음 특징으로는 「과제」에서 설정한 <환경> 요소를 관련짓는 방식을 들 수 있다. 이에 해당되는 예는 다음과 같다. 『귀의 성』의 강동지 복수담에서 보이는 일본 신파 및 탐정소설의 영향에 대한 지적과(187쪽) 김 승지에 대한 '조선의 부오로모프'라는 규정(188쪽), 『은세계』의 김정수의 등장과 죽음을 두고 마르크스의 진술을 끌어들이는 것(227쪽), 『자유종』의 적서관계 폐지론 논의와 관련된 도스토예프스키의 『죽음의 집의 기록』에 대한 언급(256쪽), 이 작품의 장르적 · 소설적 성격을 논하면서 행한 서구의 18세기 대화소설과의 비교(271~2쪽), 『구의 산』과 『춘외춘』의 통속성을 지적하는 과정에서의 일본 신파극, 신파 · 탐정조의 영향에 대한 지적(301~2, 304쪽)이 그것이다.

이러한 사례가 갖는 특징은 쉽게 확인된다. 신소설의 통속화 과정에 미친 일본 문학의 영향을 제외한 나머지는 신문학사론을 쓰는 임화의 해석상의 수사에 불과하다는 점이 금방 드러난다. 언급된 텍스트들 상호간에 아무런 영향관계도 없음이 분명한 까닭에 이들 구절은 단지 임화의 식견을 증명할 뿐이지, 신소설이 보이는 이러저러한 특징의 발생론적 요인으로 <환경>의 영향을 밝히는 것과는 아무런 관계도 없다. 요컨대 신소설의 통속화 과정에 미친 일본문학의 영향을 제외하면, 신소설들에 대한 세밀한 분석에서 「과제」의 <환경> 항목의 기능과 관련된 논의는 전혀 없다고 할 수 있다.

임화 신문학사의 작품론에서 끝으로 지적할 특징은 보편사적인 해석 욕망을 드러내고 있다는 점이다. 이의 직접적인 예로는 이인직의 정치적 행보와 작품 세계의 이질성을 강조하면서 발자크를 연상시키는 대목이나(170~1쪽), 차이를 지적하기는 하되 청일전쟁에 대한 이인직의 인식을 평가하면서 나폴레옹을 보는 헤겔을 끌어들이는 것(237쪽), 스텐카라친이나 독일 농민전쟁을 언급하며 『은세계』의 농민 분규를 일반화하는 부분(197쪽) 등을 들 수 있다. 신소설의 몇몇 장면을 일본이나 서구의 유사한 사례에 비추어 설명한다는 점에서 둘째 특징의 사례들은 동시에 이 맥락의 예시가 되기도 한다.

신소설 작품론 부분이 보이는 이상 세 가지 특징들은 임화가 지니고 있는 보편성에의 열망을 직간접적으로 드러낸다는 점에서 공통적 속성을 지닌다. 과도한 단정 및 일반화는 신문학사론의 지평 내에서 입론을 보편화하고자 하는 욕망의 발로라 할 수 있으며, 신소설의 몇몇 특징을 두고 한편으로는 문학적 환경의 맥락에서 다른 한편에서는 좀 더 보편적인 의미 연관에서 유사 사례를 언급하는 데서는 신문학사론의 논의를 서구나 일본의 문학 및 역사 논의들과 같은 지평에 놓으려는 바람을 찾아볼 수 있다. 요컨대 본 절에서 검토한 신소설 작품론 부분의 세 가지 특징은 논의의 내용이나 논의 방식의 지평에서 보편성을 지향한 결과에 해당된다고 하겠다.

5. 문학사와 이데올로기

기존의 연구 성과가 남긴 문제를 넘어서 임화 신문학사론의 특징을 밝히기 위해서는, 신소설을 논의하는 부분에서 추론되는 실질적인 작품 검토 방법론을 명확히 하는 것이 핵심이 된다. <신문학사>의 전반을 이루는 바 물질적 배경과 정신적 준비, 신문화의 이식과 발전에 대한 논의는 크게 볼 때 이를 위한 사전 논의이며 「과제」는 신소설을 위시한 신문학사를 조명하기 위한 방법론의 모색에 해당한다. 신문학사론 또한 문학사라는 점을 잊지 않는 한 이러한 사실은 명확한 것이다.

이러한 문제의식을 견지하면서 이 책에서는 신문학사론의 신소설 일반론과 개별 작품론 양자를 신소설의 실제에 비추어 검토해 보았다. 그 결과로, 사실 기술과 이론적 해명, 실증 정신과 이론 구성의 욕망 사이의 낙차를 주목했던 선행 논문의 판단을 재차 확인하고, 「과제」에서 표명된 방법론과는 다른 신문학사론의 실질적인 작품 연구 방법상의 특징을 밝힐 수 있었다.

임화의 신소설 논의 부분에서 확인되는 '사실 기술과 이론적 해명 사이의 낙차'는 세 가지 면에서 확인된다. 첫째는 신소설 일반의 특징으로 '소재와 제재의 현대성(혹은 신시대성)'과 '인물과 사건의 실재성(혹은 사실성)'을 지적한 뒤 이를 신소설의 아이디얼리즘으로 끌어가는 논의가, 그 자체로는 대단히 세련된 변증적 논의로 보이나 신소설 작품들의 실제에 비추어 적절치 않다는 사실이다. 둘째는 신소설의 구소설적 구조와 가정소설적 면모에 대한 규정인데, 이 또한 실제 작품들이 '선인-악인'의 대치나 권선징악적인 구조를 습용하는 것은 아니며 더욱 중요하게는 이러한 구성이 서사의 추동력이 아니라는 사실과 '개화 소년'의 수난에 따라 구세계의 모순이 신구의 대립으로 가정 내에서 폭발한 것으로 신소설들을 읽을 수 없다는 문제를 지닌다. 끝으로 셋째는 앞의 논의에서 누차 지적한 바 개별 사례들에 대한 실증적 파악과 배치되는 과도한 일반화 경향이다. 이 책에서는 신소설 일반의 특징으로 언문일치를 들거나 이인직의 소설을 무리하게 계열화하고 두 가지 계보로 나누는 것을 지적한 외에, 『치악산』 논의를 꼼꼼히 검토해 봄으로써 개별 작품론 도처에 과도한 일반화의 경향이 만연해 있음을 드러내 보였다.

임화의 신문학사론이 보이는 과도한 일반화 경향의 핵심, 그러한 오류를 낳는 궁극적인 원인은 정론성·계몽성에 중점을 두는 실질적인 작품 분석 방법론이라고 할 수 있다. 정론성·계몽성을 중시하는 신문학사론의 방법은 '논의의 착종'이라는 문제 위에 놓인 것이며 '일관된 작품 분석 기준의 부재'라는 문제를 알려준다. 이러한 문제보다 본질적으로 중요한 것은 다음 네 가지이다.

첫째는 이러한 방향 설정으로 인해서 양식의 측면에 소홀하게 되고, 그 결과 사실상 내용·형식의 이원론에 빠지게 되었으며, 궁극적으로는 <환경>과 <전통>의 실질적인 '교섭' 과정을 충실히 밝힐 수 없게 되었다는 점이다. 정론적·계몽적인 내용을 앞세우는 구도로 인해 대체로 형식면에서 주목된 고소설적인 요소 및 성질은 적절한 평가를 받기도 전에 지양되어야 할 것이거나 단순한 유물 혹은 통속으로 대체되는 것일 뿐이게 된 까닭이다. 둘째는 정론성·계몽성의 강조가 '작품에서 확인되는 내용의 편린'에 주목하는 방식으로 이루어짐으로써 완결된 전체로서의 개별 작품이나 작품들의 계열체, 작가 차원에서 일관되게 정론성 논의를 개진하지 못했다는 사실이다. 다음 두 가지는, 신소설 논의에서는 정론성·계몽성을 중시하되 정작 정치소설 논의에서는 그러한 면모를 보이지 않는 데서 확인되는 문제이다. 곧 정론성을 신문학사의 중심 줄기로 천명하면서도 신문학사론 전체에 걸쳐 정론성 중시의 방법을 일관되게 적용하지 못한 것이 셋째 문제이며, 정론성의 내용을 반봉건 근대화에 한정하여 반외세 자주화의 측면을 사실상 누락한 점이 마지막 문제이다.

문제점 위주로 정리했지만 '정론성 중시 태도에 기반한 일반화 경향'이야말로 신문학사론에서 임화가 작가와 작품을 분석·평가하는 실질적인 방법론에 해당한다고 할 수 있다.

이를 <전통>과 <환경>의 교섭을 핵심으로 하는 「과제」의 문학사 연구방법론과 비교해 보면, 다음 두 가지 사실을 확인할 수 있다. 첫째는 <전통>의 교섭 기능을 전혀 찾을 수 없다는 점이다. 둘째는 <환경>의 경우 신소설의 통속화 논의에서만 그 기능이 확인될 뿐이고, 나머지 경우는 보편적 해석의 욕망을 드러내는 사례로 쓰일 만한 수준을 넘지 않는다는 점이다. 요컨대 「과제」의 미묘하고도 정치한 방법론이 신문학사론의 작품 분석에서는 사실상 전혀 발휘되지 않았다고 할 수 있다.[33]

이상의 사실로부터 다음 두 가지를 추론해 볼 수 있다. 첫째는 「과제」와 <신문학사>의 관계이다. 사정이 위와 같다고 해서 「과제」와 <신문학사>가 완전히 무관한 것인 양 파악하는 것은 잘못이다. <신문학사>의 전체 체재야말로 「과제」의 여섯 항목에 조응하는 것이기 때문이다. 따라서 양자의 관계는, 「과제」가 「概說新文學史」와 「新文學史」의 요약으로 제출되었으나 이후 「속신문학사」와 「概說朝鮮新文學史」로 구체화되지는 못한 상태라고 정리할 수 있다.

---

33) 「과제」와 <신문학사>를 별개의 것으로 본 김윤식의 경우도 이러한 점에 주목한 듯싶다(『林和硏究』, 문학사상사, 1989, 521쪽).

다음으로 보다 중요한 점은, 실제 작품론에서 <환경> 요소의 분석이 매우 미미한 사실이 갖는 의미이다. 앞서 살폈듯이, 신소설의 분석 논의에서 <환경> 항목과 관련된 내용은 대체로 서구 및 일본 문학의 영향 사례를 몇 가지 드는 데 그쳐 있을 뿐이며 전체로 보아 비중 면에서도 보잘것없다. 따라서 한편으로는 「과제」의 구도와 단정적인 규정을 앞세우지 않고 다른 한편으로는 신문학사론 도처에서 주장된 언명이 아니라 신문학사론이 작품을 분석하면서 실제로 <환경> 항목을 다루는 방식을 주목해서 보게 되면, 신문학사론의 주제라 할 수 있는 '신문학사는 이식문학사'라는 규정 자체 또한 신문학사론의 실제와는 괴리된 과도한 단정에 해당된다고 할 수 있다. 이러한 사정은, <환경> 항목과 관련되는 실제 논의의 미미한 위상 자체가 <환경>을 내세워 제기된 이식문학사론을 내파하는 것이라고 할 수 있다. 임화의 논의와 주장 자체에 갇히지 않고 그것을 문학사의 실제에 비춰볼 때 '저 악명 높은 이식문학사론'이 스스로 붕괴되는 것이다. 이식문학사론이 가상에 불과함은 이렇게 입증된다.[34]

이상 비판적으로 정리한 내용은 사실 임화 스스로도 인식했던 한계이나. 신문학사론의 '소서—본 논무의 한계'에서 그는 '중요 자료의 정리'와 '연결 관계의 천명', '문제의 발견과 체계화'의 시험이 자신의 한계요 도달점이라 언명해 둔 바 있다(12쪽). 유감스럽게도 이 책의 논의는 임화의 말이 겸사가 아니라 예언이었음을 밝히게 된 셈인데, 그의 도달점이 한계일

---

34) 이식문학사론을 넘어서고자 하는 최근의 시도로 하정일의 「이식 · 근대 · 탈식민」(『임화문학의 재인식』, 앞의 책)을 들 수 있는데, '이식'을 '비주체적 개방'이라 하여 식민성의 일환으로 한정하는 방식을 통해 임화의 주장을 긍정적으로 전유하는 방식을 선보이고 있다(67~70쪽 참조). 이러한 의도는 긍정적이라 하겠으나 논의 자체에 동의하기는 어렵다. 프로문학에 대한 임화의 평가를 달리 해석하고(68쪽), 작품의 실제 비평과는 동떨어진 자리에서 '평민문학의 전통' 운운하는 임화의 수사적 논변에 말려든 채 '이식의 해체에 기여하는' 전통의 역할을 강조하는(78쪽) 오류를 동반하기 때문이다. 하정일의 논의는, 임화의 주장을 문학사의 실제에 비추어 평가하지 않는 상태에서는 그의 입론에 대해 아무리 정교한 해석을 시도한다 해도 공허하고 추상적인 가설에 그칠 수밖에 없음을 보여주는 또 하나의 사례에 해당한다.

수밖에 없게 된 원인을 논의 구도 설정 방식상의 문제 차원에서 추론하며 맺고자 한다.

먼저 지적할 것은 논의의 밀도를 부적절하게 설정한 문제이다. 신문학·근대문학의 초창기부터 그것이 일정한 완성을 본 시기까지를 아우르는 문학사를 기획하면서, 지금처럼 '개개 작가와 작품에 대한 미시적인 논의' 방식을 취하는 것은 적절치 않다. 임화 자신의 말처럼 우리의 신문학 30년이 서구의 7세기 6백년과 일본의 2세기 백년에 해당하는 이상(11쪽), 공시적 양태의 변화를 수반하는 통시적 분절을 단위로 하는 논의의 구도를 설정해야 하기 때문이다. '역사적 시간의 단축'이 역사적 전개 과정의 생략이나 비약일 수 없는 이상, 작품이 아니라 작가와 유파 수준에서 위계화를 꾀할 수 있는 논의의 기준을 마련해야 했던 것이다. 사정이 이러함에도 불구하고 개별 작품론의 연쇄로 통사를 기획한 것은, 임화가 30년이라는 압축된 시간에 현혹된 탓이라고 하겠다.

6백년에 해당하는 30년 신문학사를 '논문'에 걸맞게 학적으로 기술할 수 있는 기준, 과도한 일반화와 부적절한 정론성 중시 경향을 지양할 수 있는 기준은 무엇일까. 이에 대해 확정적인 답을 제시할 수는 없다. 다만 임화의 목표가 과학적·유물론적인 문학사의 구축이었음을 고려하여, 그러한 예로 평가되는 루카치의 경우를 참조하여 신문학사론의 문제를 지양할 한 가지 경우를 추론해 볼 수 있을 뿐이다.

독일의 근대문학사를 다루는 루카치는 사회적 상황의 우선성을 확고히 인정하고 있지만 임화 식으로 토대 분석을 앞에 깔아둔 뒤에 작가와 작품을 논의하지는 않는다. 루카치는 '사회적 존재와 변화에 대한 이데올로기적 입장'을 주목하여[35] 복잡하게 얽히고 시대에 따라 변하는 이러한 입장을 역사의 진전에 맞추어 갈라보면서 작가와 작품의 진보성·반동성

---

35) 루카치, 반성완·김지혜·정용환 옮김, 『리얼리즘 문학의 실제 비평』, 까치, 1987, 13쪽.

을 평가하고 있다. 역사의 전개과정에 대한 인식을 확고히 한 위에서 이데올로기의 대립과 갈등을 작가 단위로 파악하는 것이다.

루카치와 비교할 때 임화의 경우는, 전체 입론 속에서 토대의 위상을 안정시키지 못한 채, 새로운 내용과 낡은 형식을 사실상 이원론적으로 설정해 둔 뒤 양자의 관계를 변증법적으로 해석해 내려는 추상 차원의 노력에 스스로를 소진시키고 있다 하겠다. 신문학사의 전체 과정에 걸맞은 역사관을 뚜렷이 하고 그 위에서 작가와 작품의 이데올로기적인 특성을 규정하지 않은 채 개별 작품의 미시적인 분석에 빠져버린 까닭이다. 이 과정에서 역사상의 진보는 계몽 차원의 내용상 새로움에 가려지고, 이데올로기에 대한 의식은 사실상 휘발되어 버림으로써, 이인직이나 이해조 등의 이데올로기적 입장을 볼 여지를 잃게 되었다. 따라서 정론성을 강조함에도 불구하고 신문학사론은 내용·형식의 이원론 위에서 정론성 자체도 철저하게 구사하지 못하는 수준에 갇혀 버리고 말았다 하겠다. 여기까지 와서 보면 신문학사론 도처에서 보이는 과도한 일반화의 문제 또한, 작가와 작품의 이데올로기를 역사에 비추어 간명하게 파악할 수 없는 상황에서 불가피하게 초래된 바, 파편적인 인식소들을 얽어 논의를 꾸리는 구도 설정상의 잘못에서 기인한 현상이라고 할 수 있다.

이러한 현상의 지양태를 임화 스스로에게서 찾을 경우 가깝게는 「20년」을 멀게는 「조선 민족문학 건설의 기본과제에 대한 일반 보고」[36]를 들 수 있다. 「20년」의 경우 1919년을 '애폭'으로 하여 '이상적 인도주의'와 '개성적 자연주의'를 적절히 나눈 뒤 작가 차원에 논의의 지평을 설정하여, 작품 경향에 근거하여 개개 작가의 특징 및 변화를 일목요연하게 논의하고 있다. 1920년대 초기와 중기의 분절을 주목하지 못하고 신경향파의 위상을 무리하게 설정한 문제가 있으나,[37] 문학사 논의의 지평과 초점 설정

---

36) 『건설기의 조선문학』, 조선문학가동맹 편, 1946.
37) 졸고, 『한국 근대문학의 형성과 신경향파』, 소명출판, 2000, 178~201쪽 참조.

에서는 <신문학사>의 문제를 다소간 넘어서고 있는 것이다.[38]

임화 스스로 자신의 문제를 헤쳐 나가는 면모는 <신문학사>의 문제점들에 대한 이 책의 파악이 갖는 적실성 및 루카치와의 비교 평가의 필요성을 높여 주는 것이라 할 수 있다. 물론 이 책의 논의는 기존 연구의 결락 부분을 메우는 의의 못지않게 일정한 한계를 갖는다. 한편으로는 임화 자신의 지양 과정을 정치하게 살피고, 다른 한편으로는 신문학사론의 특성을 그것을 포함하는 임화의 비평 일반 속에서 정밀하게 재조정하는 작업을 남겨둔 까닭이다. 이에 대해서는 후일을 기약할 뿐이다.

---

38) 이에 대해서는 졸고, 「임화의 문학사 연구에 나타난 이론 구성과 실제 기술의 변증법」, 앞의 글, 95~9쪽 참조.

보론 5. 임화의 문학사 연구에 나타난 이론 구성과
실제 기술의 변증법

1. 문제의식 및 검토 대상

이 장에서는 임화의 문학사 연구를 대상으로 하여 다음 두 가지를 살피는 데 목적을 둔다.

첫째는 문학사의 실제에 비추어 임화의 신문학사 연구가 갖는 성격을 파악하는 것이다(2절). 어떠한 문학사 연구 성과를 평가하기 위해서는, 연구의 대상이 되는 문학사의 실제에 대해 평가자 역시 나름의 판단을 갖고 들어가야 마땅할 것이다. 연구 성과 자체의 논리 구성만을 살피거나 그러한 연구의 시대적인 의의 등을 지적하는 데서 그치는 것은 원칙적으로 불충분하다. 사정이 이러함에도 불구하고 임화의 문학사에 대한 기존 연구사에 있어 이 부분은 특히 미진한 감이 있다.[1]

---

[1] 한기형의 경우 임화의 구도와 작품의 실제가 거리를 보인다는 적절한 문제의식을 선보인 바 있다. 이른바 박영희적 경향과 최서해적 경향이라는 단순 논리가, 신경향파 내의 질적 차이와 그 운동의 역동적인 질적 변화를 보지 못했다는 것이다(276~8쪽). 다소 모호한 현실주의관을 바탕에 두고서 신경향파소설을 사회주의리얼리즘의 전단계로 보는 그의 과도한 가치 평가(4장)에는 동의할 수 없지만, 임화의 문학사 기술에 대한 연구사의 동향을 고려할 때, 이러한 문제 세기는 높이 살 만한 것이라 할 수 있다(「林和의 문학사 서술에 대한 관점의 몇 가지 문제」, 김학성 · 최원식

둘째는 임화의 신문학사 연구가 보이는 특성 및 그 의미를 그가 모색했던 연구 방법론과 관련하여 가늠해 보는 것이다. 달리 말하자면 그의 방법론에 있어 관건이 되는 '토대 및 환경, 전통' 항목이나, 전체적인 결론이라고 간주되는 '이식문학사론'과 같은 핵심적인 쟁점들과 신문학사 기술의 전체적인 얼개 및 통시적인 변화 양자의 의미 관련을 파악해 보고자 한다(3절).[2]

한국 근대문학사에 대한 임화의 식민지 시기 연구 성과는 다음처럼 정리된다(주된 내용을 병기하였다).

> 1) 「朝鮮新文學史論序說 ―李人稙으로부터 崔曙海까지」(1935. 10~11):
>   춘원~신경향파
> 2) <신문학사>
>   「槪說新文學史」(1939. 9~10): 서론, 신문학의 태반(토대의 연구)
>   「新文學史」(1939. 12): 과도기 문학(정치소설, 번역·번안문학),
>   창가
>   「續新文學史」(1940. 2~5): 신소설(이인직, 이해조)
>   「槪說朝鮮新文學史」(1940. 11~1941. 4): 이해조
> 3) 「朝鮮文學 硏究의 一課題」(1940. 1): 신문학사 연구 방법론
> 4) 「小說文學의 二十年」(1940. 5): 1920년대 소설

「朝鮮新文學史論序說 ―李人稙으로부터 崔曙海까지」(이하, 「서설」로 표기)만이 시기적으로 떨어져 있을 뿐, 나머지는 모두 1940년을 전후로 하고 있다. 일련 작업의 성격이 짙다 하겠다.

글의 완결성을 고려해서 「槪說新文學史」 이래의 네 편(이하, <신문학

외, 『한국 근대문학사의 쟁점』, 창작과비평사, 1990).
2) 이 맥락에서의 대표적인 연구로는 김윤식의 「이식문학론 비판」(『한국문학의 근대성과 이데올로기 비판』, 서울대출판부, 1987)과 「신문학사론 비판」(『한국 현대문학사론』, 한샘, 1988) 등을 들 수 있다.

사>로 표기)을 흔히 하나로 취급하지만, 시기적으로 보면, <「서설」–
「槪說新文學史」–「新文學史」–「조선문학 연구의 일 과제」–「續新文學
史」–「小說文學의 二十年」–「槪說朝鮮新文學史」>의 순서가 된다.

이 책의 검토 대상은 바로 '이러한 발표 순서로 짜인' 임화의 문학사론
전체이다.

2. 이론 구성과 실제 기술의 변증법

방법론을 제시하는 「朝鮮文學 硏究의 一課題」(이하, 「과제」로 표기3))
를 제외하면, 임화의 신문학사 연구는 모두 실제 문학사에 대한 기술을
주된 내용으로 하고 있다. 연구의 대상은 그가 '과도기'라 칭한 1900년대
이래 신경향파를 핵으로 하는 1920년대 중후반까지이다. 이러한 대상 설
정은 중요한 의미를 띤다.

1930년대로 접어들면서 우리의 문학 상황은 어느 정도 안정적인 국면
에 이르렀다고 할 수 있다. 경계를 실정화할 수는 없는 것이지만, 좌우로
나뉘는 본격문학과 대중문학의 세 유형이 정립상鼎立像을 이루게 된 까닭
이다. 이에 비할 때 1920년대에 이르는 기간은, 제각기 '진정한 근대문학'
이라 주장하는 여러 문학형들 간의 인정 투쟁으로 점철되었다고 할 수 있
다. 신소설 작가들이 새로움을 주장하는 것이나, 춘원이 '문학(literature)'
의 개념부터 새로 마련한 것, 김동인 등이 춘원 문학을 통박하며 자신들
의 진정성을 주장한 것, 신경향파가 이전의 문학 일체를 부르주아적인 것
으로 규정하고 거부한 것 등은 모두, 저마다 자기만이 참된 근대문학임을

---

3) 이 글은 통상 「신문학사의 방법」으로 칭해지지만, 임화 문학사 연구 성과들의 통시
적인 계열체를 존중하는 취지에서 이 책에서는 『동아일보』에 연재될 때의 제목 '조
선문학 연구의 일 과제'를 사용하고자 한다. 주지하듯이 연재 3회 이후 '신문학사의
방법론'이라는 부제가 달리며, 평론집 『문학의 논리』(1940)에 와서 「신문학사의 방
법」으로 개제되었다.

천명한 것이다. 이것이 바로 한국 근대문학 '형성기'의 실상이라 하겠다.

「서설」과「小說文學의 二十年」(이하, 「20년」으로 표기)은 이러한 사정을 극명하게 보여 준다. 이 글들은, 앞에서 예거한 바 진정성을 주장하는 여러 주장들과 동일선상에 놓여 있다. 따라서 결론을 당겨 말하자면 이 두 편의 글은 사실 문학사에 대한 '연구'라 보기 어렵다. '이론' 차원의 성과라기보다는 '이데올로기'의 소산이라 할 수 있다. 이 두 글 자체가, 위에 밝힌 바 1930년대에 이르는 문학 운동의 일환일 뿐이기 때문이다. 문학사의 실제를 살펴보면, 이 글들이 대상으로서의 문학사와 거리를 띄우고 그것을 기술·분석·평가한 것이 못 된다는 혹은 아니라는 점이 확연해진다. 간과할 수 없는 차이가 있지만, 두 글 모두, 신경향파를 정점으로 하여 문학사를 구성하고자 하는 소망의 실천적 결과라는 점을 공통적으로 갖고 있다.4) 이러한 사정은 「과제」를 제외한 임화의 신문학사 연구 일반에 걸쳐 있다.

이상을 통해 우리는, 임화의 신문학사 연구의 경우 대상의 설정이 연구의 성격을 가늠하게 해 주는 중요한 요인으로 작용하고 있음을 보았다. 문학사의 실제에 비추어 그의 신문학사 연구를 검토해 볼 필요성은, 이렇게 대상 설정의 특성에서 한층 강화된다.

2-1. 「서설」과 「20년」에서 보이는 이론의 위상 및 그 변화

「서설」5)은 엄밀한 의미에서 볼 때 학적 성과라고 보기 힘들다. 문학사 연구의 한 성과로 자리매김하기 곤란한 것이다. 앞서 지적한 대로 대상이 갖는 운동성을 공유하고 있는 점 외에, 일제의 탄압에 의해 카프가 해산

---

4) 신경향파 문학의 특성을 검토하는 자리에서 필자는, 이러한 성격의 글들을 '광의의 <신경향파 문학 담론>'으로 규정한 바 있다(『한국 근대문학의 형성과 신경향파』, 소명출판, 2000, 261~6쪽 참조).

5) 『조선중앙일보』, 1935. 10. 7~11. 13. 이하, 인용은 임규찬·한기형 편, 『카프시대에 대한 회고와 문학사』, 태학사, 1989에서 취한다.

되는 열악한 정세 속에서 신경향파에 대한 이원론적인 평가 방식을 비판하고 신경향파 문학의 역사적 정당성을 마련하려는 문단 정치적·실천적인 목적의식이 논지 구성 방법에까지 깊이 각인되어 있는 까닭이다. 바로이 점에서 「서설」은 임화의 신문학사 연구가 갖는 한 가지 특성 곧 '좌파문예학에 근거한 문학사의 구성'이라는 실천적인 목적의식을 집약적으로보여 주는 중요한 예가 된다고 할 수 있다. 이 책의 초점은 그러한 목적의식이 과도해서 생긴 문제점에 맞춰진다.

「서설」은 다음의 두 가지 문제를 보인다. 첫째는 신경향파 문학의 역사적 의의를 강조하는 논의를 구성하는 데 있어 장르적 특성을 충분히 고려하지 않음으로 해서 문학사의 실제를 자의적으로 재구성한 점이다. 신경향파에 이르는 문학사의 전개 과정 부분이 그러하다.

임화는, 춘원과 신경향파 사이의 문학의 전개를 자연주의에서 낭만주의로 가르면서 각각 소설과 시를 대상으로 논의를 진행하고 있다. 그 결과, 춘원의 이상주의에서 3·1 운동 이후 소시민 문학으로서의 자연주의가 등장하고, 자연주의의 하향기에 낭만주의적인 경향이 번영하며 이들전체의 전면적 종합적 계승자로서 신경향파가 성립되었다는 '매끈한 결론'을 얻어낸다. 한편으로는 미세하나마 시간 차이를 강조하고 다른 한편으로는 토대 및 계급 상황의 변화를 지적하면서 1920년대 문학의 완미한전개상을 구축하는 것이다.

그러나 개별 장르사를 염두에 두면 이러한 결론의 부정합성이 확연해진다. 예컨대, 「서설」의 구도를 따를 경우, 자연주의에서 신경향파로의'소설사적 발전'은 해명할 수 없게 된다. '소설(춘원 문학)-소설(자연주의문학)-시(낭만주의 문학)-소설(신경향파)'이라는 구도 속에서는, 신경향파소설의 출현을 정합적으로 이해하기 곤란하다. 이러한 문제가 가려진것은, 개별 장르사 층위를 간과한 채 작가들이 처한 상황과 그들의 의식만을 검토 대상으로 설정한 탓으로 보인다. 각도를 바꿔 말하자면, 이 시기 문학의 양상을 신경향파에로 이르는 연속적인 전개 과정으로 파악하고자 하는 의식이 앞섬으로써, 장르들 간의 차이 및 개별 장르의 전개 과정을 간과하게 된 것이라 할 수 있다.

두 번째 문제는, 위와 긴밀히 관련된 것으로서, 「서설」에서는 작품의 구체적인 면모 및 작품사의 동향이 거의 고려되고 있지 못하다는 점이다. 예컨대 1920년대 초기 소설들을 다룰 때 「서설」은, 그 작품들의 문학적 특성이 아니라 신경향파문학의 전단계로서 그것이 가지고 있는 사적 의의를 주된 고찰 대상으로 삼는다. 목적의식이 앞서는 만큼 그에 반비례해서 대상에 대한 실증적인 분석이 과감하게 사상된 것이다. 따라서 이 글은 '작품 자체에 대한 문학적인 평가의 약화 내지 결여'라는, 문학사 연구로서는 치명적인 한계를 출발부터 내포하고 있다.

1920년대 전반기 소설의 전개 과정에 대한 파악[6]에 기초하여 한 가지더 지적해 둔다. 「서설」에서는 1920년대 초기 동인지 등에 발표된 소설들과 이후 1923,4년경에 발표된 소설들의 현격한 차이점이 무화되며, 초기 소설에 짙게 드리워진 낭만적 속성이 이후의 작품들에 가서는 풍자의 대상으로 전락하고 곧 사라져 버리는 소설사적 사건이 전혀 포착되지 않고 있다. 이 글이 쓰인 상황과 실천적인 목적의식을 고려한다 해도, 「서설」이 문학사 기술로 제출된 이상 이는 용납되기 어렵다. 이러한 문제는, 개별 문학 작품의 특성을 구명하기에는 지나치게 크고 또 충분하지 못한 '토대-상부구조론'을, 대상의 특성을 고려해 줄 어떠한 매개도 없이 직접 구사한 데 기인한 것으로 보인다.

신남철이나 이종수 등에 대한 비판의 맥락이 두드러지는 데서 확인되듯, 문학사 기술에 있어서 좌파 문예학을 올바르게 정립코자 하는 일환으로 '토대-상부구조론'적인 연구 방법론을 구사한 것일텐데, 사실상 이 방

---

6) 졸저, 『한국 근대문학의 형성과 신경향파』, 앞의 책, 1부 및 2부 2장 중 164~200쪽 참조.

법은 문학사 연구의 영역 밖으로 「서설」을 끌어내리는 정반대의 결과를 낳고 말았다.[7] '유물론적인 방법이 역사적 탐구의 지도원리로서가 아니라 자의적으로 역사적 사실을 재단하는 데 따른 기성틀로서 취해진다면 그것은 그 정반대로 전화된다고 할 수밖에 없다'는 엥겔스의 지적[8]이 유감스럽게도 맞아떨어지는 장면이라 하겠다.

　이상의 문제적인 특징은, 「서설」과 마찬가지로 1920년대 전반기의 문학 흐름을 대상으로 삼고 있는 「20년」을 검토해 볼 때 좀 더 명확해진다.

---

7) 이러한 파악은 「서설」에 대한 기존의 연구 성과들과 거리를 두는 것이다. 기존의 연구들은 「서설」에 대해 몇 가지 입장을 취하고 있다.
　첫째는 그 의의 및 이론적 성과를 고평하는 경우이다. 전승주는 「서설」이 계급투쟁을 매개항으로 적절히 구사함으로써 정합적인 유물론적 구도를 갖추었다고 평가한 바 있다(「임화의 신문학사 방법론에 관한 연구」, 서울대석사논문, 1988, 74~85쪽). 임규찬은 「서설」에서 임화가 '사상성과 예술성의 내적 관련'을 분석 원리로 하여 작품을 파악하고 이것을 사적 발전법칙에 의해 체계화하였다고 평가하여 대동소이한 입장을 취하였다(「임화 '신문학사'의 올바른 이해를 위하여」, 임규찬·한진일 편, 『임화 신문학사』, 한길사, 1993, 450~1쪽).
　한편 김윤식의 경우는 문학과 삶을 바라보는 일원론-이원론의 입장에서 「서설」이 갖는 의미를 정리하고 그 역사적 의의를 지적한 바 있다(『임화 연구』, 문학사상사, 1989, 510~6쪽).
　이와는 달리 카프 운동사의 차원에서 「서설」이 지니는 의의는 인정하면서도 이론적인 성과 면에서는 한계를 지적하는 입장들도 있다. 이상경의 경우, 임화는 혁명적 낭만주의론을 바탕으로 하는 정당한 관점을 취했음에도 불구하고 '신경향파 소설들의 구체상을 파악함에 있어서 심각한 잘못을 범'했다고 비판한 바 있다. '사실적 정신'과 '진보적 낭만주의의 정신'이 통일된 경우로 최서해를 주목하면서, 임화가 이를 간과함으로써 역시 이원론에 빠졌다고 주장했다(「임화의 소설사론에 대한 비판적 검토」, 『창작과비평』 1990 가을, 298~302쪽).
　최종적인 평가에서의 차이에도 불구하고 이들 기존 연구는 모두, 임화가 「서설」에서 행한 문학사 파악의 정합성 여부를 그 대상이 되는 문학의 실제 전개 과정에 비추어 평가하지는 않았다는 점에서 공통된 한계를 가진다. 김윤식을 제외하면 이론의 지평 자체를 반성적 성찰의 대상으로 놓지 않은 까닭이다. 이는, 앞서 지적한 바 임화의 문학사 기술이 갖는 '광의의 <신경향파 문학 담론>'으로서의 성격을 고려하지 못한 탓이라 할 수 있다.
8) 「엥겔스가 파울 에른스트에게 보낸 편지」의 구절(마르크스·엥겔스, 김영기 역, 『마르크스 엥겔스의 문학예술론』, 논장, 1989, 72쪽).

「서설」과 「20년」의 방법론적인 차이에 주목하는 것은, 임화의 신문학사 연구가 보이는 변화 양상을 포착할 수 있게 해 준다는 점에서도 중요하다.

「서설」에서 임화는 사회운동사의 양상을 상세히 검토하면서 토대의 변화에 따른 문학의 변화로 이 시기 문학사의 전개를 설명하고, 그 위에서 작가와 작품을 평가하고 있다. 이렇게 '토대-상부구조론'을 틀 삼아 논의를 진행하면서, 상술했듯이, 선행 사조들의 전개가 신경향파로 지양된다는 문학사 구도를 결론으로 제시한다.

이에 반해 「20년」은, '토대-상부구조론'적인 방법론이 배면으로 사라져 버리는 중요한 차이를 보인다. 이 글이 보여 주는 특징적인 점은, 짧은 글임에도 불구하고 소설사의 각 지절 및 작가 들에 대해 세밀한 논의를 펼치고 있으며, 토대 차원의 직접적인 분석은 거의 생략하다시피 하는 반면 작가들이 귀속되어 있는 계급의 환경을 정신사 및 소설사 층위에서 적절히 환기시키고 있다는 데서 찾아진다. 이러한 특징은, 자연주의의 '정신적 동력'에 주목한다거나(『동아일보』, 1940. 4. 14) 신경향파로의 변화 · 지양 과정이 (사회운동의 발전상이 아니라) 문학에 있어서 '새로운 현실의 발견'에 의해 이루어졌다고 파악하는(1940. 4. 18) 등에서 잘 드러난다. 토대의 변화와 소설사의 전개를 무리하게 직접 잇는 대신에 작품 동향에서 확인되는 변화를 주목하고 있는 것이다. 이렇게 선험적인 논의 틀을 함부로 들이대지 않는다는 점은, 신경향파 내의 두 조류에 대한 해명을 '미루고' 있는 데서도 확인된다(1940. 4. 18).

「20년」의 이러한 면모에 맞세워 놓고 보면, 토대 차원의 분석에서 '직접' 작품의 특성에 대한 해명 논리를 구축하는 것이 「서설」의 기본적인 방법론이라는 판단이 지나친 것은 아님이 밝혀진다. 「서설」과 「20년」의 이러한 차이는, 임화의 근대문학사 연구가 1930년대 후반의 5,6년간을 지나면서 적지 않은 변화를 보였다는 사실을 증거하는 한편, 1930년대 중반의 경우, 이론을 구성하고자 하는 그의 욕망이 문학사의 실제를 왜곡하거나 그로부터 거리를 둘 만큼 강렬했다는 사실을 뚜렷하게 시사해 준다.

이후 우리의 관심은 두 가지에 맞춰진다. 위의 두 글 사이에 놓인 <신문학사> 부분에서 이러한 낙차가 어떻게 변주되며 지속되는지를 확인하는 것이 하나이며(2-2), 그 위에서, 임화가 수행한 '문학사 방법론의 구축' 시도와 관련하여 이러한 변화가 갖는 의미를 구명하는 것이 다른 하나이다(3절).

2-2. <신문학사>에 나타난 이론 구성의 욕망과 실증 정신의 거리

<신문학사>의 논의들을 보면, 과학적인 문학사 연구 방법론에 대한 「서설」의 열도가 상당히 누그러졌음을 알 수 있다. 토대에 대한 분석에서든 신문학의 실제에 대한 기술에서든 실증 차원의 검토가 꼼꼼하게 수행되는 것이다. 그럼에도 불구하고 이론의 보편성에 대한 욕망은 여전히 작동하고 있어서, '사실의 기술 부분과 이론적 해명 사이의 낙차'를 남기고 있다. 보편성 차원의 일반론을 추상 차원에서 세련되게 전개하는 한편, 문학사적 실제에 대한 사실적 기술 역시 갖추게 됨으로써, 양자 사이의 간극이 두루 확인되는 것이다. 이러한 논리 구성상의 무리는, 이론 구성의 욕망이 한결 가라앉고 역사·문학사의 실제를 좀 더 충실히 인정하게 되는 변모 속에서도, 이상 두 가지 요소가 여전히 존재하는 까닭에 생겨난 것이라 할 수 있다.

<신문학사>에서 확인되는 이러한 낙차·간극으로는 다음 세 가지를 대표적인 예로 들 수 있다. ① 갑오개혁의 의의와 그 이후의 역사적 전개 과정에 대한 설명, ② 창가의 형성 과정을 설명하면서 가창 여부를 개입시키는 논의 방식, ③ 이인직의 신소설을 직선적인 발전으로 해석하는 태도가 그것이다.[9]

임화는 이식문학사의 필연성과 관련하여 토대 차원에서 갑오개혁의

---

9) 지면 관계상 불가피하게, 여기서는 첫 항목의 검토 내용만 밝힌다.

의의와 그 이후 역사의 전개 과정에 대한 설명을 개진한 바 있다. 갑오개혁을 '르네상스적 운동의 한 형태'라 한 뒤에 다음처럼 논지를 전개하고 있다. 인용하기에 부적절할 만큼 긴 편이지만, '근대문학사=이식문학사'일 수밖에 없는 필연성을 토대 차원에서 구명하고 있는 부분이기에 차분히 풀어 보고자 한다.

> 이러한 과정의 운동 형태가 가장 명확히 나타나는 것이 후진 제국에 있어서임은 거기선 자기에의 회귀의 귀착점이 곧 세계로의 전개의 출발점이 되는 까닭이다. / 만일 자주가 개화의 출발점이 되지 아니한다면 자주정신은 쇄국주의와 구별될 수 없는 것이다. / (A) <여기서 자주의 길은 곧 개화의 길로 전개되는 것으로, 이것은 정치적인 독립과 개국의 정신적 연원인 동시에 문화가 또한 그러한 운동과정을 더듬는 것이다.> (중략) (B) <이러한 의미에서 갑오의 개혁은 자주와 개화, 문화적 회귀와 재전개가 한 점에 통합되어 있는 전형적인 사례다. 갑오에서 조선은 비로소 정치적 문화적으로 조선에 돌아왔고, 갑오에서 또한 세계를 향하여 전개하기 시작한 것이다.> / (C) <그러나 갑오 이후 근대에 우리 문화가 조선으로 회귀한 데에서보다 더 많이 세계를 향한 전개 과정에 영향 받고 전혀 모방문화, 이식문화를 만드는 데 그쳤음은 무슨 까닭인가?> / (D) <그것은 일반으로 후진국의 근대화의 당연한 운동이라 할 수 있으나 그 중에도 조선의 특수한 점은 자주의 정신이 정치적으로만 아니라 문화적으로도 새 문화 형성에 이렇다 할 영향을 남기지 못한 데 있다.>[10]

(A) 부분은 일반론인지 여부가 모호하게 되어 있다. 뒤에 일본의 사례

10) 「槪說新文學史」, 『조선일보』, 1939. 10. 10; 임규찬 · 한진일 편, 『林和 新文學史』, 한길사, 1993, 54~5쪽. 부호 및 기호는 인용자의 것이다(이하 동일). <신문학사>로 묶이는 네 편의 글에 대한 모든 인용은 『林和 新文學史』에 의한다. 앞으로는 본문 속에 '앞의 책, 쪽 수'의 형식으로 표시한다. 문맥상 필요할 경우 각 글의 제목을 병기한다.

를 드는 것을 보면 일반론이라 할 수 있다. 갑오의 개혁에 대한 이어지는 진술 역시 그러한 일반론의 맥락에서 시작된다((B)부분). 그러나 동시에 임화는 역사의 실제적인 전개를 부정하지 않는다((C)부분). 이로써 논의의 수준이 중층화되는데, 이 둘 사이의 괴리를 좁히는 방식이 바로 '일반으로 후진국의 근대화의 당연한 운동'이라는 이론적 진술과 '조선의 특수한 점'의 변주이다((D) 부분). 이는 '후진국 근대화의 당연한 도정'이라는 두 번째의 보편성[특수성 속의 보편성]을 설정함으로써, '조선적 특수성'의 특수한 정도를 완화시키고자 하는 노력의 소산에 해당된다. 이상의 논리 구성은, 보편주의 혹은 역사의 필연에 대한 임화의 의식이 얼마나 강고한 것인지를 증명해 준다. 하지만 보편성으로부터 유리된 엄연한 실제를 인정한 마당에서, 조선의 특수한 현실로부터 보편성을 읽어내는 일은 매우 지난하거나 사실상 불가능해진다. 결국 임화는 앞서의 긴장을 없애고 사실의 기술로 나아간다.[11]

> (E) <도대체 자기에의 철저한 회귀, 심원한 반성, 깊은 침잠 없이, 바꿔 말하면 자주정신의 진정한 실현을 보지 못하고 개화의 마당으로 창황히 달려 나간 데서 오는 결과라 할 수 있다. / 또한 그것은 자주적 개혁의 주체가 토착 신세력에 있지 않고 더 많이 외래 세력의 힘을 빌어 구세력과 대체한 까닭이다.> (중략) / 이 점에서 자기의 실력에 의하여 구세력과 대체하였다느니보다 더 많이 국제관계의 영향과 거의 타력(他力)에 의하여 자주화의 길을 걸은 조선의 신세력이 신문화를 고유문화의 개조와 그 유산 위에다 건설하느니보다 더 많이 모방과 이식에 의하여 건설했음은 당연한 일이다. / 따라서 갑오 이후에 전개되는 개화의 과정은 구문화의 개조와 유산의 정리 위에 새 문화를 섭취하는 과정이기보다 오로지 구미문화의 일방적인 이식과 모방의 과

---

11) 이렇게 보면 두 번째의 보편성을 설정하는 것 자체가 긴장의 해소를 향해 나아가는 완화 과정이라고도 할 수 있겠다. 심하게 말하자면 이론의 가장(假裝) 단계에 해당하는 것일 수 있다는 의미이다.

정이 되는 것이다. / (F) <그러나 이것이 조선 신문화의 건설의 유일의 길이며 낡은 문화를 구축하는 최대의 방법이었음은 사실이다.> / (G) <새 문화, 문학, 예술이 그 뒤 일관하여 모방과 이식의 황급한 과정을 번복(飜覆)했음은 실로 이유가 이곳에 있다.>(앞의 책, 55~5쪽)

앞의 인용에 이어지는 진술 (E)의 경우가 철저하게 개화 세력 주체의 범주 안에 갇히는 것이야말로 이 맥락에서 필연적이게 된다. 보편성의 맥락으로 해석하기 곤란한 '신세력의 정치적 실력'에 대한 고려 자체는, 맹목적인 연대기적 역사 서술의 그것과 그리 차이를 보이는 것이라 하기 힘들다. 이 끝에서 내려지는 단정적인 규정 (F)는 사실 설득력을 갖지 못한다. 현상의 기술 뒤에 그것이 '최대의 방법'이라 하고 있지만, 임화 스스로 앞서 제시한 일반론 · 보편론에 비춰 보면 두 단계나 특수성 차원으로 물러난 것이기에, 그러한 판단의 논리적 · 이론적인 근거는 찾기 곤란한 까닭이다.

순서를 바꾸어 (G)를 맨 앞에 두고 그 이유를 거꾸로 찾아가 보면 사정이 좀 더 명확해진다. (E)에서 (D)로 나아가는 데는 논리적인 근거가 전혀 없다. 이 부분이 중요하다. 실상 원 글에서 보면, (D)와 (E)는 모두 질문 (C)의 답인 양 마련되어 있다.[12] 하지만 사정은 그렇지 않다. (E)가 실제 사적에 대한 (임화의 맥락에서 볼 때) 순수한 기술에 해당한다면, 앞서도 지적했듯이 (D)는 '후진국 근대화의 도정'이라는 또 하나의 보편성과 사실의 기술을 뒤섞은 것이다.

결국 (C)~(E)에 걸친 논리 전개는 그 외적인 형식과는 달리, 현상을 기술한 뒤 그 궁극 원인 혹은 그 바탕을 이루는 보편성을 구명하는 것과는 거리가 멀다. 따라서 여기까지 와서 보면, 보편적 진술임에 명확한 (A)에

---

12) 동시에 (E)는 (D)의 부분적인 해명이기도 하다. 하지만 이 부분을 강조하면, 임화의 의도와는 달리, 후진국 근대화의 보편성 논의가 실종된다. 달리 말하자면 주체의 무능력 혹은 자의에 궁극적인 원인을 두는 까닭에, 후진국 근대화의 도정을 '보편화할 여지'가 없게 된다.

근거하여 갑오개혁의 역사적인 의의를 규정한 진술 (B)가 거짓일 수밖에 없음을 알 수 있다. 달리 말하자면 (A)에서 (B)로 이어지는 명쾌하고 매끄러운 논리가 실은 가상임이 폭로되는 것이다.

이러한 착종이 보다 명확히 확인되는 것은 '전통'에 관한, 이어지는 논의 부분이다. 윗글에 이어서 임화는 다음처럼 쓴다.

> (H) <뿐만 아니라 우리가 가장 주목해 둘 점 하나는 이러한 일방적인 신문화의 이식과 모방에서도 고유문화는 전통이 되어 새 문화 형성에 무형으로 작용함은 사실인데, 우리에 있어 전통은 새 문화의 순수한 수입과 건설을 저해하였으면 할지언정 그것을 배양하고 그것이 창조될 토양이 되지는 못했다는 점이다. / 이 불행은 어디서 왔느냐 하면 그것은 결코 우리 문화전통이나 유산이 저질의 것이기 때문이 아니다. 단지 근대문화의 성립에 있어 그것으로 새 문화 형성에 도움이 되도록 개조하고 변혁해 놓지 못했기 때문이다. 그것은 우리의 자주 정신이 미약하고 철저치 못했기 때문이다.> / (I) <그런 때문에 신문화의 형성자들은 구문화를 변혁하여 새 문화 형성에 사용하는 대신 왕왕 그것과 타협함에 이르렀던 것이다.> (J) <신문학의 태생을 이야기하는 데 이 점은 천명될 것으로 주의하기 바란다.>(앞의 책, 56쪽)

이 맥락에서 지적할 바는, (H)의 논의야말로 이상의 모순을 명확히 반복한다는 것이다. '전통의 작용'이라는 보편성 차원의 인식소를 임화는 포기하지 않는다. 그럼에도 불구하고 사실을 부정할 수도 없는 까닭에 그는 결국 '우리의 자주 정신이 미약하고 철저치 못했'다는 자괴에 빠져 든다. 여기서는 자괴 자체가 문제가 되는 것이 아니라, '주체의 문제'로 환원시키는 논리 구성 방식이 문제다. 달리 말하자면, 자주 정신에 철저할 수 없었던 객관적인 혹은 필연적인 상황에 대해 사적유물론상의 해명을 보여주지는 못하는/않는 한계를 보였다고 하겠다.[13]

---

13) 이러한 비판은 물론 후대의 입장에서 다소 편의적으로 내리는 것일 뿐이다. 이에 관한 자세한 논의 및 최종적인 입장 표명은 「과제」와 <신문학사>의 관계를 가늠

이와 같은 '사실의 인정과 이론적 구도 설정' 혹은 '사실의 기술 정신과 이론적 해명의 욕망' 사이의 갈등 및 낙차는, 창가의 형성 과정을 설명하면서 '가창 여부'를 개입시키는 「新文學史」의 논의 방식에서도 드러나며, 이인직의 신소설이 일직선적인 발전상을 보였다고 파악하는 「續新文學史」에서 한층 명확히 확인된다. 후자에서 임화는 이인직의 작품 발표 순서에 대한 오류에 입각한 채로 그의 작품 세계가 발전적인 면모를 보인다고 지적하는데, 이야말로 보편사를 기술하고자 하는 욕망의 뚜렷한 흔적이라 할 수 있겠다. 1920년대에 이르는 문학을 다루는 그의 신문학사 연구 일반이, 이전의 여러 경향이 신경향파로 지양된다 하면서 그 경로를 진보의 맥락으로 줄곧 기술하는 점을 염두에 두면 더욱 그렇다.

이러한 사례들은, 보편성 차원의 이론을 구성하려는 임화의 의도가 신문학사의 중요한 지절마다 문학사의 실제와 거리를 띄우면서까지 자신을 실현시키고 있음을 보여 준다. 「서설」에서처럼 문학사를 '재단'하는 데까지 나아가지는 않아도, 「槪說新文學史」와 「新文學史」, 「續新文學史」의 경우 이론 구성의 욕망과 실제 기술의 '낙차'를 어쩌지 못하는 것은 확실하다.

3. 행위자 중심의 토대−상부구조론

임화의 문학사 연구 성과에 대한 기왕의 이해는 다소 공소한 감이 없지 않다. 좌파문학에 대한 연구 자체가 1980년대 후반에 이르러서야 본격적으로 이루어지고 그나마도 90년대 중반 이후로는 급격히 위축되었던 상황적인 요소가 주된 원인인 듯하다. 연구 성과의 축적이 별로 없는 상태에서 구소련 및 동구권 미학의 왕성한 수입·소개와 더불어 좌파문학에 대한 연구가 수행된 까닭에, 연구 행위의 실천적 함의가 중시된 만큼 이론 차원에서의 치밀함이 역사적인 거리 감각을 견지하며 확보되지는 못

하는 4절에서 행한다.

했다고 여겨진다. '연구자'로서의 자의식을 온전히 갖추는 일이나 연구 대상이 놓인 식민지 시대의 역사적인 특성 및 한계를 정당하게 고려하는 일 등에서 다소 미진한 구석을 보인 것이다.

임화의 문학사 기술에 대한 기존의 연구에 있어서 이러한 점은 다음 두 가지로 나타난다. 하나는 그의 이론이 갖는 이론적 · 실천적 복합체로서의 성격을 갈라 보지 못함으로써 「서설」이나 「槪說新文學史」, 「新文學史」 등에 내재하는 실제에 대한 왜곡이나 이론 구성과 실제 기술 사이의 낙차 등을 간과하게 된 점이다. 다소 단순하게 정리하자면, 실천적인 의의를 고평한 나머지 이론 구성의 정당성을 검토 대상에 비추어 판단해 볼 생각 조차 하지 않았다고 하겠다.

다른 하나는 문학사 연구 방법론의 구축이라는 선명한 문제의식에 입각한 위에서 '이식문학사론'이라는 문제적인 주장을 제출했다고 평가되는 「과제」에 대한 이해 및 평가가 사실 예상보다 허술하다는 점이다. 여기서 말하는 '허술함'이야말로, 역사적인 거리 감각 및 문학사적인 안목과 좌파문학 이론에 대한 치밀한 이해 사이의 적절한 균형감각을 견지하지 못했음을 의미한다.

첫 항목에 대해서는 앞에서 검토하였다. 이하에서는 「과제」의 논리 구성을 치밀하게 분석하고 그 의의를 밝힌 뒤에(3절), 앞에서 넘겨 둔 문제 즉 <신문학사>에서 지속적으로 확인되는 '이론 구성과 실제 기술의 낙차'와 「과제」에서 제시된 신문학사 연구 방법론을 견주어 보면서, 임화 신문학사 연구 일반의 의미를 가늠해 보고자 한다(4절).

3-1. 신문학사의 대상: <대상>과 <토대>

잘 알려져 있다시피 「과제」[14]는 <대상>으로부터 시작해서 <토대>,

---

14) 이하 인용은 모두 원래 발표문(『동아일보』, 1940. 1. 13~4, 16, 18~20)에서 가져오되 띄어쓰기만 현재 규정에 맞게 바꾼다. 한 항목이 한 회를 이루고 있으므로 특

<환경>, <전통>, <양식>, <정신>의 여섯 항목으로 이루어져 있다. 각각 한 회로 발표된 데다 이 항목들 간의 관계가 글에서 직접 논급되고 있지는 않아서, 이 글을 통해 임화의 문학사 연구 방법론을 총체적으로 이해하는 데는 적지 않은 어려움이 있다. 기존 연구들의 평가가 상반되었던 것이 이러한 사정을 잘 드러내 준다.

그럼에도 불구하고 이 책이 보기에 「과제」는 적어도 그 체재에 있어서는 정합성을 잘 갖추고 있다 하겠다.[15] 「과제」는 논리 구성상 크게 셋으로 나뉜다. <대상>과 <토대> 항목에서 신문학사 연구의 대상을 설정하고, <환경>과 <전통> 항목에서 구체적인 연구 방법론을 제시한 뒤에, <양식>과 <정신> 항목을 통해서 신문학사 연구의 목적을 천명하고 있다. 전체적으로 보아 이렇게 두 항목씩 묶이는 세 부분으로 나뉘어 있지만, 각 항목뿐 아니라 부분의 논의 역시 자체로 종결되는 것은 아니다. 세부 논의들은 다른 논의와 관련될 때 제대로 이해되며 전체와의 관계 속에서 부분의 의미가 정확히 파악되기도 한다.[16] 그렇다고 해서 모든

___

별히 일자를 밝혀야 하는 경우 외에는 따로 표시하지 않는다.

15) 임규찬은 「과제」에 '나름의 논리적 체계'가 있다 하면서 전체적인 논리 구조를 주목하지 않은 선행 연구를 비판한 바 있다(「임화 '신문학사'의 올바른 이해를 위하여」, 앞의 글, 433쪽). 하지만 그의 경우 '비판'의 맥락이 앞섬으로써 「과제」의 체계 자체를 명확히 분석, 규명해 내지는 못했다.

16) 「과제」는 논리 구성뿐 아니라 기술 방식에 있어서도 모든 요소가 서로 긴밀히 연관되어 있다. 예컨대 <토대> 항목을 보면, '토대'가 연구의 대상으로 설정되는 한편, 배경으로서의 정신사가 상세히 설명되면서 '토대–배경 관계'의 구명이 연구의 목적이자 방법론으로 제시되고 있다. 정도의 차이는 있어도 여섯 항목 모두가 이런 식으로 짜여 있다. 이렇듯 임화의 사유 자체가 변증법적이어서 형식논리적인 유별화는 애초부터 가능하지도 적절하지도 않다. 그럼에도 불구하고 이렇게 두 항목씩 묶어 각각 연구의 대상과 방법론, 목적에 해당된다 함은, 각 항목의 핵심 사항을 전체 연관 속에서 명료히 드러내는 해설의 편의를 위해서다. 이러한 해설 방식이 단순한 방편 차원에 그치지는 않는다. 임화와 마찬가지로 변증법적으로 완결된 사유 방식을 그대로 문면에 드러내며 해설을 하게 될 경우, 토대 결정론에 입각한 좌파 문예학의 구도가 앞섬으로 인해서 임화 논의의 위상을 정확히 파악하고 기술해 내는 것이 사실상 대단히 곤란한 까닭이다. 요컨대 한편으로는 오독에 기초한

논의가 매끄럽게 연결되어 있는 것도 아니어서, 부분적으로는 서로 상충되는 진술도 없지 않다.[17]

「과제」를 통해서 임화가 구상하고 있는 신문학사 연구 방법론을 정리해 보면 신문학사의 연구 대상은 '신문학사' 자체와 '토대'의 두 가지임이 분명해진다. 신문학사가 주요 대상이라 하면 토대는 "文學作品 以外의 가장 큰 對象의 하나이며 最重要한 補助的 分科"에 해당된다. 물론 <대상> 항목과 <토대> 항목의 논의가 지향하는 바는 다르지만 신문학사의 연구 대상이 이 둘임은 명백하다. <대상> 항목의 내용을 간략히 정리한 후 <토대> 항목의 논의를 살펴본다.

<대상> 항목은 변증법적인 긴장의 요소를 살리며 내용을 구성하고 있다. "近代精神을 內容으로 하고 西歐文學의 '장르'를 形式으로 한 朝鮮의 文學"으로 연구 대상을 설정한 뒤 한문으로 쓰인 문학의 취급 문제를 다룬다. 여기서 「과제」는 조선문학의 경계를 구획하는 데 있어 언어의 문제에 갇히지 않고 정신적 전통과 문화적 유산의 차원에서 사고를 전개함으로써, 전통과 유산의 문제를 논리 구성의 필수적 요소로 만들어 놓고 있다.

<토대>에서의 논의는 「과제」의 성격 및 특성을 파악하는 데 있어 매우 중요하다. 임화가 말하는 '토대'란 무엇인가. 기능적인 면에서 볼 때 그것은 "新文學이 生成하고 發展한 背景이 되고 基礎가 되고 나아가선 그것은 存立을 制約한 根本的인 動力"이다. 이 규정만 보면 흔히 생각하는 물질적 토대 곧 '경제적인 것'을 떠올리기 쉽지만 사실 임화가 의미하는 것

자의적인 평가를 피하고 다른 한편으로는 해설이 아니라 동조적인 주장에 **빠지는** 위험을 벗어나기 위해서는, 다소 형식주의적이나마 각 항목의 핵심적인 의미 기능을 전체 연관 속에서 규정한 위에서 그것들의 상호 관계를 세부 논의로 살려내는 것이 필요하다.

17) 대표적인 경우로 '정신'에 대한 설명을 들 수 있다. <토대> 항목에서 '토대의 관념적 집약'이자 '문화 일반의 에스프리'로 '정신'을 규정한 뒤, <전통> 항목에 와서는 **앞의 논의를 환기시키면서** '정신적 배경이란 곧 문화적 유물'이라 하며 혼선을 초래하고 있다.

은 이와 다르다. 그에게 있어 토대란 '경제적인 것'에 한정되지 않고 사회사 일반을 포괄한다.[18] 이러한 규정을 두고 '토대-상부구조론'에 대한 이론적 이해가 미진함을 지적한다든가 하는 것은 별로 생산적인 논법이 못 된다. 그보다는 임화의 의도를 주목하는 것이 필요하다. 그에게 있어서 "土臺에의 關心은 (그러므로) 新文學을 새로운 精神文化의 一型態로 理解하기 爲한 基礎다"(괄호 내용은 인용자).

이어서 그는 '시대정신의 역사'를 매개로 하여 혹은 근대정신을 고구함으로써 신문학사를 문화사의 일 영역으로 파악하기 위해서, 토대에 대한 연구 및 그와의 관련을 파악할 필요가 있다고 한다. 이는 경제적인 것으로서의 토대에 의한 일방향적·속류적인 결정론을 피하려는 의도의 소산으로 보인다. <토대> 항목의 모두에서부터 '다른 精神文化와의 交涉과 關係를 闡明'하고자 하는 데서도 이 점이 잘 드러난다. 이렇게 보면, 매개로서 정신사적 배경을 설정하고 그와 관련하여 신문학사의 발생 발전을 사고하려는 발상에 의해 '토대' 규정 자체가 느슨해진 것이라 할 수 있다.

사실 <토대> 항목의 논의는 '토대로서의 사회사보다는 배경에 해당하는 정신사'에 집중되어 있다. 정신사란 "文化史 全般을 貫流하는 '스스프리(에스프리: 인용자)'의 歷史"이자 "土臺의 歷史의 精粹요 觀念的 集約"으로서 신문학사가 일 영역을 차지하는 '各般의 文化史의 배경'이라고 규정된다. 이어서 그는 시대정신과 변별되는 근대정신을 언급한다.

여기서 우리의 주의를 끄는 것은, 정신사, 시대정신, 근대정신 등이 '土臺를 中心으로 하야 考究될 問題'로 단순히 나열되어 있을 뿐 신문학사 및 토대와 그것들 간의 논리적인 관련 및 그에 따른 특성은 가려져 있다는

---

18) 그는 "新文學史는 朝鮮의 近代社會史의 成立을 土臺로 하야 形成된 近代的 文化의 一形態"라 명언한 뒤에, '經濟史, 政治史, 農業史 等의 資本主義 發達史와 民族運動史 乃至 各階級의 關係史, 더욱이 市民의 歷史'가 토대의 근간이며 "教育史라든가 宗教史, 或은 言論文化史라든가 其他 一般文化史가 相當히 考慮되어야 한다"라고 주장한다. 넓은 의미에서의 사회사 일반을 토대로 규정하는 것이다.

사실이다. 이론 구성의 차원에서 볼 때 임화의 <토대> 항목 논의는, '토대'에 대한 이해 자체를 문제시하지 않는 한, 매끄럽게 마무리된 것이라 할 수도 있다. '토대의 관념적인 집약인 정신사를 배경으로 해서 신문학사가 전개되었다'는 구도는 속류적인 결정론을 벗어나면서도 토대의 우선권을 인정하는 유물사관에 부합되는 것처럼 보이게 되는 것이다. 그러나 **이러한 구도가 실제로 의미하게 되는 바**를 따져 보면 사정이 복잡해진다.

논리상으로 볼 때 이식(의 수용)을 가능케 할 토대상의 여건이 마련되어 있지 않을 경우 즉 이식되어 들어올 것의 배경으로 기능할 수 있는 시대정신이 토대의 관념적 집약으로서 형성되어 있지 않을 경우, 신문학사 연구 방법론도 이식문학사론도 성립될 수 없다. 그런데 우리의 경우 신문학사를 가능케 할 시대정신이나 토대가 마련되어 있지 않았던 것은 부정할 수 없는 사실이며, 그럼에도 불구하고, 신문학사가 전개되어 온 것 또한 엄연한 사실이다. 여기서, 이론 차원에서 구성된 방법론이 실제를 기술하는 능력을 갖추지 못하게 되는 논리적인 궁지가 생겨난다. 이 문제에 대한 임화의 처리 방식은 <양식> 항목에서 확인되는데, 거기서 그는 '시대정신 자체가 이식되었다는 역사적인 사실'을 기술하고 있다. 이것이 문제의 해결인가? 그렇지는 않다. 이렇게 되면, **이식된 시대정신**을 두고 **조선의 근대사회사인 토대의 관념적 집약**이라 할 수는 없다는 새로운 문제가 생겨나기 때문이다.

그의 문학사론 및 문학사 연구 방법론을 파탄시킬 수 있는 이 문제를 임화가 명확히 의식하지는 않은 듯한데, 이에 대한 이론적인 방어에 해당된다고 볼 수 있는 구절을 찾을 수 없지는 않다. "各時代의 個性的 差異를 超越하야 그러면서도 各時代의 共有한 根源으로 聯結되어 있는 (중략) 朝鮮의 近代社會가 形成된 以來 오늘날까지에 情神 內容"에 해당하는 '근대정신'을 내세우고 있는 까닭이다. 임화의 논의 구도를 적극적으로 재구성해 보자면, 근대정신이라는 근원의 층위에서 볼 때, 실학의 전통을 가지고 있는 식민지 조선이나 일본 제국주의나 동일한 위상에 놓이게 된다는 발상이 가능해질 수 있다. 이렇게 근원을 같게 놓는다면, '시대정신의 이식'이라는 사실의 인정 혹은 이론적 구상 역시 가능하게 되고, 그에 따라 신문학사의 전개를 설명하는 것도 무리한 것은 아니게 된다고 할 수 있다.

여기서 주목할 점은 근대문학의 역사가 불과 한 세대밖에 되지 않는 시점에서 이렇게 '각' 시대정신을 운운할 만큼 시대정신을 짧게 사고한다는 사실이다. 이는, 신경향파에서 카프로 이어지는 좌파문학의 역사적 정당성 및 의의를 신문학사의 흐름 전체로부터 이끌어내고자 하는 그의 실천적인 의지의 소산일 터이다. 이 점은 「서설」에서 「20년」까지, 더 나아가서는 해방 후의 「조선 민족문학 건설의 기본과제에 관한 일반 보고」에까지 일관되는 것인 만큼 「과제」의 특징으로 꼽아 둘 만하다.

3-2. 신문학사의 목적: <양식>과 <정신>

「과제」가 표방하는 신문학사 연구의 목적은 '양식의 역사를 통해서' 정신사를 밝히는 것이다. "精神은 批評에 있어서와 같이 文學史의 最後의 目的이고 到達點이다. 樣式의 歷史를 通하야 하나의 精神의 歷史를 發見함으로서 文學史는 精神文學史의 한 分科로서의 確固한 地位를 차지한다"는 명언에서 확인되듯이 '양식'과 '정신'은 연구의 목적이라는 점에서 함께 묶인다. 문맥을 고려해서 좀 더 정확히 말하자면, '인접 문화의 역사'와 '(신문학의) 양식의 역사'를 통해 정신사를 발견하는 것이 연구의 목적으로 설정되어 있다.

<양식> 항목의 논의는 목적의 제시 외에 연구 방법론적인 성격도 띠고 있다. 문학작품이 형식과 내용의 통일물이라는 점을 힘써 주장하고 비평과 문학사 연구의 연계성을 지적하는 논의를 거쳐서 '시대의 양식이란 시대정신이 자기를 표현하는 형식'이라는 규정을 이끌어냄으로써, 정신사의 구명을 위한 전단계로 양식 규명의 위상을 잡는 데서 방법론적인 성격이 드러난다.

내용과 형식의 통일에 대한 「과제」의 인식은 그리 과하지 않을 정도로 내용에 중점을 두는 것으로 읽힌다. "文藝作品의 眞正한 內容은 언제나 形式이라고 불려지는 文學的 形象의 組織으로 隱蔽되어 잇다. 或은 形象이 되므로 內容은 비로소 眞正히 實在的이라고 말할 수가 있다"라 한 데서 보이듯, 한편으로는 내용중심주의 혹은 편내용주의적인 혐의가 없지 않지만 형식·형상의 의미 규정 기능을 간과하지는 않고 있는 것이다.[19]

　　<양식> 항목의 논의에서 가장 문제적인 것은 이식 관련 부분이다. 임화는 다음처럼 쓰고 있다.

> 　　우리 新文學史에선 樣式의 創案 대신에 樣式의 輸入으로 여러 時代가 시작한 것은 周知의 일이나 새 樣式의 輸入은 새 精神의 移植임을 意味한다. 여러 가지 樣式의 輸入史는 그러므로 곧 여러 가지 精神의 移植史다. 文學史的 硏究는 실상 이 硏究가 決定的이다.

　　이 진술이 문제적인 것은 그 내용이 이식문학사론의 한 축을 이루고 있기 때문이 아니다. 그보다는 바로 앞 절에서 지적했듯이 '양식의 수입 곧 정신의 이식'이라는 파악이 「과제」의 논리적 구도를 손상시킬 수 있기 까닭이다.

　　<정신> 항목은 이 절의 모두에 인용했듯이 신문학사 연구의 궁극적인 목적이 정신사의 발견임을 강조하는 것으로 시작된다. '정신'과 관련된 논의에서 주목을 요하는 것은, 감수(성) 및 심미(능력과 기준)의 역사성에 대한 인식의 단초를 보인다는 사실이다. 임화는, '여러 가지 정신의 시대의 표현이 시대의 양식으로 나타난다'고 정리한 데 이어 '精神史는 그 實은 여러 가지 時代의 精神의 歷史'라 한 뒤에 "그것은 感受의 樣式에서만

---

19) 따라서 '양식' 규정의 의의를 '문학작품이 형식으로 완성된다는 기본적 원리를 문학사적으로 상관시킨 범주'로 잡는 임규찬의 평가 역시 적절한 것으로 보인다(앞의 글, 445쪽).

이 아니라 思考의 方法까지를 달리하는 물건의 文化와 變遷이"라고 주장하고 있다. 감각의 역사성을 현실 역사의 변화와 관련지어 설명해 내는 데까지 나아간 것[20]은 아니어도, 관념론적인 요소에 대한 의식의 치밀함을 엿볼 수 있게 해 준다는 점에서 특기할 만하다.

반면에 양식을 '통해서 어떻게' 정신을 발견하는지에 대한 인식이 부재하는 것은 그가 표방하는 바에 비추어 볼 때 결함에 해당된다. 사실 '양식'과 '정신'의 관계에 대한 설명은 선재하는 정신이 양식을 통해 자신을 드러내는 것이라 하여, 이 둘을 연구의 목적으로 삼는 「과제」의 전체적인 논리 체계의 의미와 상치되고, 앞의 항목과는 정반대로 관념론적인 혐의를 띠게 만들고 있다.

이상 두 항목에서 밝힌 신문학사의 목적과 관련해서 두 가지 점을 지적해 둘 수 있다. 첫째는 "樣式의 歷史를 뚫코 들어가 精神의 歷史를 發見하고 못 하는 것이 언제나 科學的 文學史와 俗流文學史와의 分岐點이다"라고 주장하는 데서 보이듯이, 임화가 정신사로서의 문학사의 구성에 다대한 의의를 부여하고 있다는 점이다. <토대> 항목에서 정신사를 "文化史 全般을 貫流하는 '에스프리'의 歷史"이며 "土臺의 歷史의 精粹요 觀念的 集約"이라 규정한 점을 함께 고려하면, 정신사의 구축이야말로 신문학사 연구 방법론의 궁극적인 목적이라 할 수 있다.

둘째는 정신사의 구성이 '양식을 통해서' 이루어진다는 점이다. 무엇보다도 '토대로부터'가 아니라는 점이 주목할 만하다. 이러한 논리의 의미는 무엇인가. 문학사의 방법론이기에 자연스러운 것일 수도 있고, 토대에 대해서 잘 알 수 없는 상황적 요인 탓일 수도 있다.

그러나 어느 쪽을 선택하든 이러한 판단은 문제의 핵심에 닿아 있는 것

---

20) 콘라드의 작품 세계를 분석하는 제임슨의 논의가 대표적인 예라 할 수 있다. F. Jameson, *The Political Unconscious — Narrative as a Socially Symbolic Act*, METHUEN, 1981, p.229, 239.

이 못 된다. 모든 '문학적, 양식적 운동과 변천의 근원'이 바로 정신이며 '정신이 어떠한 동인으로 변천하였는가'를 구명하기 위해서는 인접 문화를 살펴야 한다는 주장과 더불어 볼 때, 이러한 인식의 문제성이 조금 드러난다. '새 양식의 수입은 새 정신의 이식'이라는 주장까지 더해 보면 무엇이 문제인지가 좀 더 분명해진다. 이러한 주장들에서는 (관념 차원에서 정신으로 집약되는) 토대도 그것의 결정력도 완전히 사상되고 있어서, 그 결과로, 「과제」의 이념적 정체성이 심각하게 흔들리는 것이다. 마르크스의 사상이 헤겔의 그것을 뒤집은 것이라 할 때, 「과제」에서 그러한 유물론적 전도가 일어났는지 자체가 모호한 형국이라 하겠다.

3-3. 신문학사의 방법: <환경>과 <전통>

<환경>과 <전통> 항목의 논의는 대단히 문제적이다. 전자는 '이식문학사론'의 명백한 표현을 담고 있고, 후자는 그 의미가 명확히 읽히지도 않고 전체적인 논리 구성에서 차지하는 위상도 제대로 파악되지 않는 까닭이다. 「과제」 전체의 구성상 이 두 항목에서 신문학사 연구 방법론의 핵심적인 내용이 개진됨은 분명한데, 사정이 이러한 까닭에 연구자들의 편의에 의해 특정 구절만 주목하(고 그 대가로 다른 구절들을 사상하)는 오류를 낳아 왔다.

이들 논의의 검토에 개재하는 어려움은 둘 사이의 관련이 자명하게 파악되지는 않는 데서도 유래한다. <환경> 항목의 논의는 객관적 사실을 그대로 기술하는 방식에서도 확인되듯이 발생론적인 분석 범주를 가리키고 있다. 이에 비해 <전통> 항목은 분석 범주의 제시에 더해서 순수한 분석 방법론 모델을 제시하고 있다. 객관적인 진술과 추상적인 이론 구성이 뒤섞여 있는 것이다. '환경(적 요인)'과 '전통'의 관계를 논리적으로 연결 짓는 임화의 방식이 어찌 보면 대단히 심오한 듯하지만 모호하고 달리 보면 행위자인 인간을 매개로 하여 단순하게 도식화되어 있는 듯하기도

한 것은, 두 항목에서의 논의의 성격이 보이는 이러한 차이에 기인한다.

<환경> 항목의 논의는 그 자체로 볼 때 매우 간명하다. 이론 구성의 욕망이 작동할 여지가 별로 없을 만큼 사실에 대한 객관적 기술의 정신이 앞서 있는 까닭이다. 잘 알려진 대로 임화는 '환경'에 대해 "土臺와 背景에서 分離하야 한 나라의 文學을 圍繞하고 잇는 여러 隣接文學이란 意味로 쓰고자 한다. 卽 文學的 環境이다."라고 명언해 둔다. 이는 일반적인 진술에 해당하는 것이어서 '比較文學 或은 文學史에 잇서서의 比較的 方法'과 등가이다. 하지만 바로 이어 임화는 다음과 같이 쓴다.

> 그러나 新文學史의 研究에 잇어 文學的 環境에 考究란 것은, 新文學의 生成과 發展에 잇어 不斷히 影響을 받어온 外國文學의 研究다.
> 新文學이 西歐的인 文學 '장르'(具體的으로는 自由詩와 現代小說)를 採用하면서부터 形成되고 文學史의 모든 時代가 外國文學의 刺戟과 影響과 模倣으로 一貫되엇다 하야 過言이 아닌 만큼 新文學史란 移植文化의 歷史다. 그런 만치 新文學의 生成과 發展의 各 時代를 通하야 影響받은 諸 外國文學의 研究는 어느 나라의 文學史上의 그러한 研究보다도 重要性을 띠우는 것으로 그 길의 緻密한 研究는 곧 新文學의 殆半의 內容을 밝히게 된다.

이 진술에서 주목할 만한 것은 '신문학사란 이식문화의 역사'라는 선정적인 명제가 아니라, 진술의 내용 자체가 철저히 기술적記述的이라는 사실이다. 육당, 춘원 이래의 문학적 환경에 대한 이후의 기술 역시 객관적인 사실을 그대로 옮기는 태도를 취하고 있다.

<토대> 항목의 논의가 원리의 제시·정리일 뿐 연구 결과를 담지는 않은 것이라는 의미에서 '추론되어야 할 바를 지칭'하는 방식으로 씌어졌다면, <환경>의 논의는 발생론적인 맥락에 대한 사실적인 기술의 형식을 취한다는 점에서 도드라진다. 항목 구성만을 봤을 때 기대할 수 있는

바와는 달리, 토대 및 배경 부분에서는 발생론적인 실제 분석이 부재한 반면, 환경 항목에서 (비교문학 일반의 그것과 다른 점을 찾을 수 없는 채로) 신문학의 직접적인 형성 계기가 밝혀지는 셈이기 때문이다.

사정이 이렇다면, 신문학사의 연구 과제로 '토대'를 설정하는 이유 자체가 새삼 궁금해진다. 신문학사의 형성 과정을 해명하는 데 있어서는 실상 '환경' 항목을 연구하는 것으로도 충분하다고 보이기 때문이다.[21] 이러한 의문은 다음의 <전통> 항목을 아울러 검토할 때 해소된다.

「과제」의 여섯 항목 중에서 <전통> 항목이야말로 의미 파악이 가장 어렵다. 이 부분의 논의는 "文化의 移植, 外國文學의 輸入은 이미 一定段階로 蓄積된 自己文化의 遺産을 土臺로 하지 안코는 不可能하다"는 원칙론·일반론으로 시작된다. 이어 그는 외래문화가 이입되는 경우의 일반적인 양상은 전통적인 것 곧 유산과 외래문화의 교섭에 의해 제3의 것이 창출되기 마련이라고 보편 차원의 논의를 부가한다. 그런 뒤에 "그러나 外來文化의 輸入이 우리 朝鮮과 같이 移植文化, 模倣文化의 길을 것는 歷史의 地方에서는 遺産은 否定될 客體로 化하고 오히려 外來文化가 主體的인 意味를 띠우지 안는가? 박궈 말하면 外來文化에 沈溺하게 된다"라고 하여 우리나라의 특수성을 기술한다. 그리고는 다시 논의를 바꾸어, 그것은 문명과 야만이 만났을 (극단적인 경우일) 때뿐이라고 밝힌다. 이 위에서 "東洋諸國과 西洋의 文化交涉은 一見 그것이 純然한 移植文化史를 形成함으로 終結하는 것 같으나, 內在的으로는 또한 移植文化史를 解體할냐는 過程이 進行되는 것이다. 卽 文化移植이 高度化되면 될수록 反對로 文化創造가 內部로부터 成熟한다"고 주장한다.

일견 이러한 논의는 매우 어설퍼 보인다. 문화의 교류에 관한 상식적인

---

21) 이러한 사정을 두고 김윤식은, '환경'과 '전통' 사이에만 매개를 설정했을 뿐, 토대와 상부구조 사이의 매개는 마련하지 못했으며 그 결과 '환경'만이 실제일 뿐이라 하여, 유물변증법에 대한 임화의 인식이 보잘것없었다고 지적한 바 있다(「이식문학론 비판」, 앞의 글, 84~7쪽 참조).

일반론과 외래문화의 이입이라는 실제의 기술이 착종되어 있고, 가장 중요한 주장에 대한, 즉 이식의 고도화 속에서 이식문화사 자체를 해체하려는 내적인 문화 창조의 과정이 어떻게 이루어질 수 있는지에 대한 논리적인 해명이 없는 것처럼 읽히기 때문이다. 사정이 이러하기 때문에, '이식의 고도화가 문화 창조의 성숙을 이끄는 힘이 된다'는 주장은, 임화의 '이식문학사'라는 구도가 '사실의 기술'에 그치지 않고 방법론적으로 선재하고 있는 것은 아닌가 의심하게까지 한다.

이러한 의심은 바로 뒤의 구절을 어떻게 읽어내는가에 의해 강화될 수도 있고 정반대로 해소될 수도 있다. 임화는 다음처럼 쓴다.

> 이것은 移植된 文化가 固有의 文化와 深刻히 交涉하는 過程이오 또한 固有의 文化가 移植된 文化를 攝取하는 過程이다. 同時에 移植文化를 攝取하면서 固有文化는 또한 自己의 舊來의 姿態를 變化해 나아간다.
> 이 境遇에 잇어 固有文化라는 것은 外來文化에서 否定되고 잇는 過去의 文化, 그 遺産이다. 그런데 여기에서 우리가 注意할 것은 外來文化와 固有文化의 遺産의 交涉이 人間을 媒介體로 하고 잇다는 點이다.

인용의 첫 문단은 지금까지의 연구에서 제대로 조명된 적이 없다. 바로 앞에서 기술된 변증법상의 일반론적인 진술 곧 '문화 이식이 고도화될수록 문화 창조가 내부로부터 성숙한다'는 명제의 단순한 연장으로 보이기 때문이다. 그러나 이렇게 읽어 가면 한편으로는 <전통> 항목의 논의 자체가 전체적으로 논리성을 확보하지 못하게 되며 다른 한편으로는 핵심적인 사항에 대해서 설명 아닌 설명을 행한 것처럼 간주될 수밖에 없다.[22]

---

22) 전자와 관련해서는 무엇보다도 매개체로서 인간을 설정하는 것이 전체 논의에서 논리적으로 차지하는 위치를 정확히 가늠하기가 어려운 점을 들 수 있다. 임화 스스로 이 부분의 논의를 '그런데'로 시작할 뿐이어서, 논리적인 연관성을 명백히 갖추지 않고/못하고 있는 것이 주된 원인이다. 인용 부분을 앞 내용의 연장으로 읽는 오독을 밀고나갈 경우, 주체의 범주로 논의 구도가 전화되었다고 볼 수밖에 없다.

여기서 필요한 것은 어떠한 선입견도 전제하지 않는 축자적 해석의 정신이다. '심각한 교섭'의 쌍방이 '이식된 문화'와 '고유의 문화'라는 문면의

그 결과, '주체' 범주를 통해서 사회적 토대의 규정력을 강조하는 이러한 방식에 대해 한편으로는 주관주의적이고 다른 한편으로는 주의주의적인 편향의 혐의를 배제할 수 없게 된다. '사회경제적 풍토'와 '문화 담당자의 물질적 의욕의 방향'을 막바로 등치시킴으로써 제3자의 안출에 있어서 토대의 결정력을 강조한 것인데, 이러한 '등치'가 적절한지 자체가 문제적이어서 「과제」의 논의가 <인간주의적인 편향>에 빠졌다는 부정적인 평가로 단선적으로 이끌리게 될 위험이 커진다.

매개항인 행위자가 '토대와 갖는' 관련을 주목하지 않는 김윤식의 경우가 이러한 오독에 이어져 있다(「이식문학론 비판」, 앞의 글, 87쪽). 이와 관련해서 김윤식을 비판하고 있는 임규찬의 경우 역시 동일한 함정에 빠져 있다. 김윤식이 「과제」에서 해명되지 못했다고 본 <환경-전통의 관련이 토대-배경과 어떤 관계를 맺는지>를 자신도 적절히 분석하지는 못한 채 그저 임화가 환경과 전통을 '주요한 계기'로 보았다고 해석할 뿐이다. 그리고 이 양자의 교섭 과정이 '인간, 그 행위에 의해 매개된다'는 진술을 끌어들이기만 할 뿐, 이러한 규정이 전통 항목의 논의 구도에 어떻게 짜여 들어가는지와 전체 방법론에서 어떤 의미를 지니는지를 규명하지는 못하고 있다. 당시의 '고전론'과의 관계를 추정해 볼 뿐이다(「임화 '신문학사'의 올바른 이해를 위하여」, 앞의 글, 437~9쪽 참조). 이러한 '추정'을 밀고 나간 것이 신두원인데 그의 논지는 <핵심 사항에 대한 '설명'이 제대로 된 것이라 보기 어렵다>는 두 번째 문제를 낳는다. 임화가 '유산, 유물, 전통'을 명확히 갈라 쓰고 있다고 하면서 그는 "유산이란 새로운 창조와 함께 유물(잉여물)로 돌아가는 것이며, 유산 속의 고유한 '가치'만이 전통이 되어(혹은 전통을 통해) 새 문화 속에 부활되는 것이니, 전통은 어디까지나 '가치' 개념을 내포하고 있는 것이다. 그 가치=전통이란 어디까지나 새로운 사회경제적 토대가 산출한 새 문화와 융합되는 '고유한 가치'이지, 결코 과거의 유산이 아니다"라고 임화의 논의(?)를 정리하고 있다(188~9쪽). 하지만 이런 진술은 「과제」의 논의에 대한 적절한 해석이라 보기 어렵다. 앞 문장은 「과제」의 실제를 가리는 긍정적인 해석의 혐의가 짙으며, 뒤의 문장은 임화 논리의 부정합성을 호도하는 오독에 해당한다. 이러한 문제는 「과제」 전체의 논리 구성을 문제시하지 않고 '환경' 및 '전통'에 국한해서 논의를 구성하고(184쪽), 마르크스가 제기한 예술 발전의 특수성 문제에 대한 임화 나름의 해명 논리로 「고전의 세계-혹은 고전주의적인 심정」(『조광』, 1940. 12)을 고평하면서 「과제」가 그에 이어져 있다는 가설에 의존한 데 말미암은 것으로 보인다(「이식과 창조의 변증법」, 『창작과비평』 1991 가을, 186~91쪽 참조).

김윤식의 경우는 후대 연구자의 이점을 논의에 반영하지 못함으로써 현재의 기준으로 임화를 비판한 경우에 해당하며, 임규찬과 신두원의 경우는 임화에 대한 긍정적인 시선이 앞을 가림으로써 논의의 실제를 왜곡하고 그의 논의를 이 분야 최고의 논의에 꿰어 맞추어 해석하는 잘못을 범한 셈이다.

내용을 그대로 읽어 내는 것이 필요하다. 그럼으로써 지금 논의되고 있는 것이 '이식 과정 자체'가 아니라 '이식 후의 과정'임을 갈라서 보는 것이 중요하다.[23] '移植된 文化가 固有의 文化와 深刻히 交涉하는 過程'에 뚜렷이 표현되었듯이 <전통> 항목에서 임화가 분석하고 있는 신문학사 연구의 대상은, '이식의 과정'이 아니라, '이식 후의 과정'이라는 점을 분명히 해 둘 필요가 있다. 즉 누구도 부정할 수 없는 사실인 외래문화의 이입·이식 이후에, 이식되어 들어온 새로운 문화가 기존의 문화적 전통·유산들과 어떻게 운동해 나아가는가 혹은 그것들이 어떻게 다루어지는가를 분석하고 있는 것이다.

이러한 해석은 「과제」의 논의가 미세하나마 단계적으로 구성되어 있다고 보는 것이다. 이러한 단계 설정은 두 가지 의도에 따른 것으로 보인다. <환경> 항목에서 임화가 신문학의 역사를 이식문화사라고 단정할 만큼 외래문화의 이입 및 그 영향이 막대했던 역사적 사실을 객관적으로 인정, 기술하는 한편, 첫째 조선 신문학사가 이식 그 자체만으로 이루어진 것은 아니라는 당연한 사실이 이식문학사라는 규정에 의해 가려지게 하지 않고, 둘째 (후술하겠지만) 토대의 영향·결정력이라는 좌파 미학 이론의 핵심 사항을 견지하고자 하는 이론 구성의 욕망을 성취하기 위한 것이라 할 수 있다.

「과제」의 논리 구성 차원으로 옮겨 말하면 이러한 단계 설정의 논리적인 필연성 및 의미가 보다 명확해진다. <환경> 및 <전통> 항목은 무엇을 논의하고 있으며 그 관련은 어떠한가. 이미 살폈듯이 전자에서 객관적

---

23) 그럴 때 뒤에 이어지는 행위자인 매개체의 논의가 정합성을 띠게 되며, 밑에 인용한 바 유산의 전화에 관한 앞 부분의 기술도 새롭게 해석된다. 강조된 부분의 행위 주체들이 고려될 수 있는 것이다: "그러나 自己의 過去 遺産이라는 것은 <u>移植되고 輸入되는</u> 文化와 같이 他者의 汝의 것은 아니다. 遺産은 그것이 새로운 創造가 對立物로서 <u>取扱</u>할 때도 外來文化에 對하야 主觀的으로 向한다. 그러한 때에 遺産은 이미 客觀的 性質을 喪失한다. 卽 單純한 環境적인 與件의 하나가 아니라 그 가운데서 <u>選拔되며</u>, 環境的 與件과 交涉하고 相關한 主體가 된다"(밑줄 강조는 인용자).

인 사실에 해당하는 이식 과정을 강조한 뒤에, 마찬가지로 엄연한 사실이자 좌파적인 문학사 연구 방법론을 구축하는 데 있어 빠뜨릴 수 없는 바이식된 것과 재래의 것과의 변증법적 지양 과정을 <전통> 항목에서 다루고 있다고 할 수 있다. 이를 정리해서, '이입'과 '교섭(혹은 지양)'이라는 서로 상충하는 두 가지의 사실을 조화롭게 인정하면서 좌파적인 문학사 연구 방법론을 구축하고자 하는 의도에 의해서 '단계 설정'이 필연적으로 요청되었다고 하겠다.

이상에 주목하면, <전통> 항목에서 임화가 보이는 (내용 요소가 부족하고 의미 관련이 불충분해 '보인다'는 의미에서) 모호한 논법들이 한층 명료하게 이해된다. 임화는, 새 문화와 기존의 문화유산이 조우할 때 환경 · 여건의 하나였던 기존의 문화유산이 외래문화에 대하여 '주관적으로 향하게 된다'고 말하고 있다. 이는 이입된 외래문화와 맞서게 되는 문화유산이, 교섭의 한 축으로 '설정되기 위해' 여타 여건들과 교섭 · 상관하게 됨을 의미한다. 이렇게, 맞섬 속에서 제3의 자가 산출되는데 이 산출 과정은 행위자인 인간을 매개체로 하여 이루어진다고 한다.

> 그런데 여기에서 우리가 注意할 것은 外來文化와 固有文化의 遺産의 交涉이 人間을 媒介體로 하고 잇다는 點이다. 卽 行爲에 依하야 媒介된다. 그런데 行爲者의 志向은 文化意向만이 아니다. 그들의 階層的 性質 或은 그들의 實質的 基礎가 制約한다. 다시 말하면 그들의 物質的 志向이 外來文化와의 文化交流, 文化混和에서 새로운 文化創造의 形態와 本質을 案出한다. 그러므로 文化交涉의 結果는 생겨나는 第三의 者라는 것은 그實 그때의 文化擔當者의 物質的 意慾의 方向을 쫓게 된다. 그 意慾은 곧 그 땅의 社會經濟的 風土다.

행위자인 인간을 매개체로 제시하는 '그런데' 이하의 논의는 일견 이진 논의와의 관련이 부재한 채 그저 삽입된 것처럼 읽힌다. 하지만 인용에서도 간명히 확인되는바 토대와 관련지어 교섭의 과정을 해명하는 이후의 논의를 고려하면 그렇게 보기도 곤란하다. 바로 여기서 오독·오해나 편의적인 강조 및 고평의 문제가 생긴다. 이를 넘어서기 위해서는 상술했듯이 문면에 대한 사실적인 독해 태도를 견지한 위에서 「과제」가 설정하고 있는 미세한 단계론에 주목해야 한다. 이렇게 보면, '행위자의 매개로 이루어지는 이식 후의 과정에 대한 상술'로 <전통> 항목을 분석할 때 논지 전체를 무리 없이 읽을 수 있다는 점이 분명해진다.

'사회경제적인 풍토 곧 토대'와 등치되고 있는 물질적 의욕을 갖고 있는 '행위자인 인간의 매개'에 의해서 두 문화의 교섭이 이루어진다고 볼 때에야 비로소 '산출'이나 '취급', '선발' 과정 등의 모호함이 사라지게 된다. 정리하자면, 문화 의향 외에 물질적 의욕을 갖고 있으며 그 의욕에 제약되는 (외래문화를 능동적으로 이입해 들여왔을) 문화담당자들에 의해 양자의 교섭, 제3자의 산출 과정이 행해짐을 의미한다고 볼 수 있다. 이 산출 과정에서 유산이, 외래문화와 맞설 때 띠게 되는 상대적인 주관성을 떠나 순전한 여건의 하나인 유물로 돌아간다는 진술 역시, 산출자의 산출·매개 '행위의 대상'이라는 의미로 무리 없이 읽을 수 있다. 여기까지 오면, 행위자인 인간의 매개 과정을 거쳐 제3자[신문학]가 생겨났을 때, 단순한 유산들 중에서 선발된 뒤 이 새로운 문화 속에 지양되어 보존된 유산을 두고 (사후적인 구성을 거쳐) 전통이라 함은 별다른 설명을 요하지 않는다.

이상의 분석에 기초해서 보면 「과제」의 논의는 **외래문화와 고유문화들이 어떻게 교섭·운동해 나아가는가를 밝히는 형식으로 사실상 그것들이 어떻게 '다루어지는가'를 분석**하고 있는 것이라 할 수 있다. 달리 말하자면, 주체 없는 과정을 설명하는 형식을 취하고 있지만 실상은 행위자를 가운데 두고 '주체 중심주의적인 사고'를 펼치고 있다는 것이다. 이러한 지적은 평가 이전의 해석인데, 무엇보다도 '행위자인 인간의 매개' 설정이 「과제」에서 지니는 의의가 다대하기 때문이다. '행위자인 인간의 매개'의 설정은, 1) <환경> 항목에서 보인 '이식문학사론'과 <전통> 항목에서 이론적으로 개진하는 문화 수용의 과정 양자를 논리적으로 종합하고, 2) 인간의 물질적 의욕을 통해 토대의 규정력이 관철된다는 입론을 가능케 함으로써, 임화 나름의 토대−상부구조론을 완성시켰다는 의미를 지닌다.

이상의 분석을 통해 우리는 「과제」의 연구 방법론을 구체화하고 있는 <환경> 및 <전통> 항목의 논의가 '이식 과정 자체'와 '이식 후의 교섭 과정' 사이에 미세하나마 단계를 설정하고 있는 것이며, 신문학사의 전개 에 있어 행위자인 인간의 매개 기능을 설정하고 있음을 보았다. 전자의 맥락에서 우리는 '이식이 고도화될수록 문화 창조가 내부적으로 성숙한 다'는 지적이 신문학이 전개될 자양분이 풍족해짐을 의미하는 것이라 해 석할 수 있게 된다. 후자를 통해서는 「과제」가 '토대 → 행위자 → 신문학' 의 연쇄라는 구도를 제시하고 있으며, 몇몇 한계에도 불구하고,[24] 바로 이러한 구도를 통해서 나름대로 유물론적인 문학사 기술 방식을 수립했 음을 알 수 있다. 행위자 중심의 토대−상부구조론이 그것이다. 그러므로

---

24) 토대−상부구조와 같은 상이한 층위의 관련을 나타내는 매개 개념을 대립물을 지 양시키는 행역자의 행동이라고 다소 속류적으로 이해하고, '행위자의 물질적 의욕 곧 사회경제적 풍토(=토대)'라는 등치에 대한 설명이 부재한 채로 주체의 범주에 더욱 의존하는 것이, 좌파 문예학의 자장 속에서 볼 때 이론 구성상의 문제로 지적 될 수 있다. 토대의 규정력보다 정신의 주동적인 성격이 짙게 드러나 변증법의 구 사에 있어서 헤겔주의적인 면모가 짙은 것(3-2) 역시 같은 맥락에서 문제시할 수 있다. 더 나아가서는 새로운 문화의 이입이 가져오는 문화 지형의 변화 곧 사상의 중층 결정 양식이나 다원화 등에 대해서 전혀 고려하지 않는 점 역시 아쉬운 점으 로 지적할 수 있다. 이를 지금 논의의 맥락으로 바꿔 말하자면 상부 구조의 자율성 에 대한 이해가 논리 구성에 제대로 관철되지 못한 것이라 하겠다. 그러나 이러한 지적들이 후대의 이점에 무반성적으로 기대는 것이어서는 안 된다. 「과제」가 행위 주체에 과도하게 기대는 문제는 당대의 이론적 상황 속에서 고려되어야 마땅하다. 이 책의 입장에서 보자면, 이론 구성의 욕망과 더불어서 실제 기술의 정신이 길항 관계를 보인 결과 즉 그 타협의 이론적 구성물이라고 이해된다. 매개 개념의 소개 및 알튀세르주의적인 비판에 대해서는 Jameson의 견해 참조(*The Political Unconscious*, op. cit., pp.39~46). 새로운 문화의 이입에 따른 일반적인 변화 양상에 대해서는 이광래, 『한국의 서양 사상 수용사』, 열린책들, 2003, 34~6쪽 참조.

전체적인 논리 구성 차원에서 보자면, 행위자의 물질적 의욕(=사회경제적 풍토)에 의해 새로운 문화 창조가 이루어진다는 것이 <전통> 항목 그리고 나아가서는 「과제」의 핵심적인 논의이며, 이를 통해 '이식된 것의 토착화'를 해명하고 있다 하겠다.

4. 방법론과 <신문학사>의 절합

2~3절을 통해서 우리는 「서설」에서 「新文學史」까지의 문학사 기술 및 「과제」에서 수립된 연구 방법론의 특징을 검토해 보았다. 이 둘을 견주어 보고, 임화 신문학사 기술 일반의 특징 및 의의를 추론해 보는 것이 이 절의 과제이다.

무엇보다도 먼저, 「과제」에서도 외래문화의 이식·이입을 '실증 차원에서 인정하는 태도'와 좌파 문예학의 자장 속에서 신문학사 연구 '방법론을 구축하고자 하는 욕망'이 상호 갈등을 일으키고 있음을 지적할 수 있다. 달리 말하자면 「과제」 자체도 그러한 갈등의 산물로 읽을 수 있다고 하겠다.

<환경>과 <전통> 항목을 설정하고, 외래문화와 고유문화의 교섭을 해명하는 특유의 논리를 구축한 것이 그 증거가 된다. <환경> 항목의 설정은 외래문화의 전면적 이입이라는 '(문학적) 환경' 차원의 역사적 사실을 인정하는 실증적 태도의 반영이자 동시에 그것을 이론화하려는 의지의 산물이다. 이 의지가 더욱 뚜렷이 확인되는 것은 물론, <전통> 항목을 연이어 설정하고 이식된 것과 재래의 것의 교섭·갈등을 변증법적으로 해명하는 논리를 구축해 낸 사실에서이다.

앞에서 살폈듯이 이러한 의지가 완전히 실현된 것은 아닌데, 이 점이야말로 「과제」가 <신문학사>와 갈등 양상을 공유하고 있음을 뚜렷이 증명해 주는 것이다. 달리 말하자면, 「과제」의 논리가 '몇몇 문제를 안고 있

는 토대-상부구조론'으로 귀착된 것 자체가 '사실 기술의 정신과 이론 구성의 욕망 사이의 갈등'이 「과제」에서도 엄연히 존재함을 의미한다는 것이다. 이렇게 보면, 거의 같은 시기에 씌어진 「槪說新文學史」 및 「新文學史」와 「과제」의 관계는, 임화가 구상한 문학사 연구 방법론의 성과와 한계를 전자는 구체로서 후자는 추상으로서 보여주는 것이라 할 수 있겠다.

이제 「과제」와 그 뒤에 발표된 「續新文學史」 및 「槪說朝鮮新文學史」의 관계를 한 가지 예를 통해 간략히 살핀 뒤에, 임화의 신문학사 연구 일반이 갖는 특징과 의의를 정리해 보고자 한다.

「과제」의 방법론과 이후에 발표된 <신문학사>의 이론적인 긴장 및 동조를 확인시켜 주는 예로는 「續新文學史」에서 신소설의 형성 계기로 '이식'을 꼽는 논법을 들 수 있다. 임화는 다음처럼 쓰고 있다.

> 그러면 통틀어 이러한 신소설은 어떻게 생겼는가 하면 어떤 의미에서는 재래의 여항소설을 개조한 것이나 결정적으론 외국문학의 수입과 모방의 산물이다. 더욱이 초기 메이지 문학의 영향이 강했으리라는 것은 중요한 신소설 작자들이 모두 일본 유학생이나 그렇지 않으면 일본문학의 애독자였다는 사실을 보아 알 수 있다. 『추월색』의 작자 최찬식의 술회를 들어도 문장, 기타를 전부 일본문학에서 배우고 모방했다 하니 그 전의 작가들은 더욱 말할 나위도 없을 것이다. 이렇게 명치 때 수입되어 일본화된 서구문예(신파조 소설 등)의 영향을 받아 그들은 반구반신(半舊半新)의 소위 신소설이란 것을 만들었다.(『임화 신문학사』, 앞의 책, 165~6쪽)

여기서 지적할 수 있는 것은 두 가지이다. 하나는 문면에 명확히 드러나듯이 신소설의 형성 과정에 있어 이식의 영향이 지대하다고 보는 점이다. 인용문 앞부분의 논의 전반에 걸쳐서 신소설과 구소설의 연계성을 확연히 지적해 왔으며, 이인직과 이해조의 작품을 매우 상세히 검토하고 있는 이후의 논의에서 새로움의 요소가 아니라 낡은 요소(의 답습)를 훨씬 더 많이 그리고 자주 검출해 내고 있으면서도, 이렇게 '신소설은 외국문학의 수입과 모방의 산물'이라고 규정짓는 것은, 그만큼 이식의 영향력을 크게 본 것이라 하겠다. 신소설이 구소설이 아니라 '신'소설인 연유를 중시하(려)는 것이라 해도, 「과제」에서 불명확하게나마 구축해 둔 바 '행위자의 매개에 의한 외래문화와 고유문화 사이의 변증법적인 교섭'을 이론적으로 구현하고자 하는 의지도 의식도 없었던 것은 아닐까 싶을 만하다. 신소설 작가들이 일본문학의 애독자였다 하며 최찬식의 술회 운운하는 데서는 사실상 논리를 포기하고 있기까지 하다. 이는, 「과제」의 논리 구성이 어느 정도는 '나쁜 의미에서의 추상' 차원에 그쳐 있는 것이고, <신문학사>의 실제 기술과 적지 않게 괴리되어 있음을 의미한다.

그러나 다른 측면에서 보면 위의 인용은 「續新文學史」의 분석 및 기술 방식이 「과제」의 핵심적인 이론 구성 방식과 동일한 지평에 놓여 있음을 보여 준다. **신소설 작가들의 행위와 지향의 맥락에서** 신소설의 형성 과정을 설명하는 방식이야말로 문화 담당자의 매개 기능을 중심으로 논리를 구성하는 「과제」와 동궤에 놓이는 것이라 할 수 있다. 신소설 작가들의 물질적 의욕을 검토하지 않는 논지 구성의 불충분함과, 수입되고 모방된 외국문학이 재래의 여항소설과 벌이는 교섭 과정을 '어떤 의미에서는 개조한 것' 정도로 약화시키는 분석적 태만함이 아쉽기는 해도, 불충분함과 태만함이 논지 전개 방식의 질적 상이함을 의미하는 것이 아니라 양적 차이를 가리키는 것만큼, 논의의 지평은 공통된다고 할 수 있다.

사실 「續新文學史」와 「槪說朝鮮新文學史」의 전반적인 논의는, <신문학사> 전체에서 따로 떼어놓고 볼 경우, 이식문학사론의 성격을 짙게 띠고 있다. 도처에서 외래문화의 영향력을 힘껏 강조하는 까닭이다. 그러나 이와 동시에, 이들 글의 논지 구성 방식 자체가 행위자인 작가 중심으로 되어 있다는 점 역시 충분히 고려되어야 한다. 이인직과 이해조를 차례로 검토하는 구도를 취하고 그 행적을 먼저 정리하는 방식에서부터, 개별 작품을 세밀하게 분석하는 데 있어서 작가의 의도나 경향, 기법상의 특징 및 문학사적 위상 등을 주목하는 점에서 이러한 사실이 잘 확인된다. 이는 「槪說新文學史」에서 전개한 토대 분석이나 「과제」의 논리가 이 두 글에 내용적으로 구현되지 못했음을 증명하는 한편, 논의를 구성하고 논지를 전개하는 방식에 있어서는 상대적으로 밀접하게 연관되어 있음을 의미한다. 이론적 · 방법론적인 구도와 문학사의 기술이 말 그대로 절합切合되어 있는 것이다.

이러한 절합 양상은 「서설」에서 「槪說新文學史」 및 「新文學史」에 걸쳐 확인되는 이론 구성과 실제 기술의 괴리 · 낙차나, 「과제」에서도 보이는 '사실 기술의 정신과 이론 구성의 욕망 사이의 갈등' 양상과 동궤의 것이다. 여기까지 와서 보면, 문학사 연구에 관련된 임화의 글 각각에 있어서나 전체에 걸쳐서 방법론과 사적 기술이 절합되어 있다고 하겠다.25) 이러한 사실이야말로 이 책의 한 가지 결론에 해당된다.

이와 관련해서, 2−1에서 지적한바 「20년」의 논의가 무리를 범하지 않고 있는 것을 두고 <신문학사>에서 줄곧 보이던 '낙차 및 괴리의 해소'리고 성급하게 판단할 수는 없다는 점을 부기할 필요가 있겠다. 「20년」의 경우는, 절합을 낳는 이론 구성의 욕망을 논의 구도에서 '누락'하고 있을 뿐이기 때문이다.

절합 양상이라 할 수 있는 논리적인 불연속성이 이론적으로 해결되는 것은 해방 후에 발표된 「보고」26)에서이다. 이 글은, 이식과 모방의 계기를 인정하되, 신문학의 전개가 당대 현실의 계급적 필요에 부응하는 것이자 (그 결과로) 현실의 반영이라는 점을 강조하면서 기술하고 있다. 계급 상황과의 교섭으로 문학(운동)의 전개, 변화 양상을 파악하는 것인데, 그

---

25) 이리한 사실의 의미와 의의 등에 대한 구명은 한국문학사론 일반의 영역에 속하는 것이어서 이 책이 감당할 수 있는 것이 아니다.
26) 조선문학가동맹 편, 『건설기의 조선문학』, 1946. 6(최원식 해제, 온누리, 1988).

결과, 문학사를 계급 상황의 반영으로 이해할 수 있게 되며 계급운동사 등을 매개로 하여 토대와의 관련 또한 자연스럽게 확보하게 된다. 이러한 점을 고려할 때 '주체의 자의성'이 '계급 현실'로 전화되면서 식민지 시기 신문학 연구의 한계가 지양되었다고 할 수 있다.

지금까지 우리는 임화의 신문학사 연구를 검토·분석하면서 그 특징을 규명하고 간략한 평가를 시도해 보았다. 여타 경우와의 비교를 누락한 것인 만큼, 비평사 및 문학연구사의 차원에서 임화의 소론에 돌려질 특징이나 위상 및 의의 등에 대해서는 적절히 고려하거나 언급할 수 없었다. 그러나 이러한 한계 속에서도, 임화의 신문학사 기술이 보이는 특징으로 다음 네 가지만큼은 지적할 수 있겠다.

첫째는 김동인의 문학사 연구나 팔봉, 회월 등을 포함한 여타 문인들의 회상기에 비해 볼 때, 주관성을 탈피하고 있는 점이다. 이는 따로 지적하는 것이 새삼스러울 정도로 주지의 사실이지만 그만큼 으뜸가는 특징인 것도 사실이다.

둘째는 방법론의 구축에 있어서 '토대-상부구조론'을 단순히 도입하지 않고 우리 문학사의 실제에 맞게끔 재구성하였다는 점이다. 앞서 상론했듯이 '행위자 중심의 토대-상부구조론'이 그 성과이다.

이와 관련되는 것으로 셋째, 문학사의 전개 과정에 대해 세밀한 주의를 기울였다는 점을 꼽을 수 있다. '문학사'라는 심급·층위를 중시하여, 양식으로 해석되는 경향상의 변화 과정에 주목하고 그 변화의 필연성을 행위자의 의욕과 관련지어 규명하면서 이에 따라 평가를 시도한 것인데, 한국 문학사 연구의 동향에 비춰볼 때 이는 특기할 만한 것이다.[27]

'변화의 필연성'에 대한 탐구 곧 발생론적인 분석을 지향하는 태도는,

---

27) 우리 문학사 기술의 역사에 있어서, 실증 차원에서의 광범위한 자료 조사에 바탕을 두고 문학계 자체의 내적인 변동에 주목하는 개별 장르사들이 씌어진 것은 1970년 대에 들어서이다. 졸고, 「문예학과 역사학의 만남-문학사 기술의 문제를 중심으로」, 『소설의 숲에서 문학을 생각하다』, 소명출판, 2003, 49~51쪽 참조.

사실상 임화의 소론의 경계 내에 철저히 갇혀 있는 전광용의『신소설 연구』(새문사, 1986)와 비교할 때 그 특징이 확연해진다. 후자가 문학사에 대한 평면적인 기술로 일관함으로써 실증적인 한계를 안고, 평가에 있어서도 논리적인 근거를 마련하지 못한 채 논의 구도 외부로부터 문학성의 규준을 끌고 올 수밖에 없는 데 반해서, 임화의 경우는 기술記述−분석−평가가 내적으로 연관되어 (원리적으로) 자의성을 해소하며, (과학적 이론으로서) 증명·반증의 가능성을 내장하고 있다.

넷째는, 작가 및 그의 세계관을 중시하는 태도이다. 이는 작품 및 양식상의 특징에 대한 섬세한 분석과 밀접하게 연관되어 구현됨으로써 나쁜 의미에서의 이데올로기 비판과 거리를 두고 있다는 점에서도 주목할 만하다.

「續新文學史」에서 예를 한 가지 들자면 이러하다. 거기서 임화는, 당대 사회에 대한 '유치한 거울'로서 신소설이 '낡은 조선, 노쇠한 조선'의 면모를 표현하고 있지만, 역사적인 시선을 갖추지는 못한 까닭에 아이디얼리즘의 한계에 갇히게 되(어 구세계를 제대로 보지 못하게 되)었다고 분석한 뒤, 그 결과로 구소설적인 구조를 띠게 되었다고 추론한다(앞의 책, 163~4쪽 참조). 이러한 분석을 예컨대 조동일의『新小說의 文學史的 性格』(서울대출판부, 1973)과 견주어 보면, 임화의 의도가 어디에 있는지가 확연히 드러난다. 동일한 대상을 두고서, 조동일이 작품의 구조와 문학사의 맥락에 주목하여 긍정적·부정적인 계승의 양상을 구명하는 데 목적을 두고 있음에 반해, 임화는 신소설 작가의 역사의식의 미비 혹은 현실주의적 태도의 불철저함을 겨냥하고 있는 것이다.

끝으로, 본 논의의 한계 및 남는 과제를 지적해 둘 필요가 있겠다. 임화의 문학사 연구를 대상으로 하여 '이론 구성과 실제 기술'의 괴리·낙차에 주목한 데 대해, 가설이 앞선 것은 아닌가 하는 우려가 있을 수 있다. 이론이 스스로 주장해서이든 역사적·실제적인 효과가 그리해서이든, 보편적인 이론의 경우 '이론의 구성 및 적용' 욕망과 '실제의 객관적인 기술'

정신 사이의 길항·모순은 일반적인 양상이라고도 할 수 있겠지만, 사정이 이러하다고 해서, 앞서 말한 우려를 씻을 수 있을 만큼 현재의 검토가 충분한 것이 되지는 못했다는 점이 가려지지는 않는다. 임화의 논의 및 그 대상인 근대문학사에 대한 좀 더 포괄적이고 좀 더 심층적인 검토가 남겨진 과제이다. 그의 비평 일반으로 검토 대상을 확대하고, 신소설 이후를 다루는 문학사 기술의 경우 작품의 지평과 임화 논의의 지평 사이의 거리를 면밀히 조사할 필요가 있는 것이다. 이 작업은 이인직과 이해조의 작품 세계에 대한 전면적인 검토 및 연구사 검토와 임화의 소론 이 세 가지를 마주 세워 두는 작업인지라 후일을 기약할 도리밖에 없다.[28]

28) 이러한 다짐을 실천해 본 성과가 이 책의 9장이다.

* 참고문헌

1. 자료

김유정, 「朝鮮의 집시」, 『매일신보』, 1935. 10. 22~29.

김유정, 전신재 편, 『원본 김유정 전집』 개정증보판, 강, 2012.

박은식, 「서(序)」, 『서사건국지』, 대한매일신보사, 1907.

박태원, 「續 川邊風景」, 『조광』, 1937. 1~9.

박태원, 「川邊風景」, 『조광』, 1936. 8~10.

박태원, 『川邊風景』(1938), 박문서관, 1941.

백　철, 「作家 韓雪野에게 －評論家로서 作家에게(第六回)」, 『신동아』, 1936. 9.

신채호, 「近今 國文小說 著者의 注意」, 『대한매일신보』, 1908. 7. 8.

안수길, 『북간도』(1967), 동아출판사, 1995.

오상원, 「나의 文學修業」, 『현대문학』 1956. 5.

오상원, 「나의 집필 여담」, 『신문화』, 1958. 9.

오상원, 「黃線地帶」, 『사상계』, 1960. 4.

이광수, 「文學이란 何오」, 『매일신보』, 1916. 11. 10~23.

이해조, 「후기」, 『화의 혈』, 오거서창, 1912.

임　화, 「槪說新文學史」, 『조선일보』, 1939. 9. 2~11. 25.

임　화, 「槪說朝鮮新文學史」, 『인문평론』. 1940. 11~1941. 4.

임　화, 「古典의 世界 －혹은 古典主義的인 心情」, 『조광』, 1940. 12.

임　화, 「批評의 高度」, 『문학의 논리』, 서음사판, 1989.

임　화, 「小說文學의 二十年」, 『동아일보』, 1940. 4. 12~20.

임　화, 「新文學史」, 『조선일보』, 1939. 12. 5~27.

임　화,「新小說의 擡頭－續新文學史」,『조선일보』, 1940. 2. 2～5. 10.

임　화,「作家, 韓雪野論 －<過渡期>에서 <靑春記>까지」,『동아일보』, 1938. 2. 22～4.

임　화,「조선 민족문학 건설의 기본과제에 대한 일반 보고」, 조선문학가 동맹 편.『건설기의 조선문학』, 1946.

임　화,「朝鮮文學 硏究의 一課題」,『동아일보』, 1940. 1. 13～20.

임　화,「朝鮮新文學史論序說－李人稙으로부터 崔曙海까지」,『조선중앙 일보』, 1935. 10. 9～11. 13.

임　화,『文學의 論理』(1946), 서음출판사, 1989.

임규찬 · 한기형 편,『카프시대에 대한 회고와 문학사』, 태학사, 1989.

임규찬 · 한진일 편,『林和 新文學史』, 한길사, 1993.

조선문학가동맹 편,『건설기의 조선문학』(1946), 온누리, 1988.

최재서,「중편소설에 대하야 －그 양과 질적 개념에 관한 시고」,『조선일 보』, 1937. 1. 29～31.

한국학문헌연구소 편,『新小說 · 飜案(譯)小說』, 아세아문화사, 1978.

한국학문헌연구소 편,『歷史 · 傳記小說』, 아세아문화사, 1979.

한설야,「感覺과 思想의 統一 －典型的 環境과 典型的 性格」,『조선일보』, 1938. 3. 8.

한설야,「階級文學에 關하여」,『동아일보』, 1926. 10. 25.

한설야,「本紙에 빗날 新長篇小說 黃昏 －作者의 말」,『조선일보』, 1936. 2. 2.

한설야,『黃昏』,『조선일보』, 1936. 2. 5～10. 28.

한용환,『소설학 사전』, 문예출판사, 1999.

2. 국내 논저

강진호, 「1930년대 후반기 한설야 소설과 리얼리즘」, 『현대소설연구』 1, 한국현대소설학회, 1994.

강진호, 『한국문학의 현장을 찾아서 -문학사에 우뚝 선 거목의 발자취』, 문학사상사, 2002.

고명철, 「한설야 문학, 그 탈식민의 맥락」, 반교어문학회, 『반교어문연구』 20, 2006.

권성우, 「현대소설 연구와 자생적 이론의 가능성 -외국문학이론 도입 문제를 중심으로」, 『횡단과 경계』, 소명출판, 2008.

권영민, 『서사양식과 담론의 근대성』, 서울대출판부, 1999.

권영민, 『한국 계급문학 운동사』, 문예출판사, 1998.

권영민, 『한국 민족문학론 연구』, 민음사, 1988.

권영민, 『한국 현대문학사 1』, 민음사, 2002.

권채린, 「김유정 소설의 도시 체험과 환등상적 양상」, 한국현대소설학회, 『현대소설연구』 47, 2011.

기혜경, 「1920년대의 미술과 문학의 교류 연구 -카프 형성과정을 중심으로」, 한국근현대미술사학회, 『한국근현대미술사학』, 2000.

김   철, 「황혼(黃昏)과 여명(黎明) -한설야의 "황혼"에 대하여」, 한설야, 『황혼』, 풀빛, 1989.

김명환·김중식, 『서울의 밤 문화』, 생각의나무, 2006.

김민정, 「'식민지 근대'의 문학사적 수용과 1930년대 문학의 재인식 -'카프', '구인회', '단층' 간의 상관성을 중심으로」, 한국문학언어학회, 『어문론총』 47, 2007.

김백영, 「1920년대 '대경성 계획'을 둘러싼 식민권력의 균열과 갈등」, 공제욱·정근식 편, 『식민지의 일상 -지배와 균열』, 문화과학사, 2006.

김승민, 「1970년대 중편소설의 서사 구성원리에 대한 연구」, 서울대석사 논문, 2002.

김승종, 「김유정 소설의 '열린 결말' 연구」, 현대문학이론학회, 『현대문학 이론연구』 53, 2013.

김영민, 『한국 근대소설의 형성과정』, 소명출판, 2005.

김영민, 『한국근대소설사』, 솔, 1997.

김영민, 『한국문학비평논쟁사』, 한길사, 1992.

김영민 · 구장률 · 이유미, 『근대계몽기 단형 서사문학 자료 전집』 상 · 하, 소명출판, 2003.

김영애 외, 『아시아 아프리카 문학』, 한국외대출판부, 2003.

김외곤, 『한국 근대 리얼리즘 문학 비판』, 태학사, 1995.

김우종, 『한국현대소설사』, 성문각, 1982.

김우창, 「민족주체성의 의미 −안수길 작 <북간도>」, 『궁핍한 시대의 시인 −현대문학과 사회에 관한 에세이』, 민음사, 1977.

김우창, 「안수길 저 <북간도> −사대에 걸친 주체성 쟁취의 증언」, 『신동아』, 1968. 3.

김원희, 「김유정 단편에 투영된 탈식민주의 −소수자와 아이러니의 형상화를 중심으로」, 현대문학이론학회, 『현대문학이론연구』 29, 2006.

김윤식, 「신문학사론 비판」, 『한국 현대문학사론』, 한샘, 1988.

김윤식, 「이식문학론 비판」, 『한국문학의 근대성과 이데올로기 비판』, 서울대출판부, 1987.

김윤식, 『林和硏究』, 문학사상사, 1989.

김윤식, 「중편소설의 문제성 −역사철학적 물음과 관련하여」, 『한국현대소설비판』, 일지사, 1981.

김윤식, 「한국문학사와 장르의 문제 −장르에 대한 몇 가지 가설」, 국어국문학회, 『국어국문학』 61, 1973.

김윤식,『박영희 연구』, 열음사, 1989.

김윤식,『안수길 연구』, 정음사, 1986.

김윤식,『林和 硏究』, 문학사상사, 1989.

김윤식,『한국 근대 문예비평사 연구』 개정신판, 일지사, 1976.

김윤식,『한국 근대 문학사상 비판』, 일지사, 1978.

김윤식,『한국 근대 문학사상 연구』1, 일지사, 1984.

김윤식,『한국 근대 문학사상 연구』2, 아세아문화사, 1984.

김윤식,『한국 근대 문학사상사』, 한길사, 1984.

김윤식,『한국 현대 현실주의 소설 연구』, 문학과지성사, 1990.

김윤식,『한국 현대문학 사상사론』, 일지사, 1992.

김윤식 · 김현,『한국문학사』, 민음사, 1973.

김윤식 · 정호웅 편,『한국 근대 리얼리즘 작가 연구』, 문학과지성사, 1988.

김윤식 · 정호웅 편,『한국 리얼리즘소설 연구』, 문학과비평사, 1987.

김윤식 · 정호웅,『한국소설사』, 예하, 1993.

김인균,「'천변풍경' 정본화를 위한 국어학적 고찰」, 우리말학회,『우리말연구』19, 2006.

김인호,『백화점의 문화사』, 살림, 2006.

김재관 · 장두식,『문학 속의 서울』, 생각의나무, 2007.

김재영,「한설야 문학과 함흥」, 문학과사상연구회 편,『한설야 문학의 재인식』, 소명출판, 2000.

김재영,「한설야 소설 연구 −<황혼>과 <설봉산>을 중심으로」, 연세대석사논문, 1990.

김재용,「민족주의와 탈식민주의를 넘어서 −한설야 문학의 저항성을 중심으로」,『인문연구』48, 영남대인문과학연구소, 2005.

김재용,「일제 시대의 노동 운동과 노동 소설」,『변혁 주체와 한국문학』, 역사와비평사, 1989.

김재용,「임화의 이식문학론과 조선적 특수성 인식의 명암」, 문학과사상연구회 편,『임화문학의 재인식』, 소명출판, 2004.

김재용, 「중일 전쟁과 카프 해소·비해소파」, 한국문학연구학회, 『현대문학의 연구』 3, 1991.

김재용, 『민족문학운동의 역사와 이론』, 한길사, 1990.

김종건, 「1930년대 소설의 공간설정과 작가의식의 상관성 연구 -김유정과 이무영을 중심으로」, 우리말글학회, 『우리말글』 15, 1997.

김종욱, 「역사의 망각과 민족의 상상 -안수길의 <북간도> 연구」, 국제어문학회, 『국제어문』 30, 2004.

김준오, 『한국 현대 쟝르 비평론』, 문학과지성사, 1990.

김지혜, 「김유정 문학의 교과서 정전화(正典化) 연구 -7차 교육과정과 2007년 교육과정을 중심으로」, 현대문학이론학회, 『현대문학이론연구』 51, 2012.

김진송, 『현대성의 형성 -서울에 딴스홀을 허하라』, 현실문화연구, 1999.

김태준 편저, 『문학지리 -한국인의 심상 공간』 상·중·하, 논형, 2005.

김태준, 『조선소설사』(1932), 예문, 1989.

김학주, 『중국문학사』, 신아사, 2011.

김환희, 「문제제기적 장르 소설 -서양장편소설이론과 한국소설론의 비교」, 한국비평이론학회, 『비평과 이론』 3집, 1998.

남송우, 「N. 프라이 장르론이 한국문학 장르론에 미친 영향 -김준오를 중심으로」, 한국문학회, 『한국문학논총』 42집, 2006.

문학과사상연구회, 『임화 문학의 재인식』, 소명출판, 2004.

문학과사상연구회, 『한설야 문학의 재인식』, 소명출판, 2000.

문학사와비평학회, 『최서해 문학의 재조명』, 국학자료원, 2002.

문흥술, 「장르 발생론적 관점에서 본 소설의 미학적 의의」, 서울대학교인문과학연구소, 『인문논총』 16, 2007.

민족문학사연구소 엮음, 『춘향이 살던 집에서, 구보씨 걷던 길까지 -한국문학 산책』, 창비, 2005.

민현기, 「민족적 저항과 수난의 재현 −안수길의 <북간도>론」, 한국어
　　　문학회, 『어문학』 56, 1995.

박상준, 「<만세전> 연구를 통해 본, 한국 근대문학 연구의 문제와 과제」,
　　　한국문학연구학회, 『현대문학의 연구』 28, 2006.

박상준, 「<천변풍경>의 작품 세계 −객관적 재현과 주관적 변형의 대위
　　　법」, 반교어문학회, 『반교어문연구』 32, 2012.

박상준, 「1920년대 초기 소설 연구」, 서울대석사논문, 1993.

박상준, 「문예학과 역사학의 만남 −문학사 기술의 문제를 중심으로」,
　　　『소설의 숲에서 문학을 생각하다』, 소명출판, 2003.

박상준, 「신소설과 우연의 문제 −우연의 분석 방법 구축 및 영웅소설과의
　　　대비를 중심으로」, 한국문학연구학회, 『현대문학의 연구』 33, 2007.

박상준, 「조선자연주의 소설 시론」(1994), 『1920년대 문학과 염상섭』,
　　　역락, 2000.

박상준, 「지속과 변화의 변증법 −<만세전> 연구」, 서울대국문과, 『관
　　　악어문연구』 22, 1997.

박상준, 「한국 근대소설의 형성 및 분화와 우연의 구사 양상 시론」, 한국
　　　현대문학회, 『현대문학연구』 25, 2008.

박상준, 「한국 문학 연구의 상호 소통을 위하여」(2000), 『소설의 숲에서
　　　문학을 생각하다』, 소명출판, 2003.

박상준, 『한국 근대문학의 형성과 신경향파』, 소명출판, 2000.

박상준, 『형성기 한국 근대소설 텍스트의 시학 −우연의 문제를 중심으로』,
　　　소명출판, 2015.

박승현・이윤진, 「장르의 속성에 대한 고찰」, 한국지역언론학연합회,
　　　『언론과학연구』 7권 1호, 2007.

박진영, 「임화의 문학사론과 신문학사 서술」, 문학과시상연구회 편, 『임
　　　화문학의 재인식』, 소명출판, 2004.

백　철,『新文學思潮史』개정증보판, 민중서관, 1955.

백　철,『朝鮮新文學思潮史 (現代篇)』, 백양당, 1949.

서경석,「생활문학과 신념의 세계 −한설야론」, 김윤식 · 정호웅 엮음,
　　　『한국문학의 리얼리즘과 모더니즘』, 민음사, 1989.

서경석,「현실 부정의 한 방법 −한설야의 <황혼>과 <황혼> 논쟁」, 정
　　　호웅 외,『장편소설로 보는 새로운 민족문학사』, 열음사, 1993.

서경석,『한국 근대 리얼리즘 문학사 연구』, 태학사, 1998.

서영인,「일제말기 만주담론과 만주기행」, 한민족문화학회,『한민족문화
　　　연구』23, 2007.

서우석,「게오르그 짐멜의 공간이론과 도시문화론」, 국토연구원 엮음,
　　　『현대 공간이론의 사상가들』, 한울, 2005.

서준섭,『한국 모더니즘 문학 연구』, 일지사, 1988.

성진희,「임화의 신문학사론 연구」, 서울대석사논문, 1992.

손유경,「최근 프로문학 연구의 전개 양상과 그 전망」, 상허학회,『상허
　　　학보』19, 2007.

송지현,「<황혼>의 여성중심적 고찰」, 전남대국어국문학회,『어문논총』
　　　12 · 13집, 1991.

신두원,「계급문학, 민족문학, 세계문학」, 민족문학사학회,『민족문학사
　　　연구』21, 2002.

신두원,「이식과 창조의 변증법」,『창작과비평』1991 가을.

신명직,『모던 뽀이, 경성을 거닐다』, 현실문화연구, 2003.

안수길,『명아주 한 포기』, 문예창작사, 1977.

안자산,『朝鮮文學史』, 한일서점, 1922.

양문규,「임화의 한국 근대소설 인식과 문제점」, 문학과사상연구회 편,
　　　『임화문학의 재인식』, 소명출판, 2004.

양승국,『한국현대희곡론』, 연극과인간, 2001.

역사문제연구소 문학사연구모임 지음,『카프 문학운동 연구』, 역사비평
　　　사, 1989.
연남경,「김유정 소설의 추리 서사적 기법 연구」, 김유정학회 편,『김유
　　　정의 귀환』, 소명출판, 2012.
오현주,「임화의 문학사 서술에 대한 고찰」, 한국인문사회과학회,『현상과
　　　인식』, 1991 봄 · 여름
우한용,『한국 현대소설 구조 연구』, 삼지원, 1990.
유인순,「루쉰과 김유정」, 중한인문과학연구회,『중한인문과학연구』4,
　　　2000.
유종호,「한국 리얼리즘의 한계」,『동시대의 시와 진실』, 민음사, 1982.
이강언,「現實과 理想의 葛藤構造 −金裕貞小說의 構成法」, 한민족어문학
　　　회,『한민족어문학』7, 1980.
이경재,「한설야 소설의 서사시학 연구」, 서울대박사논문, 2008.
이광래,『한국의 서양 사상 수용사』, 열린책들, 2003.
이난아,『터키 문학의 이해』, 월인, 2006.
이상갑,「韓雪野의 創作方法論 研究 −<黃昏>을 中心으로」, 민족어문학
　　　회,『어문논집』32, 1993.
이상경,「임화의 소설사론에 대한 비판적 검토」,『창작과비평』1990 가을.
이선미,「<만주체험>과 <민족서사>의 상관성 연구 −안수길의 <북간
　　　도>를 중심으로」, 상허학회,『상허학보』15, 2005.
이선영 외,『한국 근대문학 비평사 연구』, 세계, 1989.
이선영,「<황혼>의 소망과 리얼리즘」,『창작과비평』79, 창작과비평사,
　　　1993.
이은숙,「문학작품 속에서의 도시 경관」,『사회과학연구』5, 1993.
이익성,「김유정 '도시소설'의 근대성」, 한국현대문학회,『한국현대문학
　　　연구』24, 2008.

이일숙 · 임태균,『포인트 일본문학사』, 제이앤씨, 2009.

이재선,『한국 단편소설 연구』, 일조각, 1997.

이재선,『한국현대소설사』, 홍성사, 1979.

이재춘,「韓國小說에 나타난 葛藤의 樣相 研究(1) −韓雪野의 <黃昏>을 中心으로」, 우리말글학회,『우리말글』10, 1992.

이주미,「한설야의 <황혼> 연구−'려순'의 성격적 비약에 대한 해명을 중심으로」, 한민족문화학회,『한민족문화연구』1, 1996.

이진경,『근대적 시 · 공간의 탄생』, 푸른숲, 1997.

이진경,『근대적 주거 공간의 탄생』, 그린비, 2000.

이현식,「카프(KAPF) 비평 재론 −카프의 비평사적 위치」, 한국문학연구학회,『현대문학의 연구』30, 2006.

이　훈,「'재인식'의 의미를 되새기며」, 민족문학사학회,『민족문학사연구』26, 2004.

임규찬,「임화 '신문학사'에 대한 연구 (1)」,『문학과 논리』, 1991.

임규찬,「임화 '신문학사'의 올바른 이해를 위하여」, 임규찬 · 한진일 편,『임화 신문학사』, 한길사, 1993.

임규찬,「임화 문학사를 바라보는 최근의 관점과 비판」,『문학사와 비평적 쟁점』, 태학사, 2001.

임헌영 · 김철 외,『변혁주체와 한국문학』, 역사비평사, 1990.

장상길,「韓雪野 小說 研究」, 서울대석사논문, 1990.

장성규,「카프 해소 직후 김남천의 문학적 모색」, 민족문학사학회,『민족문학사연구』31, 2006.

장성수,「한설야 소설 연구」, 국어문학회,『국어문학』34, 1999.

전광용,『新小說 研究』, 새문사, 1986.

전승주,「'천변풍경'의 개작 과정 연구 −판본대조를 중심으로」, 민족문학사연구소,『민족문학사연구』, 2011.

전승주,「林和의 新文學史 方法論에 관한 研究」, 서울대석사논문, 1988.

정찬영, 「카프 해산과 전향 논리의 의미」, 현대문학이론학회, 『현대문학이론연구』 13, 2000.

정현기, 「1930년대 한국 소설이 감당한 궁핍 문제 고찰 －염상섭, 박영준, 김유정, 채만식」, 한국인문사회과학회, 『현상과 인식』 6, 1982

정호순, 『한국 희곡과 연극운동』, 연극과인간, 2003.

정희모, 「오상원 소설의 '새로움'과 <황선지대>」, 상허학회, 『상허학보』 12, 2004.

조구호, 「한설야의 <황혼> 연구」, 배달말학회, 『배달말』 17, 1992.

조남현, 「오상원의 소설세계」, 『한국현대소설의 해부』, 문예출판사, 1993.

조남현, 「한국현대작가들의 '도시' 인식 방법」, 한국현대소설학회, 『현대소설연구』 35, 2007.

조남현, 『한국 현대문학사상 논구』, 서울대출판부, 1999.

조남현, 『한국 현대소설 유형론 연구』, 집문당, 1999.

조동일, 『新小說의 文學史的 性格』, 서울대출판부, 1973.

조수웅, 「<황혼>에 나타난 인물유형과 갈등구조 연구」, 국어국문학회, 『국어국문학』 120, 1997.

조연현, 『韓國現代文學史 (제1부)』, 현대문학사, 1956.

조정래, 「장편소설 <북간도>의 서술 특성 연구」, 배달말학회, 『배달말』 40, 2007.

조진기, 「金裕貞의 作品論考 －30年代 現實認識과 收容姿勢」, 한민족어문학회, 『한민족어문학』 2, 1975.

차원현, 「<황혼>과 1930년대 노동 문학의 수준」, 한국현대문학회, 『한국현대문학연구』 1, 1992.

차원현, 「문학과 이데올로기, 주체 그리고 윤리학 －프로문학과 모더니즘의 상관성을 중심으로」, 민족문학사학회, 『민족문학사연구』 21, 2002.

채호석, 「<黃昏>論」, 민족문학사연구소, 『민족문학사연구』 1, 1991.

채호석, 「탈－식민과 (포스트－)카프문학」, 민족문학사학회, 『민족문학사연구』 23, 2003.

천정환, 「한국 근대 소설 독자와 소설 수용 양상에 대한 연구」, 서울대박사논문, 2002.

최원식, 「프로문학과 프로문학 이후」, 민족문학사학회, 『민족문학사연구』 21, 2002.

최혜실, 「모더니즘 소설에 나타나는 공간성」, 구인환 외, 『한국 현대장편소설연구』, 삼지원, 1990.

태해숙 외, 『한국의 식민지 근대와 여성공간』, 여이연, 2004.

특집 「프로문학의 재조명」, 민족문학사학회, 『민족문학사연구』 21, 2002.

하정일, 「보편주의의 극복과 '복수'의 근대」, 문학과사상연구회 편, 『염상섭 문학의 재인식』, 깊은샘, 1998.

하정일, 「이식 · 근대 · 탈식민」, 문학과사상연구회 편, 『임화문학의 재인식』, 소명출판, 2004.

하정일, 『20세기 한국문학과 근대성의 변증법』, 소명출판, 2000.

하정일, 『탈식민의 미학』, 소명출판, 2008.

한국문학연구회 편, 『1930년대 문학 연구』, 평민사, 1993.

한국외대 외국문학연구소 기획, 『세계의 소설가』, 한국외대출판부, 2001.

한기형, 「역사의 소설화와 리얼리즘 －안수길 장편소설 <북간도> 분석」, 조건상 편, 『한국전후문학연구』, 성균관대출판부, 1993.

한기형, 「林和의 문학사 서술에 대한 관점의 몇 가지 문제」, 김학성 · 최원식 외, 『한국 근대문학사의 쟁점』, 창작과비평사, 1990.

한만수, 「金裕貞 小說의 아이러니 分析」, 한국어문학연구학회, 『한국어문학연구』 21, 1986.

한수영, 「만주의 문학사적 표상과 안수길의 <북간도>에 나타난 '이산(離散)'의 문제」, 상허학회, 『상허학보』 11, 2003.

3. 국외 논저

가메이 히데오, 김춘미 옮김,『메이지 문학사』, 고려대출판부, 2006.

가토 슈이치, 김태준·노영희 역,『日本文學史序說』, 시사일본어사, 1995.

누시노브,「세계관과 창작방법에 대한 문제의 검토」, 루나찰스끼 외, 김
　　휴 엮음,『사회주의리얼리즘』, 일월서각, 1987.

로브그리예, 김치수 역,『누보로망을 위하여』, 문학과지성사, 1981.

루카치, 반성완 역,『소설의 이론』, 심설당, 1985.

루카치, 반성완·김지혜·정용환 역,『리얼리즘 문학의 실제 비평』, 까치,
　　1987.

리몬−케넌, 최상규 역,『소설의 시학』, 문학과지성사, 1985.

마르크스·엥겔스, 김영기 역,『마르크스 엥겔스의 문학예술론』, 논장, 1989.

마샬 맥루한, 박정규 역,『미디어의 이해』, 커뮤니케이션북스, 1997.

마샬 맥루한, 임상원 역,『구텐베르크 은하계』, 커뮤니케이션북스, 2001.

발터 벤야민, 김영옥·윤미애·최성만 옮김,『일방통행로 / 사유 이미지』,
　　길, 2007.

브루스 커밍스, 김자동 옮김,『한국전쟁의 기원』, 일월서각, 1986.

수잔 벅 모스, 김정아 옮김,『발터 벤야민과 아케이드 프로젝트』, 문학동
　　네, 2004.

아롱 키베디 바르가, 김정린 역,「반소설로서의 소설」, 김현 편,『쟝르의
　　이론』, 문학과지성사, 1987.

앙리 르페브르, 박정자 역,『현대세계의 일상성』, 세계일보, 1996.

앤서니 기든스, 이윤희·이현희 옮김,『포스트모더니티』, 민영사, 1991.

에드워드 쉴즈,「대중사회와 대중문화」, 노먼 제이콥스 편,『대중시대의
　　문화와 예술』, 홍성사, 1980.

엠마뉴일 까자케비치, 문선유 옮김,『파란노트』, 일빛, 1991.

장 보드리야르, 하태환 옮김,『시뮬라시옹』, 민음사, 2001.

칼 포퍼, 이한구 옮김,『열린사회와 그 적들』, 민음사, 1982.

페터 뷔르거, 최성만 역,『前衛藝術의 새로운 이해』, 심설당, 1986.

Althusser, trans. B. Brewster, *For Marx*, NLB, 1977.

Althusser, 김동수 역,『아미엥에서의 주장』, 솔, 1991.

Benjamin, 이태동 역,「역사철학테제」,『文藝批評과 理論』, 문예출판사, 1987.

F. Jameson, *The Political Unconscious ─Narrative as a Socially Symbolic Act*,
      Methuen & Co. Ltd., 1981.

Louis Renou, 이은구 역,『인도문학사』, 세창미디어, 2004.

Walter Benjamin, trans. by Harry Zohn, *Charles Baulelaire: A Lyric Poet in
      the Era of High Capitalism*, Verso, 1983.

* 최초 발표 지면

1장. 김유정 도시 배경 소설의 비의(秘意): 한국문학연구학회,『현대문학의 연구』53, 2014.

2장.『천변풍경』의 개작에 따른 작품 효과의 변화: 한국문학연구학회,『현대문학의 연구』45, 2011.

3장. 재현과 전망의 역설 -한설야의 <황혼> 재론: 거레어문학회,『거레어문학』, 2015.

4장. 소망으로서의 소설 쓰기 -오상원의 <황선지대>: 장수익 외,『한국 현대소설이 걸어온 길 -작품으로 본 한국소설사(1945~2010)』, 문학동네, 2013.

5장. <북간도>에 나타난 역사와 이념의 변증법: 상허학회,『상허학보』24, 2008.

6장. 과학기술-공간 변화의 문학적 인식 양상: 임경순 · 김춘식 편,『과학기술과 공간의 융합』, 한국학술정보, 2010.

보론 1. 최서해 문학의 시대적 의의:『홍염 · 탈출기 외』, 하서출판사, 2009.

보론 2. 거시적 안목과 미시적 시선의 파노라마 -염상섭의 <삼대>:『삼대』, 글누림한국소설전집 12, 글누림출판사, 2008.

보론 3. 이상 소설의 자의식:『문학만』34, 2010.

보론 4. 예수에 대한 다시-새로 쓰기의 의미 -김동리 기독교소설 새로 읽기:『문학사상』401, 2006. 3.

7장. 한국 근대소설 장르 형성과정 논의의 제 문제: 한국현대소설학회,『현대소설연구』42, 2009.

8장. 프로문학 연구의 새로운 방향과 의의: 한국어문학회,『어문학』102, 2008.

* 부분적으로 제목을 바꾸기도 했으나 따로 표시하지는 않았다.
* 보론 1~4의 경우, 다른 논저들과 관련되어 있다. 보론 1, 3, 4는 관련 논문(들)의 내용을 축약하여 일반 대중이 알기 쉽게 쓴 글들이고, 반대로 보론 2는 이 글이 바탕이 되어 연구서의 일부로 발전된 경우이다. 따라서 엄밀한 의미의 연구서에 싣는 것은 문제일 수 있지만, 한국 근대소설에 대한 통념들을 드러내고자 하는 이 책 전체의 취지에 비추어 효과적이고 필요한 글들이라 판단되어, 이상의 사실을 밝히면서 보론으로 몰았다. 전문 연구자라면 선행 연구에 대한 참조가 부가된 관련 논저를 검토 대상으로 하고 이 책의 보론은 따로 보지 않아도 좋다. 요컨대 보론의 설정은, 일반 독자의 편의를 위한 조치이자 전문 연구자에게는 국문학 연구의 통념이 어느 정도인지를 단순히 알려 주는 것으로 이해되기를 기대한 소산이다.

* 찾아보기

▶ 인명

▶ 작품

A. 장편소설

B. 중 · 단편소설

통념과 이론

한국 근대문학의 내면을 찾아서

초판 1쇄 인쇄일	2015년 8월 27일
초판 1쇄 발행일	2015년 8월 28일

지은이	박상준
펴낸이	정구형
편집장	김효은
편집/디자인	김진솔 우정민 박재원
마케팅	정찬용 정진이
영업관리	한선희 이선건
책임편집	김진솔
인쇄처	월드문화사
펴낸곳	국학자료원 새미(주)

등록일 2005 03 15 제25100-2005-000008호.
서울특별시 강동구 성안로 13 (성내동, 현영빌딩 2층)
Tel 442-4623 Fax 6499-3082
www.kookhak.co.kr
kookhak2001@hanmail.net

ISBN	979-11-86478-37-0 *93800
가격	28,000원